LILY WHITE

TRAIÇÃO

Traduzido por Daniella Parente Maccachero

1ª Edição

2021

Direção Editorial:	**Arte de Capa:**
Anastacia Cabo	Lori Jackson Design
Gerente Editorial:	**Adaptação de Capa:**
Solange Arten	Bianca Santana
Tradução:	**Fotógrafa:**
Daniella Parente Maccachero	Michelle Lancaster
Revisão Final:	**Diagramação e preparação de texo:**
Equipe The Gift Box	Carol Dias

Copyright © Lily White, 2020
Copyright © The Gift Box, 2021
Todos os direitos reservados.

Nenhuma parte do conteúdo desse livro poderá ser reproduzida em qualquer meio ou forma – impresso, digital, áudio ou visual – sem a expressa autorização da editora sob penas criminais e ações civis.

Esta é uma obra de ficção. Nomes, personagens, lugares e acontecimentos descritos são produtos da imaginação da autora. Qualquer semelhança com nomes, datas ou acontecimentos reais é mera coincidência.

Este livro segue as regras da Nova Ortografia da Língua Portuguesa.

CIP-BRASIL. CATALOGAÇÃO NA PUBLICAÇÃO
SINDICATO NACIONAL DOS EDITORES DE LIVROS, RJ
Camila Donis Hartmann - Bibliotecária - CRB-7/6472

W585t

White, Lily
    Traição / Lily White ; tradução Daniella Maccachero. - 1. ed. - Rio de Janeiro : The Gift Box, 2021.
    464 p. (Antihero inferno ; 1)

    Tradução de: Treachery
    ISBN 978-65-5636-044-7

    1. Ficção americana. I. Maccachero, Daniella. II. Título. III. Série

Primeiro círculo (Limbo)
Mason Strom

Segundo círculo (Luxúria)
Jase Kesson

Terceiro círculo (Gula)
Sawyer Black

Quarto círculo (Ganância)
Taylor Marks

Quinto círculo (Ira)
Damon Cross

Sexto círculo (Heresia)
Shane Carter

Sétimo círculo (Violência)
Ezra Cross

Oitavo círculo (Engano)
Gabriel Dane

Nono Círculo (Traição)
Tanner Caine

trai.ção

substantivo

Uma quebra de confiança; ação ou natureza enganosa.

capítulo um

Nunca ouça as pessoas que dizem que o mal não existe neste mundo. Nunca sorria e acene com a cabeça, nunca ceda, nunca saia com a crença de que você está protegida contra tudo o que pode dar errado. Eu posso te dar esse conselho porque eu fui a mulher estúpida que não o seguiu. Posso jurar a você que o mal existe apenas porque sou a mulher que o olhou nos olhos, a mesma que o desafiou a fazer o seu pior e ficou perplexa quando ele o fez.

Tanner Caine é apenas um dos demônios enganadores e tentadores esperando para ser invocado na encruzilhada. Ele é um gigante subterrâneo forjado no fogo e carimbado com o selo pessoal de aprovação do diabo. Ele é um homem raramente desafiado e uma barreira nunca ultrapassada. Ele também é um espécime da forma masculina que é como um canto de sereia para as mulheres azaradas que cruzam com ele.

Eu já vi boas mulheres arruinadas porque se atreveram a jogar um jogo que não deviam com ele. Já vi mulheres mais espertas de joelhos diante de um homem que conseguiu ficar um passo à frente enquanto ria ao vê-las cair.

Você vê, isso é o que acontece quando se faz um pacto com o demônio. Tudo vai bem até o dia em que ele cobra a sua dívida. Tanner não brinca com taxas de juros ou empréstimos reembolsáveis. Não. Se ele fizer algo por você, pode apostar que extrairá seu retorno nas maneiras mais criativas.

Nós somos todos peões no mundo de Tanner. Homem ou mulher, não importa.

Eu não sabia o que aconteceria quando ele voltasse para a minha vida depois de fugir dele na faculdade de direito. Mas o que eu sabia é que, onde Tanner estivesse envolvido, a sua história pode nunca terminar bem.

Luca

— Vá com o short branco, Luca. Você tem uma bunda perfeita para eles. A minha é um pouco plana demais.

Um suspiro saiu dos meus lábios enquanto eu vasculhava o armário de Everly, minha colega de quarto. Ficar aqui era como procurar no sonho de uma vagabunda da moda, tudo muito curto, perigosamente apertado e projetado especificamente para destacar as curvas de uma mulher.

O estilo dela era oposto ao meu. Eu não era uma pessoa que atendia ao que os homens queriam, eu preferia roupas casuais, meu conforto sendo prioridade sobre o que a maioria consideraria sexy.

O baixo profundo de alguma música de rap popular batia atrás de mim, os ombros de Everly saltando em minha visão periférica enquanto ela se sentava em uma mesa de maquiagem para aplicar o que tinha que ser uma terceira camada de base.

— Eu não sei nada sobre isso, Evy. Talvez você devesse ir sozinha esta noite. Tenho alguns trabalhos para colocar em dia. Provavelmente é melhor eu gastar as próximas horas na biblioteca.

— Cala a boca, Luca. Você vem comigo. Essa festa é tudo o que todo mundo tem falado no *campus* e não há uma chance no inferno de eu te deixar perder tudo porque você tem medo de ser social.

Pegando o short branco que ela sugeriu, puxei-o do cabide e segurei-o no meu quadril. Era mais adequado para ser um biquíni de tão apertado e curto que era.

Minha cabeça girou para olhar para ela assim que se virou para olhar para mim.

— Além disso, Clayton vai estar lá. E eu sei que você tem uma queda por ele.

Ela me pegou.

Clayton Hughes era um homem importante no *campus*. Não tão importante como os garotos Inferno, mas ele andava com eles do mesmo jeito.

Normalmente, apenas sua associação com o Inferno teria me afastado e me enviado correndo na direção oposta, mas nós trabalhamos juntos em um julgamento simulado e tínhamos nos conhecido melhor.

Ele era filho de um senador e tinha dinheiro saindo pelos ouvidos. Sem contar que era gostoso pra caralho... e inteligente, o que era um bônus no meu mundo.

TRAIÇÃO

Depois de trabalharmos juntos, nos demos bem e ficamos trocando mensagem de texto na semana passada.

Mas isso não significava que eu tinha que ir a essa festa só para vê-lo.

— Tenho certeza de que ele não se importaria se eu não fosse. Eu vou vê-lo na aula segunda-feira.

— Corta. Essa — Everly falou, na batida da música. — Eu tenho uma noite quente planejada com Jase e você, minha ávida amiga leitora, vai ser o meu reforço.

Revirando os olhos, eu me sentei em uma cadeira do lado de fora do armário para tirar meu jeans.

— Se você já tem uma noite quente planejada, então não precisa de um reforço.

Balançando a cabeça, eu não conseguia acreditar que ela era estúpida o suficiente para se envolver com qualquer um dos nove homens que viviam na casa Inferno.

Todos eles eram sinal de problemas, cada um dos homens conhecidos como galinhas, que não conseguiam se manter dentro das calças por tempo suficiente para ter um relacionamento de uma semana com uma mulher.

Evy estava dormindo com Jase por uma semana inteira, no entanto, e isso me fez pensar como diabos ela conseguiu. Suspeitava que ela não era a única garota que ele estava pegando.

Como se lendo meus pensamentos, ela respondeu:

— Ele pode ter alguma vadia estúpida em cima dele quando chegarmos lá. Você sabe como ele é.

— Estou surpresa que você aguente isso — comentei, baixinho.

Ela ouviu de qualquer maneira, seus lábios se abrindo em um sorriso.

— Ele é a porra do Jase Kesson. Você está brincando comigo agora?

A risada se derramou de seus lábios.

— Estou determinada a domar aquele homem, mesmo quando todo mundo acha que ele não pode ser domado.

Sim, exceto que Jase Kesson, também conhecido como *Luxúria* no circuito do Inferno, era apenas um dos nove caras que praticamente dirigiam a faculdade.

Cada um era alguém com quem eu não queria nada e que, até agora, fui capaz de evitar. Eu nunca tinha realmente conhecido nenhum deles, o que era surpreendente, mas depois desta noite, eu finalmente saberia como eles eram.

Era como conhecer uma celebridade... ou um personagem de uma fábula. Você sabe que eles existem, mas conhecê-los pessoalmente os torna mais *reais*.

Dando de ombros, inclinei-me para trás na cadeira.

— Eu não me sinto confortável estando perto deles. Escutei coisas terríveis...

— Rumores. — Everly riu. — Não deixe isso te afetar. Eles, na verdade, são caras muito legais quando você os conhece. Lindos também. Todos, exceto...

Meus olhos foram em sua direção.

— Todos, exceto o que?

Seu cabelo caiu sobre o ombro quando ela balançou a cabeça e deixou cair o batom vermelho profundo na mesa. Apagando as luzes do espelho de maquiagem, girou em sua cadeira para olhar para mim.

— É como eu disse: cada um deles é sexo em uma maldita vara, mas Tanner me dá arrepios. Há algo nele. Como se seu peito não tivesse um coração batendo e, em vez de ser quente ao toque, sua pele seria como gelo. Eu não tenho ideia de como uma garota sobe na cama com o cara, mas ele nunca fica sem, sabe? Aquelas idiotas fazem fila para ficar com ele e eu não entendo. Felizmente, não disse mais que duas palavras para mim, e estou bem com isso.

Fazendo uma pausa, Everly verificou sua maquiagem no espelho uma última vez antes de se levantar.

— Só o evite e você vai ficar bem. Hora de ir.

Ela me deu um sorriso malicioso e eu gemi.

Agarrada pelo braço e puxada da minha cadeira, Everly me acompanhou para fora do nosso quarto. Nós estávamos no meio do corredor quando eu perguntei:

— Como diabos vou evitar esse cara se você está me forçando a ir para a casa dele?

Rindo, ela puxou meu braço, levando-me por uma escada nos fundos, passando por um grupo de meninas subindo até o nosso andar.

— Isso é fácil. Você suga o rosto de Clayton o tempo todo e então você não terá que se preocupar em ficar cara a cara com Tanner.

— E como eu vou saber qual deles é Tanner?

Outra risada.

— Oh, confie em mim. Você vai saber quem é ele quando o vir.

Ela não estava errada.

Não havia como confundir Tanner Caine quando entramos em uma grande sala na Casa Inferno. E, assim como ela o descreveu, o homem tinha uma maneira de enviar calafrios pela sua espinha no segundo em que você colocasse os olhos nele.

Depois de pagar o motorista do Uber que tínhamos pegado para chegar à casa fora do *campus* — uma enorme monstruosidade de três andares de uma mansão, completa com calçada sinuosa e gramados bem cuidados —, Everly me conduziu para dentro da porta da frente e me arrastou por uma multidão barulhenta que se aglomerava de parede a parede pelos cômodos do primeiro andar.

Alcançando as escadas, ela continuou me guiando sem dizer uma palavra até que chegamos ao terceiro andar, viramos à esquerda e caminhamos por um corredor até uma grande sala no final.

As pessoas permaneciam fora das portas da sala, conversando e bebendo, risos subindo por suas gargantas enquanto Everly se empurrava entre eles para me arrastar atrás dela.

Assim que passamos as portas, os olhos dela percorreram os homens sentados em cadeiras e sofás, meus olhos imediatamente observando as mulheres seminuas dançando e sentadas em seus colos.

O cheiro de fumaça de maconha encheu a sala, a música alta batendo nas paredes com uma batida baixa e constante.

— Ali está Jase — Everly sussurrou alto em meu ouvido. — E, claro, alguma puta está toda em cima dele. É hora de ensinar a essas vadias quem é a Rainha Vadia por aqui.

Inclinando-me para ela, respondi:

— Não tenho certeza se você deve se gabar disso.

Ela gargalhou e empurrou o cabelo. Jogando os ombros para trás, ela fixou os olhos em Jase, seus lábios puxando em um sorriso que significava problemas.

— Clayton deve estar aqui em breve. Fique por aqui e tenho certeza de que vai encontrá-lo.

Ela foi embora, deixando-me desajeitadamente pairando na porta, meus olhos examinando a sala antes de me virar para vê-la se aproximar de Jase.

Não era difícil ver por que ela estava praticamente tropeçando em si mesma para ficar com o cara. Relaxando em um sofá de couro com as pernas abertas e os braços apoiados sobre o encosto, Jase era o sonho erótico de qualquer garota.

Robusto e esculpido de uma forma que teria deixado os gregos com ciúmes, ele tinha cabelos castanhos desgrenhados que emolduravam seu rosto. Eu não conseguia ver a cor de seus olhos, mas seu nariz era reto, levando a um conjunto de lábios que se projetavam nos cantos como se ele conhecesse um segredo.

Vestindo uma camiseta preta justa que lutava para conter ombros largos e um peito forte, ele ergueu os olhos para Everly enquanto ela cruzava a sala em direção a ele, uma sugestão de sua cintura fina e abdômen perfeito aparecendo por baixo da camisa quando a garota montada nele passou a mão por seu abdômen.

Como Everly aturava aquela merda eu não sabia, mas foi divertido, para mim, ver o que ela faria a respeito.

Eu encarei a cena com curiosidade, notando como Everly se aproximou com passos curtos, seu olhar encontrando o de Jase quando ela estava ao alcance. Inclinando-se, sussurrou algo no ouvido da outra garota antes de se endireitar e enrolar os lábios em um sorriso diabólico.

A garota rapidamente saiu do colo dele, o vermelho queimando suas bochechas enquanto se virava para sair imediatamente. Passou por mim ao sair pela porta, lágrimas brilhando em seus olhos, quase invisíveis sob a iluminação fraca.

Do outro lado da sala, Jase apenas balançou a cabeça, curvou um dedo e sorriu enquanto Everly assumia o lugar da outra garota, com as mãos correndo em seu peito assim que se acomodou em seu colo.

Cada um com sua mania, eu imaginei, fazendo uma nota mental para perguntar o que ela disse para a outra menina que a fez sair correndo desta sala como se estivesse pegando fogo.

Tirando meus olhos deles assim que ela se inclinou para pressionar sua boca na dele, e sua mão se moveu para cobrir sua bunda, examinei o resto da sala, percebendo os outros quatro garotos sentados ao redor, todos eles com bebidas nas mãos enquanto as mulheres riam e dançavam ao lado deles, um par de olhos escuros e frios chamando minha atenção em particular porque estavam focados diretamente em mim.

É uma cortesia comum entre estranhos desviar o olhar durante momentos de contato visual indesejado, mas aquele que estava olhando para mim agora não parecia dar a mínima para cortesia. As linhas duras de seu rosto se contraíram assim que nossos olhos se encontraram, seu olhar perfurando o meu com uma intensidade feroz.

Ele tinha um sorriso perverso em seus lábios carnudos, sombras mergulhando sob as maçãs do rosto salientes que lhe davam um ar aristocrático.

Em frente a ele, uma linda garota dançava somente em uma saia curta e sutiã, seu corpo em exibição enquanto cabelos ruivos escuros caíam por suas costas em uma cachoeira de ondas.

Mesmo com o colírio que ele tinha pulando em sua frente, aqueles olhos escuros permaneceram fixos nos meus, um lampejo de algum pensamento não dito piscando atrás deles.

Eu soube instantaneamente que estava olhando para Tanner Caine, um homem conhecido como *Traição* entre seus amigos.

Cedendo à troca sem palavras entre nós, fui a primeira a desviar o olhar, meus braços subindo para envolver meu estômago como se para afastar o frio que ele conjurou dentro de mim.

Apesar de não olhar para ele, pude sentir seus olhos no meu rosto, de alguma maneira sabia que ele não tinha me deixado fora de sua vista enquanto eu estava esperando, minhas pernas tremendo embaixo de mim porque de repente eu estava aterrorizada.

Amaldiçoando Everly baixinho por me arrastar até aqui, considerei sair da sala, mas depois me preocupei que não encontraria Clayton e acabaria passando a noite vagando entre alunos bêbados se esfregando.

Quanto a esta sala, senti como se tivesse entrado em uma maldita orgia, todas as mulheres lentamente perdendo suas roupas enquanto os cinco homens que se sentavam como reis em seu maldito harém fumavam maconha e bebiam copos de diferentes uísques e cervejas.

Não, o restante dos homens se sentava como reis em seus tronos, exceto Tanner. Ele se sentava no centro da sala contra uma parede oposta, seu comportamento como o de um deus das trevas.

Eu precisava sair daqui, mas conforme os segundos se passavam, um olhar feroz venenoso me puxou para ele, minha cabeça virando só o suficiente para ver que Tanner ainda estava me encarando, a garota seminua não mais dançando agora que tinha rastejado para se sentar em seu colo.

Correndo os dedos pelo cabelo dele, ela se inclinou para beijar o ponto pulsante em seu pescoço, mas atenção dele estava focada em mim, apesar da promessa de sexo se esfregando contra sua virilha.

E foda-se, aquele homem era lindo, diferente de tudo o que eu tinha visto antes.

Com cabelos escuros e olhos frios, ele tinha cara de modelo. Suas maçãs do rosto eram lâminas que corriam sob seu olhar focado, as bochechas afundando para escurecer com a barba negra que cobria sua mandíbula. Os lábios se separaram apenas o suficiente para que eu pudesse ver que a parte inferior era carnuda, e ele tinha cabelo preto fuligem, que era raspado nas laterais e mais comprido no topo.

Parecia como seda correndo pelos dedos da mulher, seus braços casualmente relaxados de cada lado do corpo dela.

Quando nossos olhos se encontraram novamente, os dele se estreitaram apenas um pouco de onde ele estava me olhando por cima do ombro da menina.

Mesmo sabendo que era melhor não encarar, não conseguia desviar o olhar do dele uma segunda vez. Era como ser encarada por um predador, encurralada e trêmula enquanto ele lambia os lábios com toda a intenção de dar uma mordida lenta e vagarosa em mim para torná-la o mais dolorosa possível.

Enquanto seus olhos eram pequenas fendas com uma alma astuta olhando por trás deles, os meus estavam arregalados e ansiosos, meus braços apertando meu centro como se pudessem me proteger do que quer que ele estava pensando.

Era estúpido continuar olhando, mas eu não conseguia ignorar meu fascínio mórbido e, antes que eu pudesse parar com isso e fazer o que qualquer pessoa inteligente faria, como virar e dar o fora, Tanner quebrou o nosso olhar fixo para olhar para o outro lado da sala, seu queixo empurrando na direção de alguém pouco antes de a música parar de repente e a sala ser banhada por um silêncio chocante.

Virei-me para ver o que aconteceu, meu olhar vagarosamente voltando em sua direção para perceber que ele estava mais uma vez olhando para mim.

Como se isso não fosse ruim o suficiente, seus belos lábios se separaram, uma voz profunda de tenor flutuando pelo espaço que me parou no lugar.

— Junte-se ou saia.

Todos na sala viraram para olhar para quem Tanner estava falando, meu pescoço girando para a esquerda e para a direita antes de perceber que essa pessoa era eu.

Engolindo o nó de apreensão obstruindo a minha garganta, olhei de volta para ele, seus olhos agora brilhando com ameaça, a garota montada nele ainda rolando seus quadris enquanto pressionava contra o seu colo.

Foi então que notei que ela tinha abandonado o sutiã no chão aos pés de Tanner, seus seios fartos descaradamente exibidos para todo o cômodo.

Ela estava alheia ao fato de que ele tinha os olhos em outra mulher... que seu olhar estava fixado diretamente em mim.

Abrindo a minha boca, minha voz saiu em um fraco coaxar:

— O que?

Os cantos de seus lábios se curvaram, um sorriso felino de um gato que mal podia esperar para arrancar as penas do pássaro que havia prendido.

— Nós estamos entretendo você? Deixando-a molhada enquanto fica aí se decidindo se deve se tocar apenas para fingir que está em um de nossos colos? Por que ser tímida? Eu tenho pau suficiente para ambas. Tire suas roupas e suba.

Ele empurrou a garota para longe, um grito surpreso saindo dos lábios dela quando sua bunda bateu no chão.

Balançando minha cabeça, não consegui encontrar minha voz para responder, não que eu teria sabido o que dizer.

Desesperada por ajuda, eu me virei para onde Everly estava me assistindo do outro lado da sala, sua expressão preocupada. Inclinando-se, ela sussurrou no ouvido de Jase e ele riu baixinho.

Jase deu um trago no baseado que segurava entre dois dedos, rolou a cabeça sobre o encosto do sofá e disse:

— Deixe-a em paz, Tanner. Ela é amiga da Everly.

— Eu não dou a mínima para quem ela é — Tanner latiu em resposta. — Ela não foi convidada aqui e agora está assistindo todo mundo como se fôssemos um filme pornô ou coisa parecida.

Seus olhos estalaram de volta para mim.

— Então, o que você diz, *amiga da Everly*? Você vai se juntar a nós ou dar o fora? Existe espaço no meu colo, se estiver se sentindo negligenciada.

Risos encheram a sala, todos os olhos em mim enquanto eu estava perplexa. Terror rolou pela minha espinha, raiva correndo logo atrás porque eu não conseguia força o suficiente para me defender do idiota.

Ele sorriu, debochado, sua voz um sussurro sombrio.

— Isso foi o que eu pensei.

Inclinando o queixo em minha direção, ele exigiu:

— Tire seu traseiro dessa sala se você não está disposta a participar.

Mortificada, eu olhei para Everly novamente, mas ela balançou a cabeça, um apelo silencioso para eu fazer o que ele disse sem discutir.

Ele não precisou dizer mais nenhuma palavra para eu perceber que não era desejada.

Com as pernas instáveis, fugi da sala, corri pelo corredor e desci as escadas, as pessoas rindo e sussurrando quando passei por elas.

Estourando pela porta da frente, desci correndo os grandes degraus em semicírculo. Alcançando o fundo, eu respirei fundo para resfriar meus pulmões em chamas — medo, raiva e vergonha rolando em minhas veias para se misturar em um veneno tóxico.

Com o rosto corado, encostei-me na meia parede que ladeava os degraus, um brilho amarelo fraco irradiando de uma lâmpada a gás externa ao lado do meu corpo.

Lágrimas picaram meus olhos e eu as afastei enquanto a música filtrava das janelas da casa.

Abraçando meu corpo com braços trêmulos, finalmente me acalmei o suficiente após vários minutos para respirar uniformemente de novo.

Não havia chance de eu ir naquela festa procurar por Clayton. Escolhendo esperar por ele do lado de fora, espiei pela janela para ver um conjunto familiar de olhos escuros e frios me encarando.

Luca

O que é isso que certos homens têm que fazem as mulheres perderem a cabeça?

Pela minha vida, eu não conseguia entender. Talvez tenha algo a ver com a nossa natureza. Uma programação biológica tomando conta nos momentos em que uma mulher deve se agarrar à sua mente lógica, deve perceber que apesar de um corpo forte e duro e de um rosto talhado em pedra, existem alguns homens que não valem os dias, semanas ou mesmo anos de sua vida que eles sugam simplesmente por estarem presentes.

Eu certamente não era uma daquelas garotas estúpidas que perdia o controle toda vez que um homem bonito olhava na minha direção. Trabalhei muito duro para chegar onde estava, meus anos de ensino médio gastos me escravizando para que eu pudesse entrar em Yale e fazer algo do meu futuro.

No entanto, neste momento, fiquei incerta do meu lugar na vida, um comentário ridiculamente arrogante me desequilibrando para me deixar debatendo sobre questões como se eu era tão forte e independente quanto eu queria acreditar que eu poderia ser.

Foi estúpida, realmente, a insegurança que eu senti, e enquanto eu ficava esperando sob a cintilação de uma lanterna a gás ao meu lado, permiti que a insegurança se tornasse o que deveria ter sido o tempo todo: um ódio profundo pelo babaca que acreditava que podia gritar comigo, e raiva de mim mesma por ter fugido.

Clayton tinha mais dez minutos para chegar antes de eu pedir uma carona para ir para casa. Já tinha passado quinze minutos estando de pé contra a parede, meus olhos se desviando cada vez que as pessoas chegavam para a festa ou saíam.

A notícia deve ter se espalhado rapidamente na casa porque aquelas que saíam me encaravam um tempo um pouco longo demais para ser confortável conforme elas passavam, risadas silenciosas e comentários sussurrados voltando para mim sobre como eu tinha sido a garota expulsa.

Odiando esse lugar agora que eu finalmente tinha experimentado, olhei para o caminho que leva à área de estacionamento e notei a silhueta de uma pessoa andando na minha direção.

Alívio inundou minhas veias em pensar que Clayton tinha finalmente chegado, mas quando uma nuvem de fumaça subiu acima da cabeça da pessoa, meu alívio se esvaiu.

Eu tinha conhecido Clayton no início do ano em uma aula de delitos onde ele era o assistente do professor. Embora esta noite fosse tecnicamente nosso primeiro encontro, eu já cheguei a conhecê-lo muito bem e sabia que ele era muito louco por saúde para ser um fumante.

Tentando e falhando em não observar a pessoa se aproximando, acabei encontrando seu olhar verde com o meu enquanto ele caminhava, soprava outra nuvem de fumaça e se encostava contra a meia-parede à minha frente.

— Noite ruim?

Sem clima para uma conversa com um estranho, especialmente depois do meu embate com Tanner, eu dei de ombros e escaneei meus olhos de cima a baixo o homem falando comigo.

Casualmente vestido com uma camisa branca de botões com as mangas arregaçadas até os cotovelos e um par de jeans escuros que pendiam em sua cintura estreita, ele tinha ombros sólidos e antebraços musculosos, seus olhos verde-claros brilhando com calor enquanto olhavam para mim.

Ele parecia amigável o suficiente para ser tão bonito como era, e eu me senti rude por não o responder.

Esfregando minhas mãos nos braços para afastar o frio ainda preso sob minha pele, eu respondi:

— Você pode dizer que sim.

Ele sorriu e deu um passo à frente, estendendo um braço para me oferecer sua fumaça.

— Pode ajudar.

Com um balançar de cabeça, eu disse:

— Eu não fumo cigarros.

Seus ombros saltaram com risos silenciosos.

— Não é um cigarro.

A compreensão me atingiu.

— Eu também não fumo maconha, mas obrigada.

Segurando meu olhar por outro segundo silencioso, ele encolheu um ombro e deu mais um trago no baseado antes de se inclinar para trás contra a parede oposta.

— Quer falar sobre isso?

— Não há nada para falar.

Ele inclinou a cabeça, fumaça rolando por seus lábios.

— Tem certeza? Para mim parece que você está correndo.

Minhas sobrancelhas se juntaram, mas então eu presumi que ele tenha falado mal de mim. Tinha certeza de que meu cabelo estava bagunçado nas costas e minhas bochechas ainda estavam coradas de ter arrastado minha bunda fora da casa alguns minutos atrás.

— Só estou parada aqui.

— Mas a festa é lá dentro.

Metade do seu rosto foi banhado pelo lampião a gás externo à sua direita, o brilho laranja dançante dando-lhe uma borda sinistra antes que ele se virasse apenas o suficiente para deixar mais da luz iluminar seu rosto.

— Não pode ser muito divertido ficar aqui sozinha. Tem certeza de que não quer falar sobre isso?

Soltando um suspiro, eu bufei.

— Tenho certeza de que se você for lá dentro vai ouvir tudo sobre isso.

— Por que você não me diz?

— Eu nem sei quem você é.

— Meu nome é Gabriel. E o seu é?

Sorrindo, eu respondi:

— Luca.

— Luca o quê?

— Luca Bailey.

Ele retornou o sorriso e relaxou ainda mais, seus ombros se estendendo para trás e os cotovelos segurando seu peso na parede.

— É um prazer conhecê-la, Luca. Mas, de verdade — dando outro trago no baseado, ele expirou —, o que aconteceu? Tem alguma bunda que eu preciso chutar?

Rindo, eu relaxei em resposta à pergunta dele. Ele parecia decente o suficiente. Seu sorriso era um daqueles que fazia você querer sorrir junto com ele. Radiante. Não tinha outra palavra para isso.

— Eu meio que entrei na sala errada no terceiro andar e fui perseguida por Tanner. Então, agora estou aqui esperando por um amigo, porque não quero correr o risco de entrar lá dentro e acabar o irritando de novo.

A compreensão fluiu detrás de seus olhos.

— Ah, bem, deve ser por isso que eu pensei que você estava correndo. Aqueles caras não são exatamente do tipo que alguém gostaria de mexer.

— Eles são idiotas — apontei, sentindo-me mais confortável para ter uma pessoa para conversar ao invés de ficar do lado de fora sozinha. No entanto, percebendo o que eu disse, eu gemi e cobri minha boca como se pudesse de alguma forma colocar as palavras de volta lá dentro.

— Desculpe, tenho certeza de que você é amigo deles.

O canto de sua boca se levantou, sua sobrancelha se enrugando enquanto seus olhos verdes brilharam com humor.

— Não vou falar nada. Acontece que eu acho que todos os nove são babacas.

Uma gargalhada saiu da minha boca.

— Ah, meu Deus, é bom conhecer alguém que não os venera como todo mundo.

Sua risada se juntou à minha.

— Conte-me como você realmente se sente.

Isso realmente afrouxou meus lábios. Foi bom ter alguém que pudesse entender.

— Minha amiga é uma idiota por se envolver com Jase, e Tanner é alguém que merece um bom soco na garganta. Ele na verdade me disse para subir no seu colo ou sair da sala, como se eu fosse alguma vagabunda estúpida que dorme com caras que não conhece. Não entendo por que acham que podem agir assim.

— Provavelmente porque eles praticamente são donos desta faculdade. Pelo menos até se formarem e então eles vão possuir qualquer que seja a área que vivem. Você não sabe que o dinheiro pode comprar uma pessoa?

Balançando minha cabeça, eu chutei o chão.

— Não realmente. Estou aqui com bolsa de estudos. Quero dizer, minha família não é pobre, mas não temos mansões endinheiradas, entende?

Ele acenou com a cabeça.

— Inteligente e humilde. Quem diria que de fato existem pessoas como você em Yale? O que seu pai faz para viver?

Pensei que isso era uma pergunta estranha, mas não completamente fora de lugar. A maioria dos estudantes de Yale vieram de origens bem estabelecidas, seus pais tipicamente ricos e bem conhecidos.

— Ele dirige uma empresa de tecnologia.

— Interessante.

Jogando o que sobrou do baseado no chão e esmagando-o com a ponta da sua bota preta, Gabriel olhou para mim assim que Clayton veio passeando pela calçada em nossa direção. Ele nos alcançou e acenou com a cabeça para Gabriel antes de envolver um braço na minha cintura.

— Desculpe, estou atrasado. Fiquei preso ajudando o professor Stewart a classificar alguns papéis.

Antes que eu pudesse respondê-lo, uma voz familiar chamou da direção da porta da frente.

— Gabe, entra aqui, porra, nós temos um desafio para anunciar.

Endureci com o som dessa voz profunda, minha pele pinicando em resposta, meus dentes rangendo juntos. Ao meu lado, Clayton virou a cabeça para acenar na direção de Tanner, uma respiração assobiando em seus lábios.

— Ah, merda. Alguém está prestes a pegá-lo — Clayton murmurou, enquanto Gabriel se afastava da parede e caminhava na direção da porta da frente.

Um pico de pânico se espalhou pela minha espinha, enquanto Gabriel corria pelos degraus e cumprimentava Tanner.

Eles eram amigos? Eu me senti como uma fodida idiota por dizer a ele como eu me sentia. Não havia dúvida em minha mente de que ele passaria a informação para Tanner assim que tivesse a chance.

Como se intuísse meus pensamentos, Gabriel se virou e piscou para mim antes de entrar completamente na casa.

Meus olhos foram para Tanner e ele me jogou um último olhar antes de fechar a porta, a pancada forte adicionando um toque de finalidade à minha vida social em Yale.

Eu sabia que não deveria ter vindo aqui esta noite. Agora eu teria que ficar constantemente de olho nas minhas costas porque não havia como dizer o que Tanner faria.

Sussurrando contra minha orelha, Clayton perguntou:

— Você está bem?

— Não — respondi, lágrimas picando meus olhos. — Eu me sinto uma idiota nesse momento.

Apertando o braço ao meu redor, Clayton me segurou em seu peito.

— Por quê? O que houve?

Contei a ele o que aconteceu quando Everly e eu chegamos na festa, suas sobrancelhas se franzindo em confusão quando terminei a história.

— Espera, se você estava puta com o Tanner, então por que estava aqui falando com Gabriel, de todas as pessoas?

Parecia que uma pedra de mil quilos tinha caído no meu estômago, meus olhos levantando-se para os dele, praticamente implorando para não terminar o que quer que tinha a dizer. Eu não precisava ouvir a verdade, não precisava saber que o homem que derramei todos os meus pensamentos tinha sido...

— Gabriel é o melhor amigo de Tanner. Ele faz parte do Inferno...

Se fosse possível morrer bem ali e ir para a vida após a morte, eu teria feito isso feliz só para escapar das consequências desta noite.

— Então, basicamente, quando eu disse a ele que acho que todo mundo no seu grupo é um babaca, isso significa...

Clayton gargalhou, mas então me segurou à distância do braço, seus olhos castanhos encontrando os meus.

— Que você também o chamou de babaca.

— Mas ele não disse nada — argumentei.

A expressão de Clayton se suavizou antes que estendesse a mão para esfregar um polegar ao longo da minha mandíbula.

— Claro que ele não disse. Gabriel é o melhor mentiroso de todos. Por que você acha que todo mundo o chama de *Engano*?

Filho da mãe...

Eu estava pronta para dar o fora de lá e estava a ponto de dizer isso a Clayton exatamente quando a música parou na casa, substituída por uma multidão de pessoas rugindo em vaias e berros, gargalhadas estridentes se misturando ao barulho.

Erguendo a cabeça para olhar para a porta da frente, Clayton sorriu e agarrou minha mão.

— Venha, vamos entrar. Quero ver que idiota decidiu aceitar o desafio ao invés de pagar o preço.

— O que isso sequer significa?

Eu já estava tão frustrada com essa festa. Não ajudou que Clayton estivesse falando em código sobre desafios e pagar um preço.

Soltando um suspiro pesado, Clayton envolveu o braço ao meu redor e começou a me levar para os degraus da casa.

— Você conhece os rumores de que você não quer mexer com esses caras a menos que queira se despedir da sua vida social?

Eu balancei a cabeça, mentalmente adicionando que os rumores eram exatamente o porquê eu não queria vir aqui em primeiro lugar.

— Bem, vamos apenas dizer que todo mundo que vive nessa casa é bem conectado. Quero dizer, insanamente conectado. Se você precisa de algo, não importa o que seja, um dos membros do Inferno vai ser capaz de fazer acontecer. A única coisa é que quando você pede a eles um favor, tem que concordar em pagar um preço. Mas eles não vão te dizer qual é de início. Não até que saibam o que eles querem de você.

Alcançando a porta, eu agarrei seu braço antes que ele pudesse abri-la.

— Por que alguém concordaria com isso?

Clayton correu uma mão pelo cabelo castanho e soltou um suspiro.

— Pelo fato de estarem desesperados? Mas é tudo uma boa diversão, sabe? Além disso, eles têm uma saída. Se não pagarem o preço que lhes for pedido, eles podem correr o desafio.

— Que é?

Quanto mais eu ouvia sobre isso, menos eu queria ter algo a ver com isso.

— É uma festa enorme, na verdade. E enquanto todo mundo está se divertindo, a pessoa desafiada é perseguida pela floresta por algumas horas. Eles saem de lá assustados como a merda, mas então acaba e todos voltam para suas vidas.

Ele abriu a porta para me puxar para dentro, as risadas e vozes ficando mais altas enquanto as pessoas passavam correndo para entrar na casa.

Atravessando a multidão de estudantes em uma grande sala de estar com janelas do chão ao teto revestindo uma parede e uma lareira enorme dominando a outra, Clayton manteve seu braço ao meu redor para evitar que eu fosse empurrada por outros corpos.

Na frente da sala, Gabriel subiu em uma mesa para ficar acima da multidão, seus olhos verdes escaneando o local lotado enquanto esperava o barulho diminuir.

A música que estava pulsando pela casa a noite toda foi cortada, a antecipação pelo que Gabriel diria em uma vibração rolando pela multidão.

Seus olhos encontraram os meus de novo e ele piscou, fazendo o meu estômago virar e revirar quando lembrei o que disse a ele.

Arrastando seu olhar do meu, ele sorriu.

— Próximo sábado, Brad Cotter vai ser nosso convidado de honra na próxima festa do desafio. Esteja lá ou o azar é seu.

Todos os olhos viraram para quem eu presumi que era Brad. Um garoto alto com uma estrutura esguia, ele não parecia feliz em ser o suposto *convidado de honra*, mas forçou um sorriso, apesar de tudo. Balançando em seus pés, ele obviamente estava bêbado, sua pele um tom doentiamente verde pálido.

A multidão rugiu com risos e aplausos enquanto a batida da música enchia a casa de novo, algumas pessoas dando tapinhas nas costas dele, outras balançando a cabeça e sussurrando que ele era um idiota.

— Aí está você. Eu estive te procurando em todos os lugares. Você está bem?

Virando-me, tranquei meus olhos com Everly, meu olhar caindo para seus lábios para notar que seu batom estava borrado.

— Deve ter sido difícil me encontrar com seu rosto colado ao de Jase na última hora.

As bochechas de Everly se aqueceram e um sorriso travesso esticou sua boca.

— Ok, então eu só estive te procurando pelos últimos cinco minutos, mas ainda...

Seus olhos azuis desviaram para a direita, um sorriso mais amplo esticando seus lábios ao ver Clayton ao meu lado.

— Já era hora de você aparecer. Luca te disse o que aconteceu lá em cima?

Antes que Clayton tivesse a chance de responder, um corpo quente pressionou atrás de mim, um braço estendendo-se por cima do meu ombro para acenar um copo vermelho Solo na minha cara. O cheiro de álcool era insuportável e eu sabia que o que quer que estivesse naquele copo me derrubaria se eu aceitasse.

— Eu venho trazendo uma oferta de paz.

Reconhecendo a voz, eu girei sem pegar o copo que estava sendo oferecido.

— Você poderia ter me dito que vive aqui.

Os olhos de Gabriel brilharam com humor, seus lábios se ergueram nos cantos. Apesar do fato de ele ter mentido para mim, eu não o odiava tanto quanto a Tanner.

— Por que eu faria isso quando era muito mais engraçado ouvir como você se sentia sobre nós?

Eu podia sentir o vermelho manchando minhas bochechas, meu estômago revirando mais uma vez com a preocupação de que ele tivesse dito algo a Tanner.

Percebendo a minha reação, Gabriel arqueou uma sobrancelha e bebeu do copo depois de perceber que eu não aceitaria. Sua expressão se contraiu, a cabeça balançando enquanto a boca se abria, seguindo sua dificuldade para engolir.

— Maldição. Quem fez essa bebida está tentando matar pessoas.

— É por isso que você não deve aceitar bebidas de estranhos — eu respondi.

Duas covinhas marcavam suas bochechas com seu sorriso largo.

— Eu não me consideraria exatamente um estranho.

Com os olhos verdes mudando entre nós três, Gabriel disse:

— Eu vim aqui para estender um convite pessoal a vocês três para a próxima semana. O desafio vai ser lançado e vou levar como um insulto pessoal se não comparecerem.

Everly e Clayton concordaram rapidamente, mas eu tinha minhas dúvidas. Meus pensamentos devem ter sido escritos claramente na minha expressão, porque Gabriel colocou seu lábio inferior para fora e inclinou a cabeça.

— Vamos lá, Luca Bailey. Nós somos amigos agora. Só me diga que você vai me dar outra chance.

Balançando a cabeça, eu desviei o olhar, meus olhos pousando em Tanner onde ele estava encostado contra a parede do outro lado da sala, três garotas dançando na frente dele.

O homem era muito lindo para palavras, sua presença sombria me atraindo enquanto sua atitude de merda me fazia querer correr o mais rápido que eu podia na direção oposta.

O instante que seu olhar se ergueu para o meu, eu desviei o olhar, minhas bochechas em chamas por ter sido pega encarando.

— Meu problema não é com você.

Seguindo minha linha de visão anterior, Gabriel riu.

— Se é com Tanner que você está preocupada, ele já esqueceu o que aconteceu entre vocês.

Seus olhos encontraram os meus.

— Sério, ele é um babaca. Não deixe isso te afetar. Diga que você estará lá no próximo fim de semana.

Everly bateu no meu cotovelo com o seu e respondeu por mim.

— Ela vai estar lá. Eu vou me certificar disso.

Aceitando sua resposta, Gabriel nos lançou um último sorriso antes de se virar para se afastar. Everly o chamou:

— Qual é o tema?

Tema? Eu olhei para ela com a minha sobrancelha arqueada em questão. Gabriel se virou para nós e levantou seu copo como se fosse um brinde.

— Ora, minha adorável senhora, é vitoriano, é claro.

Que porra?

Everly gritou e bateu palmas. Envolvendo o braço no meu, ela pressionou sua boca na minha orelha e disse:

— Confie em mim, Luca, você vai se divertir muito.

Apesar de suas garantias, eu tinha uma leve suspeita de que o tempo gasto em torno dos garotos Inferno seria tudo menos divertido.

capítulo três

Luca

— Isso é insano. Você sabe bem disso. Uma bela merda...

Minhas palavras cortadas quando Everly apoiou um pé contra a parede na minha frente e inclinou-se atrás de mim para puxar os laços do espartilho mais apertado.

Eu não conseguia respirar, minha caixa torácica comprimida e meu decote aparecendo acima do topo como se meus seios estivessem tentando escapar. Olhando no espelho, esperei meus lábios ficarem azuis, um sinal claro de que morreria hoje à noite na festa do desafio.

Com a voz tensa de tanto puxar, Everly amarrou as cordas do espartilho no lugar enquanto dizia:

— Eles fazem um tema diferente para cada festa. E é divertido.

Mexendo na minha orelha, ela se agachou para colocar meu vestido no lugar, o tecido esmeralda caindo elegantemente sobre o espartilho e por toda a anágua por baixo dele.

Eu não podia acreditar que em pleno século XXI, eu estava usando o equivalente a um dispositivo de tortura no meio da floresta à noite para uma fodida fogueira.

— Quem faz isso? Por que eu não posso só usar um jeans e camiseta e ficar confortável?

— Porque você vai se destacar. Todo mundo sabe se vestir apropriadamente para uma festa do desafio.

Pausando, Everly me estudou pelo reflexo do espelho, sua cabeça acenando em aprovação.

— Você está deslumbrante. Agora é minha vez.

Everly se aproximou de mim para tomar o seu lugar em frente ao espelho. Tirando suas roupas, ela colocou o espartilho sobre seu peito e segurou no lugar para eu amarrar. Não sabendo como as mulheres na era vitoriana passavam por isso todos os dias, eu fiz o meu melhor para apertar bem os laços, amarrando tudo no lugar e ajudando-a a entrar no vestido amarelo manteiga depois que colocou sua meia-calça e anágua.

Figurinos no lugar, nós estilizamos nossos cabelos em penteados presos delicadamente antes de aplicar maquiagem. Felizmente, o tempo estava frio na noite de fim de outono e nós não iríamos derreter no instante que saíssemos.

— Clayton vai nos encontrar lá ou...

Uma batida na nossa porta respondeu sua questão. A saia do meu vestido se arrastou pelo chão conforme eu caminhava, os olhos de Clayton se arregalando assim que eu abri, revelando o ridículo que estávamos vestindo.

Seus lábios enrugaram em um assobio baixo, e eu não pude deixar de conferir o terno escuro que ele usava.

— Ei, bonito.

Apesar de passarmos mais tempo juntos, Clayton e eu não tínhamos feito muito mais do que beijar, e mesmo esses momentos deixaram algo a desejar. Não havia paixão entre nós, mas assumi que isso tinha mais a ver com a novidade da relação do que qualquer outra coisa.

Eu não era uma virgem, nem de longe, mas não era do tipo que apressava relacionamentos também.

— Que droga, senhoras. Eu vou ter uma noite ocupada lutando para afastar todo mundo de vocês.

Everly terminou de amarrar seu sapato, a cabeça se levantando tão rápido que meu pescoço doeu só de assistir isso.

— Não se atreva. Jase tem um passe de livre acesso e se alguém tentar atrapalhar isso eles vão se ver comigo.

Levantando suas mãos em rendição, Clayton riu.

— Droga, então eu só vou lutar para defender a honra de Luca. — Seus olhos desviaram para mim. — Você está realmente incrível.

— Eu me sinto uma idiota. Ser forçada a me vestir assim para uma festa de fogueira deveria ser ilegal.

Seus olhos castanhos travaram com os meus, alegria brilhando por trás deles.

— Eu ficaria feliz em te ajudar a sair dessas roupas se elas estão te incomodando tanto assim.

Meu coração deveria ter saltado em resposta à declaração, mas ao invés disso ele manteve um ritmo estável, meu interesse em Clayton diminuindo por razões que eu não queria admitir para mim mesma.

Durante toda a semana, meus pensamentos têm se voltado para a festa Inferno e tudo o que aconteceu, a maioria desses pensamentos centrados nos olhos escuros de um homem que me aterrorizou enquanto despertou todo o meu corpo para a vida.

Eu não sabia o que Tanner tinha que roubou minha atenção, e dado como ele me tratou da última vez que o vi, eu não estava com nenhuma pressa de descobrir.

— Vamos. Nós vamos nos atrasar se não pegarmos a estrada.

A viagem até o meio do nada levou um pouco mais de uma hora. Uma grande área de estacionamento de cascalho acabou surgindo à nossa direita enquanto dirigíamos por uma estrada de duas pistas, o espaço quase lotado apesar da madrugada. Encontrando uma vaga, Clayton desligou o carro, alcançando uma bolsa perto dos meus pés antes de nos deixar sair.

— Eu tenho máscaras para a festa. Gabriel me mandou uma mensagem ontem à noite me dizendo que vamos precisar delas.

Embora eu soubesse que Clayton andava com os garotos Inferno desde que ele era um veterano como eles, deixou-me nervosa pensar que ele era próximo o suficiente para trocarem mensagens entre si.

Gabriel não me importava tanto, mas me fez pensar o quão grudado Clayton era dos outros oito.

Mesmo tendo ido à festa, eu só seria capaz de nomear três deles à vista, e eu me perguntava o quanto mais eles me assustariam depois que eu conhecesse os outros seis.

Quando ele puxou as três máscaras — uma muito parecida como as máscaras da peste nos tempos medievais, e duas que eram mais femininas com sua delicada construção de renda preta — eu não poderia deixar de matar minha curiosidade.

— Quão bem você conhece os nove garotos Inferno?

Clayton me passou uma máscara e se virou para entregar uma a Everly.

— Muito bem. Eu frequentei a faculdade com todos eles desde o início. Eles não são tão terríveis como os rumores dizem. Só não peça um favor a eles e não os irrite.

Amarrando a máscara no meu rosto, eu perguntei:

— Se você os conhece há tanto tempo, por que não é um deles?

Ele parecia estranho com a máscara de couro da peste, os olhos grandes refletindo minha imagem de volta para mim enquanto o bico pontudo cobria seu nariz e boca. De alguma forma, eu ainda era capaz de entendê-lo claramente.

— Eu não cresci com eles. Todas as suas famílias são conectadas socialmente e através do trabalho, então todos se conhecem desde o primário. Muitas pessoas fazem parte do mesmo círculo, mas eles não deixam ninguém entrar no grupo interno, se isso faz sentido.

Acenando, larguei o assunto, meus olhos indo para o para-brisa dianteiro onde eu vi uma fumaça subindo para o céu à distância.

— Parece que vamos andar por um tempo.

Clayton abriu a porta e se virou para olhar para mim.

— A caminhada não é ruim. Leva no máximo dez minutos.

Everly soltou um gritinho de emoção quando Clayton a ajudou a sair do carro, ambos indo para a parte de trás para abrir minha porta e me puxar para os meus pés.

Usando nossos celulares como lanternas, nós encontramos a trilha que levava ao centro da floresta e caminhamos pela escuridão quase total, com cuidado para não tropeçar em nenhuma raiz.

Acima de nós, estrelas brilhavam, mas a lua estava ausente, as árvores de ambos os lados balançando com uma brisa forte que passou.

De vez em quando um animal corria no mato baixo ou uma coruja piava, os sons tornando a trilha ainda mais assustadora que a escuridão.

Eventualmente, o zumbido baixo da música podia ser ouvido, o som turbulento de uma festa se tornando mais alto conforme nos aproximávamos. Embora eu só esperasse ver um bando de universitários muito bem-vestidos amontoados ao redor de uma grande fogueira, nada poderia ter me preparado para o que encontramos quando viramos a última esquina e fomos até o local principal da festa.

— Puta merda — murmurei, meus olhos escaneando o ambiente enquanto parei no lugar para absorver tudo.

Isto não era uma simples fogueira no meio do nada, era um festival completo com grandes tendas de dossel brancas, artistas e champanhe sendo servido em bandejas de prata por uma equipe de garçonetes vestidas com collants em forma de smoking com cauda.

Entrando ainda mais em uma festa com pelo menos cem pessoas circulando, eu não conseguia parar de olhar para a decoração.

O fogo queimava em globos de vidro em um círculo ao redor de toda a área aberta, chamas flamejavam alto de um fosso no centro. Em cada tenda, lustres brilhavam com os cristais pendurados e velas cintilando eram decorações de centro de mesa.

Na outra extremidade do círculo, uma grande plataforma foi montada, alta o suficiente para que qualquer pessoa que estivesse nela fosse capaz de ver toda a multidão. À minha direita, havia outra trilha que levava à floresta, que estava iluminada em ambos os lados por tochas.

Everly se virou para encontrar meus olhos, seus lábios se separando em um sorriso largo.

— Eu não te disse que seria incrível? Esses caras nunca deixam de ir com tudo.

Enquanto Clayton ficava quieto ao meu lado, Everly examinava a multidão, sua linha de visão finalmente se fixando em um alto e largo homem vestido em um smoking de época completo com uma cartola e uma capa preta forrada de cetim vermelho, sua máscara esculpida do diabo tão bonita que deve ter custado uma fortuna.

— Ali está ele. Eu reconheceria a arrogância de Jase em qualquer lugar.

Acenando para Clayton e eu, Everly deu um rápido adeus e prometeu nos encontrar mais tarde, conforme corria na direção de Jase.

Sussurrando, Clayton perguntou:

— Everly tem uma queda gigante por ele, não é?

Balançando afirmativamente a cabeça em resposta, eu ainda não conseguia entender o sentido da festa.

Enquanto um artista cospe-fogo passava para disparar uma grande linha de chamas quentes de sua boca, meus olhos se arregalaram ainda mais.

— Tudo isso não é um pouco exagerado? Como é possível?

Clayton riu e me levou para um grupo de garotos conversando entre eles.

— O dinheiro fala. E se você tiver o suficiente disso, pode fazer qualquer coisa acontecer. Os caras gostam de ostentar em noites de desafio desde que elas são raras.

Ele pegou duas taças de champanhe de uma bandeja e me entregou uma, sua expressão escondida pela máscara quando tentou beber a dele, mas percebeu que ela o impedia.

— Eu provavelmente deveria ter planejado isso melhor.

O riso borbulhou dos meus lábios antes de tomar um gole da minha taça.

— Ei, poderia ser pior. Você poderia estar vestindo um dispositivo de tortura que torna impossível respirar profundamente.

Afastando a máscara o suficiente para expor sua boca, ele esvaziou a taça de champanhe de uma vez e colocou a máscara de volta no lugar.

— Você quer andar por aí um pouco e ver todas as atrações? Tenho certeza de que o artista cospe-fogo não é o único ato de circo que eles contrataram.

Acenando com a cabeça, enrolei meu braço ao dele e admirei os trajes e outros detalhes da festa.

Na maior parte do tempo, todos estavam se comportando, mas a noite ainda estava começando. Depois que álcool suficiente fosse consumido, eu sabia que as coisas iriam se transformar em hedonismo.

Já havia três dançarinas vestidas com trajes quase inexistentes girando e tecendo entre as multidões. À margem, dois artistas andavam em pernas de pau para frente e para trás, suas roupas desenhadas para fazê-los parecerem demônios enormes. Eu tinha que reconhecer quem quer que tenha planejado essa festa, era impressionante por ser tão excessiva.

De tempos em tempos eu avistava uma máscara de diabo usada por vários homens que eram tão grandes e dominantes quanto Tanner. Todos eles estavam vestidos em smokings de época, cartola e capas forradas de cetim.

Apontando um deles para Clayton, eu perguntei:

— Presumo que os homens usando máscaras do diabo são os membros Inferno, certo?

Clayton concordou.

— Sim. Eu percebi isso há pouco tempo. Todas as suas máscaras são iguais. Parece que todo mundo está aqui. Tenho pena de quem quer que esteja sendo desafiado esta noite.

Na deixa para o que Clayton disse, uma buzina alta soou à distância, o som baixo e primitivo, como algo que você escutaria antes de uma guerra.

Nós nos viramos na direção do som para ver três dos homens mascarados de diabo em pé na plataforma erguida com Brad posicionado na frente deles. Fogo queimava em tochas altas atrás de seus corpos, a dança de fumaça e luz lançando uma névoa sinistra em toda a cena.

Uma vez que eles tinham a atenção de todos, um deles falou, usando um microfone escondido. Reconheci a voz como a de Gabriel.

— Sejam todos bem-vindos ao Inferno, uma terra fértil de espíritos lascivos e todos os pecados provocativos e emocionantes que vocês possam imaginar. Antes de as festividades realmente começarem e de nos perdermos para qualquer devassidão que nos excite, precisamos honrar nosso convidado especial com um brinde para prepará-lo para o desafio.

Brad estava despido de seu paletó e camisa, suas calças pretas deixadas penduradas nos quadris estreitos. Ele não era tão grande quanto os homens que estavam atrás dele, mas não estava fora de forma também. Usando uma expressão em branco, encarou a multidão, algo em seus olhos me dizendo que estava morrendo de medo.

Preocupada, inclinei-me para Clayton e sussurrei:

— O que eles fazem no desafio? Ele parece aterrorizado.

Clayton sussurrou de volta, o bico de sua máscara esfregando na minha bochecha:

— Ninguém sabe. A regra é que eles não podem falar sobre isso. Não que eles queiram. Você acha que ele parece mal agora? Só espere e veja como se parece quando voltar. Vamos apenas dizer que ninguém que foi desafiado mexe com o Inferno de novo. De fato, a maioria deles se excluem e param de socializar completamente.

O choque me atravessou.

— Então por que alguém faria isso?

Encolhendo o ombro, Clayton respondeu:

— Deve ter sido melhor do que qualquer preço que lhe foi pedido.

Incapaz de entender a insanidade de um grupo de homens que soava pior a cada novo fato que eu aprendia sobre, retornei minha atenção de volta ao palanque para ver quem eu assumi que era Gabriel entregar uma garrafa de uma bebida verde brilhante a Brad.

Assim que encostou a garrafa nos lábios, a multidão rugiu com vida, eventualmente cantando para ele virar a bebida.

— O que ele está bebendo?

Parecia anticongelante[1] de onde eu estava, bolhas de ar subindo no líquido enquanto Brad continuava engolindo.

— Ele está bebendo absinto. Ajuda a prepará-lo para o desafio.

— Como assim?

Clayton gargalhou.

— Tem efeitos alucinógenos pelo que ouvi. Ou isso ou eles batizam com alguma coisa para foder com quem está sendo desafiado. Nunca bebi isso, então não tenho certeza.

Apertando meus olhos, vi como Gabriel tomou a garrafa de Brad e o levou para escadas da plataforma, os homens mascarados de diabo seguindo atrás deles, cada um carregando uma tocha flamejante.

Quando chegaram à beira da floresta onde a trilha começava, eles pararam tempo o suficiente para que as pessoas terminassem de aplaudir.

A buzina soou novamente, o som ainda mais sinistro agora que eu sabia o que significava.

---

1 Composto químico que se adiciona aos líquidos para que sua mistura não congele em temperaturas mais baixas. Tipicamente utilizados em gasolina e diesel.

— Brad tem uma vantagem de dez minutos — Gabriel explicou, o microfone garantindo que todos pudessem ouvir sua voz.

Virando para Brad, ele disse:

— Corra rápido, coelhinho, porque quando você ouvir a buzina tocar de novo, seu tempo acabou e a primeira rodada de demônios começa sua perseguição.

Brad não hesitou em sair pela trilha, sua figura desaparecendo nas sombras quase imediatamente.

Dentro de segundos, a música recomeçou e todo mundo voltou a falar entre si e curtir a festa, nenhum deles reagindo ao que aconteceu como se fosse revoltante ou fora do comum.

— Então é isso? Todo mundo volta para a festa enquanto ele foge de ser torturado?

Clayton olhou para mim por trás da máscara antes de tirá-la para sorrir para mim em segurança.

— Ei. Realmente não é tão ruim assim. Ele sabia no que estava se metendo. Você vai vê-lo de novo em algumas horas e perceberá que é apenas um jogo.

Meu coração estava batendo na minha garganta, meu estômago se revirando com o álcool que eu tinha consumido. Ficando perto da grande fogueira, eu podia sentir gotas de suor escorrendo pela minha têmpora e entre meus seios.

Com sua máscara enfiada no topo de sua cabeça, Clayton olhou para a festa além do meu ombro. Seus olhos encontraram os meus de novo.

— Você vai ficar bem por alguns minutos aqui sozinha? Preciso encontrar um banheiro ou pelo menos um arbusto onde eu possa mijar.

Concordando com a cabeça, puxei meu braço do dele e enrolei-o em volta do meu abdômen.

— Vou estar aqui quando você voltar.

Clayton se afastou e eu virei para olhar a fogueira, as chamas dançantes e a madeira crepitante roubando a minha atenção do constrangimento que eu sentia de estar entre uma multidão de universitários mascarados, a maioria dos quais eu não conhecia.

Eu estava em Yale há dois anos, mas até Everly ter sido transferida para o meu dormitório após uma mudança inesperada, eu nunca tive muito uma vida social. A maior parte do meu tempo foi gasta em classe ou estudando na biblioteca.

O primeiro ano da faculdade de direito foi o pior, um cronograma exaustivo que destruía quem conseguia lidar com a pressão e quem cederia sob ela. Mas agora que meu segundo ano tinha começado, fui capaz de aliviar a carga constante de trabalho, o que me ajudou a sair com novas pessoas. Infelizmente, eu não poderia citar mais do que alguns deles.

E, por essa razão, fiquei olhando o fogo, meus olhos seguindo as brasas que flutuavam em direção ao céu, o calor se espalhando pelo meu rosto apesar da distância que eu estava afastada da fogueira.

Vários minutos se passaram, cada um fazendo eu me sentir mais nervosa por ficar sozinha.

Ao meu redor, pessoas riam e conversavam, algumas dançavam, outras incentivavam uns aos outros para beberem mais, serem mais loucas, para cederem a qualquer desejo irresponsável que tivessem.

Sentindo-me fora de lugar, soltei um forte suspiro de alívio quando Clayton andou por trás de mim, seu peito encostando em minhas costas. Cercado de um lado pelo calor do fogo e do outro pelo calor de seu corpo, achei estranho ele não dizer nada.

Virei-me para sorrir para ele, mas meu coração quase parou assim que coloquei os olhos em uma máscara de diabo, o design de madeira esculpida ainda mais intricado e bonito agora que tive a chance de estudá-lo de perto.

— Droga, você me assustou.

Rindo, eu coloquei minha mão no peito, assumindo que Gabriel tinha finalmente me encontrado e vindo dar um oi.

Embora eu não pudesse ver seus olhos devido à pequena malha preta que cobria aquele pedaço da máscara, notei que seu pescoço se movia enquanto seu olhar rastreava meu corpo até onde minha mão cobria meu peito.

— Você está feliz? Apareci na sua festa da tortura, então você não pode levar como ofensa pessoal.

Seu olhar deve ter voltado para o meu rosto, o pescoço virando para a direita enquanto ele me olhava.

Foi inquietante estar tão perto dele, especialmente por causa da máscara. O silêncio de Gabriel só tornou o momento ainda mais assustador.

— Você vai dizer oi ou vamos nos encarar a noite toda?

Levantando a mão, Gabriel tirou a máscara de seu rosto, um sorriso curvando meus lábios que desapareceu imediatamente quando um par de olhos frios e escuros encontrou os meus.

Congelando no lugar, eu percebi meu erro, os lábios se separando um pouco quando o rosto de Tanner olhou para mim.

Medo percorreu meu corpo, cobrindo minha coluna de gelo, e dei um passo para trás para colocar uma distância entre nós, mas não rápido o suficiente.

Antes que eu soubesse o que estava acontecendo, Tanner envolveu a mão na minha nuca, seus longos dedos tecendo no meu cabelo que foi preso em uma bagunça de cachos.

Ele se inclinou enquanto minha respiração jorrava dos meus pulmões em uma explosão assustada, sua boca inclinada sobre a minha sem se preocupar se eu o tinha convidado para o beijo ou não.

Meu corpo tremia com o contato, todos os músculos ficando fracos enquanto eu derretia contra seu peito, meus lábios se separando enquanto sua língua lambia o vinco, exigindo que eu permitisse sua entrada.

Foi instintivo, minha rendição a ele, alguma parte há muito tempo esquecida em meu cérebro reconhecendo seu poder sobre mim. Assustada, mas tão cheia de desejo, eu tremia enquanto sua língua deslizava pela minha, com os dentes raspando contra o meu lábio com a ameaça de prazer e dor.

Sem pensar, fiquei na ponta dos pés para compensar a diferença de altura entre nós, minhas mãos se movendo para seu peito para encontrar músculo de aço por baixo de sua camisa.

Não queria admitir para mim mesma que, desde o momento em que eu o conheci, eu me perguntava como seria esse beijo.

Agora eu sabia que isso me desarmaria de todas as maneiras que importavam. Agora eu sabia que isso iria roubar a minha capacidade de pensar e respirar.

Agora eu sabia que não havia chama mais quente do que o calor do meu corpo quando Tanner estava pressionado contra mim.

A festa ao nosso redor deve ter desaparecido sem que eu percebesse, porque, no momento em que a buzina foi tocada à distância, o som primitivo e baixo que me lembrou de um mundo inteiro que existia ao nosso redor, vozes filtradas voltaram à minha consciência, zombarias e gritos, pessoas incitando Tanner a me beijar mais forte.

Ele me soltou antes que eu tivesse tempo para me reequilibrar, e tropecei para trás para abrir meus olhos e encontrar os dele.

Embora seus olhos ainda fossem as pedras frias e escuras que eu sempre soube que eram, finalmente vi que eram de um verde profundo.

Os lábios de Tanner se enrolaram nos cantos, risos sombrios agora nos cercando enquanto seus amigos se aproximavam para puxá-lo de volta. Queria poder dizer que o sorriso dele era amigável, mas era mais uma expressão de ódio do que qualquer outra coisa.

Raiva me atravessou, meus olhos escaneando os outros homens em máscaras demoníacas, meus dentes rangendo ao perceber que estavam rindo de mim.

Por trás deles, Clayton andou com sua máscara no lugar, sua expressão escondida atrás do couro.

— A buzina soou. Anda logo, Tanner. Estamos na primeira rodada.

Não reconheci a voz de quem quer que falou com ele, mas observei enquanto Tanner piscava seus olhos e se virava para fugir com os amigos.

Quando eles saíram, Clayton se aproximou para tocar meu braço, sua outra mão levantando a máscara para que eu pudesse ver seu rosto.

— O que diabos foi isso?

Balançando minha cabeça, limpei minha garganta e expliquei:

— Eu não sei. Ele simplesmente se aproximou e me beijou.

Meus olhos passaram por ele para ver Tanner e duas outras pessoas arrancarem suas máscaras, cartolas, capas, paletós e camisas. Todos três eram construídos como lutadores, dois deles idênticos com cicatrizes aparentes em seus corpos.

Virando-se para seguir minha linha de visão, Clayton falou comigo em voz baixa:

— Esses são Ezra e Damon Cross. Eles são gêmeos, se você não reparou ainda.

Pisquei, meus olhos se enchendo com lágrimas que eu não queria que escorressem pelas minhas bochechas como prova de que Tanner tinha um efeito em mim.

Ainda assim, eu não conseguia tirar os olhos dele, não conseguia parar de encarar o contorno forte de seu peito, o bronzeado suave de sua pele que se estendia pelos ombros largos, grossos bíceps e abdômen trincado que fez meus dedos se enrolarem nas palmas com a necessidade de tocá-lo.

Ele era muito bonito para colocar em palavras. Muito lindo para ser real.

— Ei — Clayton sussurrou. — Ele fez alguma coisa com você?

Sem responder à pergunta dele, eu perguntei:

— Quem são Ezra e Damon no grupo? Do que as pessoas os chamam?

— Violência e Ira. Ambos são letais pelo que eu ouvi. Você não quer conhecê-los. Eu evito esses dois tanto quanto possível. Eles têm pavios curtos e explodem por nada.

Todos três se aproximaram do começo da trilha que leva para a floresta, Tanner me lançando um último olhar arrogante antes de rirem e partirem em perseguição ao Brad.

TRAIÇÃO

De repente, senti pena de qualquer pessoa que estivesse desafiando os três. Porque alguém concordaria com isso estava além da minha compreensão.

— Você está bem? Tanner te machucou?

Balancei a cabeça, finalmente abrindo minha boca para responder.

— Não, ele só me beijou.

Muitos garotos teriam ficado chateados em saber que a garota que estavam namorando tinha sido beijada por outro homem, mas Clayton só gargalhou enquanto ele puxava a máscara no lugar.

— Ele estava mexendo com você. Não pense nada sobre isso.

Exceto que para mim era difícil não pensar em nada disso. Aquele beijo — aquele momento quando a língua de Tanner tomou posse da minha boca e sua mão me segurou no lugar — me abalou até o âmago, despertando alguma coisa dentro de mim que eu nunca tinha sentido antes.

Não querendo mais falar sobre isso, eu mudei o assunto.

— Quanto tempo Brad tem que fugir deles?

Clayton esfregou uma mão na parte de trás de seu pescoço e olhou para a trilha que leva para os confins sombreados da floresta.

— Duas horas. A buzina vai tocar novamente em meia hora para mais três deles começarem a perseguição, e meia hora depois disso para os últimos três entrarem. Se ele de alguma maneira conseguir escapar de todos eles, vai ficar bem. Mas se o encontrarem...

Sua voz sumiu, o rosto virando para mim. Através do reflexo nos grandes olhos de sua máscara, vi como eu parecia assustada naquele momento.

— Brad vai ficar bem. É só um jogo. Você vai ver.

Só um jogo... É, um jogo que só um masoquista participaria voluntariamente.

— Vamos lá, vamos ver se podemos encontrar Everly e arrastá-la de Jase por uma hora ou duas.

Concordando com a cabeça, enrolei meu braço no de Clayton e nós saímos para encontrar minha colega de quarto. Eventualmente, nós a achamos no momento em que a segunda buzina soou, a mão dela acenando um adeus para Jase enquanto ele se despia para correr para a floresta.

Mesmo que eu não fosse a pessoa que estava sendo caçada, passei o resto do tempo roubando olhares para a trilha que levava à floresta, meu coração batendo mais rápido enquanto me perguntava o que eles estavam fazendo com Brad onde ninguém podia vê-los.

As duas horas se passaram rapidamente enquanto os alunos bebiam mais e se tornavam agitados com o passar da noite, muitas pessoas praticamente fodendo ao ar livre onde qualquer um poderia vê-los.

Enquanto eu estava quieta a maior parte do tempo por causa de tudo o que tinha acontecido, Clayton e Everly riram e beberam, despreocupados pelo que estava acontecendo ao nosso redor.

A buzina tocou de novo no final das duas horas e eu pulei no lugar ao som dela.

Todos nós nos viramos para olhar para a trilha que leva para a floresta, pessoas rindo e aplaudindo enquanto Tanner e o resto do seu grupo emergiam carregando Brad entre eles.

Amarrado, coberto do que parecia lama e despido de tudo exceto suas boxers, o corpo de Brad bateu fortemente no chão quando o soltaram no início da trilha.

Pânico cresceu dentro de mim tão rápido que eu me senti tonta.

Minha mão apertou o braço de Clayton, meus olhos fixos no corpo imóvel de Brad.

Com a voz mal um sussurro, eu não poderia evitar as palavras que se derramaram dos meus lábios:

— Ai, meu Deus. Por favor, me diz que ele não está morto.

Correndo para a frente, minhas pernas se movendo tão rápido quanto podiam com o peso ridículo das roupas que eu estava vestindo, ignorei o grito de Clayton para eu parar, ignorei Everly rindo e gritando que era tudo uma grande piada.

Brad parecia morto onde o jogaram no chão, seu corpo imóvel, uma poça vazando por baixo de suas pernas. Talvez ele estivesse só inconsciente, mas vendo o que eu assumi que era urina escorrendo para criar um caminho avermelhado com a sujeira seca debaixo dele, eu esperava que isso não tivesse sido um sinal de que seu corpo tinha desistido.

Acima dele, os garotos Inferno riram, um chutando uma nuvem de sujeira em suas pernas, apontando para o riacho de urina trilhando um caminho para longe de seu corpo como se fosse a coisa mais engraçada do mundo.

Ao meu redor, estudantes zombavam e gritavam, a música ainda alta e bombando enquanto eu me aproximava da trilha e caía perto da cabeça de Brad para checar e ver se ele estava respirando.

— Ele está bem, Luca — Gabriel disse, uma gargalhada implícita em sua voz. — Ele desmaiou. Nós não o matamos.

Eles estavam todos rindo, nove vozes distintas e escuras tendo prazer no desamparo de Brad e no meu medo. Filhos da puta. Eu queria amarrar cada um dos seus traseiros e ver o quanto eles gostavam.

— Alguém me ajude a desamarrá-lo.

Os nós da corda eram muito apertados para eu remover, linhas vermelhas furiosas na pele de Brad de como eles tinham usado a corda para carregá-lo. Ele estava respirando, pelo que eu podia dizer, suas costas se movendo a cada inalação rasa.

Olhando para nove rostos sorridentes, suor escorrendo por seus peitos que brilhavam na luz do fogo ao nosso redor, eu exigi:

— Alguém me ajuda.

Meus olhos procuraram Gabriel primeiro. Ele estava rindo muito forte, seus dentes brancos brilhando na luz do fogo cintilante.

Escaneando meu olhar para o resto deles, eu parei em Tanner, que ficou para trás, sua carranca parcialmente escondida nas sombras.

Raiva surgiu em mim, suor escorrendo entre meus seios do calor do fogo nos cercando.

Um por um, os garotos Inferno me dispensaram, revezando-se ao redor para contornar Brad e eu e seguir seus caminhos até a festa principal, admiradores dando tapinhas em suas costas e os aplaudindo. Enquanto cada um se afastava de onde eu me agachei perto de um homem indefeso e amarrado, minha frustração aumentava ainda mais.

Só serviu para dar curto-circuito na minha mente racional, para me fazer agir sem pensar antes nas consequências.

Apenas Tanner permaneceu enquanto eu olhava furiosa para seu rosto arrogante, seus lábios se curvando em um sorriso divertido enquanto ele me dispensava como os outros e se movia para me contornar.

Eu deveria ter pensado melhor antes de estender a mão para segurar sua perna, deveria ter me lembrado de que eu estava lidando com um babaca que não podia se importar menos com os problemas que causou.

Não tendo esperado que eu bloqueasse seu caminho. Tanner tropeçou quando meus dedos se trancaram em seu tornozelo, seu corpo caindo para a frente para pousar no chão com uma forte batida.

A multidão atrás de nós ficou em silêncio, só a música permanecendo dentro das sombras da noite.

Empurrando-se em seus braços, Tanner se virou para olhar para mim. Uma pessoa iria pensar que haveria fúria em seus olhos, mas o que eu encontrei era de alguma maneira mais aterrorizante.

Prazer.

Desafio.

Crueldade em relação a uma mulher que cometeu o erro estúpido de tocá-lo sem permissão.

    Sua voz era um estrondo baixo de trovão sob a música, tão suave que só eu podia ouvi-la.

— Eu não percebi que você queria brincar.

Seus olhos escuros brilhavam e sua boca estava torcida nos cantos.

— Eu sugiro que você corra.

Caralho...

    Instinto tomou conta, outro momento em que minha mente racional fez as malas e subitamente tirou férias.

    Colocando-me de pé, eu não era mais rápida do que ele e, com seu corpo enorme bloqueando o caminho que levava para a festa, a única direção que sobrou foi para dentro da floresta.

    Meu corpo estava se movendo mais rápido que meus pensamentos, meus pés tropeçando na saia do meu vestido enquanto eu corria para as sombras.

    Correr pela floresta à noite não é algo que eu recomendaria, mas fazer isso usando uma máscara e um vestido vitoriano só tornou tudo muito mais complicado.

    A música desaparecia com a distância conforme eu fugia, meu pulso martelando na minha garganta enquanto meus ouvidos picaram a cada pequeno barulho. Eu não ouvi os passos atrás de mim, mas isso não significava nada.

    Arrancando a máscara do meu rosto para jogá-la fora, cheguei a uma encruzilhada no caminho, meu olhar à deriva para ver o que eu pensei que era corda pendurada nos galhos de uma árvore. Pânico rasgou através de mim, meu corpo virando à direita na esperança de que Tanner não me encontraria.

    Mal capaz de respirar por causa do espartilho apertado que eu vestia, eu tinha que parar, minha boca escancarada para sugar o ar enquanto apoiava uma mão contra um tronco de uma árvore grande. A casca era áspera contra a minha palma, a sensação de alguma forma me tirando do meu instinto de fuga.

    Por um breve segundo, eu podia pensar de novo, raiva de mim mesma por como eu iria correr até não conseguir me manter em pé.

    Esforçando-me para virar e encontrar meu caminho de volta à festa, eu rangi meus dentes e decidi que eu não iria deixar Tanner e seus amigos imbecis me afetarem.

    Mas então ouvi um estalo de galho à distância, seguido por um barulho profundo de gargalhada e o soar da buzina.

Eu estava correndo de novo, não em direção à festa, mas longe dela, minhas pernas ganhando velocidade até meu pé ser preso por uma raiz saindo do chão. Meu corpo se arrastou para a frente, minha queda interrompida por um braço sólido envolvendo minha cintura enquanto uma parede de calor colidia com as minhas costas.

— Peguei você.

Antes que eu pudesse reagir, fui levantada dos meus pés e girada para a esquerda, minhas costas batendo contra o tronco largo de uma árvore antiga.

Tanner estava na minha cara instantaneamente, minha visão bloqueada de qualquer coisa além de um conjunto de olhos escuros que estavam competindo com as profundezas negras quase vazias de uma floresta à meia-noite.

Encarar seu olhar parecia como cair em um poço sem fundo, a escuridão me consumindo enquanto meu coração palpitava com surtos de pânico e desespero.

— Sinto muito.

As palavras caíram da minha garganta antes que eu entendesse o que estava dizendo, o pedido de desculpas instantâneo não fazendo nada para abrandar seu aperto sobre mim.

— Você vai sentir.

A mão de Tanner trancou-se no meu quadril, seu outro braço se apoiou contra o tronco ao lado da minha cabeça. Nossos rostos estavam a centímetros provocantes de distância enquanto o espartilho continuava a restringir meu peito, não dando aos meus pulmões um espaço extra para uma respiração profunda.

Com o coração na minha garganta, vi os olhos de Tanner mergulharem para admirar a forma como o meu decote tinha sido praticamente enfiado na minha garganta, seus lábios se abrindo ligeiramente enquanto terror corria por mim.

— Deixe-me ir — eu quase gritei, odiando como inacreditavelmente fraca e patética minha voz suave soava.

Lentamente, seu olhar vagou de volta para o meu rosto, um sorriso sarcástico esticando um conjunto de lábios que tinham explorado os meus, várias horas antes. Eu me lembrei de como eram duros, como puniam e exigiam.

— Ou o que?

— Ou...

Eu não podia sossegar meus pensamentos o suficiente para responder à pergunta dele. As palavras estavam lá, provocando-me com uma resposta que minha garganta não tinha a capacidade de liberar.

Uma gota de suor escorria entre meus seios e eu estava hiperconsciente do caminho que ela seguiu, a trilha de umidade escorregadia deixada em seu caminho.

Tanner se inclinou e, quando eu pensei que ele fosse me beijar de novo, arrastou sua boca pela minha bochecha para pressionar seus lábios na minha orelha.

— Por que você está aqui?

Seu peito era uma parede de tijolos contra o meu corpo, sua respiração soprando em meu pescoço, quente e tentadora.

Tremendo, lutei para me convencer de que não gostava do que sentia ao ser pressionada contra ele. Eu não era aquela garota, não era do tipo que gostava da mistura de desejo e medo. Minha mente lutava para convencer meu corpo disso, mas meu corpo discordava.

Fodido traidor.

Colocando minhas mãos contra seu peito, tentei afastá-lo, mas em vez disso soltei uma respiração instável e rasa ao sentir aço quente sob meus dedos, molhados de suor e irradiando o tipo de calor que poderia manter uma garota aquecida nos dias mais frios.

Eu não deveria tê-lo tocado, mas lá estava eu com a ponta dos dedos traçando os cumes duros do seu abdômen definido.

Arrancando minhas mãos, eu argumentei:

— Eu fui convidada. Gabriel...

— Eu continuo te encontrando em meu espaço. É quase como se você quisesse jogar.

— Não. — Suspirei, forçando minha voz a sair mais alta para continuar falando. — Eu não quero jogar nada, eu só estava...

Sua risada me cortou.

— Está tudo bem. Eu gosto de jogos. Acontece que sou muito bom neles.

À distância, uma voz chamava meu nome. Profunda e preocupada. Clayton deve ter vindo para a floresta nos procurar, preocupado que Tanner levaria este jogo em particular um pouco longe demais.

Endurecendo com o som, Tanner esperou uma fração de segundo antes que seu rosto estivesse no meu de novo, seus lábios beijando minha bochecha antes que seus olhos me prendessem no local tanto quanto seu corpo.

— Só se lembre de não começar jogos que você não pode terminar. Eu sou o tipo de cara que vai continuar jogando até você me implorar para parar.

TRAIÇÃO

43

Com isso, ele se afastou, desaparecendo em uma direção enquanto Clayton aparecia de outra.

— Luca?

Folhas secas esmagadas sob seus pés enquanto ele corria na minha direção, suas mãos agarrando meus ombros enquanto eu arrancava meu corpo para longe da árvore.

— Você está bem?

Querendo que meu batimento cardíaco voltasse ao normal, acenei com a cabeça, meu olhar seguindo a direção que Tanner tinha tomado.

— Aham, eu estou bem. Apenas sem fôlego.

Ele sorriu, sua expressão vacilante e incerta.

— Por que você desapareceu assim? Parecia que você estava apavorada. Fiquei preocupado.

Permitindo que Clayton enrolasse o braço dele com o meu para me tirar da floresta, eu não queria admitir que tinha corrido porque Tanner tinha me dito isso.

Aparentemente, eu não precisava dizer nenhuma palavra para ele saber.

— Ei. — Ele cutucou meu ombro com o dele. — Tanner só estava brincando com você. Tudo isso é só um jogo estúpido que eles gostam de brincar como forma de entretenimento.

Entretenimento. Claro. Boa escolha de palavras para ele usar. Exceto que o problema era que um jogo deveria ser agradável para todos os jogadores, e esse não era divertido.

Não era justo. Eu não pedi para jogar. E o que eu não sabia enquanto Clayton e eu emergimos da floresta para entrar em uma festa que ainda estava bombando apesar do que rolou na última hora era que Tanner não tinha mentido ao me dizer que esse jogo em particular duraria até ele tivesse terminado de jogar.

Tanner continuaria jogando até eu fugir de Yale... Ele continuaria jogando até bem depois da faculdade de direito ter acabado.

Infelizmente para mim, ele acabaria sendo um oponente digno, o tipo de homem que faria o que fosse preciso para garantir que ele ganhasse.

E a última coisa que eu aprenderia era que Tanner era um mentiroso.

Ele não iria parar de jogar, mesmo depois de eu ter implorado.

capítulo
quatro

Luca

Duas semanas tinham se passado desde a festa do desafio. Embora Brad não estivesse morto, ele também não estava exatamente ileso. Nunca conheci o cara antes da festa acontecer, então não tenho certeza se ele ficava sempre assustado com cada som, nervoso a cada palavra ou aterrorizado com sua própria sombra antes da noite do desafio, mas agora, quando eu o via, ele parecia que precisava de umas longas férias tranquilas em uma instituição de saúde mental confortável.

É estranho como eu nunca o notei antes da festa. Provavelmente porque eu me isolava, ou possivelmente pelo fato de que sempre tinha meu nariz enfiado em um livro em algum lugar.

No entanto, desde aquela noite, sempre que o via no *campus*, sua cabeça estava abaixada, seus ombros dolorosamente tensos enquanto corria de uma aula para outra.

Dizer que isso me irritou era um eufemismo. Como se eu não tivesse razões o suficiente para não gostar dos nove homens que acreditavam que tinham o direito de atormentar quem estivesse disposto (ou os que estivessem relutantes, se você me incluísse), ver o que fizeram a Brad só cimentou o fato de que eles tinham que ser evitados a todo custo.

Infelizmente, isso foi quase impossível. Não com Everly praticamente grudada ao lado de Jase, e Gabriel se escondendo em cada esquina.

Eu não tinha certeza do porquê ele parecia estar em todos os lugares após a minha introdução ao seu grupo, mas Gabriel tinha um dom de se aproximar de mim em cada momento do dia.

Como agora, por exemplo, enquanto estava indo para a aula, o sol brilhando e pássaros cantando, pelo menos até que ele apareceu com um sorriso debochado no rosto, um baseado entre os dedos, e uma nuvem sombria imponente, seguindo meus passos.

— Sério? — resmunguei, olhando fixamente para o sopro da fumaça flutuando de sua mão. — No *campus*? Como você não foi expulso ainda?

Ele sorriu.

— Dinheiro faz o mundo girar e existe um prédio ou dois com o meu nome.

Caminhando ao meu lado, Gabriel cutucou meu ombro com o dele.

— Onde nós estamos indo?

— *Eu* estou indo para a aula. Você deveria simplesmente ir para o inferno depois do que fizeram a Brad na festa do desafio.

Gabriel gargalhou.

— Nós pegamos leve com ele. Ele desmaiou de medo. Não de nada do que fizemos.

Olhando para ele, eu perguntei:

— E o que exatamente vocês fizeram?

— Não vou dizer.

Deixando cair o que restou do baseado no chão e esmagando-o com o pé, Gabriel colocou um braço sobre o meu ombro.

— Estou aqui para te convidar para uma festa esse fim de semana.

Não tinha a menor chance no inferno de que eu iria a qualquer festa dada pelos garotos Inferno de novo. Não depois do que eu os vi fazer com Brad, e especialmente não depois do jeito que Tanner me beijou enquanto todos eles riam. Certamente não depois que me perseguiu pela floresta, aterrorizando-me enquanto me pressionou contra uma árvore como se fosse meu dono.

Eu odiava admitir a mim mesma que eu na verdade gostei daquele primeiro beijo antes do riso começar. Queria especialmente esquecer que eu preferia bem mais aquele do que o que Clayton me deu no fim da noite. Tentei não pensar sobre como um maldito beijo roubou minha respiração tão facilmente, mesmo que eu não o tivesse exatamente convidado.

Recusando-me a ser o alvo da piada de alguém, respondi:

— Não. Não vai rolar. Não quero nada com vocês.

— Você vem sim.

— Você é louco. Não posso acreditar no que vocês fizeram com Brad. Vocês são um bando de idiotas.

Ele sorriu, nossos olhos se travaram, os meus estreitos com raiva enquanto os dele se enrugaram nos cantos.

— Escuta, Karen...

— Meu nome não é Karen.

— É quando você está a cerca de dez segundos de exigir falar com um gerente. Relaxe e aprenda a se divertir. Você está presa conosco e não há absolutamente porra nenhuma que você possa fazer sobre isso.

Parando do lado de fora do meu prédio, virei-me para Gabriel e enfiei um dedo em seu peito duro.

— Não confio em você. E, especialmente, não confio em Tanner. Então você pode parar de me seguir por aí, Gabriel. Nada que diga ou faça vai me fazer mudar de ideia.

Levantando seus braços em derrota, ele manteve os olhos presos nos meus enquanto dava alguns passos para trás.

— Você vai mudar de ideia, Luca Bailey. Tenho um pressentimento de que nós a veremos muito mais em breve.

Balançando a cabeça, eu sorri, apesar do grande esforço em não o fazer.

— Boa sorte com isso.

Girando de volta para o prédio, segurei minha mão sobre a alça da bolsa, minhas orelhas em pé quando ouvi Gabriel gritar para mim:

— Nós temos nossos métodos, Luca. Estou ansioso para te ver esse fim de semana.

O ar condicionado explodiu em mim quando entrei no prédio. Ninguém fazia ideia do motivo de o manterem tão frio, mas presumi que era para evitar que os estudantes exaustos dormissem em suas mesas.

O final do semestre estava chegando rapidamente e grandes projetos e artigos estavam sendo distribuídos, o que fazia todos nós virarmos noites. Adicione as festas dentro e fora do *campus* e você tinha um grupo de zumbis correndo por aí, seus olhos cansados mal se abrindo.

Passando por um grupo que ocupava boa parte do salão onde esperavam até a aula começar, meus pensamentos estavam focados no que Gabriel tinha dito enquanto se afastava.

Eu não tinha dúvidas de que todos os membros do Inferno tinham seus próprios métodos e charmes que mantinham as pessoas sob controle.

Riqueza, boa aparência, popularidade e poder tinham a tendência de seduzir quase todo mundo, mas eu não me colocaria em um desastre ou tropeçaria em mim mesma correndo ao redor de um grupo de homens que, aparentemente, não pediam permissão e não aceitavam um não como resposta.

Não que esses caras pretendessem machucar alguém, pelo menos não fisicamente, mas seus métodos de manter as pessoas sob controle e conseguir o que queriam eram notórios na faculdade. O único modo de evitar ser apanhada era evitar ficar perto deles. Então esse era o meu plano.

Se eu não estivesse nas suas festas, eles não poderiam me envergonhar. Se nunca pedisse um favor a eles, não poderiam me controlar com o que quer que exigissem em troca.

Chegando à aula, eu virei à esquerda para entrar na sala, vários alunos adiantados já estudando suas anotações ou trabalhando em outras tarefas nos assentos do anfiteatro.

Descendo os degraus, sentei-me em um assento na terceira fileira, coloquei minha bolsa na cadeira ao lado e olhei para baixo perto da mesa do professor para ver Clayton ocupado remexendo papéis em seu lugar na área de assistente.

Ele era um homem bonito com cabelos castanhos desarrumados e olhos amigáveis. Era o tipo de cara que você sabia que seria bem sucedido na vida. Corte limpo e aristocrático. Seguro... se eu tivesse que atribuir uma palavra para descrevê-lo.

Não faltando atenção feminina, ele era uma aposta sólida para qualquer mulher procurando garantir um bom marido na vida, e duas semanas atrás esse era exatamente o homem com quem eu teria namorado alegremente e ficado feliz com o relacionamento. Mas agora?

Agora meus sonhos continuavam se voltando para um filho da puta frio com olhos escuros e um corpo que faria qualquer homem pensar duas vezes antes de encará-lo. Meus pensamentos continuaram voltando para um beijo em frente à fogueira, que tinha sido mais quente do que as chamas aquecendo minhas costas.

Meu coração continuava a ser esmagado pelas memórias do modo como ele tinha me chutado da sala na primeira vez em que o conheci, e pelas risadas que se seguiram na primeira vez que me beijou.

Tanner era um babaca — disso eu não tinha dúvidas. Mas isso não queria dizer que ele não chamava atenção toda vez que estava por perto... E isso não significava que eu poderia esquecer como era a sensação de seus dedos agarrando um punhado do meu cabelo e seus lábios reivindicando os meus.

O que era exatamente a razão pela qual eu não iria a lugar nenhum perto dele. Não importava que Gabriel acreditasse que ele *tinha meios* de me fazer participar de festas Inferno, nada nem ninguém me convenceria a chegar perto de Tanner de novo.

Mais tempo do que eu percebi deve ter se passado enquanto eu estava perdida em pensamentos. Uma voz profunda chamou minha atenção para a frente da sala, professor Stewart olhando para uma plateia cheia de estudantes que tinham enchido a sala ao meu redor.

Um pouco abalada pela minha falta de consciência das pessoas que entraram enquanto eu estava pensando em Tanner, abri meu caderno em uma folha em branco e tirei a tampa da caneta, preparada e esperando para começar a anotar informações com pressa.

O professor deu início à aula.

— Antes de eu entrar na discussão de hoje, quero lembrá-los de que o projeto do fim do semestre será daqui a dois meses. Como eu tinha avisado anteriormente, e como muitos de vocês devem saber do programa de classe que todos deveriam ter lido até agora...

Algumas risadas nervosas soaram ao meu redor com o seu olhar penetrante. Muitos poucos estudantes realmente prestaram atenção ao plano de aula, mas eu não era um deles. Sempre preparada... Essa era eu.

— O projeto final para essa disciplina vai ser uma análise detalhada de um caso passado de jurisprudência, argumentos e decisões judiciais no tema específico que vocês estão atribuídos. Não só uma análise de vinte e cinco páginas do seu tema será entregue no fim do semestre, mas vocês também vão apresentar argumentos orais contra e em defesa do seu assunto.

Afastando-se do tablado, professor Stewart atravessou a frente da sala para pegar uma folha de papel dobrada na mesa de Clayton.

Segurando-a para a classe ver, ele explicou:

— Dada a magnitude dessa tarefa, cada um de vocês será atribuído a um aluno veterano com quem trabalhará no seu tema sorteado. Na data das suas apresentações orais, seu conselheiro agirá como seu advogado adversário. Essas atribuições estudantis foram geradas aleatoriamente, e os veteranos selecionados foram contatados. Os papéis que estão sendo entregues possuem as informações de contato do veterano que trabalhará com você. Sugiro que abram um canal de comunicação com eles esta noite, para começarem a se preparar.

Ele deixou a folha de papel dobrada de volta na mesa. Pegando-a, Clayton adicionou-a em uma pilha e se levantou para subir as escadas entre os corredores, entregando uma pilha para o primeiro aluno em cada fileira.

Enquanto ele fazia isso, o professor disse:

— Peguem o papel com o seu nome e passem o resto adiante. Vou esperar para começar a lição de hoje até que cada pessoa tenha sua tarefa.

Pacientemente esperando enquanto os alunos silenciosamente pegavam o papel e passavam pela fila, eu peguei o meu de cima da pilha quando finalmente chegou até mim. Passei o resto dos papéis adiante enquanto meu dedo deslizava entre os lados dobrados do meu e pegava o grampo que os mantinha juntos.

Animada para descobrir qual área de litígio eu estaria discutindo, sorri ao ver que meu tópico era Inflição Intencional de Estresse Emocional. Meus olhos escanearam ainda mais abaixo até parar no nome do veterano com quem eu estaria trabalhando.

Bile rastejou até a parte detrás da minha garganta, meu estômago se revirando sob minha pele e meu coração batendo com um baque pesado ao ver como o destino com certeza me odiava.

O nome de Tanner Caine me encarou com uma tinta preta em negrito impressa em papel branco, seu número de celular listado logo abaixo.

Não tinha nenhuma chance no inferno de que eu seria capaz de trabalhar com esse filho da puta nesse projeto.

Minha cabeça se ergueu para a frente da sala, meus olhos apavorados encontrando os de Clayton.

Ele deve ter percebido que alguma coisa estava errada, porque suas sobrancelhas se levantaram em questão. Levantando seu celular da mesa, ele o balançou para me dizer silenciosamente para mandar uma mensagem contando o problema.

Tirei meu celular da bolsa e mandei uma mensagem.

> Tanner Caine foi designado como meu conselheiro veterano. Eu NÃO quero trabalhar com ele. Não depois do que aconteceu na fogueira. Tem alguma coisa que você possa fazer para que eu seja reatribuída?

Seus olhos se levantaram para encontrar os meus, a expressão solidária. Interrompendo nosso olhar, ele olhou para o telefone enquanto seus polegares corriam pela tela.

Meu celular vibrou no próximo segundo com a resposta.

> Deixe-me ver o que eu posso fazer. Vou tentar mudar isso manualmente. Se não funcionar, vou falar com o professor Stewart depois da aula.

Sua resposta ajudou a aliviar um pouco do meu pânico, mas até que eu tivesse certeza de que ele conseguiria mudar isso, meu coração continuaria batendo em um ritmo errático na minha garganta, um zumbido soando em meus ouvidos do fluxo de sangue, tornando impossível ouvir a discussão da aula.

capítulo cinco

Luca

Guardando lentamente meu caderno em branco — como alguém consegue anotar alguma coisa preocupada em enfrentar Satanás? —, olhei para a frente da sala para assistir Clayton tendo uma conversa sussurrada com o professor Stewart.

O fato de que ele parecia preocupado me disse que não tinha sido capaz de trocar manualmente a atribuição do veterano. O fato de que os olhos do professor Stewart se estreitaram enquanto sussurrava sibilando uma resposta curta à pergunta de Clayton me disse que não havia nenhuma maneira que eu fugiria de trabalhar com Tanner.

Derrotado, Clayton olhou para mim e apontou com o queixo em direção às portas do fundo da sala, uma mensagem silenciosa para eu esperá-lo para que pudéssemos conversar.

Com passos pesados, saí de sala pisando forte, deixando perfeitamente claro que já sabia o que ele iria dizer e que não estava feliz com isso.

Embora eu devesse ter dado a mínima que o professor Stewart iria notar o meu comportamento, eu estava irritada demais para me importar.

Meus dedos mantinham um aperto de morte na alça da minha bolsa conforme eu saía da sala para esperar no corredor.

Clayton me encontrou na porta alguns minutos depois, desculpas escritas por todo o seu rosto.

— Foi impossível — disse, um braço se estendendo para segurar minha cintura e me puxar em sua direção. — Stewart disse que as tarefas foram geradas pelo computador, completamente aleatórias, e que todos os alunos estão presos com qualquer veterano que lhes foi atribuído. Não consegui entrar no programa para alterá-lo manualmente. Eles têm esse projeto em particular bem sigiloso.

O universo me odiava, aparentemente.

Derretendo-me contra seu peito forte, respirei o perfume de sua colônia, desejando intensamente que isso fizesse meu coração acelerar.

Eu deveria ter desejado Clayton, deveria ter ficado encantada de namorar um homem que estava se encaminhando para um futuro brilhante, mas só havia uma pequena explosão de velocidade no meu pulso ao estar perto dele. Nada parecido com o que eu sentia sempre que Tanner invadia sorrateiramente os meus pensamentos.

O que diabos tinha de errado comigo? Como eu estava indo trabalhar lado a lado com um homem que eu desejava ao mesmo tempo em que odiava?

— Obrigada por tentar — finalmente respondi.

Clayton beijou o topo da minha cabeça, finalmente me deixando ir o suficiente para que ele pudesse olhar para o meu rosto.

— Ele não é tão ruim assim. E duvido que o que fez na fogueira vá acontecer de novo. Tanner não presta atenção o suficiente para se lembrar de nenhuma garota, mesmo aquelas com quem dormiu. Duvido que vá se lembrar de gritar com você na primeira noite que se encontraram, ou o que aconteceu na festa do desafio. Só ligue para ele e veja se podem agendar um horário para se verem em público, se isso vai fazê-la se sentir melhor.

A única coisa que me faria sentir melhor era ser atribuída a outro veterano, mas considerando que isso não aconteceria, a única opção que eu tinha era ligar para Tanner e acabar com isso.

Despedindo-me de Clayton, saí do prédio para sol forte e sentei-me em um banco sob uma alta árvore de bordo, suas folhas de uma brilhante variedade de cores agora que estávamos entrando no outono.

O inverno chegaria em breve, as temperaturas caindo tão rápido quanto as folhas das árvores.

Pegando o meu celular e o papel com minha tarefa da bolsa, liguei para o número de Tanner, um suspiro profundo saindo dos meus lábios enquanto levava o telefone ao ouvido.

No som do primeiro toque, meu coração saltou na garganta, ansiedade correndo pelo meu corpo com tanta força que senti dor disparar pelos meus músculos e ossos.

— O que? — Uma voz de tenor profunda cortou a linha em resposta, aborrecimento óbvio em seu tom.

Meu primeiro instinto foi desligar, trancar a disciplina e possivelmente mudar de faculdade para que eu pudesse escapar desse babaca que não poderia se incomodar com uma saudação educada ao atender o telefone, mas de jeito nenhum eu desistiria do meu futuro por causa de um homem que gostava de tratar as pessoas como lixo.

Se Tanner queria brincar de *quem poderia ser o maior idiota*, eu estava pronta para esticar minha coluna, jogar meus ombros para trás e mostrar a ele que eu não seria apenas outra pessoa que ele podia intimidar.

Eu lutaria de volta.

Porque, sério, foda-se esse cara.

— Oi, Tanner. É Luca Bailey. Estou ligando porque...

Um sopro de ar soou na linha antes de:

— Esteja aqui hoje às seis da noite.

A linha ficou muda depois disso. Tirei o celular do ouvido para olhar para a tela, meus olhos piscando várias vezes enquanto eu processava o que aconteceu.

Aparentemente, Clayton estava errado. Tanner de fato se lembrava de mim, não só do meu rosto como do nome também. Ele não parecia muito feliz em ser atribuído para esse projeto comigo.

Isso fazia dois de nós e, mesmo que eu quisesse ligar para ele de novo e me recusar em aparecer em sua casa na hora exigida, pensei melhor.

Começar uma batalha com ele era uma péssima ideia por si só, mas fazer isso tendo que trabalhar em um projeto que eu precisava arrasar para manter minhas notas perfeitas era simplesmente estúpido.

Eu não tinha certeza de como iria trabalhar com ele, mas daria um jeito.

Levantando-me, fui em direção ao meu dormitório, definitivamente sem pensar no que iria vestir para encontrar com Tanner, porque isso não importava, certo?

Aham.

Essa foi a mentira que contei para mim mesma.

Cheguei à mansão Inferno alguns minutos antes das seis. Pontualidade era um dos meus pontos fortes na vida, hábito que aderi por ter sido criada no Sul.

Chegar cedo ou tarde era considerado falta de educação, e apenas estar aqui com antecedência despertou a voz de advertência da minha mãe em minha cabeça sobre educação e boas maneiras.

Normalmente, eu teria esperado e me distraído com o celular para passar o tempo até a hora certa, mas eu sabia que boas maneiras era um conceito estranho na casa Inferno. Eu não estava prestes a estender a cortesia para Tanner quando sabia que ele não tinha planos de fazer o mesmo por mim.

Vestida em um par de jeans justos que definia as curvas generosas dos meus quadris e bunda e com um suéter preto que mantinha o frio longe enquanto pendia baixo o suficiente para destacar minhas clavículas e decote apenas o suficiente para ainda ser modesto, subi os grandes degraus da entrada da frente e caminhei em direção às portas de madeira.

A campainha tocou assim que apertei o botão, meu pé batendo com nervosismo e impaciência enquanto esperava alguém responder.

Assim que a porta se abriu, um homem que eu não reconhecia olhou para mim com o cheiro de fumaça de maconha saindo detrás dele. Tranquei meus olhos nos seus e me perguntei quem ele era. Como era possível que todos os homens que encontrei nesse maldito lugar fossem absolutamente maravilhosos?

Lembrei-me das minhas aulas de religião comparada na graduação que se acreditava que Satanás se apresentava como o homem mais bonito que já existiu. Eu não tinha dúvidas de que era verdade. Tanner se encaixava perfeitamente. Mas estava começando a aprender que também era verdade que todos os seus demônios eram igualmente belos.

Mais alto que eu vários centímetros, ele tinha ombros largos e uma cintura fina, a camisa branca e jeans folgados que vestia não fazia nada para esconder seu físico atlético. Com um cabelo loiro-escuro que estava uma bagunça em torno do seu rosto e olhos castanhos salpicados de ouro, ele olhou para mim como se estivesse aborrecido por eu ter ousado interromper o que diabos ele estivesse fazendo.

Dei a ele o sorriso mais amigável que eu pude.

— Oi. Eu sou Luca Bailey. Eu estou aqui para ver o Tanner. Nós estamos trabalhando juntos em um...

O cara grunhiu uma gargalhada e abriu mais a porta, seu corpo girando nos calcanhares sem dizer nada em resposta à minha apresentação.

Balançando um braço, ele apontou para a esquerda, como se eu devesse saber o que ele estava me dizendo, e saiu na direção oposta.

Enquanto desapareceu em uma sala à minha direita, música explodindo daquela direção misturada com várias vozes profundas, virei para a esquerda, sentindo-me desconfortável como o inferno vagando pela mansão sozinha.

Tentei ignorar o modo como os meus ombros doíam de tensão e minha maldita frequência cardíaca estava pulando tão alto que suspeitei que eu estava perigosamente perto de ter um derrame. A última coisa que eu queria fazer era virar em uma esquina e entrar em uma sala onde eu nem era convidada nem bem-vinda, mas essa era a direção que o garoto sem nome tinha apontado, então assumi que Tanner tinha que ser encontrado em uma dessas salas enormes.

A casa era um labirinto enquanto eu lentamente caminhava por um longo corredor com quartos se abrindo a cada um dos meus lados.

Viajando cada vez mais para dentro da casa, eu eventualmente me encontrei em pé em uma grande cozinha, eletrodomésticos de aço reluzindo sob a brilhante iluminação embutida.

Sobre a grande ilha central, um conjunto de luzes pendentes penduradas no teto, vidros de diferentes cores que compensavam os armários brancos, bancadas pretas e piso de madeira vermelho-acastanhado escuro.

Totalmente sozinha no recinto, virei-me e retornei pelo caminho que vim, meus olhos espiando os vários cômodos conforme passava por eles, confusão nublando meus pensamentos porque não tinha uma única pessoa a ser encontrada neste lado da casa.

Eventualmente, consegui voltar para o hall de entrada e decidi ir na direção da música, na esperança de que um dos homens que eu podia ouvir falando daquela direção me desse uma ideia melhor de onde encontrar Tanner.

Virando uma esquina, parei no lugar quando encontrei quatro homens sentados em um conjunto de sofás, seus rostos parcialmente ocultos pela pesada fumaça que pairava no ar, quatro pares de olhos se virando para mim assim que me aproximei deles.

Estar em pé na sala estava me destacando demais.

— Hh — gaguejei, instantaneamente reconhecendo dois dos homens como Ezra e Damon Cross. Lembrando-me do aviso de Clayton para ficar longe deles, virei-me para o cara que tinha atendido a porta com a esperança de que ele podia me dar melhores direções do que o balanço de um braço e um grunhido descartável.

— Estou procurando por...

— A quem você pertence?

A voz mal-humorada que pertencia ao quarto homem sentado na sala, seus olhos cinzentos me checando antes de voltar ao meu rosto. Não o reconheci de jeito nenhum e me perguntei se ele era um dos que moravam aqui ou se era um amigo que simplesmente passou pela casa.

— Estou procurando Tanner — disse, minha voz não tão forte quanto eu esperava que estivesse. — E eu não pertenço...

O cara da porta falou em resposta, seus olhos eram pequenas fendas, o branco injetado de sangue da maconha que estavam fumando.

— Eu te disse onde encontrá-lo.

Todos eles se entreolharam e de volta para mim, suas sobrancelhas franzindo entre os olhos como se eu fosse alguma idiota aleatória que acabou vagando na casa deles para perturbar suas vidas.

Isso estava me irritando.

— Na verdade, você não me disse. Eu fui na direção que você apontou, mas aquele lado da casa estava vazio.

O silêncio me encontrou, seus olhares fixos no meu rosto enquanto eu me remexia no lugar. Soltei um suspiro pesado. Eu precisava falar com alguém que me conhecia.

— O Gabriel está por aqui?

Por que Gabriel podia aparecer nos momentos mais inconvenientes no *campus*, mas não estava em nenhum lugar a ser visto no momento que eu realmente precisava dele?

— Você pertence a Gabriel? Pensei que você estivesse procurando por Tanner.

— Eu estou procurando... Espera... Ok, primeiro, eu não *pertenço* a ninguém... — O que diabos isso sequer significava? — E segundo, estou procurando por qualquer um deles.

Todos eles se entreolharam novamente, um sorriso malicioso esticando os lábios do cara que eu não reconhecia.

Vendo que isso não iria me levar a lugar nenhum, eu perguntei:

— E o Jase? Ele está por aqui?

— Maldição, garota. Jase também?

Dessa vez foi Ezra que falou, seu cabelo castanho escuro penteado para trás.

Virando-se para seu irmão gêmeo, ele perguntou:

— Desde quando eles três compartilham?

Damon virou para mim, sem responder ao irmão.

— Ao mesmo tempo?

Meus olhos se esbugalharam quando entendi o que ele estava perguntando.

— O que? Não. Não ao mesmo tempo. Nenhum de cada vez. Eu só estou procurando alguém que possa me dizer...

Eu não tinha percebido o cara da porta tinha puxado um celular.

— Ei, Gabriel. Tem uma garota aqui dizendo que está procurando por você, Tanner ou Jase para um quarteto. Desde quando vocês filhos da puta se unem?

Irritação rolou pela minha espinha, meus dentes rangendo enquanto meus olhos se voltavam para o babaca no telefone.

— Não estou interessada em um quarteto, eu estou aqui porque...

— É impressionante que ela possa levar todos três de uma vez só. — Ezra bateu no ombro de Damon, um olhar trocado entre eles antes de ambos voltarem a me encarar.

Ter esses dois pares de olhos fixos em meu rosto fez com que meu instinto ganhasse vida dentro de mim, a reação instantânea de saber que você estava sendo encarada por dois predadores.

Virando-me para eles, ignorei o modo como meus pelos se arrepiaram na nuca, minha pele vibrando de apreensão. Apesar da reação, eu não estava feliz com a suposição que eles estavam fazendo.

— Não faço nada com os três ao mesmo tempo. Eu estou aqui porque...

— Não dói depois de um tempo?

— Talvez não — Ezra respondeu por mim. — Estrelas pornô fazem essa merda o tempo todo.

Meu olho esquerdo se contraiu, meu olhar estalando de volta para o cara no telefone.

— Eu posso falar com o Gabriel?

— Que porra está acontecendo aqui?

Ao som de uma voz profunda de tenor atrás de mim, eu me virei, odiando o fato de que na verdade senti alívio por olhar para Tanner.

Apesar dos meus melhores esforços, eu não era capaz de ignorar o modo que ele se apoiava no batente da porta, uma toalha branca pendurada em seu pescoço, seu peito nu enquanto gotas de suor escorriam pelas saliências e depressões do corpo mais impressionante que eu já vi.

O short esportivo preto pendurado perfeitamente nos quadris, revelando um conjunto de músculos que me deixaram lambendo os lábios sem perceber o que eu estava fazendo.

Chacoalhando minha cabeça da reação, levantei meus olhos de volta para seu rosto para descobrir um desprezo repugnante curvando seus lábios, uma sobrancelha se arqueando como se dissesse que ele me flagrou espiando.

Forcei um sorriso amigável e soltei um suspiro.

— Ei, Tanner. Eu só estava...

Antes que eu pudesse terminar a frase, ele se afastou da parede, fechou a distância entre nós com três longos passos e ficou tão perto de mim que tive que esticar meu pescoço só para olhar para ele.

— Quem diabos é você? E por que eu continuo te encontrando na minha casa?

Ok, então talvez ele não se lembrasse de mim...

Choque me rasgou com o aborrecimento em sua voz, minha mente correndo para lembrar meu nome, meu coração batendo tão forte em minha garganta em reação à presença dele que eu não consegui encontrar minha voz para responder.

capítulo seis

Tanner

Ela era fofa, eu daria isso a ela, mas, mais que tudo, essa garota era um aborrecimento que eu preferiria não ter nada a ver.

Sua mera existência estava fazendo da minha vida um inferno e, por essa razão, eu tinha toda a intenção de espalhar sofrimento ao redor, infligindo tanto dano a ela quanto ela, mesmo sem saber, estava me infligindo.

Era justo com ela? Porra, não. Mas eu não poderia ter me importado com detalhes quando tinha um problema para resolver e uma pessoa para destruir, apenas para que os mestres de marionetes que puxavam minhas cordas me deixassem em paz, só para variar.

Olhando para mim como se fôssemos um par de guerreiros com espadas desembainhadas, prontos para lutar até a morte, um brilho vermelho se espalhou pelas bochechas de Luca, seus olhos dançando sobre os meus enquanto sua expressão se apertava e um músculo pulsava acima de seu olho.

Focando no músculo pulsando, eu sorri, debochado, satisfeito em ver isso acontecer de novo. Eu estava chegando até ela e, sem perceber, ela estava me deixando saber disso.

— Eu sou Luca Bailey. Você é meu conselheiro veterano para o meu projeto de delito. Eu te liguei hoje mais cedo e você me disse para estar aqui às seis. Também sou a garota que você...

Sua voz sumiu antes de sua expressão se torcer com apreensão e ela balançar a cabeça.

— Nada disso soa familiar?

Tudo isso soa familiar, de fato. Mas era muito mais divertido fingir que não.

— Não posso dizer que sim. Tudo o que eu vejo é uma estranha parada na minha sala de estar dizendo que ela fez sexo com três dos homens que vivem nessa casa.

— Ao mesmo tempo — Damon gritou do sofá, sabendo muito bem que tudo o que estávamos fazendo era projetado para levar Luca ao seu limite. — Como isso funciona de qualquer maneira? Parece que seria um ajuste apertado para tanto pau. Os paus de vocês se tocam? Tipo, se esfregam juntos ou alguma merda assim?

As bochechas de Luca estavam pegando fogo enquanto eu sorria.

Não era culpa dela que eu estivesse preso jogando esse jogo, mas só porque a presença dela estava me irritando, ela iria suportar o peso disso.

Soltando um suspiro, ela colocou a bolsa contra o peito e então ela podia abrir o zíper de um bolso e tirar uma folha dobrada de papel. Eu quase gargalhei quando ela bateu a folha contra meu peito e praticamente rosnou.

— Basta olhar para a maldita tarefa.

Minhas sobrancelhas se ergueram. Eu não teria adivinhado que ela tinha tanta coragem, dado como fugiu quando gritei com ela a primeira vez que nos encontramos, e como se derreteu quando a beijei em frente à fogueira.

Arrancando o papel de seus dedos, sorri quando ela puxou sua mão e deu um passo para trás, seus olhos ainda em meu rosto enquanto colocava distância entre nós.

Segurando seu olhar zangado por mais alguns segundos, desdobrei o papel, olhei para a tarefa e mordi o interior da minha bochecha para evitar de sorrir.

Taylor, nosso hacker residente, tinha feito um excelente trabalho de garantir que a tarefa *aleatória* funcionasse a meu favor.

— Então — eu disse, levantando meus olhos para se encontrarem com os dela —, o que você quer que eu faça com isso exatamente?

Surpreendida pela pergunta, ela esticou a mão para puxar o papel da minha mão, mas eu o segurei alto o suficiente para que ela tivesse que pular se quisesse pegá-lo de volta.

Dado seu estado de espírito, eu não teria ficado surpreso se ela me atacasse por isso.

— Espero que você trabalhe comigo no projeto. Não estou entusiasmada com isso, mas é o que é.

Abaixando lentamente o papel para que ela pudesse arrancar da minha mão, ela teve que puxar algumas vezes antes que eu finalmente o soltasse.

Estudei o modo como o rosto dela se torcia em irritação. Meus olhos caíram para seus lábios, minha mente voltando para a noite que eu tinha me esgueirado atrás dela para reivindicar um beijo que ela não tinha oferecido.

Não queria admitir que meu corpo tinha reagido a esse beijo, independentemente do fato de que essa garota não era nada mais para mim do que um problema que precisava ser resolvido.

Três semanas atrás, Papai Warbucks tinha ligado falando sobre essa garota, não dando a mínima que todos nós estávamos cansados de suas merdas e do jeito que ele acreditava que poderia nos controlar.

A besteira que nossos pais estavam fazendo com Ezra e Damon era especialmente fodida apenas porque os mudou ao longo dos anos, deixou-os com tanta raiva dentro deles que eu temia que nunca fossem se recuperar.

Nossas vidas inteiras tinham sido planejadas para nós com o intuito de que um dia iríamos assumir o controle de nossas famílias. No entanto, atingimos um ponto em que não sentíamos nada mais do que ressentimento por nossos pais famintos de poder, indiferença pelas nossas mães caçadoras de fortunas, e ódio por todas as pessoas ao nosso redor que tinham famílias normais que não estavam carregando o mesmo fardo que nós.

Pessoas como a pequena Luca aqui, uma garota cujo pai estava apresentando um desafio significativo por uma razão que eu estava pouco me fodendo.

Mas, ainda assim, Warbucks se importava e tinha exigido que lidássemos com ela, então aqui estava eu... lidando com isso. Eu não estava feliz, mas percebi, depois de ver que Luca tinha um pouquinho de espírito, que posso realmente ser capaz de apreciar isso.

Minha falta de resposta a atingiu, a tensão diminuindo de seus ombros o suficiente para que não me doesse mais olhar para ela.

Movendo a cabeça, ela encontrou meus olhos de novo e forçou um sorriso educado falso pra caralho.

— Pensei que você poderia se lembrar de mim porque, quando eu te liguei hoje mais cedo, você me disse para estar aqui às seis. Obviamente, eu estava errada nessa suposição, então talvez nós devêssemos começar do início.

Ela estendeu a mão como se fosse apertar a minha. Olhei para baixo por um segundo antes de levantar meus olhos de volta aos dela sem me mover para cumprimentá-la. Lentamente, seu braço caiu ao seu lado, derrotada.

— Meu nome é Luca Bailey. Eu não tenho nenhuma escolha em estar aqui porque fui atribuída para trabalhar com você nesse projeto. Então, podemos só tentar sermos civilizados um com o outro tempo suficiente para fazer esse projeto? Nós não temos que ser amigos nem nada. De fato, eu prefiro que estejamos perto um do outro o mínimo possível...

Minha sobrancelha se arqueou. Que porra isso significava?

— Talvez nós pudéssemos chegar em um cronograma ou algo parecido para fazer isso acontecer.

Por detrás dela, a plateia assistia com sorrisos divertidos, Taylor falando para cutucar Luca um pouco mais.

— Ela acabou de dizer que quer um horário? Tipo um cronograma de foda para todos três? Eles pendurariam na cozinha ou algo assim?

Sawyer respondeu:

— Talvez no corredor entre seus quartos.

Meu olhar caiu para o dela bem a tempo de ver o vermelho brilhar em suas bochechas, o músculo saltando acima de seu olho de novo, e seu corpo virou para encarar os quatro homens sentados atrás dela.

— Eu não estou transando com ninguém — gritou, tanto barulho vindo de uma coisinha tão pequena.

Antes desse momento, eu tinha um pouco de ciúmes do papel que Jase tinha que encenar em tudo isso. Ele estava tendo um inferno de um bom tempo fodendo Everly com o objetivo de manter Luca por perto. E isso não era mesmo uma merda?

Jase nunca foi o tipo que repetia a dose. Eu iria mais longe a ponto de dizer que era sua missão pessoal na vida foder tantas mulheres na Terra quanto possível antes de terminar sete palmos debaixo da terra. Mesmo assim, durante as últimas semanas, parecia que ele estava curtindo manter Everly ao seu lado.

Agora que Luca estava mostrando um pouco de fogo, meu ciúme de Jase tinha diminuído. Isso seria mais agradável do que eu pensava.

— Nós deveríamos ir para outra sala discutir isso. Tenho a sensação de que você está a um comentário de distância de começar a trocar socos com quatro dos meus amigos. Não que eu iria me importar de assistir você tentar. Você pode até ter uma chance com quão chapados eles estão no momento.

O corpo dela se voltou na minha direção, olhos se prendendo com os meus.

— Essa provavelmente é uma boa ideia.

Os cantos dos meus lábios se curvaram com seu tom de voz cortante. Virei-me para sair da sala com Luca pisando forte atrás de mim, Damon espezinhando uma última vez antes de estarmos fora de vista.

— Certifique-se de filmar essa merda, Tanner. Sites pornôs pagam uma boa grana por vídeos caseiros.

Luca rosnou nas minhas costas e não pude evitar o sorriso que esticou meus lábios ao escutá-la.

Parando quando cheguei ao hall, virei-me para a Pequena Miss Nota 10 e olhei para o papel esmagado em seu punho furioso.

— Receio que não vou poder te ajudar com o seu projeto, Luna...

— Luca — ela reclamou. — Com um C.

— Que seja. O ponto é que eu e você — balancei o dedo entre nós — não vai acontecer. Independentemente do que o seu pedaço de papel te diga.

Nós estávamos totalmente acontecendo, mas eu iria fazê-la lutar por isso.

Inclinando seu quadril, ela cruzou os braços por cima de seu peito, a posição forçando seus seios a subir o suficiente para eu ver que ela estava ostentando pelo menos um bom punhado. Não muito grande nem muito pequeno, exatamente do jeito que eu gostava.

— Meu rosto está aqui em cima, Tanner.

Inclinei o ombro contra a parede e permiti que meus olhos percorressem seu corpo lentamente.

— Como eu estava dizendo, é um "não vai rolar" da minha parte. Mas eu ficarei feliz em mentir por você e afirmar que participei, se é isso que quer.

Seus olhos se estreitaram.

— Isso seria ótimo, exceto que você deveria apresentar argumentos orais comigo durante a aula. Vai ser meio difícil para mim fingir ser duas pessoas. Especialmente aquele que é um idiota arrogante.

— *Alguém disse oral?*

Meus lábios tremeram quando Luca revirou seus olhos com a pergunta de Ezra da outra sala.

Uma gargalhada sacudiu meus ombros.

— Suas palavras tocaram meu coração. Talvez você devesse levar a sua bundinha de volta para a aula e tentar ser atribuída a um novo veterano.

— Já tentei isso. Professor Stewart disse que estou presa com você.

Até esse momento, Luca não tinha dito ou feito nada que verdadeiramente me surpreendesse. Claro, ela mostrou um pouco de coragem, mas quem não iria quando importunada por um bando de baderneiros?

Ouvir que ela tinha ativamente tentado fugir de trabalhar comigo foi uma pequena pancada no ego. Não grande. Mais como usar um palito de dentes para espetar um elefante, mas, ainda assim, estava lá.

Não era como se eu não soubesse que ela não teria uma chance no inferno de escapar disso. Esse foi o ponto principal das atribuições aleatórias do computador.

Os professores prefeririam isso no intuito de reduzir alegações de favoritismo e para evitar que alunos chorões pedissem mudanças quando eles eram emparelhados com alguém que não conheciam ou não gostavam.

E esse é exatamente o motivo de ter feito Taylor *hackear* o sistema e fazer exatamente o que o programa não deveria fazer: garantir que Luca Bailey estivesse presa comigo, e para adicionar uma cereja no topo da porra do bolo, fiz com que ele a jogasse no tema de estresse emocional. As merdas e risadas seriam infinitas.

O melhor lugar para atacá-la era através de suas notas, e agora, a pobre pequena Luca olhava furiosa para mim sem ter mais para onde se virar e ninguém para onde correr. Não poderia ir ao professor, nem ao assistente puxa-saco do professor (também conhecido como o namorado de Luca para minha consternação e confusão). Nenhuma alma. Ninguém...

Além de mim.

Exatamente como eu pretendia.

A única resposta que dei ao pequeno anúncio de que ela tinha tentado mudar a atribuição foi um piscar de olhos e um sorriso.

— Me parece que você precisa de um favor.

Luca se encolheu, seus ombros ficando tensos de novo, seus olhos praticamente saltando das órbitas.

O segundo que seus lábios se contraíram em uma linha tão apertada que eles quase desapareceram, eu sabia que ela tinha tomado conhecimento dos rumores sobre nós.

— Não. Não estou pedindo nada de você. Nem uma maldita coisa. Estou simplesmente sugerindo que você cumpra seu dever como conselheiro veterano e trabalhe nesse projeto comigo.

A cor vermelha em seu rosto aumentou quando eu sorri.

— Exceto que eu não tenho que fazer isso. Posso me dar ao luxo de ter uma nota de merda por não completar uma tarefa. Meu futuro já está definido. Mas você, com suas notas impecáveis, não pode lidar com esse golpe. Se você me perguntar, é do seu melhor interesse fazer um acordo. Eu trabalho com você e, em retorno, você me ajuda em algum momento no futuro, se e quando eu precisar.

Encantou-me que ela estivesse tão puta que não tinha percebido que eu sabia alguma coisa sobre ela além do seu nome.

Por que ela não tinha se perguntado sobre o fato de que eu sabia sobre suas notas? Como as pessoas podem ficar tão cegas de raiva a ponto de perderem as pistas que eu jogo por aí sobre as vantagens que tenho sobre elas?

Algumas vezes, mexer com as pessoas era fácil demais. Eu tinha esperado que com Luca seria diferente. Mas eu estava em dúvida sobre como tudo isso ia se desenrolar.

Balançando a cabeça, Luca se afastou de mim a caminho da porta com passos pesados, sua bunda generosa me provocando enquanto balançava a cada passo. Girando em seus calcanhares antes de alcançar a porta, ela olhou furiosa para mim, os pequenos punhos cerrados ao lado do corpo.

— Qual o seu problema comigo, Tanner? Eu não fiz nada com você e parece que toda vez que estamos perto um do outro ou você está gritando comigo ou tentando me fazer alvo de alguma piada.

Sendo honesto, o único problema que eu tinha com Luca era que eu precisava de algo dela. Não eu, na verdade. Warbucks precisava de algo dela e eu era simplesmente o capanga enviado para consegui-lo.

Fora isso, Luca teria sido uma boa distração para uma noite, um corpo quente para dividir minha cama por algumas boas horas até que eu ficasse entediado com ela. Mas não foi assim que o destino nos uniu e, infelizmente para ela, eu era a armadilha de urso esperando para prender sua perna, uma que ela não escaparia a menos que roesse seu caminho para fora dela.

Ninguém gosta de roer sua própria perna.

Ela faria o acordo. Se não essa noite, amanhã. Eu podia ser paciente quando precisava.

— Porque você torna isso muito fácil.

Puft. A gota d'água foi derramada, a chaleira estava apitando, e o sangue dentro dela estava fervendo com uma raiva tão incandescente que seu corpo inteiro tremia sob pressão, seus lábios se abrindo e fechando tantas vezes que ela me lembrou de um peixe se debatendo fora d'água.

— Você pode ir se foder no inferno e levar a porra da sua oferta com você, Tanner Caine.

Balançando minha cabeça, eu ri ao ouvir os palavrões saindo de seus lábios como uma torneira com vazamento. Ela não parecia o tipo, não com suas escolhas de roupa modestas e estrita adesão às boas maneiras e etiquetas sociais.

— Só aceite o acordo, Luca.

— Não.

Dei um passo em sua direção. Ela deu dois passos para trás. Parecia uma espécie de dança de acasalamento entre o forte e o fraco, o predador e a presa.

Suas costas atingiram a parede conforme eu me aproximei dela, meus braços vindo para cercá-la, minha cabeça abaixando até que a ponta dos nossos narizes se tocavam e nossos lábios estavam separados por um centímetro tentador.

Tentando não lembrar quão doce esses lábios eram da última vez que tínhamos estado assim tão perto, abaixei minha voz para um sussurro sombrio.

— Alguém já te disse que é mais fácil pegar uma mosca com mel ao invés de vinagre?

O calor entre nós era impressionante. Nunca em toda a minha vida uma garota me provocou ao ponto de um desejo intenso. Encontrei-me percorrendo uma trilha lenta por seu corpo com os meus olhos, tomando nota do modo como seu peito se movia a cada respiração áspera e como seus braços pendiam ao seu lado, suas mãos se abrindo e fechando conforme os pensamentos corriam por sua linda cabecinha.

Com cada inalação de ar que compartilhávamos, a ponta de seus seios esfregava contra o meu peito, e, maldição, eu gostava disso.

Só me provocava ainda mais. Quem diabos era essa mulher e por que ela estava sendo tão difícil?

Mais importante ainda, por que eu estava respirando mais profundamente só para sentir o cheiro de seu perfume? Alguma coisa floral, não muito doce nem muito forte. Só o necessário, o cheiro de uma mulher que não estava tentando chamar atenção, mas que ainda assim gostava de se cuidar.

Nossos olhos se encontraram de novo quando meu joelho cutucou suas pernas para se abrirem, um sorriso de escárnio curvando meu lábio ao ver seus olhos se arregalarem e sua boca se abrir. Ela estava sentindo a mesma coisa que eu.

Eu usaria isso a meu favor.

— Nós poderíamos resolver alguma coisa — sussurrei, esfregando a ponta do meu nariz em sua mandíbula para que eu pudesse sussurrar em seu ouvido.

Um suspiro acentuado saiu de seus lábios, sua mão surgindo como se fosse me dar um tapa. Agarrei seu pulso antes que ela pudesse fazer contato, mas sua outra mão voou mais rápida que eu poderia reagir, seus dedos agarrando minha orelha para puxá-la com tanta força que a dor desceu pelo meu pescoço.

— Filha de uma...

Pulei para trás para fugir de seu aperto, meus olhos procurando os dela enquanto um sorriso se curvou nos cantos de seus lábios.

— Alguém já te disse para manter suas mãos para você mesmo?

— Na verdade — respondi, esfregando minha orelha, grato por ela ainda estar presa —, não. A maioria das mulheres que eu conheço fica perfeitamente feliz de ter minhas mãos em cima delas.

— Eu não sou a maioria das mulheres.

Eu poderia dizer, mas não daria a Luca a satisfação de concordar com ela abertamente.

A cor lentamente desapareceu de sua pele, seus olhos azuis ainda brilhando com raiva.

— Você pode enfiar seu acordo no rabo. Vou fazer o projeto sozinha, de alguma forma.

Afastando-se da parede, ela andou com passos fortes em direção à porta, escancarou-a e estava na metade do caminho quando gritei:

— Tenho certeza de que terei notícias de você em breve, Luna.

Não tinha uma chance no inferno de que ela poderia fazer o projeto sozinha.

— É Luca, e espere sentado. Ou melhor, espere deitado, porque quando morrer, já estará na posição certa e eu serei indicada a outro conselheiro.

Isso foi um pouco duro. Mas ela não tinha que me dizer o que eu já sabia.

Seu nome completo era Luca Marie Bailey. Ela nasceu dia 17 de agosto. Sua cor favorita era azul e ela não gostava de granulado no seu sorvete. Ela preferia fotos de paisagens a *selfies*. Ela não era atlética, mas adorava o ar livre e tinha um gato chamado Gilbert que ainda vivia com seus pais em sua casa na Geórgia.

Você poderia aprender muito sobre uma pessoa vasculhando suas redes sociais, e eu tinha gastado uma boa quantidade de horas estudando tudo o que havia para saber sobre ela.

A porta bateu atrás dela, um coro de gargalhadas irrompeu da outra sala.

Parecia que a porra da plateia tinha gostado de assistir uma mulher me rejeitar pelo que deveria ter sido a primeira vez na minha vida.

Estranhamente, eu também gostei.

capítulo sete

Tanner

Uma semana depois do meu encontro com Luca, eu estava apoiado contra uma parede, segurando os dedos em torno de um taco de sinuca fino.

A sala estava cheia com os oito homens que eu sempre conheci, a tarde tranquila enquanto jogávamos algumas partidas de sinuca esperando pela festa que iria começar em poucas horas.

Era sempre a mesma merda, só em um dia diferente; os caras rindo de qualquer briga que tinham começado em bares aleatórios ou então fazendo comentários sobre as mulheres que foderam nos últimos dias.

Enquanto isso, eu estava rangendo meus malditos dentes, frustração me corroendo por causa de uma mulher em particular que estava se provando ser uma irritação indutora de dores de cabeça.

Meu pai estava a caminho da mansão, nossa ligação menos de uma hora atrás repleta de seus avisos de merda de que se Luca Bailey não fosse controlada, ele iria fazer de todas as nossas vidas um inferno na Terra. Eu não sabia o porquê ela precisava ser controlada, apenas que nós precisávamos dela na palma da nossa mão. Toda vez que um de nós perguntava, nós éramos ignorados, instruídos a fazer o que nos mandavam sem se preocupar com os detalhes.

O que o idiota não sabia era que Luca não era tão fácil quanto os outros. Ela foi a primeira mulher que encontrei que não caiu rapidamente nas armadilhas que nós montamos.

Isso me irritou, mas eu me peguei sorrindo ao pensar em como ela me repreendeu, ao me lembrar do tique de seu músculo pulsando acima do olho enquanto ela estreitava aquele olhar fofo pra caralho em meu rosto e me dizia onde eu poderia enfiar o acordo que propus a ela.

Fazia uma semana desde a nossa discussão e, ao invés de rastejar de volta como presumi que faria, ela mudou toda a sua rotina na faculdade, conseguindo se esquivar das tentativas de Gabriel de encontrá-la sozinha enquanto se recusava a voltar para mim para pedir ajuda com seu projeto.

Teimosa pra caralho, essa garota.

E, por alguma maldita razão, isso só me fez querê-la mais.

Bolas estalaram juntas, o som forçando meus olhos a se abrirem para encontrar Shane se inclinando sobre a mesa com um baseado pendurado entre os lábios, a boca curvada no canto enquanto Damon se gabava de seus esforços para rearranjar a cara de algum idiota alguns dias atrás só por diversão.

Irritava-me como os gêmeos estavam começando a gostar das brigas que Shane sempre começava para se divertir. Os dois tinham seus próprios problemas de merda, o pai deles os arrastava uma vez a cada duas semanas apenas para devolvê-los em nossa porta machucados e ensanguentados. Ninguém falava sobre o que estava acontecendo com eles.

O filho da puta estava vindo para cá com meu pai. Ainda assim, enquanto Shane ria conforme Damon descrevia a briga no bar, Ezra se recostou com uma sombra escura no olhar.

— Então depois que nós deixamos o filho da puta em uma pilha no chão, a garota que estava com ele pediu o meu número — Damon disse, enquanto se levantava para pegar o taco de sinuca de Shane e dar sua tacada. — Eu a peguei de costas enquanto seu namorado limpava o sangue e se mijava no banheiro.

Todos os caras riram do comentário de Damon. Todos, exceto eu, pelo menos. Eu estava muito ocupado olhando para Ezra, observando atentamente como ele ria junto com todos os outros com uma expressão tensa. Alguma coisa estava acontecendo com ele e eu queria saber o que.

Infelizmente, minha pergunta foi respondida assim que outra voz rolou pela sala, uma que eu esperava todos os malditos dias que fosse permanentemente silenciada.

— É bom saber que vocês, meninos, estão gastando seus dias brincando com besteiras em vez de estarem fazendo algo bem mais construtivo com o próprio tempo.

Todas as cabeças se viraram para a porta ao som da voz do meu pai. Novamente, todas, menos a minha. Eu preferia gastar o menor tempo possível encarando seu rosto.

Não deixei de notar que a expressão de Ezra se escureceu ao som da voz do meu pai, mas só porque eu sabia que o pai dele estava provavelmente parado na porta ao seu lado.

— É bom ver vocês de novo, meninos.

Meu pai pausou, sem dúvida me dando uma porra de olhar fixo de desprezo por eu me recusar a olhar em sua direção.

— Presumo que o sentimento não é recíproco para todos vocês.

Gabriel me deu uma cotovelada, meus olhos cortando direto para encontrar o seu. Ele ergueu uma sobrancelha, sua boca puxada em uma linha fina porque, embora soubesse que eu preferia ver a cara do meu pai em uma poça de seu próprio sangue, era uma aposta melhor para apaziguar os idiotas que ainda controlavam nossas carteiras, pelo menos por outros dois ou três anos.

Entendendo seu aviso silencioso, a parte de trás da minha cabeça rolou sobre a parede quando me virei para olhar para o meu pai, nossos olhos se trancando imediatamente.

Herdei a expressão em branco do homem que agora me encarava, mas mesmo que o Querido Papai quisesse fingir que meu silêncio não o incomodava, a lâmina cortante do seu olhar me contava outra história.

— Olá, pai. Bom ver que apareceu por aqui.

Ele sorriu.

— Corta a merda, Tanner. Acredito que é melhor você e eu termos uma conversa antes de partirmos com os gêmeos.

Frustração se espalhou pela minha espinha, suas viagens quinzenais para o campo com os gêmeos me irritando mais e mais a cada mês que se passava.

— E onde você os levaria?

Ele não me respondeu, não que eu achasse que iria. Ninguém falava sobre o que estava acontecendo com Ezra e Damon, mas isso não significava que eu não iria descobrir eventualmente.

Atrás do meu pai, o pai dos gêmeos estava parado em silêncio, seu olhar fixo nos filhos, onde estavam sentados atrás da mesa de sinuca. Ele não parecia satisfeito em ver que ambos estavam um pouco grogues com a cerveja que tomaram durante a tarde.

— Venha comigo, filho.

Esperando que eu o seguisse como o filhote bem treinado que era, meu pai saiu para outra sala, os saltos de seus sapatos caros de couro clicando no chão de pedra. Soltei um suspiro pesado e afastei-me da parede. Quanto mais cedo eu falasse com o bastardo, mais cedo ele iria embora.

Saí da sala, certificando-me de bater os ombros com o pai dos gêmeos no meu caminho, sua cabeça virando apenas o suficiente para pegar o meu olhar antes que eu virasse a esquina seguindo meu pai pelo corredor em direção à sala de mídia.

Ele fechou a porta quando passei por ela.

— Seus problemas de atitude estão começando a me irritar — alertou.

— Sim. — Bufei uma gargalhada com as palavras enquanto me virava para me apoiar contra uma das poltronas de teatro de couro preto que ficavam de frente para a tela inteira no lado oposto da sala.

Cruzando os braços sobre o peito, levantei minha cabeça, meus olhos segurando meu pai no seu lugar perto da porta.

— Bem, somos dois, então, porque eu estou um pouco de saco cheio de todos esses segredos que vocês parecem estar guardando hoje em dia.

— Não me responda como se você estivesse em pé de igualdade comigo, Tanner. Você e eu sabemos que, sem mim, estaria trabalhando em um emprego mal remunerado em algum buraco neste momento, economizando seus preciosos centavos para substituir todos os luxos que te dei na vida.

Balancei a cabeça.

— Tenho um diploma de Yale. Duvido que estaria trabalhando em qualquer lugar por alguns centavos.

— Um bacharelado não vai te levar a lugar nenhum. Pelo menos não aos lugares que importam. Definitivamente, não vai te trazer o respeito que vai precisar se pretende assumir meus negócios algum dia. Do jeito que está agora, eu preferiria entregá-los para Gabriel ou um dos seus outros amigos que sabem como seguir ordens.

Rangendo os dentes, sufoquei a reação instintiva de dizer onde ele poderia enfiar seus negócios.

— Por que você está aqui?

Ele se apoiou contra a porta, seu terno de grife perfeitamente ajustado, a gravata perfeitamente reta, o fodido Rolex brilhando sob a luz fraca da sala.

Nem mesmo um fio de cabelo desse babaca estava fora do lugar, sua perfeição em desacordo com a camiseta preta e jeans de cintura baixa que eu usava.

— Luca Bailey é o motivo de eu estar aqui. Nós te falamos para controlar aquela garota quatro semanas atrás e ainda assim você não foi capaz de conseguir isso. Qual é da porra dessa demora?

Esfreguei a nuca.

— Ela não é tão fácil de controlar como você pode pensar. Talvez se você me dissesse a razão de estar mirando nela eu poderia...

Ele estava do outro lado da sala e na minha cara antes que eu pudesse terminar a frase.

— Você não precisa saber o motivo. Tudo o que precisa saber é que nós queremos que ela responda quando nós chamarmos. E, vendo como ela está em sua linha de visão diariamente, isso se torna problema seu mantê-la sob controle.

A ponta de seu dedo cravou no centro do meu peito, minha mandíbula travando para não bater no filho da puta e mandá-lo para longe de mim.

Chegaria o momento em que ele pagaria por todas as surras que me deu quando criança e por todas as ameaças que tinha me enfiado garganta abaixo depois que fiquei grande demais para ele conseguir me encarar em uma luta.

Meus olhos caíram para onde seu dedo estava tocando meu peito, antes de lentamente voltar ao seu rosto. Sorri ao ver a fúria rolando por trás de seus olhos verdes, de ver o brilho vermelho de ódio colorindo as linhas de seu rosto envelhecido.

Sua voz era um rosnado baixo. Ele ignorou meu sorriso, seu foco inteiramente em o que quer que Luca pudesse conseguir por ele.

— Coloque a cadela aos seus pés. Estou pouco me fodendo em como você fará isso. Apenas certifique-se que seja feito.

Esticando a mão, ele agarrou minhas bochechas com os dedos, a ponta das unhas cortadas fincando na minha pele, o interior de minhas bochechas sendo cortadas pelos meus dentes.

Herdei minha altura e constituição de meu pai, o que significava que ele não era um homem fraco. Mas isso não significava que eu ia aturar seu trato áspero por muito mais tempo. Só tinha que encontrar um jeito de derrubá-lo.

— Você é um garoto bonito, Tanner. Herdou isso de mim. Então use os bons genes que eu te dei. Seduza Luca. Foda a garota sem sentido, não me importo. Só tenha a certeza de tê-la no seu bolso na próxima vez que eu voltar. Porque, se eu tiver que tomar conta dessa merda com as minhas próprias mãos, você não vai gostar do que vai acontecer quando eu finalmente decidir que você é um fodido inútil.

Minha cabeça estalou para trás quando ele se afastou de mim, os lados de seu paletó balançando as pontas quando ele virou e saiu da sala como uma tempestade.

No momento em que levantei da cadeira e saí pela porta para voltar para a sala de sinuca, eu o vi caminhando com os gêmeos e o pai deles, a mandíbula de Ezra em uma linha dura enquanto eram conduzidos para fora de casa.

Os dias de nossos pais estavam contados. Eles só não sabiam disso.

Todos os nove de nós estávamos ganhando tempo, esperando até que uma série de fatores estivessem posicionados para que aposentássemos a geração acima de nós para que então pudéssemos assumir o controle.

Até lá, fazíamos o que nos mandavam, marchando conforme suas ordens muitas vezes sem saber por que recebíamos essas ordens em primeiro lugar.

Minhas mãos estavam fechadas em punhos ao meu lado enquanto eu voltava para a sala de sinuca para trancar meus olhos com os de Gabriel.

Como eu, sua expressão estava cansada. Aproximando-me dele, peguei uma cerveja que ele me passou e virei metade dela antes de perguntar:

— Por acaso eles mencionaram para onde estavam indo dessa vez?

— Porra, não — grunhiu, a fumaça da maconha rolando sobre seus lábios. — Você teve uma conversa bacana?

Minha mandíbula apertou.

— Sim, eu estou tão repleto de calor e fofura agora que posso ter que dormir com um ursinho de pelúcia essa noite só para não perder aquele sentimento amoroso.

Mais fumaça saiu de suas narinas, seus olhos se estreitando na foto que Jase estava colocando em cima da mesa de sinuca. As bolas estalaram juntas antes de Gabriel responder.

— Conversas do coração com o velho são sempre inspiradoras. Ele ainda está puto por causa da Luca?

Relaxando contra a parede, fechei os olhos, a visão de uma mulher problemática aparecendo em meus pensamentos.

Ela era um problema que eu queria esmagar e um corpo que queria explorar. Eu a odiava e a desejava, o que só me irritava porque, de todas as bocetas disponíveis vagando pelo *campus*, eu estava sendo forçado a mirar na única garota que não queria aproveitar a chance de subir na minha cama.

A atitude teimosa de Luca era irritante como o inferno, o que só me fez querer destruí-la, apenas para que eu pudesse apaziguar meu fodido pai e voltar à minha vida normal.

— Sim — finalmente respondi. — Nós precisamos prendê-la esta noite.

Rindo, Gabriel apagou o que restava de seu baseado em um cinzeiro de cristal.

— O que você precisa que eu faça?

Meu olhar focou em Jase, um plano se montando em minha cabeça, um que eu precisaria de todos os reforços disponíveis.

Felizmente, eu tinha um time de soldados enganosos para escolher, cada um deles só se importando com eles mesmos e com o que poderiam conseguir por me ajudar.

Luca não tinha ideia do que estava indo em sua direção. Não que ela merecesse isso. Não que eu desse a mínima para o que isso faria com ela.

O fato era, sua existência era uma pedra no meu sapato, e até que eu pudesse envolvê-la em um lindo laço vermelho e entregá-la ao meu pai, ela era um problema e nada mais.

Não importava que eu amasse ver aquele pequeno músculo pulsar acima de seu olho quando ela estava brava. Não importava que me afetasse ver suas bochechas pintadas de rosa sempre que nossas bocas pairavam a centímetros de distância. Não poderia importar que eu tinha sentido uma faísca na noite em que testei as águas e a beijei na fogueira.

Pegá-la desprevenida tinha sido a única razão de ela ter se derretido em mim naquela noite. Não dei tempo para ela lembrar que eu era o maior babaca do planeta. Nem mesmo um segundo para recordar o modo como eu tinha gritado com ela na noite em que nos conhecemos.

Eu não era estúpido o suficiente para pensar que ela iria se derreter tão facilmente dessa vez, não, a menos que eu encontrasse um modo de pegá-la desequilibrada e desprevenida novamente.

Bebendo minha cerveja, coloquei a garrafa em um canto da mesa e rolei a parte de trás da minha cabeça sobre a parede para encarar Gabriel.

— Encontre-a e tenha a certeza de que ela virá para a festa esta noite. Vou cuidar de todo o resto.

capítulo oito

Luca

Eu estava no meu caminho para a biblioteca pela quinta noite consecutiva. Depois de ser designada para o projeto de delito civil e descobrir que meu conselheiro veterano não queria ter nada a ver com isso, a menos que eu o prometesse um favor em retorno, gastei duas noites sentindo pena de mim mesma em meu dormitório, alternando como ondas do mar, oscilando entre raiva de como Tanner tinha me tratado e medo de que eu reprovaria a matéria porque não tinha uma chance no inferno de eu ser capaz de terminar a tarefa sem ele.

Por um breve segundo, realmente considerei rastejar de volta para ele e aceitar o acordo que ele obviamente queria só para salvar minhas notas e não jogar fora anos de trabalho duro, mas aquele momento de fraqueza tinha se perdido assim que Everly voltou depois de uma noite com Jase.

Ela tinha lágrimas nos olhos e seu cabelo estava uma bagunça, o cheiro de álcool flutuando em seu hálito quando admitiu que pegou Jase com outra garota em sua cama pela terceira vez.

Consolá-la só me fez odiar os garotos Inferno novamente. Então, no terceiro dia, eu tinha emergido do meu dormitório com um plano de evitar cada um deles como se fossem a Peste Negra, enquanto eu me convencia de que era uma mulher adulta e assumia o projeto sozinha.

De certa forma, isso era uma coisa boa. Minha raiva me focou e a enormidade do projeto me manteve ocupada o suficiente para que me esconder na biblioteca se parecesse mais com uma necessidade do que covardia.

Durante os últimos cinco dias, nunca peguei a mesma rota, estava adiantada ou atrasada para a aula (o que era uma completa afronta para os meus modos em relação à pontualidade) e consegui evitar que Gabriel me encontrasse como resultado disso.

Sentia-me bem em contornar os Inferno, a cabeça erguida e os ombros jogados para trás enquanto eu fazia da minha missão de vida ser a única aluna que eles não poderiam esmagar com um rolo compressor.

Parecia que o universo estava finalmente do meu lado pela primeira vez, como se nada pudesse me tocar enquanto eu caminhava rapidamente sob os galhos das árvores do *campus*. Mas então meu telefone tocou, minha boa sorte e bons sentimentos chegando a um fim quase imediatamente.

— Oi, pai. — Atendi, depois de reconhecer seu número piscando na tela do celular.

Não era incomum meu pai me ligar por volta dessa hora do dia. Meus pais eram bons em manter contato, sempre me checando para ter certeza de que eu não estava precisando de nada.

Sua voz, quando ele falou pela primeira vez, me deixou gelada por dentro. Alguma coisa estava errada e isso diminuiu meus passos quando me aproximei da biblioteca, meu corpo banhado pela sombra profunda do prédio alto.

— Ei, menina. Você está ocupada? *Nós precisamos conversar.*

Nós precisamos conversar nunca é bom presságio para o início de uma conversa. Alguma coisa negativa sempre acompanhava. Endireitei a coluna para o que quer que ele tinha a dizer, mas não foi o suficiente.

Conforme meu pai falava, meu corpo cedeu embaixo de mim.

Felizmente, havia um banco próximo que poderia amortecer minha queda antes que eu derretesse em uma poça de dor e terror na terra aos meus pés.

Ele continuou falando, mas tudo o que eu escutava eram umas poucas palavras que me mostraram que o universo não me amava tanto quanto eu acreditava.

Sua mãe...

Câncer...

Recorrência...

Testando...

Nada mais do que ele disse importava. Não as suas garantias de que não precisávamos nos preocupar. Não a convicção do seu lembrete de que minha mãe era uma lutadora e que era forte. Não as piadas horríveis que meu pai me contou depois de lançar uma bomba que me derrubou antes que eu a visse chegando.

Durante dois anos, nós tínhamos acreditado que minha mãe tinha derrotado uma doença que tirava tantas vidas. Mas acho que isso é o que acontece quando você abaixa a sua guarda e acredita que é seguro respirar tranquilamente de novo.

Todos os demônios da sua vida voltam sorrateiramente.

Muito como o câncer da minha mãe, Gabriel reapareceu uma hora depois, enquanto eu estava sentada congelada em uma mesa da biblioteca encarando um bando de palavras em um livro que fazia pouco sentido.

De alguma maneira, sua presença ou o fato de que, por algum motivo, os garotos Inferno ainda me tinham em vista, não era nada mais do que uma gota no oceano comparado com as notícias que meu pai me deu.

— Você — disse, batendo no meu ombro com o quadril antes de puxar uma cadeira, girando-a e sentando-se com as costas da cadeira viradas para mim — tem sido uma garota difícil de encontrar nessa última semana. Por onde esteve se escondendo?

Minha resposta foi no piloto automático.

— Se eu te dissesse, não seria um bom esconderijo depois.

Queria que ele fosse embora para que eu pudesse chorar em privado. Meus olhos tinham que estar injetados, as bordas manchadas de vermelho.

Ainda assim, eu não tinha deixado uma lágrima cair. Isso não significava que elas não estavam constantemente ameaçando voltar toda vez que eu me permitia pensar naquela ligação.

Gabriel se aproximou, o cheiro amadeirado de sua colônia flutuando em meu nariz enquanto ele inclinava a cadeira para a frente e falava baixinho:

— O que eu queria saber é por que você está se escondendo. Senti falta de trocar farpas com você enquanto te acompanhava até sua aula. Você me faz rir, Luca Bailey, e isso quer dizer alguma coisa.

A irritação subiu pela minha coluna. Não era culpa de Gabriel que Tanner era um asno traiçoeiro e Jase era um galinha sem remorso. Mas, ainda assim, ele era culpado por associação. Farinhas do mesmo saco e tudo mais.

Eu queria culpá-lo pelos pecados de seus amigos, mas eu não tinha estômago para permitir que qualquer emoção escapasse por medo de que as lágrimas que estive lutando para segurar na última hora finalmente caíssem.

— Hoje à noite é um péssimo momento, Gabriel. Só me deixa em paz, ok?

Droga.

Minha voz vacilou com o que eu disse, uma lágrima traiçoeira que picava meus olhos se libertando para escorrer pela minha bochecha. Gabriel se concentrou nisso imediatamente.

— Por favor, me diga que essa lágrima não é por nada do que o meu amigo imbecil tenha feito. Pensei que você era feita de um material mais forte que isso.

Estendeu a mão para pegar a lágrima com o dedo e afastá-la.

Ele estava certo. Tanner não merecia isso. Felizmente, isso não era resultado de nada do que ele tinha feito.

Não sei por que eu admiti a verdade. Talvez porque Gabriel era um desconhecido. Ele não tinha nada a ver com a minha família, e muito provavelmente não se importaria muito sobre nada que estava acontecendo comigo.

Ele era simplesmente uma caixa onde eu podia depositar esse medo em particular com a esperança de que ele, de alguma forma, o diminuísse, não dando a mínima por quão desastroso era.

— Acabei de saber que o câncer da minha mãe voltou.

Cuspir a verdade ajudou a aliviar um pouco do peso. Admitir em voz alta de alguma forma aplacou o nó que me sufocava.

Gabriel me encarou, seu cabelo uma bagunça de cachos castanhos suaves ao redor da cabeça, os olhos verdes brilhando como de costume, a expressão tranquila inalterada quando parou para me responder.

Foi um alívio, de certo modo, que ele não tenha olhado para mim com simpatia. Não tinha certeza do porquê, exatamente, mas apreciei que, em vez de franzir a testa ou me enterrar imediatamente em condolências tímidas, ele sorriu brilhantemente antes de rolar o pescoço sobre os ombros.

— Você sabe o que eu acho? — perguntou, fazendo a enormidade do meu problema parecer nada mais do que um mero aborrecimento.

— O que?

— Acho que ao invés de ficar aqui sentada encarando livros toda a noite, sentindo pena de si mesma, você deveria desistir de estudar por algumas horas e encontrar algo divertido para fazer. E você tem sorte o suficiente por acontecer de eu ter os meios para te proporcionar essa diversão.

A questão não precisava ser feita por mim para eu saber que tinha outra festa na casa Inferno essa noite.

Era sexta-feira, depois de tudo, e, como sempre, a notícia tinha se espalhado pelo *campus* como um incêndio.

— Não, obrigada — respondi, sem me preocupar em deixá-lo estender o convite. — Não tenho motivo para ir lá. Eu devia me encontrar com Clayton e Everly mais tarde, e a última pessoa que Everly quer ver é Jase.

Suas sobrancelhas se levantaram, um sorriso debochado puxando o canto de seus lábios.

— É isso mesmo? Porque, da última vez que eu vi, ela estava montada em seu colo lá em casa quando eu estava saindo.

Ele pausou, seu sorriso se alargando ao ver que eu não tinha ideia quando se tratava das constantes idas e vindas desses dois.

— Parece que eles fizeram as pazes. E quanto a Clayton...

Segurando um dedo como se me pedisse para esperar um segundo, Gabriel puxou o seu telefone do bolso, discou um número e apertou um botão para colocar a chamada no viva-voz. A voz dele rolou pela linha um segundo depois.

— Gabriel. E aí, cara?

Revirando meus olhos, olhei para os meus livros, o jargão jurídico brilhando de volta para mim como se me desafiasse a processar e entender tudo enquanto minha cabeça estava uma bagunça.

Gabriel ignorou minha fingida desatenção. Ele sabia muito bem que eu estava escutando apesar da minha tentativa de fingir que eu não estava.

— Queria saber se você vai lá pra casa essa noite.

A resposta de Clayton me surpreendeu.

— Eu deveria ficar com Luca mais tarde, mas iria tentar convencê-la de ir junto. Vou ligar para ela quando terminar com esses papéis...

— Não precisa — Gabriel interrompeu, seus olhos como lasers queimando um buraco na lateral do meu rosto. — Eu tenho Luca aqui comigo. Você está no viva-voz, à propósito. Então por que eu não a arrasto da biblioteca hoje à noite e você pode só nos encontrar lá?

Meus dentes rangeram juntos, aborrecimento escorrendo pela minha coluna.

Clayton levou um segundo para responder, o som de papéis se mexendo e um barulho de grampeador batendo antes que dissesse:

— Parece bom para mim.

Desligando, os olhos de Gabriel dançaram em minha direção.

— Tudo resolvido. Parece que sua melhor amiga e seu homem vão estar na nossa casa. Agora você não tem uma desculpa para não ir também.

Clayton não era exatamente *meu homem*. Nós estávamos namorando, sim, mas não tínhamos discutido exclusividade. Eu não tinha certeza de que queria algo mais do que o que já tínhamos. Ele não me despertava de maneira nenhuma, não fazia meu coração martelar em meu peito como outro babaca em particular fazia.

Falando nele...

— Na verdade — respondi, raiva queimando de volta à vida para substituir a dor pela condição da minha mãe —, tenho muito trabalho a fazer.

Virei a página de um livro como se tivesse a capacidade de ler o que estava escrito no papel.

Voltando para olhar para ele, inclinei a cabeça.

— Graças ao idiota do seu amigo, estou sozinha nesse projeto de delito civil. Considerando quanto trabalho precisa ser colocado nisso, não acho que estarei disponível nas próximas semanas para nada.

Estalando a língua em discórdia, Gabriel balançou a cabeça.

— Você sabe que mentir é uma forma de arte, né?

— Você deveria saber — zombei. — Você é praticamente o Michelangelo quando se trata dessa arte em particular.

— Mais como Jackson Pollock. Eu só salpico essa merda por aí enquanto rio de como os idiotas babam por isso. Mas esse não é o ponto.

Revirei meus olhos.

— Qual é o seu ponto?

— Meu ponto é que você acabou de admitir que não tinha planos de estar aqui a noite toda para terminar seu projeto. E a menos que você pretenda ficar por aqui e fazer algo útil, tipo achar a cura para o câncer...

Meus olhos se estreitaram sobre ele por tornar leve o que eu disse sobre minha mãe. Ele só sorriu ainda mais.

— Isso significa que você pode deixar esses livros de lado por algumas horas e vir ter alguma diversão comigo.

— Exceto que eu não quero ver Tanner — admiti.

— E ele não quer ver você. Mas você pode ter certeza de que, a menos que tropece e pouse em seu pau de alguma forma, ele vai te deixar em paz enquanto está sob meu convite e proteção. Estou lhe dando minha palavra de que tudo vai correr bem porque estará lá como minha convidada, procurando se divertir.

Droga. Eu queria discutir com ele, mas Gabriel tornava difícil dizer não. Ele era lindo com dentes brancos retos e covinhas adoráveis, um rosto de inocência que eu sabia ser uma máscara escondendo o demônio por baixo.

A verdade era que eu precisava sair e não pensar sobre a minha mãe ou o projeto que não conseguiria encontrar foco para trabalhar hoje à noite. E, se Everly iria estar lá, eu tinha certeza de que poderia relaxar um pouco na presença de Tanner.

Muito provavelmente, ele estaria tão ocupado com seu bando de garotas dispostas que nem me notaria. Mas, novamente, Tanner tinha a tendência de enxergar vermelho todas as vezes que eu estava por perto.

— Você promete que vai manter Tanner longe de mim?

Ele levantou três dedos e respondeu:

— Palavra de escoteiro.

Soltando um suspiro pesado, eu cedi e aceitei a oferta.

— Tudo bem. Mas só se você fizer um acordo comigo.

Eu duvidava totalmente que Tanner seria capaz de me ignorar completamente, e não seria uma má ideia ter algo para segurar um dos garotos Inferno no futuro, caso eu precisasse.

Os cantos dos lábios dele se contraíram, seus olhos encontrando os meus com interesse.

— Qual é o acordo?

— Se Tanner sequer espirrar na minha direção, você me deve um favor em algum momento do futuro quando eu pedir.

Sobrancelhas erguidas, boca franzida, mas então ele abriu um sorriso como o do gato de Cheshire.

— Eu teria pensado melhor de você, Luca. Quem diria que uma garota de tão alto calibre poderia cair e rolar na lama como o resto de nós?

— Aprendi com os melhores.

Acenando com a cabeça, ele se levantou para me ajudar a recolher meus livros e colocá-los na minha bolsa.

— Considere isto um acordo. Mas apenas saiba que pode haver repercussões por jogar nossos jogos sujos.

capítulo nove

Luca

Em retrospecto, eu deveria ter mantido minhas armas e me recusado a deixar Gabriel me levar para a festa Inferno.

Desde o momento em que eu pisei dentro da casa, fui banhada no fedor de fumaça de cigarro e maconha, a música alta batendo em meus ouvidos enquanto Gabriel me guiava diretamente para uma mesa montada como um bar completo, com copos vermelhos Solo e garrafas de todas as bebidas alcóolicas imagináveis.

Enquanto Gabriel começava a trabalhar em misturar uma bebida que eu quase certamente não iria consumir, meu radar de babacas estava em alerta vermelho, meus olhos escaneando a sala em busca de Tanner. Não o encontrei entre a multidão de caras trôpegos e mulheres seminuas.

Como de costume, a casa estava lotada de uma ponta a outra, pessoas se esfregando umas nas outras com olhos encapuzados, o cheiro de suor e uma miríade de perfumes se misturando com a nuvem de fumaça que pairava como névoa no teto.

Assim que Gabriel tentou me entregar a mistura da bebida Infernal, um gritinho soou ao meu lado, um par de braços compridos se enrolando em meus ombros um segundo depois.

— Você veio. Não achei que Clayton iria realmente te convencer a aparecer, mas aqui está você.

Everly já estava uma bêbada alegre e só passavam alguns minutos das sete. Seu peso malditamente perto de me derrubar no chão, mas consegui envolver um braço em sua cintura e nos segurar de pé antes de cairmos em uma pilha de lama ao lado do bar improvisado.

Enquanto ela ria e salpicava beijinhos por toda a minha bochecha, virei minha cabeça para ver Jase pairando no fundo, seus lábios puxados em um sorriso largo enquanto falava com Tanner.

Como se pudesse me sentir o encarando, os olhos escuros de Tanner se viraram na minha direção, nossos olhares se prendendo como dois *pitbulls* brigando até a morte. Não deixei de notar a reação visceral dentro do meu peito, o disparar do meu pulso enquanto minha respiração se tornava mais difícil.

Como ele podia me afetar tão facilmente estava além do meu entendimento. Eu deveria odiar o homem por tudo o que já aconteceu entre nós, mas ainda assim meu corpo se apertava em sua presença, calor florescendo em meu núcleo que se tornou líquido entre minhas coxas.

Esse momento foi o mesmo de quando o conheci em uma dessas festas ridículas, uma competição de olhares se desenvolvendo entre nós que normalmente me deixaria como a perdedora por desviar antes.

Quase cedi terreno. Quase virei minha cabeça para prestar atenção em qualquer outra coisa além daquele olhar gelado e sorriso arrogante, mas então eu me lembrei do acordo que fiz com Gabriel e sorri ao invés disso.

Primeira coisa que você aprende sobre direito contratual é que um acordo é tão bom quanto os termos específicos escritos em tinta, e o que fiz com Gabriel só abordou que Tanner não podia mexer comigo essa noite... mas em nenhum ponto tínhamos concordado que eu não poderia ser aquela a instigá-lo.

Adicionando uma piscadinha à guerra de olhares que estávamos atualmente travando, sorri quando os olhos de Tanner se estreitaram, sua boca se puxando em uma linha fina.

Um favor de Gabriel era muito mais valioso para mim do que passar a noite sem um confronto com Satanás.

Eu finalmente desviei, mas só porque se uma garota deve encarar seu nêmesis em seu domínio, então ela precisava da ajuda de coragem líquida para fazer a experiência valer a pena.

Felizmente, Gabriel tinha uma bebida pronta, suas sobrancelhas disparando para o alto em surpresa quando a peguei de sua mão e virei em alguns grandes goles... e tossi. Demais. Acho que um pedaço do meu estômago pode ter saído com todo o esforço. Foi como beber gasolina pura.

— Uau, vai com calma, Luca. Minhas bebidas são feitas para serem consumidas lentamente. Não viradas de uma vez só.

Humor era evidente na voz de Gabriel, só combinando com as risadas desleixadas de Everly ao lado do meu ouvido. Ele pegou a bebida da minha mão só o tempo suficiente para meus pulmões voltarem a respirar normalmente e meus olhos se descruzarem.

Filho da mãe...

Peguei o copo de volta dele, dando só um gole dessa vez, uma careta torcendo minha boca enquanto eu bebia o que diabos ele tinha derramado no copo.

A verdade é que eu não devia nem ter bebido. Eu era um peso leve quando se tratava de álcool, meu ensino médio e os primeiros anos de faculdade foram gastos mais estudando do que curtindo festas.

Quando não estava estudando, eu estava pirando com minha mãe, preocupando-me enquanto ela lutava sua batalha contra uma doença que devastava e consumia. Aquele medo tinha me impedido de aproveitar a vida porque ninguém deveria perder seus pais antes que eles mal começassem a voar por conta própria.

Não... Eu não podia pensar nisso. Não agora.

Meus olhos queimaram com as lágrimas que picavam. Eu disse a mim mesma que era do cheiro do combustível de aviação que eu estava bebendo ou da fumaça pairando como uma nuvem em torno da minha cabeça. Mas, lá no fundo, eu sabia que era uma bola de emoções crescendo, só esperando que eu ficasse um pouco bêbada para que escapasse e ficasse aparente.

Continuei bebendo de qualquer maneira.

— Vamos lá para cima — Everly gritou no meu ouvido, embora eu me perguntasse se ela achava que estava sussurrando. Se não, então ela não tinha escrúpulos em destruir meus tímpanos com o volume escandaloso de sua voz.

Virando-me no lugar, olhei para Tanner. Ele não estava mais olhando na minha direção, mas eu sabia que isso não significava que ele não estava profundamente ciente da minha presença.

Cada um dos nossos encontros tinha acabado em ameaças, e eu não era estúpida o suficiente para acreditar que as coisas iriam bem só porque Gabriel tinha me convidado.

Não tinha dúvida em minha mente de que Tanner viria até mim em algum momento.

Também não havia dúvida na minha cabeça de que Gabriel me dever um favor viria a calhar um dia.

Era quase muito perfeito.

Enquanto eu olhava, Jase e Tanner se viraram para subir as escadas, um olhar escuro lançado em minha direção, praticamente me desafiando a seguir, um sorriso debochado prometendo me destruir se eu ousasse sequer pisar dentro de seu reino.

Era muito ruim para ele que meus pés tivessem planos que não seriam frustrados.

Voltando minha atenção a Everly, dei o meu sorriso mais inocente.

— Claro, lá em cima parece divertido.

Lentamente eu bebi a mistura de bebidas do Inferno, meus olhos pegando os de Gabriel para encontrar uma sobrancelha arqueada com suspeita.

— Então deixe-me entender isso. Você me incomodou sobre o fato de Tanner ser um idiota e sobre suas preocupações de que ele viria até você, e agora você se sente corajosa o suficiente para entrar na cova do leão?

Balançando sua cabeça, ele alcançou a bebida na minha mão.

— Devolva isso. O álcool está indo direto para a sua cabeça.

Agarrando a bebida contra o meu peito como se minha vida dependesse disso, eu sorri.

— Vai ficar tudo bem. Ele vai me deixar em paz. Você fez um acordo.

Gabriel não era um cara burro. Ele podia ver exatamente o que eu estava fazendo. O que estava tudo bem. O acordo já tinha sido fechado e novos termos não podiam ser adicionados a menos que nós dois concordássemos com eles.

— Você vai realmente se sujeitar às besteiras dele só para me deixar em dívida com você?

Rindo, Gabriel pegou um copo vazio para misturar outra bebida.

— Eu pensava mais de você, Luca.

Meu sorriso se alargou. Dois podiam jogar sujo, e eu não era contra rolar na lama se isso me dava uma chance. Eu já sabia como viraria isso ao meu favor.

Tanner atacaria.

Eu diria a Gabriel para pagar sua dívida fazendo Tanner ser legal quando se tratasse do meu projeto e toda essa situação iria embora.

Minhas notas seriam salvas e eu poderia voltar a evitar esse grupo uma vez que tudo fosse dito e feito.

Problema resolvido.

— Foi seu erro estúpido aceitar o acordo. Só mantenha as bebidas chegando. Vou estar lá em cima onde você pode entregá-las a mim.

Tomando um gole do seu copo, ele me encarou de cima a baixo.

— Só se lembre do que eu disse sobre jogar, Luca. Sempre tem repercussões.

O jogo começou, eu pensei, perguntando-me que possíveis repercussões poderiam vir disso se eu nunca cometi o erro de entrar em um acordo com esses garotos.

Tudo se resumia ao que eu concordasse. Eu sabia disso e, enquanto mantivesse isso relacionado ao projeto, e então desaparecesse para não ser encurralada por nenhuma outra razão, eu deveria me sair bem.

Essa era a minha esperança, pelo menos, mas havia sempre uma margem para erros e surpresas, o que significava que eu precisava de algumas garantias estabelecidas que eu pudesse usar como amortecedores em caso de necessidade.

Considerei Everly como um potencial amortecedor, entretanto, depois de olhar para ela e notar seus olhos desfocados, cabelos e roupas desleixados, e o fato de que ela estava tombando como a Torre de Pisa, eu não poderia confiar que ela não iria estar perdida após outra bebida, ou para Jase quando ele piscasse em sua direção.

Meu único outro amortecedor seria Clayton. Tirando o celular do bolso, mandei para ele uma mensagem rápida confirmando se viria para a festa em algum momento.

Depois de apenas alguns segundos antes que meu celular vibrasse de volta, uma resposta piscando para mim de que ele estaria aqui dentro de uma hora.

Isso funcionou para mim.

— Vou estar lá em cima. Mantenha as bebidas chegando.

Gabriel balançou a cabeça e gargalhou.

— Seu desejo, meu comando. Ou eu deveria dizer seu funeral?

Nós trocamos um olhar estranho quando enrolei meu braço no de Everly e a segui para a sala que conhecia bem da primeira noite em que permiti que me arrastasse para cá.

Assim como da última vez que entrei no espaço privado da festa Inferno, a sala estava cheia de admiradoras dos membros Inferno seminuas sentadas.

Dando uma boa olhada ao redor, notei que, enquanto as mulheres estavam se misturando e dançando, bebendo e se divertindo, os únicos homens da sala eram aqueles que viviam na casa.

No momento, só três estavam sendo entretidos pelo seu harém esperançoso: Tanner, Jase e o cara da porta. Eu precisava aprender o nome dele, eventualmente, mas isso não era uma tarefa importante a se cumprir naquele exato momento.

Everly me arrastou mais para dentro e me pediu para dançar, embora suas palavras soassem mais como "danzcumigLuuuuca" do que uma frase real reconhecível.

Normalmente eu teria encontrado uma maneira de educadamente recusar, mas eu tinha um trabalho a fazer, nomeadamente um envolvendo trapacear para ganhar um favor.

Isso me levou a virar e travar os olhos com uma presença obscura familiar na sala, seu olhar já focado em mim apesar de três — não, quatro — mulheres se alisando como idiotas risonhas ao redor dele.

Tanner fez uma careta assim que nossos olhos se encontraram. Eu não podia deixar de sorrir em retorno. Escondendo a expressão radiante por trás do copo Solo, engoli mais goles capazes de me fazer engasgar do que eu agora presumi que era veneno.

Não havia dúvidas em minha mente de que eu iria precisar de um transplante de fígado e diálise renal depois dessa noite, especialmente depois de beber a próxima bebida que eu sabia que Gabriel estaria me trazendo em breve.

Não estava completamente certa do que teria que fazer para atrair a ira de Tanner, mas sabia que nunca iria ganhar o favor de Gabriel se não estivesse constantemente no campo de visão de Tanner.

O esforço valeria a pena, porém, e, por essa razão, terminei a bebida, secando as lágrimas ardentes dos meus olhos, e coloquei o copo vazio em um lado da mesa antes de deixar Everly me arrastar para o centro da sala para dançar.

Nunca tinha sido uma boa dançarina enquanto crescia. Enquanto outras pessoas não tinham nenhum problema movendo seus corpos no tempo de qualquer que seja a batida que era lançada a elas, eu era reservada demais para me deixar ir com a música. Então, enquanto Everly imediatamente se lançou em um giro suave e sedutor de seus quadris, um chamado de sereia para qualquer homem que estivesse em um raio de seis metros, eu não tinha a mesma habilidade. Pelo menos, não quando estava sóbria.

Eu estava muito consciente do meu corpo e preocupada que, ao invés de parecer que estava em contato com meus dons femininos, eu parecia uma mulher sofrendo uma convulsão, meus movimentos bruscos como espasmos repentinos enquanto pulava ao redor tentando forçar meu corpo em uma série perfeitamente fluida de movimentos.

Não estava funcionando, e não iria funcionar até que tivesse álcool o suficiente na minha corrente sanguínea para eu parar de me importar.

Felizmente, Gabriel valsou pela porta naquele momento, armado com outro copo cheio de morte líquida. Eu não estava ansiosa para beber, mas iria, nem que fosse para relaxar.

Deixando Everly entre as outras mulheres dançando como profissionais comparadas ao que eu poderia fazer, passei e peguei o copo da mão de Gabriel.

— Obrigada — gritei, por cima da música enquanto me encolhia com a fumaça saindo do copo.

— Você botou alguma coisa aqui com o álcool? Ou é bebida pura?

Fiz uma careta para a mistura enquanto ele pressionava um dedo no copo para direcioná-lo mais perto da minha boca.

— Nunca vou divulgar minha receita.

Abrindo meus lábios para dar um gole, Gabriel colocou a mão sobre o copo, seus olhos brilhando quando encontraram os meus.

— Você tem certeza de que quer beber isso?

— Por que eu não teria certeza?

Clayton estaria aqui em breve, e tudo o que eu tinha que fazer era provocar Tanner uma vez para que ele ficasse na minha cara e me chutasse para fora. Então Clayton poderia me levar para casa e eu descansaria tranquila sabendo que eu poderia fazer Gabriel convencer Tanner a me ajudar com o projeto.

Em vez de me responder, Gabriel só balançou a cabeça e se afastou.

Olhando para Tanner, de alguma forma eu sabia que seus olhos estariam em mim. Eu levantei meu copo de plástico em sua direção e sorria antes de trazê-lo para os meus lábios para engolir a bebida.

Mais uma hora disso no máximo. O que poderia dar errado?

capítulo dez

Luca

Três bebidas depois e eu estava me sentindo bem pela primeira vez nesse último mês. Meu corpo estava solto, minhas bochechas doíam de tanto sorrir e minhas roupas estavam grudando em mim do suor que consegui dançando.

Eu estava cercada por mulheres parcialmente vestidas e, embora tivesse olhado para elas com simpatia por sua falta de modéstia enquanto eu tinha estado sóbria, agora eu me sentia um pouco ciumenta por elas não estarem sobrecarregadas com o algodão encharcado de suor, suas peles livres para respirar enquanto se contorciam e viravam, riam e giravam ao meu redor.

Não era de beber muito, por isso estava preocupada que o álcool trouxesse muito à tona para mim, minhas inibições diminuindo e minhas paredes desabando tão repentinamente que os problemas que eu estava enfrentando iriam chegar ao topo.

Havia muito peso acumulado em meus ombros apenas com a faculdade, mas foi adicionar a saúde da minha mãe na mistura e eu sabia que tinha uma tempestade se formando dentro de mim que não queria que as pessoas descobrissem.

Mas em vez de o álcool me abrir até que eu não pudesse mais ignorar os problemas que estava passando, teve o efeito oposto. Minhas preocupações desapareceram enquanto eu dançava e deixava de lado todas as minhas inquietações.

Já não sentia a pressão de ser a aluna perfeita.

Minha preocupação com a minha mãe estava escondida atrás de uma névoa de embriaguez, impedindo-me de perder o foco no trabalho em questão.

O único problema era que eu não tinha ideia de como concluir este trabalho. Eu precisava que Tanner ficasse bravo, e tinha pensado que só estando em seu espaço conseguiria isso.

Infelizmente, eu estava errada. Tão errada, de fato, que fiquei sem ideias de como iria instigar o babaca a se tornar o valentão que eu sabia que ele era.

De vez em quando eu olhava para a direção de Tanner para encontrá-lo me assistindo de perto, seus olhos escuros se estreitando em ameaça enquanto nossos olhos se encontravam.

Lançando sorrisos calorosos a ele, que zombavam com um *venha aqui e faça algo*, eu continuava meu show particular de me divertir sem repercussões em seu espaço.

Uma hora tinha se passado sem que eu percebesse, meu celular vibrando em meu bolso uma ou duas vezes antes que eu finalmente me afastasse dos corpos dançantes para pegá-lo e checar a mensagem.

Imediatamente, minha expressão caiu, a confiança autoinduzida pelo álcool escoando de mim ao ver que Clayton tinha ficado preso lidando com algumas tarefas de última hora.

> O que você quer dizer com "não posso ir"? Tipo, nem um pouco? Você era minha carona para casa.

> Foi mal. Tenho certeza de que Gabriel pode te dar uma carona. Vou te compensar por isso.

Bem, merda. As coisas ficaram bem mais complicadas com o meu amortecedor ausente. Considerei desistir totalmente do jogo, mas então joguei esse pensamento fora porque eu já tinha chegado tão longe.

— Outra bebida?

Um copo vermelho Solo estava de repente balançando na minha frente, a cor atraindo a atenção de Tanner como um touro em uma capa de toureiro.

Olhando para ele sem diretamente mirá-lo, envolvi meus dedos ao redor do copo e me virei no lugar para travar o olhar em Gabriel.

— Nós temos um problema — gritei sobre a música, meu sorriso permanente no lugar porque mesmo que meu amortecedor tivesse furado, eu ainda estava me sentindo muito bem.

— E o que é?

— Clayton não vem. — Fiz uma cara triste e estiquei meu lábio inferior.

Gabriel se aproximou, estalando seus dentes na minha boca como se fosse mordê-la.

— Por que isso é um problema?

— Ele era meu plano de fuga — expliquei. — Agora eu não tenho ninguém para me levar para casa mais tarde.

O olhar de Gabriel deslizou na direção de Tanner por um breve segundo antes de voltar aos meus.

— Sem problemas. Eu posso te levar. — De brincadeira, ele me empurrou em direção às pessoas dançando. — Vá. Divirta-se. Deixe-me saber quando for a hora de ir embora.

Tropecei alguns passos à frente do empurrão, álcool espirrando da borda do meu copo, mas então Gabriel agarrou meu braço de volta e me puxou para perto dele. Com seu peito pressionado nas minhas costas, ele se inclinou para falar no meu ouvido.

— E, por diversão, eu quero dizer diversão mesmo, Luca. Não vá cutucar o urso se não pode lidar com a mordida que vem com ele.

Sorrindo, virei minha cabeça até que o canto de sua boca roçou a minha. Com os olhos vagando na direção de Tanner, percebi que ele estava com olhos lasers focados no quão perto Gabriel e eu estávamos.

Interessante.

Uma ideia surgiu na minha mente que eu esperava que Gabriel me ajudasse a realizar.

— Não tenho ideia do que você está falando.

Uma gargalhada profunda explodiu contra a minha bochecha.

— Claro que você não tem.

Virando rapidamente, agarrei Gabriel pela sua camisa e puxei-o mais para perto de mim, meus olhos encontrando os dele em desafio.

— Dança comigo.

Um sorriso curvou os cantos de seus lábios, seus olhos se fechando lentamente e se abrindo novamente.

— Boa tentativa — disse, enquanto ria —, mas não vou ser aquele a te ajudar a me vencer no nosso acordo.

Segurando-me pelos ombros, Gabriel me rodou no lugar, batendo na minha bunda e empurrando-me para a multidão de mulheres dançando.

— Tente não derramar sua bebida — gritou, por cima da música.

Virando-me para olhar por cima do ombro, assisti Gabriel sair da sala, meus olhos se voltando para a direção de Tanner para ver que ele não estava mais interessado no que eu estava fazendo — não com a loira escultural se contorcendo em seu colo.

Não havia nenhuma maneira no inferno que eu ganharia esse acordo hoje à noite. Mas isso não queria dizer que eu não podia pelo menos aproveitar mais algumas horas da festa.

Outra hora se passou, e eu me peguei assistindo Tanner na minha visão periférica, ciúme me atravessando ao ver a mulher que corria os lábios pelo seu pescoço, o modo que sua mão agarrou a parte inferior de suas costas. Eu não tinha dúvidas de que esses dois acabariam na cama em pouco tempo, mas, ainda assim, os olhos de Tanner encontravam os meus de vez em quando, o que eu não conseguia entender.

Não importava no longo prazo. Ele não me atacaria, estava com uma coisa garantida sentada em seu colo. Eu tinha decidido desistir da minha busca quando um braço se enrolou na minha cintura, uma voz profunda que eu não reconheci subitamente como um estrondo contra meu ouvido.

— Eu nunca te vi aqui antes. Qual o seu nome?

Meu corpo ainda estava se movendo com a batida quando eu me virei no lugar para ver o estranho pairando atrás de mim, olhos azuis brilhantes fixos nos meus enquanto sua boca se separava em um sorriso provocante. Ele começou a dançar contra mim, seu braço apertando minha cintura enquanto nossos peitos se comprimiam juntos.

Embora eu fosse uma péssima dançarina, esse cara não era, e dentro de segundos ele nos fez nos mover como se não fôssemos dois corpos, mas um.

— Luca — respondi, calor correndo pela minha pele que tentei me convencer de que era da multidão ao nosso redor e não do modo que ele me olhava como se eu fosse a garota mais bonita em toda a sala.

— Qual é o seu?

Estava surpresa de que eu nunca tinha visto esse garoto antes, mas Yale era um grande *campus* e era possível que ele fosse outro veterano que não compartilhava nenhuma das minhas aulas.

— Shane. Por que eu não tinha te visto por aí antes? Você é uma aluna?

Era o álcool. Tinha que ser. Não tinha uma chance no inferno de que esse homem poderia se mover de uma forma tão sexy que estava fazendo minha frequência cardíaca se acelerar a níveis prejudiciais à minha saúde e minha respiração sair em lufadas rápidas e desesperadas.

Eu me sentia tonta com sua presença, meu foco roubado por um par de olhos azul safira que não tinham nenhuma vergonha enquanto capturavam os meus. Seus quadris rolaram contra mim enquanto sua mão deslizava para segurar minha bunda, seus movimentos direcionando os meus de um modo que senti como se meu corpo tivesse finalmente aprendido o que significava se mover na batida da música.

— Eu sou — respondi, mas minha voz estava tão fraca que ele não conseguia me ouvir.

Um sorriso provocador separou mais seus lábios quando ele se inclinou para pressionar o calor de sua boca contra minha orelha, mandando um raio de eletricidade perigoso através do meu coração.

— Não consegui te ouvir — ele disse, o ronronar de sua voz tão baixa que eu podia sentir vibrando em meus ossos.

— Sim, sou uma aluna daqui — repeti, mas duvidava totalmente que as palavras eram inteligíveis. Eu estava lutando para respirar fundo enquanto o calor subia por mim, minha cabeça subitamente pesada e meus olhos se fechando quando a música ao nosso redor tomou conta.

Sabendo que eu tinha bebido demais, tentei me forçar a ficar sóbria de novo para não fazer papel de boba com esse garoto, mas seu corpo forte contra o meu era muito bom, o calor de sua respiração deslizando por meu pescoço tornando impossível para mim pensar direito sobre o que eu deveria fazer.

Levantando minhas mãos para apoiar as palmas contra seu peito, eu pretendia afastá-lo, mas ao invés disso eu me encontrei derretendo contra ele, a força de aço puro sob minhas palmas me mandando em outro frenesi de necessidade que era perigoso na minha condição.

Enquanto eu estava fora de controle e perdida no momento, Shane não parecia notar, sua voz profunda ronronando de novo uma pergunta:

— Posso te beijar, Luca? Estive observando você e te desejando a noite toda.

Embora minha mente estivesse gritando não, meus pensamentos correndo sobre todas as razões pelas quais beijar Shane era uma má ideia, minha cabeça acenou um sim independentemente.

Isso era insano. Eu sequer conhecia o cara e ainda assim ele me atraiu sem esforço, o movimento de seu corpo enquanto ele dançava contra mim me seduzindo até que eu estivesse sem opção além de deixá-lo fazer o que diabos quisesse.

Ele riu contra a minha pele antes de deslizar a boca pela minha bochecha, seus lábios tocando os meus com um toque leve antes de eu sentir outro braço me envolver do outro lado, um grito voando da minha garganta enquanto eu era puxada para longe do abraço de Shane, girada e jogada nos ombros de outro homem.

Antes que eu pudesse entender o que estava acontecendo, fui carregada para fora da sala, pelo corredor, para outra sala escura que estava silenciosa, apesar da multidão dentro da casa, meus pés chutando e minhas mãos batendo não fazendo nada para desacelerar meu sequestrador.

— Solte-me. Que porra é essa? — gritei de novo quando eu caí de seu ombro, meus braços voando para os lados para amortecer minha queda.

Felizmente foi em um colchão macio que eu bati em vez do chão. Ergui-me nos cotovelos, pronta para pular e escapar do quarto quando uma mão me empurrou para trás e uma voz profunda rugiu.

— Que porra é essa está correto.

— Deixe-me ir.

— Ou o que?

Congelando no lugar, meus olhos se arregalaram quando reconheci essa voz brava, apesar da minha cabeça latejando de toda a quantidade de álcool que eu consumi.

Tanner.

De uma só vez, senti euforia por Gabriel agora me dever um favor e medo porque, porra... eu não tinha nem pensado sobre a possibilidade de ser arrastada para dentro de outro quarto onde não houvesse ninguém que pudesse ficar entre nós.

Lancei-me para a frente de novo, só para ser empurrada uma segunda vez, o som de passos pesados marchando para longe de mim antes que uma luz brilhante acendesse acima de mim, meus olhos se fechando contra isso.

Jogando um braço sobre o rosto, sentei-me e de repente me arrependi de engolir as bebidas que Gabriel tinha me dado.

Tanner não parecia dar a mínima que eu estivesse praticamente cega, o quarto agora rodando depois de ser jogada como uma maldita boneca de pano.

— Você quer me explicar por que está tentando foder cada cara que vive nessa casa? Ou eu devo apenas jogar sua bunda para fora agora por ser uma vagabunda de merda?

— Quê?

A pergunta de uma palavra saiu mais como um grito do que eu pretendia, mas meus olhos tinham se ajustado o suficiente para que eu pudesse finalmente puxar meu braço e encarar o idiota parado do outro lado da sala.

— Eu não estava tentando foder ninguém. E o que isso te importa? Aquela sala estava lotada com todos os tipos de vadias imagináveis. Elas eram as únicas sem roupa, ou você não estava prestando atenção? Não que eu seja uma julgadora de vadias, é claro, não sou uma bastarda crítica como você.

Oh, isso era besteira. Quem diabos ele pensava que era para me julgar por me divertir com um membro do sexo oposto?

Toda vez que eu o olhava, ele tinha uma garota diferente em seu colo. E, se ele não tinha, ela estava fazendo o seu maldito melhor para me irritar.

Tentando me levantar para que eu pudesse atravessar o quarto e chegar em seu rosto como uma mulher devidamente irritada, tentei me puxar para cima.

Duas coisas trabalharam contra mim: eu estava muito bêbada e o colchão era malditamente macio. Ao invés de uma manobra suave que fizesse parecer que eu era uma mulher a ser temida, eu parecia uma tartaruga presa de costas, rolando para a esquerda e para a direita para ganhar apoio.

Tanner percebeu o esforço e sorriu, debochado.

— Você está bêbada pra caralho, não consegue nem se levantar sozinha.

Ele me pegou nessa, mas ainda assim eu não o deixaria saber do fato.

— Eu não estou.

— Tá sim.

— Eu...

Ok, não. Eu não estava permitindo que essa discussão se tornasse uma guerrinha entre crianças.

Mesmo bêbada eu tinha mais respeito por mim do que isso.

Do jeito que estava, Tanner tinha me atacado assim como eu esperava que ele fizesse. E, assim que eu conseguisse ficar de pé, planejava sair do quarto como uma tempestade e então poderia ir para casa, dormir até o álcool desaparecer e exigir meu favor à Gabriel pela manhã. Não adiantava perder tempo discutindo com Tanner agora.

Devo ter parecido mais patética do que eu pensava, porque Tanner fez um som de desgosto antes de avançar para segurar minha mão e me colocar de pé em frente à cama.

Meu equilíbrio sumiu e quase caí para trás de novo, mas ele enrolou um braço ao meu redor e me segurou no lugar. Eu teria ficado grata pela ajuda se o seu rosto não estivesse no meu, a carranca em seus lábios se esticando quando o encarei (apesar de desfocado) de volta.

É meio difícil de conseguir uma expressão letal quando você está tão bêbada que uma pálpebra está caindo mais que a outra. Eu realmente deveria ter parado na segunda bebida.

— Por que diabos você continua voltando aqui?

Sua voz profunda era um grunhido de advertência, raiva óbvia em seus olhos escuros.

Empurrando-me na ponta dos pés, eu fechei a distância entre nós com meus dentes rangendo e um músculo saltando acima do meu olho.

— Sabe o que você é, Tanner Caine?

Enfiando um dedo em seu peito como se fosse uma ameaça válida, eu abaixei minha voz para um rosnado tão venenoso quanto o dele.

— Você é um idiota e um valentão. Por que se importa se estou na sua casa? Hein? Por que isso sequer importa? Eu estava me divertindo. Não estava fazendo nada que pudesse te incomodar. Mesmo assim, aqui estamos nós brigando um com o outro porque você não consegue ficar longe de mim, e o que isso diz sobre você?

Algumas outras cutucadas do meu dedo sobre seu peitoral duro como pedra e seu olhar se arrastou para o gesto antes de o levantar de novo e fixá-lo com o meu.

— Não sou aquele que continua aparecendo em seu espaço tentando abrir minhas pernas para qualquer um dos seus amigos que quiserem me pegar.

Meu queixo caiu, minha pele eriçada de indignação pela acusação.

— Ah, é? Bem, pelo menos eu consigo manter minhas mãos para mim mesma toda vez que você chega perto de mim. Ainda assim, parece que você tem um problema em me deixar malditamente em paz.

Tanner sorriu. A expressão não era amigável.

— Você é a única me tocando agora.

Ele estava certo, minhas palmas estavam fixas em seu peito, mas só porque eu queria empurrá-lo.

Colocando tanta força quanto pude no esforço, o corpo de Tanner sequer se moveu um centímetro enquanto eu só conseguia perder meu equilíbrio de novo.

Eu teria caído outra vez no colchão se ele não tivesse envolvido seu braço ao meu redor para me pegar, o contato entre nós forçando o calor a descer por minha espinha.

Ignorando isso, eu disse:

— Me parece que se algum de nós está perseguindo o outro, esse alguém é você. — Inclinando a cabeça, perguntei: — E por que isso, Tanner? Você está abrigando uma paixão por mim? Porque, se você estiver, posso te prometer que o modo como você está demonstrando isso é...

Ele pressionou um dedo contra meus lábios, calando o que eu iria dizer. Sua voz tão baixa que era quase um sussurro, ele perguntou:

— Você alguma vez sabe quando calar a boca?

— Não — eu disse contra o seu dedo —, eu não sei. — Minhas sobrancelhas se juntaram, raiva rolando pela minha coluna por ele ter pensado que tinha o direito de me carregar do modo que fez. — Especialmente não quando eu estou lidando com um babaca arrogante que...

Seu dedo foi substituído no segundo seguinte por seus lábios. Eu gostaria de dizer que me afastei imediatamente e o bati pelo beijo, mas isso não foi o que aconteceu.

Em vez disso, derreti contra ele, meus lábios traidores se abrindo da mesma maneira que tinham feito quando ele me beijou na fogueira, o mesmo calor me incendiando, uma maldita fornalha que tornou impossível fazer qualquer coisa além de acompanhar o que quer que ele queria.

Isso não era como um dos beijos corteses que Clayton me dava nos poucos encontros que tivemos... ou o quase beijo que o cara, Shane, tinha tentado me dar na pista de dança.

Isso era posse, pura e simples, um cretino alfa arrogante como o inferno reivindicando sua mulher, mesmo quando ela não conseguia suportá-lo.

Sua língua deslizou contra a minha, tomando controle disso também, seu gosto enchendo minha boca conforme seu braço me puxava com mais força contra ele. Quando minhas pernas praticamente cederam e meus braços deslizaram de seu peito para envolver seus ombros, um gemido embaraçoso rolou de meus lábios.

Ele quebrou o beijo enquanto eu me derretia contra ele, seus olhos fixos nos meus com uma mensagem clara como o dia de que ele sabia que eu tinha gostado daquele beijo e que queria outro.

Mas eu não podia deixá-lo pensar que tinha vencido, minha mente embriagada ainda lutando contra ele mesmo quando meu corpo tinha se rendido.

— Eu ainda te odeio. — Suspirei, meus dedos enrolando em seu cabelo grosso enquanto meus olhos se suavizavam para olhar para ele.

Tanner deu um sorriso debochado, uma expressão que eu estava muito familiarizada, mas não podia odiar nesse momento em particular nem pela minha vida.

Pressionando sua testa contra a minha, seu olhar procurou meu rosto enquanto seus lábios se partiram em um aviso sussurrado:

— O sentimento é mútuo.

— Então por que você está me beijando?

Havia fogo por trás de seus olhos escuros, a cor verde-musgo se intensificando até quase preto.

— Porque você queria que eu te beijasse.

Eu subitamente não conseguia respirar, meu corpo completamente imóvel enquanto seus olhos procuravam meu rosto. Os cantos de seus lábios se levantaram em um sorriso conhecedor, minha recusa em desmentir o que ele disse pairando entre nós.

Com uma voz baixa, ele adicionou:

— E eu tive que achar uma maneira de calar sua boca.

Meus olhos se arregalaram com sua resposta. Eu teria dito algo igualmente rude para ele se sua boca não tivesse reivindicado a minha de novo antes que eu tivesse uma chance.

capítulo onze

Tanner

Eu queria rir quando os dedos de Luca se enfiaram ainda mais no meu cabelo, sua pequena língua deslizando pela minha com um movimento frenético que era quase tão imprudente e descoordenado quanto o modo que ela dançava.

Desde o minuto que ela chegou em casa, eu tinha a assistido.

Ela tinha pisado fora do carro de Gabriel e ergueu seu queixo para olhar para as janelas do terceiro andar. Eu sabia que ela não podia me ver parado na sombra de meu quarto, mas me perguntei por que seu olhar tinha imediatamente me procurado, como se, por instinto, soubesse que eu a estava observando.

Nós erámos como duas forças opostas que também tinham a capacidade irritante pra caralho de se atrair. Eu não queria desejar essa garota, mas ela era como gasolina para o meu fogo, sua presença chamando minha atenção, não importa quem eu tinha sentada em meu colo, meu corpo e minha mente tão agudamente cientes dela que eu não poderia fazer nada além de assistir.

A noite inteira eu tinha apreciado olhar ela espiando em minha direção, suas paredes caindo com cada bebida que Gabriel trazia, as horas se passando até que eu soubesse que poderia convencê-la de fazer algo estúpido para que acabasse em dívida comigo.

Eu estava a minutos de finalmente me levantar, derrubando a cadela do meu colo no processo, e reivindicando a garota que estava me fazendo rir quanto mais selvagem se tornava, mas então Shane valsou para dentro da sala e praticamente fodeu com tudo.

Não era que ele não tinha um papel nesse jogo, mas ele não deveria beijá-la, sua besteira improvisada me irritando no segundo que seus lábios chegaram perto de seu rosto.

Eu não queria admitir para mim mesmo que foi o ciúme que me fez atravessar a sala para jogá-la sobre meus ombros como um maldito homem das cavernas, mas antes que eu soubesse o que estava fazendo, eu a estava carregando pelo corredor, jogando-a em minha cama e olhando-a como se ela fosse a porra de um demônio enviado com o único propósito de ferrar com a minha vida.

Shane ia ter vários novos hematomas e possivelmente um nariz quebrado no momento em que eu colocasse minhas mãos nele de novo. Mas, enquanto isso, aqui estava eu, beijando essa garota como se minha vida dependesse disso sem ter ao menos a mínima ideia do porquê.

Uma batida na minha porta nos separou voando, sua bunda desequilibrada pousando na minha cama enquanto eu girava para estreitar meus olhos para quem quer que tivesse coragem de nos interromper.

— O quê?

A porta se abriu, Gabriel entrando, sua atenção vagando entre Luca e eu antes de um sorriso surgir em seus lábios.

— Só checando para ver se todo mundo ainda está vivo e bem.

Atrás de mim, Luca tentou se colocar de pé, mas gemeu e segurou sua cabeça caindo para se sentar no canto do colchão.

— Levantei muito rápido.

Gabriel riu e se apoiou no batente da porta.

— Com a quantidade de álcool que você bebeu, estou surpreso que ainda seja capaz de falar, mais ainda de se sentar. Talvez você devesse ficar aí e tentar não se machucar.

Seus olhos encontraram os meus.

— Você tem um convidado especial chegando em alguns minutos, mas parece que nossa situação mudou.

Gabriel lançou um olhar penetrante para Luca.

— Quanto tempo? — Esfreguei a nuca, sabendo que teria que tomar conta desse problema pessoalmente se quisesse fazer o certo.

— Cinco minutos.

Assentindo, lancei um olhar na direção de Luca, meus olhos se demorando um pouco demais para ver como sua blusa tinha escorregado para o lado revelando o ombro nu.

Que porra havia de errado comigo? Era um maldito ombro e lá estava eu encarando como se ela tivesse se despido e estivesse me dando uma dança erótica.

— Vou cuidar disso.

Suspirando, encontrei o olhar de Gabriel uma última vez antes que ele sorrisse e saísse do quarto, a porta fechando silenciosamente atrás dele.

Virei-me para Luca, um suspiro irritado rolando por meus lábios ao vê-la caída de volta na cama, seus olhos fechados e lábios separados.

Indo até ela, tentei levantá-la pelos ombros para terminar o que ela malditamente começou, mas ela estava apagada, sua cabeça caindo para trás. *Na minha cama.* Que não foi onde eu planejei que ela estivesse.

Correndo uma mão pelo cabelo, eu caminhei na frente da cama, irritado pra caralho que isso não estava indo de acordo com o plano.

Não importava. Eu ainda iria achar um jeito de encurralá-la de uma forma ou de outra.

Virando-me para sair da droga do quarto, eu tinha meus dedos na maçaneta quando um flash de culpa que não deveria estar lá me atingiu. Luca não era problema meu, pelo menos não do modo como a culpa me dizia que ela era.

Mas ainda assim eu não poderia sair com ela desse jeito.

Amaldiçoando baixinho, virei-me de volta para ela, coloquei um de seus braços sobre meu ombro e arrastei seu peso para cima da cama. Puxando os lençóis debaixo dela, eu a aconcheguei como um namorado apaixonado faria. Por qual razão de merda, eu não tinha ideia.

Certifiquei-me de rolá-la para o lado também, porque não queria que ela se engasgasse com o próprio vômito caso ela passasse mal depois de beber uma cervejaria inteira.

Satisfeito de que ela não iria morrer, encarei-a com todo o ódio que eu estava sentindo pelo problema que ela tinha se tornado em minha vida. Um problema que logo acabaria. Obrigado, porra. E, uma vez que acabasse, eu poderia tirar meu pai da minha cola e voltar para a minha vida previamente programada de não dar a mínima para nada.

Uma batida na porta soou e meus cinco minutos tinham acabado. Julgando pela força da batida, certo alguém estava puto em descobrir onde sua preciosa namorada tinha ido parar.

E isso não era interessante?

Ele nunca deveria se apaixonar, mas quanto mais semanas se passavam, mais ele ficava em meu caminho até que um passarinho o lembrou de que um mundo de merda estava por vir se ele não cumprisse sua parte.

Mas que seja.

A linha de chegada estava à vista e eu não estava com humor para lidar com o idiota por mais tempo do que era necessário.

Ele tinha tido um trabalho a fazer, e ele fez. Seus serviços não eram mais necessários.

Abri a porta e Clayton tentou passar por mim, sua expressão uma máscara de raiva que não fez nada além de me fazer rir.

Tudo o que precisou foi um olhar de advertência e ele se lembrou de si mesmo realmente rápido, seus dedos passando pelo cabelo enquanto dava um passo para trás para me dar espaço.

Seus olhos tentaram olhar ao meu redor enquanto eu saía do quarto, mas bloqueei-o com meu ombro e fechei a porta.

— Você não deveria estar aqui esta noite.

Seu olhar bravo encontrou o meu, a cômica ameaça silenciosa quando você comparava nossos tamanhos.

Clayton não era um cara pequeno, mas ele não era atlético também. Enquanto eu tinha construído meu corpo jogando futebol no ensino médio e lacrosse no início da faculdade, esse imbecil tinha estado muito ocupado arruinando tudo com outros futuros desprezíveis da América, jogando e gastando dinheiro enquanto viajavam pelo mundo com as moedas de seus pais.

Ele era o típico futuro político. O único problema era que seria um fracasso nisso também. Seu pai podia ser um senador, mas eu duvidava altamente que isso iria ajudar Clayton no final. A maçã não só tinha caído longe da árvore, como também tinha rolado umas centenas de vezes e despencado em um penhasco próximo.

— Vou levá-la para casa.

Os cantos dos meus lábios se curvaram.

— Você não vai fazer isso. Na verdade — eu disse, coçando meu queixo e sorrindo ainda mais —, vai terminar com ela amanhã de manhã. Coloquei você em cima dela para levá-la para mais perto de mim, mas agora que ela está aqui, você terminou. Um favor foi retribuído. Agora você só tem mais três para cumprir.

Clayton tinha um mundo de problemas. Os que ele causava, na maior parte do tempo, e com o intuito de impedi-los de vazar e colocar seu pai senador em problemas, Clayton iria com frequência vir rastejando para mim em busca de ajuda.

Seu namoro com Luca contava como o primeiro de seus pagamentos. Terminar com ela seria o segundo. O que eu pediria pelos outros dois eu não tinha ideia, mas tinha muito tempo para pensar sobre isso.

Meus olhos caíram para o tique em sua mandíbula, meus dentes doendo com a força com que ele estava apertando os dele. Eu quase ri.

TRAIÇÃO 101

— Awn, parece que você tropeçou e caiu em alguns sentimentos por ela.

Seus olhos se estreitaram em mim como se realmente pensasse em fazer algo em retaliação. Mas, então, sua expressão perdeu o brilho vermelho de raiva, lógica se infiltrando para limpar todas as ideias que ele tinha sobre me desafiar.

Eu o tinha preso pelas bolas e ele sabia disso.

— Tudo bem. Vou ao dormitório dela amanhã e explicar que não podemos mais nos ver.

Inclinei a cabeça para o lado, pois não estava exatamente a bordo dessa ideia.

— Uma mensagem é o suficiente. O mínimo de frases possível. Mulheres simplesmente adoram descobrir que são tão pouco valorizadas a ponto de ter seus corações quebrados com cinquenta palavras ou menos.

Os punhos de Clayton se fecharam ao seu lado, meu olhar acompanhando o movimento.

— O que você planeja fazer com isso?

Seus dedos relaxaram e eu sorri.

— Vá embora, Clayton, enquanto ainda estou me sentindo generoso. Você renegou o nosso acordo ao aparecer aqui essa noite. Ainda assim, eu estou disposto a considerar esse favor cumprido.

O conhecimento de que foi derrotado pesou em seus ombros, mas ele virou e saiu sem argumentar. Antes que pudesse desaparecer pelas escadas, gritei para ele:

— Ah, e tenha a certeza de que aquela mensagem seja transmitida claramente e cedo pra caralho. No mais tardar às oito.

Ele me atirou um olhar sobre seus ombros e concordou.

Não tinha muito mais que pudesse ser feito com Luca esta noite, mas eu iria lidar com ela pela manhã enquanto estivesse bem e de coração partido.

Disse a mim mesmo que eu precisava dela longe de Clayton para que ela estivesse sozinha, tornando-a uma presa fácil, mas havia outro pensamento na minha cabeça, um bem irritante que ficava sussurrando mesmo que eu soubesse que isso não era verdade.

Eu queria Luca para mim.

O único problema era que isso nunca poderia acontecer. Não com o meu pai respirando em meu pescoço.

Estava indo checá-la de novo quando a voz de Gabriel chamou minha atenção.

Andando em minha direção do outro lado do corredor, ele segurava seu celular em uma mão e tinha uma expressão que era tão merda quanto aparentava.

— Você precisa pegar os gêmeos.

Corri minha língua pelos dentes, contando até três para evitar socar a parede. Nossos pais tinham feito alguma coisa para foderem com eles de novo e não podiam se importar de lidar com o problema e trazê-los para casa. Típico pra caralho.

— O que fizeram com eles dessa vez?

Gabriel me atirou um olhar, recusando-se a responder.

— Eu iria sozinho, mas estou bêbado demais para dirigir. Não sei o que está acontecendo, mas o pai deles acabou de me ligar e disse que eles tinham se tornado um problema.

Os gêmeos estavam de volta em nosso antigo bairro.

— É uma viagem de quatro horas. Vai me levar a noite inteira.

— É ruim — foi tudo o que ele me respondeu, sua voz tão calma como sempre.

Gabriel não era do tipo que fica irritado, não externamente de qualquer maneira. Isso o tornava perigoso. Mas, então, ele era o rei das mentiras. Era por isso que nós o chamávamos de *Engano*. Ele poderia vender um copo d'água a um homem se afogando. E ele provavelmente iria. Dinheiro falava com Gabriel como uma amante saciada.

Maldito inferno.

Meu dedo estava na sua cara.

— Fique de olho em Luca. Ela desmaiou na minha cama.

— Ela está sob controle.

Concordando com a cabeça, exalei e virei-me para sair de casa.

Não sabia por que tudo estava desmoronando essa noite, mas eu estava determinado a encontrar um jeito de colocar tudo no lugar de novo.

Luca

Se alguém tivesse a placa do ônibus que passou por cima de mim noite passada, eu ficaria grata.

Puta merda, eu me sentia péssima.

No instante em que meus olhos se abriram e eu retornei à terra dos vivos, meu crânio martelou como se fosse se quebrar.

Levei uns minutos piscando até finalmente colocar o quarto em foco, meu batimento cardíaco errático fazendo a dor piorar quando percebi que não estava no meu dormitório.

Minha boca — eca. Eu nem sabia como descrever o gosto que tinha, mas era ruim o suficiente para fazer meu estômago revirar em uma ameaça dolorosa, o gosto de bile cobrindo a parte de trás da minha língua.

O movimento exigia esforço e foco, todos os ossos e músculos rejeitando a menor mudança de postura enquanto eu arrastava meu corpo para cima para encostar na cabeceira da cama.

Mas nada disso era o pior. Inferno, o estado físico que eu estava não era nada comparado com a constatação causadora de pânico que não só eu tinha passado a noite em uma casa estranha, como também tinha feito isso na cama de Tanner.

Lembrando-me de respirar, pisquei de novo e fiz o que toda garota estúpida precisa fazer depois de beber até apagar e desmaiar entre os tubarões:

Olhei para baixo.

E, com toda a certeza, eu estava com nada além de um sutiã e calcinha.

Que porra eu tinha feito?

Não podia ter sido tão ruim assim, não é? Eu não estava dolorida como se alguma coisa sexual tivesse acontecido. E, considerando quanto tempo fazia desde que eu tinha dormido com alguém, convenci-me de que eu saberia se tivesse sido burra o suficiente para dormir com o homem que eu mais odiava no mundo.

Então, por que eu estava apenas meio-vestida, e onde diabos Tanner estava?

Como se sentisse meu estado emocional elevado, uma batida soou e a porta se abriu, os olhos verdes alegres de Gabriel encontrando os meus com humor dançando por trás da cor.

— Bom dia, raio de sol.

Ele balançou um copo para mim e segurou algo na outra mão.

— Pensei que você pudesse precisar disso depois de quase se intoxicar com álcool noite passada. Tenho certeza de que só o som da minha voz agora é como um martelo na sua cabeça.

Era, mas eu não daria a ele a satisfação de admitir isso. Fechando os olhos contra o brilho das luzes que ele acendeu, puxei o lençol para cobrir meu peito.

— O que aconteceu noite passada?

O colchão afundou perto de mim, Gabriel empurrando o copo contra os nós dos meus dedos. Colocando o lençol onde ele não cairia, peguei o copo e abri a outra mão para ele colocar duas aspirinas na palma da minha mão.

A água gelada era o paraíso contra minha garganta, suavizando a queimação enquanto lavava o sabor das más escolhas.

— Bem, você bebeu o suficiente para se qualificar para participar de uma reunião dos Alcóolicos Anônimos essa manhã, e então você apagou.

— Sozinha?

Ele piscou e sorriu.

— Será que estamos realmente sozinhos?

— Corta a merda, Gabriel.

Ai! Minha mão voou para a minha cabeça como se isso fosse impedir meu cérebro de cavar um caminho para sair correndo.

Uma risada masculina suave se filtrou para se misturar com o bater do meu pulso.

— Você pode querer esperar a aspirina fazer efeito para começar a gritar comigo por algo que eu me lembro de te alertar.

Babaca. Ele realmente me alertou e isso era a pior parte.

— Por que eu estou nua?

Ele puxou o lençol. Agarrei o tecido mais forte para segurá-lo no lugar e bati em sua mão.

— Você não pode me culpar por tentar. Sou um garoto saudável depois de tudo. E, pelo que eu posso ver, você não está nua.

Exalando, atrevi-me a abrir os olhos de novo e fixei o olhar com o dele.

— Onde está o resto das minhas roupas?

Seus olhos dispararam para o chão e voltaram.

— Tem uma pilha ao lado da cama que eu suponho que seja sua.

E agora, a questão final, aquela que eu não queria perguntar e não estava certa de que queria a resposta.

— Eu fiz sexo com Tanner?

Seus ombros tremeram com a gargalhada escandalosa, a cabeça balançando um pouco antes de ele se apoiar nos cotovelos e sorrir para mim.

— Não a menos que ele seja um idiota de duas bombas. E, julgando pelos rumores que tenho escutado pelo *campus*, ele não é.

Frustração me inundou.

— O que isso quer dizer?

— Isso significa que ele é conhecido por durar mais que cinco minutos.

Minha voz saiu em um rosnado.

— Gabriel...

As covinhas marcavam suas bochechas e ele inclinou a cabeça.

— Estou mexendo com você. Você é fofa de ressaca. E não. Vocês não transaram. Tanner saiu minutos depois de te trazer para cá. Ele não voltou desde então. Se ele tivesse te deixado com Shane, provavelmente teria sido uma história diferente. Aquele lá marcha com a batida de seu próprio tambor, apesar do que Tanner pensa. Mas alguém — ele me deu um olhar aguçado — precisava de uma babá na última noite depois de ter enchido a cara. Você deveria agradecer a Tanner por cuidar de você.

Então por que eu estava apenas de sutiã e calcinha? Quero dizer, não era ilógico pensar que eu acordei em algum momento e arranquei minhas roupas. Acordei suada de todo o álcool, o fedor me afetando mesmo naquele momento. Eu jurava que a vodca estava pingando de meus poros com o tanto que bebi. E, ainda assim, eu não me sentia dolorida *lá*.

Alívio relaxou meus ombros. Pelo menos até eu perceber que eu tinha uma razão para agradecer Tanner. Recusando-me a pensar nisso, foquei no ponto positivo que eu tinha a meu favor.

— Você me deve um favor grátis.

Esperava que ele reclamasse, mas, ao invés disso, ele encolheu os ombros negligentemente, como se me dever não pesasse em suas costas.

— Sei quando sou derrotado. No entanto, da próxima vez que entrar em um acordo com você, com certeza vou amarrar todas as pontas soltas. Você é um tubarão. — Ele sorriu e piscou. — Eu gosto de tubarões, então não se preocupe. Isso significa que você é uma jogadora tão suja quanto eu. Qual é o favor?

Minhas bochechas coraram com o elogio.

— Obrigar Tanner a me ajudar com o meu projeto de delito civil.

Gabriel tinha lábios lindos. Eles eram bem desenhados e de uma cor suave de rosa. Não femininos, mas não tão duros também. Eles eram expressivos e tentadores, mas não tinham a mesma crueldade dos de Tanner. Ele sorriu para mim e balançou a cabeça, a inclinação daqueles belos lábios tirando um sorriso de mim.

— Não que eu possa forçar Tanner a fazer alguma coisa, mas ele realmente me deve um grande favor, então você está com sorte. — Ficando de pé, ele olhou para mim. — Considere feito.

Assisti enquanto ele atravessava o quarto, seu passo casual parando quando alcançou a porta.

— Faça um favor a si mesma, Luca, e tome um banho e escove os dentes antes de sair. Seu fedor é ofensivo. Nós temos escovas de dentes extras debaixo da pia.

Surpreendeu-me que eu pudesse ser capaz de rir sem dor. A aspirina devia estar finalmente fazendo efeito.

Gabriel me deixou com uma piscadinha, a porta se fechando com um clique suave.

Minha cabeça caiu para trás contra a cabeceira e pensei que, talvez, isso não tivesse sido tudo por nada. Consegui meu favor. Minhas notas seriam salvas. E eu não tinha feito nada que eu iria me arrepender — exceto por talvez parecer uma idiota por ter ficado bêbada.

Mas tudo bem. Valia a pena a marca contra a minha pontuação de boa menina se isso significava que Tanner iria ser um *bom garoto* e se comportar.

Eu odiava como meu próximo pensamento foi onde Tanner tinha ido passar a noite. Eu era tão ruim que ele não suportava ficar perto de mim? Ou talvez fosse porque eu estava bêbada. Talvez houvesse um fio decente percorrendo toda a sua maldade que insistiu que dormir comigo teria sido tirar vantagem.

Ou talvez ele só não queria dormir comigo. Com o que eu estava de boa... exceto que eu não estava.

Tudo o que eu podia pensar era no jeito que ele me beijou. Ele não simplesmente beijava, ele possuía, reivindicava e dominava até que você não conseguia pensar além da sensação de seus lábios e do corpo duro pressionado contra você.

Deus, eu era estúpida por sequer pensar nisso.

Ele era um babaca. Uma pessoa genuinamente horrível, e eu não queria ter nada a ver com ele. Além disso, eu estava tecnicamente namorando alguém, então tinha isso.

Infelizmente, o pensamento de Clayton não fez meu coração bater tão forte.

Meu celular zumbiu suavemente dos meus jeans no chão. Olhando à distância, a última coisa que confiava em mim mesma era me abaixar e pegá-lo, mas poderia ser Everly me procurando... ou meu pai.

Esticando-me, consegui enrolar uma ponta do dedo pelo cinto da calça jeans e puxá-la para cima. Quando me endireitei, minha cabeça me lembrou com uma única pancada forte que eu ainda não estava totalmente recuperada. Parecia que minhas veias tinham sido arrancadas e meu sangue estava escorrendo livremente.

Prometendo a mim mesma que nunca mais beberia de novo, apertei o botão do meu celular e olhei para a mensagem.

> Isso não está funcionando. Não acho que nós deveríamos nos ver mais.

Era estranho, aquele momento. Eu devia ter ficado chateada, deveria ter me importado que um cara, que eu estava saindo, terminasse comigo tão rudemente por uma mensagem. Mas eu não podia me importar menos.

Nada disso importava. Consegui o que eu queria na noite passada e tinha que ser o suficiente.

Embora eu tinha que pensar que o momento era estranho.

Forçando-me a ficar de pé, vesti minhas roupas e caminhei descalça para o corredor. Depois de procurar ao redor um pouco, encontrei um armário com toalhas limpas e um banheiro no final do corredor.

Depois de tomar banho e escovar os dentes, eu me sentia como nova, meu estômago ainda se revirando um pouco por estar vazio, mas isso não era nada que uma comida gordurosa não resolvesse.

Infelizmente, eu não tinha como voltar para casa, então desci as escadas procurando Gabriel apenas para ficar parada perto da porta da frente quando ela se abriu.

Saltando no lugar com o estrondo, encarei Tanner com olhos arregalados enquanto ele arrastava um dos gêmeos.

Pelo estado dele, eu não podia dizer qual era, não que eles fossem fáceis de distinguir quando seus rostos não estavam batidos como o inferno e inchados.

— Ai, meu Deus, o que aconteceu?

Tanner equilibrou quem quer que fosse contra uma parede, ou pelo menos tentou. O gêmeo escorregou para o chão, um gemido saindo de sua garganta enquanto a cabeça caía sobre os ombros.

— Ele está bem?

Olhos intensos encontraram os meus, pura maldade por trás deles. Cada pedaço de humor cruel que você normalmente vê em Tanner foi substituído por uma raiva tão cruel que eu dei um passo para trás como se tivesse sido a única a machucar seu amigo.

Apontando um dedo na direção do gêmeo, ele latiu:

— Mantenha um olho nele enquanto eu pego o outro.

Eu teria argumentado com seu pedido grosseiro se não fosse pelo estado de Damon... ou Ezra. Eu não estava certa de qual dos dois.

— Ok.

Sem outra palavra, Tanner marchou de volta lá para fora e eu ajoelhei ao lado... de quem quer que fosse... minha mão alcançando para tocá-lo, mas ele estava tão maltratado que eu estava com medo.

— Posso te trazer alguma coisa? Água ou...

Olhos âmbares mal se abriram para me prender no lugar, um rosnado saindo de sua garganta que foi um bom aviso para cair fora daqui. Eu estava mais do que feliz em obedecer.

Quando Tanner arrastou o segundo gêmeo, vi que ele estava quase tão maltratado quanto o primeiro.

— O que aconteceu com eles?

Tanner ignorou minha pergunta e latiu outra ordem.

— Você precisa me ajudar a levá-los para cima.

Eu teria ajudado, exceto que os gêmeos eram duas vezes meu tamanho.

— Não acho que eu possa carregá-los. Mas vou ver se consigo encontrar Gabriel.

Praguejando baixinho, Tanner se mudou para arrastar o corpo do gêmeo mais alto para que ele pudesse ter um controle melhor.

— Só observe Ezra enquanto eu me viro.

Ezra... finalmente eu sabia quem era quem.

Ele levou dez minutos para levar Damon escadas acima e voltar para Ezra, e eu o segui em sua segunda viagem para ver se tinha alguma coisa que eu pudesse fazer que não envolvesse carregar um homem que devia pesar mais de noventa quilos.

Os pés de Ezra mal conseguiam subir as escadas, mas eventualmente nós conseguimos carregá-lo para seu quarto e colocá-lo na cama.

Silenciosamente, nos movemos para o corredor, nenhum de nós tendo muito o que dizer ao outro, não que Tanner parecesse estar no clima para conversar.

Nós passamos pelo quarto dele e entrei para pegar meus sapatos.

A porta fechou me fazendo girar para trás.

Tanner se apoiou contra ela, exaustão óbvia em sua postura, e raiva mal contida em sua expressão. Mesmo me encarando como se eu tivesse de alguma maneira machucado seus amigos, ele era lindo. Eu não duvidaria que Tanner tivesse sido fundido usando o mais puro dos metais raros e, em seguida, forjado nas chamas do Inferno.

Seu cabelo estava uma bagunça em torno de sua cabeça, como se ele tivesse corrido as mãos por ele a noite toda. E seus olhos — eu não conseguia respirar quando olhava para eles. Tinham o poder de te prender no lugar, te aprisionar atrás de grades impenetráveis. Sua pele parecia oca sob as lâminas afiadas de suas maçãs do rosto, e sua mandíbula se movia de uma forma que atraiu meus olhos.

Nada podia esconder seu corpo abaixo das roupas, seus ombros muito largos, a cintura seguindo para os quadris estreitos que levam a coxas musculosas. Vestido com uma camiseta preta e jeans escuros, ele era uma mancha contra a porta branca, uma sombra que absorvia luz.

— Eu deveria ir — eu disse, com os sapatos nas mãos, minha voz um mero sussurro como se alguma coisa mais alta pudesse acenar uma bandeira desafiadora.

Aproximando-me para sair, eu estava hiperconsciente de como ele me observava, seu corpo imóvel. Eu estava tão perto dele que podia sentir sua respiração no meu cabelo, a vibração das mechas perto do meu rosto fazendo cócegas na minha pele.

Ele estava sofrendo. Eu também senti isso e foi uma intromissão saber disso. Tanner não era o tipo de revelar fraqueza.

— O que aconteceu com os gêmeos?

Nossos olhos se encontraram.

— Eles têm um problema de agressividade.

Eu teria ficado surpresa que ele tenha admitido isso tão facilmente se já não soubesse que os gêmeos gostam de brigar.

— Sinto muito.

— Pelo que?

Balançando minha cabeça, eu não tinha uma resposta. Apenas parecia a coisa certa a se dizer, uma frase clichê que não ajudava em nada para resolver problema nenhum.

Por que eu disse isso?

A única resposta que eu podia pensar era que, pelo menos nesse momento, havia uma veia de humanidade que eu podia ver nele. Um ponto fraco que eu duvidava que muitas pessoas soubessem que existia. Tanner se importava com seus amigos e, nesse momento, eu podia claramente ver que a dor deles também era a dele.

O silêncio entre nós era pesado. Mas então Tanner esfregou uma mão pelo rosto e trancou os olhos comigo novamente.

— Toda vez que me viro você está por aqui — comentou, não reconhecendo que eu acabei de dizer a ele que eu estava indo embora. — Isso me irrita.

E então o ponto fraco se foi. Balancei a cabeça como se estivesse imaginando isso.

Nada surpresa por sua declaração cortante — era assim que ele era, aparentemente — eu ainda me sentia presa no lugar e incapaz de responder. Não importava minha imobilidade, ele fechou a distância entre nós porque seus pés não estavam grudados no chão como os meus.

Parou a centímetros de mim, apenas não tocando fisicamente, mas perto o suficiente para que eu pudesse sentir o seu calor.

— Eu não suporto você.

Isso estava ficando ridículo.

— Você também não é minha pessoa favorita.

Seus lábios se contraíram.

— Então por que porra eu te quero tanto?

Maldita boa pergunta. Estive me perguntando a mesma coisa por semanas.

Ele segurou minhas bochechas e me arrastou pelo último centímetro que restava entre nós, sua boca reivindicando a minha em uma tempestade de lábios cruéis, uma língua exigente e dentes punitivos.

Não tinha nada de doce ou normal na maneira que Tanner me beijava. Parecia mais que ele estava brigando comigo do que me amando, me odiando ao invés de dar a mínima para o que eu pensava ou sentia.

Mas eu ainda o deixei porque eu estava praticamente derretendo naquele momento, e se ele tivesse me soltado eu iria apenas cair no chão em uma poça de submissão feminina e hormônios em fúria.

Isso era estúpido. Puramente idiota, mas eu fui com o fluxo, permiti isso, não poderia me afastar nem se eu tentasse.

Ele despertou tudo dentro de mim que eu tinha ignorado por muito tempo, e eu o beijei de volta enquanto meus dedos soltavam os sapatos que seguravam, minhas mãos se movendo para percorrer o inchaço duro de seus braços.

Porra, sua língua era grossa, molhada e quente e suas mãos me seguravam no lugar enquanto ele beijava e lambia e mordiscava, provando-me do jeito que ele queria enquanto eu lutava para lembrar de respirar.

Eu não suportava esse filho da puta, mas ainda assim não conseguia afastá-lo de mim, não depois que seu corpo pressionou o meu e o calor era tão insuportavelmente bom que eu gemi e derrubei minha cabeça para trás quando suas mãos finalmente desceram pelo meu corpo, sua boca se arrastando pela minha garganta onde meu pulso batia contra seus lábios.

Segundos depois nós estávamos ambos arrancando nossas roupas como se elas tivessem nos ofendido por ousar nos manter separados. Minhas mãos se atrapalharam para abrir o botão de sua calça jeans antes que ele arrastasse meus braços para cima enquanto arrancava minha camisa.

Eu ainda estava meio vestida quando ele me levantou e me jogou em sua cama.

Tanner chutou seus jeans dos tornozelos, estendeu a mão para trás para arrancar sua camisa, seu corpo inteiro despido para mim, exceto uma parte ainda enfiada em sua cueca boxer.

Puta merda...

Era injusto quão bonito ele era. Os deuses deviam tê-lo esculpido em pedra com o intuito de ferrar com a população feminina porque por qual outro motivo um babaca tão arrogante seria envolvido em um pacote tão perfeito como esse?

Ele sorriu quando me flagrou olhando.

— Isso não muda nada entre nós. Só para você saber.

— Eu não iria querer isso — eu disse, asperamente.

Ele sorriu.

— Feliz que concordamos em uma coisa. — Seus lábios se levantaram. — Estamos fazendo uma trégua por agora?

— Sim.

Eu mal disse a resposta antes que o meu corpo fosse puxado para baixo enquanto ele arrancava os meus jeans. Seu olhar percorreu meu corpo, incendiando um caminho por cada centímetro de pele. Ele não estava me tocando, mas eu podia senti-lo em todos os lugares, e eu tanto amava quanto odiava como me sentia.

Se só o jeito como ele me olhava podia me causar isso, então como seria sentir suas mãos? Sua boca? Sua língua?

Meus olhos se desviaram para o sul para ver que ele estava totalmente ereto sob sua boxer, o contorno grosso prendendo minha respiração em meus pulmões. No mínimo, isso respondia uma questão:

Não havia maneira de que ele pudesse ter estado dentro de mim sem que eu ainda sentisse pela manhã.

Nós não tínhamos dormido juntos, não noite passada de qualquer maneira. O mesmo não poderia ser dito para o que estava acontecendo agora. Essa decisão extremamente ruim que eu estava tomando que parecia tão boa.

Tanner rastejou por cima de mim, um estudo em perfeição, a parte superior de seus braços se flexionando e agrupando onde ele segurava seu peito longe do meu e arrastava um olhar vagaroso pelo meu corpo.

Eu estava pegando fogo em todos os lugares que nossa pele se tocava, meus lábios se partindo para buscar ar, mas então sua boca estava na minha de novo, tomando, explorando, e eu mantive os olhos abertos para assisti-lo perder o controle.

Era fascinante.

Ele era fascinante.

Mas também perigoso, e embora eu soubesse disso, eu não estava fazendo a coisa inteligente dizendo não.

Seus lábios pressionaram beijos leves pela minha garganta, descendo até que ele estava provocando meus seios por cima das taças do meu sutiã.

Arrastando uma metade para baixo com seu polegar, ele lambeu meu mamilo e assoprou até que estivesse duro, minhas costas se arqueando, implorando por mais. E então seus dentes morderam, sua língua afastando a picada. Meus dedos agarraram seu cabelo e era tão macio como eu sabia que seria.

Sua voz era áspera contra meu corpo.

— Espero que você não pense que isso significa que vou ser legal a partir de agora.

Tanner continuou avançando lentamente, sua língua sacudindo sobre meu umbigo enquanto eu me contorcia e gemia com o quão lento ele estava indo.

Seus dedos deslizaram pelo meu quadril, entre minhas pernas. Eu estava encharcada por ele, a vergonha aquecendo minhas bochechas porque não tinha jeito que ele pudesse perceber o quanto meu corpo o queria.

Em uma provocação, ele empurrou minha calcinha para o lado e arrastou a ponta de um dedo ao longo da minha fenda.

— Isso é interessante — brincou. — Você deveria ter me dito o quanto você me queria antes, *Luna*, eu teria alegremente...

— É Luca e você sabe disso, imbecil.

Tanner gargalhou e continuou brincando comigo.

Revirei meus olhos, mas não pude evitar o arrepio que me percorreu.

— E legal? Ha! Você? Eu não tenho certeza de que a palavra pode ser usada na mesma frase que o seu nome. Deve existir alguma lei contra isso.

Ele riu, o som profundo.

— Em todos os cinquenta distritos, na realidade.

Mas ele era legal, tão malditamente legal, que quando arrastou a calcinha pelas minhas pernas e olhou para mim, eu quase gozei ao ver aqueles olhos escuros aquecidos me observando.

Mãos abrindo minhas pernas, sua boca cobriu minha boceta, sua respiração uma onda de calor, sua língua...

Meus olhos rolaram em minha cabeça, meus dedos agarrando seu cabelo.

— Isso é legal — chiei.

E então ele disse contra mim:

— Você alguma vez cala a boca?

Mas então sua língua estava empurrando dentro de mim e eu calei a boca, minha habilidade de falar roubada enquanto ele lambia minha excitação e circulava sua língua pelo meu clitóris.

Meu corpo zumbia com a necessidade de uma liberação rápida porque fazia muito tempo desde que eu tive uma. Eu não podia segurar, minhas pernas prendendo os lados de sua cabeça enquanto fui tomada por um orgasmo que me atingiu como um caminhão em alta velocidade.

— Eu estou... oh... Deus...

Não que eu pudesse abrir meus olhos para ver, mas de alguma forma eu sabia que ele estava olhando para o meu corpo para me assistir desmoronar e isso tornou o orgasmo ainda mais forte.

Eu estava tremendo quando acabou, o sangue correndo alto na minha cabeça, mas não tão alto para bloquear o modo como ele riu, o som arrogante e cheio de satisfação masculina. Ele poderia me fazer ver estrelas e sabia disso.

Rastejando para cima, tirou a cueca boxer, inclinou-se para pegar um preservativo da gaveta ao seu lado e estava o colocando quando falou baixinho:

— Eu não sou Deus, então na próxima vez que gozar, quero escutar meu nome nos seus lábios.

Um sorriso esticou minha boca.

— E se eu me recusar?

Sua boca se chocou com a minha enquanto ele levantava minha perna para prendê-la em seu quadril.

— Então eu vou continuar até você estar me implorando para parar.

Ele alinhou o pau com a minha entrada e penetrou com um impulso possessivo, sem hesitação, sem preocupação de que seria muito grande. Tanner simplesmente me pegou sem se preocupar que já fazia anos desde que eu fui aberta tão brutalmente.

Eu podia senti-lo em todos os lugares, seu corpo duro, seu pau mais duro ainda, e quando ele se movia, era hipnótico, sua boca roubando minha habilidade de respirar enquanto os impulsos se tornavam mais poderosos. Uma boa foda ríspida, porque isso não era doce, eram duas pessoas que não *queriam* querer o outro. Como se estivéssemos tirando isso de dentro de nós, como se nós pudéssemos satisfazer algum desejo profundamente enterrado e então esquecer que sequer nos conhecíamos.

Não demorou muito para que outro orgasmo viesse, meu corpo grudando no dele enquanto ele me empurrava sobre um precipício que deveria ser ilegal, meus braços travando sobre seus ombros enquanto seu nome se arrastava dos meus lábios. Eu sabia que ele tinha gostado disso, mas estava muito ocupado perseguindo sua própria libertação, seus quadris empurrando-o impossivelmente mais fundo quando gozou.

E enquanto eu me acalmava, minha pele pegajosa com suor, o corpo dele colapsando no meu, eu me lembrei de quão estúpida eu era por deixar isso acontecer.

Tanner me odiaria novamente quando soubesse como o forcei a entrar no projeto, e nós estaríamos em guerra assim como antes de isso acontecer.

Mas eu tinha vencido, e isso é tudo o que importa.

O pensamento parecia uma vitória, e me fez sorrir.

Eu deveria ter me lembrado de que orgulho sempre precede a queda.

capítulo treze

Luca

Gabriel manteve sua parte do acordo. Dois dias depois de eu ter dormido com Tanner e então arrastado minha bunda de lá antes que ele descobrisse o que eu tinha feito, recebi uma mensagem não tão educada dele me dizendo que, mesmo que me ajudasse no projeto devido à como eu joguei com seu amigo, ele não iria fazer isso com alegria.

Eu tinha sorrido enquanto lia, o sorriso debochado de satisfação em meus lábios enquanto caminhava para a biblioteca naquela noite até encontrar Tanner me esperando em uma mesa, seu olhar escuro me rastreando pela sala com toda a intenção de se vingar.

Infelizmente para ele, eu não tinha interesse em lhe dar uma chance. Tinha desistido de ter alguma coisa a ver com os garotos Inferno novamente.

Enquanto eu mantivesse minha distância, Tanner não teria a chance de se vingar de mim. Era uma situação de apenas vitórias. Eu consegui tudo o que queria e ele estava obrigado a me ajudar porque, surpreendentemente, eles honravam acordos.

Isso dizia algo sobre eles, no entanto. Mesmo se fossem idiotas insuportáveis que brincavam com as pessoas como peões em um tabuleiro de xadrez, aceitavam quando eram derrotados e mantinham quaisquer termos que os encurralassem.

Dizer que eu estava andando com a cabeça erguida como o inferno era um eufemismo. Eu estava praticamente flutuando, porque a pequena Luca Bailey realmente teve sucesso em derrotar Tanner Caine. Não muitas pessoas poderiam dizer o mesmo, se é que alguma podia.

Por uma semana inteira, Tanner me encontrou na biblioteca todas as noites, e eu aprendi uma coisa sobre ele que me impressionou.

Ele conhecia a lei como a palma de sua mão, tão bem que de fato não precisava abrir os livros para saber o que estava falando. Ele era uma enciclopédia ambulante de informação e percebi que quando passasse pelo exame da Ordem e se tornasse um advogado, ele seria um inferno de se bater em um tribunal.

Tanner já era implacável, mas também inteligente, e isso era uma péssima combinação para quem decidisse enfrentá-lo.

Não só isso, mas todas as noites que nos encontramos, ele estava realmente agindo como um ser humano ao meu redor... como uma espécie de amigo. Isso abaixou minha guarda contra ele, o que me incomodou. Me assustou. Eu não queria gostar dele.

E eu absolutamente odiava me sentar na frente dele me lembrando do que tinha sido fazer sexo com o cara.

Estava começando a sentir coisas por Tanner que eu sabia que eram perigosas.

Por essa razão, reatei com Clayton. Eu sabia que não era uma boa ideia, e de certa forma eu o estava usando como um amortecedor. As coisas tinham sido estranhas para nós nos primeiros dias, mas ele me encontrou depois da aula e se desculpou pela mensagem. Admitiu que foi burrice e que ele estava com ciúmes por eu ter ido à festa sem ele. Ele me implorou para lhe dar uma nova chance.

Ele era seguro. E eu estava com medo de que, sem ele, cairia na cama de Tanner de novo. Então eu concordei em ser exclusiva, mesmo que seus beijos fossem uma péssima comparação com um homem que dominava meus pensamentos todo o tempo que ele estava por perto, seus olhos escuros sempre me assistindo como se planejando minha morte infeliz.

Ainda assim, eu estava andando nas nuvens sem perceber o problema de estar tão alta: a queda só seria muito pior.

Na sexta-feira daquela semana, o ar foi arrancado de mim, o universo conspirando para me destruir e, em vez de ser um golpe duplo, também foi um gancho de direita que me desequilibrou completamente.

Começou quando eu voltei da aula para o meu dormitório. Eu deveria me encontrar com Tanner em uma hora e queria correr para me refrescar, mas quando entrei em meu quarto, parei na porta ao notar que o armário de Everly estava vazio, cabides espalhados como se ela tivesse os arrancado com pressa. As gavetas de sua mesa estavam abertas e vazias também, só uns poucos pedaços de papel e lápis mastigados deixados para trás.

Virando-me, encontrei uma nota na minha mesa, uma mensagem rabiscada às pressas de que ela tinha ido embora sem dar uma explicação do motivo. Quase assim que terminei de ler o recado, alguém bateu um punho contra a porta e a abriu.

Os ombros de Jase encheram o espaço, suas narinas dilatadas como uma besta selvagem.

— Onde caralhos ela está? — Com a voz em um baixo rosnado, ele escaneou seus olhos pelo armário e seu lado do quarto, chegando à mesma conclusão do que eu quando vi o espaço vazio.

Segurei a nota.

— Você é a razão para ela ter ido embora?

Ele passou a mão pelo cabelo, obviamente irritado, seus olhos se arrastando para mim enquanto suas mãos se fechavam em punhos.

Jase não disse uma palavra em explicação. Ele só saiu como uma tempestade, tão rápido quanto tinha surgido, e fui deixada parada no lugar, confusa e brava porque eu sabia que ele tinha alguma coisa a ver com a fuga de Everly.

Esse foi o primeiro soco.

Pensando que Tanner poderia saber do que estava acontecendo, encontrei com ele na biblioteca como combinado.

Ele me esperava do lado de fora das portas principais, seu olhar escuro aprisionando o meu, sua expressão ilegível. Virando seu celular pela mão, ele abriu a porta e a segurou para mim, sua energia estranha enquanto eu passava por ele.

— Movam-se.

Nós nos aproximamos de sua mesa predileta quando Tanner latiu um comando, os estudantes sentados lá fazendo como ordenado, seus livros batendo fechados, papéis embaralhados enquanto corriam para cumprir a ordem.

Balancei minha cabeça enquanto me sentava.

— Você é um babaca tão grande.

Ele largou seu peso no assento oposto a mim e manteve aqueles olhos escuros fixos no meu rosto enquanto lentamente girava o celular sobre a mesa com os dedos.

Revirando os olhos, eu olhei para ele.

— O que está acontecendo entre Jase e Everly?

Embora houvesse fogo por trás de seu olhar, sua voz era tão calma como sempre.

— Como diabos eu vou saber? Eu pareço o diário dele?

Não afetada por seu humor rabugento, eu o encarei de volta.

— Ela deixou a faculdade. Ele explodiu no meu dormitório procurando por ela...

— Quando você estava planejando me dizer que voltou com o Clayton?

Surpresa pela pergunta, eu recuei. A mandíbula de Tanner tremeu repetidamente, como se a resposta importasse.

— Isso não é da sua conta.

Ele sorriu, a curva lenta em seus lábios me aterrorizando enquanto seu celular continuava girando sobre a superfície da mesa. Era uma rotação lenta, um raspar silencioso de plástico contra a madeira.

— Não, eu acho que não é. Aparentemente você gosta de andar por aí.

Meus olhos se arredondaram.

— O que isso quer dizer? Por que você sequer se importa?

Quero dizer, sim, nós tínhamos transado, mas Tanner era um prostituto. Ele dormia com um monte de mulheres. Ainda assim, por alguma razão estranha, parecia que ele se importava, como se ele quisesse... O que? Algo mais? A ideia era ridícula.

— Eu não me importo — respondeu, e eu me senti vingada por saber que esse seria o caso. — Mas eu não aprecio ser enganado, mesmo que por omissão.

— Do que você está falando...

Antes que eu pudesse terminar a pergunta, Tanner saltou de sua cadeira para se debruçar sobre mim, seu dedo prendendo meu queixo e levantando meu rosto para o dele, seus lábios tão malditamente perto que tive que engolir minha reação.

Minha maldita língua arrastou pelo meu lábio inferior, seus olhos seguindo o movimento, um sorriso vagaroso se alargando por seu rosto até que aqueles olhos se arrastaram para prender os meus no lugar.

— Você tem sido aparentemente uma garota má — lamentou, estalando a língua. — Não só você enganou meu amigo e usou minha bondade contra mim para me obrigar, como também mentiu para todos nós. Um eu posso perdoar, o outro... — Ele inclinou sua cabeça para o lado. — E eu pensei o melhor de você.

Ele digitou um código no seu celular e o jogou em meu colo antes de voltar a se sentar em seu assento, seus olhos escuros focados inteiramente no meu rosto, esperando para eu ceder à curiosidade e olhar.

Custou para desviar o olhar dele. Ele estava no modo predador completo como se tivesse algo contra mim. O que ele possivelmente poderia ter?

Meu olhar caiu para seu celular e meu coração parou. Literalmente. Um baque doloroso conforme ele entrou em ação de novo com um batimento tão rápido que eu quase malditamente desmaiei.

— O que diabos é isso? — A pergunta saiu dos meus lábios, meu polegar passando de imagem para imagem, cinco no total, cada uma ficando progressivamente pior.

— Tem mais do que isso pelo que eu ouvi e tenho interesse em ver quão má garota você foi enquanto estava enfiada na *minha* cama.

Minha cabeça balançou, meus pensamentos saindo de controle enquanto eu lutava para me lembrar de qualquer coisa.

— Quem tirou essas fotos?

Eu não estava dormindo nessas fotos. Meus olhos estavam abertos como se eu tivesse sido uma participante disposta de alguém me fotografando enquanto eu tirava minhas roupas.

Com cada foto, mais pele era exposta, meus lábios esticados em um sorriso ou gargalhado, meus olhos enrugados nos cantos onde olhavam para a câmera.

Largando o celular, atirei meus olhos nos dele.

— Quem tirou essas fotos? Quantas mais existem? — gritei, pessoas me silenciando em resposta à minha voz alta em uma biblioteca.

A única questão que eu não queria perguntar era quanto mais de roupa eu tirei antes do fotógrafo ter parado de fotografar.

Tanner sorriu, sua voz tão estranhamente calma que eu queria estrangulá-lo por isso.

— Isso é para eu saber. E enquanto eu vou lidar com o filho da puta porque não gosto de homens que tiram vantagem de mulheres bêbadas, a pergunta se torna quando eu vou tomar conta dele? Vai ser antes ou depois que ele espalhar essas fotos por todo o *campus*?

Ele ergueu uma mão para examinar suas unhas, não dando a mínima para que eu estivesse vendo vermelho.

— Eu acho que Luca Bailey não é o anjo que ela finge ser, afinal.

Lancei-me do meu assento para agarrar sua camisa, meus dentes rangendo enquanto eu perguntava.

— Quão ruim elas ficam?

Pelas fotos no seu celular que tinham sido mandadas para ele, eu ainda estava em meu sutiã e calcinha. Mas ele afirmou que tinha mais e...

Bile subiu pela minha garganta enquanto Tanner agarrou seus dedos em meu pulso para arrancar minha mão de sua camisa.

Olhos escuros rastejando até os meus, ele era uma ilha de calma na tempestade da minha raiva.

— Sente-se, Luca. Não é minha culpa que você se colocou nessa situação de merda.

Exceto que era culpa dele. Tinha que ser. Ele não estava lá naquela noite, mas isso não significava nada.

— Você fez isso — acusei, enquanto retomei meu assento.

— Eu não tive nada a ver com isso.

Esticando as rugas de sua camisa, ele levantou os olhos para mim.

— Eu estava ocupado pegando dois idiotas amigos meus, como você deve se lembrar. Aparentemente, enquanto o gato estava fora...

Sua voz desapareceu e eu mal conseguia ficar no meu assento. Estava muito brava. Muito apavorada.

— Me diz quem foi e eu vou resolver isso eu mesma.

Ele deu um sorriso debochado, coçou o queixo, a barba por fazer arranhando contra seus dedos com um som áspero. Ele sorriu e eu queria bater até tirar essa expressão da sua cara.

— Você sabe, eu adoraria fazer isso, mas não estou me sentindo tão generoso no momento. — Uma risada silenciosa balançou seus ombros. — A menos, é claro, que você esteja pedindo um favor.

E aí estava, a bomba que ele tinha estado esperando para soltar o tempo inteiro. Explodiu bem na minha frente, o choque disso me arrancando de qualquer pódio de vencedora que fiquei pela última semana.

— Você é um babaca.

— Não — disse, rindo novamente. — Mas eu sou um bastardo sortudo, não sou? Você aqui pensando que tinha me encurralado, mas então, bem, uma surpresa cai no meu colo. Estou simplesmente me aproveitando.

O silêncio reinou, espesso e impregnado com meu ódio por ele. Ele dançou junto com seu divertimento, seu triunfo enquanto fechava as portas ao meu redor e pegava de volta a bandeira da vitória, arrancando-a do meu aperto de morte com toda a intenção de esfregá-la nas feridas que deixou em mim.

— Faça um acordo comigo, Luca, e tudo isso pode ir embora.

Não tinha nenhuma maneira fodida no inferno que eu daria a ele o que ele queria.

— Foda-se — respondi, enunciando cada palavra.

Pegando minhas coisas, saí como uma tempestade da biblioteca, sentindo seu olhar escuro em mim até que passei pelas portas e estava do lado de fora.

Lágrimas picaram meus olhos assim que eu estava fora de vista. Que diabos eu iria fazer?

Aquele foi o segundo soco da noite.

E enquanto eu estava andando para o meu dormitório tentando pensar em como eu poderia parar essas fotos de serem espalhadas por aí, o gancho de direita veio para me derrubar no chão.

Meu celular tocou enquanto eu subia as escadas para o meu andar. Pensando que poderia ser Tanner, eu não olhei para a tela antes de responder.

— O que?

Silêncio, e então uma voz familiar bateu nos meus joelhos, os enfraquecendo com cada palavra.

— Luca, é o pai. Escuta, bebê, eu não queria ter que te dizer isso, mas acho que você deveria voltar para casa por um tempo.

Afundei para me sentar no degrau mais alto, as lágrimas caindo constantemente agora que meus pés tinham sido arrancados debaixo de mim.

— Querida, é a sua mãe. Ela não está indo bem. — Sua voz tremeu. Foi a primeira vez que ouvi meu pai soar tão derrotado. — Venha para casa, Luca. Peça aos administradores se você pode compensar qualquer trabalho que ainda resta para este semestre. Sinto muito por te pedir isso.

Deixei Yale na manhã seguinte, depois de Clayton me convencer de que era o melhor.

Eu nunca voltei.

Nunca me incomodei.

E pensei que pelo menos isso era bom, porque nunca teria que enfrentar Tanner novamente.

Mas o universo não tinha terminado comigo.

Três anos depois, e aquela força negra estaria obscurecendo minha vida de novo. E, dessa vez, teria a certeza de que eu não poderia escapar dele.

Luca

Três anos tinham se passado desde que deixei Yale.

Três anos de merda em que dei minha vida a um homem que prometeu ser meu mundo. Por todo o nosso casamento, meu marido, Clayton, fez tudo o que podia para se esgueirar de mim.

Depois de me segurar para trás, depois de me convencer de que não haveria problemas deixar a faculdade de direito para cuidar da minha mãe, ele agora está me deixando por uma modelo mais nova, sua secretária, como se isso não fosse clichê o suficiente, ao mesmo tempo em que também está tentando renegar o acordo pré-nupcial que me prometeu vários milhões de dólares por seu jeito de *playboy*.

Pior ainda, ele escolheu decidir pedir o divórcio seis curtas semanas depois da morte do meu pai. Já estou quebrada de tê-lo perdido logo depois da minha mãe, e a declaração de Clayton de que ele estava me deixando foi como ser chutada na barriga quando eu já estava caída no chão.

Como se isso não fosse ruim o suficiente, eu soube esta manhã que Clayton finalmente contratou um advogado para representá-lo. Muito para a minha surpresa — e raiva — ele tinha escolhido o maior bastardo de todos, um bastardo que eu tinha esperado nunca mais ver pelo resto da minha vida.

Tanner Caine.

Não importa o quanto eu tente, não consigo entender como Clayton convenceu Tanner a pegar o caso.

Enquanto eu me sento em uma mesa na frente da grande sala do tribunal, assisto Tanner se aproximar com o meu futuro ex-marido pavoneando-se ao seu lado. Minhas unhas fincam nos braços de madeira da cadeira, meus dentes rangendo alto o suficiente para que a minha advogada os ouça.

— Nem olhe para ele, Luca. Tanner não é o deus que ele gosta de pensar que é. E aquele seu marido desprezível está prestes a aprender que seu papai senador não pode fazer todos os seus problemas desaparecerem. O acordo pré-nupcial é válido. Clayton vai pagar pelo que fez.

Arrancando meus olhos do sorriso arrogante de Tanner, uma expressão que me joga de volta a um pesadelo do passado, a expressão séria de Marjorie Stoneman preenche a minha visão.

Uma deusa entre os advogados de divórcio, ela tinha representado todas as separações conjugais de alto padrão em que os patrimônios variavam entre milhões e bilhões. Celebridades, políticos, CEO's, não importava. Se o idiota do marido nos casos que ela trabalha quer manter tanto quanto seu pau no divórcio, ele rapidamente aprende a barganhar.

— Não sei nem porque aquele imbecil está no tribunal. Ele lida com fusões corporativas quando realmente se digna a trabalhar em um arquivo do seu escritório. E eu nunca o vi aceitar um caso de divórcio.

Com cabelos loiros platinados escorregando por cima de seu ombro, Marjorie olha furtivamente para os dois homens enquanto passam pela meia porta que guia à parte da frente do tribunal.

Felizmente, Clayton foi capaz de fechar um acordo onde a mídia não é permitida na sala, e as únicas pessoas sentadas nas bancadas são o gerente de campanha de seu pai e outro homem que eu suponho que seja parte da equipe dele. O pai de Clayton é candidato à reeleição em quatro meses. Por essa razão, sei que ele precisa manter esses procedimentos rápidos e silenciosos.

— Marjorie.

O trovão rolando suavemente sacode o ar ao nosso redor, uma voz profunda ressonando em todas as células do meu corpo. O timbre das palavras de Tanner sempre teve um efeito em mim. Exceto que, enquanto outras mulheres tinham se derretido em poças sob seus sapatos caros de marca ao ouvi-lo, eu tinha sido a garota esperta o suficiente para fugir.

Incapaz de levantar o olhar da cicatriz esculpida na madeira de carvalho escuro da mesa do reclamado, vejo Marjorie se virar em minha visão periférica, suas mãos alisando sua saia cor de creme para encontrar Tanner a observando de perto.

— Senhor Caine. Que bom ver que o senhor ainda está praticando direito. Pensei que ser um *playboy* era mais o seu estilo. E em uma área que você tem zero prática em litigiar. O Senhor Hughes sabe que você nunca trabalhou em um caso doméstico antes?

Não consigo decidir se Marjorie é corajosa ou estúpida. Ali está Tanner, o urso ameaçador, raivoso e com dentes afiados, e ela está cutucando-o com uma vara tão grossa e letal quanto meu dedo mindinho.

Sua risada calma provoca um arrepio em minha espinha, o frio se espalhando mais abaixo até que minhas pernas são invadidas por alfinetes e agulhas.

— O Senhor Hughes está bem ciente das minhas habilidades, Marjorie. — Ele pausa tempo o suficiente para meu olhar deslizar em sua direção. — Assim como a Senhora Hughes, se não estou enganado.

Filho da puta.

Com seu sorriso debochado, que era sua assinatura, Tanner quebra nossos olhares para olhar para minha advogada.

— Tente não preocupar sua linda cabecinha com isso.

Meus olhos se fecham, e posso sentir o calor indignado irradiando de Marjorie.

Tanner não tinha estado no tribunal por mais de cinco minutos e ele já tinha conseguido irritá-la. Mas tenho que manter a fé. Ela é uma *bulldog* habilidosa em lidar com homens como Tanner. Esse não era o seu primeiro rodeio.

Ajustando a postura, Marjorie bate um conjunto de unhas perfeitamente polidas sobre a mesa.

— Estou feliz em saber que você tem sido acessível, especialmente quando enfrenta uma mulher do meu calibre. O caso fala por si. A Senhora Hughes tem sido nada além da esposa perfeita. Seu cliente, entretanto... — Sua voz some antes de ela sorrir e acrescentar: — O acordo pré-nupcial ainda é válido devido à incapacidade dele de manter as calças fechadas. Não tenho certeza do porquê eu sequer estou perdendo meu tempo aqui hoje. Você reservou um momento para revisar os fatos deste assunto?

Antes que Tanner possa responder, um oficial de justiça entra na sala por uma porta perto do banco do juiz.

— Todos de pé. O Tribunal do Nono Circuito está agora em sessão. O Honorável Franklin T. Mast preside.

Em pernas trêmulas, levanto-me do assento, meus olhos cuidadosamente colados no topo da cabeça calva do juiz. O último lugar que quero olhar é na direção de Tanner, mas ainda assim encontro meus olhos se arrastando para a direita de qualquer maneira.

Agora de pé atrás da mesa do reclamante, ele veste um terno preto listrado, com uma camisa branca e gravata azul safira. Batendo uma caneta contra o lado de sua perna, ele parece relaxado em seu ambiente, o rei desse tribunal assim como tinha sido o rei do *campus*. Sei exatamente o motivo de Clayton correr para Tanner para lidar com o nosso caso, mas o que não consigo entender é quanto Clayton deve ter sido um puxa-saco para convencer Tanner de concordar com isso.

Nós temos história, nós três. Uma história que começou com o erro de escalar na cama de Tanner e terminou com o meu casamento com Clayton.

Esses dois se odiavam quando saí de Yale. Agora eles estão de pé lado a lado em sua tentativa de me destruir.

— Sentem-se.

O juiz puxa alguns papéis da mesa à sua frente, e eu ainda não tinha nem relaxado na minha cadeira no momento em que Tanner olha para mim.

Na fração de segundo que nossos olhos se prendem, meu coração sobe para minha garganta, as batidas frenéticas de uma pulsação sob meu queixo que são visíveis de onde Tanner está parado. A onda presunçosa em seus lábios me diz isso.

Inclinando-me para trás, uso Marjorie como uma parede entre nós. Prefiro a vista de seu cabelo platinado à seda preta do de Tanner. Olhos cinzentos me observam, uma sobrancelha bem feita se arqueando em questão. Balançando a cabeça à sua pergunta silenciosa, direciono o olhar para frente, mal sendo capaz de conter o desejo que tenho de afundar mais em minha cadeira.

— Parece-me que estamos aqui hoje sobre o caso Hughes vs. Hughes, moção do reclamante para fazer cumprir o acordo pré-nupcial devido à caso extraconjugal.

A expressão de Marjorie se contorce, a sombra vermelha em suas bochechas me dizendo que algo já deu errado. Levantando-se de sua cadeira, ela lança um olhar afiado à Tanner antes de falar.

— Meritíssimo, nós estamos aqui hoje em moção do reclamado para compelir. Eu mesma configurei esta audição.

O juiz conversa brevemente com sua secretária de tribunal, mas eu já sei que Marjorie está prestes a ter uma surpresa desconcertante.

O sorriso presunçoso inclina o canto da boca de Tanner, um sinal claro de que o que quer que Marjorie acredite que aconteceria hoje não acontecerá.

A luz reflete no topo da cabeça do juiz quando ele a responde.

— Eu tenho correspondência aqui cancelando a sua audiência, junto com um aviso de cancelamento protocolado esta manhã no Tribunal.

Com os olhos arregalados, Marjorie fica paralisada.

— Posso me aproximar do banco, Meritíssimo? Não tenho certeza do que o senhor está se referindo, porque tenho certeza de que não cancelei minha audiência.

— Ambos os advogados podem se aproximar.

Enquanto Marjorie se precipita para revisar os documentos que o juiz alega ter recebido de seu escritório, Tanner toma seu tempo se levantando de seu assento e rodeando o canto da mesa. Assim que ele olha em minha direção, eu sei o jogo que ele está jogando. Com uma piscadela, ele me diz que eu já perdi.

A arrogância presunçosa de Tanner não tinha mudado desde a última vez que o vi. Com ombros largos, cintura fina e cabelo preto bagunçado que parecia escovado apenas pelos dedos, ele se aproxima do banco com a facilidade casual de um homem que sai para um passeio de fim de tarde.

Marjorie, por outro lado, está praticamente em histerismo. Para uma advogada *bulldog* acostumada com homens poderosos, ela já está perdendo a batalha contra Tanner. Uma conversa abafada ocorre, minha atenção perdida para o pavor das minhas circunstâncias. Não tem maneira no inferno de que isso vai funcionar a meu favor.

A conferência termina quando Marjorie se vira para vir como uma tempestade em minha direção, os pés de sua cadeira arranhando o chão de mármore com seu peso. Em um sussurro, ela me diz o que eu já sei.

— Eu não sei o que está acontecendo aqui, Luca, mas posso jurar a você que não cancelei nossa moção hoje. O juiz está permitindo que a moção de Tanner seja ouvida, mas ele vai suspender o julgamento até eu ter a chance de descobrir como essa confusão de agendamento aconteceu.

Não tem sentido dizer a ela como isso aconteceu. Qualquer um que conheça o círculo Inferno irá facilmente adivinhar que seu hacker residente, Taylor Marks, tinha suas mãos em tudo isso.

O desejo de apoiar minha cabeça na mesa é enorme. Fecho os olhos ao invés disso, lágrimas ardendo nas bordas, que eu me recuso a derramar. Marjorie continua sussurrando, mas sua voz é um zumbido inaudível, a voz do juiz acompanhando a dela enquanto ele dá a Tanner permissão para proceder com a oferta de Clayton de cumprir os termos do acordo pré-nupcial.

Nenhuma das palavras faz sentido para mim, tudo se misturando em um ensopado incompreensível de ruído branco pontuado pela batida do meu coração partido.

— O Reclamante gostaria de chamar uma testemunha.

Meus olhos se abrem rapidamente. Uma testemunha? Para o que? Maldição. Eu deveria estar prestando atenção.

Marjorie se inclina em minha direção, seu sussurro sibilante como um chicote estalando.

— Há algo que você precisa me dizer, Luca?

— Eu não sei o que está acontecendo.

A admissão sussurrada é difícil de sufocar, meu estômago se revirando sobre a pedra dolorosa que o meu café da manhã se tornou.

Bile rasteja até minha garganta, suor se acumulando em minhas têmporas.

Marjorie zomba:

— Você teve ou não teve um caso com o homem que está se aproximando do banco das testemunhas neste momento?

— O que?

Minha cabeça se levanta em um estalo, olhos focando em um homem de meia idade que nunca vi na minha vida. Com cabelos castanhos e ralos e uma pele avermelhada, o homem caminha com passos vacilantes, sua grande barriga se dobrando por cima do cós da calça barata de linho preto.

Não faço ideia de quem é esse homem, mas eu não tenho dúvida que Tanner o tinha convencido a mentir e alegar que eu traí meu marido.

Meu estômago ameaça se agitar, o ácido gosto da bile agora revestindo minha língua. Aquele filho da puta.

AQUELE FILHO DA PUTA DO CARALHO!

— Eu vou passar mal.

Pegando a deixa, Marjorie se levanta rapidamente.

— Meritíssimo, minha cliente está se sentindo muito mal e precisa usar o banheiro. Podemos fazer um breve recesso antes de o depoimento da testemunha começar?

Obviamente incomodado com a interrupção, a expressão do juiz se suaviza ao olhar para mim. Expirando, ele acena sua mão para a testemunha.

— Retorne para a galeria de visualização, Senhor Hillcox. O tribunal terá um recesso de quinze minutos.

Não posso esperar mais um segundo. Correndo de minha cadeira, desapareço da sala para correr pelo corredor e irromper no banheiro. Eu mal consegui alcançar uma cabine antes de o meu estômago ceder, bacon e ovos aparecendo com o tom ácido do desastre.

Lágrimas escorrem pelas minhas bochechas e minhas mãos tremem no assento do vaso sanitário. Depois de três dolorosos suspiros, o súbito mal-estar passou, os músculos de meu estômago doloridos pela violência de vomitar.

Atrás de mim, a porta do banheiro se abre, o clique agudo dos saltos de Marjorie marchando em minha direção.

Seus nós dos dedos batem na porta da cabine.

— Você vai ficar bem?

Limpando a boca com as costas da mão, eu aceno mesmo sabendo que ela não pode me ver.

— Sim. Só preciso de alguns minutos para me limpar.

Silêncio se estabelece por um breve momento, e então:

— Me diz que você não teve um caso, Luca. Isso é tudo o que eu preciso saber.

Mais lágrimas escapam de meus olhos, queimando um rastro por minhas bochechas e pingando do meu queixo.

— Não tive um caso. Não tenho ideia de quem é esse homem. Nunca o vi antes na minha vida.

— Perfeito. Isso é tudo que eu preciso ouvir. Vou voltar para o saguão e fazer algumas ligações. Leve seu tempo se limpando e vou te ver no tribunal.

O som de seus passos recuando é seguido pelo rangido da porta.

Silêncio enche o banheiro por vários minutos enquanto me recomponho. Normalmente, eu teria lutado com unhas e dentes contra uma acusação tão falsa quanto um caso. Se alguém traiu, foi Clayton. Ainda assim, com Tanner misturado nisso, sei que qualquer batalha que eu lutar será uma perdida.

Quando a porta range novamente e passos entram, eu me empurro de pé para me limpar e sair. Não estou com pressa para voltar ao tribunal e ouvir as mentiras que vão jogar contra mim. Mas não aparecer só vai tornar as coisas piores.

Depois de sair da cabine, viro a esquina e paro congelada no meio do caminho para ver Tanner apoiado casualmente contra uma parede, suas mãos enfiada nos bolsos e sua boca se curvando em diversão preguiçosa.

— Quanto tempo não a vejo, Luca.

A sua voz profunda de tenor me abala até o âmago.

— Você está pronta para fazer um acordo?

Luca

Conheci Tanner quando estava no segundo ano de Yale. Ele tinha uma presença que você não podia ignorar, uma sombra constante que ricocheteava contra a luz, sempre à vista, mas de alguma forma perdida quando se tentava olhar diretamente para ela.

Uma mercadoria quente, Tanner não estava interessado em nada a longo termo, ele era um *playboy* como seus amigos, um erro esperando para acontecer; ainda assim, uma mulher após a outra ficava feliz em arriscar, cada uma acreditando que seria a única mulher a acabar com seus modos mulherengos.

Nem é preciso dizer que nenhuma dessas mulheres estava à altura do desafio. Pelo pouco tempo que conheci Tanner, ele nunca sossegou. Ele era o centro do Inferno.

Nove homens implacáveis. Nove pecadores impenitentes. Nove manipuladores irresistíveis que fariam um favor se você prometesse pagar o preço.

Não se lida com o Inferno sem se queimar. E vou em breve ser a idiota que vai direto para o nono círculo para fazer um negócio com a Traição em pessoa.

— Não acho que preciso apontar que você está no banheiro feminino.

Ele sorri, um deslizar sedutor do canto de sua boca me desafiando a fazer algo a respeito. Cílios pretos e grossos cobrem sua pele enquanto ele pisca lentamente, seu olhar penetrante me mantendo no lugar quando seus olhos estão abertos novamente.

— Vai me expulsar?

Esticando o pescoço de um lado para o outro, ele descansa sua cabeça contra a parede. Ele ainda é tão forte quanto eu me lembro de Yale. Alto e largo, tonificado e musculosos em todos os lugares certos.

Quantas boas mulheres tinham se afundado sob a tentação de seu corpo?

— Pode não ser uma boa ideia considerando a situação pegajosa em que você parece estar.

Puxando a alavanca da torneira, levanto minha voz sobre o fluxo de água, encarando o reflexo de Tanner pelo espelho.

— Uma situação pegajosa sem dúvidas graças a você.

Um encolher de seu ombro negligente.

— O que eu posso dizer? Eu sou um especialista em tornar situações pegajosas.

Ignorando o duplo sentido, assim como o brilho perverso em seu olhar, jogo água em meu rosto para limpar a pele.

Minha maquiagem já está uma bagunça graças ao vômito e choro, a água só conseguindo esfriar a pitada de vermelho em minhas bochechas e lavar as linhas borradas de rímel escorrido.

Batendo minha mão sobre a alavanca, fecho a água.

— O que você quer de mim, Tanner?

Meu olhar está focado na pia, minhas mãos espalmadas sobre o balcão. É a única coisa mantendo-me de pé no momento. Se eu estivesse sozinha em casa, teria me enrolado em uma bola no chão do banheiro.

— Acho que você sabe o que eu quero.

Passos silenciosos se aproximam de mim, suas mãos fortes envolvendo as minhas sobre o balcão. A parede de calor nas minhas costas me faz estremecer com sua proximidade, fazendo-me lembrar como era estar tão perto dele em Yale.

— A pergunta é: você está disposta a me dar?

Uma gargalhada indignada borbulha da minha garganta.

— Você não pode estar falando sério. Depois de todo esse tempo, e você ainda está chateado sobre o que eu fiz?

Três anos. No tempo, desde a última vez em que vi Tanner, fui uma mulher casada estupidamente devota a um homem que escolhi para estar comigo depois que deixei Yale. Foi uma decisão precipitada, mas uma que eu tinha feito em desespero.

Sim, eu sabia que ele queria me manter em sua cama. Pelo menos, de acordo com o que Clayton me disse. Mas teria sido apenas até que ele tivesse terminado de brincar com seu novo brinquedo. Tanner nunca dispensa mais tempo a uma mulher do que isso.

Se ele ainda está chateado que eu me recusei a jogar por suas regras, o que isso diz sobre ele?

Por que um homem que pode ter qualquer mulher que deseja iria passar por tudo isso só para me ter de volta?

Seu peito treme com uma risada silenciosa com a minha resposta, seus quadris roçando minha bunda na mais tentadora das promessas. É uma pena para ele que eu ergui uma parede ao meu redor anos atrás que é imune aos seus encantos.

— Deixei você entre a cruz e a espada, Luca. Um rato correndo preso sob minha pata. Nossa testemunha vai atestar o fato de que você o esteve fodendo pelos últimos cinco meses. Duas vezes na semana, durante horas que eu sei que você não pode verificar o seu paradeiro.

Reconhecimento me atinge — lágrimas quentes e gordas ardendo em meus olhos ao perceber que Tanner vai usar a morte de meu pai e minhas vigílias junto ao seu túmulo contra mim.

Duas vezes na semana.

Eu sei que ele quer dizer as noites de terças e quintas que eu gasto várias horas sentada em um banco em frente ao túmulo dos meus pais.

Pura raiva se infiltra para se misturar com o meu sofrimento. Como ele se atreve?

Inclinando-se, Tanner escova a ponta de seu nariz ao longo da minha mandíbula. Odeio o modo que meu corpo estremece em resposta. Odeio como eu respiro um pouco mais fundo para capturar as notas de seu perfume masculino e terreno.

— Nossa testemunha vai descrever como você soa na cama. Ele vai dizer tudo sobre os movimentos que você prefere, as horas que gasta suada e sem fôlego sob sua barriga protuberante apenas o implorando para que ele te dê mais forte. Os pequenos ruídos que faz, ou como rosna quando goza. Ele vai explicar como é gostoso sentir você tremer quando seu corpo desce depois de ser empurrado para um orgasmo sem fôlego.

Pausando, ele pressiona o corpo mais apertado ao meu, a evidência de sua excitação dura contra a minha bunda.

Em uma voz baixa que mal é um sussurro, ele fala contra a minha orelha.

— Ele vai até descrever a marca de nascença em forma de coração na bochecha esquerda de sua bunda flexível. Uma marca de nascença, à propósito, que eu senti falta de ver por mim mesmo.

As lágrimas ardendo em meus olhos caem livres para rolar por minhas bochechas. Olhando pelo espelho, meus olhos encontram os de Tanner.

— Por que você está fazendo isso comigo?

Um beliscão suave no lóbulo da minha orelha precede sua resposta:

— Por que não?

Soltando minhas mãos para agarrar meus quadris, Tanner fala lentamente, sua respiração correndo pela linha do meu pescoço com um calor sedutor e provocando de tremor.

— Três vírgula sete milhões de dólares, Luca. Isso é o que você tem a perder se eu deixar aquele homem testemunhar. Mas...

Suas mãos apertam meus quadris, seus braços me puxando mais apertado para o seu corpo.

— Se você jogar esse jogo corretamente, posso fazer tudo isso ir embora. Posso destruir aquele verme do seu marido. Vou gostar de destruí-lo e vou garantir que você goste tanto quanto.

Fechando meus olhos apertados, balancei a cabeça em descrença.

— Você faria isso para o seu próprio cliente? Como isso vai afetar sua carreira como advogado?

— Deixe que eu me preocupe com isso. O que você diz? Você vai me encontrar esta noite para discutir meus termos?

Que escolha eu tenho? Se eu disser não, vou entrar naquele tribunal para ser massacrada. Vou assistir três anos de ser uma perfeita esposa para um homem nojento e idiota irem pelo ralo com nada a manifestar sobre isso.

Eu tinha desistido de tudo por Clayton. Tinha bancado a dona de casa e anfitriã de jantares de comemoração. Tinha me tornado cega para o fato de que ele estava fodendo sua assistente e qualquer outra mulher que abriria as pernas durante todo o nosso casamento. Eu tinha desistido de tudo apenas para ele decidir que uma versão mais nova de mim daria uma esposa melhor.

Não tenho nada além do dinheiro que ajudei Clayton a ganhar administrando toda a sua vida fora de seu negócio. E eu mereço aquele dinheiro. Mereço o que ele me deve pelos anos que ele traiu e mentiu.

— Tudo bem. Eu vou te encontrar para *discutir* seus termos. Mas isso não significa que vou dizer sim a eles. Ainda tenho um pedaço de orgulho restante em mim e não vou te deixar arrancar isso.

Outra risada suave.

— Não é o seu orgulho que eu quero.

Soltando meus quadris, Tanner tira um cartão de seu bolso e o coloca na bancada ao lado da minha mão.

— Esse é o meu endereço. Eu vou te ver às sete em ponto. Por hoje, vou adiar o inevitável.

Ele deixa o banheiro tão silenciosamente quanto entrou, a pressão do silêncio me sufocando até que a porta se abre de novo e Marjorie enfia a cabeça para dentro.

— O tempo acabou, Luca. Nós precisamos entrar e ver quais outros truques sujos Tanner tem na manga.

Deslizando totalmente para dentro, ela faz o seu caminho até se apoiar contra a bancada. Coloco a mão sobre o cartão de Tanner antes que ela tenha a chance de vê-lo.

— Falei com a minha assistente e ela jura que nós nunca mandamos um aviso de cancelamento da nossa moção, o que significa que aquele filho da mãe que o seu marido contratou não só está jogando contra você, mas contra mim também.

Ela passa a mão sobre o cabelo platinado.

— Não vou deixar Tanner vencer. Nós vamos passar por hoje e, uma vez que eu retorne ao meu escritório, vou chegar ao fundo disso e fazê-lo desejar nunca ter aceitado o caso do seu marido.

Enquanto eu não tenho dúvidas de que Marjorie acredita que ela tem uma chance contra Tanner, sei muito bem que ela nunca vai vencer.

Ele tinha tido anos de experiência manipulando o mundo ao seu redor para conseguir o que quer. Não há nada baixo ou sujo o suficiente que ele não faça. É um mestre em arrancar o controle e um maestro em sempre ter a vantagem.

Marjorie está completamente fodida.

— Vamos lá.

Derrotada, conduzo Marjorie do banheiro de volta ao tribunal, ambas ocupando nossos assentos enquanto o tribunal é chamado para a sessão. Tanner é o primeiro a ficar de pé e se dirigir ao juiz.

— Meritíssimo, conversei com meu escritório e, à luz da mudança de agendamento de hoje, bem como a alegação da oposição de falta de notificação adequada para a moção do meu cliente, vou pedir neste momento para que nós reagendemos o assunto para uma próxima data.

A única satisfação que ganho das palavras de Tanner é o olhar chocado no rosto de Clayton.

Olhando para Tanner com rubor escurecendo sua pele, ele está obviamente enfurecido com o cancelamento da audiência.

Não é muito, mas aquela pequena punhalada de volta nele tem que ser o suficiente para mim no momento. Vencer dele é uma coisa. O que vou ter que fazer para ganhar é uma questão completamente diferente.

Não há dúvidas em minha mente de que vou encontrar Tanner esta noite para saber que ele quer que eu abra minhas pernas e perca minha alma para ele um orgasmo após o outro. Ele tinha desejado que eu me submetesse a ele desde o dia em que corri dele em Yale.

— Você tem alguma objeção em continuar este assunto, Conselheira Stonneman?

Marjorie sorri, suas unhas batendo na mesa. Ela não é ingênua o suficiente para acreditar que Tanner está adiando a audiência por bondade no coração, mas é esperta o suficiente para embarcar e aproveitar a oportunidade.

— Não tenho objeção, Meritíssimo. Embora vou admitir que estou surpresa que o Senhor Caine está estendendo a cortesia profissional.

— Não sou nada senão profissional.

Tanner olha para mim enquanto verbalmente se dá tapinhas nas costas. Olhando para ele, eu me engasgo com a sugestão de um sorriso curvando seus lábios.

— Muito bem, esse assunto está adiado por agora. Conselheiros, da próxima vez que estiverem no meu tribunal, certifiquem-se de ter todos os pingos nos i's. Não gosto de perder tempo.

Com isso, o juiz deixa o tribunal. Nós nos levantamos enquanto ele sai e ouso dar mais uma espiada na direção de Tanner. Um sorriso se parte em seus lábios enquanto Clayton silva uma barragem de palavras assobiadas, sem dúvida fervendo pelo que Tanner tinha feito.

Marjorie rouba minha atenção quando toca meu braço. Voz baixa, faz uma promessa que não pode cumprir.

— Vou chegar ao fundo disso esta noite, e amanhã você não vai ter nada com o que se preocupar quando se trata de obter o que merece.

Por cima do ombro dela, vejo Tanner e Clayton saírem do tribunal, Tanner piscando uma vez que passa.

Não há dúvida de que vou ter o que eu mereço de Clayton. A única questão é se eu vou fazer isso dobrada sobre a mesa de Tanner ou deitada de costas.

capítulo três

Tanner

Três anos que eu a queria.

Três anos que eu tive que sufocar a verdade amarga que ela realmente concordou em se casar com um bajulador covarde.

Três anos que eu sentei e pacientemente esperei meu momento enquanto seguia cada artigo sobre Luca e seu marido *filho de um senador* no jornal, incluindo as fotos exclusivas publicadas por uma revista de moda desde o dia em que ela se casou com aquele idiota.

Eles fizeram um grande negócio doando o dinheiro daquela exclusiva para a caridade.

Luca, eu tenho certeza, estava orgulhosa de ter feito isso. Mas pelo que aprendi durante a última semana bancando o advogado para seu marido pedaço de merda, o dinheiro nunca viu a palma da mão estendida da caridade, indo mais para o bolso do seu marido recém-casado antes de ele desperdiçá-lo.

Eu tinha grandes expectativas em Luca quando a conheci. Ela foi a primeira pessoa a tentar me colocar no meu lugar, a primeira mulher que conheci que preferia ser real ao invés de alguma versão falsa de si mesma, feita para a televisão, a fim de apaziguar as outras pessoas falsas ao seu redor.

Eu, na verdade, passei a respeitá-la como uma oponente em nosso jogo, mas então ela tinha tomado a estúpida decisão de se casar com Clayton Hughes.

Essa decisão tinha funcionado a meu favor? Claro que sim. Mas eu tinha que gostar disso? Porra, não.

Luca Bailey sempre foi melhor que isso.

Ouvir Clayton tagarelar sobre seus feitos nada honestos durante os últimos dias sem arrastá-lo para fora do meu escritório e deixar seu corpo decadente em uma vala remota na calçada tinha sido uma lição de paciência. Paciência que eu só exercitei por causa de Luca.

Ela não só tem informações que eu preciso, mas um corpo que, assim como um bom vinho, tinha melhorado com o tempo. Estou disposto a fazer tudo o que precisar para vê-lo de perto e pessoalmente outra vez.

Depois de alguns drinques e mais ou menos uma hora fingindo gostar do homem, sofri a perda de tempo escutando a língua de Clayton se soltar, sua ostentação de um garoto de fraternidade deleitando seus dias de glória de boceta fácil e dias rebeldes e livres de responsabilidade.

O único problema, pelo menos como eu vejo, é que ele tinha uma responsabilidade: Luca. Uma responsabilidade que ele mal lidou desde o minuto em que ela foi estúpida o suficiente para dizer *eu aceito*.

Não me incomoda que Clayton tenha feito da vida de Luca um inferno. Quebrá-la foi só outro fator que funcionou a meu favor. Mas ouvi-lo tagarelar sobre o quanto que ele gostou de ter livre reinado das bocetas disponíveis de outras mulheres enquanto estava casado com ela? Sim, isso deixou o último nervo que eu tinha no limite com a necessidade de ensiná-lo algumas boas maneiras.

Clayton está me implorando para deixar Luca sem um centavo, e eu tenho toda intenção de fazê-lo acreditar que é isso que planejo fazer.

Se Clayton pensa por um segundo que estou nessa para ajudá-lo a ferrar Luca Bailey, ele tem uma lição a aprender.

Voltando para a garagem para quatro carros da minha casa em Highland Hills, coloco a marcha em ponto morto e desligo o motor. Minha cabeça cai pesadamente contra o encosto, minha mão aperta sobre a alavanca de câmbio com raiva e ansiedade.

Por cinco dias, tenho jogado um jogo contra Clayton Hughes, e cada vez que tive que olhar para sua cara presunçosa ou ouvir a qualidade anasalada de sua voz fraca, resisti à vontade de rearranjar seu nariz com meu punho.

Ele é tão covarde agora quanto era em Yale.

Minha cabeça gira para a esquerda sobre o assento, meus olhos encarando as janelas do primeiro andar que estão suavemente iluminadas.

Pelo menos três dos caras estão na casa esperando para ouvir como foi no tribunal, e agora que Luca concordou em me encontrar esta noite para discutir meus termos, tenho que ter certeza de que eles estão fora de vista quando ela chegar.

A reação dela a mim no tribunal foi bem reveladora. Ela não sentiu a minha falta. Não pensou em mim. E eu sou a última pessoa que ela queria ver depois do que aconteceu em Yale.

Claro, o corpo dela reage quando a toco. Aqueles grandes olhos azuis se arregalam quando nossos olhares se encontram, mas, como fez no passado, ela se escondeu atrás de uma parede de teimosia e recusa que me deixa louco.

Encontrar comigo esta noite vai ser difícil para ela, mas ver os caras, especialmente Jase, vai ser muito mais.

Não me importo se ela me odeia, mas não vou deixar aquele filho da puta com seu pau vagante e atitude despreocupada arruinar a única chance que eu tenho de jogar Luca no meu pau novamente.

Ela é a garota que pensa que escapou e, para a minha sorte, as circunstâncias a colocaram firmemente de volta em minhas mãos. Vou tê-la gritando meu nome antes que eu a deixe ir de novo — de um jeito ou de outro.

Assim que entro em casa, uma nuvem da fumaça do baseado de Sawyer colide com meu rosto, o leve tilintar de gelo caindo no copo de cristal de Gabriel atinge meu ouvido e os gemidos não tão silenciosos de uma mulher sendo pega com força por Jase paira sobre isso, tudo como uma canção familiar me dando as boas-vindas a casa.

A fumaça da maconha e a bebida não me incomodam. A vadia agora gritando um orgasmo, sim. Não porque eu discordo de um homem molhar o pau, mas porque eu de alguma forma sei que a mulher é outra das funcionárias de Jase, uma que eu vou ter que pagar para evitar que ela processe nossa empresa por assédio sexual.

Por que ele pensou que estava tudo bem trazer ela aqui está além da minha compreensão. Presumo que tenha algo a ver com sua incapacidade de entender que não preciso que seus erros de assédio sexual se dirijam à minha porta.

Como diabos eu deveria proteger a firma e pagar essas mulheres para ficarem em silêncio quando ele comete o ato três portas abaixo da minha sala de estar?

A proximidade delas com a minha vida pessoal só significa que vou ter que adicionar alguns zeros no cheque antes que elas assinem na linha pontilhada do acordo de não-divulgação. Felizmente, são os zeros do Jase a serem perdidos e não vou à falência como um resultado da sua incapacidade de manter suas calças.

Empurrando minha mão pelo cabelo, puxo em frustração antes de virar uma esquina para encontrar Sawyer no sofá e Gabriel parado perto do bar.

Gabriel fala primeiro:

— Como foi? Luca vai te dar a informação que precisamos?

Direto ao ponto. Gabriel não é do tipo de se incomodar com conversa fiada. Dos meus oito amigos, é o mais próximo de mim, um homem com um coração obscuro e mente sem remorsos. Ele não se importa com quem tem que ferrar, ou quem tem que machucar, a fim de conseguir o que quer.

— Eu não sei ainda. Ela virá esta noite, às sete. Vou precisar que os três encontrem outra casa para a reunião de vocês.

A gargalhada explode do sofá, os olhos de Sawyer se estreitam em pequenas fendas vermelhas enquanto sopra o anel de fumaça do que resta de um baseado preso entre a ponta de seus dedos. Fico pasmo por ele ser capaz de exercer a advocacia tão bem quanto faz quando não há uma hora do dia em que não esteja drogado.

— Você me deve dois mil, Gabriel. Certifique-se de pagar.

Meus olhos vão de Sawyer para Gabriel para vê-lo encolher os ombros.

— Eu deveria ter pensado melhor antes de aceitar essa aposta.

— Que aposta? — Puxando o nó da gravata, eu a solto e desabotoo o topo da minha camisa.

Sawyer enfia o baseado em um cinzeiro na mesinha de centro ao lado dele.

— Eu apostei dois mil que você não seria capaz de fechar o acordo sem arrastar Luca para a cama.

Ele inclina a cabeça na minha direção.

— E Gabriel aceitou a aposta pensando que você não estava mais bravo com Luca por ter se esquivado de você.

Claro que estou com raiva. Ela tem sido uma pedra no meu sapato sem saber, um aborrecimento que não preciso e que me assola a cada dia fodido que não fechei o acordo que preciso com ela.

Dizem que é sábio manter seus amigos perto e os inimigos mais perto ainda, mas Luca é o inimigo que conseguiu se esconder nas sombras. Mas a distância que ela manteve não acabou com a guerra... Só conseguiu atrasar a próxima batalha um pouco.

Meus olhos saltam entre eles, minha voz saindo em um rosnado prático.

— Então você deve o dinheiro a Gabriel, porque não é por isso que eu a convidei aqui. Tive que pegá-la sozinha no banheiro feminino durante um recesso rápido só para falar com ela. Não me deu muito tempo para discutir o que eu queria.

Com a cabeça caindo no sofá, Sawyer pousa as mãos em seu peito e fecha seus olhos.

— Se é isso que você tem que dizer a si mesmo para dormir melhor à noite.

Ouro líquido derrama no copo de Gabriel enquanto ele se serve do meu melhor uísque.

— Deixe Tanner em paz. Você sabe como ele é sobre Luca. É uma ferida que nunca foi totalmente curada. A mulher é como herpes nesse sentido.

— Meu pai é como herpes nesse sentido — eu o corrigi — ou vocês esqueceram como toda essa situação fodida começou?

Gabriel engole a bebida em três grandes goles, seu copo tilintando contra o bar onde ele o coloca.

— Talvez esta noite será a noite em que você finalmente vai passar por ela e nós podemos acabar com essa guerra. Estou cansado de ouvir você e Jase chorarem como putinhas por causa disso.

Ignorando-o, tiro o meu paletó e penduro nas costas de uma cadeira.

— Eu falei sério. Preciso de vocês fora na próxima hora.

Uma porta se abre no corredor, uma risada aguda e sedutora deslizando pelo ar em harmonia com a voz baixa de Jase.

Eu me viro para assisti-lo bater na bunda da mulher e mostrar a saída da casa. Levantando uma sobrancelha quando ele retorna, fico olhando para seu rosto cheio de culpa.

— Quanto isso vai custar a você?

Jase larga seu peso em uma poltrona antes de responder.

— Demais, tenho certeza. Ela não valia a pena.

Seus olhos castanhos seguram os meus, o cabelo despenteado caindo sobre sua testa, onde tinha sido penteado pelos dedos da mulher.

— Onde está Everly?

Ele vai direto para o assunto, para um dos pagamentos que eu vou precisar de Luca a fim de encerrar o caso de seu marido.

Everly tinha tido um lance com Jase em um momento. Não foi pouca coisa para ela conseguir manter seu interesse por tanto tempo, mas a forma como deixou as coisas tinha sido um ponto sensível que ele se recusa a superar.

Jase quer se vingar e, para isso, ele está procurando por Everly desde que ela fugiu.

Eu teria pena da garota quando ele finalmente a encontrasse, se ela também não tivesse sido uma grande parte da razão pela qual Luca manteve sua distância de mim.

As duas garotas eram amigas inseparáveis até que Everly desapareceu. Luca fugiu de Yale imediatamente depois.

— Eu não sei.

— O que você quer dizer com não sabe? — Sua voz normalmente casual se torna séria.

— Ela vai te deixar ajudar aquele babaca com quem ela se casou a negar a ela os milhões que lhe pertencem só para proteger sua velha amiga? Diga que ela não é tão estúpida assim.

Balançando a cabeça, cruzo a sala para me servir uma bebida. Preciso disso para lidar com as besteiras de Jase.

Embora ele declare que só quer encontrar Everly para fazê-la pagar por abandoná-lo e causar um problema significativo depois de fazer isso, o resto de nós sabe que ele era dedicado àquela garota desde o primeiro segundo que ela o deixou enfiar seu pau na boceta de ouro dela.

Do jeito que eu vejo, Everly deve ter recebido a magia dos deuses para tentar um homem como Jase a se estabelecer. Muitas vezes eu me pergunto, se ela não tivesse ido embora, ele teria desistido de seus modos mulherengos anos atrás para ficar com uma garota?

Não que o resto de nós tenha feito isso também. Dos nove homens que compõem meu grupo, apenas um de nós tinha encontrado alguém digna o suficiente para fazê-lo considerar desistir dos vícios de sua vida.

O copo quase transborda de tanto uísque que eu despejo nele. Tomando um grande gole, eu o puxo dos meus lábios para responder.

— Não tive tempo para perguntar a ela. Eu tive que a encurralar no banheiro por dois minutos só para dar a ela a oferta de discutir os termos. Aquela cadela que ela contratou para representá-la não tirou os olhos de Luca por um segundo. Não que eu possa culpá-la. Se Clayton alguma vez chegar perto de Luca de novo, vou pessoalmente acabar com sua vida por isso.

— Pessoalmente? — A pergunta na voz preguiçosa de Sawyer corta a sala. — Ou você quer dizer que você vai mandar Ezra lidar com isso?

Embora Ezra não seja o residente cabeça quente do grupo, ele tem um temperamento frio que leva a vários relatos de pessoas desaparecidas. Mas, apesar de seus talentos, não vou dar a ele o prazer de derrotar Clayton Hughes. Não depois do que aprendi nos últimos cinco dias, enquanto fingia desfrutar de nosso relacionamento advogado-cliente.

— Pessoalmente.

Meu olhar corta para a janela, o céu além dela com coloridas faixas do sol se pondo.

— Estou falando sério, no entanto. Preciso de vocês fora o mais rápido possível. Quero estar pronto quando Lucca chegar.

— Só faça o que eu faço e atenda a porta pelado.

Minha cabeça vira para a esquerda para encarar Jase.

— Não é desse jeito.

— Claro que não é — Sawyer ri. — Não se esqueça de pagar, Gabriel.

A risada de Jase explode pela sala para responder a de Sawyer.

— Realmente aceitou aquela aposta? Você poderia muito bem ter posto fogo no dinheiro com a mesma facilidade que você o perdeu.

Minha paciência está se esgotando.

— Todo mundo fora!

Alertados pelo volume da minha voz, os três recolhem suas coisas e se movem em direção à porta da frente. Antes que possam desaparecer, lanço um último lembrete:

— E certifiquem-se de deixar todo o resto saber que a festa não é aqui esta noite. Não quero interrupções.

A porta da frente bate enquanto a casa está mergulhada em silêncio, a dor de cabeça que tinha estado batendo no meu crânio desde o tribunal esta tarde finalmente aliviando para um pulso baixo e tolerável.

Depois de abrir algumas janelas para arejar o odor de fumaça de maconha e três diferentes tipos de colônia masculina, faço o meu caminho para chuveiro para me preparar para a chegada de Luca.

O único pensamento correndo pela minha cabeça enquanto entro no spray de sete duchas é que, apesar da minha alegação, isso não é apenas sobre conseguir Luca na cama. Isso é sobre o plano que sempre tive para ela.

Não que eu não planeje ver Luca espalhada em meus lençóis de novo, mas só depois de ela implorar. E só porque sou misericordioso o suficiente para dar a ela essa segunda chance.

capítulo quatro

Luca

Eu sou uma idiota. Ou isso ou eu sou amaldiçoada.

Nem sempre.

Não na minha infância.

Mas desde que me formei no ensino médio e frequentei Yale, eu tinha tido o tipo de sorte que qualquer pessoa gostaria de evitar.

É como uma piscina, na realidade, ou um buraco profundo. Em um minuto você está navegando por um caminho que acredita ser seu, e no próximo você cai em um abismo escuro e está lutando para não se afogar.

Sentando-me ao lado da minha cama, coloco um par de chinelos de plástico baratos para combinar com meus jeans velhos e gastos e uma camiseta que tirei do cesto de roupas sujas, minha cabeça latejando com pensamentos de todos os erros estúpidos que cometi que me levaram a este momento.

Quero pensar que não é minha culpa que terminei divorciada aos vinte e seis anos e agora correndo o risco de ficar sem um centavo, a menos que eu me entregue a Tanner. Mas não importa quantas decisões diferentes eu perceba que poderia ter feito, continuo chegando à conclusão de que eu teria pousado no mesmo lugar, não importa o quê.

Talvez não sejam minhas escolhas ruins que levaram a esta noite. Talvez seja simplesmente que haja apenas encanto suficiente que possa existir na vida de uma pessoa antes que acabe completamente, a torneira se esgotando e tudo o que resta para experimentar é escuridão.

Minha infância tinha sido mágica.

Tinha sido encantadora.

Cheia de risos e amor, os anos antes da faculdade tinham sido os mais felizes da minha vida.

Com meus pais maravilhosos que podiam se dar ao luxo de me dar qualquer coisa que eu precisava no mundo, vivi toda a minha jovem existência acreditando que nada de ruim poderia acontecer comigo.

Mas então o martelo caiu quando o negócio do meu pai despencou enquanto minha mãe estava doente. Tão atencioso com ela, ele tinha deixado o gerenciamento do negócio para um de seus sócios. A coisa toda desmoronou rapidamente dentro de um ano. Eles já haviam gasto a maior parte de suas economias na minha educação e o resto nas contas médicas da minha mãe, e ficaram sem nada depois que o negócio colapsou.

Ele morreu um pouco mais de um ano depois que ela faleceu.

Durante esse tempo, eu apressei minha vida, por assim dizer, em um esforço de dar a minha mãe a chance de ver meu casamento. Tinha sido sempre seu sonho assistir meu pai me levar ao altar.

Desesperada para fazer isso acontecer antes que ela morresse, e também tão fora da minha mente por ter me fixado à miragem de um herói que fiz de Clayton na minha cabeça, agarrei a chance de ser sua esposa, interiormente sabendo que era uma decisão estúpida.

Embora fosse ridículo. Eu estava planejando o fracasso do meu casamento antes de andar até o altar.

No dia em que me casei com Clayton, tinha colocado um pé em frente ao outro, acreditando que se o nosso casamento não funcionasse, eu poderia sempre me apoiar no meu pai enquanto reconstruía minha vida.

Então o negócio colapsou.

Minha mãe morreu.

E meu pai se retraiu para dentro de si mesmo até o dia em que eventualmente se juntou a ela.

Foram seis meses depois do nosso aniversário de dois anos de casados quando a mágica em minha vida se esgotou completamente. Meus pais se foram, não tinha nada que pudesse reivindicar como meu, e fui deixada aturando as constantes transgressões de Clayton apenas para manter um teto sobre a minha cabeça.

Sem ter para onde ir, continuei ignorando as traições do meu marido com a esperança de que podia fazer o nosso casamento funcionar.

E agora aqui estou, intencionalmente me vestindo como uma mendiga na esperança de que isso vá desanimar Tanner.

Como se me trair não tivesse sido ruim o suficiente, Clayton deu o seu último golpe arrastando um pesadelo de volta à minha vida.

Não me incomodo em escovar meu cabelo ou meus dentes. E maquiagem está completamente fora de questão. Se Tanner quer me encurralar em me arrastar de volta à sua cama, ele pode aproveitar a visão de uma mulher que está praticamente quebrada.

Enquanto dirijo para a casa dele, tento me lembrar dos membros de seu grupo enquanto meu sistema de navegação aponta as direções para mim.

Pouco depois que saí de Yale, Clayton confessou a mim tudo o que tinha para saber sobre o Inferno, incluindo seu envolvimento com isso. Ele até admitiu que tinha originalmente me namorado como um pagamento a Tanner. A admissão doeu, não vou negar. Isso me irritou. Mas Clayton jurou que seus sentimentos por mim eram reais depois de me conhecer e, depois que Tanner exigiu que ele terminasse comigo, ele não podia se afastar.

Tanner e Clayton se odiavam pelo tempo que eu saí. E quando ele propôs a se casar comigo, cometi o erro de acreditar que ele verdadeiramente me amava e havia tomado uma decisão estúpida quando começamos a namorar.

Ainda assim, aprendi muitos dos detalhes que sei sobre Tanner e seu grupo pelo Clayton e estou feliz de saber disso agora. Vai ser mais difícil para qualquer um desses imbecis se aproximar furtivamente de mim.

Por mais estúpida que a garota que originalmente os apelidou de Inferno fosse (aparentemente, ela foi expulsa do ensino médio por ousar contar seus segredos), seu apelido ficou com o grupo e também ajuda a refrescar minha memória de cada rosto e nome.

Primeiro Círculo: Limbo, um círculo pertencente a Mason Strom. O homem ganha mais juros sobre o saldo de seu fundo fiduciário do que a maioria das corporações pode reivindicar como lucros em um ano, mas está vinculado a um acordo de se casar com uma mulher que não ama. Todo o tempo que o conheci, ele manteve outra mulher por perto, e eu me pergunto o que aconteceu com tudo isso. Pelo que Clayton me disse, Mason tem que se casar até os trinta para reivindicar a herança, o que significa que ele tem mais dois anos para se decidir.

Segundo Círculo: Luxúria, esse espaço é ocupado por ninguém menos que Jase Kesson, um *playboy* com um sorriso encantador e uma atitude perigosa. Ele tinha namorado minha melhor amiga, Everly, por mais de um ano antes de ela fugir. Everly é a razão pela qual eu tive o infortúnio de conhecer Tanner. Sua saída repentina foi um dos fatores que tornou necessário que eu me afastasse dele e do resto de seus amigos o mais rápido possível.

O Terceiro Círculo é a Gula, governada por Sawyer Bennett. Ele não é um cara tão ruim pelo que eu posso lembrar, mas só porque sabe como festejar. Entretanto, isso não significa que não tem um lado sombrio que é facilmente desencadeado. Extremamente inteligente, ele é talentoso em destruir o mundo de uma pessoa à menor provocação.

Batendo meu dedo contra o volante, viro à esquerda tentando me lembrar dos outros.

O Quarto Círculo é Ganância, um reino ocupado por Taylor Marks. Um gênio com números, Taylor faz uma matança em jogos de aposta. Ele é um gênio quando se trata de computadores também, o que torna perigoso irritar o cara.

Quinto Círculo: Ira, que é Damon Cross, um nome adequado para um homem que eu tentei evitar tanto quanto possível. Ele sempre tinha um acerto de contas com alguém e instigava muitas das brigas de bar pelas quais seu grupo era famoso.

Virando à direita, continuo pensando, minha mente voltando para aqueles anos enquanto uma agitação nervosa atravessa meu estômago.

Sexto Círculo: Heresia. Eu rio dele. Sempre indo contra a corrente, Shane Carter tinha seu próprio senso de estilo, seu próprio modo de pensar e, sendo um instigador, amava provocar discussões onde quer que fosse. Ele é um artista em tudo o que faz, mas um *bad boy* apesar disso. Ele deixa uma trilha de mulheres de corações partidos e de homens de narizes quebrados, principalmente porque ama ver quão longe pode empurrar uma pessoa antes que ela exploda. Não me importava de estar ao seu redor, mas isso não significa que eu era estúpida o suficiente para irritá-lo. Shane era criativo quando se tratava de se vingar.

No próximo cruzamento, vire à direita em direção à Rua Stone...

Um enorme sinal de entrada de pedra, completo com uma cachoeira em miniatura e luzes dramáticas aparece, a entrada fechada de Highland Hills, uma comunidade segura de mansões multimilionárias ocupadas pelos jogadores mais poderosos da política e do dinheiro antigo. Não estou chocada em descobrir que Tanner vive aqui. Ele sempre foi o tipo de exibir o que tinha.

Virando à esquerda, sigo a estrada com postes de luz a gás e tento me lembrar dos últimos dois homens além de Tanner.

Sétimo Círculo: Violência. Esse seria Ezra Cross, irmão gêmeo de Damon, um executor do grupo, se alguma vez já existiu um. Nunca tive muito a ver com ele, felizmente, porque, na verdade, ele me assustava. Não precisava de muito para irritar o cara. Normalmente, Damon, Ezra e Shane estavam grudados, cada um deles fazendo o seu melhor para começar uma briga em algum lugar.

E os dois últimos espaços eram Oitavo Círculo: Engano, também conhecido como Gabriel Dane. O garoto nasceu com uma lábia e consegue arrancar a calcinha de uma freira. Se ele estiver do seu lado, você está em grande parte seguro, mas se ele te odiar, é uma má ideia acreditar nele. Um fala mansa, Gabriel é o cara que convenceu Yale a não expulsar o grupo todas as vezes que suas atividades iam longe demais.

E finalmente, Nono Círculo: Traição. O próprio Tanner Caine. O elemento central do grupo, o homem que tomava as decisões difíceis e dava a maioria das ordens. O homem sentado dentro do que eu tenho certeza de que é uma casa enorme e chamativa, esperando e disposto a fazer o que for preciso para me levar para a cama. Uma presença sombria que repele tanto quanto atrai, ele é a maçã envenenada que eu quero morder, mesmo sabendo que isso vai me destruir.

Rezando para ele esquecer sobre essa noite, paro no portão de entrada principal do condomínio, abaixando minha janela para falar com o guarda com a esperança de que meu nome não esteja na lista de convidados. A esperança é rapidamente esmagada quando ele checa o papel em sua prancheta e digita um código em um teclado para abrir os portões.

— Sexta casa à esquerda.

— Obrigada — respondo, meu pé batendo no acelerador enquanto resisto ao desejo de virar o volante e seguir na direção oposta.

Cada casa fica quatrocentos metros distante uma da outra na longa estrada suavemente curvada e, quando a de Tanner está à vista, o riso explode da minha boca.

Claro.

Claro que a porra da sua casa pareceria com um maldito castelo. Ele sempre tinha pensado em si mesmo como um rei e agora ele tinha a residência para provar isso.

Pelo que eu posso dizer, tem três andares de altura, com uma torre de cada lado e paredes de pedra gentilmente iluminadas pelas lanternas a gás que iluminam a calçada inclinada.

As janelas são grandes o suficiente para Tanner inspecionar seu reino, os gramados meticulosamente cuidados.

Eu me pergunto o que encontraria se seguir a entrada de automóveis para a direita e der a volta na parte de trás, em vez de virar à esquerda para estacionar em frente à grande entrada com degraus em semicírculo que levam a um conjunto imponente de portas da frente.

Ele não tinha poupado um centavo nesta propriedade, o ciúme piscando apenas um pouquinho porque Clayton nunca fez jus ao seu potencial para pagar uma casa tão bonita quanto essa.

Não vou deixar seu óbvio sucesso na vida me atrair. Tanner é um homem imprevisível, cujos humores e opiniões constantemente mutáveis tornam impossível adivinhar o que fará em seguida.

Exceto pelos homens que compõem seu círculo interno, ele não tem lealdades. É por isso que nunca ousei dançar com o diabo mais do que uma vez, por isso que eu nunca assumi o risco de danificar meu coração como tantas outras garotas na faculdade.

Você pode chamar Tanner de várias coisas, mas a menos que seja parte do Inferno, nunca pode chamá-lo de amigo.

Respiro fundo para acalmar meus nervos.

Deixando a segurança do meu carro, subo os degraus até as portas da frente, meio que esperando que um mordomo apareça para abri-las para mim.

Meu dedo pressiona a campainha, os segundos se passando enquanto meu batimento cardíaco acelera mais.

Pelo tempo que as portas se abrem, estou perto de desmaiar.

capítulo cinco

Tanner

Quase fechei a porta na cara dela. Quase marchei para pegar meu telefone e chamar a segurança para perguntar como um transeunte acessou o bairro. Quase liguei para a sede da empresa de segurança e exigi que demitissem o idiota que deixou uma mulher sem-teto perto da minha casa.

Mas então levei um segundo para olhar para Luca e quase explodi em gargalhadas.

Assim que eu abri a porta, o queixo dela se elevou, desafio ardendo por trás dos grandes olhos azuis, um leve escárnio enrolando seus lábios. Ela está brava. Eu não duvidei que ela estaria. Eu gosto de irritá-la e procuro atiçar mais o fogo dela. Mas o que eu não tinha esperado era o cuidado que ela tinha tomado de aparecer tão desgrenhada quanto está.

Esta não é simplesmente uma roupa casual usada para fazer algo tão mundano como compras no mercado. Este é um esforço concentrado para parecer que a higiene é um conceito estranho. Apesar de sua esperança óbvia de que eu acredite que ela não poderia se importar menos em ser manipulada para vir aqui, o cuidado que tomou para parecer dessa maneira tem o efeito oposto:

Diz que eu já a abalei até o seu interior.

Apoiando um ombro contra o batente da porta, tomo o meu tempo olhando para ela. Meu olhar desce para uma camiseta amassada e esfarrapada, indo para um par de jeans rasgados e mais ainda para chinelos de plástico baratos que estão em desacordo com seus dedos bem cuidados. Arrastando meu olhar de volta com a velocidade de uma preguiça, tranco meus olhos com os dela.

— Você está adorável.

A expressão de Luca se contorce com uma bela raiva, uma névoa vermelha se rastejando pelas bochechas emolduradas por cabelos castanhos. Não vou morder a isca e dizer o óbvio, não vou permitir que ela me trabalhe tão facilmente. Se Luca quer me quebrar, mesmo que só um pouco, vai ter que trabalhar muito mais.

Sua garganta se move para cuspir uma série de palavras raivosas.

— Sim? Bem, você é um idiota. — Levanta as mãos. — Vamos acabar com isso.

Avançando como se fosse marchar para dentro, ela para de repente em seu caminho quando eu me movo para bloquear seu percurso.

— Você vai me deixar entrar ou o quê?

Não tinha sido uma mentira dizer como ela é adorável. Mesmo amarrotada, ela é impressionante em sua beleza. Um sorriso satisfeito estica meus lábios, minha voz caindo para um baixo ronronar.

— Você certamente parece ansiosa. Se eu soubesse que estava tão desesperada para entrar em minhas calças, eu teria te encontrado muito antes.

Na verdade, eu sabia onde ela estava o tempo todo. Mas ela não precisa saber disso.

A cor de sua raiva se intensifica, seu peito amplo empurrando para fora com uma inalação afiada, seus lábios carnudos se abrindo para que a respiração fosse liberada em uma fúria de fogo.

— Me encontrado? Você está brincando comigo agora? O que te faz pensar que eu queria que você me encontrasse? Nem tente fingir que meu marido babaca não te encontrou com a intenção de deixar você destruir minha vida.

Seus dentes rangem juntos, um tique em sua mandíbula me preocupando que ela está danificando o esmalte. É um hábito dela, ranger os dentes quando está com raiva, isso e aquele tique fofo acima de seu olho, manias que tinham me deixado louco quando eu tinha começado brigas com ela em Yale.

É possível que o fogo seja tão sedutor quanto é destrutivo? Como diabos essa única mulher pode me deixar implorando para ser queimado por suas chamas?

Ela enfia um dedo contra o meu peito, sua altura nada comparada à minha, o que significa que tem que inclinar a longa linha de seu pescoço apenas para fixar meu olhar ao dela.

— Eu mereço cada centavo que aquele filho da puta me deve, e eu te odeio, absolutamente ODEIO você por ajudá-lo a me ferrar ainda mais do que já conseguiu. Então aqui estou eu, pronta para discutir quaisquer termos que existam no seu jogo doentio, Tanner, mas posso te prometer que se eu tiver que abrir minhas pernas e te foder para evitar que o Clayton me foda mais do que ele já fez, não vou aproveitar um único segundo disso. Agora, me deixe entrar para que eu possa fazer o que eu tenho que fazer para levar o que é meu de direito daquele babaca, e então eu espero que nunca, e eu quero dizer *nunca*, ouça falar de vocês de novo.

Lábios tremendo com um sorriso, tento e falho me lembrar da última vez que tive tanta diversão com uma mulher. Reconhecimento se estabelece muito rapidamente, minha mente deslizando para um dia três anos atrás no passado, o dia que eu conheci Luca Bailey.

A curva no meu lábio só a enfurece mais, seus braços se cruzando enquanto seu pé pisa forte como uma criança aprendendo a andar. Escorregando minhas mãos nos bolsos da calça cinza ardósia, forço meu sorriso mais largo.

— Alguém já te disse como você é adorável?

Seus olhos se estreitam enquanto sua boca se abre, as palavras um rosnado fervente e profundo.

— Alguém já te disse que idiota arrogante você é?

— Todo o tempo.

— Bem, ótimo. Estou feliz que esteja informado.

Dando de ombros, afasto-me do batente da porta e viro-me para dar espaço para ela entrar. Quando ela passa, furiosa, minha mão pega seu bíceps, meus lábios se abaixando para sua orelha. O pulso em seu pescoço palpita, e eu pairo por três daquelas batidas atraentes antes de responder.

— Entendo que você veio aqui pensando que poderia me tratar como um pau disponível para montar...

O engate em sua respiração força a tensão em meus músculos, meus lábios se curvando mais.

— Tenho certeza de que você precisa de uma boa e dura foda depois de três longos anos deitada sob um marido suado, grunhindo e sem dúvidas dormindo depois da transa.

Arrasto meus olhos pela linha de seu corpo para ver seus dedos se apertarem em punhos, seus braços praticamente vibrando com a raiva mal contida.

— Mas odeio te dizer isso, Luca, eu não sou tão fácil.

Batendo minha mão na bunda dela, meu coração chuta um pouco ao vê-la tropeçar para frente. Minha voz é áspera em sua próxima instrução.

— Pegue o corredor à esquerda, caminhe pela sala de estar em direção à sala de jantar. Nós iremos comer como pessoas civilizadas enquanto discutimos meus termos.

— Jantar?

A pergunta de uma palavra é um silvo em seus lábios enquanto ela angula a cabeça para fazer uma carranca para mim por cima de seu ombro.

— E se eu não estiver com fome?

Sorrio.

— Oh, você está com fome, certamente. Do meu pau. Posso sentir o cheiro por toda a sua pele. Mas nós temos negócios a tratar, bem como uma refeição esperando para ser consumida. Você só vai ter que esperar para ver se te considero digna o suficiente para experimentar o prazer da minha cama.

Com uma teimosia não comparada a nenhuma outra mulher que tive o prazer de conhecer, Luca trava seus pés no lugar, recusando-se a ceder.

Dou um passo à frente, o calor do meu peito uma parede em suas costas enquanto minha respiração faz cócegas na linha de seu pescoço.

Falando devagar, eu a lembro porque ela não tem escolha além de me obedecer em cada comando meu:

— Se você quiser ver o dinheiro que Clayton te deve e se quer evitar que eu limpe o chão do tribunal com suas lindas lágrimas de raiva, você vai desistir dessa farsa de garota durona e marchar sua linda bundinha para a minha sala de jantar e aproveitar a comida que eu tive a gentileza de mandar entregar.

— Eu te odeio. — Suspira, violência amarrada em cada sílaba estalada.

— Eu sei. Você já me disse. E isso só torna o que eu estou fazendo muito mais agradável.

Parando, eu respiro profundamente, apreciando a falta de perfume na pele dela, meu corpo endurecendo ao notar o cheiro natural de seu corpo.

— Sugiro que você ande, Luca. Seria uma pena que a comida esfriasse.

Um último olhar por cima de seu ombro traz a boca dela perigosamente perto da minha. Sua voz é baixa e rouca, seus olhos são chamas azuis de desespero atadas com fúria.

— Espero que se engasgue com isso, Tanner. Cada fodida mordida.

Com isso, ela avança com passos fortes e vira à esquerda no corredor, uma risada baixa sacudindo meu peito com o quão fácil é irritá-la.

Luca

Tanner é tão idiota quanto eu me lembro de Yale, talvez até mais agora que teve anos para aprimorar sua habilidade.

Embora eu assuma que esse jogo é destinado ao puro propósito de finalmente se vingar de mim por não cair como todas as outras mulheres em seu caminho, seu comportamento desde que cheguei me força a reconsiderar.

Se é apenas sobre o sexo, se é para a satisfação de finalmente ter torcido meu braço para me tornar outro entalhe apaixonado na cabeceira de sua cama, por que ele está me forçando a sentar durante o jantar?

Para que ele possa se vangloriar? Para que possa se acomodar e desfrutar de me ver engolir qualquer refeição que tenha escolhido, enquanto antecipa o momento que vai me curvar sobre a mesa?

Quero arrastar minhas unhas pela sua cara e arrancar seus olhos, mas, ao mesmo tempo — e o que eu penso que mais me irritou desde que ousei pisar em qualquer lugar perto dele —, ele não está errado sobre uma observação impressionante que fez.

Minha vida sexual desde que me casei com Clayton e fiquei presa como sua noiva tímida tem sido tudo menos satisfatória. Inexistente, realmente. Três anos de celibato, porque meu marido não podia se importar em me tocar. E, pelo que eu sei daquela única vez que eu cometi o erro de dormir com Tanner: o homem é um gênio em fazer seu corpo cantar.

Só de olhar para ele é como sentir uma necessidade profunda, mas realmente ter todo o poder de seu corpo maravilhoso se contorcendo entre suas coxas é o suficiente para arruinar você para os outros homens, para torná-la viciada no que suas atenções podem fornecer.

Metade da minha decisão de evitá-lo tinha sido minha recusa em ser apenas outra mulher esquentando sua cama por outra noite. A outra metade tinha sido meu medo de que eu iria ser deixada como outra viciada babando, sonhando com só mais uma chance de sentir a força dele contra mim enquanto ele se enterrava dentro de mim.

Não queria ser outra "zumbi do Tanner", como todas as outras mulheres desesperadas que passavam horas se preparando em festas e ao redor do *campus*, implorando pela chance de tê-lo olhando em suas direções.

Se não tivesse sido pela relação de Everly com Jase, eu não teria conhecido Tanner. Mas ela me arrastou para a mistura com o grupo dele, e então me abandonou depois da noite que algo insanamente ruim aconteceu.

Eu deixei Yale e nunca olhei para trás.

Também cometi o erro de me casar. Parei de me importar por um período de tempo. Meu desejo de uma carreira própria parou até que eu pudesse lidar com o que aconteceu com os meus pais e, com sorte, colocar meu marido traidor na linha. Eu não tinha a intenção de ver Tanner Caine ou seu bando de homens felizes nunca mais.

No entanto, agora estou andando por sua sala de estar, odiando que ele segure minha vida em suas mãos e a esteja tratando como uma piada para seu divertimento.

Sua casa é surpreendente em sua beleza. De alguma forma, o homem conseguiu misturar a qualidade rústica de madeiras escuras, pisos de pedra natural e vigas expostas no teto com um toque moderno de balcões de granito, grandes janelas chanfradas de dois níveis e grades de ferro polido para os segundo e terceiro andares.

Uma lareira é o centro da atenção no meio de sua sala de estar, que tem o dobro da minha altura, pelo menos, os sofás de couro escuro com detalhes de rebites de aço atraindo meus olhos enquanto passo por eles.

Um bar ocupa uma parede inteira, luzes pendentes penduradas do alto teto com lâmpadas Edison brilhando em âmbar contra fileiras de garrafas de bebidas.

Duvido muito que Tanner tenha dedicado as horas que levaria para criar esta sala de tirar o fôlego, mas é óbvio pelas linhas elegantes misturadas com texturas robustas e masculinas que ele tinha uma opinião sobre tudo selecionado no design de interiores.

E se a sala de estar não tivesse sido suficientemente impressionante para arrastar meu olhar por cada tecido e superfície disponível, a sala de jantar quase rouba a cena com tetos abobados e um lustre de ferro forjado com uma circunferência de três quartos da largura de uma mesa de carvalho escura com configurações para vinte pessoas.

— Por favor, me diga que você não desperdiça tudo isso com os mesmos tipos de festas ridículas que costumavam dar em Yale.

Eu paro no lugar, minha cabeça lentamente girando para pegar o preto no papel de parede de damasco preto e trilhos de cadeira de aço que de alguma forma combinam perfeitamente com uma mesa de jantar e cadeiras de madeira esculpida diretamente de uma sala do trono medieval.

Debaixo dos meus pés há pisos de mármore preto com manchas de prata que pegam a cintilação de arandelas de fogo colocadas nas paredes.

Pisando atrás de mim, Tanner coloca sua mão sobre meus quadris tomando vantagem da minha reação atordoada, tomando posse com tanta confiança de seu direito de fazer isso que meu coração bate por baixo das minhas costelas.

Com os lábios perto do meu ouvido, ele responde:

— Alguns de nós cresceram o suficiente para ter reuniões mais civilizadas.

— Alguns de vocês? — É ridículo o quão sem fôlego eu soo.

Seu tom carrega um tom de riso irritado.

— Sawyer, Jase e Damon ainda precisam agir como sua idade.

Balançando minha cabeça em descrença mal-humorada, dou um passo à frente para colocar distância entre nós. Ele fecha essa distância como se possuísse cada pedaço de espaço ao meu redor.

Seu calor é uma fornalha contra mim, seu cheiro cativante, sua presença escura e divina.

— Por que não estou surpresa de ouvir isso?

A expressão em seu rosto não se altera. Sombras misturadas com luzes, olhos que veem tudo enquanto não revelam nada do homem a quem pertencem.

— Sente-se. Vou pegar a comida.

A parede de calor se dispersa conforme ele se afasta, e embora eu deva manter meus olhos treinados na mesa posta à minha frente, não posso deixar de observar seu passo fluido através da sala de jantar em direção a uma porta à nossa direita, não posso deixar de notar a espreita quase felina e predatória de um homem que é traiçoeiro o suficiente para virar o mundo de qualquer pessoa de cabeça para baixo pelo simples divertimento de fazê-lo.

Alguns monstros são assustadores porque eles matam e mutilam sem remorso. Alguns são aterradores porque entram na sua cabeça e te fazem duvidar de tudo o que você acredita saber sobre o mundo ao seu redor.

Tanner é aterrorizante, porque não é preciso absolutamente nada para ele colocar os olhos em você, para acender sua chama de raiva e chamar sua atenção. E, em vez de simplesmente destruir você física ou mentalmente, ele é o tipo de monstro que vai alterar todo o seu mundo e te deixar lutando para respirar enquanto assiste tudo desmoronar.

Ele te deixa vivo para testemunhar o caos. Ele te deixa se afogando enquanto desaparece, satisfeito que não existe muito mais do que uma fração do que uma vez você tinha para se agarrar.

Talvez monstro seja a palavra errada.

É muito simples.

Muito comum.

Outros homens são monstros.

Homens inferiores são monstros.

Não Tanner.

Tanner é um *turbilhão*.

Ele me assusta ainda mais agora do que em Yale. Tento mentir para mim mesma e jurar que o medo tem tudo a ver com o dinheiro que eu vou perder.

Mas tem algo mais, algo mais profundo, algo sombreado e queimando com desejo carnal feroz que permanece como uma névoa dentro do meu núcleo.

Memórias colidem com o presente, a dor que sinto toda vez que Tanner está por perto.

Porque não foi fácil evitá-lo tantos anos atrás.

Tinha sido uma luta, uma guerra, uma batalha sangrenta dentro de mim que terminou com a minha retirada para os braços de outro homem que eu considerava seguro.

E como isso acabou?

Como merda.

Ainda estou parada no lugar quando Tanner entra pela porta com uma caixa de pizza na mão, sua sobrancelha arrogante erguendo-se sobre um olho ao descobrir que não me movi.

— Você prefere ficar aí enquanto eu me sento e jogo comida para você como um cachorro?

A caixa bate na mesa onde ele a deixa cair.

Ele sorri.

— Não me importo de nenhuma maneira, mas prefiro não ter queijo e molho de tomate no meu chão intocado.

E assim, Tanner venceu as nuvens de confusão dentro de mim para revelar raiva tão quente quanto o sol ardente.

— Eu vou me sentar. Obrigada.

— Excelente decisão — diz, tomando um assento. — Agora minha empregada não vai ter uma bagunça para limpar amanhã.

Posicionada em frente a ele na mesa, espero com braços cruzados enquanto ele serve algumas fatias, o riso obstruindo minha garganta ao ver uma refeição tão simples.

— Estou surpresa que você escolheu pizza. Eu teria presumido que você seria um tipo de homem de carne e batatas.

— Eu sou — responde, com uma voz cheia de cascalho. — Mas isso teria levado mais tempo para ser preparado e entregue, e não quero interrupções agora que tenho você aqui.

Seus olhos verde escuros se fixam nos meus.

— Eu tenho você encurralada, Luca, e você sabe disso. Então, gostaria de adivinhar o que pode fazer para sair dessa ilesa?

Não há nenhuma razão para que um homem comendo seja tão fascinante quanto assistir Tanner dar a primeira mordida em seu alimento, mas ainda assim eu me encontro assistindo como seus lábios carnudos se abrem ligeiramente, seus dentes brancos e retos batendo para cortar o queijo, molho e massa com facilidade. Sinto aquela mordida em lugares que eu não devia sentir: meu ombro, meu pescoço, a parte interna da minha coxa.

Livrando-me da reação estúpida, pego a comida no meu prato e respondo.

— Você quer que eu te foda. Provavelmente aqui nesta mesa depois que você terminar de me torturar com comida que eu não quero comer.

Sua mandíbula trabalha enquanto ele mastiga, a cor dourada de sua pele sombreada em todos os lugares certos. Assisto enquanto sua garganta trabalha para engolir a mordida, meus dentes trabalhando dentro da minha bochecha para evitar dar um tapa nele e correr minha língua ao longo de sua garganta, tudo ao mesmo tempo.

Ele só melhorou com a idade, um garoto universitário lindo e arrogante agora um homem com toda a força e virilidade que você deseja.

— Errado — ele finalmente diz, quebrando minha concentração. — Se isso fosse só para foder você, eu teria levantado sua saia no banheiro hoje e tomaria o que você tão obviamente quer me dar.

Uma risada fria borbulha da minha garganta.

— Agora eu sei por que você precisa de uma casa tão grande.

Tanner levanta uma sobrancelha em questão.

Balanço minha cabeça.

— Para acomodar seu ego insano.

Seus olhos brilham.

— Sabe o que eles dizem sobre o ego de um homem... você pode usá-lo para adivinhar o tamanho do seu pênis.

Eu reviro meus olhos.

— Claro que você iria lá.

— Você não pode me dizer que não é verdade. Parece que me lembro de todos os tipos de gemidos caindo desses seus lindos lábios na única vez que o montou.

Sorrindo, ele dá outra mordida antes de colocar sua fatia no prato, a expressão mudando para se tornar todo negócios.

— Isso vai mais profundo do que foder você, ou o tamanho do meu ego.

Ele afasta o prato e apoia os cotovelos na mesa, seus olhos se fixando nos meus.

— Eu não quero nada mais do que destruir seu marido insignificante.

Uma faísca de esperança explode em meu estômago.

— Então por que você o está ajudando?

Seus lábios se contraem com humor.

— Eu não quero nada dele, exceto vê-lo se contorcer. Eu não tenho motivos para ajudá-lo. Exceto...

— Exceto para se vingar de mim — finalizo por ele. — Inclinando-me para trás em meu assento, cruzo meus braços sobre o peito. — Tenho que admitir, Tanner, se você está tão desesperado por uma transa fácil, perdeu o seu toque.

— E, no entanto, é você que continua trazendo o assunto.

A compreensão me atinge como um trem em alta velocidade.

Se eu tiver uma chance de enfrentar Tanner enquanto ele segura minha vida na palma de sua mão, preciso manter o sexo fora da minha mente e jogar o jogo com inteligência.

Caso contrário, sei que esse homem terá muito prazer em me rasgar em pedaços.

Tanner

Assistir Luca se contorcer vale os anos que eu esperei por isso.

Sentada na minha frente, ela estremece ao perceber que se alguém está trazendo sexo à mesa, é ela. Relaxando contra a cadeira, tranco meus olhos com um par de olhos azuis-bebê, meu divertimento fácil de ver, o jogo que eu estou jogando ficando ainda mais em segundo plano.

Escondido — do jeito que eu prefiro.

Mas como todo momento divertido, este tem que encerrar e chegar a um fim. Eu a tenho onde eu a quero... em mais de uma maneira.

— Ok, tudo bem — ela gagueja, lutando para recuperar o equilíbrio e escalar seu caminho para fora do buraco que estou cavando lentamente sob ela. — Se não é sexo que você quer, então apenas me diga o que eu tenho que fazer para você parar de ajudar o Clayton.

Quase rio de sua suposição de que sexo não está mais em questão. Não é o meu preço, mas ainda está em jogo.

Estalando a língua em desacordo, balanço minha cabeça e me recuso a revelar a armadilha que estou colocando em torno dela.

— Você sabe que não é assim que funciona.

Do outro lado da mesa, eu a estudo de perto, noto cada movimento de seu corpo, cada pequena peculiaridade em sua expressão que tão claramente pinta seus pensamentos. Um tique muscular acima de seu olho me faz sorrir, uma reação que não tenho certeza se ela sabe que tem quando empurrada a um ponto de ruptura.

Quantas vezes eu tinha visto aquele pequeno músculo pular em Yale?

— Você não vai me dizer o que quer, vai?

Luca cruza seus braços sobre o peito, seu olhar colado ao meu. De todas as pessoas que eu já brinquei na minha vida, ela tinha sido a única a apresentar um desafio significativo.

Talvez seja por isso que eu nunca poderia superá-la. Eu tinha esperado que os anos a enfraquecessem, que seu casamento fracassado combinado com a perda de sua carreira a tinham empurrado a um ponto onde iria facilmente sucumbir àqueles ao seu redor.

Eu deveria ter pensado melhor antes de achar que Luca fosse tão fraca.

Pelo contrário, todos esses fracassos tinham acendido um fogo dentro dela que queima minha pele.

Em vez de desmoronar sob anos de infortúnio, essa mulher tinha fabricado uma pá em circunstâncias infelizes e está cavando para sair da lama.

Ela me lembra de mim mesmo neste sentido. O que significa que eu tenho que ser cuidadoso para jogar este jogo da maneira certa.

— Na verdade, eu tinha toda a intenção de te contar o que eu quero esta noite, mas dado o seu comportamento, é mais divertido te manter no escuro.

É estúpido deixá-la esperando? Sim. Eu deveria fazer minhas demandas e acabar com essa bagunça, mas sou fraco quando se trata de ferrar com essa mulher. Ela é uma das únicas pessoas que conheci que genuinamente podem me entreter.

Levantando da cadeira, dou a volta na mesa, tomando nota da maneira que ela me observa com olhos cautelosos, sua cabeça apenas ligeiramente virada para me manter em sua visão periférica. Quando inclino o quadril contra a mesa e paro no lugar, Luca se vira em seu assento para me encarar.

— Quanto tempo eu vou ficar no escuro?

— Por quanto tempo for preciso. Você pode me odiar por isso, ou tentar ter alguma diversão. É a sua escolha.

Revirando seus olhos, ela empurra a cadeira para trás e se levanta.

— Nada sobre você é divertido.

Eu sorrio.

— Você não diria isso se estivesse no meu lugar no momento.

Sua expressão se aperta, calor transbordando logo abaixo da pele de suas bochechas.

— Eu odeio ser a portadora de más notícias, Tanner, mas apesar do tempo que passou, você não mudou.

Uma gargalhada silenciosa sacode meu peito.

— Você diz isso como se fosse uma coisa ruim.

A cor vermelha se aprofunda em seu rosto, um tom carmesim que destaca o azul em seus olhos, contrastando fortemente com a pele pálida de seu rosto. Pergunto-me se aquela cor desce por seu corpo como aconteceu em

TRAIÇÃO

Yale. Quanto tempo levará para colocar Luca Bailey na minha cama de novo?

— Então é isso? Você me fez vir todo o caminho até aqui para que pudesse me dizer que eu tenho que pagar seu preço estúpido, mas não vai me dizer qual é? Ainda não superou esses jogos de merda?

Afastando-me da mesa, eu caminho e empurro a cadeira dela mais para trás, as pernas arranhando contra o chão com um som áspero, seu corpo pulando do assento e avançando para longe de mim até que sua bunda bate contra a borda da mesa.

Eu pressiono minhas mãos contra a superfície de madeira em cada lado de seus quadris, meus olhos segurando os dela sem remorso por me intrometer no que deveria ser seu espaço pessoal.

Apesar de suas roupas, ela cheira incrível, notas florais flutuando sob meu nariz do que quer que ela usou em seu cabelo, o almíscar delicado e feminino do seu corpo afetando o meu em maneiras que tenho certeza de que ela quer.

Inclinando-me, mantenho minha boca a uma polegada tentadora da dela, nossos olhos ainda travados em batalha.

— Eu não jogo os mesmos jogos que jogava na faculdade.

Ela arqueia uma sobrancelha.

— Sério? Então por que me sinto como o dedal em um tabuleiro de Monopoly bem agora?

O engate em sua voz me faz sorrir. Ela está afetada, queira admitir isso ou não.

— Porque eu não disse que parei de jogar. Eu só disse que não jogo os mesmos jogos da faculdade. Posso te prometer que os meus jogos só melhoraram com a idade.

Meus quadris pressionam contra seu corpo, um arrepio percorrendo-a tão violentamente que posso ver seus ombros tremerem.

Abaixando o meu olhar, lambo meus lábios ao ver a boca dela ligeiramente aberta, sua respiração saindo em lufadas trêmulas.

— E você não é o dedal. — Meus olhos voltam para os dela. — Pelo contrário, você é o peão.

As sobrancelhas dela se juntam daquele jeito ridiculamente adorável que eu me lembro, confusão e um toque de satisfação presunçosa brilhando em seus olhos.

— E eu aqui pensando que você era inteligente. O peão não está no Monopoly.

— Precisamente — respondo, minha voz um sussurro sombrio, nossas bocas tão próximas que estamos respirando o mesmo ar. — Na minha casa, eu escolho o jogo e distribuo as peças. E acontece que odeio aquele que você escolheu.

Não é intencional o roçar dos meus lábios nos dela, mas no minuto em que nossa pele se junta, uma faísca elétrica desce pela minha espinha, acendendo o desejo que tenho por ela e a raiva que eu sinto pela maneira como me desafiou em Yale.

Pelo contrário, brincar com ela agora só vai lhe ensinar uma lição por ter um gosto tão merda para homens.

O ponto de pulsação na garganta de Luca estremece descontroladamente, suas bochechas corando com desejo enquanto seus olhos se estreitam nos meus com ódio.

— Mas isso não vem ao caso — eu digo, quebrando o momento ao me afastar da mesa para deixá-la abalada e confusa, agitada e pronta para arrancar meus olhos se o súbito ranger de seus dentes significar algo.

Qualquer coisa que valha a pena ter, vale a pena trabalhar; e como eu valho a pena, ela terá que ralar muito mais para ganhar sua primeira refeição.

— Você virá para uma festa comigo no próximo fim de semana.

— O inferno que eu vou. Só me diga o que você quer de mim para que eu possa esquecer que eu sequer te conheci.

Cruzando a sala, abro uma gaveta de uma mesa lateral, tiro um bloco de papel e uma caneta e anoto a data e hora que ela pode esperar que uma limusine esteja esperando por ela do lado de fora de seu apartamento.

Não me incomodo em olhar para ela novamente enquanto saio da sala de jantar, meus lábios se abrindo em um sorriso quando ela chama por mim.

— Maldição, Tanner. Onde você está indo?

Como um cachorrinho na sua primeira coleira, ela segue, seus pés descoordenados pisando forte pelo chão da melhor forma que consegue manejar em chinelos baratos. O som de plástico batendo de alguma forma afasta sua tentativa de agir como uma garota brava e irritada.

— Estou acompanhando você para a saída.

— O que? Você está falando sério?

Balançando a cabeça, eu atravesso o saguão, descanso a mão na maçaneta e giro para encará-la.

— Sério como um câncer.

— Você é um câncer — ela graceja.

Meu sorriso se alarga.

— Isso é certo, e eu já comecei a crescer em você sem que percebesse.

Entregando-lhe o pedaço de papel antes que possa responder, eu digo:

— Próximo sábado. Esteja do lado de fora do seu apartamento às sete.
Seus ombros caem em derrota.

— Você vai realmente me arrastar, não é? Só pela diversão disso?

Abrindo a porta, dou um tapinha em seu ombro, ignorando o jeito que ela pula para longe de mim no momento que nossos corpos se tocam.

— Você vai aprender a gostar disso, Luca. Eu prometo.

Saindo pela porta, ela gira de volta, sua boca se abrindo no que eu tenho certeza de que será uma resposta sarcástica. Bato a porta na cara dela antes de lhe dar a chance de dizer algo.

Luca é adorável quando irritada, mas, com a mudança de planos inesperada, tenho providências que precisam ser tomadas.

Escuto um rosnado agudo do outro lado da porta antes que o barulho do plástico batendo se afaste pelas escadas em direção à garagem. Rindo ao ouvir isso, puxo meu telefone do bolso e aperto a discagem rápida para ligar para Gabriel.

— Eu presumo, dado o curto período de tempo que se passou, que você não a fodeu.

Ao fundo, a batida pesada de música rap está soando, vozes elevadas se misturando ao som de fichas de pôquer sendo jogadas sobre uma mesa.

— Diga a Sawyer que ele te deve dois mil. Luca saiu daqui com seu orgulho intacto.

O assobio dele dando uma tragada em um baseado é alto do outro lado da linha, sua voz tensa enquanto segura a fumaça e pergunta:

— O que aconteceu?

— *É melhor que aquele filho da puta tenha conseguido a informação que eu quero.* Gabriel exala.

— Jase disse oi, por falar nisso. Então, você descobriu o que precisamos saber?

Essa conversa não vai ser uma agradável.

— Não.

— *Ele disse que sim? É melhor ele ter dito que sim ou eu estou enviando Ezra para chutar a bunda dele...*

— *Lute suas próprias batalhas, idiota. E jogue outra centena ou dobre.*

— *Se eu te disser para chutar...*

— Ok, vocês dois calem a porra da boca. Quanto a você, Tanner, o que quer dizer com não? Jase vai ter a porra de um infarto, e já tem uma veia saltando em sua têmpora. Além disso, você e eu temos um jogo para terminar, ou você já se esqueceu?

Rindo da imagem mental, atravesso a sala até as escadas, subindo de dois em dois degraus a caminho do meu quarto.

— Eu a convidei para a festa de noivado no próximo fim de semana. Vai ser mais divertido arrancar as informações dela se todo o grupo estiver lá para fazer isso.

Gabriel ri antes de dar outro trago em sua fumaça.

— Ela vai te odiar assim que descobrir o que você fez. Sua paciência é a de um santo de merda.

Ele não está mentindo. Se, por qualquer razão, Luca descobrir, qualquer esperança que eu tenho de ficar entre suas pernas de novo está fora da janela.

— Ela não vai descobrir. Só não sei toda a história sobre o que aconteceu entre Everly e Jase. Vai ser mais fácil a encurralar se os outros estiverem ali para apoiar o pouco que sei.

Assoprando a fumaça, Gabriel responde:

— Que seja, eu já estou entediado com essa conversa e sua vida amorosa. O que é mais importante no momento é que Papai Warbucks ligou depois que eu deixei sua casa.

Jerome Gabriel Dane III, também conhecido como Papai Warbucks, também conhecido como o pai de Gabriel, gosta de pensar que ele é o centro do círculo social dentro de nossas famílias. Ele também gosta de acreditar que, aos setenta e três anos, tem o poder de fazer exigências e esperar que sejam prontamente atendidas.

No passado, isso pode ter sido verdade, mas não tanto agora. Aquele idiota tem mandado desde que nós estávamos no ensino médio. Entretanto, os tempos mudaram e a nova geração está toda crescida. É hora de Warbucks e todos os nossos pais se aposentarem.

— O que ele queria?

— O que ele sempre quer...

Por trás dele, escuto um rosnado profundo, uma mesa virada e fichas de pôquer voando. Jase ri e depois o baque revelador de um ou dois socos sendo dados. Balançando a cabeça, digo a Gabriel para ir para outra sala para podermos terminar essa conversa antes que Ezra perca a cabeça e derrube todos ao seu redor.

— Estou um passo à sua frente — Gabriel responde, andando enquanto ele fala, o fundo se silenciando enquanto ele adiciona — Ele quer que paguemos uma dívida.

Largando meu peso ao lado da minha cama, seguro o telefone entre a orelha e o ombro enquanto desabotoo os punhos das mangas.

TRAIÇÃO 165

— Quem?

— Ivy Callahan.

Minhas sobrancelhas atiram em direção à cabeça.

— A filha do governador Callahan?

Gabriel ri. Já posso ouvir as engrenagens rodando em sua cabeça. Se alguém tem que acertar contas com Ivy, é ele.

— A primeira e única. Concordei porque ela é um alvo tão interessante.

— O que estamos pedindo?

Gabriel dá outro trago em seu baseado.

— Parece que o pai dela está pressionando a introdução de uma nova lei que vai seriamente interferir com nossos esforços menos que legais. Dessa forma, precisamos de sujeira do governador para fazê-lo recuar em sua campanha, bem como colocá-lo no chão. Preciso que você se aproxime dela na festa no próximo fim de semana e diga que a dívida que ela tem conosco já venceu.

Desabotoando minha camisa, eu a abro.

— Por que você não se aproxima dela?

Ele gargalha, exalando audivelmente.

— É a sua dívida a ser cobrada. Além disso, você sabe que quando eu caço, não quero que as pessoas saibam que foram desafiadas. Sacou?

Largando o telefone na minha mão e segurando-o na orelha, eu me deito no colchão, beliscando a ponta do nariz com a mão livre.

— Duas desafiadas ao mesmo tempo? É um pouco arriscado.

Outra risada.

— Por favor, como se Luca já não estivesse sendo desafiada por anos. Estou surpreso que a mulher não tenha colapsado de exaustão.

Sorrindo, eu silenciosamente concordo.

— De qualquer modo — Gabriel diz, vozes ficando mais altas no fundo —, tenho um jogo de pôquer para terminar. Estou prestes a secar esses filhos da puta de todos os seus trocados. Vou falar com você amanhã.

Depois de desligar, encaro o teto, minha mente voltando para o momento que nós começamos a girar nossa teia ao redor de Luca... E o jogo final que ninguém sabe que nós estamos jogando.

capítulo oito

Luca

Tanner nem sempre é ruim... na maioria das vezes... ok, noventa e nove vírgula nove por cento das vezes... mas não sempre.

Ele teve seus momentos de ser um cara decente em Yale, e são esses momentos que eu me apego agora enquanto me visto para ir à festa que ele exigiu que eu comparecesse.

Passei a última semana enfurnada no meu apartamento, uma tristeza enorme enquanto eu maratonava no Netflix e pedia entrega de quase todos os tipos de comida em um raio de dez quarteirões do meu prédio. É possível que eu tenha ganhado dois quilos e meio enquanto me escondia na segurança das paredes do meu apartamento, mas precisava de tempo para processar tudo:

O divórcio.

Meu futuro.

E Tanner.

Quanto ao meu divórcio, estou animada em finalmente estar livre de um homem que obviamente não me ama. Por que Clayton escolheu se casar comigo, dentre todas, ninguém sabe.

Talvez tenha algo a ver com o que aconteceu com a minha mãe, uma decisão repentina que ele se arrependeu assim que assinamos as linhas pontilhadas da certidão de casamento, trocamos as alianças e dissemos *eu aceito*.

Não tenho certeza de quando ele começou a me trair *exatamente*, mas suspeito que começou no dia seguinte ao retorno da nossa lua de mel.

Talvez eu só esteja sendo amarga e, realmente, quando a traição começou não importa muito. O que importa é o que eu faço comigo mesma agora que o casamento finalmente desmoronou, e fico sem saber o que fazer, sem experiência de trabalho e com poucos contatos no mundo profissional para me colocar de pé novamente.

O que me leva a perguntas sobre o meu futuro.

Ainda não está resolvido se vou receber o dinheiro que Clayton me deve pelos três anos miseráveis que passei como sua esposa. Tudo se resume ao que Tanner vai fazer e se vou ser capaz de suportar qualquer preço que ele exigir por sua ajuda para ferrar com meu marido.

Três milhões de dólares ajudariam muito quando eu me propusesse a recriar minha vida. Talvez eu volte para a faculdade e finalmente termine meu curso, ou talvez eu possa encontrar outra coisa que queira fazer, algo que inclua viagens.

As possibilidades são infinitas, mas só se eu fizer isso direito e mantiver Tanner do meu lado.

O que me traz ao meu maior problema de todos.

Estou mais uma vez na mira do idiota mais arrogante conhecido pela humanidade e não tenho dúvidas de que o que quer que ele queira de mim vai ser algo que não vou querer dar. Se não é sexo, então o que poderia ser?

Por quanto tempo ele vai me arrastar?

E por que não estou mais chateada por tê-lo de volta em minha vida?

Estou aborrecida? Inferno, sim. Mas não posso ignorar o modo como respiro mais profundamente na presença dele, como só o cheiro dele me intoxica tão facilmente agora como em Yale. Não posso ignorar como meu coração dispara ao olhar para ele e minhas coxas se contraem com a memória da única vez em que agi imprudentemente ao me atrever a rastejar para sua cama.

Tanner é uma droga, uma que tem seduzido muitas mulheres, deixando-as vazias e viciadas. Recuso-me a me tornar uma delas.

No entanto, aqui estou eu, checando meu vestido em um espelho de corpo inteiro, um corpete sem alças branco puro que desce como uma onda de seda em uma progressão de dégradé de tons monocromáticos que termina em puro preto onde gira em meus tornozelos. Minha figura está deslumbrante nesse vestido, o design é tão bonito em sua simplicidade que ficaria arruinado com a adição de joias como acessório.

Satisfeita com o vestido, escolho saltos com tiras de prata para combinar com ele e prendo o cabelo em um coque francês. Mantenho minha maquiagem mínima e viro-me para olhar para o relógio na minha mesa de cabeceira para ver que tenho dez minutos para descer as escadas se quiser chegar a tempo da limusine que Tanner está enviando.

Sentando-me na beira da cama, considero não aparecer.

Ao entrar naquele carro, estarei dizendo a Tanner que ele ganhou essa rodada, que me encurralou, de uma vez por todas, para fazer comigo o que quiser.

Fere meu orgulho concordar com suas demandas, mas, apesar de todas as maneiras possíveis que posso pensar para sair disso, a triste verdade é que ele venceu.

Preciso daquele dinheiro e, se não concordar com o que quer que Tanner queira, não tenho dúvidas que vou assisti-lo destruir minhas chances durante a próxima audiência no tribunal. Ele vai lançar um estranho para alegar que eu estava tendo um caso e não há nada que eu possa fazer a respeito.

O dinheiro vale o golpe no meu orgulho?

Normalmente, a resposta seria não, mas tenho um futuro em que pensar. Talvez o preço que ele vai pedir não será tão difícil de engolir.

Quase rio com o absurdo do pensamento. Claro que será difícil de engolir, e tenho certeza de que o que quer que seja será enfiado na minha garganta o mais profundo que ele conseguir, sem se preocupar em sufocar minha capacidade de respirar.

Meus olhos encontram o relógio novamente. São oficialmente sete em ponto e, ao contrário da princesa dos contos de fada que chega a tempo em sua carruagem, eu lentamente me levanto, pontualidade e bons modos que se danem.

Não é como se o próprio Tanner fosse me buscar. Pelo contrário, serei eu sozinha em um carro ridiculamente caro com um motorista pago.

Não posso culpar o motorista pela traição de Tanner. Ele não tinha feito nada de errado. Mas, ainda assim, ele vai suportar o peso da minha decisão impulsiva de me rebelar, recusando-me a ser pontual.

Lentamente pegando minha bolsa e parando para checar a maquiagem e o cabelo, eu deixo meu apartamento e caminho pelo corredor em direção ao elevador. Não me incomoda que demore sete minutos para o elevador chegar e não fico ansiosa quando uma pessoa do outro lado do corredor acena com a mão e grita para eu segurar as portas.

Vai contra as minhas boas maneiras estar atrasada, mas também vai contra minhas boas maneiras permitir que as portas do elevador se fechem na cara de um estranho que parece com pressa. E, vendo como esse estranho não tinha ameaçado me destruir sob os meus pés caso eu não concordasse com algum preço ridículo, ele vence a batalha de quem mereceu meu melhor comportamento.

— Obrigado por isso — bufa, enquanto desliza para dentro do elevador, seus sapatos de couro caros parando à minha esquerda.

Eu aceno educadamente em resposta, dando a ele um sorriso amigável enquanto tento ignorar educadamente o quão desgrenhado ele parece.

Viro minha cabeça para observar os pequenos números vermelhos acenderem enquanto descemos os andares.

— Você está bonita. Está indo para algum lugar especial?

Voltando-me para ele, eu sorrio.

— Uma festa.

— Parece divertido.

O homem tem lindos olhos azuis e um sorriso amigável. Entretanto, seu terno cinza pode usar um bom ferro de passar, e sua gravata vermelha estampada não combina exatamente com o tom de rosa de sua camisa.

— Aposto que está ansiosa por isso.

— Não realmente — respondo, minhas bochechas esquentando ao dizer isso. Ele só está tentando ser legal, e é rude da minha parte arrastá-lo para os meus problemas. — Estou sendo forçada a ir.

Ele tensiona com a declaração, sem saber o que fazer com aquele pedaço de informação.

Silêncio se arrasta entre nós enquanto o elevador desce entre o segundo e o primeiro andar, sua pergunta sussurrada me fazendo rir.

— Tipo fisicamente? Ou alguém está apenas mexendo com a sua consciência?

Virando-me para ele enquanto o elevador para, respondo:

— Chantageada, na verdade.

Seus olhos se arregalam.

— Sinto muito por ouvir isso. Existe alguém que você possa chamar para ajudar?

O elevador apita e as portas se abrem antes que eu possa responder.

— Quando eu digo sete, Luca, não estou fazendo uma sugestão.

Minha cabeça estala para frente, o olhar travado em olhos escuros, emoldurados por cílios pretos, que atualmente estão estreitados no meu rosto com irritação por ter ficado esperando.

É uma resposta instintiva imediatamente entrar em pânico ao ficar presa no olhar de Tanner, uma memória muscular de se sentir tensa em sua presença.

Mas então eu me lembro de que pretendia deixá-lo esperando e, em vez de pedir desculpa pelos meus maus modos, encolho um ombro negligente, uma sobrancelha se erguendo sobre o meu olho, desafiando-o a fazer algo a respeito.

— E eu aqui pensando que você iria me mandar um carro sem a cortesia de me acompanhar pessoalmente.

Ele sorri.

— E eu aqui pensando que teria que te arrastar do seu apartamento chutando e gritando apenas para carregá-la por cima do ombro para o carro.

Seu olhar rastreia um caminho lento pelo meu corpo e sobe novamente, apreciação brilhando por trás de seus olhos escuros enquanto seus lábios se inclinam em seu sorriso debochado característico.

— Acho que eu estava errado. Já estava na hora de você aprender a seguir as instruções, mesmo que esteja atrasada.

Minha pele se eriça com o comentário, raiva pintando minhas bochechas em um tom saudável de vermelho.

Maldição, se ele não parece bem enquanto está sendo o cabeça-dura de sempre. Digno de se babar, se eu tivesse que ser honesta, o espécime perfeito da forma masculina envolto em um smoking que custa mais do que os carros da maioria das pessoas.

Com ombros que só cresceram nos últimos três anos e um corpo alto e duro que se eleva sobre mim como se me desafiasse a não olhar para ele, Tanner é quase muito perfeito, uma mordida tentadora de chocolate sexy com um recheio de cereja venenoso.

Lutando para não apreciar a vista tão abertamente, seguro meus olhos com os dele, determinada a vencer essa batalha.

Nada mudou desde Yale. Ele ainda é teimoso como o inferno e eu ainda estou disposta a ir de igual para igual.

Mesmo que nós dois tenhamos crescido nos últimos três anos — mudamos física e emocionalmente — parece que, nisso, nós não mudamos nada.

Estamos nos encarando, Tanner e eu, independentemente do pobre homem preso dentro do elevador à minha esquerda. Até ele sabe que não deve cruzar a linha para passar pelo imbecil ameaçador que está bloqueando a porta no momento.

Ou, pelo menos, eu pensei que ele sabia disso.

Inclinando-se para mim, ele abaixa sua voz para um sussurro:

— Esse é o cara que está te chantageando?

A expressão de Tanner não muda nem um tique, apenas seus olhos cortam para a direita para fixar o homem no lugar.

— Quem caralhos te convidou para a conversa? Cale a boca e volte a personificar o cartão de Dia dos Namorados caseiro que fiz para minha mãe quando eu era uma criança de merda.

Minha boca se escancara com o comentário de Tanner, o homem ao meu lado endireitando os ombros como se ele tivesse uma chance contra um valentão que teve anos para aperfeiçoar suas habilidades.

Interiormente, imploro ao homem para não responder, mas a testosterona deve ter inundado seu sistema.

— Desculpe-me? O que você quer dizer com isso?

Ele dá um passo para a frente e tenho que me impedir de estender um braço contra o seu peito e segurá-lo.

Tanner zomba, sua voz tão calma quanto sempre, os olhos percorrendo o homem de cima a baixo como se ele não pudesse se importar menos:

— Uma gravata vermelha com uma camisa rosa? Em que ponto você pensou que isso era uma boa ideia? Faça a você mesmo um grande favor e corra de volta para cima e tente de novo.

Olhando de volta para mim, Tanner diz:

— Você, entretanto, está linda. Devemos ir ou eu tenho que cumprir minha ameaça e te carregar para fora daqui?

O músculo acima do meu olho pulsa, seu olhar observador mirando o pequeno movimento, seus lábios se contraindo antes que ele ganhe o controle de sua expressão dura mais uma vez.

Segundos passam em silêncio, a tensão se construindo, meus pensamentos correndo sobre a questão se ele realmente tentará me carregar.

O momento é quebrado pelo homem ao meu lado limpando sua garganta, sua voz invadindo o silêncio.

— Vocês dois vão sair do elevador ou o quê?

O olhar de Tanner corta para a direita de novo.

— Por que você ainda está aqui?

— Porque você está bloqueando a saída!

Rolando os olhos, Tanner foi empurrado ao ponto de ruptura. Dando um passo para o elevador, ele se abaixa o suficiente para travar seu ombro contra meu estômago, seu braço envolvendo a parte de trás das minhas pernas enquanto ele me levanta do chão para me puxar para fora das portas.

Um grito de surpresa escapa dos meus lábios, meus olhos indo para o homem que ficou parado lá dentro para perceber que ele não vai ser de muita ajuda.

Em vez de dizer ou fazer alguma coisa enquanto meu corpo salta sobre o ombro de Tanner, que segue pelo saguão, tudo o que o homem faz é olhar para sua gravata e apertar o botão para fechar as portas do elevador.

— Obrigada por nada — eu grito, antes das portas se fecharem. — Eu segurei a porta para você, imbecil!

O homem dá de ombros e acena quando as portas se fecham, meu destino deixado nas mãos de um idiota arrogante.

— Me coloque no chão.

Minhas pernas chutam e meus punhos socam a parte debaixo das costas de Tanner.

— Eu posso andar.

— Aparentemente não rápido o suficiente — responde, sem se importar com a cena que está causando.

— Considerando que nós deveríamos estar na estrada dez minutos atrás, eu não posso confiar em você para não perder mais o meu tempo.

As portas de vidro do meu prédio se abrem, uma brisa fria batendo nas minhas costas enquanto Tanner nos leva para um Rolls Royce preto. Ele me coloca no chão quando estamos perto do carro, um motorista uniformizado abrindo a porta bem a tempo de Tanner me empurrar para dentro.

A porta bate antes que eu possa me endireitar sobre o assento de couro, Tanner subindo do meu lado oposto tão vagarosamente quanto um homem que não acabou de raptar um par para sua estúpida festa.

Virando-se para mim enquanto o carro acelera, o vidro escurecido nos escondendo do motorista, Tanner tira um fiapo de sua calça antes de encontrar meu olhar.

— Isso poderia ter sido muito mais agradável se você apenas tivesse cooperado. Você tem sempre que ser tão teimosa?

Eu me recuso a responder, independentemente da discussão fervendo na minha garganta, as palavras sentadas na minha língua como mísseis implorando por um alvo.

Em vez disso, eu simplesmente aliso minha saia e coloco o cinto de segurança no lugar, virando a cabeça para olhar para a janela em vez de olhar para ele.

Embora eu esperasse que ele continuasse me estimulando com a esperança de um debate acalorado, Tanner me surpreende com palavras que eu não tinha o ouvido falar desde Yale.

— Eu gostaria de pedir uma trégua.

Bufando em resposta a essas palavras, tento não me lembrar do que aconteceu da última vez que ele as disse.

— É um pouco difícil concordar com uma trégua quando você está colocando minha vida na minha frente.

Rindo baixinho, ele agarra meu queixo para forçar meus olhos a encará-lo, uma faísca passando entre nós independentemente de eu querer reconhecer ou não.

Sempre tinha sido desse jeito.

Desde o começo — desde aquela noite que nossos olhos se encontraram através de uma sala cheia com os garotos Inferno e suas admiradoras esperançosas.

Eu paro para olhar para ele, luto para não me sentir atraída, preparando-me para qualquer guerra que ele queira lutar porque, apesar de quão compatíveis nós somos fisicamente, não podemos ser mais opostos em todos os sentidos que importam.

Tanner está acostumado a conseguir tudo o que deseja com o estalar de seus dedos da realeza, e eu sou a garota que se recusa a dar a ele — exceto naquela única vez, é claro, mas as circunstâncias daquela manhã tinham sido diferentes.

Na manhã em que dormi com ele, eu tinha visto uma fenda em sua armadura, uma fraqueza que o fez mais *humano*, de certa forma. Agora eu percebo quão estúpida eu tinha sido por cair nessa.

— O dinheiro que Clayton te deve vai ser seu. O que eu vou pedir em retorno não vai ser tão difícil de me dar.

Puxando meu queixo de seus dedos, falho em minha luta de ignorar o efeito que ele tem sobre mim.

— Então só me diga o que é e nós podemos acabar com isso muito mais rápido do que participar de uma festa.

Seus lábios se curvam nos cantos.

— E desistir da oportunidade que eu tenho de te exibir? Isso não vai acontecer. Tem sido um longo tempo desde que participei de um desses eventos com um encontro que eu realmente gostasse de ter ao meu lado.

— Seu encontro sequestrado — eu o lembro. — Sou uma refém.

Sua única resposta é sorrir em minha direção, um brilho iluminando seu olhar enquanto o carro entra na rodovia.

Incapaz de ficar em silêncio, pergunto:

— Quando vai ser suficiente para você, Tanner? Quando você vai me empurrar o suficiente para ficar satisfeito e ir embora?

Sua cabeça se vira de modo que ele está encarando nosso reflexo no vidro de privacidade, uma sombra caindo sobre seu rosto quando diz:

— Não tenho certeza se esse ponto alguma vez chegará, mas, se acontecer, vou deixá-la saber quando tudo acabar.

capítulo nove

Tanner

É ridículo o quanto eu gosto de ter Luca no carro comigo. Nos últimos dois anos eu participei de dezenas desses eventos, cada um com alguma socialite ou supermodelo pomposa no meu braço, suas conversas banais me entediando até as lágrimas enquanto nós sorríamos para as câmeras piscando e abríamos caminho entre a multidão, nos associando com os mais promissores da nova geração.

Normalmente, meu pai e seu grupo estão sempre esperando quietamente pelos lados, trabalhando em quaisquer acordos que precisem para manter os negócios da família funcionando, suas esposas e amantes afagando seus cabelos fingindo que é a umidade e não a idade que os despojou de seus valores.

Mais tarde eu iria levar qualquer encontro sem nome e sem sentido que eu tinha para casa e praticamente as empurraria para fora do carro.

Nenhuma delas prendeu minha atenção por mais que as poucas horas que levava para terminar o evento que participávamos. Nenhuma delas me fez sorrir com suas línguas afiadas e olhos estreitados enquanto a raiva pintava suas bochechas de uma cor rosa.

Nem uma delas foi para mim o que Luca sempre tem sido, mesmo quando ela não sabia disso.

Eu esperava que eu pudesse fodê-la para fora da minha mente em Yale na noite que abaixei minha guarda, mas tudo que aquela experiência fez foi me deixar um homem faminto, desesperado por provar de novo, infinitamente irritado que não importa com quantas mulheres eu estive depois dela, o doce sabor de Luca sempre esteve na minha língua.

E agora eu a tenho de novo. Deixá-la ir não é uma opção. Não até que eu esteja satisfeito de ter o que eu quero.

Ainda assim, tenho um trabalho a fazer, um que Warbucks tem telefonado obsessivamente.

Infelizmente, Luca está sentada em uma informação que nossos pais estão desesperados para conseguir. Por qual razão? Eu ainda não sei, mas certo como o inferno que planejo descobrir.

Tenho o trabalho divertido de descobrir como conseguir o que eu quero sem dizer a ela o que é — sem permitir que ela entenda como acabamos aqui e por quê.

Tudo em um dia de trabalho... Ou três anos de trabalho, dependendo de como você olhe para isso.

Virando para ela, meu olhar se concentra na agitação de alguns fios de cabelo que escaparam para se enrolar ao lado de seu rosto, o gloss em seus lábios captando a luz salpicada, brilhando como uma provocação.

Os ombros dela estão para trás com orgulho, as mãos dobradas recatadamente no colo, mas quando meus olhos abaixam para os seus pés, vejo sua verdadeira irritação enquanto ela marca os segundos que passam com a ponta de um sapato.

Luca joga um bom jogo de parecer contente, mas sempre existe algo que denuncia exatamente o que está sentindo.

Ela roubou meu ar no segundo que aquelas portas do elevador se abriram no prédio, minha atenção completa nela apesar do cupido-rejeitado parado ao seu lado falando sem sentido sobre chantagem e pessoas bloqueando portas.

Não que isso importasse. Eu não posso e não vou deixar isso importar. Não quando Luca é nada mais do que um meio para um fim, uma *tarefa* que meu pai me deu anos atrás que eu falhei em cumprir.

O gordo fodido não me deixou esquecer isso, e depois de tentar sua própria sorte em resolver o problema ele mesmo (falhando miseravelmente, devo acrescentar), ele me confrontou de novo, ameaçando com o fogo do inferno se eu não tivesse Luca de volta na palma da mão.

Agora, aqui estamos, sozinhos, ela parecendo tão bem como sempre enquanto eu tanto a quero quanto a odeio por ser o único quebra-cabeça que não fui capaz de decifrar. Ela é meu único fracasso, o único jogo que eu perdi porque ela fugiu antes que eu pudesse terminar de jogar.

Só me irrita mais saber que, quando tudo isso for dito e feito, ela vai me odiar mais do que odeia sua desculpa esfarrapada de marido.

Mas isso não significa que não posso aproveitá-la enquanto ainda a tenho, e aproveitá-la eu irei.

— Sinto muito por seu pai. Deve ter sido difícil perder os dois tão perto um do outro.

A cabeça dela estala na minha direção, lábios puxados em uma linha fina.

— Como você sequer sabe sobre isso?

— Eu represento seu marido, lembra? Ele me contou tudo.

Isso não é a verdade de como eu sei, mas é uma desculpa tão boa quanto qualquer outra. Dizer que segui tudo que há para saber sobre ela pelos últimos três anos soa um pouco perseguidor demais, mesmo para os meus padrões.

Suavizando um pouco, ela relaxa, a cabeça balançando enquanto seus olhos me escaneiam de cima a baixo, provavelmente procurando por qualquer pista de que estou fodendo com ela.

— Mamãe era esperado — ela finalmente responde. — Ela esteve doente por anos. Pelo menos, com ela eu tive a chance de me despedir. Meu pai foi mais difícil. Mas acidentes de carro são dessa maneira, eu acho. Seus entes queridos estão ali em um minuto e no próximo se foram. Você sabe como é.

Não sei como é, na verdade. Embora isso não signifique que não gostaria de saber. Tenho toda a intenção de mijar no túmulo dos meus pais quando eles estiveram sete palmos debaixo da terra, um foda-se amigável e um adeus que seria uma dádiva de Deus se acontecesse durante a noite.

Todo mundo com quem eu cresci quer a mesma coisa, mas aparentemente dinheiro não pode apenas te comprar poder, pode estender sua vida, e nossos pais são tão saudáveis como fodidos cavalos, apesar dos anos que passaram bebendo, fumando e se prostituindo, o dinheiro deles pagando por cirurgias plásticas que mantêm a aparência de nossas mães e de suas esposas.

Não foi até a faculdade que o ressentimento entre pais e filhos cresceu para níveis desconfortáveis.

Todos nós, os nove, estamos apenas ganhando nosso tempo, esperando pelo dia que a geração anterior caia morta para que possamos tomar conta do império que tem sido construído sob os narizes dos residentes de Nova York, uma rede de contatos de políticos, CEOs, chefes de polícia e outros jogadores poderosos que estão em débito conosco de alguma maneira.

Exceto que todos ficamos sem paciência, e eu me pergunto se existe alguma maneira possível de acelerarmos o inevitável.

A única coisa em nosso caminho está sentada no carro ao meu lado, um problema que foi jogado no meu colo independentemente de eu querer isso ou não.

TRAIÇÃO

Agindo como se fosse simplesmente uma conversa inútil, relaxo no assento e pergunto:

— Por que você está tão desesperada pelo dinheiro que Clayton te deve? Pensei que você estaria financeiramente estabelecida com os ativos da empresa do seu pai.

Ela ri e se vira para olhar pela janela de novo.

— Aparentemente, Clayton não te contou tudo. O negócio do meu pai colapsou logo depois que minha mãe morreu. Não havia restado mais nada quando ele sofreu o acidente de carro. Nada exceto umas poucas patentes e anos de registros eletrônicos.

Eu sei disso, mas não mostro que sei.

O carro para em uma garagem à nossa esquerda, uma propriedade extensa surgindo à medida que avançamos ao longo da estrada curva em direção à entrada da frente.

— O que planeja fazer com isso?

Seus olhos encontram os meus, cautela em seu olhar.

— Eu não sei. Papai nunca realmente falou comigo sobre a empresa dele. Sei que tinha algo a ver com tecnologia, mas é só isso. Estou pensando em dar o que sobrou para alguém que pode conhecer seu valor e perguntar o que eu deveria fazer.

O que é exatamente o que eu não posso deixar acontecer.

O que Luca não sabe é que a empresa de seu pai não é simplesmente sobre tecnologia. Mais como segurança, pelo que pude descobrir; uma rede de informações usada por muitos governos, regionais e nacionais.

Os contatos e funcionários no campo do pai dela variavam de ex-agentes da CIA, FBI e oficiais da inteligência militar, suas funções específicas de proteger políticos e outros empresários de alto nível e celebridades de ficarem em dívida com pessoas como meu pai.

Por alguma razão, nossos pais estavam particularmente interessados em colocar as mãos em algo envolvendo o pai de Luca. Não tenho certeza do que, mas acho que pode ser do meu interesse colocar as mãos nisso primeiro.

Vingança contra aqueles idiotas seria doce, e se houver algo que ela tenha que tornará meus planos de destruí-los mais fáceis, estou disposto a fazer o que for preciso para conseguir isso.

Eu os odiei por todos os anos que nos usaram como seus fantoches de forma relutante, e eu especialmente quero derrubá-los pelo que eles fizeram com os gêmeos.

Até completarmos dezoito anos, os gêmeos tinham sido tão tranquilos quanto o resto de nós, mas eles foram colocados em um espremedor por nossos pais, arrastados para longe por um verão e retornaram ao grupo com um chip em cada um de seus ombros. Eles se tornaram Violência e Ira naquele dia, e ninguém sabia exatamente o porquê.

Nós só sabemos que tem a ver com a nossa família.

Quando paramos do lado de fora do grande pórtico da propriedade, eu mantenho minha voz o mais uniforme possível.

— Taylor pode ser capaz de te ajudar com isso. Se você se lembra, ele é um especialista em tecnologia.

Uma gargalhada estremece seus ombros, desgosto rolando em sua expressão.

— Deixe-me adivinhar: Taylor foi quem mudou as monções para a audiência naquele dia, não foi? Ele foi quem de alguma maneira cancelou a moção da minha advogada e substituiu pela sua?

A porta dela se abre antes que eu possa responder à pergunta, e obrigado, porra, pela interrupção.

Claro que Taylor tinha feito esse truque, assim como garantiu que eu seria designado como conselheiro de Luca quando estávamos em Yale. A única coisa que Taylor não consegue hackear são os servidores do pai de Luca, um problema que o tem deixado louco por anos.

Saindo por trás dela, envolvo meu braço no seu, sorrindo para um conhecido enquanto ela tenta se livrar do meu aperto.

Com o meu melhor sorriso de jogo, olho para ela, meus olhos silenciosamente dizendo que *bons encontros fazem como são mandados.*

Seus olhos também falam, dizendo algo como *eu vou te matar quando tudo isso acabar.*

É bom ver que algumas coisas não mudaram.

Conversa silenciosa completa, nós sorrimos enquanto subimos o caminho com tapete vermelho e entramos na grande propriedade do governador, só o saguão do tamanho das casas da maioria das pessoas.

É brilho e glamour até onde os olhos podem ver. Tudo o que eu quero fazer é me virar e arrastar Luca para longe.

Ela não é uma dessas pessoas. Pelo que eu sei, ela vivia uma vida feliz com pais amáveis que se importavam mais com o bem-estar dela do que com poder ou dinheiro.

Ela é uma das pessoas que eu mais odeio, apenas porque ela recebeu algo na vida que o dinheiro não pode comprar: uma família que a amava.

Ainda assim, aqui está ela, no meu braço, sorrindo gentilmente, mesmo que eu saiba que tudo dentro dela é a antítese do meu estilo de vida.

Isso me faz pensar por que ela se casou com Clayton e aceitou seu papel como a esposa do filho de um senador.

Tantas perguntas e ainda não consigo descobrir por que me importo de saber as respostas. Ninguém me interessou o suficiente para eu me perguntar sobre suas vidas. Ninguém, claro, exceto Luca.

Inclinando-se contra mim, ela observa a sala ao nosso redor, seu braço agarrando com mais força o meu, o que surpreende o inferno fora de mim. O que há neste lugar que a faz sentir como se eu fosse a ilha segura para se agarrar?

Luca olha para mim e faz um gesto para que eu me incline perto o suficiente para que ela possa sussurrar.

— Quais são as chances de Clayton ou seu pai estarem aqui? Você não vai entrar em problemas por ser visto comigo? Isso não é um conflito de interesses?

Já estou um passo à frente dela. Cada pessoa neste lugar está no nosso bolso de um jeito ou de outro. Não existe possibilidade de a presença de Luca comigo vazar.

— Não se preocupe. Ninguém que se importe com Clayton ou seu pai vai estar presente.

Ela relaxa visivelmente.

— O que significa que você está livre para me abraçar e me beijar o quanto quiser. Inferno, posso até deixar você apertar minha bunda se for uma boa menina e pedir gentilmente.

O corpo dela está tenso de novo, aquele músculo bonito saltando acima de seu olho.

Esta noite vai ser divertida e mal começou.

capítulo dez

Luca

Eu tenho que ficar brava com ele.

Nem um segundo pode se passar onde eu abaixe minha guarda e olhe para ele como se fosse qualquer outra pessoa além daquela brincando com a minha vida.

Tenho que ficar brava, porque, se eu não fizer isso, meu coração vai bater um pouco mais forte, minha respiração vai ficar mais difícil e vou suavizar em todos os lugares que nunca quis deixá-lo me tocar novamente.

Grata por cada comentário sarcástico que Tanner faz, eu internamente imploro pelo próximo.

Continue distribuindo os golpes.

Continue cuspindo os insultos.

Continue me pressionando, porque é mais fácil odiá-lo do que me sentir como eu me senti no carro quando ele agiu como um humano pela primeira vez e ofereceu suas condolências pela perda dos meus pais.

A maioria das pessoas pensaria que a guerra entre nós é a parte mais difícil, mas, por dentro, sei que a verdade é que ele me machucava mais quando era gentil nesses poucos e escassos momentos.

Machuca quando eu acredito que poderia me importar com ele se fosse um homem diferente. Machuca saber que, desde o minuto em que o conheci, tudo o que eu queria era que ele sorrisse e dissesse coisas gentis.

Mas não.

Não Tanner.

O homem não pode se importar com uma palavra gentil a menos que ganhe dinheiro por cada sílaba pronunciada.

Sabendo disso, fico com raiva, mesmo que minha pele formigue onde nossos braços estão conectados e que o cheiro de sua colônia esteja fazendo coisas incrivelmente pecaminosas no meu corpo.

Depois de cumprimentar alguns rostos desconhecidos nas salas lotadas da mansão, Tanner me leva para fora, onde um banquete está arrumado. Isso me lembra da festa do desafio que participei em Yale, embora a configuração seja mais reservada e menos elaborada.

Tendas brancas estão arrumadas ao longo do quintal amplo, caminhos de pedra possibilitando que eu ande de salto sem que meus sapatos afundem na grama.

Os jardins são uma exibição brilhante de flores coloridas e arbustos de topiaria, luzes brancas penduradas nos arcos das árvores acima de nossas cabeças.

Além dos jardins principais, uma reserva natural pode ser vista à distância, e um arrepio percorre minha espinha ao me lembrar da noite que assisti como Tanner e o resto dos Inferno caçaram um homem.

Curiosa, não consigo deixar de perguntar.

— Vocês todos ainda atormentam pessoas indefesas na floresta ou isso era só um jeito de se entreterem na faculdade?

O braço de Tanner aperta o meu, seus ombros sacudindo com uma risada silenciosa. Ele olha para mim com olhos escuros que brilham com a ameaça do que eu sabia que ele era capaz de fazer.

— Nós não temos caçado ninguém pelas florestas desde Yale, mas era um entretenimento desde o ensino médio, na verdade. Não apenas na faculdade. E ninguém se machucou.

Eu zombo.

— Não fisicamente, talvez. Mas você aterrorizou a única pessoa que eu vi você caçar. O que fizeram com ele, afinal?

Gabriel nuca revelaria exatamente o que aconteceu naquela floresta, e eu odeio admitir, ainda estou me perguntando sobre os detalhes específicos todos esses anos depois.

Depois de deixar Yale, tive pesadelos em ser a vítima correndo pela minha vida dos nove babacas que acreditam serem donos do mundo.

— Isso importa? — pergunta, em vez de finalmente admitir o que fizeram. — Nós não caçamos mais pessoas pela floresta.

— Então, vocês desistiram dos desafios? O que vocês fazem agora para as pessoas quando elas se recusam a pagar seu preço?

Seus lábios puxaram em um sorriso debochado familiar.

— Você está me perguntando isso porque está pensando em recusar o que eu quero?

Dou de ombros e sorrio educadamente para um casal mais velho que passa por nós.

— Não tenho certeza. Por que você só não me diz o que quer e eu vou te deixar saber?

— Todas as coisas boas vêm para aqueles que esperam — reflete, seu olhar possuindo o meu enquanto as palavras rolam de seus lábios cheios.

Revirando meus olhos, desvio o olhar, incapaz de evitar meu corpo de reagir ao modo que ele me olha como se estivesse faminto e eu fosse uma refeição *gourmet*.

— Mesmo assim, não estou esperando uma coisa boa. Nunca é bom com você.

Mais risada suave.

— Posso te fornecer uma lista de nomes de outras mulheres que iriam discordar da sua afirmação.

Balanço a cabeça. Este homem é talentoso em sempre direcionar uma conversa de volta ao sexo.

— Então, você desistiu dos desafios?

Tanner fica quieto por um momento, sua cabeça virando para longe de mim para que ele possa acenar na direção de algum desconhecido antes de retornar seu olhar ao meu.

— Eu nunca disse que paramos de correr os desafios. Só disse que paramos de caçar as pessoas pela floresta.

Confusa, arqueio uma sobrancelha, mas antes que eu possa pedi-lo para elaborar, o corpo de Tanner endurece e nós paramos nosso ritmo sinuoso entre os convidados que se misturavam.

Seguindo a direção de seu olhar, vejo um homem mais velho se aproximar de nós com olhos verdes que eu acho que reconheço, cabelo castanho-escuro salpicado com cinza e um corpo que não desmente o fato de que ele raramente perde uma refeição.

Seu terno é impecável, e não se pode perder o flash de um Rolex em seu pulso que deve ter custado pelo menos cinquenta mil dólares.

Enquanto eu olho, o homem avança a poucos metros de nós, seus olhos verdes piscando em minha direção, sua boca se inclinando para baixo em um canto antes de me dispensar totalmente para olhar para Tanner.

— É bom ver que você foi capaz de participar esta noite, Tanner. Não pensei que você fosse conseguir. Você tem sido um homem difícil de entender ultimamente.

A tensão passa entre os dois homens, tanto que isso faz com que os meus músculos se enrijeçam. Soltando-me do braço de Tanner, minhas sobrancelhas disparam quando ele se recusa a me soltar enquanto dá um passo à frente como se fosse ficar entre o homem que o encara e eu.

Sua voz é puro veneno quando ele responde:

— Gabriel me disse que você ligou.

— E ainda assim você não me retornou — o homem diz, com igual toxicidade.

Quem diabos é esse cara e por que ele é tão familiar? Eu estudo seus traços enquanto os dois homens estão me ignorando em seu pequeno confronto, as feições do homem similares a alguém que eu conheço.

O que mais me interessa é a reação de Tanner a ele. É óbvio que eles se odeiam, e algo sobre esse homem o irrita.

Só por isso eu acho que posso gostar do cara. Nunca antes eu tinha visto alguém ter um efeito em Tanner que fosse mais do que um inseto a ser esmagado sob seu sapato de marca.

Pensando que pode ser bom conhecer esse homem, eu contorno Tanner e ofereço minha mão.

No mínimo, ele pode ser capaz de me dar alguma informação para usar contra o babaca atualmente me mantendo como refém — informação que posso usar para sair de qualquer que seja o preço ridículo que ele vai pedir de mim.

Vale a pena arriscar.

— Olá, eu sou Luca Hughes. Acho que não nos conhecemos.

Embora eu esteja sendo perfeitamente agradável, os olhos do homem se arrastam em minha direção como se eu tivesse acabado de comentar sobre sua pobre desculpa para um penteado ou a pele profunda e flácida pendurada em seu terceiro queixo.

Seu olhar é cortante, apertado, que sussurra uma mensagem sem a necessidade de separar seus lábios grossos e se incomodar com a respiração que levaria para falar as palavras.

É óbvio que esse homem pensa muito pouco de mim. E seja porque ele está atualmente encarando Tanner com ódio (o que eu posso entender) ou pelo fato de que eu estou interferindo onde não fui convidada, eu não tenho ideia.

No entanto, ele agora me irrita, e não estou prestes a recuar e ceder terreno.

Minha mão está pendurada desajeitadamente entre nós, sua atenção abaixando-se para olhá-la como se fosse uma lança com ponta envenenada pronta para cutucá-lo em sua barriga grande e abundante.

Tanner estende a mão para guiar suavemente minha mão de volta para o meu lado, meus olhos se estreitando no mais novo babaca, imaginando se é possível que este homem seja pior do que o que está ao meu lado.

— Luca — Tanner responde, no lugar do homem que agora está me encarando. — Este é Jerome Dane, o pai de Gabriel.

Meus olhos se arregalam por finalmente saber por que o reconheço.

Embora Gabriel seja mil vezes mais atraente que seu pai, existem certas características comuns que não podem ser negadas, especialmente os olhos. Presumo que Gabriel se pareça mais com sua mãe do que com o pai em outros aspectos, mas os olhos são praticamente idênticos.

Sem se preocupar em me dar atenção agora que Tanner tinha feito a apresentação, Jerome arrasta seu olhar de volta a ele, a tensão dobrando enquanto separa os lábios para dizer:

— Não foda com isso. Não como você fez antes, filho. Odiaria ter que falar com o seu pai.

O pai dele? Meu olhar dança entre os dois homens, minha mente correndo sobre o porquê esse cara está tratando Tanner como um garoto de cinco anos de idade sendo repreendido no parquinho. É interessante, para dizer o mínimo, mas eu ainda estou irritada como o inferno que o homem ainda não me deu atenção.

— Sabe, de onde eu venho, é educado pelo menos dizer olá para uma pessoa quando eles são apresentados. Ou você é um desses babacas misóginos que pensam que ter um pedaço flácido de carne de homem pendurado entre as pernas de alguma forma o torna melhor que uma mulher?

Seus olhos verdes-esmeraldas estão de volta em mim, sua expressão entediada mal se movendo enquanto as sobrancelhas de Tanner se erguem e seu braço endurece ao redor do meu.

Olhando para Tanner, percebo que seus lábios estão puxados em uma linha fina, mas, ao que parece, ele está tentando conter o riso.

Jerome me estuda por vários segundos antes de me dispensar, mais uma vez, para olhar para Tanner e dizer:

— Ela certamente é uma coisinha espirituosa, não é?

O que? Minha boca se abre e a expressão de Tanner se estica ainda mais. Humor está em seu tom quando ele responde:

— Sim, meu par...

— Minha refém — eu o corrijo.

Boas maneiras que se danem.

Ele só disse que eu tinha que ir a essa festa com ele, nunca disse nada sobre eu ser sua pequena parceira agradável.

O olhar de Jerome dispara para mim, seus lábios se torcendo nos cantos como se eu fosse a *coisinha* mais divertida que ele já encontrou.

— Meu *par* — Tanner me corrige — aparentemente não tem filtro entre seus pensamentos e sua boca.

— Sim, bem. — Jerome não termina a declaração antes de se virar para dar alguns passos para longe, mas, antes que esteja fora do alcance da voz, ele diz: — Certifique-se de cuidar do problema, Tanner. E não ignore minhas ligações novamente.

Ele me encara como se tivesse crescido uma segunda cabeça em mim, um vermelho tingindo suas bochechas que eu estou malditamente orgulhosa de ter colocado lá.

Quando ele não diz nada, encontro seu olhar e dou de ombros.

— O que? Não gosto de pessoas rudes.

A risada sacode seus ombros.

— Pedaço flácido de carne de homem?

Outro encolher de ombros.

— Ah, por favor. Você e eu sabemos que aquele babaca não tem sido capaz de levantar em anos. Poderia fazer algum bem à personalidade dele tomar uma pílula azulzinha e transar, para variar. Embora eu me sinta mal por qualquer mulher que tenha que dar isso a ele.

Perplexo, Tanner encara a multidão, sua voz baixa quando ele diz:

— Não acho que qualquer pessoa já falou com Jerome Dane desse jeito em toda a sua vida.

Com sorte, isso irritou Tanner e ele vai encerrar esse ridículo encontro e me levar para casa.

— Bem, você pode esperar que meu filtro esteja completamente ausente pelo resto da noite. Então, se te envergonhei, não sinto muito.

— Na verdade, isso só me faz gostar de ter você aqui ainda mais.

Ele não está brincando.

Apesar do meu comportamento, Tanner não hesita em me conduzir pela festa, apresentando-me para convidados aleatórios e rindo quando continuo o corrigindo sobre se sou um par ou uma refém.

Sinto muito pelas pobres pessoas pegas entre nossos debates estranhos, mas conforme as horas passam, eu relaxo na sua presença e, na verdade, encontro-me desfrutando das nossas trocas divertidas.

Uma pessoa teria que ser cega para não notar as mulheres que olham na direção de Tanner, desejo óbvio em seus olhos enquanto elas praticamente se alisam quando ele está por perto.

Surpreende-me que ele não lhes dá uma segunda olhada enquanto nos misturamos, sua atenção apenas em mim o tempo todo... pelo menos até que cruzemos com outra mulher que reconheço de longe.

— Aquela é Ivy Callahan?

É difícil perdê-la, só porque Ivy é deslumbrante com longo cabelo loiro platinado que vai até a sua cintura e um corpo que a maioria das outras mulheres matariam para ter.

Seus grandes olhos redondos brilham com um azul-cintilante, e ela tem uma boca carnuda que se estende em um sorriso sensual toda vez que alguém diz algo que a diverte.

Uma garota selvagem em sua juventude, ela quase destruiu as aspirações políticas de seu pai com todas as festas e pequenos crimes em que esteve envolvida em seu crescimento.

Eu a encontrei uma ou duas vezes enquanto estava casada com Clayton e não tinha percebido como meu marido perdedor praticamente babava toda vez que ela estava por perto.

Então, novamente, quase qualquer coisa com um bom par de seios e duas pernas fazia meu marido babar.

Qualquer coisa menos eu, pelo menos.

Empurrando esse pensamento de lado, continuo a assistir a cena na minha frente, notando como parece fácil para Ivy ser o centro das atenções.

Como de costume, está cercada por um bando de admiradores fervorosos, o carisma dela brilhando enquanto toca um ombro aqui ou ri de algo que outra pessoa tem a dizer.

— É ela — Tanner finalmente responde.

— De fato. — Ele puxa o braço do meu pela primeira vez desde que chegamos a esta festa. — Preciso que você fique aqui um segundo enquanto vou falar com ela.

Assistindo ele caminhar até ela com uma arrogância felina que deixa a maioria das mulheres com os joelhos fracos, odeio admitir a mim mesma que sinto uma pontada de ciúme ao vê-lo cair aos pés de Ivy como todos os outros homens que conheço.

Enquanto Tanner se aproxima, a multidão de admiradores se separa para lhe dar espaço, sua mão vindo tocar o cotovelo dela e levá-la para longe do bando.

Meu maldito coração traidor aperta em meu peito ao vê-lo se inclinar para encostar seus lábios em sua orelha enquanto sussurra para ela, meu estômago revirando ao testemunhar o sorriso malicioso que enruga seus lábios pelo que quer que ele está dizendo.

Obviamente, os dois dormiram juntos, se a facilidade com que ela se derrete contra ele tem algo a dizer sobre isso.

Por que ainda me importo? Não quero estar na festa e não quero ter nada a ver com esse homem pelo resto da minha vida. Mas, ainda assim, aqui estou eu, fervilhando com os mesmos sentimentos doentios que uma vez tive ao assistir Clayton flertar com outra mulher na minha frente.

Talvez não seja ciúme.

Talvez seja simplesmente um chute para o meu orgulho pensar que não sou especial o suficiente para prender a atenção de Tanner.

Clayton fez isso comigo. Não só ele renegou todas as promessas que me fez quando saí de Yale, mas destruiu minha autoconfiança e quase acabou com meu orgulho quando nunca poderia ser fiel ao nosso casamento.

O que isso importa? Não é como se eu tivesse planos de pular na cama com Tanner. Então por que meus braços estão cruzados sobre meu estômago e meus olhos estão fixos no exato ponto onde o corpo deles se toca?

Não consigo desviar, mesmo que isso seja tudo o que quero fazer.

Um minuto ou dois mais tarde, e estou feliz que não desviei.

Embora as bochechas de Ivy tenham um brilho rosa no instante em que Tanner se dignou a falar com ela, sua expressão de flerte muda conforme ele continua falando, cada palavra saindo dos lábios dele forçando a cor a sumir da pele dela, seus olhos a se arregalarem com horror e seus lábios a se repuxarem em uma linha tão fina que eles praticamente desapareçam.

Conheço aquela expressão. Conheço bem, na verdade. É exatamente como meu rosto parecia no minuto que encontrei Tanner no banheiro feminino comigo no tribunal — a mesma expressão que eu tinha quando sabia que ele tinha me encurralado e me pediu para fazer um acordo.

No momento em que Tanner se afasta de Ivy, ela tem que se agarrar ao ombro de um de seus admiradores para evitar cair. O corpo dela está tremendo ligeiramente enquanto Tanner se afasta como se não tivesse dito nada mais para ela do que um comentário sobre o tempo.

Alcançando-me, ele pega meu olhar e sorri.

— Podemos ir? Estou um pouco cansado dessa festa e ainda preciso levar você lá para cima para encontrar alguns velhos amigos.

— O que você disse a ela?

Meus olhos correm para Ivy mais uma vez para ver que está lutando contra as lágrimas. O sorriso que usa é tenso e falso, sua postura uma vez descontraída perdida para ombros tensos e joelhos trêmulos.

— Com ciúmes?

Colocando um dedo embaixo do meu queixo, ele vira meu rosto de volta para o dele e se inclina até nossas bocas estarem um centímetro tentador de distância.

— Notei que você estava nos observando de perto o tempo todo que eu estava falando com ela.

Afastando-me de seu toque, reviro os olhos.

— Só porque ela pode ter precisado de uma testemunha ocular se sentir a necessidade de correr para a polícia para te denunciar. Conheço seus jogos.

Seu sorriso se alarga quando envolve um braço com o meu e me guia de volta à casa.

— Então você também devia saber que eu os jogo bem o suficiente para que a polícia não possa fazer muito sobre eles.

Um suspiro explode dos meus lábios, a verdade de suas palavras tornando impossível argumentar.

— Onde você está me levando agora?

— Lá para cima, como eu disse antes. Tem um grupo de pessoas que tenho certeza de que você vai adorar ver.

Minha pulsação bate na minha garganta ao saber exatamente quem serão essas pessoas. Minha única pergunta é: quantos dos membros Inferno estão aqui esperando para Tanner me levar até eles como um cordeiro sendo guiado para o abate?

capítulo onze

Luca

Acontece que, todos os homens Inferno estão presentes, vários deles olhando para mim por trás de olhos estreitos enquanto Tanner me leva a uma pequena sala de estar no segundo andar, a porta fechando suavemente atrás de nós enquanto eu lanço um olhar cansado para oito rostos lindos que eu não tinha visto desde Yale.

Ignorando os olhares típicos de Damon e Ezra, bem como a expressão de raiva estragando o rosto normalmente bonito de Jase, eu procuro a única pessoa nessa sala que eu tinha desenvolvido uma amizade quando o conheci.

Gabriel se levanta de sua cadeira assim que nossos olhares se cruzam, um sorriso fácil enfeitando seu rosto bonito enquanto ele anda na minha direção com um uísque na mão e sua gravata solta sobre os ombros.

Ele não mudou desde a última vez que o vi e não posso evitar sorrir de volta quando ele me pega em um abraço.

— Luca Bailey, como você tem estado?

— Estive melhor — respondo, meus braços envolvendo em torno dele enquanto respiro o cheiro amadeirado de sua colônia.

— Por favor, diga que você não teve nada a ver com Tanner me trazer como refém e me forçar a vir aqui.

Afastando-se de mim, Gabriel engole o resto do seu uísque e coloca o copo vazio em uma mesa lateral. Corre seus dedos pelo cabelo castanho desgrenhado e fixa o olhar verde no meu rosto.

— Estava me perguntando por que ouvi que você concordou em ir a qualquer lugar perto desse idiota.

Não tenho certeza se posso acreditar que Gabriel é totalmente inocente; ele é um mentiroso com uma lábia encantadora, afinal, mas quero acreditar nele.

De todos os homens nesta sala, ele é o único que não me abala profundamente. Bem, talvez Sawyer também, e Mason não é tão ruim, mas nunca realmente os conheci enquanto estava estudando em Yale.

— Você está mentindo — finalmente respondo.

Sua boca se abre em um sorriso malicioso, aqueles lindos olhos verdes que herdou de seu pai levantando acima da minha cabeça para olhar para Tanner onde ele está parado atrás de mim.

— Ela vai aceitar?

Confusão me inunda e sei que não devo perguntar.

Ainda assim, tudo sobre esses caras é uma incógnita. Tanto que você nunca sabe se estão falando sobre você diretamente na sua cara.

— O que você quer dizer com aceitar?

Os olhos de Gabriel encontram os meus de novo, humor brilhando no verde.

Virando-me, olho para Tanner para ver que sua mandíbula está tensa.

— Tipo aceitar um desafio? Ele está falando de mim?

Minha voz deve ter aumentado com frustração porque Gabriel segura meus ombros, dando um pequeno aperto para que eu me vire de volta para ele.

— Não estamos falando de você, amor. Estamos discutindo outra mulher irritante como todo o inferno que está prestes a pagar caro por todos os seus pecados passados.

Depois de piscar para mim, os olhos de Gabriel se levantam para Tanner, sua voz mudando de brincalhona para toda negócios sem esforço.

— Você cobrou a dívida?

— Sim. Eu a deixei lá fora para ser confortada pelo seu fã-clube.

Ivy.

Agora eu sei de quem eles estão falando e também sei por que o rosto dela tinha mudado para um tom doentio de verde enquanto Tanner sussurrava em seu ouvido.

— Bem — Gabriel diz, estendendo as mãos para desabotoar o topo da sua camisa branca e revelar um triângulo de pele bronzeada. — Então parece que é minha vez de bancar o bom policial.

Ele planta um rápido beijo na minha bochecha, seus lábios encostando em minha orelha quando ele diz:

— Tenho certeza de que a verei de novo em breve. Você está tão linda quanto sempre.

Gabriel se afasta, deixando a sala silenciosamente enquanto suas palavras reverberam em minha cabeça.

Um pensamento vem a mim, meus dentes rangendo juntos ao me lembrar de quantas vezes Tanner me irritou, só para Gabriel aparecer mais tarde para ser o cara legal me arrastando de volta para o esquema.

Virando-me para encarar Tanner, cruzo os braços sobre o peito, um músculo saltando acima do olho. O olhar de Tanner se concentra nisso, seus lábios se contraindo nos cantos.

— Policial bom?

Seus lábios tremem mais.

— Ao contrário do seu policial mau, eu presumo.

Ele inclina a cabeça para o lado, sua boca se movendo como se fosse responder, mas o que quer que ele estivesse indo para dizer é perdido para a voz irritada atrás de mim.

— Ok, se pudéssemos parar de fingir que isso é uma reunião familiar feliz e chegar ao por que Luca está aqui seria fantástico pra caralho.

Reconhecendo a voz profunda como pertencente à porra do Jase Kesson, eu me viro para encarar o bastardo arrogante.

— Normalmente eu diria a você para ir se ferrar, mas, por uma vez na vida, concordo com você.

Ele me mostra o dedo do meio antes que eu volte para Tanner.

— Por que estou aqui?

Nossos olhos se fixam e tento ignorar o estremecimento de memória que rola por mim. Não posso evitar, no entanto. Apesar do quanto eu odeio esse homem, não posso negar que ele tem sido o tema de muitas das minhas fantasias noturnas.

É patético que a única noite que dormimos juntos tem sido o ponto alto da minha vida sexual, e o que dizer sobre mim que, na única vez que fiz amor com o meu marido, tinha sido o rosto de Tanner que imaginei?

Significa que sou uma idiota, isso é o que significa.

Gentilmente me segurando pelos ombros, Tanner me vira para encarar Jase de novo, um conjunto de olhos cinza de aço me prendendo no lugar enquanto seus lábios se curvam nos cantos.

— Onde ela está, Luca? Onde está aquela pequena puta que pensou que podia ferrar com a minha vida e então fugir?

Agora eu entendo por que Tanner ainda está me segurando.

Meus joelhos quase se dobram com o peso da pergunta de Jase, um segredo que guardei por tanto tempo que jurei e nunca revelaria.

Se Tanner não tivesse me puxado para me apoiar contra ele, eu teria caído no chão, minha cabeça balançando em recusa a ferrar com uma amiga.

O preço não é sobre Tanner me tentar para sua cama novamente... Toda essa coisa é sobre Everly.

O canto da bochecha de Tanner roça minha orelha, sua respiração quente contra minha pele quando sussurra:

— Sabia que você iria reagir dessa forma uma vez que eu te dissesse o que nós queremos. E eu não queria ser a pessoa a exigir isso de você, Luca. Mas, se quer que eu fique do seu lado no divórcio com Clayton, vai dizer a todos nós onde podemos encontrar Everly Clayborn.

Eu não tinha bebido uma gota e, ainda assim, a sala ficou subitamente quente e desconfortável, as paredes e o teto girando ao meu redor.

De todas as exigências que eles podiam fazer a mim, esta é a pior possível.

Balançando a cabeça em recusa, minha voz mal é um sussurro.

Eu deveria saber que eventualmente chegaria a esse ponto. Não há forma de eles simplesmente aceitarem que Everly fugiu deles. Que ela tinha conseguido se esconder. Que tinha sido minha família que tinha a ajudado a fazer isso.

Minha única esperança é bancar a estúpida.

— Não sei onde ela está.

Minha voz vacila com a mentira, o calor do corpo de Tanner afundando em minhas costas enquanto suas mãos deslizam de meus ombros para se prenderem em meus bíceps.

Jase balança a cabeça, um sorriso ameaçador esticando seus lábios enquanto os olhos se fixam nos meus.

— Lamento te dizer isso, Luca, mas você e eu sabemos que essa foi a resposta errada.

Ainda me recusando a contar a verdade, luto contra as lágrimas que ameaçam meus olhos. Esconder Everly tem sido uma das últimas coisas que minha família fez antes da morte da minha mãe e, anterior a isso, ela me fez jurar que nunca contaria a nenhum dos homens Inferno onde Everly está.

Parecia que havia alguma desavença entre meu pai e algumas das famílias que esses garotos pertenciam.

No entanto, quando eu pedia os detalhes, meu pai sempre me interrompia, prometendo que era melhor não me envolver.

Presumo que ele não acreditava que estaria morto um ano depois da minha mãe. Presumo que não percebeu que eu estaria sozinha com um grupo de homens que poderiam rasgar minha vida e fazer do meu futuro um inferno absoluto.

— Não sei onde ela está. Ninguém nunca me disse.

A voz de Tanner é suave contra meu ouvido, seus polegares vagamente alisando para cima e para baixo no meu braço acima de onde ele me mantém no lugar.

— Mas você admite que sua família a ajudou a se esconder?

Eles têm que saber. Senão eles não teriam passado por tudo isso para me trazer aqui.

Maldito Clayton e sua decisão fodida de correr atrás de Tanner para ferrar comigo. Ele não tem ideia de quanto dano realmente causou.

— Meu pai está morto, Tanner. Não tem como eu saber para onde ele ajudou Everly a ir.

Jase ri do outro lado da sala, sua cabeça balançando enquanto estala a língua.

É Tanner quem me responde, suas mãos se apertando em meus braços, a respiração uma onda de calor contra a minha pele.

— Exceto que ele deixou seus arquivos para trás, não foi? Toda aquela informação simplesmente parada, esperando para alguém passar por elas.

Endurecendo no lugar, minha boca fica seca, minha mente correndo tão rápido que não consigo manter um pensamento antes que outro venha à tona.

Antes que eu possa responder, a voz de Tanner cai para um sussurro baixo, a vitória escrita em cada sílaba.

— Esse é o se preço, Luca. Entregue os arquivos do seu pai e vou te ajudar a pegar o que é seu de direito de Clayton. Proteja a sua amiga e recuse a minha oferta, e você vai embora como uma mulher sem um tostão. Sem família. Sem marido. E ninguém vivo que possa te ajudar.

Meus olhos se fecham ao perceber que não tenho para onde me virar, meu coração batendo no mesmo ritmo errático de sempre desde o dia em que encontrei e conheci Tanner Caine.

Ele ri suavemente, seu peito encostado contra as minhas costas. Sussurrando para que só eu possa ouvi-lo, Tanner provoca sua boca contra a minha orelha:

— Você acredita em mim agora que não tem nada a ver com sexo?

Parece que os anos não mudaram nada entre nós.

Apenas quando me permito relaxar em sua presença, Tanner joga uma bomba no meu colo que me lembra enquanto o contador chega a zero que nunca posso confiar em um homem tão traiçoeiro quanto ele...

Que nunca posso abaixar a guarda quando confrontada por um homem cuja vida inteira tem sido construída em enganar os outros.

— Preciso de uma bebida — resmungo, contornando Tanner e correndo para a porta.

Ele está bem nos meus calcanhares enquanto corro escada abaixo para o bar criado ao longo de uma parede oposta na sala principal.

Depois de agarrar duas taças de champanhe, bebo uma. Estou prestes a virar a outra quando os dedos de Tanner se fecham no meu pulso e ele, não tão delicadamente, me leva para longe da multidão principal para me prender contra uma parede em um corredor abandonado.

Nossos olhos se encontram, a taça de champanhe ainda presa em minha mão enquanto um sorriso irrompe os cantos de sua boca.

— Tem certeza de que quer beber isso?

A risada borbulha na minha garganta.

— Se eu não beber, posso acabar te matando.

Tanner balança sua cabeça e direciona minha mão para cima para que eu possa tomar um gole da taça de cristal.

Sua voz é um sussurro profundo quando ele diz:

— Faça o que você quiser, Luca, mas, antes de ficar chapada, só se lembre o que aconteceu da última vez que você ficou bêbada ao meu redor.

Bebendo o champanhe independentemente do aviso dele, não só penso sobre o que aconteceu naquela noite em Yale como eu tento não lembrar de como aquilo tinha sido o começo do fim.

capítulo doze

Tanner

— Me leve para casa.

— Você está com raiva — eu digo, enquanto puxo a taça de champanhe agora vazia da mão dela para colocá-la em uma pequena mesa ao nosso lado, um sorriso inclinando meus lábios quando olhos azuis se erguem e se estreitam no meu rosto.

Não me surpreende ver o ódio em sua expressão. Já vi isso antes. Desfruto imensamente, apenas porque também gosto de acabar com ele.

Por baixo dessas bochechas vermelhas e do olhar de ódio que agora está no volume máximo, existe uma veia de atração em Luca, como uma corda que pode ser puxada na medida certa e feita para cantar.

Agora só acontece de ser uma péssima hora para puxá-la.

Com o modo como está me apunhalando com os olhos, ela estaria mais disposta a arrancar meu pau do meu corpo e enfiá-lo em minha garganta do que envolver seus lindos lábios ao redor dele.

— Obrigada pelo relatório de notícias, Capitão Óbvio. É bom ver que você ainda é capaz de adivinhar com precisão o efeito que tem nas outras pessoas. Leve-me para casa, porra. Estou cansada da sua festinha e de todo mundo do seu maldito círculo.

Ela se move para fugir de mim, mas eu a prendo contra a parede ainda mais apertado, meus quadris pressionando contra seu estômago, sua cabeça estalando para cima para me segurar em um olhar tão letal que corta a pele.

— Deixe-me ir.

Ele é fofa quando está brava, mas também frustrante.

— Só aceite o acordo, Luca. Então tudo isso pode acabar e...

Sem piscar um olho, ela me interrompe.

— Se você não me soltar nos próximos três segundos eu vou gritar.

— Você não vai fazer isso.

Com minhas mãos apoiadas contra a parede em cada lado de sua cabeça, inclino-me para baixo até que nós estamos olho no olho.

— Aceite o acordo...

— Oh, meu Deus! Sim, Tanner! Mais forte!

A voz alta de Luca ecoa pelo corredor, suas palavras atraindo uma multidão de olhares curiosos.

Dou um passo para longe dela, de olhos arregalados e momentaneamente atordoado pelo que ela escolheu gritar.

Umas poucas pessoas riem e sussurram enquanto olham em nossa direção. Quando volto meu olhar para elas, Luca aproveita a oportunidade para fugir de mim e fazer sua escapada.

Ela marcha na direção das portas traseiras enquanto estou bem em seus calcanhares, minha voz um silvo raivoso sussurrado.

— Que porra foi essa?

As pessoas ainda estão encarando em nossa direção, suas mãos se movendo para esconder os sorrisos tímidos em seus rostos.

— Achei que você não daria a mínima se eu gritasse como se você estivesse me assassinando. Mas fazer as pessoas acreditarem que estava me fodendo tão abertamente só iria arruinar suas chances com todas as outras mulheres aqui. Então eu arrisquei e ganhei. Vou embora e não tem uma droga de uma coisa que você pode fazer para me impedir.

Irrompemos pelas portas abertas para sair no momento em que agarro o braço dela e a giro de volta para mim.

— Só pague a porra do preço.

Isso não é negociável. Não acho que ela entenda. A verdade é que eu não dou a mínima sobre onde Everly está. Isso é problema de Jase e eu não estou interessado. Mas o pai de Luca sabia alguma coisa que deixou nossos pais insanos e eu preciso dessa informação.

Ela tenta se desvencilhar do meu aperto, mas isso só faz com que eu prenda meus dedos mais forte. Olhos azuis fixam os meus, uma determinação feroz neles que só pode ser associada com a mulher irritante como o inferno me encarando.

— Você não me fez um favor ainda, Tanner. Não te devo um preço. De acordo com a porra das suas regras, isso significa que não tenho que fazer malditamente nada. E, da forma como está agora, decidi levar algum tempo para resolver o que vou fazer porque é *minha escolha* fazer isso. Tire a droga da sua mão do meu braço e me leve para casa.

Esse é o motivo pelo qual nós nunca dizemos o preço antes de realizar o favor, e eu não o teria feito neste caso se não estivesse com pressa para colocar as mãos em qualquer informação que ela tenha. Além disso, queria ver sua reação ao ser encurralada por todo o grupo. Isso foi minha culpa e minha merda, uma que eu preciso corrigir.

Ainda assim, Luca não pode ser tão estúpida. Perder o dinheiro que Clayton a deve vai destruí-la. Deixá-la sem nada. Ela precisa de dinheiro e não tenho o tempo ou paciência para sentar e deixar que ela perceba isso.

Seu olhar de ódio se afasta de mim para se estreitar em algo à distância.

Torcendo para seguir a direção de seu olhar, vejo Ivy Callahan perto da entrada de uma das tendas brancas, seus olhos inchados de chorar enquanto Gabriel envolve um braço em torno dela em falso conforto.

Só eu sei que ele tem toda a intenção de destruí-la quando tiver a chance. Gabriel tem odiado Ivy desde o ensino médio, pacientemente esperando pelo dia em que poderia se vingar pelos jogos de merda que ela gosta de jogar.

— Talvez outra pessoa precise ouvir o que eu já sei.

Meus olhos estalam de volta para ela.

— E isso é?

— Que nenhum de vocês pode ser confiável.

Luca se move para ir em direção à Ivy, mas eu a puxo de volta, aquele olhar mordaz travando no meu rosto de novo.

— Ir lá não é uma boa ideia. Ivy e Gabriel têm uma história. Ela está bem ciente da merda dele e, eu juro a você, não vai querer se envolver. Agora, de volta ao meu problema, desde que esse é *o único* problema que deveria importar para você no momento. Aceite a porra do acordo. Você recusa e perde tudo, Luca. Pare de ser irracional.

Seu olho pisca com um tique, mas então sua expressão se torna uma máscara em branco, uma que eu nunca tinha visto nela antes. Fico ansioso de ver isso.

— Deixe-me dar a você um acordo que pode escolher entre pegar ou largar. Ou você me leva de volta para a sua limusine e me leva para casa ou eu começo a causar um inferno de uma cena.

— Cenas não me incomodam.

— Sério? — Ela sorri, a curva de seus lábios em uma borda letal. — Porque você parecia entrar na linha quando enfrentou Jerome Dane mais cedo, o que me faz pensar quão rápido você entraria na linha de novo se fosse a atenção dele que eu atraísse.

Meu olhar se estreita. Ela não tem uma porra de uma ideia do que está sugerindo no momento. Nem uma pista.

— Ou talvez seu pai — ela adiciona. — Ele também estava presente, talvez?

Agora ela realmente não tem ideia do que está sugerindo. Meu pai preferiria cortar a garganta dela e jogar seu corpo em uma vala em algum lugar, do que permitir que chamasse a atenção para o problema que se tornou para nossas famílias.

Como diabos ela sequer sabia disso para trazer à tona?

Eu a encaro por alguns segundos, totalmente pasmo por ela ter percebido a tensão inquietante entre Warbucks e eu.

Essa mulher não perde nada e é melhor eu me lembrar disso para o resto desse jogo. Trazê-la para essa maldita festa foi um erro, um que eu preciso remediar antes que ela tenha um problema maior nas mãos do que o dinheiro que estou usando para ameaçá-la.

— Vou te levar para casa — rosno, os lábios dela formando um sorriso debochado satisfeito enquanto ela não tem uma porra de uma ideia de que eu só estou fazendo isso para evitar que se torne o próximo rosto sorridente em um relatório de pessoas desaparecidas.

— Obrigada.

Correndo ao meu redor para abrir caminho através dos grupos dispersos de pessoas no jardim, ela não me deixa outra escolha a não ser segui-la, uma sombra irritada perseguindo sua direção, bravo ao extremo por ela ter conseguido me encurralar.

Vou permitir que se agarre a essa vitória por agora, aconchegue-se confortável, torne-se cega para o fato de que ela não é tão adepta desse jogo quanto gosta de acreditar. Pelo contrário, isso a tirará da defensiva, muito como o que aconteceu em Yale antes de ela fugir.

O tempo todo que Luca acreditou que tinha ganhado contra Gabriel, forçando-me a me comportar no projeto, a verdade era que nós tínhamos armado para ela.

Não tenho nenhum problema em ensinar essa lição a ela novamente.

Nós alcançamos o pórtico da frente e esperamos em um tenso silêncio pelo motorista dar a volta com a limusine, Luca deslizando para a extrema esquerda do banco de trás assim que ele chega, praticamente abraçando a porta na tentativa de colocar o máximo de espaço possível entre nós.

O carro arranca e começa a suave viagem até os portões da frente da propriedade do governador, com o foco de Luca para fora da janela lateral em vez de mim.

Encaro um buraco no lado de seu rosto, com raiva e também ligeiramente excitado por uma mulher que me desafia ao ponto de me deixar louco.

— Aceite o acordo — eu finalmente digo, quebrando o silêncio ensurdecedor.

Seu olhar rasteja na minha direção em um caminho lento de puro desgosto, finalmente travando no meu.

— Você parece que esqueceu algo sobre mim, Tanner. Não vou ser pressionada. Da forma como estamos agora, você me ofereceu um acordo de merda, um que eu não estou inteiramente entusiasmada em aceitar. Mas, infelizmente, não há nada que possa fazer para forçar o problema. Nenhum favor. Nenhum pagamento. Isso é como funciona.

Não mais. Mas ela não precisa saber disso ainda.

Estou sendo generoso agora. Dando a ela uma última chance de se afastar dessa situação ilesa. É a sua última chance. Se ela não aceitar, vou ser forçado a adotar uma abordagem diferente. Uma que terei certeza de que vou aproveitar, apenas porque sei que ela irá odiar demais.

— Neste ponto, eu ganhei — ela afirma incorretamente.

Não tenho escolha além de corrigir seu pressuposto.

— Isso foi o que você pensou da última vez, se eu lembro corretamente. E veja como isso acabou. Parece que me lembro do seu rosto ficando de um tom adorável de vermelho quando revelei o que eu tinha contra você na biblioteca na última vez que nos vimos em Yale.

Como ela é capaz de estreitar ainda mais seu olhar, não faço ideia. Mas Luca consegue, milhares de navalhas disparando daquele olhar que estão me rasgando em pedaços.

— As fotos. Quase esqueci sobre elas. Você está planejando publicá-las na página da frente dos jornais e em todas as revistas de fofoca que você puder entrar em contato? Porque, se está, eu não me importo.

O que ela não sabe é que as fotos nunca foram mais longe do que eu mostrei para ela aquela noite. Posso ser um babaca, mas não sou o tipo que deixa tirarem proveito das mulheres na minha casa. A menos que eu seja aquele que está fazendo isso.

— Acho que nós já passamos das travessuras mesquinhas da faculdade a esse ponto, não é? Estamos falando sobre sua vida agora, Luca. Aquele dinheiro vai te colocar em pé novamente. Não seja estúpida. Só me entregue os arquivos do seu pai e pronto.

Ela volta a olhar pela janela de novo e minhas mãos se fecham em punhos. Falar com ela é como falar com uma maldita parede.

— Diga o que Everly fez — ela diz, depois de alguns minutos de silêncio.

Meus dentes rangem com o pedido.

— Isso importa? O que ela fez não vai mudar o que eu quero.

Mais silêncio e então.

— Importa para mim.

Claro que importa. Luca está procurando por uma razão para trair sua amiga. Uma desculpa que vai deixar sua consciência tranquila. Infelizmente, não posso dar uma a ela.

— Eu não sei. Jase não falou com nenhum de nós sobre o que aconteceu. Mas esse não é o ponto.

Seus olhos se voltam para mim antes de se virar para olhar pela janela.

— Entregue os servidores, Luca, e pronto. Você nunca mais vai ouvir falar de mim de novo ou me ver. Só isso já deveria ser o suficiente para tornar esse acordo atraente.

Minhas palavras caem em ouvidos surdos enquanto o carro entra no estacionamento do prédio dela. Com apenas alguns minutos restantes de tê-la como uma audiência cativa, minha impaciência dispara para níveis perigosos.

Porra! Luca é a pessoa mais frustrante que já conheci. Eu deveria odiá-la. E eu o faço. Ela não tem ideia do problema que tem sido na minha vida.

Mas, ao mesmo maldito tempo, isso só me faz querê-la mais. Ela é um quebra-cabeça que eu não consigo resolver e tenho o desejo inegável de rasgá-la só para que eu possa examinar todas as peças irritantes.

Deslizando pelo assento para que meu quadril se encoste ao dela, pego seu queixo em minha mão e puxo aquele pequeno olhar furioso na minha direção.

Seus lábios se contraem em uma linha fina como uma lâmina, o que só me faz sorrir.

— Como você pode possivelmente não se agarrar a isso? Pense em você pelo menos uma vez. Pare de se preocupar com as outras pessoas. *Você* precisa disso, e não deveria importar em quem tem que pisar para conseguir isso.

Ela arranca seu rosto dos meus dedos, o corpo se endurecendo.

Olhos azuis se levantando para fixar os meus no lugar, ela franze a testa.

— Talvez esse seja o jeito que você sempre viveu sua vida, Tanner. De fato, tenho certeza disso. Estive aturando a sua merda para ter certeza.

Não posso argumentar, então não o faço.

— Mas esse não é o modo como vivo a minha vida. Vou considerar seu acordo. No meu tempo. Não porque você está fazendo exigências que não tem direito de fazer. Não sou um dos seus peões e nunca entrei no seu maldito fã-clube. Você pode não se lembrar disso, então me deixe relembrá-lo agora. Não farei o que me foi dito. Não importa quais jogos você joga. — O carro para quando ela termina de cuspir a sua resposta amarga.

Sem esperar pelo motorista para abrir a porta para ela, a mão de Luca bate na maçaneta e ela praticamente cai na calçada, seu corpo se endireitando enquanto escova a saia do vestido pelas pernas e vira o olhar de ódio para mim uma vez mais.

— Entrarei em contato — ela fala, de um modo que me diz que não tem nenhuma intenção de fazer o que disse.

Vacilando entre permitir que ela marche sozinha ou seguir atrás dela fazendo todas as exigências que eu quero, respiro. Relaxo. Lembro a mim mesmo que lidar com ela precisa de precisão e cálculos frios.

Ela não se incomoda em esperar por uma resposta antes de girar nos calcanhares para entrar e, conforme a porta se fecha e ela desaparece de vista, eu bato com força na lateral do carro e toco na janela entre o motorista e eu para dizê-lo para partir.

O carro arranca em um movimento suave, o prédio dela deslizando para fora de vista enquanto minha cabeça cai contra o encosto do banco.

Se conheço Luca bem o suficiente, posso supor que ela vai fazer qualquer coisa para fugir disso. Provavelmente assim que entrar em seu apartamento.

E não posso deixar isso acontecer. Não agora que estou tão perto de finalmente conseguir o que quero.

Ela está certa sobre uma coisa, no entanto. Nossas regras de costume exigem que alguém peça um favor antes de pagar o nosso preço, exceto que, desta vez, as regras estão sendo quebradas. Apenas para ela e somente porque ela pensa que pode lutar.

O desafio de Luca começa agora.

Independentemente de ela aceitar o acordo ou não.

A pobrezinha vai estar exausta quando eu terminar de colocá-la no chão.

Luca

Isso é ruim.

Eu nem tenho certeza de quão ruim, porque as pessoas simplesmente *amam* me deixar no escuro, mas ainda sei que é pior do que eu imaginei que poderia ser.

Apertando o botão de chamada do elevador de maneira repetitiva, estou subitamente irritada com o quão lento o maldito elevador é. Meu pé está batendo em um ritmo constante no chão de pedra, minha expressão frenética onde ele me encara das portas espelhadas.

Escuto o motor zumbir mais alto quando o elevador finalmente começa a descer e solto um suspiro, tentando me acalmar, mesmo que isso esteja malditamente perto do impossível.

O que Everly fez para irritá-los tanto?

Nunca tive a história completa. Tudo o que sei, depois que meu pai me ligou naquela última noite em Yale e me disse para vir para casa, é que eu retornei para a Geórgia e encontrei uma mãe doente e um pai preocupado.

Nem mesmo um dia depois de chegar, Everly me ligou, extremamente assustada e precisando de ajuda. Passei o telefone para o meu pai, apenas porque ele tinha conexões, sabia como consertar as coisas.

Mas depois de ajudá-la, ele se recusou a me dizer o porquê ela precisava de ajuda e para onde a tinha enviado.

Tudo o que me foi dito era que ela precisava de um lugar seguro e para não fazer perguntas. Depois disso, só tive notícias uma ou duas vezes, mas ela nunca me contou a história.

Vou admitir, eu não pressionei muito. Estava muito preocupada com a saúde da minha mãe. Muito envolvida em me casar com um completo idiota para que minha mãe pudesse ver meu casamento antes de morrer.

Resumindo, eu estava perdendo a cabeça e tinha permitido que tudo passasse por mim sem me preocupar com as maneiras e os porquês disso.

E agora estou pagando o preço por essa decisão. De todas as maneiras possíveis, por um demônio depravado e tentador, apreciando completamente o desafio que sei que ele está criando.

As portas do elevador se abrem e entro para apertar o botão do meu andar. No meu caminho para cima, tento racionalizar a situação.

Não poderia ter sido tão ruim. Nós estávamos na faculdade. Não é como se Everly fosse uma ladra. Isso não é espionagem internacional.

Sim, ela estava assustada, mas os garotos Inferno têm esse efeito nas pessoas. Eu estava assustada. Eles são um maldito pesadelo que é difícil de escapar.

Então talvez seja algo estúpido e que possa entrar em contato com ela primeiro, descobrir o problema, determinar como consertá-lo e tudo estará acabado.

O único problema é que preciso encontrá-la primeiro e não tenho ideia de como acessar os registros do meu pai. Nunca recebi um número de telefone para entrar em contato com Everly. Não que eu tivesse pedido pela informação, o que, agora que penso sobre isso, foi seriamente estúpido pra caralho da minha parte.

Mas eu tinha achado que estava longe do Inferno, não mais à vista deles. Presumi que estava segura.

Aparentemente não.

Felizmente, conheço alguém que pode ser capaz de me ajudar.

As portas se abrem com um zumbido doentio, que é uma prova da qualidade degradada de todo o edifício. Infelizmente, esse lugar é tudo o que eu podia pagar com a quantia mesquinha que o tribunal me entregou de minha antiga conta conjunta com Clayton quando nos separamos. Uma conta que está diminuindo para meros centavos.

Ignorando o modo como minha vida parece continuar escorregando ainda mais na lama, apresso-me sobre o carpete puído no corredor, meu calcanhar preso em um pedaço de tecido que me lança contra a minha porta. Caio com um baque pesado, minha bolsa caindo dos meus dedos.

Pegando-a do chão, abro para puxar a chave, de alguma maneira errando a fechadura três vezes com as mãos trêmulas de nervoso, e então, eventualmente, deixo-me entrar para que possa correr através da pequena sala de estar, por outro curto corredor e para o meu quarto.

Cavando na prateleira de cima do meu armário, encontro a caixa de sapato que enchi com bugigangas do antigo escritório do meu pai, vasculho em busca de um cartão de visita e, em seguida, ligo do meu telefone.

Depois de três toques, Jerry Thornton atende, o ex-parceiro do meu pai que destruiu o negócio e nos fez perder tudo. Não estou exatamente no humor para falar com o homem. Meu pai o odiava depois que ele destruiu seu meio de vida, mas não é como se eu tivesse muita escolha.

— Jerry falando.

Sua voz me lembra de casa, aquele sotaque sulista que eu tinha quando era mais jovem, mas perdi depois de me mudar para a faculdade.

Infelizmente, ouvi-lo falar só traz o sotaque de volta à minha língua. Uso isso como vantagem, no entanto, jogo o jogo da *mulher inocente, pequena e bem-comportada*, esperando que ele não vá me fazer muitas perguntas.

Com uma voz doce como xarope, eu digo:

— Oi, Jerry, aqui é Luca Bailey. Já faz um tempo que não nos falamos.

Você quase pode ouvir o sorriso em sua resposta.

— Bem, eu serei amaldiçoado, Luca. Definitivamente já faz um tempo. Como você tem passado, menina? Ainda está amando a vida na cidade grande? Como está o marido?

Falar com ele parece o sol em um dia quente. Faz você se lembrar de ventiladores de teto girando lentamente em varandas circundantes, ou o suor pegajoso que molha sua pele enquanto a grama alta faz cócegas em seus tornozelos em um quintal grande e sem fim.

Ele me lembra de casa e isso me dá um pequeno vislumbre de conforto, apesar do que aconteceu entre ele e papai. É uma pena que tenho que destruir isso.

— Bem, a cidade é uma porcaria e meu marido é um idiota mentiroso e traidor que me abandonou. Mas não é por isso que estou ligando.

Jerry não responde imediatamente e eu dou alguns segundos a ele para digerir minha falta de decoro na resposta que dei.

— Lamento ouvir isso — diz, hesitantemente, o sol em sua voz sorridente não mais iluminado. As nuvens de tempestade já estão entrando nessa conversa. — O que posso fazer por você?

Normalmente, eu iria me sentir mal por ser tão franca, pela falta de educação e tudo mais, mas não tenho tempo para contornar o meu problema.

— Preciso revisar os arquivos do meu pai. Todos eles. Agora. Então gostaria de saber como posso acessá-los.

Jerry fica quieto novamente. Posso ouvi-lo coçar os dedos sobre a barba por fazer, uma respiração longa soprando contra seu telefone que faz parecer que ele está em um túnel de vento.

— Por que você precisa de acesso aos registros, Luca? Não há nada lá que seria do seu interesse.

Mal sabe ele que esses registros seguram a chave do meu futuro. Sem eles, estarei sem-teto no mês que vem. Marjorie tinha me prometido que a última audiência era tudo o que eu precisava para conseguir o dinheiro de Clayton. Agora, Tanner estragou tudo para mim e estou desesperada.

Foi preciso um esforço da minha parte para esconder quão precária a minha situação é, e estou surpresa que não desabei em uma bagunça soluçante e chorosa ainda.

Estou perto desse ponto, no entanto.

Mentindo pra caramba, respiro fundo e adiciono brilho falso à minha voz.

— Bem, papai me disse que as patentes podiam valer alguma coisa quando ele estava pensando em vendê-las antes de morrer e já está na hora de eu me desfazer de tudo o que sobrou do negócio. Não posso segurar isso para sempre.

O negócio que você destruiu, deixo de fora.

— Mas, antes de fazer isso, gostaria de saber o que está nos servidores. Tenho certeza de que não importa, mas gosto de ser minuciosa.

Mais silêncio, outro arranhão na mandíbula, outra longa expiração.

— Escuta, Luca, gostaria de ajudá-la nisso, mas seu pai criptografou esses registros. Tudo está nos servidores que estão armazenados, mas, mesmo se você os acessar, não será capaz de ver o que está lá.

Pânico desce pela minha coluna como um raio.

— Como eu desfaço a criptografia?

— Não desfaz. Você sabe que seu pai era um gênio com computadores. Ele desenvolveu seus próprios programas e linguagens. Duvido que exista alguém inteligente o suficiente para descobrir.

Taylor é inteligente o suficiente. O que me faz pensar por que eles não invadiram os próprios servidores se precisavam de informações sobre Everly.

— Deixe isso pra lá, Luca. Venda as patentes, mas esqueça sobre os registros. É do seu melhor interesse fazer isso.

Melhor interesse? Sobre o que diabos ele está falando?

— Preciso ir, Luca. Sinto muito não poder te ajudar mais. Boa sorte com as patentes.

Ele desliga antes que eu tenha a chance de perguntar mais, minha mão apertando o telefone com tanta força que o plástico racha.

Jogando o aparelho na mesinha ao lado da minha cama, sento-me na beira do colchão e enterro meu rosto em minhas mãos.

— Você deveria aceitar o acordo, Luca. Seriamente, sua recusa está ficando chata.

Um grito sobe pela minha garganta enquanto minha cabeça estala para encontrar Tanner parado de pé na porta.

Seu terno está faltando, sua gravata solta sobre os ombros, tornando-o a imagem da sofisticação casual; um homem à vontade após o evento formal para o qual me arrastou.

Inclinando um ombro contra a porta do meu quarto, ele sorri enquanto me encara, aqueles malditos olhos brilhando por ter me pegado desprevenida.

É insano o quanto ele é bonito, um fio de atração se desvendando em mim apesar do ódio absoluto que sinto por ele no momento.

A raiva de mim mesma persegue o mesmo fio, mas digo para mim que é natural sentir a atração sensual e não diluída por um homem que não precisa fazer mais do que piscar para que as mulheres olhem em sua direção.

Ainda assim, recuso-me a mostrar a ele o quanto me afeta, meus olhos se estreitando ao invés de arredondar, o calor em meu rosto facilmente explicado como raiva em vez de desejo.

— O que está fazendo no meu apartamento?

Dando de ombros como se isso fosse um comportamento aceitável, ele pisca antes de fixar meu olhar de novo.

— Você deixou a porta da frente destrancada e não respondeu quando bati.

— Isso não significa que você pode simplesmente entrar, Tanner. Caia fora.

Afastando-se do batente da porta, ele entra totalmente no meu quarto, seus olhos escaneando os móveis essenciais e escassos que comprei em uma loja de pechinchas, aquele olhar implacável pousando em uma pilha de roupas amassadas empilhadas em uma cadeira que não tive vontade de dobrar depois de arrastá-las da lavanderia do porão há mais de uma semana.

Sorrindo para o que presumo que seja a imagem da pobreza em sua opinião, ele rola aqueles olhos de volta para mim.

— É a isso que você tem sido reduzida? Não é possível que você goste de viver assim.

Ignoro a provocação, mesmo que machuque, apunhale realmente, a vibração profunda de sua voz torcendo a lâmina porque posso sentir isso contra os meus ossos.

Tanner parece totalmente *errado* neste cenário, deslocado, como se alguém tivesse usado Photoshop em uma imagem de riqueza em um quarto que não pertence. Você pode ver as bordas, seu olho percebendo a incompatibilidade flagrante. Isso só faz com que eu me sinta pior.

E com mais raiva.

Dele por criar esta armadilha.

De mim mesma por ter caído nisso.

De Clayton por contratá-lo.

De Everly por me apresentar ao Inferno e depois fugir para me deixar sozinha para lidar com eles.

Estou louca com o mundo inteiro.

Saltando da cama, atravesso o quarto para bater minhas mãos contra seu peito. Ignoro o calor de sua pele e o músculo de aço por baixo enquanto o empurro de volta.

— Saia — exijo. — Você não tem direito de estar aqui.

Ele tropeça alguns passos para trás, mais porque está brincando comigo do que por eu ter alguma esperança de dominá-lo. Ele se eleva sobre mim, seus ombros duas vezes a largura dos meus. E, pelo que eu posso ver sob o corte perfeito de suas roupas, só ganhou mais músculos desde Yale.

Com as mãos esticando para segurar meus pulsos, Tanner trava seus pés e me encara, com diversão por trás de seu olhar. Luto para ignorar como a minha pele formiga sob seu toque, como o cheiro sutil da colônia dele flutua sob meu nariz em uma provocação.

— Quanto tempo nós vamos continuar fazendo isso? Está ficando chato.

Meus olhos se estreitam mais.

— Isso ainda é minha decisão...

— Com quem você estava falando no telefone?

Lábios puxados em uma fina linha, tento me empurrar contra ele de novo, que dá um passo em minha direção, empurrando-me para trás. Não para me machucar. Mas apenas para me mostrar que ele vai embora quando quiser, porque Tanner *é dono de* qualquer espaço em que entre.

— Não estou te falando isso — respondo, empurrando com mais força; não que esteja fazendo algum bem.

A parte de trás das minhas pernas bate contra o colchão depois que ele continua me empurrando para dentro do quarto, minha bunda pousando com um salto assim que se vira para se sentar ao meu lado.

No momento que nossas coxas se tocam, eu me lanço para frente novamente, recusando-me a estar em qualquer lugar perto de uma cama com ele.

Seu olhar se eleva para o meu quando um sorriso debochado aparece no canto de seus lábios. Tanner sabe exatamente por que não vou me sentar naquela cama.

— Problema?

Recuando até que meu corpo bata em uma parede, cruzo os braços rígidos sobre o peito, o coração martelando, raiva vibrando logo abaixo da minha pele.

E, ainda assim, aquele maldito raio de atração. Meus pensamentos não vão parar de voltar para aquele erro em Yale, a única vez em que acredito ter visto algo humano dentro do homem sorrindo maliciosamente para mim agora.

Meu corpo se lembra dele, porém; e minhas coxas se apertam juntas enquanto meu cérebro grita sobre o quão idiota a reação é.

Embora meu cérebro também não possa reivindicar inocência.

Ele está ocupado relembrando quão sujo esse homem fala, quão suave é sua pele, como beija com tanta paixão sombria, que acende uma faísca que rapidamente se torna um incêndio.

Tenho que parar de pensar nisso. Tenho que me forçar a odiá-lo mais do que o quero.

Quando ele se recosta na cama, sua camisa esticando sobre os ombros e braços, as calças se enrugando sobre as coxas grossas com músculos, esqueço o que tenho que fazer.

Eu perdi essa luta bem antes de a batalha sequer ter começado e, pelo jeito que está olhando para mim agora... ele sabe disso.

capítulo catorze

Tanner

Três anos nunca foi tempo suficiente. Não para esquecer Luca, pelo menos. Não que eu tivesse tentado. Manter o controle sobre ela tem sido uma questão de cumprir os desejos do meu pai, mas sentar-me no quarto dela agora?

É uma questão de mantê-la viva.

Estava quase em minha casa quando meu celular tocou depois de deixar Luca. O nome do meu pai piscou na tela, minha voz menos do que emocionada quando o atendi.

O babaca começou a me atacar imediatamente. Muito pouco da conversa importava. Era sua reclamação atual: eu sou um fracasso. Nunca vou assumir seus negócios. Ele preferiria destruir todo o império a entregar qualquer coisa para um filho tão indigno.

Mesma merda, dia diferente.

Não que eu me importasse muito. O controle de nossos pais sobre nós havia escorregado depois que nos graduamos em Yale. Temos a empresa agora, nossos próprios esforços paralelos. Cada um de nós está financeiramente seguro sem as cordas das carteiras de nossos pais.

Mas nós queremos uma coisa.

Vingança.

Derrubar os filhos da puta que têm nos controlado por tanto tempo.

Destruir nossas famílias apenas porque isso é o que precisamos para sermos livres.

Nós jogamos junto. Continuamos cumprindo as tarefas que nos dão. Construindo um ódio por nossos pais que não vai acabar até que estejam a sete palmos do chão.

Luca é a chave para isso.

Eu sei disso.

Meu pai sabe disso.

Ele só não sabe que eu sei.

A conversa estava indo muito bem até que ele disse a única coisa que me fez bater no vidro de trás da cabeça do motorista e exigir que ele retornasse.

Já que você parece não conseguir controlar Luca, dada a pequena cena que ela causou esta noite, vamos ter que tomar conta do assunto nós mesmos...

Isso não vai acontecer, mas, infelizmente, também significa que todo o tempo que eu tinha para gastar com Luca por diversão nesse jogo agora está perdido. A ameaça só acelerou mais a linha do tempo do desafio.

O olhar de ódio de Luca enquanto ela fica de pé contra uma parede neste buraco de merda que ela chama de apartamento não vai salvá-la.

Eu vou fazê-la ver a razão, mesmo que isso signifique que tenha que forçar a questão por meios menos que ideais.

— O negócio é o seguinte — digo, minha voz baixa, um tom suave que faz suas bochechas ficarem vermelhas e seus braços cruzarem o corpo com mais força. — Você precisa seguir em frente com sua vida e, para fazer isso, precisa de mim fora do seu caminho.

Sua sobrancelha se arqueia, mas ela não diz nada para argumentar.

— Preciso dos arquivos que o seu pai deixou para trás...

— Por quê?

Minha boca se fecha, minha linha de pensamento chega imediatamente a uma parada, porque isso deveria ser sobre Everly.

— Para encontrar Everly — minto, lembrando-me do quão observadora Luca é. Odeio pessoas que prestam atenção, e esta mulher segura uma maldita lupa em cada situação que se encontra.

Os olhos de Luca se estreitam.

— Por que eu apenas não te digo onde ela está e nós acabamos com isso?

Isso não vai funcionar.

Sentando-me, limpo as rugas da minha camisa como se eu não quisesse atravessar o quarto e sacudi-la até que me dê o que estou procurando. Olhando para cima, vejo que a tática de enrolar funcionou, no entanto. Ela está batendo aquele pé, impaciente como sempre.

Lentamente me levantando, atravesso o quarto, apoio um antebraço contra a parede perto da cabeça dela e inclino o rosto em sua direção, feliz ao notar o modo como seus músculos se contraem em seus ombros.

— Receio que não vai funcionar. Dei a você minha exigência. É com você fazer isso acontecer.

Só aceite a porra do acordo...

Ela me responde com uma afirmação igualmente silenciosa. *Sei que você está armando alguma coisa. E vou tornar esse processo tão doloroso quanto possível.*

Nós estamos em um impasse e tudo o que eu posso fazer é baixar meu olhar para a linha afiada de seus lábios, querendo nada mais do que mordê-los.

Luca tenta se mover para longe de mim, mas seguro meu outro ombro, efetivamente a prendendo.

— Parece que acabamos assim com frequência.

Pura raiva brilha por trás dos lindos olhos azuis, suas bochechas como maçãs maduras, um desafio definido em uma expressão que está me irritando tanto quanto está me excitando.

Com a voz perturbadoramente calma e baixa, ela diz:

— Saia do meu apartamento, Tanner. Eu disse que entraria em contato. No meu tempo, quando estiver bem e pronta, merda. Agora não é a hora.

— Não me faça agravar isso.

Ela levanta seu queixo, tão teimosa quanto me lembro dela.

Escorregando uma mão no bolso, sorrio e puxo o celular. Minha secretária, Lacey, está na discagem rápida, meus dedos batendo na tela para ligar para ela sem ter que olhar.

O telefone está chamando quando o ponho na orelha, as sobrancelhas de Luca se unindo em confusão, a voz de Lacey rouca de sono quando atende:

— Senhor Caine?

Eu gosto de Lacey. Ela é um pouco mais velha que a maioria das mulheres trabalhando na minha empresa, mas é meticulosa e determinada. Aceita bem as instruções e nunca me questiona, além disso, pode aturar meus maus modos sem piscar um olho. A melhor parte sobre tê-la é que ela não está em lugar nenhum perto do radar de Jase, seu pau nem sequer se contrai quando ela passa.

É por isso que fui capaz de mantê-la em minha folha de funcionários por tanto tempo.

— Preciso que você marque uma audiência — digo, meu olhar segurando o de Luca, a boca se contorcendo em um sorriso quando seus lábios se abrem, seus olhos se estreitando assim que ela percebe o que estou fazendo.

— Senhor Caine, é meia-noite de um sábado. O tribunal está fechado e...

— Isso deveria importar? — estalo. — Ligue para a assistente do juiz em casa. Apenas certifique-se de que a audiência de Hughes que nós cancelamos semana passada seja reagendada para essa quarta-feira.

— Você tem uma mediação na quarta...

— Remarque.

Seriamente, por que ela está discutindo? Não percebe que eu estou tentando provar um ponto? Não que eu me importe sobre a audiência. Não vai acontecer tão cedo de qualquer forma. Só preciso que Luca *pense* que vai.

— Faça isso — solto de novo antes de terminar a ligação e escorregar o celular de volta no bolso.

O rosto de Luca se contorce de raiva, seus olhos brilhando como se estivesse contendo as lágrimas. Ela não diz nada, e isso só me irrita mais.

— Você não vai discutir?

Nenhuma palavra em resposta.

— Você não vai me implorar para cancelar?

Ela empina seu queixo mais alto, pura rebeldia brilhando em seu olhar. Caralho... essa mulher sabe exatamente o que fazer para me excitar.

Estou praticamente rosnando com a minha próxima pergunta, tanto de frustração quanto pela necessidade de arrastá-la para a cama e expulsá-la do meu sistema.

— O que você pensa do que acabei de fazer? Não te mostra quão sério estou?

Ela sorri, debochada.

— Penso que você é um babaca que liga para a sua secretária praticamente à meia-noite de um sábado para latir ordens como se ela não fosse um ser humano que merece um tempo longe de você. E odeio babacas assim.

Com olhos estreitados, outro rosnado sobe pela minha garganta. Ela verdadeiramente não tem nenhum senso de autopreservação. Vou destruí-la naquele tribunal, e tudo o que ela se importa em apontar é meu comportamento menos que profissional.

Inclinando-me, trago meu rosto para o dela, o momento me lembrando da primeira vez que a beijei, a raiva que senti por uma garota que tinha causado tantos problemas na minha vida.

Como é possível querer alguém tanto assim quando você absolutamente a odeia?

Não é culpa dela. Eu entendo, mas isso não significa que eu posso me afastar.

— Estou prestes a acabar com você. Por que simplesmente não me dá o que quero?

A respiração de Luca fica presa, seus lábios se entreabrindo apenas um pouco. Sinto o mesmo aperto no meu peito, a necessidade de foder com raiva essa garota até a próxima semana, talvez o próximo mês. Tem sido um longo tempo.

Recuso-me a ceder a isso.

A ela.

Mas então sua expressão se suaviza, surpreendendo-me, seus ombros relaxando enquanto a tensão escorre dela. Nossa proximidade obviamente a afetando tanto quanto a mim.

Pelo menos não estou sozinho nessa.

Passando sua língua pelo seu lábio inferior, ela inclina o rosto para cima para prender meus olhos nos dela.

Estou duro pra caralho, independentemente de todas os motivos pelos quais eu não deveria estar.

— Você se lembra da primeira vez que nos encontramos assim?

Com a voz suave, ela segura meu olhar, despreocupada com a raiva rolando de mim em ondas. Nossas bocas estão um centímetro provocante de distância, a ponta dos nossos narizes praticamente se roçando enquanto ela pisca os olhos, seus lábios se abrindo apenas o suficiente para que o movimento chame minha atenção.

Encarando aqueles lábios sedutores, eu respondo em um sussurro:

— Sim, eu lembro. Eu me lembro de te dizer que você pode atrair mais moscas com mel do que com vinagre. Aquele mesmo conselho se aplica para a nossa situação agora. Apenas no caso de você estar se perguntando.

Apesar de tudo, estou me aproximando dela, nossas bocas mal se tocando, um sussurro de sensação que tem cada músculo em meu corpo se contraindo com força.

Esses momentos são sempre os meus favoritos, a antecipação de pegar tudo o que eu quero. Qualquer babaca pode tirar suas roupas e mergulhar para o *grand finale*, mas isso não faz nada para tornar a experiência melhor.

A antecipação é o que excita uma mulher, o que a solta, aquece seu corpo a tal ponto que ela é massa de modelar, um corpo vibrando com tanto *desejo* que apenas de seus dedos pode estilhaçá-la.

É disso que eu mais gosto, do momento quando estou as deixando saber que as tenho presas, que sei o que elas estão sentindo, mas ainda não estou dando a elas o que querem.

De um jeito estranho e, provavelmente pela primeira vez na minha vida, sinto o mesmo que ela. É malditamente impossível continuar provocando o que eventualmente vai acontecer sem cair, porque mal posso me segurar.

Ainda assim, eu consigo.

Como?

Não tenho ideia, porra.

Luca é tentadora demais. Uma criaturinha irritante que de alguma forma conseguiu explodir com o meu mundo mais de uma vez. Um diabinho fofo pra caralho que gosta de jogar jogos que não tem ideia de que está jogando.

Ela sorri como se soubesse que estou lutando, seus lábios se movendo contra os meus, mas não como um beijo, apenas o menor toque de carne contra carne. Uma provocação. Uma fodida tentação.

Inclino a cabeça, pronto para devorar essa mulher irritante como o inferno.

— Bom — ela ronrona, sua respiração batendo contra a minha boca, as mãos deslizando pelo meu peito até seus dedos agarrarem suavemente meus ombros. Aqueles mesmos dedos deslizam sobre o meu cabelo um segundo depois, massageando meu couro cabeludo, puxando as mechas apenas o suficiente para que meu corpo estremeça, meu pau duro como aço no interior da minha calça.

Clayton é um fodido imbecil pela merda que fez em seu casamento com Luca. Se tivesse sido eu, teria agarrado essa mulher e me recusado soltá-la. Absolutamente destruindo qualquer um que tentasse ficar entre nós dois.

Não posso me dar ao luxo de pensar assim, no entanto.

Não quando se trata dela.

Não agora.

Não quando ela é o único meio para um fim que tem se aproximado por um bom tempo.

— Então você também vai se lembrar de algo mais — diz, seus olhos dançando com os meus.

Minha voz é rouca com o desejo.

— E o que é?

Com as mãos em punho contra a parede para me impedir de agarrá-la e arrastá-la para a cama, meu corpo está rígido como uma tábua, todos os músculos travados com a necessidade de prová-la.

A mão de Luca se move subitamente, seus dedos agarrando minha orelha e puxando tão forte que fogo dispara pela pele do meu pescoço.

— Que eu não gosto de babacas que tocam em mim sem permissão — ela rosna, enquanto puxa novamente.

Eu me afasto da parede para escapar do agarre dela, dor latejando onde ela pode ter rasgado a pele. Pego com a guarda baixa, dou um passo para trás para evitar cair. Suas mãos batem contra o meu peito, de novo e de novo, enquanto ela me empurra para fora de seu quarto e pelo pequeno corredor.

Quando terminamos de lutar, ela me leva até a porta da frente, o ar batendo no meu rosto enquanto ela abre a porta e aponta.

TRAIÇÃO

— Dê o fora da porra do meu apartamento, Tanner. Não vou falar outra vez.

Esfregando minha orelha, puxo a mão para checar se tem sangue. Como eu tinha caído nessa, porra? É a segunda vez que ela fica toda psicopata comigo e me ataca.

Eu deveria saber que isso estava vindo.

— Fora!

Ela levanta sua voz para que ecoe no corredor, um casal que acabou de passar se virando para nos encarar e testemunhar o momento.

Sorrio, desdenhando na direção de Luca, mas ela apenas sorri como se tivesse vencido.

O escárnio muda para um sorriso correspondente.

— Você vai perder tudo. Está realmente disposta a deixar isso acontecer?

— Fora — ela avisa, novamente. — Esta é a última vez que peço gentilmente.

Abaixo meu rosto para o dela.

— Você não pediu gentilmente nenhuma vez ainda.

Não importa. Ela não desiste. Apenas sacode o braço como um lembrete de que eu deveria estar indo.

Antes de sair, balanço a cabeça.

— Você está cometendo um erro.

— O único erro que cometi foi de concordar em ir àquela maldita festa com Everly na noite em que te conheci. E você pode ter a maldita certeza de que nunca vou cometer esse erro de novo. Agora caia fora.

O casal no corredor está nos encarando agora, o estúpido idiota se eriçando como se fosse andar até aqui para forçar o assunto.

Não tenho tempo ou paciência para essa merda.

— Tudo bem. Vejo você na quarta no tribunal, Luca — digo, enquanto saio para o corredor.

— Te vejo lá — responde, antes de bater a porta na minha cara.

Independentemente da necessidade que sinto de quebrar a merda da porta e exigir que ela veja a razão, eu vou embora.

Não vou facilitar para ela.

Não com o que preciso.

Não depois que ela bateu aquela porta como se fosse a última vez que nos veríamos de novo.

Luca pode ter ganhado esta rodada.

Mas ela certamente não vai vencer a guerra.

capítulo quinze

Luca

— Tenho más notícias.

Essa nunca é a frase que você quer escutar de sua advogada logo na segunda-feira de manhã, mas não me surpreende. Já sei qual é a má notícia, tinha estado bem ali presa contra uma parede pelo babaca criando a notícia.

Parte de mim pensa que admitir meu encontro forçado com Tanner pode realmente ajudar meu caso. Pelas regras de conflito de interesse, ele não pode ficar perto de mim. Ele representa meu futuro ex-marido e deveria, portanto, ter zero contato comigo.

Infelizmente, porém, seria minha palavra contra a dele. E, apesar de ter estado em uma festa onde mais de uma centena de pessoas nos viu juntos, sei que nenhum deles vai estar disposto a admitir que eu estava lá.

— Deixe-me adivinhar, a audiência foi remarcada?

Marjorie fica quieta por alguns segundos. De choque, presumo. A advogada buldogue que ela estava acostumada a ser agora é tão perigosa quanto um cachorrinho recém-nascido.

Coitada. Ela pensou que estava em boa posição em sua carreira. E isso pode ter sido verdade uma vez, mas não agora depois que Tanner apareceu.

— Sim. Como você sabe disso?

Está na ponta da minha língua dizer o que aconteceu, mas, em vez disso, mordo o interior da minha bochecha. Não vou vencer esta batalha. Não com a forma como Tanner está jogando e com todas as vantagens que ele tem contra mim.

Não ficaria surpresa de saber que ele tem o juiz no bolso assim como todos os outros.

Não. Se eu espero vencer isso de algum jeito, vou precisar fazer com a única coisa que ele quer.

— Chame de um palpite — respondo, enquanto fecho uma mochila que enchi com roupas suficientes para a minha viagem para a Geórgia.

A viagem vai me custar um dia, pelo menos, e não tenho certeza de que vou ser capaz de fazer muito com os servidores do meu pai uma vez que os tiver. Mas tenho que tentar. É a única chance que tenho de não ser destruída.

Tem que existir alguém, além de Taylor, que possa descobrir a criptografia do meu pai.

Aqueles arquivos significam vida ou morte para mim — estabilidade ou ruína absoluta, e não tenho certeza de como vou achar uma pessoa para ajudar. Só rezo que eu encontre.

Mesmo sem isso, no entanto, existem outros modos de prender Tanner pelas bolas. Ele quer aqueles arquivos e estou disposta a apostar que a última coisa que ele vai aceitar é que eu os destrua.

Esse é o nome do jogo agora.

Meu jogo.

Aquele que vou jogar contra ele tão habilmente quanto ele está jogando contra mim.

Ou ele me dá o que eu quero ou vou levar um taco de basebol até os servidores, quebrá-los em tantos malditos pedaços que os arquivos estarão perdidos para sempre.

Mas primeiro, preciso dos servidores. E é por isso que estou indo nessa viagem.

— Escuta — digo, o celular preso entre a orelha e o ombro enquanto pego o resto do que estou levando e resmungo enquanto levanto a bolsa —, a audição não vai acontecer. Então não se preocupe com isso.

Dois dias. Tem que ser tempo suficiente para eu conseguir o que preciso e exigir que Tanner cancele essa merda. Posso ligar para ele da Geórgia. Bater o taco de basebol contra a parede algumas vezes para que ouça o quanto estou falando sério.

— Como você pode dizer isso, Luca? Ele preencheu o Aviso de Audiência esta manhã.

Ele não fez merda nenhuma. Tenho certeza de que a secretária de Tanner tinha acordado na porra da madrugada para cumprir suas ordens enquanto ele relaxava na cama, espreguiçando-se lentamente sobre o colchão como um rei em seu maldito castelo.

Sacudindo-me daquela imagem apenas porque me recuso a gastar mesmo um segundo me lembrando de como seu corpo parecia na cama, marcho pelo meu pequeno apartamento para ir em direção à porta da frente.

— Você sabe o quê? Não. Não vou aceitar isso. Ele não podia coordenar esta audiência sem mim e eu vou resolver o problema.

Boa sorte com isso, eu penso.

— Vou cuidar disso, Luca. Por que você parece tão sem fôlego?

Abrindo a porta, eu paro na entrada.

— Estou saindo da cidade.

— O que?

A voz de Marjorie aumenta com pânico, o som subindo uma oitava, tão perto de gritar que estou realmente começando a me perguntar sobre todas as afirmações sobre ela ser uma advogada tão durona. Também entendo que ela não acredita realmente que será capaz de lidar com este problema como afirmou.

— Você não pode fazer isso. E se nós tivermos que estar no tribunal quarta-feira?

Cansada da conversa (porque, realmente, qual é o ponto?), pego o telefone em uma mão enquanto puxo a alça da minha bolsa mais acima no meu ombro.

— Você disse que cuidaria disso. Tenho fé em você.

Desligando antes que ela tenha a chance de me esganar, bato a porta, tranco e corro para o elevador.

Dez minutos depois, estou me aproximando do carro, a luz do sol brilhando na minha pele, a manhã preenchida com o coro animado dos pássaros nas árvores competindo com o som do tráfego da hora do rush nas ruas ao redor do prédio.

Nem tenho certeza de que meu carro vai conseguir chegar até a Geórgia e sei que isso vai custar tudo o que deixei na minha conta bancária, mas não tenho outra escolha a não ser tentar.

Além disso, o pensamento de estar oitocentas milhas de distância de Tanner é um bônus enorme no grande esquema das coisas. Chega de se aproximar de mim de mansinho quando eu menos espero. Chega de surgir em lugares que ele não pertence. Chega de mandar seus amigos bancarem o *bom policial* depois de ele ter me encurralado em um jogo que se recusa a parar de jogar.

Eu estarei livre.

No meu território.

Em um lugar que ele nunca vai me encontrar a menos que eu queira ser encontrada.

Seria uma mentira alegar que não estou ansiosa para o pânico que espero ouvir em sua voz quando ele perceber quão insana estou quando se trata desta situação.

Ele está segurando dinheiro acima da minha cabeça, mas estou segurando os arquivos.

Nós dois estaremos encurralados em menos de vinte e quatro horas e posso quase sentir o sabor da vitória enquanto abro a porta de trás do meu carro para deixar a mala no banco, fecho a porta e então subo atrás do volante no banco da frente.

Foda-se, Tanner Caine. Dois podem jogar esses jogos fodidos.

Colocando minha chave na ignição, eu rio. Provavelmente porque estou verdadeiramente insana a este ponto. Desesperada. Absolutamente louca pra caralho. Mas eu rio independentemente e giro a chave... Apenas para o meu carro estalar uma vez.

Meu olhar bate na chave, sobrancelhas se unindo enquanto a viro de novo. Outro estalo. Minhas luzes internas piscam enquanto giro a chave mais três vezes.

Não.

Isso não está acontecendo.

Não agora.

Não quando eu preciso que esse carro de merda ganhe vida e me tire desse estado.

Abrindo a porta, puxo a trava para abrir o capô e vou até a frente do carro para olhar para um motor que faz tanto sentido para mim quanto cálculo teórico.

Meu pai me ensinou alguns truques, no entanto. Ele era um bom homem, que nunca quis que sua filha ficasse encalhada, então penso no que ele me mostrou, meus dedos mexendo nas conexões da bateria para encontrá-las seguras.

Talvez a bateria esteja descarregada.

Tento me lembrar da última vez que mandei consertar o carro, esse veículo vagabundo que comprei em um lote de carros usados um dia depois que Clayton tirou tudo de mim.

Tem que ser a bateria. Não posso pagar uma nova além do combustível, que vai precisar para chegar à Geórgia, mas vou ter que dar um jeito.

— Parece que você precisa de alguma ajuda.

Girando para a esquerda para a voz profunda, aperto meus olhos contra a luz do sol brilhando atrás de um homem cuja face está escondida nas sombras.

Vestido com um par de jeans grunges que estão soltos nos quadris e uma camiseta branca que abraça um conjunto de ombros largos e peito maciço, ele se inclina contra a lateral do carro ao meu lado.

Meus olhos descem para a corrente que está pendurada na alça de seu cinto até o bolso de trás, meu olhar subindo novamente para ver seu cabelo castanho ondulado que é longo o suficiente para bater em seus ombros. Não posso ver muito do seu rosto, não com o sol atrás dele.

O homem estende a mão para passar pelo cabelo e puxá-lo para trás, seus bíceps protuberantes com o esforço.

— Estou bem — digo, sorrindo educadamente mesmo que boas maneiras sejam a última coisa que estou preocupada no momento.

Eu me viro para olhar para o motor novamente, sem nenhuma maldita ideia do que posso fazer para consertá-lo.

— Qual foi o som do carro quando você girou a chave? — ele pergunta, um sotaque em sua voz que me faz pensar no Centro-Oeste.

Expirando, olho para ele de novo.

— Ele estalou. Mas tenho certeza de que é só a bateria. Vou ligar para alguém.

O homem se afasta de onde ele está apoiado para ficar ao meu lado e olhar para baixo. Como eu já tinha feito, ele mexe nos terminais da bateria, mas então começa a explorar outros tubos e fios dentro e ao redor da área.

— Se importa se eu tentar? Posso ajudar.

Afasto-me dele, finalmente capaz de ver um conjunto de olhos castanhos gentis acima das maçãs do rosto acentuadas. Ele tem uma mandíbula forte salpicada de barba por fazer, a boca cheia sob um nariz reto. Pontinhos de ouro brilham em seu olhar contra a luz do sol, e presumo que ele seja da minha idade ou mais jovem.

Ele também é lindo, se você gosta do tipo áspero nas bordas.

— Nem sei quem você é.

Ele sorri torto, uma covinha marcando sua bochecha.

— Sou Priest. Estava andando para o trabalho e te vi da calçada. Achei que você parecia que precisava de ajuda.

Priest aponta um polegar por cima do ombro para me mostrar onde ele trabalha. Lanço um rápido olhar para trás dele, mas tudo o que vejo são carros presos para-choque com para-choque.

— Existe uma oficina automotiva a cerca de dois quarteirões daqui — explica, quando é óbvio que não tenho ideia do que ele está falando.

Com uma voz profunda de tenor, ele sorri de novo, recua para colocar distância entre nós e cruza seus braços sobre seu peito.

— Talvez eu só esteja tentando angariar negócios — admite.

A risada explode de meus lábios.

— Acho que é só minha bateria...

— Deixe-me tentar.

Enquanto ele circula o carro para entrar, meu celular vibra no meu bolso. Meus olhos estão ainda fixos nele quando o agarro e toco na tela para atender.

— Importa-se de responder por que acabei de receber uma ligação dizendo que você está fugindo do estado?

A cadência suave da voz nada satisfeita de Tanner flui através da linha enquanto meus olhos traçam uma tatuagem no braço de Priest depois que ele desiste de tentar ligar o motor.

— Isso não é da sua conta — respondo, recuando enquanto Priest volta para olhar o motor, meus olhos traçando mais tatuagens em seus antebraços e em seus dedos.

— Acho que você está certa sobre ser a bateria. Vou checar algumas outras coisas primeiro.

— Quem diabos é esse? — Tanner pergunta, sua voz profunda decaindo ainda mais, uma borda afiada para a pergunta. Ainda assim, seu tom é zombeteiro e só serve para me irritar.

Com um acenar da minha cabeça para o homem me ajudando, afasto-me para deixar Priest ter acesso total ao motor, meus dedos segurando o telefone enquanto meus lábios se curvam.

Carros passam zunindo na rua em frente à calçada estreita, o vento levantando as mechas soltas do meu cabelo em volta do rosto.

— Isso também não é da sua maldita conta. Por que você está me ligando? E como sabe que vou sair da cidade?

Ouço uma voz fraca no final da linha de Tanner, sua resposta estalada e, em seguida, uma porta batendo no fundo.

— Estou olhando para um e-mail bem agora que diz que você não vai estar disponível para a audiência na quarta-feira devido aos planos de estar fora da cidade. O que eu acho engraçado, considerando que não houve reclamações quando coloquei a maldita coisa bem na sua frente na outra noite.

Com um revirar dos meus olhos, viro-me de volta para Priest para vê-lo andando em minha direção.

— Quer dizer quando você invadiu meu apartamento e me prendeu? Eu me lembro de muitas reclamações.

— Definitivamente a bateria — Priest diz, aproximando-se de mim. — Vou correr para a loja e pegar um pacote de cabos.

— Se você não me disser quem é, eu juro por Deus, Luca...

Puxando o telefone da minha orelha, ignoro o babaca tentando destruir minha vida para sorrir para aquele que poderia salvá-la.

— Odeio perguntar, mas haverá uma cobrança por isso?

É constrangedor admitir que estou falida, mas o que mais eu posso dizer? Não estou apenas economizando os centavos no momento, estou polindo-os na esperança de que um centavo se revele uma moeda de dez ou vinte e cinco centavos.

A boca carnuda de Priest se abre em um sorriso tão encantador que eu sorrio de volta.

— Não. Fico feliz em fazer isso.

Ele olha para o telefone em minha mão, sem dúvida ouvindo a voz profunda de Tanner enquanto continua exigindo que eu o atenda.

Um brilho perverso está em seus olhos quando ele encontra meu olhar novamente.

— Problemas com o namorado?

— Mais com um completo idiota que não sabe aceitar um não como resposta.

Seu sorriso torto se alarga, duas covinhas aparecendo.

Priest não é do meu tipo, mas ainda existe uma veia de atração. Como qualquer mulher pode resistir a esse homem? Ele é deslumbrante daquele jeito de homem sujo e trabalhador, do tipo que você baba enquanto ele se esforça no calor e o suor brilha em seus braços fortes.

Este homem é o oposto de Tanner em todos os aspectos importantes. Isso só me faz gostar mais dele.

— *Maldição, Luca, se você não me responder no próximo segundo, vou dirigir até aí...*

Batendo meu polegar na tela, eu encerro a ligação, a voz de Tanner cortada no meio da ameaça. É bom calá-lo tão facilmente.

O silêncio reina. Bem, exceto pela agitação do tráfego, mas entre Priest e eu, não há muito a ser dito por alguns segundos.

Suas sobrancelhas franzem enquanto coloco meu celular de volta no bolso.

— Vou te dizer uma coisa: vi alguns outros problemas com o seu carro que precisariam de uma ajudinha. Depois que eu começar, devemos levá-lo para a loja. Dar uma boa arrumada.

— Não tenho dinheiro para isso.

— Por conta da casa. Apenas fique bem aqui. Só vou demorar alguns minutos.

Meu telefone toca enquanto ele começa a se afastar. Girando de volta para mim, aponta para onde o coloquei.

— Não responda a isso. Um cara que não aceita um não como resposta não vale o seu tempo.

Ele pisca e eu quase derreto na calçada. Este homem é encantador e sabe disso. Um cavalheiro em uma armadura brilhante... ou um cavalheiro em camiseta e jeans, mas, de qualquer forma, ele está salvando minha bunda de donzela no momento.

— Espera — grito, outro problema surgindo em mente.

Quando se vira, corro até ele.

— Odeio parecer ingrata, mas quanto tempo isso vai demorar? Estou saindo do estado.

Já não havia muito tempo para esta viagem, não antes da audiência. E dado como meu telefone não parou de tocar desde que desliguei na cara de Tanner, não tem maneira no inferno que ele vai reagendar isso. Não posso me dar ao luxo de esperar metade dia pelo carro.

Priest me mostra aquele sorriso de derreter calcinhas de novo, uma sensação de tranquilidade relaxando meus ombros ao vê-lo.

— Vou colocar você na frente da fila. Não vai levar mais que uma hora ou duas. E é uma boa coisa que a sua bateria descarregou antes que você saísse. Esse carro não está em condições para uma longa viagem.

Ele se vira para ir embora, mas eu grito para ele novamente.

— Espera!

Pobre rapaz. Ele só estava inocentemente andando para o trabalho e decidiu ajudar uma garota maluca com absolutamente nenhuma ideia do que ele estava se metendo.

Parando para olhar para mim, ele levanta as sobrancelhas em questão.

— Por que você está fazendo isso?

Sou tão grata por este homem. Ele não tem ideia de como acabou de me salvar. Mas não posso evitar sentir só um pouquinho de suspeita em sua oferta. Culpando Tanner por isso, tento me lembrar como era viver a vida sem a sensação de que todo mundo está atrás de mim.

Aqueles foram dias bons.

Dias felizes.

Dias quando meus músculos não estavam permanentemente travados.

Encolhendo um ombro musculoso, ele sorri.

— Posso ter planejado pedir seu número depois.

— Ah.

Eu sorrio com isso. Novamente, ele não é o meu tipo, mas é bom conhecer pessoas. Neste ponto, não tenho ninguém do meu lado.

Outra piscadinha e ele se afasta, seu passo poderoso, mas faltando a arrogância que é tão típica de Tanner.

Falando nele...

Atendo o telefone mesmo que eu saiba que não deva.

— O que?

Tanner rosna... intensamente rosna... Sua voz profunda tão insanamente afiada que posso imaginá-lo andando de forma tempestuosa pelo seu escritório, provavelmente tornando a vida das pessoas um inferno por diversão.

— Com quem diabos você estava falando?

Surpresa com o tom letal da sua voz, caminho de volta para me apoiar contra o carro.

— Não é da sua conta. Quantas vezes eu tenho que dizer isso?

— Puta que pariu, Luca. Estou no caminho para o seu apartamento agora. Não fale com homens estranhos.

Quem diabos Tanner pensa que é? Meu queixo realmente cai com o tom exigente de sua voz. Primeiro ele pensa que pode ferrar com meu divórcio e minha vida, e agora ele acredita que tem o direito de me dizer com quem eu posso falar?

— Vou falar com quem eu quiser.

No seu lado da linha, posso ouvir Tanner respirando pesadamente como se estivesse praticamente correndo, a batida de uma porta de carro e um motor ligando. O barulho de pneus arrancando me deixa saber que ele está com pressa de dirigir até aqui e me assediar.

Olhando para a direita, bato um pé impaciente, esperando que Priest vá aparecer de novo em breve. Ainda não tenho ideia de onde fica sua loja, mas ele deu a entender que era perto.

— Escuta, você e eu não nos damos bem. Está tudo bem. Nós estamos acostumados a isso. Mas estou te avisando que falar com estranhos no momento é uma péssima ideia.

Não posso evitar minha curiosidade.

— E por que isso?

À distância, vejo Priest atravessar a rua com uma coisa parecida com uma caixa grande em sua mão. Seu passo é rápido quando ele se aproxima de mim.

Graças a Deus pelos pequenos favores. Parece que Tanner não vai chegar a tempo de me causar problemas.

— É apenas assim.

Rolo meus olhos.

— Como você sequer sabe onde estou?

Ele fica quieto por muito mais tempo do que o seu normal, mas então:

— Eu só sei. Fique aí, porra.

Aham. Como se eu fosse permitir que Tanner me diga o que fazer. O inferno vai ficar frio quando isso acontecer.

Aborrecida, mas ainda o mantendo na linha, dou um passo para longe do meu carro para encontrar Priest enquanto ele se aproxima de mim.

Nem dois segundos depois, um barulho chama a minha atenção, a alta rotação de um carro me fazendo girar, o guincho dos pneus sobre o cimento fazendo com que meu coração venha à boca quando uma grande SUV preta vem correndo em minha direção.

Odeio admitir que congelo no lugar, um cervo nos faróis e tudo mais, meus olhos arregalados enquanto o veículo se dirige diretamente para mim.

Tanner está gritando no outro lado da linha, sua voz competindo com o som do motor da SUV, meu ritmo cardíaco agora uma batida alta enquanto me preparo para o que sei que vai ser uma morte dolorosa.

Antes que ela possa me atingir, sou jogada para o lado, braços fortes envolvendo meu corpo enquanto sou empurrada para a esquerda, o telefone voando das minhas mãos enquanto meu corpo bate no chão e um peso pesado cai em cima de mim.

Dor sobe pelos meus quadris e fogo se espalha pelas minhas palmas quando elas arranham contra o cimento.

Meu cabelo é uma cortina no meu rosto, o corpo pesado de Priest contra o meu enquanto a SUV passa voando, os pneus cantando de novo quando viram no estacionamento e saem para uma rua lateral.

Tirando meu cabelo do rosto, encaro um par de olhos castanhos selvagens, a expressão chocada em seu rosto combinando com a minha.

— Você está bem?

Balanço a cabeça em resposta, minha voz roubada pelo medo correndo pelas minhas veias, meu pulso um baque pesado sob a pele.

À distância, ainda dava para ouvir a voz de Tanner no meu telefone.

— *Luca? Que porra aconteceu agora? Caralho. Me responda!*

Tanner

Meu pai não perdeu tempo, aparentemente; sua raiva pela minha suposta incompetência é como uma lâmina atravessando cada ameaça que ele jogou em mim na noite passada, o escárnio em seus lábios uma porra de acessório permanente enquanto me encarou através da minha sala de estar.

Domingo tinha sido como qualquer outro dia. Eu estava exausto com um sono de merda, os caras invadindo meu espaço antes que eu tivesse me arrastado da cama naquela manhã.

Quando finalmente desisti de mais algumas horas de sono, os caras estavam tocando música alta no andar de baixo, o barulho das bolas sobre a mesa de sinuca era um ruído fraco ao fundo enquanto eu descia as escadas e dobrava a esquina para a sala de recreação para dar de cara com Gabriel.

Depois de falar com ele sobre minha sorte menos horrível com Luca e sua surpreendente boa sorte com Ivy, nós gastamos o dia planejando nosso próximo movimento enquanto bebíamos cervejas e jogávamos sinuca, um dia preguiçoso pra caralho gasto, como qualquer outro.

Pelo menos até nossos pais chegarem, o meu, o de Gabriel e o dos gêmeos. Meu humor foi de mal a pior no segundo que aqueles gordos fodidos entraram pela minha porta da frente, a tensão na casa espessa o suficiente para afogar qualquer um que estivesse nela.

Dez minutos depois de sua visita surpresa, fomos informados que Luca Bailey agora era problema deles.

Por qual razão de merda, não faço ideia. Como sempre, eles foram menos que solícitos sobre o porquê Luca é um problema tão grande.

Obviamente, esse anúncio não me caiu bem, mas ao invés de discutir e fazer dela um alvo maior, eu fiquei quieto, agindo como se fosse um peso tirado da porra dos meus ombros, recusei-me a acreditar que eles iriam agir sobre a ameaça tão rápido, porra.

Mas, conhecendo-os, armei para ter certeza de que Luca iria permanecer segura e presa no lugar até que eu conseguisse descobrir o que fazer com ela.

A julgar pelo que acabei de ouvir, nossos pais aparentemente falavam sério, e mesmo o apartamento dela não é mais um lugar para eu não ter que me preocupar com ela.

— Luca!

Gritar para o maldito telefone não adianta merda nenhuma. Tudo o que ouço em resposta é o caos normal do trânsito na hora de congestionamento. Impacientes buzinas soando para os carros à sua frente, a voz ocasional de raiva na estrada competindo com o som de música alta.

Meus dedos se apertam no volante enquanto corto pelo tráfego tão rápido quanto posso, esperando como o inferno que Luca não tenha acabado de ser atropelada.

Desligo na cara dela e ligo para o número de Shane, sua voz grogue vindo da linha, porque é muito pedir para ele arrastar sua bunda da cama em uma manhã de segunda para trabalhar.

Tudo bem, sua noite passada foi parcialmente minha culpa e, por isso, eu não posso ficar muito irritado.

— O que você fez com o carro da Luca?

Posso ouvir a voz suave de uma mulher no fundo da linha, sua palma esfregando seu rosto enquanto ele se move na cama.

— Existe alguma razão para você estar me ligando ao maldito amanhecer?

Algum idiota na estrada fica chateado quando eu o corto, sua buzina tocando enquanto reviro a merda dos olhos.

— São dez e meia da manhã, porra. Você deveria estar no escritório, ou esqueceu que tem um maldito emprego?

Virando uma esquina enquanto ele ri, bato nos meus freios quando alcanço um congestionamento. Minha palma bate no volante e olho para a tela *bluetooth* no meu carro como se isso fosse forçar Shane a recompor sua merda e responder à pergunta.

Eventualmente, sua voz rola pelos autofalantes.

— Não fiz nada demais. Só arrombei e acendi as luzes internas para descarregar a bateria dela.

Como se ela não pudesse comprar outra. Você dá a esses caras um serviço e eles fazem algo meia-boca toda vez.

— Eu te disse que precisava desativá-lo permanentemente.

Outro babaca buzina para mim, sua mão tão forte no botão que não consigo ouvir o que Shane diz em resposta. Mas não importa. O apartamento de Luca está à vista e eu estou muito irritado para dar a mínima para a desculpa dele.

Alcançando seu prédio, encerro a ligação sem me preocupar em dizer adeus e entro no estacionamento.

Luca está no capô do carro dela enquanto eu paro, algum brutamonte ao lado dela com mais tinta na pele do que um livro da série *Guerra e Paz*.

A luz do sol reflete na corrente pendurada no lado de sua calça jeans folgada e estaciono o carro, saindo com um terno que custa mais do que a maioria das pessoas ganha em um ano para caminhar e reivindicar a porra do meu espaço.

— O que aconteceu?

Ambos Luca e o brutamonte olham para mim, os olhos azuis dela instantaneamente se estreitando em minha expressão menos que feliz enquanto a parede ambulante de grafite ergue uma sobrancelha como se tivesse algum direito de ficar entre mim e a garota que estou encarando.

— Esse é o namorado? — pergunta, sua voz um sotaque áspero que faz meu olho ter um tique de aborrecimento.

— Não estamos namorando — Luca e eu respondemos em uníssono, nossos olhos travados em uma batalha enquanto o babaca entre nós ri e volta a recarregar a bateria dela.

Quando Luca não responde minha pergunta, Brutamonte responde por ela.

— Alguém tentou atropelá-la. Ela se arranhou bastante quando a tirei do caminho, mas ela não é uma mancha na calçada, então isso é alguma coisa, eu acho.

Filho da puta...

Brutamonte se afasta do motor e dá a volta no carro, dando-me espaço livre para chegar mais perto de Luca.

— Deixe-me ver o dano.

Ela revira seus olhos, mas estende as mãos, suas palmas completamente arranhadas. Olhando para elas, aperto os dedos em punhos, sabendo exatamente quem mandou o carro atrás dela.

— Provavelmente foi só algum babaca que estava atrasado para o trabalho e não me viu parada lá — diz, mas sua voz é fraca, seus olhos me encarando porque, apesar de quão abalada está, ela ainda me odeia.

Ou foi meu pai cumprindo sua ameaça de resolver o problema, eu penso.

Não posso deixar isso ao acaso de novo. Não com o que eu sei. O jogo vai ter que mudar *novamente.*

Antes que eu possa respondê-la, o motor ruge para a vida ao nosso lado, Brutamonte levantando o capô para ficar longe o suficiente para não nos invadir, mas perto o bastante para me irritar apenas por existir.

— Uma vez que a bateria tiver tempo para carregar, devemos levar o carro para a minha oficina. Você pode ir comigo ou...

O merdinha me olha de cima a baixo, seus lábios puxando em um sorriso que me faz querer bater seu crânio contra o chão.

— Você pode ir com o menino bonito aqui. — Olhos deslizando para Luca, ele dá de ombros. — Você decide.

Olho entre eles, mentalmente desejando que Luca faça a escolha certa.

— Vou com você, Priest.

Priest? Você está fodendo comigo? Claro que Brutamonte teria um nome de marginal. Não tem uma chance no inferno de Luca estar indo a qualquer lugar com esse idiota.

— Escolha errada — rosno, enquanto agarro seu braço e a arrasto para longe da nossa plateia. Ela luta no início, seus olhos indo para Priest como se ele tivesse alguma chance no inferno de ajudá-la.

Felizmente, o imbecil fica longe para que eu possa colocar algum juízo nela.

Não tão felizmente, estou muito frustrado para pensar antes de falar. Luca é o tipo que você tem que orientar sem ser exigente, uma garota que tem que acreditar que decidiu por si mesma ao invés de ser encurralada. Mas não tenho paciência para essa merda no momento.

— Você não vai com ele.

Seu pequeno e desafiante queixo se levanta, assim como eu deveria saber que faria, a linha que acabei de desenhar na areia que ela quer ultrapassar apenas para provar que ela não vai obedecer ao que foi dito.

Porra, odeio como ela faz isso.

E eu amo.

Nunca antes uma mulher tinha me deixado tão louco.

Infelizmente, mostrar a ela o quanto eu gosto de como ela me deixa louco não é possível no momento, especialmente com um macaco tatuado sujo de graxa parado atrás de mim que pode ser estúpido e pensar que ele tem que ser um herói e ficar entre nós.

— Vou fazer o que eu quiser — responde, seus olhos como pequenas adagas me apunhalando no rosto.

Mudando minha postura, faço isso de uma maneira diferente.

Luca pode ser frustrante como a merda, teimosa como uma mula e o caralho de problema que eu nunca pedi, mas ela ainda é razoável. Até mesmo inteligente. Não uma garotinha estúpida que sobe em carros com desconhecidos.

Por que porra Shane não fez mais do que descarregar a bateria dela? Eu disse a ele para ter certeza de que o carro estava completamente fora de uso.

Preguiçoso filho da puta...

— Você sequer o conhece. Esse cara...

— Priest — ela diz, como se o nome dele devesse ter a mínima importância.

— Priest — digo, com um sorriso apertado, minha voz não deixando espaço para ninguém pensar que a existência dele é algo que estava acabando com a minha paciência no momento — é alguém que você não conhece. E mulheres espertas sabem que não devem subir em carros com homens estranhos.

— Mulheres espertas também sabem que não devem subir em carros com babacas que estão tentando destruir suas vidas.

Mais como se eu estivesse tentando salvá-la neste ponto, mas não posso dizer isso a ela.

Inclinando-me para ficarmos cara a cara, abstenho-me de agarrar seus ombros para sacudir a merda fora dela.

Luca não pode mais ficar vagando por aí, e uma decisão de fração de segundo é tomada para prendê-la completamente.

Ela vai brigar. Eu sei disso. Conheço-a. Mas ela não está segura sozinha no mundo onde homens estão tentando matá-la.

— Posso ser um problema no seu mundo no momento, mas também não sou um cara estranho se oferecendo para levá-la para Deus sabe onde. Entre no meu carro e nós vamos segui-lo.

Um brilho malicioso irrompe em seus olhos, um olhar que estou familiarizado apenas porque eu o vejo cada vez que ela tem uma ideia em sua cabeça que significa problemas. Empinando aquele queixo rebelde dela um pouco mais alto, ela cruza seus braços sobre o peito.

O movimento só arrasta meu olhar por uma fração de segundo, apreciação explodindo através de mim com a blusa justa que está vestindo, que mostra o quão lindo seu corpo é.

— Aqui em cima, Tanner.

Meus olhos piscam para cima e eu sorrio.

TRAIÇÃO

— Não podia evitar.

Luca franze a testa, mas então aqueles lábios tentadores se levantam nos cantos. Há pura maldade na expressão.

— Vou fazer um acordo com você — oferece, seu tom de voz zombeteiro, porque se alguém deveria estar oferecendo acordos no momento, sou eu.

Endireitando minha postura, olho para ela e deslizo as mãos nos meus bolsos.

— Qual é o acordo?

Estou sempre curioso com ela. Se fosse qualquer outra mulher, eu teria ido embora, aborrecido que alguém pensasse que poderia jogar meu próprio jogo, mas, com Luca, é sempre um desafio que estou disposto a aceitar.

Seu sorriso se alarga.

— Vou entrar no seu carro.

Acenando com a cabeça, sorrio de volta. Ela está indo a algum lugar com isso e estou praticamente prendendo a respiração para descobrir onde.

— Mas em troca você tem que cancelar a audiência.

Sou como um lobo encarando um coelho muito confuso, seu rabo de coelho fofo balançando como uma provocação enquanto se aproxima, pensando que não tenho planos de comê-lo.

Quero morder esta mulher, mas, ao invés disso, estico meus ombros, com falso aborrecimento, fingindo que ela não só encurralou a si mesma sem saber.

— Feito.

O que Luca não percebe é que já cancelei a audiência. Parcialmente, como uma cortesia profissional fingida, e principalmente porque não tinha nenhuma intenção de seguir em frente com isso de qualquer maneira.

Mas ela não sabe disso, e não precisa saber. Não tenho problema em deixá-la acreditar que me superou.

Por agora, pelo menos.

A surpresa arregala seus olhos por apenas um segundo, a expressão desaparece quando ela transforma seu rosto em uma máscara em branco imitando a minha.

— Tudo bem. Vou no seu carro.

— Excelente escolha.

Girando para encarar Brutamonte, eu o digo:

— Ela virá comigo. Nós vamos seguir atrás de você.

Mas apenas para ver onde é a oficina, eu não digo. Não tenho planos reais de parar lá.

O babaca me lança um sorriso arrogante enquanto estica a mão para esfregar a nuca.

— Que seja. Apenas se certifique de manter uma boa distância. Não tenho ideia do que está realmente errado com o carro, e ele pode parar se a bateria acabar de novo.

Ele encontra meu olhar, sorri novamente, e então se vira para começar a puxar os cabos da bateria dela antes de abaixar o capô.

Sem saber quem é esse imbecil que pensa que pode me intimidar com nada mais que um sorriso arrogante, ignoro o fato de que não confio nele. Por tudo o que Luca sabe, esse cara podia estar planejando desaparecer com o carro dela.

Realmente, eu deveria me importar, mas, infelizmente para Luca, não me importo. Quanto menos capacidade ela tiver de se afastar de mim, melhor.

Agarro-a pelo cotovelo, ignorando o jeito que tenta puxar seu braço do meu aperto, e conduzo-a para meu carro. Abrindo a porta para ela, vejo como escorrega para o banco, seus olhos virando para mim com suspeita rolando atrás deles.

— Isso foi muito fácil — ela diz, aquele olhar azul se estreitando apenas um pouco.

Já era hora de ela perceber, embora seja uma pena para ela que a armadilha já tenha surgido.

Fechando a porta dela, dou a volta no carro para entrar atrás do volante, meu *bluetooth* tocando assim que ligo o carro. O nome de Shane pisca na tela, mas aperto o botão de ignorá-lo.

Fazendo uma nota mental de ligar para ele mais tarde quando Luca não estiver por perto para escutar, saio da vaga do estacionamento e sigo Brutamonte enquanto ele dirige o carro velho caindo aos pedaços de Luca à nossa frente.

Ele para quando nós alcançamos a saída do estacionamento, sai do carro, pega as coisas de Luca do banco de trás e as leva de volta para nós.

Minha pele se eriça com preocupação quando ele abre minha porta de trás como se tivesse o direito de tocar no meu carro e joga as malas dentro.

Espiando Luca, ele explica.

— Vou jogar esse carro no elevador assim que estivermos lá, então pensei que você poderia querer suas coisas agora. Não vou ser capaz de tirá-las depois que o carro estiver lá em cima.

É uma explicação tão boa quanto outra qualquer, mas também é um monte de merda.

O que diabos esse cara está armando?

Batendo minha porta, ele anda de volta para o carro de Luca, dispara para o trânsito e vira à esquerda, o que me obriga a correr atrás dele.

As quatro cilindradas de Luca não se comparam às minhas oito, tornando fácil acompanhar. Mas assim que avistamos a loja para a qual ele está nos levando, o carro de Luca subitamente gira fora de controle, cruzando a calçada, batendo em um poste de um lado do carro antes de girar na direção oposta para bater contra a esquina do prédio do outro.

Meus olhos se arregalam com o barulho de metal e pneu cantando, a voz de Luca enchendo meu carro em um grito enquanto a fumaça sobe da calçada, o carro parando a poucos metros do edifício.

Está listrado com dois pneus furados.

Puta. Merda.

O carro dela está destruído, e Brutamonte sai dele sem nem sequer um arranhão quando eu estaciono.

— Fique aí — lato para ela, antes de pular fora do meu carro e correr para descobrir como o imbecil não está morto.

Correndo até ele, olho para o carro e de volta para ele.

— O que diabos aconteceu?

Olhos castanhos olham na minha direção e ele encolhe os ombros.

— Os freios falharam, chefe. Fui fazer a curva e o carro não parava.

Os freios falharam.

Claro que eles falharam, porra.

Porque se você não pode matá-la atropelando-a, você pode garantindo que ela não consiga parar o maldito carro.

Decidindo algo que só vai colocar Luca e eu ainda mais um contra o outro, olho para Priest e tiro um cartão de visitas da minha carteira.

— Ligue para mim quando você descobrir o que aconteceu com eles.

Luca corre até nós, lágrimas óbvias em seus olhos quando olha o que sobrou de seu carro.

— Você está bem?

Não dou a ele tempo para responder antes que esteja arrastando-a de novo.

Foda-se esse dia.

Foda-se esse jogo.

Foda-se essa merda.

Luca está em confinamento.

E eu não dou a mínima sobre o quanto ela vai gritar sobre isso.

capítulo dezessete

Luca

O que acabou de acontecer?

O universo pode ser ainda mais ferrado do que já está? Como qualquer dessas coisas aconteceram?

Tanner me coloca em seu carro enquanto encaro, impotente, os destroços de metal do que era meu único bilhete para fora da cidade. Felizmente, Priest não se machucou no acidente. Ele não parecia ter um arranhão, mas não consegui dar uma boa olhada antes de Tanner sair andando, arrastando-me com ele.

Estou em choque no momento. Nem me importo com o que Tanner está fazendo comigo, porque não consigo processar como o destino parece estar conspirando contra mim.

Mas não pode ser tudo culpa de Tanner.

Ele não causou o acidente.

Sim, ele ainda está segurando o divórcio sobre a minha cabeça, e sim, ele ainda é um idiota arrogante que continua tentando me convencer de fazer o que ele manda, mas não é responsável por isso.

O universo me odeia.

O carro de Tanner avança para sair do estacionamento da oficina de carros, minha cabeça se virando para continuar a encarar um carro que está indo para um ferro-velho agora que está destruído. Priest dá a volta nele, agachando-se em um dos pneus enquanto entramos no trânsito.

Viro-me para ele e estudo o jeito dos tiques de sua forte mandíbula.

Ele está bravo.

Isso é muito óbvio.

— Ele disse alguma coisa a você sobre o que aconteceu?

Tanner bate seus dedos contra o volante, a luz do sol brilhando através dos galhos das árvores que alinham as ruas. Luz e sombra cruzam seu rosto, fazendo as linhas acentuadas de suas maçãs do rosto e mandíbula entrarem em um foco mais afiado.

Odeio achar que ele é o homem mais bonito que eu já vi. Na aparência, não na atitude. Mas, ainda assim, é difícil não encarar, não apreciar os traços fortes de seu rosto, a cor dourada de sua pele. Meus olhos viajam para baixo e admiro o modo como sua camisa preta é ajustada sobre ombros largos.

— Ele disse que os freios não funcionaram. É uma coisa boa pra caramba você não estar dirigindo. Podia ter te matado. — Olhando para mim, ele estreita os olhos, seus lábios em uma linha cruel. — O que te fez pensar que seria uma boa ideia dirigir aquele pedaço de merda para fora do estado?

Vacilando com a raiva em sua voz, mudo no meu banco, desconfortável com o jeito que ele está olhando para mim antes que volte aqueles olhos intensos para a estrada.

— Talvez tenha sido a única escolha que eu tinha, considerando que você está mantendo minha vida como refém no momento.

Isso chama sua atenção, seus olhos virando de volta para mim antes de voltarem para a estrada. Não gosto da forma que o canto de seus lábios se curva como se ele soubesse de um segredo.

A voz dele é um sussurro sedoso quando ele pergunta:

— O que tem fora do estado que pode te ajudar?

Minha boca se fecha e eu balanço a cabeça em uma tentativa de limpá-la. Ainda em choque com todo o resto, percebo que quase entreguei a única arma que tenho contra ele.

— Eu estava tentando me afastar de você — respondo, não exatamente mentindo, porque a distância era um bônus.

Os pneus do carro vibram com mais força quando fazemos nosso caminho para uma ponte, minhas sobrancelhas se franzindo em confusão quando finalmente levo um segundo para perceber que estamos deixando a cidade.

— Onde estamos indo?

— Minha casa — responde, sua voz cortada enquanto ele troca de faixa e pisa no acelerador para ultrapassar um carro lento. Agarro a maçaneta da porta, meu coração na garganta, porque ele dirige como um maníaco.

— Por quê?

Outro olhar para mim, seus olhos se prendendo aos meus por apenas um segundo antes que ele olhe de volta para a estrada.

— Porque não posso exatamente te levar para o meu escritório.

Como é que eu acabei aqui? Preciso voltar para o meu carro... ou meu apartamento. Algum lugar que eu possa pensar por um segundo sem sua presença sombria.

— Vire e me leve de volta.

Ele ri, apenas um latido de som que sacode seus ombros.

— Por quê? Onde você tem que estar? Você não tem um emprego. Seu carro é história antiga agora e, julgando pelo estado do seu apartamento, não existe muito para onde voltar.

A irritação endireita minha espinha.

— Eu não estaria nessa posição se não fosse por você. Se você não tivesse aparecido naquela maldita audiência, Clayton já teria me pagado o que me deve.

Seu olhar desliza em minha direção, mas, antes que possa responder, seu *bluetooth* toca. Olho para a tela e vejo o nome de Gabriel.

Tanner aperta um botão em seu volante.

— Luca está no carro comigo, Gabe.

Há silêncio na linha por alguns segundos, então aquela voz charmosa rola pelos autofalantes. Juro que a língua de Gabriel é mergulhada em açúcar.

— Como você está, amor? Acho que se está com Tanner, seu dia não deve estar indo muito bem?

Quero odiá-lo. Mas é impossível. Gabriel é um jogador tanto quanto o babaca sentado ao meu lado. Eu sei disso. Ele é o *bom policial*, como sempre. Mesmo assim, ainda sorrio ao ouvir sua voz.

— Meu dia está fantasticamente uma merda. Obrigada por perguntar.

Ele ri, o tom tão suave quanto sua voz.

— Bem, isso pode explicar por que Tanner não está no escritório. Você esqueceu que nós temos uma reunião sobre a fusão Harrington hoje?

Tanner vira à esquerda depois de sair da ponte, o tráfego pesado da cidade desaparecendo conforme entramos em uma área suburbana.

— Supus que você podia lidar com isso sozinho. E, quando acabar com isso, preciso que venha para minha casa. Avise o resto do grupo também.

— Tenho certeza de que Luca vai ficar emocionada com a reunião — Gabriel brinca.

— Não realmente — resmungo.

Só o faz rir novamente.

— Ah, bem, sinto muito por isso, mas não vou mentir e dizer que não estou ansioso para te ver de novo, linda. Vocês crianças se comportem até nós chegarmos. Tentem não se matar nas próximas horas. Quanto à fusão, vou cuidar disso.

Tanner encerra a ligação quando chegamos aos portões, as pesadas divisórias de ferro se abrem assim que nos aproximamos.

Estamos indo pela estrada sinuosa em direção à sua casa quando olho para ele novamente.

— Importa-se de me dizer por que estamos tendo essa reunião? Ou isso também vai ser uma surpresa desagradável?

Seus lábios se contraem de diversão, mas ele não se incomoda de olhar para mim antes de entrar na garagem e levar o carro para os fundos.

Uma garagem para quatro carros está à nossa frente enquanto dobramos a esquina, uma das grandes portas se levantando automaticamente.

Depois de colocar no ponto, ele estaciona o carro na vaga, o motor ainda trabalhando suavemente enquanto se vira para olhar para mim, seu braço deslizando para apoiar na parte de trás do meu banco.

O rosto de Tanner está coberto em sombras agora, o cheiro inebriante de sua colônia preenchendo o carro. Isso é muito perto. E eu odeio o arrepio que corre pelo meu corpo ao estar sozinha com ele.

Tem que ser medo.

Ou raiva.

Ou até mesmo adrenalina depois de tudo o que já aconteceu hoje.

Não posso ser tão estúpida para ainda me sentir atraída por ele depois de tudo o que já fez.

— Aconteceu uma coisa que eu acho que é melhor nós todos sabermos.

Isso é estranho. O que possivelmente poderia ter acontecido que eu preciso saber? A menos...

— Você encontrou Everly?

Ele balança a cabeça, seu olhar escorregando pelo meu corpo sem permissão, calor queimando por trás de seus olhos da cor de uma floresta à meia-noite.

— Não exatamente. Mas eu gostaria de esperar todo mundo chegar antes de falarmos sobre isso.

Há uma qualidade suave em sua voz que me toca em pontos que não deveria, aqueles olhos se levantando para os meus de novo para me prender no lugar.

— Mas vai demorar algumas horas antes de eles chegarem aqui e nós vamos ter que achar outros meios de nos entretermos.

Lábios puxando em um sorriso sedutor, ele inclina sua cabeça para o lado, sua voz caindo para um tom profundo e sombrio que é causa de fantasias... e pesadelos.

— O que nós vamos fazer?

Uma mulher não pode deixar de ser afetada por ele. Não é minha culpa, realmente. Ele tem tido anos para aperfeiçoar seu jogo. Cada expressão, o jeito que ele se move, o jeito que fala e olha para uma pessoa como se enxergasse através dela.

Ele domina qualquer espaço que ocupa. Reivindica-os apenas por existir.

Luto para entender como a mera presença de um homem como ele é o suficiente para me abalar até a alma.

É tudo Tanner, essa atitude.

Mas ainda é um jogo.

Ele só torna mais difícil às vezes de me lembrar disso.

Então, eu jogo também. Não tão bem quanto ele. Eu sei disso. Mas isso não significa que não vou tentar.

— Posso ter uma ideia.

Batendo meus cílios para ele, eu me aproximo, meus olhos quase o desafiando a subir no console central e pegar o que estou oferecendo.

Seu olhar cai para minha boca, pálpebras pesadas, seus dentes superiores arranhando seu lábio.

— E qual é a sua ideia?

A voz de Tanner é tão áspera que posso senti-la contra minha pele. Este é um jogo estúpido de se jogar, um que pode levar a decisões idiotas, mas eu não consigo evitar. Não quando ele está tão obviamente afetado.

Isso me lembra de uma vez em Yale, o único erro que eu cometi acreditando que uma boa pessoa poderia existir por baixo de sua concha tentadora.

Não vou me deixar esquecer.

Não depois do que ele fez da última vez.

Não depois daquelas fotos.

Ainda assim, não vou mentir e dizer que não estou afetada também. Meu pulso já disparou ao ponto de ser uma vibração no meu pescoço. O carro está muito quente e minha respiração estremece.

Estudando seus olhos, procuro por qualquer traço de humanidade neste homem. Qualquer pista que ele possa ser uma boa pessoa se quisesse ser. Não sei nada mais sobre ele além do que aprendi em Yale. E mesmo isso não era muito.

Ele é um mistério. Para mim, pelo menos. E, por essa razão, sei que eu seria uma idiota em acreditar nele.

Com a voz intencionalmente suave, mantenho seu olhar como se eu não estivesse encarando o diabo.

— Estava pensando que podemos ir para sua casa.

Ele sorri, a expressão tão arrogante que luto para não revirar os olhos.

— E então? — pergunta, sua voz um murmúrio baixo que sussurra contra minha orelha e atiça um toque de pena entre as pernas.

Maldição, ele é bom nisso. Minha respiração fica presa com a promessa que vejo em seus olhos. Minhas coxas se apertam ao lembrar o quão poderoso seu corpo tinha sido na única vez que fui estúpida o suficiente para me permitir provar.

Proibido.

Isso é o que esse homem é.

A maçã envenenada que vai destruir tudo uma vez que você era até que você esteja se afogando nos destroços que ele deixa para trás.

Só uma mordida.

Isso é tudo o que precisa.

E então você abre uma porta para ele passar, uma tempestade que destrói, um turbilhão que te suga tão fundo que não há esperança de escapar.

— E então podemos ir para o seu quarto.

Seu sorriso se alarga, dentes brancos retos brilhando abaixo. Nossos corpos se aproximam, nossa respiração colidindo.

Um último mergulho de seus olhos para minha boca antes de se levantarem novamente, um sorriso debochado preguiçoso estica seus lábios.

Sorrio.

— E então eu vou trancar sua bunda lá, sair da casa e ligar para uma porra de um taxi me tirar daqui.

Risadas explodem de seu peito, profundas e suaves.

Ele estuda meu rosto com olhos avaliadores.

— Eu seriamente não aguento você. Espero que você saiba disso.

— O sentimento é mútuo — respondo, esperando, desesperada, que ele me leve de volta ao meu carro e me deixe começar a juntar os pedaços da minha vida.

Sentando-se, desliga o motor e abre a porta.

— Mas isso não significa que você vai se livrar tão fácil. Ou desce e me segue, ou eu vou te carregar para dentro, mesmo chutando e gritando. É sua escolha.

Casualmente se afastando do carro, ele me deixa apenas com a opção de segui-lo. É isso ou me sentar em uma garagem pelas próximas horas, minha respiração embaçando o vidro enquanto o carro esquenta com o cair da tarde.

Deixando-me sair, não corro para alcançá-lo, mas, em vez disso, mantenho um passo casual, meus dentes rangendo enquanto me pego assistindo o jeito que suas calças pretas se encaixam perfeitamente sobre uma bunda tonificada e coxas fortes.

Quando chega a uma porta lateral da casa, ele espera que eu me aproxime, seus olhos me escaneando de cima a baixo uma vez antes de focar no meu rosto.

— Por que você está fazendo isso comigo, Tanner? Só me responda isso.

Ele não sorri quando o faz:

— Porque eu adoro te irritar.

Infelizmente, acredito nele.

A porta se abre e ele dá um passo para o lado para me deixar entrar na sua frente. Sei que é melhor não lhe dar as costas, mas ele está sendo civilizado no momento, pelo menos tanto quanto consegue ser.

Tirando o paletó enquanto nós entramos em sua cozinha, ele o joga em uma bancada e vai para a geladeira.

— Posso pegar alguma coisa para você? Refrigerante? Água?

Ele faz uma pausa, esse maldito sorriso debochado na potência máxima.

— Algo mais forte, talvez? Eu me lembro de você sendo bem mais divertida quando estava bêbada.

— Pode me levar para casa — falo, arrastando um banco alto da ilha da cozinha para me sentar.

Sua cabeça está escondida atrás da porta da geladeira enquanto ele se inclina e pega o que quer que esteja procurando. Endireitando sua postura e fechando a porta, ele vira para mim, seus passos largos diminuindo a distância entre nós enquanto coloca uma garrafa de água na minha frente.

Tirando a tampa, ele bebe da garrafa, meus olhos caindo para o movimento de sua garganta conforme engole.

Como é possível que ele possa fazer algo tão mundano quanto isso parecer sexy? Encontro-me fascinada por tudo que é Tanner Caine. Um fascínio que só pode significar desastre.

Colocando a garrafa na mesa, ele se inclina para frente para apoiar seus antebraços contra a bancada, nossos olhos agora no mesmo nível.

— Receio que não vou ser capaz de fazer isso.

Porcaria.

Conheço esse olhar em seu rosto.

É o mesmo que ele sempre tem quando está prestes a jogar uma bomba no meu colo, os segundos passando, pronta para explodir.

TRAIÇÃO

Você pode dizer pelo brilho perverso em seus olhos, a linha de seus lábios se contorcendo em um sorriso torto que promete tudo o que eu nunca quis.

Por alguma razão, e de alguma forma, Tanner me encurralou de novo. Tudo o que eu tenho que fazer é perguntar e não há dúvida de que ele vai adorar me dizer exatamente o que fez.

É tentador não perguntar. Apenas deixá-lo esperando lá, balançando seu doce, implorando-me para pegá-lo. Sou minha própria pessoa. Não preciso estender a mão. Mas, ainda assim, sei que o que quer que ele esteja balançando na minha frente envolve algo da minha vida.

A curiosidade é demais. Do tipo que não apenas mata o gato, mas o atropela com um caminhão de duas toneladas, arrastando-o por quilômetros antes que a carcaça seja deixada na beira da estrada para ser pega pelos abutres.

— Por que não pode?

Seu sorriso se alargando não me surpreende. Seus olhos sedutores se suavizam ainda mais, apesar de como estão focados em meu rosto.

Tanner seduz enquanto dilacera as pessoas. Esse é o seu jogo. Ele faz você querer qualquer coisa que ele está jogando em você.

— Você não sairá da minha casa por um tempo, Luca. Trouxe você aqui com toda a intenção de te manter presa até você me dar o que eu quero.

Meu coração bate uma vez que meus dentes batem, seu olhar se levantando para o músculo que salta acima do meu olho, os cantos de sua boca se curvando mais.

Tanner não pode estar falando sério.

Sim, ele é um babaca, mas não é um sequestrador.

O que diabos Everly fez para que eu mereça isso?

Quando olhos verde-musgo encontram os meus novamente, meu rosto se aquece com raiva. Posso sentir isso flutuando na minha pele e sei que minhas bochechas não estão fazendo nada para esconder o fluxo de sangue.

— Você não está falando sério — eu finalmente digo. — Não tem como você me segurar aqui.

Recuso-me a acreditar nisso.

Recuso-me a acreditar nele.

Ele inclina a cabeça, parecendo bem quando faz isso, e então me abre um sorriso que significa que minha vida está totalmente fodida.

— Ah, mas eu posso. E você foi a pessoa que pulou alegremente no meu carro, então eu nem tive que lutar para te arrastar para a sua nova prisão. Isso tem que doer.

Tanner estava certo ao dizer que as mulheres inteligentes não deviam entrar em carros com homens estranhos.

E eu estava certa em dizer para ele que mulheres inteligentes também não entram em carros com homens que tentam destruí-las.

É uma pena que não ouvi meu próprio conselho.

Tanner

Meu corpo treme quando a porta bate atrás de mim.

A cada golpe, a madeira estilhaça um pouco mais, a voz de Luca absolutamente furiosa com as exigências de que eu a deixe ir, abra a porta, faça um longo passeio para a puta que pariu.

Eu sabia que não devia contar os planos que tinha para ela. Sabia que ela não iria exatamente aceitar numa boa. Mas eu não esperava tanta luta. Não esperava que ela perdesse a cabeça e fizesse eu me arrepender da decisão.

Esta é a segunda vez que eu ferrei as coisas com ela e, enquanto eu me apoio contra a porta, mantendo-a fechada para que uma mulher irritante como o inferno não venha correndo na sua tentativa de acabar com a minha vida, fico pensando sobre por que meu jogo é prejudicado toda vez que estou perto dela.

Eu estive fazendo isso desde o ensino médio. Emboscando pessoas. Fazendo acordos. Arruinando vidas enquanto digo meu preço por qualquer favor ridículo que eles pensam que fiz por eles.

E nunca sou pego desprevenido. Nunca me encontrei desejando apenas acabar esse jogo porque se tornou uma dor de cabeça muito grande para continuar.

Então Luca entrou em minha vida e aqui estamos. Ela está ameaçando destruir a sala ao seu redor e estou me perguntando por que não esperei até que tivesse reforço para dizer a ela a verdade sobre o que eu fiz.

Foi por isso que pedi para Gabriel vir para cá com os outros caras. Por um cronograma. Para dividir o tempo enquanto vamos ter que tomar conta dela para garantir que não escape e se esconda.

Pelo menos até ela nos dar o que queremos.

Depois disso, Luca está livre para ir. Posso esmagar seu marido de merda, o que é um bônus, e mandá-la embora com dinheiro o suficiente para recomeçar.

Porque isso nunca foi sobre ela.

Eu não pude evitar, no entanto.

Nunca posso evitar com ela.

Ela me fascina de formas que nunca senti antes.

— *Maldição, Tanner! Se você não abrir essa porta...*

Outra ameaça. Ela já fez mais de uma centena delas neste momento. Realmente, não há nada que ela possa fazer. Não vou me mover. Não vou deixá-la sair até que eu tenha várias outras pessoas aqui para me ajudar a persegui-la e prendê-la no chão, se necessário.

Essa mulher é como um gato silvando.

A porta bate mais forte, meu corpo indo para a frente com o movimento. Tentando não rir do que presumo que foi Luca jogando todo o seu corpo na porta, checo meu relógio e cerro os dentes, desejando como o inferno que eu tivesse meu telefone para que pudesse ligar para Gabriel e exigir que ele venha acalmar essa situação.

Mas não. Eu o deixei no balcão da cozinha quando Luca subitamente saiu correndo pela casa, sua mão pousando na maçaneta da porta de frente assim que a agarrei e arrastei sua bunda escada acima para o quarto de hóspedes.

Não estou equipado para esta merda e não tenho forma de prendê-la, exceto por ficar aqui.

É isso! Se você não vai me deixar sair dessa maneira, eu vou encontrar outra...

Revirando meus olhos, olho para o meu relógio de novo, irritação escorrendo pela espinha para ver que já se passaram três horas desde que eu disse a Gabe para trazer sua bunda aqui.

Meus olhos se arregalam ao escutar vidro quebrar no quarto, meu corpo girando para abrir aperta enquanto minha mandíbula se aperta.

Luca está tentando sair pela janela, para ir aonde, não tenho a porra da ideia. É uma queda direta deste quarto, sem treliças que ela pode escalar ou toldos que possa escorregar.

Ela vai quebrar uma maldita perna se eu não a parar, então corro pelo quarto, agarro-a pelos quadris e puxo-a para trás.

— Que porra você está fazendo?

Lutando contra mim, ela tenta chutar. Envolvo um braço ao redor do corpo dela, arrastando as pernas para evitar que seu calcanhar acerte minha canela.

Não é uma luta fácil, não enquanto tento não a machucar no processo.

Minhas costas batem contra uma parede enquanto seguro uma mulher que é mais forte que parece, a parte de trás de sua cabeça me batendo no peito.

Quando ela joga o cotovelo como se fosse me bater no lado, perco a paciência e empurro-a para frente, meus braços trancando em volta dela enquanto nós tropeçamos pelo quarto e caímos na cama.

Meu peso cai por cima dela, olhos fixos em uma expressão irritada que não deixa espaço para dúvidas de que Luca planeja me matar quando isso acabar.

Ela pode tentar assim que eu tiver os arquivos, mas por agora... essa merda acaba.

Prendendo seu rosto com minha mão, encontro seu olhar e mantenho-a parada.

— Você deveria parar antes de se machucar.

Ela me encara, suas bochechas vermelhas, os olhos selvagens com raiva.

— Saia de cima de mim, porra.

— Quando você aprender a se comportar, eu vou.

Coisa estúpida de se dizer. Só a irrita mais, a faz lutar mais, mas meu peso é muito para ela.

Eventualmente, ela sossega, provavelmente de exaustão, nossos corpos afundando no colchão, as pernas dela abertas por uma das minhas e eu uso meus cotovelos para me segurar em uma tentativa de não a esmagar.

É inconveniente termos acabado aqui na cama, de todos os lugares, especialmente com o jeito como ela me afeta de todas as maneiras que não devia.

Odiá-la é um afrodisíaco. Um que não posso resistir. Um que tem sido empurrado em minha vida tantas vezes que estou começando a me perguntar se alguma vez vou escapar.

— Você acabou?

Seus lábios se contraem em uma linha fina, olhos azuis tão bravos que estão focados como laser. Mas ela parou de lutar, pelo menos.

— Nunca vou acabar.

Infelizmente, tenho um sentimento de que nenhum de nós vai.

Eu sorrio sarcasticamente com o jeito que a voz de Luca rosnou sua resposta, como se qualquer coisa sobre ela pudesse ser assustadora para um homem como eu.

Meu corpo reage ao dela, porém, a evidência disso empurrando contra sua coxa. Ela finge que não percebe, mas sua respiração engata quando movo meus quadris, seu queixo se levantando quando seus lábios se entreabrem ligeiramente.

Amo assistir sua boca. Tudo nela. As discussões e ameaças que rolam tão facilmente por seus lábios e a porra do prazer que ela pode me proporcionar.

Luca se mexe debaixo de mim e isso é a *pior* coisa que ela poderia fazer no momento.

— Pare de se mexer — gemo, minha voz como uma lixa, porque estou preso no lugar, lutando comigo mesmo para evitar de pegar o que eu quero.

— Ou o quê?

Meus olhos se fecham ao som de sua voz, um tom que soa mais como um desafio do que uma pergunta. Abrindo-os novamente, encaro um pesadelo ganhando vida.

— Como você faz isso comigo, caralho?

Minha cabeça se abaixa até que nossas bocas estão se aproximando apenas um pouco. Eu a quero. Mas não quero a bagagem que vem com isso.

— Faço o que?

Ah, sua pequena provocadora...

Ela sabe exatamente o que está fazendo.

— Nós não somos bons um para o outro — sussurro, meus olhos procurando em seu rosto por qualquer sinal de que ela não queira isso tanto quanto eu.

Apesar de existir uma névoa de raiva, a atração é inegável. Nosso ódio um pelo outro apenas alimenta o fogo a um ponto em que vai ficar fora de controle se nós não tomarmos cuidado.

Ainda assim, seus olhos amolecem, seu corpo se mexendo de novo, enviando uma onda de choque pelo meu pau e por cada músculo.

— Você não acha que eu sei disso?

Eu sorrio. Não há força na pergunta, apenas o mesmo calor que está me queimando agora.

Foda-se.

Isso vai acontecer.

De um jeito ou de outro.

Não adianta atrasar o inevitável.

Abaixo a cabeça até nossas bocas pressionarem juntas, minha língua sacudindo para prová-la, minha mão agarrando os lençóis ao lado de sua cabeça.

— Diga-me para parar.

Ela rosna contra a minha boca.

— Eu já disse.

— Eu não acreditava em você. Talvez agora eu acredite.

Seus olhos encontram os meus.

— Eu...

— Sabe, quando eu disse a vocês para se comportarem, eu não queria dizer para se darem tão bem.

Um gemido passa por meus lábios ao ouvir a voz de Gabriel. Filho da puta. O timing dele não podia ser pior?

Levantando-me da cama, viro-me para olhá-lo e encontrá-lo apoiando um ombro contra o batente da porta do quarto, Ezra parado bem ao seu lado com um sorriso de comedor de merda no rosto.

Gabriel encontra meu olhar e sorri maliciosamente.

— O que o querido papai vai dizer se descobrir que os dois estão fazendo?

Babaca.

Luca se mexe para me expulsar, seu corpo se arrastando para longe de mim no colchão enquanto eu me sento e tiro as rugas da minha camisa.

Gabriel sorri.

— Você pode querer arrumar a gravata, Tanner. Está parecendo totalmente amarrotado.

Colocando-me de pé, olho para os dois quando eles riem, uma risada baixa, como se tivessem flagrado algo que me importo que eles vejam.

— Já estava na hora de vocês chegarem aqui. Onde diabos estavam?

Olhando para a janela quebrada e de volta para mim, Gabriel arqueia uma sobrancelha.

— Obviamente não onde toda a emoção estava acontecendo. O que aconteceu com a janela?

— Luca quebrou.

Seus olhos escorregam para ela.

— O seu dia melhorou?

— Está piorando — ela responde, a voz de volta ao normal agora que estamos separados.

Ele franze a testa, uma expressão falsa como o inferno antes de seus olhos se voltarem para mim.

— Nós precisamos conversar. Em privado.

Guiando Gabriel para fora do quarto, olho de volta para Luca para vê-la se levantar da cama. Meus olhos estalam para Ezra.

— Faça-me um favor e a mantenha nesse quarto. Não importa o que ela diga ou faça, não a deixe sair.

Seu olhar vai para mim e depois para ela. Luca aparentemente não aprecia o novo guarda que designei e caminha em nossa direção como se fosse sair.

Um rosnado de Ezra e ela recua, minhas sobrancelhas se atirando para cima ao ver isso.

Que porra?

LILY WHITE

Ela luta comigo, mas um aviso desse babaca e ela se acovarda?

Olho entre os dois, mas então dou de ombros e guio Gabriel para outra sala, a porta batendo silenciosamente atrás de nós quando ele segue.

Não perdendo tempo, vou direto ao ponto.

— Eles estão tentando matá-la.

Seus olhos se arregalam, braços cruzando sobre seu peito enquanto ele se encosta contra a parede atrás dele.

— E o que te faz pensar isso?

— Acabei de sequestrá-la de seu apartamento depois que um carro tentou atropelá-la.

Ele ergue uma sobrancelha.

— E então eu descobri que seus freios foram cortados.

Gabriel estende a mão para esfregar o queixo, nossos olhares travados porque ele sabe exatamente o que estou pensando.

— Foi assim que mataram o pai dela — ele diz — Achei que teriam mais criatividade do que repetir os mesmos truques velhos.

Meu sorriso não é amigável.

— Acho que, se funcionou da primeira vez, por que não usar novamente?

Era outro fodido segredo dentro do grupo, a verdade sobre todas as tentativas da nossa família para conseguir o que quer que o pai de Luca tinha contra eles.

Não tendo certeza de como matá-lo resolveria alguma coisa, imaginei na época que era para impedi-lo de ir a público.

Eu nem descobri o que eles tinham feito até depois que ele já estava deitado em uma mesa em algum necrotério da Geórgia, e não foi muito depois que fizeram exigências que eu retornasse à Luca.

Esfregando uma mão no rosto, caminho pelo chão.

— Se andar por aí sozinha, você e eu sabemos que ela está morta. O que significa que ela fica aqui até eu conseguir os servidores.

Uma risada suave sacode seus ombros.

— E como você planeja fazer isso? Apesar desse jogo entre vocês dois ter sido divertido, você não está mais perto desses arquivos agora do que estava em Yale.

Eu sorrio, meus pés vindo a uma parada enquanto escorrego minhas mãos nos meus bolsos e olho para ele.

— É hora do desafio.

O canto do seu lábio se curva em resposta.

— Como se ela já não estivesse louca o suficiente. Mas estou dentro. Já tenho Ivy correndo, mas posso adicionar Luca na lista. O que você precisa que eu faça?

— Nós vamos mantê-la aqui — explico —, onde ela está segura.

Ele ri.

— Isso é questionável. Especialmente com você rondando por perto.

Atirando um olhar a ele, ignoro a indireta que mandou.

Sim, eu quero Luca, mas fazer algo a respeito iria causar mais complicações do que eu preciso. Tem que haver uma maneira de conseguir isso sem me prender no que fazemos com ela.

— Precisamos de um cronograma entre todos os caras. Não posso estar aqui o tempo todo. Todos eles estão lá embaixo?

— Todos menos Shane e Damon.

Por que não estou surpreso, porra? Aqueles babacas estão provavelmente em um bar em algum lugar começando brigas só por diversão.

— Que seja. Nós podemos dividir o tempo entre todo mundo que está aqui agora e adicionar os outros dois quando aparecerem de novo.

Andando para a porta para descer as escadas, Gabriel segura meu braço para me parar.

— O quanto a estamos sacudindo? Você sabe que regras precisam ser estabelecidas para garantir que certos idiotas não ultrapassem os limites.

Essa é a coisa com os desafios que a maioria das pessoas não sabe. O objetivo nunca foi a diversão que temos caçando as pessoas. Sempre tem sido sobre o que nós fazemos com suas mentes quando nós as pegarmos.

Preciso dos arquivos.

É o único jeito de ter minha vida de volta e finalmente afastar o controle que nossas famílias têm sobre todos nós.

Odiando-me pelo que sei que tem que acontecer, olho para ele e dou a única resposta que existe.

— Não há regras. Quanto mais cedo ela se render, melhor.

Afastando meu braço, fico incomodado quando ele se recusa a largar, seus dedos se apertando, a expressão de seu rosto dizendo tudo o que não preciso ouvir no momento.

Gabriel me conhece muito bem, embora. Tanto que ele faz a pergunta que me recuso a fazer para mim mesmo.

— Tem certeza de que quer fazer isso? Você conhece esses caras. Sem regras, eles vão fazer o que diabos quiserem.

Arrancando meu braço de seu agarre, giro para encará-lo completamente.

— Por que eu deveria me importar?

Olhos verdes fixam-se nos meus.

— Porque nós dois sabemos que você sente mais por Luca do que está disposto a admitir. E eu odiaria ver você matar um de nós quando empurrarmos os limites dela longe demais. Você quase arrancou a cabeça de Shane na noite da festa de Yale. E, pelo que eu vi, foi só porque você não gostou de ele tocar em algo que não era dele.

— Eu disse a ele para se aproximar dela.

Gabriel sorri.

— Sim, você disse. Mas nunca disse a ele para beijá-la. Eu vi o quão rápido você se moveu quando a boca dele estava a centímetros da de Luca.

Meus dedos se fecham em punhos, o pensamento de qualquer um dos caras tocando em Luca me deixando louco.

Não quero reivindicá-la.

É perigoso reivindicá-la.

Mas, como sempre, Gabriel está certo em trazer isso à tona.

— Tudo bem. Uma regra. Nada sexual. Se qualquer um deles pensar com seus paus, eu vou cortá-los e usá-los para bater neles.

Sorrindo para isso, Gabriel me segue para fora da sala para descer as escadas, sua voz suave um sussurro nas minhas costas quando diz:

— Já era hora de você admitir o que o resto de nós sabia todo esse tempo.

Luca

Existe um ponto na vida de cada pessoa onde elas atingem o fundo do poço. É diferente para todo mundo, seus motivos sendo uma mistura infeliz de circunstâncias e escolhas, de más decisões e caminhos errados que os levam a um lugar onde se sentem encurralados.

Nem todo mundo reage da mesma forma. Alguns cedem aos seus demônios, aconchegando-se com o vício, ou cedem à influência daqueles que os machucam. Ainda assim, outros lutam contra a maré alta, seus braços e pernas chutando em desespero enquanto as águas os arrastam para o mar.

E talvez essa seja a melhor descrição que existe para um momento como este: uma correnteza. Um surgimento de água tão forte e profundo que estou desamparada em ser pega por ela.

Estou observando enquanto a segurança da costa se esvai e posso escolher entrar em pânico e me afogar, ou posso levar um momento para aceitar onde me encontrei. Posso nadar com tudo, movendo-me paralelamente à costa com a certeza de que as águas irrefreáveis vão acabar me soltando para que eu possa retornar à costa.

O único problema é que minha correnteza não é uma força da natureza sem pensamento consciente. Não é uma ocorrência natural que é causada pelo vento, areia e ondas do mar. Não é algo que se comporta de uma determinada maneira ou joga pelas regras esperadas.

A minha é tão antinatural quanto parece, um jogo projetado e realizado por um homem que não tem coração, não tem consciência e não aceita as pessoas que não darão o que ele quer.

É como se Everly tivesse me levado a um mar turbulento e, depois de irritar Poseidon, ela conseguiu escapar enquanto me deixava para lutar a batalha.

O que pode ser feito agora que me encontro sentada em uma cama em um quarto estranho, vigiada por um homem que as pessoas chamam de Violência, que rosna em advertência cada vez que olho em sua direção?

Absolutamente nada.

Pelo que eu me lembro, esse filho da puta é tão louco quanto parece e, olhando para ele, ousando dar uma espiada quando seus olhos não estão fixos na minha direção, só piora a situação.

Ezra, como o resto dos garotos Inferno, é lindo. Inacreditável, realmente. Ele não é nem de longe tão sofisticado quanto Tanner e Gabriel, não é um jogador óbvio como Jase, não é tão bem estruturado quanto Mason, Taylor ou Shane.

Ele está em um nível totalmente diferente. Um belo homem tão cheio de raiva que você quase consegue vê-la vibrando sobre sua pele. E, embora essa raiva devesse aterrorizar qualquer pessoa que esteja olhando para ele, de alguma forma ela combina com ele, põe em foco seus traços fortes, torna as cicatrizes que carrega em seus braços e rosto em adornos mais do que erros.

E pensar que ele tem um gêmeo idêntico.

Não consigo nem imaginar quão corajosa uma mulher deve ser para chegar em qualquer lugar perto deles.

— Desça, eu vou assumir Luca daqui.

Meus olhos saltam para ver Gabriel na porta, seu olhar verde deslizando em minha direção enquanto Ezra se vira uma última vez para zombar de mim com um sorriso perverso, um barulho estridente saindo de seu peito que me faz estremecer no lugar.

Tanner foi inteligente ao escolher Ezra para guardar aquela porta, porque não há nenhuma maneira no inferno de eu tentar passar por ele.

Quando Ezra se afasta, Gabriel ri, balança a cabeça e fecha a porta atrás de si, seu passo orgulhoso e forte enquanto ele cruza o quarto para cair na cama, a cabeça pousando no meu colo enquanto estica o corpo alto sobre o colchão.

Olho para baixo para encontrá-lo me encarando, um sorriso brincalhão torcendo seus lábios enquanto meus dedos vão para seus cabelos castanhos. É tão macio quanto parece.

— Você está aqui para bancar o policial bom?

Há um brilho em seus olhos verdes-esmeraldas que revela as qualidades juvenis do rosto de Gabriel. O homem é um destruidor de corações, eu sei disso, sei que ele pode mentir e fazê-la acreditar que o céu é rosa mesmo quando você vê claramente que é azul. Mas, ainda assim, é difícil odiá-lo.

E talvez seja isso que o torna tão perigoso. Enquanto a presença sombria de Tanner é suficiente para sugar o ar de seus pulmões, Gabriel é como um raio de sol que faz você querer se aproximar e se aconchegar ao calor.

Gabriel não é severo como Tanner. Ele não está tão focado em um único objetivo a ponto de perder seu espírito bem-humorado. Faz sentido que os dois sejam melhores amigos. Tanner precisa de uma influência em sua vida que o ajude a suavizar as arestas afiadas de seu espírito vingativo.

Meus dedos massageiam a cabeça de Gabriel enquanto continuo brincando com seu cabelo, seus olhos fechando enquanto ele cruza um tornozelo sobre o outro.

— Não tenho ideia do que você está falando, amor. Só estou aqui porque já faz anos desde que nós tivemos algum tempo agradável juntos.

— Por que eu não acredito em você? — Meus dedos param e ele bate na minha mão para me dizer para continuar.

Quando não começo de novo, seus olhos se abrem, uma carranca puxando o canto de sua boca.

— Eu estava gostando disso.

— Se eu começar de novo, você vai me dizer por que estou sendo mantida em cativeiro?

Ele sorri.

— Se eu te der uma resposta, você vai acreditar em mim?

— Não.

Sua mão bate suavemente na minha novamente.

Revirando meus olhos, começo a brincar com seus cabelos ondulados, observando enquanto seus olhos se fecham e ele aninha a cabeça no meu colo um pouco mais.

Alguns segundos se passam antes que ele quebre o silêncio confortável.

— Você está aqui porque tem algo que o Inferno quer. Por que não apenas dar para nós e acabar com isso?

— Provavelmente porque não me curvo a valentões. Não nesta vida, e não irei na próxima.

Outra curva de seus lábios, mas seus olhos permanecem fechados.

— É por isso que eu sempre gostei de você. É provavelmente por isso que Tanner também não consegue tirar você da cabeça.

— Tanner me odeia tanto quanto eu o odeio.

— O que deve explicar por que vocês dois estavam a cerca de cinco segundos de foder os miolos um do outro quando entrei no quarto mais cedo. — Abrindo os olhos, levanta uma sobrancelha para mim. — A teimosia dele só se compara à sua. E mentir não fica bem em você. Você deve deixar isso para os especialistas.

— Como você?

— Exatamente.

Ficamos em silêncio de novo, meus dedos ainda brincando em seu cabelo enquanto ele relaxa na cama.

— Conte-me sobre Ivy.

Ele me abre um largo sorriso, pura maldade naquela visão.

— Ela é uma velha amiga. Seu círculo sempre esteve em torno do nosso enquanto crescíamos, e Ivy me deve por algumas porcarias que ela fez quando éramos crianças. Temos um encontro marcado para este fim de semana. Deve ser muito divertido.

— Presumo que seja para você e não para ela?

Seu sorriso se alarga.

— Não tenho ideia do que você está falando. As pessoas não podem deixar de se divertir quando estou por perto. Sou totalmente uma festa autossuficiente em que confetes explodem da minha bunda toda vez que peido.

Bato em seu ombro, mas dou risada de qualquer maneira.

Apesar do quão confortável estou ao redor de Gabriel, sei que ele está aqui por um motivo. Provavelmente, Tanner o mandou para suavizar as coisas, como de costume, ou para me convencer a entregar os servidores do meu pai para que eles consigam o que estão procurando.

— Não vou entregar os servidores — digo a ele —, não importa o que façam. Tanner não pode me segurar aqui para sempre.

— É uma pena que você realmente acredite nisso.

Minha cabeça gira com o tom profundo da voz de Tanner. E embora eu esperasse que seus olhos estivessem fixos no meu rosto, eles estão voltados para Gabriel em vez disso, algo não dito rolando por trás daquele tom de verde, aborrecimento uma linha em seus lábios.

Olho para baixo, para Gabriel, e vejo que ele não está afetado pela presença de Tanner, seus braços cruzando sobre o peito enquanto ele aninha a cabeça ainda mais contra o meu colo.

— Bem-vindo à festa — brinca Gabriel. — Estávamos prestes a terminar o que vocês dois começaram antes.

Seus olhos se voltam para mim.

— Está tudo bem, Luca. Acho que podemos contar a ele sobre nosso caso de amor selvagem. Ele te odeia de qualquer maneira. — Com os olhos deslizando para a direita, Gabriel sorri. — Não é verdade, Tanner?

Olho entre os dois, minhas sobrancelhas se franzindo com a tensão repentina no quarto. Eles se olham em silêncio, embora, a julgar pela linha fina dos lábios de Tanner e o sorriso diabólico que Gabriel usa, eles estão se comunicando à sua própria maneira.

Eventualmente, Tanner direciona seu olhar irritado para o meu rosto enquanto se apoia contra a parede em suas costas e enfia as mãos nos bolsos de sua calça preta.

Desde a última vez em que o vi, ele perdeu a gravata que usava e desabotoou o topo de sua camisa preta. Isso me dá um pequeno vislumbre de sua garganta.

— Você não tem ninguém para procurar por você — diz ele, as linhas cruéis de seu rosto ainda mais severas do que o normal. — O que te faz pensar que não posso mantê-la aqui?

Infelizmente, ele está certo. A única pessoa com quem ainda falo é Marjorie.

— Eu tenho uma advogada que vai se perguntar onde estou.

Ele sorri, a expressão nada amigável.

— Uma advogada que pensa que você acabou de sair do estado. Pelo menos de acordo com o e-mail que ela me enviou, implorando para cancelar a audiência. Ela não vai se incomodar com você de novo até que eu faça algo no caso. — Tanner faz uma pausa, seus olhos procurando nos meus por qualquer reação. — Obrigado por isso, a propósito. Você tornou minha vida muito mais fácil.

Meus olhos se fecham com o lembrete, as paredes se estreitando sobre mim quando enfim percebo quão presa realmente estou.

Gabriel se move para se sentar, o colchão mergulhando embaixo de mim enquanto posiciona seu peso no lado da cama.

O quarto está perturbadoramente quieto, tanto que juro que os dois podem ouvir meu coração batendo de forma errática, meu pulso palpitando em meu pescoço.

Abro meus olhos novamente para encontrar os de Tanner, raiva violenta se acendendo dentro de mim ao ver a maneira que me encara, como se já tivesse vencido esta guerra e estivesse apenas esperando que eu aceite isso.

Foda-se ele. Recuso-me totalmente.

— Parece que serei sua convidada por um tempo. Quando a diversão e os jogos começam?

A arrogância que brilha em sua expressão é suficiente para deixar meus nervos à flor da pele, nossos olhos fixos em batalha enquanto nós dois nos preparamos para empunhar nossas espadas.

— Eles já começaram.

O quarto cai em silêncio novamente, Tanner e eu nos recusando a desviar o olhar ou recuar. Mas enquanto ele domina seu espaço com um refinamento casual, eu luto para manter minha cabeça erguida porque, mais uma vez, estou me afogando.

Não vou deixá-lo saber, no entanto. Não vou reagir ao jeito que ele está me olhando com a mesma condescendência sarcástica que fez em Yale.

Ele quer que eu pense que estou abaixo dele de alguma maneira.

Que sou a presa indefesa.

Que não tenho chance contra um homem que não começa a jogar até saber que seu oponente já perdeu.

Deixo para Gabriel quebrar o silêncio tenso.

— Maldição, até eu vou precisar de um cigarro depois de toda essa foda com os olhos acontecendo entre vocês dois. Sério, arrumem um quarto.

Tanner não para de me encarar quando late:

— Temos um. Saia dele.

Uma risada suave sacode a cama.

— Não é uma má ideia. Há um bar lá embaixo chamando meu nome. — Gabriel me cutuca com o cotovelo. — Algo que eu possa pegar para você? Parece que você precisa.

Com meus olhos ainda fixos no predador me olhando como se eu fosse um jantar, respondo:

— Não, obrigada. Da última vez que bebi perto de vocês, acabei com minha própria sessão de fotos sensuais.

Outra cutucada.

— Sim, mas você era malditamente fofa quando estava bêbada. Considere como um elogio que alguém quisesse *souvenirs*.

Meus dentes rangem com o comentário, a raiva disparando em minhas veias. Estalando meus olhos para Gabriel, estreito meu olhar sobre ele.

— Foi você?

Ele sorri, uma covinha marcando uma bochecha.

— Não. Nenhum dos caras teria sido tão burro de tirar essas fotos.

Meu olhar volta para Tanner.

— Ainda assim, você de alguma forma colocou as mãos sobre elas.

Lábios puxando em um sorriso debochado irritante, sua voz é áspera quando ele responde:

— Eu disse a você em Yale que cuidaria do problema. É passado,

Luca. E, além disso — ele dá de ombros —, não é como se elas tivessem sido espalhadas tanto assim. Todo mundo tinha visto coisa melhor.

Meu queixo cai antes novamente. Como ele se atreve, porra?

Sem dar a mínima para o insulto que acabou de lançar em mim, Tanner se afasta da parede.

— Fique de olho nela esta noite, Gabriel. Vejo você pela manhã.

Enquanto ele caminha para a porta, fico de pé.

— Onde diabos você está indo?

Tanner olha por cima do ombro para mim.

— Eu tenho um encontro. Não espere acordada.

Com isso, ele sai, meu corpo praticamente vibrando de raiva. Alguns segundos se passam antes de Gabriel se levantar ao meu lado para deslizar um braço em volta dos meus ombros.

— Então, sobre aquela bebida. — Viro-me para olhar para ele, que apenas sorri em resposta. — O que? De que outra forma eu vou chicotear sua bunda no pôquer se você não está tão bêbada quanto eu?

Poker?

Ele está falando sério?

Estou sendo mantida como refém por um idiota que nem se dá ao trabalho de ficar em casa onde ele me tem presa, e Gabriel quer que eu jogue pôquer?

— Desculpe, mas vou ter que ficar de fora do jogo. Estou totalmente falida por causa do seu melhor amigo babaca.

Apertando seu braço por cima do meu ombro, Gabriel me leva até a porta.

— Não se preocupe com isso, linda. Tenho certeza de que podemos arrumar outras formas de tornar esse jogo divertido.

Tanner

A viagem para o escritório não demora muito, meu carro estacionando suavemente na garagem subterrânea enquanto o sol ainda está alto no céu da tarde. A última coisa que preciso é ficar preso em casa com Luca e o resto dos idiotas do meu grupo. Vir aqui é uma boa distração.

Não consigo pensar quando ela está por perto e o que eles vão fazer com ela só vai me irritar se eu estiver lá para testemunhar.

Felizmente, Gabriel tem bom senso o suficiente para mantê-la sob vigilância, embora eu fosse um mentiroso de alegar que a amizade fácil que ele tem com Luca não irrita pra caramba toda vez que ele a esfrega na minha cara.

Saindo do carro depois de parar no meu lugar reservado, atravesso o estacionamento e pego o elevador privativo até meu andar, evitando a área de recepção para poder voltar furtivamente ao meu escritório sem ser visto.

Lacey está esperando por mim quando as portas do elevador se abrem, seus braços cheios de algumas pastas de arquivo e sua expressão retorcida de frustração.

Passo rápido por ela, sabendo que vai acelerar suas pernas curtas para acompanhar. Ela aprendeu a usar sapatos confortáveis ao meu redor, porque os saltos são um risco de lesões quando tenta acompanhar a velocidade do meu passo.

Levou apenas três torções de tornozelo, dois meses de muletas e vários pedidos de indenização trabalhista que eu paguei relutantemente para que ela finalmente aprendesse a lição.

— Tenho várias mensagens para você, Senhor Caine, e não tenho certeza do que fazer com o visitante na sala de espera.

Lacey já está respirando pesado quando viramos à esquerda em meu escritório, as cortinas abertas para deixar entrar a luz do sol que não tenho desejo de ver agora.

Batendo a palma contra o botão que as fecha automaticamente, largo o peso na cadeira, coloco os dedos no queixo e olho para uma mulher que tem uma gota de suor escorrendo pela têmpora do treino improvisado de me perseguir.

A sombra desce no escritório, apenas a luz fraca de alguns abajures conseguindo iluminar o grande espaço.

— Primeiro, as mensagens — estalo. — Diga por que devo me preocupar com elas.

Quer dizer, sério. Lacey já deveria saber que eu mal levanto um dedo em qualquer um dos meus casos. A maioria é deixada para os associados de nível inferior, e Gabriel lida com qualquer dinheiro grande.

— Chet Wilcox ligou sobre...

— Não me importo.

Ela me encara.

— Vou pedir a Jonathan para cuidar disso. Segundo, Aster Pickens...

— Parei de me importar com ele há mais de um ano.

Um revirar de olhos.

— Vou reatribuir isso também. Seu pai...

— Normalmente você sabe qual seria a minha resposta a isso, mas ligue de volta e coloque-o na minha agenda.

Recusando-me a perder meu tempo com esse bastardo normalmente, tenho um acerto de contas a tratar com ele sobre Luca. Não tenho certeza de como fazer para afastá-lo da tara que ele tem pela morte dela, mas vou pensar em algo.

A surpresa arregala seus olhos, mas então ela controla a expressão.

— Sua agenda está aberta. Você já cancelou tudo em sua agenda pelos próximos seis meses. Quando devo agendá-lo?

Sério? Tenho um lampejo de pensamento de que deveria fazer algo sobre isso, mas então descarto como besteira. Nós temos subordinados para lidar com a rotina diária, advogados inexperientes e recém-saídos da faculdade de direito que se importam mais com essa merda do que eu.

— Finja que está lotada. Mas minta e diga a ele que fui gentil o suficiente de concordar com uma rápida videoconferência em duas horas.

Com essa conversa terminada, levanto meus pés para a mesa, inclino-me para trás na cadeira, bato no meu teclado para dar vida ao meu computador e pergunto-me por que Lacey ainda está lá olhando para mim com seu queixo caído.

— Há mais alguma coisa?

— Clayton Hughes está na sala de espera. Ele está aqui há três horas e se recusa a sair até que fale com você.

Minha mandíbula pulsa. Clayton não é nada mais do que um meio para um fim, mas o idiota acha que eu realmente me importo com o que acontece no caso dele. Como ele consegue ser tão estúpido a ponto de pensar que vou fazer qualquer coisa por ele está além da minha compreensão, mas tenho que jogar junto de qualquer maneira.

Pelo contrário, ele pode servir para obter mais informações sobre Luca.

— Faça-o esperar mais uma hora e depois mande-o entrar.

Ela se vira para sair.

— Espere.

Lacey para no meio do caminho, seus ombros ficando tensos de medo à espera do que quer que eu diga.

— Clayton tem usado o bar de café de cortesia?

— Sim — ela geme. — Ele provavelmente já custou à empresa cem dólares por quantas xícaras tomou.

Meus olhos encontram os dela, as sobrancelhas disparando para a minha testa na expectativa do que espero que ela diga a seguir.

Outro rolar de olhos.

— Já joguei a placa de avaria no banheiro meia hora atrás.

Eu sorrio. É sempre melhor intimidar as pessoas quando elas estão desconfortáveis e pensam que sua bexiga pode explodir. Levei apenas três anos para ensiná-la o jogo.

Tudo o que faço é calculado. E, felizmente, Lacey finalmente aprendeu a maioria das minhas técnicas. É por isso que estou feliz por ela não ser de nenhum interesse para Jase. Treiná-la tomou muito do meu tempo e perdê-la seria um pesadelo.

— Faça-o esperar uma hora e meia então. Quanto mais pressa tiver para sair daqui, melhor.

— Sim, Senhor Caine.

Não gosto do tom descontente de sua voz, mas opto por ignorá-lo. Encontrar alguém para substituí-la seria impossível. A pobre mulher atura minhas merdas diariamente e não recebe o suficiente por isso.

Batendo os dedos na mesa, tento ler a porcaria de uma tonelada de e-mails nos quais não tenho interesse, mas meus pensamentos continuam voltando para a casa, para Luca, para o fato de que ela está atualmente nas mãos de seis homens que não têm nenhum problema em ferrar com algo que não lhes pertence.

Não que Luca seja minha. Ela não pode ser. Mas mesmo assim...

Um pouco mais de uma hora depois, estou ficando completamente louco, perguntando-me o que diabos estão fazendo com ela.

Acionando o viva-voz do meu telefone, coloco na discagem rápida para Gabriel, meus dentes rangendo enquanto a linha toca muitas vezes antes que ele atenda.

Música explode ao fundo, o barulho baixo de risos, fichas de pôquer e garrafas de cerveja tilintando embaixo dela.

— Por que parece que há uma festa na minha casa?

Girando minha cadeira, aperto outro botão para levantar as cortinas novamente, meus olhos encarando uma cidade que nossas famílias praticamente possuem. As fachadas de vidro e aço dos prédios se estendem por quilômetros, o fluxo normal de tráfego e as pessoas circulando sob suas sombras.

Eventualmente, o resto dos caras e eu teremos a maioria de tudo o que posso ver. Eu me sentiria como um chefe da máfia se nossas famílias não fossem mais especialistas em crimes de colarinho branco do que o incômodo usual do tráfico de drogas, violência e outras merdas que preferem se esconder nas sombras da sociedade educada.

Há mais dinheiro a ser feito com informações privilegiadas, práticas de negócios questionáveis e a sutil quebra de leis e regulamentos, uma habilidade que nossos pais aperfeiçoaram quando nós éramos crianças, seus negócios já rendendo bilhões que poderemos herdar assim que aqueles gordos de merda estiverem a sete palmos do chão.

— Porque há uma festa em sua casa — responde Gabriel, humor óbvio em sua voz que só me irrita mais.

Ouço Luca rir de algo ao fundo e meu olho se contrai.

— Por que parece que ela está se divertindo? Ela deveria estar correndo.

Ele ri.

— Deixe-me cuidar disso. Luca é realmente muito divertida quando se dá uma chance a ela.

Que porra isso quer dizer?

Antes que eu possa latir a pergunta, Gabriel diz rapidamente:

— Divirta-se no seu encontro. Fique fora tão tarde quanto precisar.

A linha fica muda e meus dentes batem juntos.

Giro para ligar de volta, mas, antes que eu possa pressionar o botão, o interfone toca, a voz de Lacey estridente pelo alto-falante.

— Senhor Hughes está exigindo vê-lo agora. Posso mandá-lo entrar para que Roxanne pare de me chamar a cada cinco minutos?

Esfrego a mão no rosto. Encontramos Roxanne trabalhando em um poste de stripper em um clube masculino exclusivo há dois anos. Ela era uma dançarina de merda, dava a desculpa padrão de fazer isso apenas para pagar pela faculdade e tinha seios decentes. Gabriel descobriu que ela poderia ser capaz de trabalhar ao telefone e se ofereceu para trazê-la para a firma como recepcionista. Na época, eu era totalmente contra.

Mas, como sempre, o idiota estava certo. Ela é boa em entreter homens de alto poder que estão chateados que estamos desperdiçando seu tempo ao fazê-los esperar. Seu decote baixo e amplo colo hipnotizando-os enquanto ri e enrola o cabelo.

Manter Jase longe dela tem sido um inferno para todos nós. De alguma forma, conseguimos.

Sem paciência para essa merda, olho para o relógio e aperto um dedo no botão para responder a Lacey.

— Mande-o entrar.

— Graças a Deus — resmunga, embora tenha certeza de que ela não queria que eu escutasse.

Dez minutos se passam antes de Lacey entrar pela minha porta com um Clayton extremamente irritado seguindo atrás dela.

Ela olha na minha direção antes de se virar para sair, a porta batendo um pouco forte enquanto Clayton se senta do outro lado da mesa.

Ele cruza as pernas, repensa, muda sua postura e então segura os apoios de braço com as mãos.

Sorrio ao ver quão desconfortável ele está.

Recostando-me na cadeira, mostro a ele uma expressão vazia.

— Geralmente é recomendável marcar um horário, Hughes. Meu tempo é particularmente muito requisitado e não aprecio as pessoas pedindo mais dele do que estou disposto a dar.

O bastardo estreita seu olhar para mim, os dentes rangendo enquanto continua se contorcendo porque cometeu o erro de me irritar.

— Sim, bem, deixei mais de uma dúzia de mensagens e você não parece ter pressa em retorná-las.

— Sou um homem ocupado — respondo, um sorriso astuto esticando meus lábios.

Ficando de pé, eu casualmente caminho pela sala até uma barra lateral em uma parede distante, a jarra padrão de água gelada no lugar que Lacey sabe que deve deixar para mim. Pegando um copo, olho para ele, sorrio como se não soubesse que ele está morrendo com uma bexiga cheia e lentamente despejo a água, garantindo que o som o deixe louco.

— Posso pegar algo para você beber?

— Não — ele estala —, já bebi o suficiente e, aparentemente, os banheiros deste lugar não estão funcionando.

— Nós temos tubulações de merda — minto, antes de tomar um longo gole, certificando-me de sorver ruidosamente antes de engolir.

Ele se contorce em sua cadeira de novo e tenho a sensação de que está a cerca de cinco segundos de distância de se mijar como uma criança com um problema de penico.

— Por que você está aqui?

— Para ter minha vida de volta! Você prometeu que essa merda com Luca acabaria logo. Nunca concordei com a porra do tempo que você está levando para reunir sua merda. Estou com outra pessoa. Quero seguir em frente com a merda da minha vida.

Voltando para a minha mesa, largo meu peso na cadeira executiva de couro e coloco o copo d'água sobre ela.

— Sua secretária, certo?

Falando com os dentes cerrados, ele me corrige:

— Ela é uma assistente-executiva.

— Mesma coisa, mas não é esse o ponto. Infelizmente, seu pau errante tornou o processo um pouco mais difícil para mim do que deveria, porque você foi muito estúpido para impedir Luca de saber.

Seus olhos se arregalam, a bunda se contorcendo novamente enquanto suas coxas se juntam e se separam. O filho da puta está prestes a se mijar e eu sorrio ao ver isso.

— Deveria ter mantido o pau nas calças ou escondido melhor — digo, coçando o queixo. — Ninguém gosta de trapaceiros.

Atirando-se para frente, sua expressão se torce porque seu cinto deve ter apertado no lugar errado para ficar confortável. Ele bate com o punho na minha mesa, uma pilha de papéis chacoalhando com a força disso.

Levanto uma sobrancelha, desafiando o bastardo a fazer de novo.

Felizmente, ele não é tão estúpido. Afasta a mão e recosta-se na cadeira, claramente desconfortável.

— Você deveria lidar seriamente com essa coceira na virilha, Clayton. A agitação está me dando nos nervos.

— Eu tenho que mijar!

— Claro que sim. De onde estou sentado, parece mais com clamídia, o que significa que vou ter que queimar a porra da cadeira agora que você a infectou.

Clayton rosna e eu ignoro, meus olhos estalando para o relógio para ver que meu encontro com o meu Querido Papai está chegando.

Olho de volta para ele.

— Escuta. Você fodeu seu próprio jogo dormindo por aí e sendo pego. Não há nada que eu possa fazer sobre isso.

— Não tive escolha!

Ele se levanta de repente, mas se arrepende, suas coxas tensas enquanto caminha para frente e para trás diante da minha mesa, a dor evidente em suas feições. O idiota deve ter bebido uma garrafa inteira de café antes de entrar no meu escritório.

— Não estaria nessa confusão se não fosse por você. Eu te devia dois favores. Paguei um deles casando-me com Luca e trazendo-a de volta para a cidade. E paguei o segundo quando me disse para me divorciar dela e preenchi a porra da papelada. Você disse que iria lidar com essa merda, e agora estou diante de uma perda de quatro milhões de dólares...

— Três vírgula sete — eu o corrijo, sem dar a mínima para o que ele tem a perder.

— Que porra seja, Tanner. Eu quero sair. Minha dívida com você está paga. Nunca a amei de verdade e você sabe disso, porra. Ajude-me a acabar com essa merda para que eu nunca tenha que vê-lo novamente. Estou farto de você e do resto do Inferno. Se não acabar com isso logo, juro por Deus que vou contar tudo para Luca. Deixá-la saber o quanto fodeu com a vida dela desde que deixou Yale.

E isso é algo que nunca pode acontecer. É a razão pela qual Luca nunca parou de correr, e também a razão pela qual nunca me preocupei com ela fugindo.

É também a razão pela qual ela nunca vai ser nada mais do que algumas noites na minha cama, porque tenho uma leve suspeita de que ela não vai me perdoar se alguma vez descobrir.

Sim, sou um bastardo.

Eu aceitei isso.

Fiz as pazes com isso.

Sacrifiquei tudo que significa algo para mim para que eu possa me vingar de nossas famílias.

As decisões que tomei sobre Luca não foram fáceis, mas foram extremamente necessárias e tenho sofrido as consequências desde então.

Mas não foi tudo por motivos egoístas. Eu sabia que nossas famílias estavam perseguindo o pai de Luca. Também sabia que eles iriam eventualmente matá-lo se não desse o que queriam.

Eu precisava dela fora do fogo cruzado, e a única maneira de conseguir isso era tirando-a da Geórgia. Uma vez que a probabilidade de ela me ouvir sobre ir embora era quase nula, tive que pensar em medidas criativas.

Não, isso não desculpa meus erros contra ela, que ainda vai me odiar se descobrir. Mas minhas intenções não eram todas ruins.

Posso ser um cara decente sobre certas coisas.

Endireitando os punhos das mangas, inclino-me para trás no meu assento, levanto meus pés até a mesa e olho para o idiota que acha que isso vai acontecer como ele quer.

— Você arruinaria suas chances de ganhar o caso se fizesse algo tão estúpido. Admitir um casamento armado apenas colocaria os termos do Acordo Pré-nupcial a favor dela.

Eu deveria saber, escrevi dessa forma de propósito. Precisava de uma apólice de seguro caso chegasse ao ponto em que ele decidisse admitir o que eu tinha feito.

Clayton não era inteligente o suficiente para ler as letras miúdas antes de assinar, mas, então, ele sempre tinha sido um aluno abaixo da média em Yale.

O que ele não sabe é que eu o redigi de outras maneiras especificamente para o benefício de Luca.

Foi um golpe baixo da minha parte foder com a vida dela jogando Clayton em sua direção. O mínimo que eu poderia fazer para compensá-la era garantir que ela iria embora com milhões assim que eu tivesse o que quero.

Clayton desdenha em minha direção, metade raiva e metade necessidade de atender ao chamado da natureza.

— Não dou a mínima. Você a quer para alguma coisa. Não teria me armado para ela se não o fizesse. Se não terminar isso, vou foder qualquer jogo que esteja jogando. Acabou para mim.

Meus dedos brincam com uma caneta na mesa, o *click, click, click* constante enquanto a viro de ponta a ponta, contando os segundos até que possa chutar esse idiota do meu escritório.

— Luca está fora da cidade — minto, minha cadeira rangendo enquanto puxo meus pés para baixo para descansar os antebraços na mesa e olhar para ele. — Encontrá-la pode ser um problema.

De um jeito ou de outro, vou acabar com esse filho da puta insuportável. E do jeito que está indo, ele terá sorte de se arrastar ainda respirando.

— E é por isso que permiti você voltar aqui em primeiro lugar.

Deixe-me lembrá-lo de uma coisa, Clayton. Há uma cadeia alimentar lá fora e você está sentado no fundo dela. Enquanto isso, estou no topo. É por isso que controlei sua vida por tanto tempo. A menos que você queira que seu pai senador seja arrastado para a lama porque você me irritou...

— Ele já está sendo arrastado — interrompe Clayton, seu rosto em um tom de vermelho brilhante. — Ele quer o divórcio finalizado. Está fodendo a campanha dele.

Eu me sento. Giro minha caneta entre dois dedos e olho para um homem que não tem ideia do que eventualmente vai acontecer a ele.

— De volta ao que eu estava dizendo. Preciso de mais informações sobre Luca antes de seguir em frente. O que ela possui na Geórgia? Preciso saber todos os seus bens.

Ele se agita, se contorce, sua bexiga perigosamente perto de se soltar. Isso só serve para tirá-lo do jogo. No momento, ele não está preocupado com o verdadeiro predador na sala. Está muito preocupado com suas funções corporais.

— Ela quase não possui nada, apenas o que foi deixado para trás dos negócios de seu pai.

— Que é?

— Um pequeno armazém, se você pode mesmo chamá-lo assim.

Interessante. Isso me faz pensar se é para lá que ela estava indo.

— Onde fica o armazém?

Um aceno de cabeça, seus dentes rangendo, mas não de raiva. Mais como desconforto. Tomo um gole da minha água apenas para foder com ele.

— Eu não tenho ideia — ele geme.

— Quem saberia?

Outra agitação em seu assento, as mãos enroladas no colo.

— O ex-sócio do pai dela. Mas isso é tudo que sei.

Estou familiarizado com Jerry Thornton, embora o nome não tenha muita importância. Aprendi sobre ele enquanto pesquisava a empresa de tecnologia, mas não o considerei um jogador quando se trata de qualquer informação que minha família esteja procurando. Se ele tivesse alguma coisa a ver com isso, já estaria morto também. Meu pai teria se certificado disso.

Atrás de Clayton, a porta se abre e Lacey espreita a cabeça para dentro. Bem na hora, devo acrescentar.

— Seu pai está em videoconferência, Senhor Caine.

Meus olhos deslizam em sua direção.

— Você pode levar o Senhor Hughes do meu escritório agora. Certifique-se de apontar para o arbusto mais próximo do lado de fora para que

TRAIÇÃO 267

ele possa se aliviar antes de mijar nas calças.

Ele se levanta e aponta o dedo para o meu rosto.

— Resolva isso. Não estou brincando, Tanner.

Nem eu, mas ele já deveria saber disso.

A única coisa que ele conseguiu fazer me ameaçando é cavar seu buraco ainda mais fundo. Mas não tenho tempo para lidar com isso no momento porque outro problema me espera.

Assim que Clayton é levado para fora da porta, giro para a esquerda, pego o controle remoto e ligo a tela de vídeo para ver a cara zangada do meu pai olhando para mim.

— Não deveria ser tão difícil encontrar meu filho.

— Sinto muito não estar mais à sua disposição, papai. Eu cresci pra caralho.

Recostado em sua cadeira, meu pai segura um cigarro em uma das mãos e um uísque na outra. Três mulheres vagueiam ao fundo, nenhuma das quais é minha mãe.

Mas então, mamãe nunca esteve atrás de seu pau. Apenas de sua carteira.

Não tenho nenhuma vontade de ter uma conversa longa, então vou direto ao ponto.

— A única razão pela qual agendei esta ligação é para dizer que encurralei Luca Bailey. Ajudaria bastante se você cancelasse sua equipe de limpeza e parasse de tentar matá-la.

Uma nuvem de fumaça cobre seu rosto, seu corpo movendo-se sobre a cadeira enquanto ele toma um gole de seu copo e o coloca na mesa ao lado dele com um clique suave.

Lentamente rodando o copo sobre a madeira, ele olha para mim quando a fumaça passa.

— Não coloquei ninguém atrás de Luca ainda. Mas é bom saber que você finalmente deixou de ser um idiota e colocou a vadia sob controle. Quando posso esperar que ela nos deva algo?

Minhas sobrancelhas se juntam e deixo cair a caneta com a qual tenho brincado.

— O que você quer dizer com "não coloquei ninguém atrás de Luca"?

— Simplesmente o que eu disse. Eu não tinha lidado com isso ainda.

Uma das mulheres atrás dele se aproxima para passar as mãos em seu peito, seu robe caindo aberto para revelar os seios nus. Ela se inclina para esfregar o rosto no pescoço de meu pai e resisto à vontade de vomitar.

— Cuide do problema, Tanner. Você tem mais três semanas. Depois disso, ela é minha.

O vídeo termina e fico em uma sala silenciosa me perguntando se é possível que o que aconteceu com Luca hoje tenha sido apenas uma coincidência fodida.

Também me pergunto se a sequestrei sem motivo.

Ficando de pé, tiro as chaves da tigela onde as deixei cair quando entrei e saio com pressa do escritório.

A única maneira de saber com certeza se a vida dela está em risco é falar com o macaco engraxado que destruiu seu carro.

capítulo vinte e um

Luca

Os garotos Inferno não são tão ruins.

Claro, Ezra ainda me assusta como o inferno cada vez que seu olhar letal desliza em minha direção. E sim, eu não deveria confiar em nenhum desses caras nem posso descartá-los. Mas quando eles se acalmam e se concentram em algo diferente de destruir a vida daqueles ao seu redor, é divertido estar perto deles.

Durante a primeira hora ou mais, foi desconfortável me sentar em uma mesa com um grupo de caras que têm mais motivos para me odiar do que gostar de mim.

Eles querem algo de mim e não estou inclinado a desistir. A situação não é exatamente a mais fácil, mas depois de algumas cervejas e várias mãos de pôquer que perdi rapidamente, eles relaxaram na minha presença e começaram a brincar uns com os outros, em vez de concentrar todo o seu ódio em mim.

Honestamente, este não é um lugar ruim para se estar. O cenário é muito bonito, a música é alta e cada cara é uma obra de arte que a Mãe Natureza criou para ferrar com a população feminina.

Cada um deles é tentador à sua maneira, como uma caixa de chocolates com recheios diferentes, seus dedos movendo-se para frente e para trás porque você não consegue decidir qual comer primeiro.

Gabriel se senta à minha direita e eu escaneio meus olhos ao redor da mesa, tirando um momento para estudar todos eles enquanto estão focados no jogo.

Taylor joga algumas fichas na pilha do centro. Seu cabelo não é tão escuro quanto o de Tanner, é mais castanho com reflexos dourados, mas ele tem um conjunto de olhos cinza-claros que são impressionantes quando refletem a luz. Sua estrutura óssea é mais arredondada do que quadrada, mais suave do que sisuda.

Ele tem uma aparência nerd, o típico leitor ávido. Mas é o tipo de visual que não te desliga. Em vez disso, faz você se perguntar sobre o que se passa dentro de um cérebro tão inteligente e complicado.

Ainda assim, eu não mexeria com ele. Tão alto quanto os outros caras, seus ombros são igualmente largos e ele tem um físico musculoso que você deseja traçar com seus olhos.

Ao lado dele está Ezra, que eu examino rapidamente com medo de que ele possa me encontrar encarando, meu olhar pousando em Sawyer Black. Não sei nada sobre esse cara, exceto o que Clayton me disse. E Clayton não estava errado ao rotulá-lo de maconheiro que gosta demais de festas.

Enquanto os outros homens estão apenas na quarta cerveja, Sawyer está na sua sétima. Ele acendeu dois baseados durante o tempo em que estivemos sentados aqui, muitas vezes passando para Jase ou Mason, mas fumando a maioria deles ele mesmo.

No entanto, ele não parece confuso.

Pelo contrário, está se segurando melhor do que o resto dos caras, seus olhos castanhos brilhando com humor, seu sorriso perverso cada vez que lança seu olhar na minha direção.

Agora ele piscou duas vezes para mim, mas não acho que seja um flerte intencional, apenas algo que faz porque é parte de sua personalidade.

Ao contrário do resto, ele tem o cabelo mais claro, um pouco mais longo e desgrenhado, mas funciona nele de uma forma que nunca funcionaria em Gabriel ou Tanner.

Sawyer é o tipo que vejo surfando ou vagabundeando na praia, se morássemos em um lugar com sol. Pergunto-me como é possível que ele tenha suportado a faculdade de direito para se tornar advogado.

Ao lado dele está a porra do Jase Kesson, meus olhos seguindo em frente porque ele é a última pessoa que eu quero olhar agora.

O que quer que aconteceu entre Everly e ele é a razão do meu pesadelo atual, o que torna difícil para mim gostar dele.

Lembro-me vividamente da noite em que ele irrompeu no meu dormitório procurando por ela. Pura raiva estava em sua expressão, seu olhar me prendendo no lugar como se minha vida não tivesse valor, algo facilmente destruído ou descartado se isso significasse que ele poderia chegar até ela. Foi minha última noite em Yale, uma noite que fez com que todo o meu castelo de cartas desabasse em torno da minha cabeça.

É uma grande parte da razão pela qual preciso encontrar Everly antes deles. Eu não confio nele para não a machucar.

Ao lado dele está Mason Strom. Nunca o conheci enquanto estudava em Yale, mas lembro-me de vê-lo andando pelo *campus* com uma loira no braço que envergonhava outras mulheres.

Mason não é um rosto que você esquece, por isso me lembro de tê-lo visto. Ele tem olhos azuis-claros rodeados por cílios escuros como tinta, seus traços refinados de uma forma que vem com famílias notáveis.

Ele é tão sofisticado quanto Gabriel, e uma presença sombria como Tanner. Mas há algo mais sobre ele que não consigo definir, *alguma coisa* sutil que me deixa nervosa perto dele.

Imaginando a mulher que vi com ele em Yale, sou cutucada no lado por um cotovelo, minha cabeça girando para a direita para olhar para Gabriel.

— Você está pronta para outra bebida?

Balancei a cabeça.

— Não. Duas são o suficiente para mim. Não vou cair nesse truque de novo.

— Que truque? — pergunta, seus lábios se curvando em um sorriso provocador.

— Você sabe do que estou falando, Gabe. Foi você quem me entregou as bebidas na última festa.

Ele se inclina para trás em sua cadeira, um sorriso esticando seus lábios enquanto seus olhos me estudam.

— Tudo bem, que tal fazermos um acordo? Assim como nos velhos tempos.

Rindo, balanço a cabeça novamente, não caindo na armadilha que ele pode armar com tanta habilidade.

— Pelo que eu lembro, da última vez que fiz um acordo com você, perdi.

— Na verdade — ele diz —, você venceu. Tanner ajudou no projeto. Todas as outras coisas eram apenas circunstâncias infelizes que aconteceram na mesma época. Minha palavra é válida, Luca. Você sabe disso.

Inclinando a cabeça, mantenho seu olhar. Deus, sou inteligente o suficiente para não confiar nele, mas ainda assim me pego perguntando.

— Qual é o acordo?

— É um fácil. Você relaxa e se permite se divertir, e eu vou me certificar de que ninguém sentado nesta mesa mexa com você esta noite.

Quando não respondo, ele levanta as sobrancelhas.

— Tenho uma ideia melhor. Que tal eu arranjar para você um amigo em quem possa confiar? Alguém que não é um de nós.

Soltando um suspiro, examino meu olhar sobre o grupo novamente e me pergunto quem pode ser o *amigo*.

— Tudo o que tenho que fazer é relaxar e me divertir?

Gabriel acena com a cabeça.

— E tomar outra cerveja, se quiser.

Um revirar dos meus olhos.

— Tudo bem.

— Excelente escolha.

Bate com a mão na mesa.

— Mason, quando Ava deve chegar aqui?

Ele levanta os olhos das cartas que está segurando, suas sobrancelhas franzidas enquanto pega o telefone e verifica a hora.

— Filha da puta, ela já deveria estar aqui.

Observo enquanto ele joga as cartas na mesa, dobra e sai furioso com o celular alojado entre o ombro e a orelha.

Voltando-me para Gabriel, pergunto:

— Quem é Ava?

— A mulher que Mason ama.

— A namorada dele?

Taylor fala. Eu não tinha ideia de que ele sequer estava prestando atenção à nossa conversa:

— Não. Mason está noivo de outra pessoa.

Está certo. Lembro-me de Clayton me contando sobre isso.

Olho para Gabriel novamente.

— Por que Ava tolera isso?

Ele encolhe os ombros.

— Você vai ter que perguntar a ela. Essa tem sido a situação deles desde o primeiro ano da faculdade. Desistimos de descobrir.

Poucos minutos depois, Mason retorna com a loira que me lembro de Yale. Ainda tão bonita como sempre, ela está vestida casualmente com uma Henley de mangas compridas e um par de jeans que abraçam cada curva. Ela tem olhos castanhos amigáveis, mais próximos de um tom dourado de uísque, na verdade. Assim que pousam em mim, ela sorri.

Mason mantém um braço protetor ao redor dela até chegarem à mesa, sua boca se contraindo em uma carranca quando ela sussurra para ele, se afasta e vem para pegar uma cadeira para se sentar ao meu lado.

Na verdade, ela ainda está perto dele, já que ninguém se senta à minha esquerda, mas ele não parece satisfeito nem mesmo com essa distância entre os dois.

— Você deve ser Luca. Ouvi falar sobre você.

Não sei se fico satisfeita com isso ou apavorada.

— Tenho certeza de que tudo o que você ouviu é mentira. Ou algo pior.

Ela me cutuca com um ombro e pega uma cerveja que Gabriel entrega a ela. Outra é balançada na frente do meu rosto, minha cabeça virando para olhar para ele. Ele ergue uma sobrancelha, fazendo beicinho quando não tomo imediatamente.

— Achei que tivéssemos um acordo?

Olho para Ava, de volta para ele.

— Tudo bem. Mas só mais uma.

— Na verdade, o que ouvi é que você é a única mulher corajosa o suficiente para bater de frente com Tanner. Isso não é pouca coisa.

Voltando-me para ela, abro a tampa da minha cerveja e tomo o primeiro gole.

— Corajosa ou estúpida — digo, colocando a garrafa na mesa enquanto os caras esperam por outra rodada.

A voz de Sawyer se eleva acima da música e do barulho das conversas.

— Ei, só para que todos saibam, convidei algumas pessoas.

Esse anúncio é recebido com a risada suave de Gabriel.

— Tanner vai chutar sua bunda.

Sorrio ao pensar que ele ficará com raiva do que qualquer um faz. É bem feito para ele. Especialmente com o que ele está fazendo comigo.

— Tanner não está aqui — eu os lembro. — Acho que isso dá a ele muito pouco poder sobre o que fazemos.

Talvez eu devesse ter me parado depois da primeira cerveja. Estou ficando muito confortável com os caras.

Alguns deles vaiam e sorriem com o que eu disse, Sawyer se inclinando sobre a mesa para me dar um *high five*.

Ótimo. Tornei-me uma instigadora. Mas, então, isso é o que Tanner merece pelo que ele está me fazendo passar.

— Tanner está aqui — Ava responde, seus olhos encontrando os meus quando minha cabeça gira de volta para ela.

Diante do olhar confuso em meu rosto, ela explica:

— Ele parou atrás de mim há apenas alguns minutos, quando cheguei.

— Ele estava em um encontro.

Ela encolhe os ombros e dá um gole na cerveja.

— Acho que foi um encontro curto. Ele não parecia nem um pouco feliz quando saiu do carro. A última vez que o vi, estava contornando a porta lateral da casa. Nem mesmo falou comigo.

Sem dizer uma palavra, Gabriel se levanta da mesa e sai silenciosamente da sala, meus olhos o seguindo enquanto ele vira uma esquina para correr escada acima.

Perguntando-me o que está acontecendo, tento ignorar a pequena satisfação que sinto por saber que o encontro de Tanner correu mal. Se eu tivesse que adivinhar, diria que foi por causa de seu comportamento de merda.

Não tenho muito tempo para pensar sobre isso, no entanto. As pessoas começam a invadir a casa nos próximos vinte minutos, não tantas como quando os Inferno davam festas em Yale, mas o suficiente para encher a sala de jantar e a de estar.

Eventualmente, Ava me arrasta para longe da mesa para permitir que outros caras participem do jogo de pôquer. Ela me leva a um sofá onde outras mulheres estão sentadas, nenhuma das quais eu reconheço.

Passamos pelas apresentações e começamos a conversa, a noite passando sem qualquer sinal de Tanner.

Quão ruim é que meus olhos continuam escaneando a sala procurando por ele? E quão pior é quando fico desapontada ao descobrir que ele não desceu?

Eu não deveria me sentir assim sobre o homem que não tem sido nada além de um pesadelo, mas não posso negar que ele faz algo comigo que vai além da raiva típica que sinto.

Todo mundo tinha visto melhor...

Algumas das últimas palavras que ele me disse filtram meus pensamentos e me lembram do porquê tenho que continuar odiando-o tanto. Mas, por baixo disso, há confusão.

Ele é tão quente e frio. Um bastardo quando estamos discutindo, mas outra coisa quando não estamos. Há atração em ambos os lados. Não sou estúpida o suficiente para tentar negar, mas parece que estamos lutando contra isso tanto quanto estamos lutando um contra o outro.

Ainda assim, não vou negar como meu corpo reage toda vez que ele está por perto. Não posso ignorar o aumento da velocidade da minha pulsação quando ele me toca, a forma como minha respiração se prende quando olha para mim como se eu fosse a única mulher no mundo que ele vê.

Não ajuda que Ava aparentemente tenha ouvido falar de mim, que meu nome deve ter algum significado quando se trata do Inferno.

Não sou nada mais do que um jogo para Tanner e um obstáculo para o que o resto do grupo deseja.

Mas, depois desta noite, não parece completamente assim. Eles relaxaram perto de mim pela primeira vez, me mostraram que podem ser pessoas decentes.

Talvez eu os tenha julgado mal.

Um peso cai ao meu lado de repente, um braço pesado passando pelos meus ombros quando me viro para ver o sorriso fácil de Sawyer.

— Olá, senhoras. Fui enviado para descobrir por que todas vocês estão se reunindo aqui e evitando os homens. Eu, pessoalmente, estou ofendido. Isso me faz sentir que sou fácil de resistir. Vou precisar que todas vocês me olhem com saudade para que meu ego volte ao seu nível normal.

Ele aperta o braço em volta de mim e pisca, aqueles lindos olhos castanhos examinando os outros rostos no pequeno grupo onde estou sentada.

— Sempre encantador — Ava brinca. — Aquele que nunca vai crescer.

Sawyer sorri com isso, um olhar infantil em seu rosto que é adorável.

— Crescer é chato. Vou deixar Tanner e Gabe serem os adultos enquanto continuo me divertindo.

Só me lembra de que nem Tanner nem Gabriel apareceram ainda, meus olhos procurando na sala novamente por qualquer sinal deles.

Enquanto Sawyer e as mulheres ao meu redor começam a conversar entre si, seguro minha cerveja no peito, minhas costas relaxando contra o peito quente de Sawyer enquanto olho para as escadas, perguntando por que eles estão nos evitando.

Sou estúpida por sequer notar a ausência deles.

Sei disso.

Mas não posso evitar a preocupação de que nenhum deles desceu.

O que poderia ter acontecido para que estivessem passando tanto tempo longe?

E, mais importante do que isso:

Por que eu sequer me preocupo?

capítulo vinte e dois

Tanner

A frustração me atravessou durante todo o caminho da oficina perto do apartamento de Luca para casa.

Quando estacionei, seu carro destruído não estava à vista, a loja fechada durante a noite sem janelas na garagem para ver se Priest havia arrastado o carro para examinar o que havia de errado com ele.

Nada dessa situação faz sentido. Não o carro que quase a atropelou, nem o problema repentino com os freios de seu carro.

Claro, pode ser uma coincidência. As pessoas dirigem como idiotas o tempo todo, e não é inédito alguém ser atropelado em um estacionamento.

Além disso, o carro dela é um pedaço de merda. Talvez tenha sido um simples vazamento no sistema de freio, ou possivelmente o idiota dirigindo fez merda e não quis admitir que o acidente foi culpa dele.

Tudo é uma possibilidade neste momento e voltei para casa com muitas perguntas que não têm respostas fáceis.

Odeio não ter controle sobre o que está acontecendo ao meu redor. Eu sou muito controlado. Muito preciso.

Tenho que acompanhar o que estamos enfrentando. Nossos pais não são jovens punks que não sabem como os jogos são jogados. Eles praticamente nos ensinaram como manipular o mundo ao nosso redor.

Então, se os jogos estão sendo jogados, preciso ser o mestre das marionetes orquestrando o tabuleiro, mas, nesta situação, parece que estou correndo tão forte quanto Luca.

A única diferença é que eu sei disso.

E eu certamente não gosto disso, porra.

Uma batida na porta faz com que eu me vire enquanto estou tirando minha camisa para jogar em um cesto próximo, olhos verdes me encarando

TRAIÇÃO 277

enquanto Gabriel entra no quarto.

Fechando a porta atrás dele silenciosamente, ele inclina um ombro contra a parede enquanto tiro meu cinto e o jogo em uma cadeira próxima.

— Devo presumir que sua chegada antecipada significa que existe um problema?

— Significa que estou irritado — rosno, enquanto coloco o peso na lateral da cama e me apoio nos cotovelos.

Ele concorda.

— Bem, então você ficará mais irritado quando descer as escadas e descobrir que Sawyer transformou a noite de pôquer em uma festa.

Dentes rangendo, amaldiçoo baixinho. Eu deveria ter pensado melhor antes de deixar aquele idiota sem supervisão.

— Onde está Luca?

— Com Ava, o que é a única razão pela qual me senti confortável em deixá-la lá sem você ou eu para ficar de olho nela.

Respiro pesadamente, esfregando a nuca como se isso fosse aliviar a tensão travando meus músculos no lugar.

Ava é um anjo. Sempre foi. Como Mason conseguiu mantê-la apesar de tudo em sua vida é um mistério. Ela merece coisa melhor, mas todos nós sabemos que ele não está apaixonado pela noiva e nunca esteve.

Mason mal fala com a mulher com quem deveria se casar. E ela também não está muito feliz por estar noiva dele. É simplesmente uma questão de duas famílias usarem seus filhos para combinar seus bens em uma tentativa de obter mais influência e poder.

— E o desafio? — pergunto.

— Já começou.

Olho para ele.

— Mesmo jogo?

O bastardo torce os lábios.

— Com alguns ajustes. Seria uma vergonha fazer exatamente a mesma coisa e correr o risco de ser considerado chato.

Esta situação está ficando muito complicada. Mas tudo que eu fiz, cada peça que coloquei no lugar, tem sido essencial para chegar a um resultado final que funcione a favor do grupo.

Levantando-me, tiro as calças, jogo-as sobre a cadeira e entro no meu armário para pegar jeans e uma camisa.

— Clayton veio ao escritório hoje.

A risada suave de Gabriel atravessa as portas do armário.

— Não admira que você esteja de mau humor. Ele estava implorando e suplicando para ser solto novamente?

Puxo uma camisa pela cabeça e enfio os braços nas mangas. Depois de entrar em um par de jeans, puxo o zíper e abotoo o topo enquanto entro no meu quarto de novo.

— Ele ameaçou contar a verdade a Luca.

Com as sobrancelhas erguidas, Gabe enfia as mãos nos bolsos.

Ao contrário de mim, ele não tem nenhum problema em ficar de calça e camisa social a noite toda enquanto permanece confortável. O homem nasceu para os negócios e tudo o que isso envolve. Juro que você pode encontrá-lo a qualquer hora da noite, parecendo que acabou de sair de uma sala de reuniões.

— Movimento idiota da parte dele.

Eu rio, um som de latido rápido que não tem humor.

— Sim. Ele assinou uma sentença de morte.

— E você ainda tem um controle sobre isso?

Sorrindo com isso, olho para ele.

— Que porra você acha?

Deixo Gabriel ver mais por trás da minha raiva do que a merda com Clayton. Ele me conhece melhor do que eu mesmo.

Somos melhores amigos desde antes de podermos andar, nossas personalidades combinando perfeitamente quando se trata dos jogos que jogamos. Não posso esconder nada dele, assim como é impossível para ele esconder alguma coisa de mim.

— O que mais aconteceu?

Encostado em uma parede oposta, encontro seu olhar.

— Meu querido papai não tentou matar Luca. Portanto, tudo o que aconteceu esta manhã foi coincidência ou alguma outra coisa.

Gabe e eu nunca nos referimos a nossos pais com nada além dos apelidos que atribuímos a eles. Para chamar um homem de *pai*, ele teria que ter te criado. E embora os nossos se certificassem de nos usar para obter qualquer vantagem que pudessem obter ao fazê-lo, nenhum deles levantou um dedo em nossa criação.

Fomos criados por babás. Nossas mães estavam muito ocupadas com suas vidas sociais e compromissos de cabeleireiro, e nossos pais muito ocupados arruinando o mundo e fodendo suas amantes.

Nossa vida foi abençoada.

— Tenho certeza de que Warbucks também não tem nada a ver com isso. Ele tem estado fora da cidade desde a festa neste fim de semana e normalmente deixa esse tipo de assunto para outras pessoas.

Qualquer um de nossos pais poderia ter desempenhado um papel no atentado contra a vida de Luca — se fosse uma tentativa real —, mas eles não teriam feito isso sem relatar ao querido papai ou Warbucks sobre isso.

— Estamos assumindo que há outros fatores em jogo nisso?

Meus dedos enrolam em minhas palmas, a raiva forçando minhas mãos em punhos porque não faço a mínima da ideia, porra.

— É algo para prestar atenção.

Um simples aceno de cabeça é sua resposta a essa discussão.

— Nós provavelmente deveríamos descer então. Embora Ava esteja por perto, ela não é a pessoa perfeita para vigiar Luca. Não por muito tempo, de qualquer maneira, e já estivemos fora de vista por quase uma hora.

Não há como dizer o que diabos está acontecendo lá embaixo, a música alta tocando um baque suave contra as paredes do meu quarto. Não é algo novo. As festas intermináveis no ensino médio e em Yale me ensinaram a ignorar o barulho constante e o caos aleatório.

Afasto-me da parede.

— Vamos.

Sem vontade de me misturar com um grupo de pessoas, ando ao lado de Gabriel enquanto descemos as escadas, meu olhar encontra Luca imediatamente onde ela está sentada no sofá com uma cerveja na mão.

O fato de ela estar conversando e rindo com um grupo de mulheres não me incomoda. Mas vê-la sentada encostada em Sawyer sim.

Ele tem um braço envolto em seu ombro, seu sorriso conivente travado em uma das mulheres do grupo. Tão absorto no que quer que estejam falando que ele não percebe Gabe e eu entrando na sala, não olha para cima para ver que estou dando a ele um olhar mortal por qualquer merda que pense que está fazendo.

Luca, no entanto, me nota imediatamente, seus olhos azuis fixos nos meus, alargando-se apenas uma fração, porque tenho certeza de que minha raiva é óbvia.

Mas em vez de se afastar de Sawyer como qualquer mulher inteligente faria, ela estreita seu olhar para mim, toma um gole de sua cerveja e volta a atenção para o grupo ao seu redor como se eu não estivesse na sala.

Não perco a sutil elevação de seu queixo. A mulher está tão rebelde como sempre.

— Deixe para lá — Gabe sussurra, enquanto passa por mim para caminhar em direção à cozinha.

Como diabos vou fazer isso?

Ela me deixa completamente louco.

Tudo a seu respeito.

E embora eu saiba que um relacionamento entre nós nunca vai acontecer, especialmente depois do que fiz, não posso deixar de querer arrastá-la do sofá para o meu quarto para que eu possa ensiná-la por que meu corpo é o único que ela deveria estar tocando.

Vou chicotear a bunda de Sawyer na próxima vez que o pegar a sós. Mas, por enquanto, faço como Gabe sugeriu, ignorando a maneira como *se abraçam* enquanto entro na sala de jantar emburrado por causa da merda que acontece nesta casa.

Tenho que lembrar a mim mesmo que não trouxe Luca aqui para estar ao meu alcance. Fiz isso para evitar que fosse uma presa fácil para quem quer machucá-la. Não deveria importar para mim que ela está atualmente se aconchegando a um homem que ainda não sabe que está morto.

Então, por que isso importa?

Soltando meu peso em uma cadeira ao lado de Jase, pego uma cerveja que Gabriel me joga, abro a tampa e bebo metade em três goles.

As cartas são distribuídas e as fichas são jogadas no centro, a mão que estou segurando é tão ruim quanto a que a vida me deu hoje. Não posso ganhar uma merda, pelo que parece. Meu humor está piorando enquanto continuo olhando para onde Luca está sentada e vejo que Sawyer não se afastou.

Jase ri ao meu lado, com os olhos nas cartas enquanto joga algumas fichas na pilha.

— Eu o avisei para não ir lá. Mas ele não ouviu.

— Ele nunca ouve, e isso não importa — estalo, todos os nervos que tenho no limite ao ver Luca encostada nele.

— Claro que não — brinca Jase, seus olhos passando rapidamente para mim e de volta para suas cartas. — Assim como Shane quase a beijar em Yale também não importou. O filho da puta andou por aí com um olho roxo misterioso por uma semana depois disso. Mas tenho certeza de que foi porque ele tropeçou e caiu em seu punho e não uma briga.

Jogo algumas fichas, meus dentes rangendo.

Shane mereceu o que recebeu.

— Estou surpreso que você não esteja lá. Todas aquelas bocetas disponíveis, e você não está pulando nelas?

Olhando para o grupo de mulheres, ele encolhe os ombros.

— Já fodi quatro delas. As três restantes não valem o risco de as pessoas compararem notas.

Jase gosta de pensar que é astuto em relação aos seus hábitos promíscuos, mas cada uma dessas mulheres já sabe tudo sobre ele. Tenho certeza de que nenhuma delas foi para a cama com ele esperando mais do que diversão.

A única mulher que já prendeu sua atenção foi Everly. Embora nenhum de nós tenha ideia do porquê.

O som da risada de Luca chama minha atenção, os músculos dos meus ombros travando no lugar quando ela vira a cabeça para Sawyer sussurrar algo em seu ouvido.

Eu não deveria estar bravo.

Não deveria estar fechando as mãos em punhos com a necessidade de arrastá-lo para fora e lembrá-lo de por que ela está fora dos limites.

Ela não é minha.

Ela não pode ser.

Fiz muito para estragar tudo isso.

No entanto, ela é minha.

Cada parte dela.

Especialmente sua boca atrevida e queixo rebelde. Junto com tudo nela que me deixa louco.

Pensei que poderia fodê-la com raiva para fora do meu sistema em Yale, amansá-la, fazê-la agir como qualquer outra mulher que eu fodi.

Exceto que Luca não voltou rastejando pedindo uma segunda vez. Ela não me ligou, perguntando o que éramos. Ela simplesmente foi embora e nunca mais olhou para trás.

A experiência não tinha funcionado do jeito que eu esperava. Não tinha provado que ela era assim como todo mundo.

Em vez disso, só me deixou mais louco.

Empurrando minha cadeira para trás para ficar de pé, paro quando Gabriel dá um tapa em meu ombro para me manter sentado.

— Deixa estar. Ela está correndo, lembra? Tudo isso faz parte do processo.

— Não gosto do processo — eu rosno.

Ele ri disso como se fosse engraçado.

Não é.

— Tudo bem. Faça o que quiser. Mas saiba que se for lá agora, você a estará reivindicando. Na frente de dezenas de testemunhas, devo acrescentar. E não há nem mesmo uma garantia de que ela vai deixar você fazer isso. Luca não é uma *groupie* de Tanner de olhos brilhantes como as outras. Ela provavelmente te odeia mais agora do que nunca.

O que só a torna mais divertida. Nada me afeta como Luca quando ela está irritada. Quando está brava, ela é tão difícil quanto colocar um gato em uma banheira d'água. Seus braços e pernas se esticam para pegar a borda, garras soltas enquanto ela cospe e sibila com a intenção de arrancar meus olhos.

Fala com cada necessidade que tenho de levá-la à submissão. Faz meu coração bater e meu corpo ficar duro. Há algo sobre ela que aponta o dedo em minha direção, desafiando-me a me aproximar e fazer uma tentativa de pegar o que eu quero.

Gabriel ri de novo quando meu olhar permanece focado nela.

— Estou apenas te dando o aviso, Tanner. Depende de você o que quer fazer com isso.

O que é razoável nesta situação?

Ou certo?

Eu seria ainda mais idiota se a fizesse acreditar que pode haver mais entre nós do que os arquivos que ela tem e o dinheiro que eventualmente irei ajudá-la a manter.

Luca nunca vai me perdoar se descobrir o que eu fiz. A complexidade disso. Quão meticuloso eu fui ao puxar as cordas ligadas à vida dela.

E mesmo se descobrir que tomei algumas das minhas decisões com o seu bem-estar em mente, ela não será capaz de ignorar os jogos que joguei para isso.

Sou um completo idiota por querer mais dela. Um ladrão, um mentiroso e um bastardo.

Mas, então, existem algumas coisas na vida que são inegáveis. Há pessoas que nos atraem por mais que lutemos.

Luca é como um planeta que me atraiu para sua órbita. Um sol forte que cega só de olhar para ele.

Uma estrela que supera todas as outras.

Eu me sinto como Ícaro com minhas asas de cera, minha arrogância me aproximando do desastre. Tento não pensar nas semelhanças entre mim e uma figura tão trágica. Mas, ao olhar para quem era seu pai — o homem que inventou o labirinto, como se isso não fosse exatamente como o homem que me criou —, não posso deixar de me perguntar se não estou destinado a seguir seus passos. Que vou eventualmente cair no mar um dia por voar muito perto do sol.

É a raiva de Luca que acende seu fogo.

A beleza de sua raiva.

O aço que reveste um espírito tão forte e teimoso quanto o meu.

Não posso deixar de pensar que é uma pena que não a tenha conhecido em circunstâncias diferentes.

Não posso deixar de pensar que é uma pena maior ainda que eu não seja uma pessoa boa o suficiente para me sentar e deixá-la se afastar de mim.

capítulo vinte e três

Luca

Jogos, jogos e mais jogos.

Juro que é tudo o que esses garotos fazem. Seja para arrancar o chão debaixo de você, para conseguir o que eles querem de você ou apenas porque estão entediados, todos os Inferno são maestros da frustração e mestres quando se trata de mexer com a cabeça de uma pessoa.

Apenas estar perto deles é perigoso porque, inevitavelmente, você será arrastada para algo mais do que pode aguentar e algo que nunca pediu.

Como agora.

Sawyer ri contra minha bochecha, seus braços me envolvendo em um abraço amigável, seus olhos fixos em Tanner, onde ele está sentado na sala de jantar olhando para nós.

Isso é perigoso. Eu sei disso e ainda assim estou deixando acontecer. Não que tenha alguma coisa acontecendo entre Sawyer e eu. Tudo o que ele está sussurrando é seu palpite sobre quanto tempo levará para Tanner aparecer como uma tempestade.

Mas acho que Sawyer está errado. Ele acredita que Tanner virá para fazer valer sua reivindicação, mas acho que será porque ele não aguenta me ver feliz.

Tanner me avisou antes que gosta de me irritar. E talvez isso seja tudo o que existe entre nós. Por que ele se importaria se eu encontrasse um pouco de felicidade na amizade com outra pessoa?

O jogo não tinha sido totalmente em vão, no entanto. Estou aprendendo algumas coisas, os lábios soltos de Sawyer me dando um vislumbre da mente de Tanner e do comportamento que eu nunca teria aprendido de outra forma.

— Ele nunca se importou com outra mulher antes. Embora, tenho certeza de que você já sabe disso. Mas, merda, eu juro que ele está prestes a marchar até aqui e quebrar a porra dos meus braços por ousar segurar você.

    Mordendo minha bochecha para não rir, interiormente espero que Sawyer esteja errado. Ele tem um espírito tão travesso e brincalhão que eu odiaria vê-lo ferido. Esses caras devem ser superpróximos para ele empurrar os limites de Tanner tão longe. Eu mataria para ter amigos em quem pudesse confiar tanto assim.

    — Não tenho certeza se ele se preocupa comigo. Ele provavelmente só está bravo por eu não estar infeliz agora.

    — Veremos — Sawyer diz, sua voz cheia de humor. — Mas, mesmo que seja apenas ódio, ninguém o fez prestar atenção antes. Especialmente não por tanto tempo.

    — Duvido muito disso — respondo.

    — Não duvide. Os rumores são verdadeiros. Ele sempre tem contas a acertar. Principalmente com nossas famílias, mas isso o deixou amargo de certa forma. Sua mãe não poderia se importar menos com ele, e seu pai só usa Tanner pelo o que ele vale. Não tenho certeza se ele já teve alguém que o amou.

    Se isso for verdade, é de partir o coração. Não consigo imaginar não ter uma família que me ame. Passar a vida sendo uma ferramenta a ser usada ou uma bugiganga exibida.

    Quase me derreto pelo homem olhando para mim com destruição em seu olhar.

    Quase.

    — Ele tem um fã-clube — eu lembro a Sawyer. — Um bando de mulheres que tenho certeza de que o amou.

    Sawyer fica quieto por um segundo, o que é incomum para ele. Mas então ele diz algo que me deixa totalmente chocada.

    — Como se alguma delas importasse. É preciso amar alguém para que o amor dela por você signifique algo. Definitivamente é preciso confiar neles, e Tanner nunca confiou em ninguém além de nós antes.

    Nunca pensei desse jeito, e isso só me derrete mais. Dá-me um vislumbre do exterior duro de um homem que tem sido sempre um mistério.

    Deve ser o álcool. Fui inteligente o suficiente para me parar após a terceira cerveja, recusando o vinho que algumas mulheres me ofereceram. Ainda assim, sinto-me mais quente do que deveria, meus músculos relaxados apesar do nervosismo que sinto agora que Tanner está à vista.

    Não há como dizer o que irá detoná-lo. E, além disso, não há como dizer o que ele fará quando isso acontecer. Tenho certeza de que vai ser horrível. Para mim, de qualquer maneira.

Sawyer não parece notar. Ele continua tagarelando, dando-me uma riqueza de informações que tenho certeza de que Tanner não quer que eu saiba.

— Todos os nossos pais são completos idiotas. Eu nem vou tentar mentir sobre isso. Eles são a razão de os gêmeos serem tão fodidos. Inferno, a razão de que todos nós somos fodidos. E enquanto a maioria de nós lida com isso à sua maneira, geralmente ferrando com tudo, Tanner e Gabe cuidam de todos nós. Acho que é por isso que Tanner está sempre tão irritado. Não somos fáceis de manter na linha.

— Você sabe o que eu penso? — Viro a cabeça ligeiramente e seus olhos encontram os meus. — Acho que você bebeu e fumou maconha demais.

Ele sorri, uma exibição de dentes brancos e duas covinhas nos lados da boca que são iscas para qualquer mulher que persiga.

— Eles não me chamam de Gula por nada. Como eu disse, lidamos com nossas besteiras à nossa maneira. Eu escolho ficar entorpecido o tempo todo.

— Também acho que Tanner chutaria sua bunda se soubesse que você estava me contando tudo isso.

Ele encolhe os ombros.

— Talvez eu esteja tentando irritá-lo.

Sawyer ri novamente, o som profundo e suave.

— O que significa que você deveria me deixar pegar seus seios para ver se ele virá atacando. Isso está demorando muito e estou ficando entediado.

Giro para trás e bato em seu ombro, meus lábios puxando em um sorriso ao ver o brilho perverso em seus olhos. A risada de Sawyer é contagiante e só me faz sorrir mais.

Mas o barulho nas minhas costas arrasta uma navalha pela minha espinha, a raspagem das pernas da cadeira no chão de pedra, o súbito silêncio de conversa que me indica o ponto de ruptura que sabíamos que viria.

Virando-me para trás para olhar para a sala de jantar, observo enquanto Tanner vem em nossa direção, sua mandíbula cerrada e seus lábios em uma linha fina, seus olhos focados como lasers em Sawyer ao invés de mim.

Há pura maldade nessa expressão. Frio em vez de calor. Mas então, ele não é do tipo de perder totalmente a paciência. Não como Ezra ou Damon, ou mesmo Jase nesses assuntos.

Tanner é muito controlado, seu alvo sempre acerta com precisão absoluta.

E não gosto que seu alvo seja Sawyer. Isso me preocupa mais do que se aquele olhar irritado estivesse fixo em mim.

Quando ele se aproxima do grupo, uma das mulheres estupidamente estende a mão para tocar sua perna.

— Tanner, já era a hora de você vir curtir.

Como ela perdeu a expressão em seu rosto ninguém sabe, mas ela puxa a mão assim que ele olha para ela.

— Ou talvez não — acrescenta, fracamente, sua garganta se movendo para engolir.

Os olhos dele estalam de volta para Sawyer e sei que tenho que fazer algo para amenizar a situação. É assustador ser o foco dessa raiva e, embora eu geralmente seja inteligente o suficiente para me esquivar ou correr como o inferno, Sawyer apenas ri nas minhas costas, seus braços me segurando com mais força.

Deus, estou brincando com fogo por fazer isso, mas que melhor maneira de chamar a atenção de Tanner do que desafiá-lo?

— Podemos fazer algo para ajudá-lo?

Olhos verde-musgo se voltam para mim, e eu vacilo em resposta a isso. Ainda assim, recuso-me a recuar, recuso-me a deixar uma briga estourar porque Sawyer brincou com as besteiras de macho alfa de Tanner.

— Você vai conversar ou apenas veio aqui para me encarar?

O canto de seu lábio se contorce, mas não acho que ele achou o que eu disse engraçado. É mais como se estivesse gostando de qualquer plano que esteja tramando sobre o que fará comigo.

Agarrando os pulsos de Sawyer, puxo seus braços para longe de mim e sento-me totalmente. Levanto-me e encontro o olhar de Tanner, determinada a levá-lo para longe daqui.

— Você sabe o que? Isso tem sido divertido. Mas estou ficando entediada e deveria ir embora.

Já jogou roleta russa? Eu não. Mas tenho certeza de que é assim que se parece. Há uma bala de verdade em algum lugar do cilindro, e estou constantemente puxando o gatilho. A cada clique, recuo e espero que aquela bala exploda, e quando isso não acontece, sei que estou ficando sem chances até que aconteça.

Recusando-me a recuar, ando para longe, esbarrando em Tanner enquanto tiro meu traseiro da sala de estar com toda a intenção de correr para a porta da frente. Vou precisar depois do que acabei de fazer. Minha única esperança é que ele se recuse a seguir, ou que eu possa correr um inferno de muito mais rápido do que ele.

Quando chego ao saguão, ouço passos vindo atrás de mim. É uma batida forte, um passo poderoso, meu coração pulando na minha garganta quando minha mão pousa na maçaneta, um grito saindo de meus pulmões quando sou agarrada por trás, girada e levantada para ser jogada por cima do ombro.

— Pare com essa merda de homem das cavernas — reclamo, enquanto ele sobe as escadas dois degraus por vez antes de me levar por um corredor e depois outro para o que eu suponho ser a prisão de quarto de hóspede que me designou.

Não é como se eu pudesse ver para onde estamos indo, não com sua bunda na minha cara. Quando ele finalmente me leva aonde quer ir, bate a porta atrás de nós e me deixa cair em uma cadeira. Pisco os olhos abertos e escovo o cabelo para ver que ele me trouxe para um quarto muito maior do que a pequena prisão que me prendeu antes.

Percebo que é o principal. O quarto dele. Uma cama *king size* e uma decoração masculina escura são a primeira pista de que este é seu próprio santuário.

Só que estou muito brava para dar uma boa olhada ao redor, meu rosto inclinado para o dele, nossos olhos se travando com um choque de aço que é tão totalmente característico de quando estamos juntos.

— Não — digo simplesmente, não prestes a cometer o mesmo erro de Yale.

Não importa que meu corpo esteja tremendo de raiva e desejo. Não pode importar que eu me sinta sem fôlego por estar sozinha com ele.

Esses são sentimentos que só mulheres estúpidas têm. E eles nunca levam a nada produtivo.

Ficando de pé, passo furiosa por ele a caminho da porta, apenas para ser interrompida quando sua mão forte trava sobre a minha nuca, meu corpo girando de volta para ele com um borrão de movimento enquanto me puxa para perto. Sua boca bate contra a minha com uma posse tão violenta que perco o fôlego e o equilíbrio.

Tanner tira vantagem imediatamente, seu braço deslizando em volta de mim enquanto seu corpo facilmente derruba o meu para trás, até que estou pressionada contra uma parede. Ele me prende tão rápido que estou lutando contra ele com minha língua, uma dança sensual que me recuso a deixá-lo liderar porque estou muito louca para me submeter.

Isso só o excita mais, seus dentes beliscando meu lábio inferior antes de sua boca enrolar contra a minha em um sorriso arrogante.

— Você tem um gosto bom quando está com raiva — sussurra contra meus lábios, seus olhos verdes-escuros fixando-se nos meus.

Seu olhar perigoso cai para minha boca.

— Pelo menos essa parte de você. Eu me pergunto qual é o gosto do resto do seu corpo quando você está assim.

Meus olhos se fecham e um tremor me percorre. Não consigo recuperar meu fôlego, meu cérebro em guerra com meu corpo enquanto minhas coxas batem juntas.

— Não somos bons um para o outro.

— Eu sei — responde, sua boca correndo ao longo da linha do meu queixo.

— Nós nos odiamos.

— E daí? — Seus dentes beliscam minha orelha.

Tremo quando meus lábios se abrem com a necessidade de respirar mais fundo.

— Você faz da minha vida um inferno.

A ponta de sua língua desliza para lamber meu pulso, os lábios quentes contra meu pescoço.

— Você deveria parar de falar e tirar suas roupas.

Isso é burrice.

Estúpido pra caralho.

Não deveríamos fazer isso.

— Estamos dando uma trégua de novo?

Ele balança a cabeça, suas mãos agarrando meus quadris enquanto seus dedos apertam com força, as pontas dos dedos se arrastando sobre a minha pele enquanto suas palmas deslizam para cima a minha camiseta.

— Não dessa vez. É mais divertido quando lutamos.

Filho da puta...

O que diabos estou fazendo?

Minhas mãos agarram sua camisa, dou um puxão para cima e a tiro por seus braços enquanto ele os levanta para mim, seu peito nu exposto à minha visão quando largo a peça e sua boca prende a minha novamente.

A mão de Tanner se levanta para segurar meu rosto, seus lábios se movendo sobre os meus com uma promessa tão pecaminosa que me contorço contra a parede, meus dedos traçando as linhas de seu abdômen musculoso, caindo para puxar o botão de sua calça jeans.

Não estou mais pensando, apenas agindo por instinto, cada centímetro do meu corpo sensível ao seu toque, meu coração como um tambor batendo forte demais.

Suas mãos se movem para minha bunda para me levantar, minhas pernas indo ao redor de sua cintura enquanto ele abaixa a cabeça para morder a ponta do meu seio por cima da minha camisa.

— Eu deveria dizer a você para parar, dizer que isso é uma má ideia

— eu ofego, minhas palmas deslizando por seu peito e sobre seus ombros enquanto seus dentes mordiscam suavemente o lado do meu pescoço.

— Não vou acreditar em você.

Eu sorrio e ele me puxa da parede para me carregar para sua cama, meu corpo caindo no colchão.

Olhando para ele, perco a cabeça ao ver que ele só melhorou desde Yale, a protuberância de seus bíceps mais forte, a definição de seu peito e ombros uma imagem da perfeição.

Meu olhar cai mais baixo e eu mordo meu lábio ao seguir a linha de seus músculos oblíquos até sua calça.

— Tire a calça.

— Com prazer. — Respira, seu jeans deslizando para fora de seus quadris antes que chute para fora de seus tornozelos, seu pau uma linha grossa e rígida sob sua cueca boxer preta.

Este não é um momento lento de reflexão. Não é um acoplamento doce com duas pessoas tímidas que esperam aproveitar o tempo com o corpo um do outro.

Não. Esta é uma corrida para o prêmio. Uma corrida cheia de desespero. Uma eventualidade que vem crescendo desde o momento em que ele me encurralou no banheiro feminino do tribunal.

Eu sabia que isso acabaria aqui.

Ele também sabia.

Mas o problema com a raiva é que é difícil ignorar a névoa de fúria vermelha para ver a verdade do quanto você deseja alguém.

Mesmo que essa pessoa seja a pior coisa para você.

Tanner rasteja sobre mim enquanto tiro minha camiseta, sua mão habilmente desenganchando meu sutiã antes que ele o tire dos meus braços.

Estou desabotoando minha calça jeans enquanto sua boca suga a ponta do meu seio, nossos movimentos trabalhando juntos com uma coordenação tão suave que não há pausas ou momentos atrapalhados para reconsiderarmos o que estamos fazendo.

Não que isso nos parasse.

Não agora.

Não quando nós dois sairíamos deste quarto com dor se não encontrarmos uma saída para aliviar a raiva e a tensão entre nós.

Somos duas forças opostas, mas estamos constantemente sendo empurrados juntos. E a cada vez que isso acontece, explode neste momento.

Tanner agarra meu corpo e me joga mais alto na cama, suas mãos travando sobre o jeans que estou lutando para remover, dedos impacientes raspando meus quadris e minhas pernas enquanto ele os tira e puxa dos meus pés.

Sua palma trava sobre a sola do meu pé direito, empurrando minha perna para cima e aberta, sua boca quente correndo em um caminho lento até o interior da minha coxa. Ele mordisca a pele e eu pulo, meus dedos mergulhando em seu cabelo escuro enquanto ele atinge o ápice das minhas coxas, seu nariz pressionando contra minha calcinha, o hálito quente afundando no pano que já está molhado.

Contorço-me e ele agarra meus quadris para me segurar no lugar, intencionalmente desacelerando para que ele possa brincar comigo. Puxando minha calcinha para o lado com os dentes, ele lambe uma linha lenta na minha fenda, meus dedos se enrolando mais apertado em seu cabelo enquanto meu corpo treme.

O pulso de sua respiração bate entre minhas pernas quando ele fala:

— Porra, você tem um gosto melhor aqui.

E então sua boca se fecha sobre a minha boceta enquanto minha cabeça rola para trás, minhas pernas se fechando apenas para ele arrastar suas mãos para baixo em meus quadris para empurrá-las bem abertas.

Tanner me colocou como um bufê, meu corpo indefeso para a língua que circunda meu clitóris, os lábios que sugam com força até que estou choramingando.

Em outro movimento de sua língua antes de seus dedos agarrarem minhas coxas, seu rosto se abaixando para que sua língua penetre dentro de mim, para frente e para trás, com a provocação de como algo mais duro e mais longo pareceria quando me despedaçasse.

A ponta de seu nariz roça meu clitóris e a agitação de um orgasmo ganha vida, meu corpo muito quente, meus dedos puxando seu cabelo, minhas pernas tremendo enquanto a sensação de sua boca perversa me empurra para uma borda que não estou preparada para cair.

— Porra...

Minhas costas arqueiam quando o orgasmo explode em meu núcleo, meu corpo se tornando rígido enquanto ele me mantém no lugar, devorando-me com uma língua maligna e lábios cruéis. Onda após onda me assalta, a sensação é muito intensa.

Quando ele suga meu clitóris novamente, desliza um dedo dentro de mim, meus músculos o prendendo, a ponta se curvando para acariciar as paredes internas enquanto estrelas explodem atrás dos meus olhos cerrados, um gemido rolando na minha garganta que é embaraçoso de tão alto que é.

Graças a Deus pela música alta lá embaixo, porque estou prestes a gritar o nome desse homem sem me preocupar com quem me ouve.

Normalmente, odeio tudo o que sai de sua boca, mas agora estou disposta a escrever um poema à habilidade dela. Cantar uma balada. Expressar como isso é maravilhoso em uma dança interpretativa. O que for preciso para garantir que isso continue acontecendo.

Como algo que me deixa tão louca também pode me fazer sentir tão bem?

Não é justo.

Quando meu corpo cai, um som de pura aprovação masculina sacode o peito de Tanner, um grunhido baixo de satisfação e vitória quando ele libera minhas pernas para subir pelo meu corpo.

Sua boca e dentes correm uma trilha pela minha pele até que sua boca reivindica a minha novamente, o gosto do que ele faz comigo explodindo contra a minha língua.

Segurando-se acima de mim com as palmas das mãos espalmadas contra o colchão, ele dança seus quadris sobre os meus enquanto minhas mãos deslizam por seus braços, meus dedos traçando a linha de seus antebraços musculosos, a força e protuberância de bíceps que são como aço sob sua pele.

Ele ainda está usando sua cueca boxer, a linha grossa de seu pau me provocando enquanto esfrega contra minha boceta, o tecido muito áspero contra meu clitóris.

Afasto-me de seus lábios, meus olhos se abrindo para vê-lo olhando para mim, um calor escuro por trás daqueles olhos que me observam tanto em pesadelos quanto em fantasias.

— Tire sua boxer, Tanner.

Odeio quão desesperada minha voz soa, o tom áspero dela, o desespero derramando de mim com cada sílaba porque este homem faz coisas comigo que não deveriam ser permitidas.

Um sorriso inclina o canto de sua boca perversa, seus olhos procurando meu rosto enquanto seus quadris se movem novamente e tremo com a sensação.

Minha calcinha ainda está no lugar, subindo pela minha fenda, nossos corpos se movendo juntos, o meu escorregadio de suor. Quando abro a boca para reclamar de novo, ele segura meu queixo com a mão, apertando para que fique aberto. Ele abaixa a cabeça para morder meu lábio.

Lentamente, explora minha boca com a língua, seu peito uma parede de calor contra o meu, uma provocação de carne contra meus mamilos sensíveis. Cerro meus olhos fechados para não implorar a ele para se mover mais rápido, esfregar com mais força, fazer algo além de assumir o controle e brincar com meu corpo.

Falando contra meus lábios, ele exige:

— Diga-me o que você quer.

Rosno em reclamação, coloco minhas mãos nos lençóis quando sua cabeça abaixa e chupa a ponta do meu seio com tanta força que posso sentir o sangue correndo para onde seus lábios me seguram.

Uma raspagem de seus dentes contra meu mamilo me faz pular, sua língua lambendo a pele antes que ele se mova para fazer o mesmo com meu outro seio.

— Você sabe o que eu quero.

Uma risada suave sacode seus ombros.

— Quero ouvir você dizer isso.

— Por quê?

— Para a posteridade. Assim, da próxima vez que disser que me odeia, posso lembrá-la de que implorou para que eu enfiasse meu pau dentro de você, para montar sua boceta até que estivesse gritando.

Claro que é isso que ele quer.

O desespero é uma cadela perversa.

— Por favor, me foda.

Outro rosnado, o som tão distintamente masculino que vibra dentro de mim. Ele não apenas leva uma mulher para a cama; ele a conquista. E uma vez que você está lá, ele pega o que quer sem se desculpar.

Eu deveria odiá-lo por isso também.

Mas não odeio.

Só preciso que ele se mova mais rápido.

Seu rosto se eleva para o meu novamente, puro calor naqueles olhos, tanto que estou derretendo sob ele.

— Diga isso de novo.

— Eu te odeio por isso.

Sua boca se curva no canto, mas então seus dentes arranham o lábio inferior e eu praticamente morro com o quão bonito ele é.

— Gosto quando você diz isso também. Mas não é o que eu quero ouvir no momento.

Nossos olhos se encontram, meu corpo vibrando com a necessidade de ele cumprir todas as suas ameaças, todas as suas promessas — todas as fantasias que nunca fui capaz de tirar da cabeça enquanto estive casada com Clayton.

— Me. Foda. Agora.

Seu olhar cai para a minha boca e volta aos meus olhos.

— Sim, senhora.

Eu rio, porque esta é provavelmente a única vez que ele fará o que eu digo. Tanner é um bastardo, uma força traiçoeira que destrói meu mundo enquanto me faz desejá-lo.

Descendo pela cama, ele desliza seus dedos sob os lados da minha calcinha e a arrasta pelas minhas pernas, as pontas dos dedos arranhando linhas vermelhas na minha pele, um tremor percorrendo meu corpo enquanto ele as puxa dos meus pés.

Com as mãos segurando meus joelhos, ele separa minhas pernas e olha para minha boceta, seus olhos estudando cada centímetro exposto de mim como se estivesse memorizando a visão.

Meus quadris rolam sobre a cama, prazer e calor explodindo por mim porque posso sentir onde seu olhar toca.

— Uma boceta tão bonita — brinca.

Rosno de novo, tão malditamente frustrada com ele que quero agarrá-lo pelos ombros, virá-lo de costas e subir para cuidar disso sozinha.

Ele deve saber disso, pura arrogância naquele sorriso debochado, pura posse em um olhar que roça minha pele como a ponta dos dedos suaves.

Finalmente se movendo para tirar sua cueca boxer, Tanner se vira para jogá-la da cama e minha respiração fica presa no tom musculoso de sua bunda perfeita.

Quando ele se vira, não me avisa antes de me virar de bruços, sua boca percorrendo uma trilha de beijos sensuais na parte de trás das minhas pernas, sobre minha bunda e pelo comprimento da minha espinha.

Ele cutuca minhas pernas abertas com as dele, encaixa seu pau na minha abertura, mas então agarra meu cabelo para prendê-lo em seu punho. Meus lábios se separam quando ele levanta minha cabeça e move seus quadris, sua boca contra minha orelha enquanto apenas a ponta de seu pau afunda dentro de mim.

— Diga isso de novo.

— Eu vou matar você — gemo, mas ele apenas ri, seus quadris se movendo com um impulso provocador, apenas o suficiente para que a ponta circule meus músculos internos.

— Diga — sussurra. — Sua voz soa tão bonita quando você implora.

Um arrepio corre pela minha espinha com a profundidade escura de sua voz e perco minha mente para ele.

— Por favor, Tanner. Me fode.

Seu pau desliza mais fundo, um impulso lento que sinto em todos os lugares, mas ainda não é o suficiente.

— Me fode — digo novamente, e seu pau afunda, meus músculos se ajustando à espessura e comprimento, seus quadris pressionando contra minha bunda enquanto sua mão segura meu cabelo com mais força.

Beijando minha nuca com tanta ternura que me faz tremer, ele diz uma última coisa antes de seus quadris comecem a se mover:

— Acho que sua voz é a única que quero ouvir dizer essas palavras.

Havia muita honestidade na maneira como ele disse isso. Vulnerabilidade. Mas não tenho tempo para pensar a respeito quando seus quadris puxam para trás para bater para frente novamente, quando seu pau me enche enquanto suas pernas se abrem e forçam as minhas a se abrirem mais.

Segurando meu cabelo de lado, ele beija a linha do meu pescoço, o colchão balançando debaixo de nós enquanto empurra meu corpo para frente com cada impulso, sua mão livre mergulhando embaixo de mim para brincar com meu clitóris.

Eu desmorono. Na hora e sem aviso, seu corpo me empurrando através do orgasmo até que estou enterrando o rosto no travesseiro para abafar o grito.

Não aguento mais, meu corpo tremendo com a força da liberação, meus músculos como geleia enquanto ele puxa seu pau e nos move novamente, desta vez se deitando de costas enquanto me direciona para me sentar em seus quadris.

Mal capaz de me conter, meu cabelo está uma bagunça selvagem em volta da minha cabeça, minha boceta afundando sobre seu pau enquanto luto para me segurar.

Seus olhos capturam os meus e ele direciona minhas mãos para agarrar a cabeceira da cama. Isso me dá um pouco de apoio, mas não consigo encontrar forças para me mover, apesar do quanto quero.

Uma vez que meus dedos estão agarrados com força sobre a estrutura de ferro, ele estende a mão para agarrar meu rosto, levantando a parte superior do corpo sem esforço para me beijar antes de sussurrar contra minha boca:

— Segure firme, Luca. Eu não acabei.

Meus dedos se apertam conforme ele agarra meus quadris e começa a se mover debaixo de mim, seus músculos flexionando cada vez que ele empurra para cima, seu olhar escuro observando a forma como meus seios saltam antes de arrastarem para baixo, onde seu pau afunda dentro de mim.

Sigo a linha de seu olhar e fico hipnotizada ao assistir seu abdômen se flexionar a cada impulso.

Este homem é uma máquina.

Uma obra de arte.

Um corpo criado e moldado para seduzir, prender e levar uma mulher completamente à loucura.

A visão de mim montando nele deve ser demais. Com um movimento rápido, ele nos rola de novo e puxa, jorros quentes de sua liberação disparando em meu estômago, sua boca reivindicando a minha enquanto ele desliza contra mim com a pele escorregadia de suor.

Nós dois estamos sem fôlego, nossos corações batendo forte com um baque pesado, nossos corpos pesados onde eles pressionam juntos.

Quero me odiar por ceder a ele novamente. Quero prometer a mim mesma que foi apenas uma vez.

Mas sei que isso não é o fim para nós.

E sei que não podemos evitar quando estamos juntos.

Nossas lutas são apenas preliminares que confundem nossas mentes.

Luca

Acordo tarde na manhã do dia seguinte.

Piscando meus olhos abertos para ver o sol alto no céu, empurro-me para cima com um cotovelo para notar que estou sozinha na cama. Os lençóis escuros de Tanner estão emaranhados em minhas pernas, seu travesseiro ainda marcado de onde ele dormiu, mas não há sinal dele no quarto.

Coloco-me em uma posição sentada, meu olhar pousando no despertador. É quase meio-dia, minhas sobrancelhas se juntam de surpresa porque nunca durmo até tão tarde.

Não que eu tenha dormido muito na noite passada. Cada vez que me virava na cama ou me movia de qualquer forma, Tanner estava dentro de mim novamente, seu corpo dominando o meu até que eu estava implorando para ele parar.

Perdi a conta depois da quarta ou quinta vez. E meu corpo está pagando por isso agora.

Tudo dói.

No bom sentido, então não me entenda mal.

Mas mal posso me mover depois de todas as posições em que ele me colocou, mal consigo pensar direito quando seu cheiro ainda preenche o quarto e sou louca o suficiente para querer mais dele.

Perguntando-me onde ele está, rastejo para fora da cama e tropeço para dentro do seu banheiro. Meus pés param no lugar quando entro, meus olhos se arregalando ao ver que seu chuveiro sozinho é quase tão grande quanto meu quarto. Correndo meus olhos pelas paredes de azulejos, conto uma dúzia de jatos de chuveiro cromados, cada um polido e brilhando com a promessa de uma água quente que me fará sentir melhor.

Depois de usar o banheiro, abro a porta de vidro do chuveiro e entro, a mão batendo em uma alavanca que aciona todos as duchas de uma vez. Quando uma mais baixa pulsa água entre minhas pernas, bato a palma da mão no ladrilho para não me encurvar.

Estou muito sensível lá e movo-me para que meu corpo não responda.

Depois de deixar a água massagear meus músculos cansados, volto para o quarto, visto-me e então saio para encontrá-lo.

A casa está silenciosa enquanto desço as escadas. Da cozinha, posso ouvir o chiar da comida, o cheiro de bacon e ovos me puxando para mais perto.

Surpresa de que Tanner saiba cozinhar, abro caminho através do saguão e da sala de estar, meus passos lentos enquanto passo pela mesa de jantar para ir em direção à porta que presumo que leva à cozinha.

Ava está no fogão com uma espátula na mão, sua cabeça virando para olhar por cima do ombro enquanto limpo a garganta.

— Oh, ei! Estou feliz que você finalmente acordou. Esperei um pouco para começar a fazer algo, mas desisti quando pensei que você dormiria o dia todo.

Caminhando até a ilha, puxo um banquinho e sento-me.

— Onde está todo mundo?

Nós duas estamos vestindo nossas roupas da noite passada e enquanto eu pareço um acidente de trem, ela parece perfeitamente arrumada.

Seus olhos castanhos olham para mim, o canto da boca puxado para baixo.

— Eles foram buscar Damon e Shane.

— Todos eles?

Uma gargalhada estremece seus ombros.

— Sim. Infelizmente, isso se tornou uma necessidade no ano passado. Acho que sete advogados é melhor do que um.

Confusa, fico olhando para ela, minhas sobrancelhas se levantando com a esperança de que ela explique.

Ava deixa cair a espátula no balcão e se vira para olhar para mim.

— Shane e Damon foram presos ontem à noite... de novo. Acho que esta é a quarta vez nos últimos doze meses.

— Pelo quê?

Certo, eu não conheço os caras bem o suficiente para ficar surpresa com qualquer coisa que eles façam, mas ainda me choca ouvir que dois homens de vinte e oito anos — ambos advogados, devo acrescentar — tinham sido presos tantas vezes.

— Por brigarem — diz, cruzando os braços sobre o peito enquanto ela me abre um sorriso vacilante. — Esses dois são problemáticos quando estão juntos. Shane normalmente começa as lutas e Damon as termina.

O bacon chia ao lado dela, um prato cheio de ovos já colocado ao lado. Virando-se para tirar a panela do fogo, ela balança a cabeça.

— Eles nunca são acusados, mas apenas porque Tanner e Gabe são capazes de suavizar tudo. Então, é claro, eles têm que passar pelo processo de eliminação dos registros de prisão. Isso deixa Mason louco, já que ele foi designado para esse trabalho.

Depois de deslizar o bacon em um prato com uma toalha de papel para absorver a gordura, ela carrega os dois pratos para a ilha e os coloca entre nós.

Presumo que ela fique muito aqui, considerando quão confortável está na cozinha. Leva apenas alguns segundos para puxar pratos vazios de um armário e talheres de uma gaveta.

— Você deveria comer. Se os caras chegarem aqui, essa comida vai acabar em menos de um minuto. Eles vão literalmente roubar do seu prato.

Ela sorri e balança a cabeça, e não consigo entender quão perto ela se parece deles.

Sou uma cretina por querer tirar vantagem da situação, por usar esta mulher para descobrir mais sobre o homem que está me deixando louca desde a primeira noite em que o conheci em Yale.

Colocando comida no meu prato, mantenho a voz casual.

— Você parece conhecer os caras muito bem.

Uma risada suave percorre a ilha.

— Dá para dizer que sim. Estou com Mason há quase dez anos.

Não diga isso. Não diga isso. Não diga isso...

— Como você pode fazer isso quando ele está noivo de outra pessoa?

Droga. As palavras escapam da minha boca antes que eu possa detê-las.

Ela encontra meu olhar e ri.

— Na verdade, sou a melhor amiga de sua noiva. Emily é a razão de eu conhecer Mason. E, acredite em mim, esses dois não têm amor um pelo outro. Ela tem uma queda por outro cara, que está fora dos limites. É uma bagunça.

Meus olhos se arregalam com isso.

— Oh.

— Sim... oh — diz, com um sorriso. — Mas não tenho certeza se você tem muito espaço para falar sobre viver imprudentemente indo para a cama com um homem difícil.

Minhas bochechas esquentam, minhas pernas deslizando uma contra a outra porque apenas o pensamento de Tanner me lembra da noite passada.

— Tenho que te dar crédito, Luca. Você conseguiu fazer algo que eu nunca tinha visto antes. E tenho convivido com esses caras por muito tempo.

— O que é?

Ela mastiga um pedaço e olha para mim.

— Sabia que Tanner deu uma surra em Shane em Yale depois da festa em que você compareceu?

— Não.

Meus pensamentos voltam para aquela noite. Não consigo me lembrar muito disso, pelo menos não até a manhã seguinte. Mas me lembro de Tanner dizendo algo sobre Shane, e acho que ele foi o cara que se aproximou de mim quando eu estava dançando.

Ava sorri e levanta uma sobrancelha.

— Não vou dizer que os caras não brigam uns com os outros. Isso acontece porque eles são praticamente irmãos. Mas Tanner nunca faz parte dessas lutas. Ele é aquele que cuida de todos os outros. Para ele ficar tão bravo, algo deve ter acontecido, e todos nós pensamos que esse algo foi você. Os caras não brigam por mulheres. Tipo... nunca. Então é por isso que você é uma lenda e eu sei quem você é.

Não posso deixar de pensar imediatamente nas fotos que foram tiradas de mim. Tanner disse que cuidou do problema, que não gosta de homens tirando vantagem de mulheres bêbadas. Talvez Shane tenha sido a pessoa que as tirou, o que seria exatamente a forma como ele obteve as imagens.

— Escute — ela diz, apontando o garfo para mim. — O que Tanner fez ontem à noite por causa de Sawyer foi insano. Se você não o tivesse levado para longe, o que foi corajoso, a propósito, teria havido outra luta.

— Eu duvido disso...

— Você não deveria.

Ela fica quieta por um segundo, dá uma mordida no bacon enquanto seus olhos se voltam para mim.

— Ele reivindicou você, Luca, e espero que saiba o que diabos está fazendo, porque Tanner nunca agiu assim com uma mulher antes. Não tenho certeza se entende o que está acontecendo aqui.

Ah, não. Eu posso quase garantir que não tenho ideia do que está acontecendo. Tanner propositalmente me mantém no escuro. Abstenho--me de dizer isso, no entanto. Estou muito em choque para discutir.

— De qualquer forma, acho que você é muito corajosa. Tanner é intenso. Ele me assusta pra caralho, para ser honesta.

— Ezra me assusta pra caralho — admito.

Sua boca se estende em um sorriso ofuscante.

— Menina! Sim! Aquele homem é apavorante.

Nós dois rimos disso, mas então sua expressão se suaviza.

— Mas não é culpa dele. Não depois do que seus pais fizeram a todo mundo. Tem sido mais difícil para os gêmeos. Mas cada um dos caras foi abusado de alguma forma.

Sua expressão se suaviza, embora eu ache que vejo uma centelha de raiva em seus olhos, de dor e de tristeza.

— De qualquer forma, nenhum deles vai admitir isso. Não abertamente, e eu não deveria saber. Mas Mason se abriu algumas vezes e o que ele me disse me fez desejar a morte dos pais deles. Os meninos são apenas outra maneira de ganhar dinheiro para aqueles cretinos. Sempre foi. E, por causa disso, Tanner, Gabriel e todos eles ficam juntos.

Eu preciso saber mais.

É isso.

Isso aqui é algo que pode finalmente me ajudar a entender os problemas de atitude de Tanner um pouco melhor.

Não, eu não posso esperar que ele admita como sua vida tem sido, não com quão reservado ele é. Mas adiciona um pouquinho de humanidade a ele. Torna mais fácil compreender por que ele faz as coisas que faz.

Largando meu garfo no prato, limpo os lábios com um guardanapo.

— Conheci Jerome Dane na festa no sábado passado.

Suas sobrancelhas se erguem.

— Warbucks? Esse cara é osso duro de roer. Mas o pai de Tanner é o pior. Juro que o homem não tem alma.

Fazendo uma pausa, ela parece hesitante em continuar falando, mas eventualmente olha para mim.

— Eu não deveria saber disso, mas quando Tanner tinha nove ou dez anos, seu pai...

A porta à nossa esquerda se abre, minhas mãos se fechando em punhos com a interrupção. Eu estava finalmente conseguindo algumas malditas informações e agora não posso com todos os caras entrando.

Meu aborrecimento diminui imediatamente, no entanto. Especialmente quando vejo Ezra praticamente carregando seu irmão, as mãos de Damon completamente machucadas e seu rosto ferido e ensanguentado.

O cheiro de álcool agride meu nariz e Damon ainda deve estar bêbado, porque está rindo como se a coisa toda fosse engraçada.

— Sério — Damon diz —, o cara mereceu. Todos os sete fizeram.

Os dois pegaram sete caras sozinhos? Eles são insanos?

A julgar pela expressão de Ezra, ele não vê humor nisso tanto quanto seu irmão gêmeo.

Atrás dele, Taylor e Mason ajudam Shane a passar pela porta, seu rosto não está melhor que o de Damon. Estreito os olhos para Shane, porque tenho uma suspeita furtiva de que foi ele quem tirou as minhas fotos em Yale.

— É por isso que vocês dois não têm permissão para ir a bares sozinhos — Mason rebate, sua voz tensa de raiva. — Agora vou ter que passar a porra da próxima semana limpando essa merda do registro de vocês.

Viro-me para Ava quando eles passam por nós e suas sobrancelhas se erguem para mim. Levantando-se lentamente do assento, ela abandona seu prato para seguir Mason.

A voz de Tanner chama minha atenção de volta para a porta e vejo quando ele entra com Gabriel ao seu lado. Jase e Sawyer vêm atrás deles.

— Comida!

Sawyer acelera ao redor do grupo para correr para a ilha. Em segundos, ele devorou o que restou no prato de Ava e se esticou para pegar o bacon do meu.

Bato em sua mão para proteger meu café da manhã, apenas para Sawyer ser empurrado para a esquerda quando Tanner o agarra.

Pegando todo o prato de ovos, ele o empurra contra o peito de Sawyer e o aponta para a sala de jantar.

— Mas eu queria o bacon — Sawyer reclama.

Jase pega o prato com uma mão e o braço de Sawyer com a outra.

— Vamos, idiota. Não precisamos repetir a noite passada. Qual é a regra?

Eles estão indo embora quando Sawyer responde:

— Nós ficamos longe de Luca.

Minhas sobrancelhas se juntam e, uma vez que eles saem da sala, viro-me para olhar para os dois homens restantes. Ambos estão parados perto da bancada, os olhos fixos na porta que dá para a sala de jantar.

Ambos estão em ternos completos, o de Tanner é cinza-escuro, enquanto o de Gabriel é risca de giz.

— O que foi aquilo?

O olhar escuro de Tanner não se move da porta, mas Gabriel olha em minha direção e balança a cabeça em um pedido silencioso para que eu deixe isso quieto.

TRAIÇÃO

Meus olhos voltam para Tanner, preocupação me devorando porque ele não se parece como o de costume.

Há algo perigoso correndo em seus pensamentos, algo pesando em seus ombros tensos.

Eu não me ofendo quando ele sai da sala com passos furiosos sem falar comigo, meus olhos o seguindo porque quero saber o que está acontecendo em seus pensamentos.

Quando ele está fora de vista, viro-me para ver Gabriel olhando para mim, seus olhos verdes sombreados por olheiras embaixo.

— Manhã difícil?

Ele ergue uma sobrancelha e atravessa a sala para ficar do lado oposto da ilha.

— Pode-se dizer que sim.

— Tanner está bem?

Gabriel lança um olhar para a porta e de volta para mim.

— Ele ficará, eventualmente. Não é a primeira vez que nós lidamos com isso e tenho certeza de que não será a última.

— Talvez eu deva falar com ele?

Ele balança a cabeça, o humor que normalmente vejo em seus olhos ausente.

— Acho que seria melhor se você saísse com Ava por algumas horas hoje. Dê-lhe algum tempo para se acalmar.

Agora estou mais preocupada.

— Você não tem medo de que eu fuja? Ou esqueceu que Tanner me prendeu aqui?

Ele sorri.

— Gosto de pensar que você vai voltar de boa vontade. Especialmente se sou eu que estou pedindo com educação.

Uau.

Ok.

Gabriel está agindo como um idiota por me deixar sair desta casa, o que significa que o que quer que aconteceu esta manhã com Shane e Damon o abalou profundamente.

Pelo que eu vi, nada abala tanto esses homens.

— Vou encontrar Ava.

— Obrigado.

Acenando com a cabeça enquanto me levanto para sair, ando alguns passos para longe antes que ele me chame.

— Luca.

Viro-me para encará-lo.

— Faça-me um favor e fique longe de Sawyer. Ele é um idiota e não vale o seu tempo.

Revirando os olhos, sinto uma pontada de orgulho que Tanner está tornando isso uma coisa tão importante quanto ele está, mas ainda me recuso a deixar qualquer homem me dizer com quem eu tenho permissão para falar.

Tanner e eu podemos ter feito sexo, mas isso não significa que estamos nas melhores condições. Ele ainda tem muito a compensar depois de todas as coisas de merda que fez comigo.

— Não estou deixando Tanner ditar o que eu faço. Você deveria saber disso, Gabriel. E se ele quer ficar com raiva de mim por causa disso, problema dele. Já discuti com ele antes e vivi para contar sobre isso. Estou feliz em fazer de novo.

Gabriel sorri, algo não dito por trás de seus olhos.

— Não é com você que estou preocupado, amor. Mas odiaria ver algo ruim acontecer com Sawyer.

Eu nem tenho certeza do que dizer sobre isso.

Em vez de questioná-lo, prefiro manter minha boca fechada pelo menos uma vez. Devo pensar nessa situação antes de decidir meu próximo movimento.

capítulo vinte e cinco

Tanner

Estou cansado dessa merda.

Fúria fria está fluindo por mim enquanto corro escada acima para tomar um banho para tirar o fedor da prisão da minha pele. Não que eu cheirasse tão mal quanto Shane ou Damon ao sair daquele lugar, mas apenas passar seis horas lá foi o suficiente para me irritar e deixar o cheiro sutil de sangue, suor e urina na minha pele.

Tirando meu paletó quando entro no quarto, eu o jogo na cama e puxo o cinto para desamarrá-lo. Jogando isso de lado, viro-me enquanto tiro a gravata, o olhar pousando na cama onde deixei Luca dormindo esta manhã, seu pequeno corpo enrolado pacificamente sob os lençóis.

É assustador eu ter ficado aqui olhando para ela pelo que pareceu uma hora antes de sair? Ela é a primeira mulher que deixei dormir na minha cama, a primeira que eu realmente *queria* que ficasse.

Não consigo entender isso, e talvez seja por isso que a encarei por tanto tempo.

Dizer que fiquei irado quando recebi a ligação sobre Damon e Shane seria um eufemismo. Mas eu me levantei e me forcei a sair pela porta de qualquer maneira.

Não foi fácil.

Não com ela esticada sobre a minha cama como uma provocação me implorando para ficar.

Talvez tenha sido a culpa que me manteve ali por tanto tempo.

Não posso dizer exatamente isso, pois nunca tive pena do que fiz. Os jogos que jogamos são nossa vida desde que me lembro.

Era tudo tão natural antes de Luca aparecer, um processo martelado em nós por nossos pais idiotas, um comportamento aprendido que usamos para manipular nosso mundo e as pessoas ao nosso redor.

Realmente, foi uma brincadeira de criança no início – literalmente. Fazendo um favor estúpido para outra criança quando nós éramos muito jovens e depois forçando-a a comer lama como pagamento.

Obviamente, isso mudou enquanto crescíamos, e o preço que exigíamos pelos favores assumiu um sentido mais significativo. Quando começamos o ensino médio, nossos jogos eram cruéis.

Nós dirigíamos a escola e intimidávamos todos até que se submetessem. Transávamos com quem queríamos, lutávamos quando tínhamos vontade, tornávamos a vida de todos os alunos um inferno, a menos que entrassem na linha.

Não foi até a faculdade que o preço que exigíamos desempenhou um papel nos negócios de nossos pais.

Essencialmente, fomos moldados para eventualmente assumir o controle logo que nossos pais se aposentassem e nunca me arrependi de nenhum dos jogos.

Até agora.

Até Luca.

Entrando no chuveiro para esfregar o perfume sutil do fedor da prisão, pergunto-me se é por isso que ferrei tudo completamente com ela. É possível que eu não tenha alinhado as peças tão habilmente quanto sei que posso porque não queria esmagá-la totalmente.

Isso, e meu gosto pelo seu hábito irritante de revidar. Um hábito que me faz sorrir todas as vezes que ela tenta.

Talvez eu simplesmente não queira destruir o espírito de alguém que me fascina. Parece errado. Como se isso fosse o mesmo que destruir um artefato único, algo que, uma vez que se foi, nunca pode ser substituído.

Não tenho certeza, e isso não pode importar neste momento, porque tenho outro problema para lidar — um que me deixou de mãos cerradas em punhos e dentes rangendo com tanta força que a dor está atingindo minha mandíbula.

Meia hora depois, estou entrando em outro condomínio fechado, um bairro exclusivo onde vários de nós crescemos. Cada mansão neste lugar custa nada menos do que vinte milhões, uma região reservada para aqueles com mais poder e dinheiro.

Felizmente, não vou para a casa da minha infância nesta viagem. Estou dirigindo para onde os gêmeos cresceram, uma monstruosidade de uma casa pertencente a um homem que sempre foi o mais temperamental de nossos pais.

Ele é o motivo da briga na noite passada, seu telefonema com Damon desencadeando aquilo no filho. Como sempre, Shane tinha aproveitado.

Os gêmeos são um problema por si só, mas quando você adiciona Shane à equação é sempre pior.

Shane é um instigador do mais alto nível, um idiota que começa uma luta intencionalmente, mas então sai dela para poder rir do caos. Ele não segue regras e raramente concorda com o que é exigido dele.

Às vezes, suas habilidades são úteis, o que é o único motivo de eu não ter batido em sua bunda com mais frequência pelas merdas que ele faz.

Estacionando na grande varanda da frente, saio do carro e subo as escadas para surpreender o pai dos gêmeos, William.

É melhor pegá-lo desprevenido, dar-lhe menos tempo para se preparar para o que pretendo fazer.

Toco a campainha e espero impacientemente que o mordomo responda, seus olhos se arregalam de surpresa ao me ver.

— Senhor Caine. Já faz muito tempo. Por favor, entre.

Ele me leva do saguão para uma sala de estar e me oferece uma bebida, que recuso, antes de sair correndo para dizer a William que estou aqui.

Não tenho muito de um plano em mente, apenas a necessidade de lançar meu peso ao redor e lembrar William que os gêmeos não são mais seus para foder. Não tenho certeza se algum dia saberemos o que ele fez com os filhos para distorcê-los. Mas não é isso que importa para mim no momento.

Tudo o que me importa é que ele saiba que esses dias acabaram.

A única linguagem que William Cross consegue entender é a mesma que ele ensinou a seus filhos:

Ira e violência.

É por isso que não dou a ele tempo para se recompor quando entra na sala; é por isso que meu punho se conecta com seu nariz, o sangue explodindo quando ele tropeça para trás.

É por isso que aperto meu antebraço contra sua garganta enquanto o empurro contra a parede e eu o desprezo enquanto abaixo o rosto até estarmos no mesmo nível.

— Você quase matou Damon. E estou farto disso.

William me encara de volta, sangue escorrendo de ambas as narinas enquanto luta para quebrar meu aperto nele.

Anos atrás, eu não era forte o suficiente para enfrentar esse bastardo, mas o tempo aprimorou meu corpo com músculos enquanto a velhice o suavizou.

— Então você se acha grande e mau agora, hein?

Soco-o novamente, sua cabeça girando para a esquerda antes de eu dar um passo para trás para deixar seu corpo deslizar pela parede e desabar no chão.

William limpa o sangue de sua boca enquanto seu olhar rasteja até meu rosto. Não é como se ele não conhecesse a violência. Eu sabia disso antes de vir aqui. Portanto, não fico surpreso quando uma gargalhada explode de sua garganta.

— Acho que você realmente pensa assim. Mas você ainda é um punk que tem que se aproximar furtivamente de um homem sem avisar para causar danos.

Levantando uma sobrancelha, estico a mão para aliviar a dor de bater nele.

— Isso é um aviso. Se você foder com a vida deles de novo, não vou pegar tão leve da próxima vez.

William endireita o corpo contra a parede, o sangue ainda escorrendo pela boca e pingando do queixo.

Mais risadas enquanto ele balança a cabeça.

— Sabe, é típico de você se concentrar nas coisas que não importam. Você sempre foi assim, Tanner. Um fodido pé no saco que não sabe quando fazer o que te mandam. Porque seu pai aguenta essa merda, eu nunca vou saber. Ele deveria ter sufocado você no berço quando teve a chance.

Pulando para frente, eu o agarro pelo pescoço e o arrasto parede acima.

— Infelizmente para você, ele não fez isso. Não chame os gêmeos de novo. Não chegue perto deles. Porque, da próxima vez que eu te fizer uma visita, você não sobreviverá.

Seus lábios se abrem enquanto ele tenta respirar, seus olhos castanhos segurando os meus com fúria por trás deles.

Afrouxando o aperto, bato nele novamente, um sorriso esticando meus lábios enquanto sua cabeça se joga para trás antes que ele se curve pela segunda vez.

— Foi divertido recuperar o atraso — digo, enquanto saio calmamente da sala, mas William grita para mim, parando-me no lugar.

— Como está Luca hoje, Tanner? Você realmente a encurralou tanto quanto afirma?

Virando-me para olhar para ele, coloco uma mão no bolso e dou um passo para trás.

— O que você sabe sobre isso?

Ele sorri, a expressão tensa devido ao súbito inchaço em seu rosto.

— Vocês, crianças, agem como se nós não estivéssemos prestando atenção. Todos vocês nove são decepções do caralho.

— De volta a Luca — eu digo, sem humor para a reclamação usual de que somos filhos inúteis que nunca chegaram a nada. — Por que você a mencionaria?

Os olhos dele se erguem para os meus, algo escrito atrás deles que desperta uma nova onda de raiva dentro de mim.

— Só estou dizendo que você pode querer ficar mais de olho nela dessa vez. Você tem três semanas restantes para terminar este jogo. É a última chance que estamos dando a você.

Ele ri e cospe sangue da boca, um dente tilintando no chão que devo ter arrancado.

— Seu relógio começou ontem, Tanner. Sugiro que você comece a correr.

Olhando para mim, ele sorri.

— Tique-taque.

Luca

Quando saí da casa de Tanner, fiz isso com a intenção de voltar. Senti pena dele de uma forma que sei que é perigosa. Ainda assim, o sentimento estava lá.

Entre o que Ava tinha admitido para mim e o que eu vi quando trouxeram Damon e Shane para casa, eu sabia que Tanner estava em um lugar ruim.

Mas, conforme o dia avançava e o passávamos andando pelo shopping antes de almoçar mais tarde, a realidade se instalou em mim.

Nada mudou desde o momento em que ele me encurralou no tribunal. Ainda estou falida, prestes a perder o dinheiro que Clayton me deve e não consigo acessar os servidores do meu pai porque não tenho carro.

Embora os caras tenham relaxado perto de mim — e Tanner e eu tenhamos cometido o erro de dormir juntos novamente —, ainda sou um jogo a ser jogado para que ele possa conseguir o que quer.

Seria fácil jogar a informação para eles, recolher meu dinheiro e acabar com isso.

Everly cavou sua própria cova brincando com Jase; e não é como se ela estivesse excessivamente preocupada comigo depois de fugir.

Não tenho notícias dela há anos, o que é parcialmente minha culpa, mas isso não a desculpa por me deixar no escuro sem o menor aviso de que eles poderiam vir atrás de mim novamente.

Odeio fazer isso com Ava, mas não vou voltar para Tanner. Não por vontade própria. Não quando ainda preciso descobrir uma maneira de vencer este jogo sem que ninguém se machuque no processo.

Seria insanamente estúpido da minha parte pensar que algo tinha mudado. E eu já cometi esse erro antes. Depois de dormir com Tanner em Yale, passei uma semana inteira pensando que, de alguma forma, eu tinha vencido.

Mas então o martelo caiu e ele mostrou sua verdadeira face novamente, provando que me deixaram acreditar que eu estava por cima enquanto eles se sentaram no banco da vitória o tempo todo.

Isso tem que ser apenas mais um ato.

O plano deles para me amolecer.

Fazer-me acreditar que podem ser pessoas decentes.

Jogar-me tão longe da defensiva que eu nunca veja o jogo final chegando.

Não vou cair nessa de novo. Não agora, quando há tanto a perder.

— Provavelmente deveríamos voltar — Ava diz, enquanto caminhamos por um pequeno parque que fica perto do restaurante onde almoçamos. — Mason vai começar a ficar preocupado, já que eu disse a ele que só sairíamos por uma ou duas horas.

Ela verifica seu telefone.

— Nós estivemos fora por cinco horas.

É uma pena que Ava seja tão próxima do Inferno. Ela é fácil de se conviver, uma pessoa genuinamente boa, e tenho muito poucas pessoas a quem posso chamar de amiga.

E, embora nossa conversa não tenha voltado para o que ela estava me contando mais cedo esta manhã, nós nunca ficamos sem tópicos para discutir, principalmente sobre nossos interesses e *hobbies*, sobre nossas memórias da vida na faculdade ou outras coisas aleatórias.

Eu gosto dela... muito. Mas não tenho certeza se posso confiar nela por causa de seu envolvimento com Mason e Tanner.

— Você se importaria de passar pelo meu apartamento no caminho de volta? Não tenho muitas roupas na casa de Tanner e preciso pegar algumas coisas.

Meu plano é simples, realmente. Chegar ao apartamento, pegar algumas roupas como se eu tivesse a intenção de sair novamente e bater a porta atrás dela quando ela sair na minha frente.

Vou trancar a porta e ignorar quaisquer exigências gritadas por ali quando Tanner eventualmente aparecer para me escoltar de volta à sua casa.

Ele não será capaz de ficar lá para sempre e, nesse meio tempo, vou decidir o que fazer a seguir para escapar.

Sei que a primeira coisa que preciso é olhar meu carro. Não, eu não vou conseguir dirigi-lo, não depois da quantidade de danos causados pela batida. Mas possivelmente posso conseguir um alugado gratuitamente por meio do meu seguro enquanto eles processam minha alegação de que foi destruído.

— Sim, eu ia sugerir isso, na verdade — Ava responde, seus olhos acompanhando uma família de patos que está deslizando suavemente pela água. — Acontece que eu acho que é uma merda Tanner arrastar você para a casa dele sem lhe dar a chance de fazer as malas. É estranho.

Ela não sabe da metade.

Sem ter noção se ela foi designada para mim como uma espiã, não quero falar muito sobre o que está acontecendo. Gabriel a chamou de *amiga*, mas isso não significa muito.

Nós voltamos para o carro e dirigimos até minha casa.

Quando passamos pela oficina onde Priest trabalha, dou uma olhada e noto que meu carro não está à vista. Isso me deixa um pouco nervosa, mas suponho que ele o mudou para uma de suas garagens para esconder os destroços da vista de seus clientes.

Ava entra no meu estacionamento e encontra uma vaga perto das portas da frente. Isso me dá uma ideia melhor de como vou abandoná-la.

— Se você quiser, pode esperar no carro enquanto eu corro lá em cima.

Ela olha para mim, seu lábio puxando entre os dentes, suas palavras hesitantes.

— Eu provavelmente deveria ir junto. Quero dizer, se estiver tudo bem para você. Ficar sentada no estacionamento sozinha parece chato.

Oh, oh.

Infelizmente, isso acabou de confirmar que Ava é, na verdade, uma babá. Não que ela não queira esperar no carro, mas sim a maneira como me respondeu com culpa em seu tom de voz.

Nem todo mundo é um mentiroso tão experiente quanto Gabriel.

O que ela faria se eu fugisse correndo? Infelizmente, embora eu desejasse que fosse viável para mim disparar, o elevador preguiçoso em meu prédio impediria a fuga.

Estamos de volta ao plano um.

Deixá-la do lado de fora.

Trancar a porta.

Ignorar o idiota que vai aparecer fazendo exigências que me recuso a cumprir.

— Não me importo. Vamos.

Como sempre, o elevador demora a descer sete andares enquanto esperamos no saguão. Ava continua verificando seu telefone, eu noto, seus polegares se movendo rapidamente para digitar uma mensagem.

— Mason está pirando porque ainda não voltamos?

Ela olha para mim e balança a cabeça.

— Ele vai ficar bem. Não é como se eu pudesse ficar lá de novo esta noite. Tenho que estar no trabalho amanhã. Ele simplesmente odeia quando tenho tempo livre e não é gasto com ele.

Para ser honesta, é um pouco surpreendente ouvir isso.

— Não achei que ele fosse do tipo grudento.

Ava suspira.

— Ele não é. Mas com o casamento pairando sobre nós nos próximos dois anos, parece que o relógio está correndo e nosso tempo está acabando.

Sua expressão cai e sinto pena dela. Esses dois parecem se amar verdadeiramente e sua situação não é justa. Isso me faz sentir ainda mais idiota pelo que estou prestes a fazer com ela.

As portas do elevador se abrem com o som meio zumbido enjoativo a que me acostumei.

Entrando lá, caímos em um silêncio desconfortável enquanto começamos uma lenta escalada até o sétimo andar. A luz fluorescente pisca acima de nossas cabeças e eu sinto um pouco de vergonha quando ele sacode no quinto andar antes de gemer para continuar subindo.

— Essa coisa é segura? — Ava ergue os olhos para o som de gemido vindo do motor.

Minhas bochechas esquentam ainda mais de vergonha.

— Ainda não me matou — respondo, pensando que é a melhor justificativa que posso dar a ela. — Este lugar é tudo o que eu posso pagar depois que Clayton me deixou. Mas espero ser capaz de me mudar em breve.

Sua cabeça se inclina.

— Não quero parecer rude, mas por que diabos você se casou com Clayton Hughes?

Ela não está errada em parecer tão enojada. Clayton foi um erro desde o início, um que eu não teria cometido se não me sentisse tão desesperada naquela época.

— Eu mal saí com ele em Yale antes de voltar para a Geórgia, mas ainda estávamos conversando e minha mãe estava morrendo. Acho que me perdi por um período de tempo. Quando ele me pediu em casamento, pensei que talvez pudesse funcionar. Mas, realmente, eu só queria que minha mãe vivesse o suficiente para me ver casar. Tomei uma decisão estúpida.

Ela acena com a cabeça.

— Uma pela qual você está pagando agora?

Eu rio, o som sem humor.

— Sim, dá para dizer isso.

— Então você nunca o amou?

O elevador rasteja até parar, as portas se abrindo lentamente no meu andar quando percebo a única resposta honesta que tenho para essa pergunta.

— Odeio admitir isso, mas eu nunca o amei. Tentei me convencer de que poderia, mas não aconteceu.

Dói perceber a verdade disso. Clayton e eu tivemos um casamento sem amor desde o início. Nossa lua de mel durou pouco porque ele adoeceu e tivemos que voltar. E então fiquei tão abalada com a morte da minha mãe que nem dormíamos no mesmo lugar. Fiquei com ela até que ela se foi.

Depois disso eu me mudei da Geórgia, mas, naquela época, ele estava me traindo constantemente. Em todo o nosso casamento, fizemos sexo uma vez. E mesmo essa foi estranha e horrível.

Olhando para ela, dou um sorriso trêmulo.

— Tente ser casada com um homem com quem você não faz sexo. Nosso casamento foi tão ruim assim.

Seus olhos se arregalam e uma risada leve sacode seus ombros enquanto caminhamos pelo corredor. Olho para ela por isso, mas ela apenas dá de ombros.

— Desculpe, só é engraçado que nós duas tenhamos vidas tão ferradas quando se trata de homens. Você se casou com um homem que não ama e eu estou namorando o homem que amo enquanto me preparo para vê-lo caminhar para o altar com outra mulher.

Sorrindo com isso, cutuco seu ombro com o meu.

— Eles deveriam fazer coberturas de bolo especificamente para nossas situações.

— O meu me colocaria atrás deles, batendo na cabeça da noiva com seu próprio buquê?

Eu ri.

— Sim, e o meu seria eu enfiando a cara do noivo no bolo enquanto um demônio espera no fundo, feliz por tornar minha vida um inferno.

Agarrando meu braço, Ava me para antes de chegarmos à minha porta.

— Vai ficar melhor para nós duas eventualmente. Tem que ficar.

Não tenho tanta certeza disso, mas concordo com a mentira.

— Claro que vai. Tenho certeza de que nossa sorte mudará a qualquer minuto. Tudo o que precisamos fazer é ser...

Quando minha mão toca a maçaneta do meu apartamento, a porta se abre com um rangido irritante.

Tudo o que posso ver é uma bagunça de móveis tombados, papéis espalhados, pratos quebrados e molduras de fotos baratas arrancadas das paredes.

— Pacientes — murmuro, terminando um pensamento que não tinha

TRAIÇÃO 315

esperança de ser verdade, não importa o quanto eu desejasse que fosse.

— Lugar legal — Ava brinca, mas quando ela vê o olhar no meu rosto, sua expressão cai. — Acho que você não deixou assim?

— Não — respondo enquanto entro, meu coração se partindo em pedaços porque este era o resto de tudo o que eu tinha no meu nome, a pequena quantia que fui capaz de surrupiar para mim mesma em um mundo que está decidido a chutar minha bunda.

Tudo está destruído. A mobília barata se abriu de forma que o que está dentro está se esvaindo. Quase todos os armários abertos tristemente com suas dobradiças quebradas.

As gavetas foram saqueadas e o pouco que tinha me restado da minha vida na Geórgia é agora uma pilha de vidro estilhaçado e metal retorcido, todas as molduras quebradas e as fotos espalhadas.

Giro no lugar e olho para o meu quarto, o medo rastejando na minha garganta ao pensar que as caixas no meu armário tinham sido destruídas também.

Correndo para lá, abro a porta apenas para ser empurrada de lado quando um homem grande sai correndo, seu rosto coberto por uma máscara de esqui preta e roupas todas pretas.

Ele se move rapidamente pelo pequeno corredor, assim que Ava vira a esquina. Eles colidem um no outro, seu antebraço subindo até a garganta dela enquanto ele a joga contra a parede.

Abaixando o rosto para o lado de sua cabeça, sua mão desliza por seu corpo para prender seu peito contra a parede.

Terror sangra em sua expressão enquanto uma lágrima escorre por sua bochecha.

Ah, inferno, não. Eu não vou deixar esse idiota machucá-la. Recuso-me terminantemente a ficar aqui e não fazer nada.

Um grito sai da minha garganta e faço a única coisa que você nunca deveria fazer ao enfrentar um oponente com o dobro do seu tamanho. Corro direto para ele, pulando para envolver meus braços sobre seus ombros e ao redor de sua garganta, a adrenalina em mim me fazendo agir sem pensar.

Ele me bate de volta e eu estou alojada entre seu grande corpo e a parede enquanto Ava grita em sua busca para salvar a pessoa que tentou resgatá-la.

Mas assim que ela avança com um grunhido saindo de sua garganta, o idiota se afasta de mim, facilmente desalojando meu aperto enquanto ele se vira para correr para fora do apartamento e pelo corredor.

Nós duas o seguimos e observamos quando ele desvia direto para a escada, seus passos pesados em uma batida de retirada enquanto a porta se bate fechada atrás dele.

— Puta merda! — Ava suspira. — Você está bem?

Meio em choque, eu balanço a cabeça, mas então olho para ela e aceno.

— Sim, estou bem. Você?

Ela acena com a cabeça.

— Você tem alguma ideia de quem era aquele cara?

Ela está obviamente em pânico, com as bochechas vermelhas e a garganta rosada onde o homem pressionou o braço contra ela.

Balanço a cabeça novamente, ainda muito em choque para processar o que diabos aconteceu.

— Devíamos chamar a polícia — diz ela — ou os caras. Ou ambos. Puta merda, o que acabou de acontecer?

Obviamente, alguém estava revistando meu apartamento. E a julgar pelo fato de que ele ainda estava aqui, não havia encontrado o que queria.

Sabendo que não há nada de valor em minha casa que ele pudesse querer, corro de volta para dentro e para o meu quarto, querendo ver o que ele estava fazendo quando o interrompemos.

Meu quarto inteiro está destruído. O colchão cortado como os móveis, as gavetas da mesa lateral puxadas para fora e esvaziadas. Viro-me para olhar em meu armário e vejo todas as minhas roupas puxadas dos cabides e as caixas da prateleira de cima desarrumadas.

— O que você quer que eu faça? — Ava pergunta, quando entra no quarto para me seguir.

Odeio admitir que não tenho ideia do que dizer a ela. Os policiais serão inúteis. O cara estava usando luvas e tinha uma máscara cobrindo o rosto.

Não haverá nenhuma evidência e o máximo que serão capazes de fazer é apresentar um relatório que não significará nada. Não é como se eu morasse em um lugar legal com câmeras que poderiam ter capturado sua imagem.

Não há dúvida de que Ava precisa de Mason depois do que acabou de passar. Suas mãos estão tremendo enquanto cruza os braços sobre o corpo.

— Ligue para os caras — sugiro, esperando como o inferno que um deles soubesse o que fazer.

Tropeçando nos destroços espalhados, entro no meu closet e mordo o lábio para não chorar.

Tudo o que eu tinha no mundo está neste apartamento. E agora, não há mais nada para mim.

Tanner

Estou sentado na porra da sala de conferências do meu escritório, olhando para três advogados novatos que não conseguiam encontrar seus próprios paus dentro das calças sem um mapa detalhado.

Columbia.

Harvard.

Princeton.

Esses três idiotas vieram com notas altas e diplomas caros, a ostentação emoldurada em suas paredes um monte de besteira, aparentemente, dado o tanto que estragaram a fusão entre a Hollister Technologies e a Maxim Communications.

Este projeto deveria ter sido ridiculamente fácil, o casamento de dois negociantes de poder que controlam metade das redes de informação que operam no Centro-Oeste.

Este não é o maior dinheiro a ganhar, razão pela qual Gabriel não estava metido nisso, mas em vez de subornar algumas pessoas e se ater a áreas cinzentas, *Os três patetas* decidiram seguir as *leis* atuais nos estados onde as empresas operaram e nos deixaram em uma tempestade de merda de reclamações barulhentas e ameaças sobre monopólios e processos antitruste[2].

Inclino-me para trás em meu assento, olhando cada um deles enquanto se contorcem na minha frente. Exceto que, desta vez, não é a necessidade de mijar que os faz se mexer, é o inferno que estou prestes a lançar sobre

---

2 A lei antitruste, nos Estados Unidos, é formada por normas dos governos para regular empresas corporativas, em sua maioria promovendo uma concorrência leal em benefício dos consumidores. Em outros países, é chamada de direito da concorrência.

eles por tornar necessário que eu esteja aqui.

— Você. — Aponto para o filho da puta robusto à esquerda com bochechas rechonchudas, uma pele rosada e óculos de armação de metal. — Diga-me, Larry. Você ao menos conhece a definição de brecha?

Ele puxa o colarinho, o suor escorrendo pelo pescoço.

— Meu nome é James, Senhor Caine.

— Não, agora não é. Durante a próxima hora em que estou esculachando com todos vocês, seus nomes são Larry, Curly e Moe. Porque, em vez de lidar com essa fusão com a sutileza necessária para manter os acionistas felizes, vocês três idiotas da porra decidiram realmente cumprir os regulamentos federais e as diretrizes de relatórios.

Meus olhos se voltam para o cara do meio.

— Curly, explique-me por que tenho o governador de um estado esquecível do Centro-Oeste me deixando mensagens de que ele tem a Federação Americana de Comércio respirando em seu pescoço porque você decidiu dar um maldito depoimento à mídia.

Os olhos do cara do meio se arregalam tanto que posso ver as veias atrás deles. Ele engole em seco, se remexe na cadeira e olha para Larry e Moe como se pudessem ajudá-lo.

Percebendo que o cara do meio é inútil, direciono meu olhar para o idiota da direita.

— Moe, diga-me quantas vezes vocês, idiotas, foram instruídos...

Meu telefone vibra na superfície da mesa. Olhando para a tela, aborrecimento puxa minhas sobrancelhas juntas ao ver o nome de Gabriel piscando para mim.

Levantando um dedo para pedir-lhes que me deem um minuto, coloco o polegar na tela e o telefone no ouvido, prendendo-o com o ombro enquanto saio da sala.

— É melhor que seja importante. Já estou com um péssimo humor por causa da merda do Hollister.

— Deixe isso por agora e encontre-me no apartamento de Luca.

Meus pés param no lugar.

— Por quê?

— Alguém destruiu a casa dela.

Sinto tiques em minha mandíbula.

— O que ela estava fazendo lá?

Gabriel suspira ao telefone.

— Juntando mais roupas para levar para sua casa. Pelo menos, é isso que ela afirma.

Com a pele eriçada por isso, eu me odeio por até mesmo ouvi-lo sobre deixá-la sair com Ava.

Claro, ela foi para casa.

É de Luca que estamos falando.

Uma mulher que é impossível domar e uma séria dor de cabeça só porque ela pode ser.

— Quem diabos destruiu a casa dela?

— Eu não sei, Tanner. Infelizmente, a bola de cristal que mantenho enfiada na minha bunda ficou presa no lugar e fiquei sem lubrificante suficiente para extraí-la. Como resultado, não posso consultá-la no momento. Apenas apareça lá, porra.

Voltando para a sala de conferências, aponto para os três babacas se mijando nas calças porque minha expressão grita assassinato.

— Vocês três. A boa notícia é que têm um dia para consertar sua merda antes de eu voltar. A má notícia é que são muito estúpidos para consertar isso e provavelmente serão demitidos de qualquer maneira. Comecem a trabalhar, porra.

Ouço um gemido baixo através do telefone.

— Por favor, diga-me que não eram James Schaffer, Luis Halstead e Calvin Graham. Eles são nossos melhores associados e têm mais experiência na empresa.

Bravo demais para ver direito, eu não daria a mínima se eles fossem o Papai Noel, o coelhinho da Páscoa e a porra da fada dos dentes. Eles ainda mereciam a revolta pelo pesadelo que me causaram.

— É por isso que você deveria estar aqui com mais frequência. Não sou adequado para lidar com imbecis.

— Estou aí todos os dias.

Hoje ele não estava, então não posso ser culpado.

Quando não digo nada, ele murmura:

— Tanto faz, vou amenizar isso amanhã. Por enquanto, vá para a casa de Luca. Eu te vejo lá.

As palavras de William Cross estão se infiltrando através dos meus pensamentos enquanto entro em meu escritório para pegar as chaves, o *tique-taque* sutil que ele me disse se repetindo a cada passo que dou.

Só depois de sair do escritório e ir para o elevador privado que Lacey corre atrás de mim, sua respiração ofegante indicando que ela estava me perseguindo há algum tempo.

— Seu pai está na linha um. — Suspira, seu rosto vermelho e as veias do lado da cabeça salientes.

Com medo de que ela possa ter um derrame à medida que envelhece e ficar fora de forma, faço uma nota mental para comprar para essa mulher uma assinatura de uma academia para adicionar ao seu bônus anual.

Tenho falado demais com meu pai para estar confortável nos últimos dias. Considerando para onde estou indo e por que estou indo para lá, sei que devo atender a ligação, cavar um pouco, ver o que ele tem a dizer sobre o jogo que estão jogando ao lado do nosso.

Ainda assim, não estou com vontade de lidar com ele.

As portas do elevador apitam abertas enquanto solto minha resposta.

— Agende-o para três meses a partir de agora. Estarei fora do escritório pelo resto do dia.

— Graças a Deus — ela murmura, enquanto as portas se fecham. Finjo que não a ouvi. Lacey tende a abertamente rezar bastante quando estou no escritório e faço outra anotação mental para tratar disso nas atualizações do próximo ano nas políticas da empresa.

Levo mais vinte minutos para chegar ao lado de merda da cidade de Luca, minha mandíbula tensa enquanto costuro pelo tráfego, meu pé pisando no freio a cada poucos segundos porque as pessoas não têm ideia de como dirigir.

Quando chego em seu estacionamento, vejo o Jaguar de Gabriel, o Range Rover de Mason e a Ducati de Ezra, todos estacionados ilegalmente perto da faixa de emergência.

Parando atrás deles, pergunto-me por que não foram juntos enquanto saio e marcho para dentro do prédio.

O elevador demora muito tempo, o prédio a cerca de um vento forte de desmoronar até sua fundação. Irrita-me que Luca more aqui, que ela tenha sido reduzida a isso. E embora eu saiba que desempenhei um papel nisso, também sei que ela já poderia ter consertado esse pesadelo se simplesmente me desse o que eu quero.

Mas não.

Não a Luca.

Ela preferia manter seu maldito orgulho lutando contra mim com unhas e dentes. E isso diz algo a seu respeito. Ela não é o tipo que se preocupa em viver na sarjeta quando se trata de como se vê. Carros chamativos e casas caras não são o que a impressiona.

Reconheci isso em Yale. *Odiava* isso, porque tornou minha vida mais difícil.

Mas, ao mesmo tempo, eu amava, porque a diferenciava de todas as outras.

É melhor Luca arrumar a porra da sua vida quando receber o dinheiro que lhe é devido. Se ela doar um centavo sequer para a caridade, vou chutar sua bunda por isso. Ela precisa ser egoísta pela primeira vez e cuidar de si mesma. Precisa deixar de lado aquele coração de manteiga que só serviu para me causar mais problemas do que eu preciso.

Luca merece mais do que isso. Ela vale mais do que isso. E, quando saio do elevador para o andar dela, percebo que não estou ansioso para o dia em que eu finalmente foder Clayton e der a ela o que é lhe devido.

Isso significa que ela vai deixar a cidade. Seja para ir para casa ou voltar para a faculdade, ou o que quer que decida fazer da vida, ela não estará mais aqui, já que nunca quis estar aqui em primeiro lugar.

Ela veio para este estado para seguir Clayton.

E ela certamente não ficará por mim.

Não gosto disso. Mas sei que terei que lidar com isso. E, com esse pensamento em mente, entro em seu apartamento e faço uma pausa para ver quão grave é o dano.

Mason e Ava estão ao lado na pequena sala de estar, o rosto enterrado em seu peito e os braços dele em volta dela.

Perto deles, Ezra vasculha o caos de móveis quebrados e papéis espalhados, suas botas esmagando vidros quebrados enquanto resgata fotografias e tudo o mais que parece importante da destruição.

Um tornado poderia ter rasgado este lugar e causado menos danos, minha mandíbula travando enquanto eu observava a cena, ficando mais irritado por ver o quão minucioso isso é.

Meus olhos encontram os de Ezra enquanto caminho a curta distância para dentro, sua cabeça inclinada em direção ao corredor que leva ao quarto de Luca.

Virando no corredor, devoro a distância com um passo de tremer o chão, meus olhos pegando o de Gabriel por apenas um segundo antes de me virar para encontrar Luca de pé perto de seu armário com os braços em volta do abdômen e uma expressão tensa.

É fácil ver que ela chorou, sua pele manchada de rosa sobre as bochechas e os olhos inchados.

Gabriel silenciosamente deixa o quarto enquanto eu me aproximo dela, meus passos cuidadosos porque não tenho ideia de como lidar com isso.

— Tudo se foi — ela sussurra, sua voz fraca e trêmula.

— O que eles roubaram?

Seu cabelo cai sobre o ombro quando se vira para olhar para mim. Fico lá como um idiota sem saber se devo segurá-la ou manter distância.

Eu sou responsável por isso. Talvez não diretamente, mas, de uma forma ou de outra, causei a dor em sua expressão.

Novamente.

Luca balança a cabeça, enxuga uma lágrima que escapa do canto do olho.

— Nada que eu possa dizer. Tudo está simplesmente dilacerado ou destruído.

Eu me aproximo.

— Pode ser substituído.

Seus lábios se contraem em uma linha fina.

— Com que dinheiro? Não tenho mais nada, Tanner. Você se certificou disso. Meu carro se foi. Meu apartamento está destruído. Não tenho emprego e nenhuma esperança de conseguir um nesta cidade sem um diploma. Meus pais se foram.

Ela interrompe o discurso e olha para o armário.

Sim, sou responsável por muito do que ela acabou de dizer, mas não por tudo.

Minha raiva aumenta quando penso em como o jogo continua mudando.

Quando tudo isso começou, Luca deveria ser um alvo fácil. Eu precisava que ela pedisse um favor para que eu pudesse extrair o preço mais tarde.

Mas então se tornou uma luta mantê-la por perto, minhas decisões tomadas sem me preocupar com o que isso faria com ela.

Salvei sua vida tirando-a da Geórgia e mantendo-a por perto. E eu acreditava que o dinheiro seria o suficiente para forçá-la a entrar na linha.

Eu deveria ter pensado direito. Deveria saber que ela tornaria isso tão difícil quanto possível, porra.

E agora o jogo mudou novamente, porque ela se recusa a torná-lo uma vitória fácil.

Desta vez, não se trata de extrair o que eu quero. Não se trata de colocá-la sob controle para forçá-la a desistir do que nossos pais querem. É sobre mantê-la fora da linha de fogo, porque se ela se machucar nisso, eu vou matar alguém.

É sobre protegê-la agora. Sobre mantê-la segura e se vingar do que nossas famílias fizeram para nós *e* do que fizeram a ela.

Cansei de ser um idiota quando se trata dela.

Sim, eu sei que ela seguirá em frente quando tudo isso estiver resolvido. Sei que ela vai me odiar quando perceber quão envolvido eu estive na destruição de sua vida.

Luca Bailey irá embora para se tornar a pessoa incrível do caralho que ela deveria ser, enquanto estou preso no meu inferno pessoal de vingança, jogos e besteiras.

Mas agora?

Bem agora ela está sofrendo e eu me recuso a ficar aqui assistindo, impotente.

Bem agora há algo que posso fazer para aliviar a frustração em nós dois.

Bem agora, eu posso reivindicar uma mulher que nunca será substituída depois do dia em que eu destruir Clayton e entregar o que ele deve a ela.

Bem agora, posso ser um cara semidecente pela primeira vez na minha vida miserável. Mas apenas para ela.

— Venha aqui.

Aproximo-me dela, giro-a para me encarar e puxo-a contra meu corpo. Ela luta no início, como sempre, mas recuso-me a desistir e dar-lhe espaço.

Eventualmente, os músculos de Luca relaxam e ela se apoia em mim, meus braços a envolvendo enquanto ela enterra o rosto no meu peito e chora.

Minha mandíbula se aperta com cada estremecimento de seus ombros. Cada soluço. Cada fodida lágrima que escorre para ensopar minha camisa.

Não tenho ideia do que vou fazer para acabar com isso, mas vai acabar, porra. Cansei. Não posso mais foder com ela. Não quando isso é o resultado de meus esforços.

— Você vai voltar comigo — digo a ela, meus olhos examinando a destruição de seu armário.

— Para que eu possa ser uma prisioneira de novo?

Apertando meu abraço sobre ela, planto um beijo suave no topo de sua cabeça.

— Não. Mas não vou deixá-la aqui para viver no que sobrou de sua vida. Não vou deixá-la sozinha onde você pode se machucar.

Seus braços me envolvem e ela ri, o som é amargo.

— Por quê? Porque você não suporta quando outra pessoa me machuca, desde que esse deveria ser o seu trabalho?

Eu merecia isso, então não a corrijo.

Empurrando-a para trás para que eu possa agarrar seu queixo e inclinar seu rosto para o meu, encontro seu olhar, o tempo todo odiando a vermelhidão de seus olhos, a expressão absolutamente quebrada que ela usa.

Luca não quebra.

Ela pode xingar uma tempestade, berrar, gritar, dizer exatamente o quanto você a está irritando, ao mesmo tempo em que deixa extremamente claro que não precisa de você... mas ela não quebra.

Isso não pode acontecer.

Eu não vou permitir.

Ela precisa recuperar tudo para que possa voltar a ser a mulher irritante como o inferno que me deixa louco pra caralho.

— Vou descobrir quem fez isso com o seu apartamento e, quando eu fizer, vou me certificar de destruí-los pelo que fizeram com você.

Seus olhos se estreitam nos meus, a preocupação enrugando a pele entre seus olhos.

Estendendo a mão, ela segura minha bochecha.

— Por que parece que você está prestes a matar alguém?

Porque eu estou. Ela não precisa saber disso, no entanto. Quero sua consciência limpa quando eu finalmente deixá-la.

— Recolha o que puder para trazer para minha casa. Vamos descobrir o que fazer sobre isso mais tarde, quando tiver a chance de se acalmar.

Exceto que ela está calma pra caralho comparada a mim. Felizmente, ela não aponta isso.

Acenando com a cabeça, Luca se afasta de mim e se vira para entrar em seu armário. Ela puxa um banquinho de baixo de um rack e sobe para empurrar um ladrilho do teto. Depois de remover uma pequena caixa, ela levanta a tampa, o que quer que veja fazendo seus ombros relaxarem.

Minhas sobrancelhas se franzem sobre que porra pode estar na caixa, mas em vez de questioná-la sobre isso, tomo a decisão de verificar por mim mesmo quando ela não estiver olhando.

É fodido?

Sim.

Eu me importo?

Não.

Já estou muito envolvido com este jogo.

Mesmo que o tabuleiro tenha mudado e as peças tenham sido embaralhadas.

Preciso de certas coisas para acabar com isso e protegê-la no processo. E eu as terei, independentemente do que tenho que fazer para que isso aconteça.

Não pode importar que vou apenas cavar minha sepultura mais profundamente com Luca no processo. Não se isso significar que ela será capaz de andar livremente um dia.

E ela vai embora.

Eu sei disso, e ela sabe disso.

Mas isso não significa que tenho que gostar.

TRAIÇÃO

capítulo vinte e oito

Tanner

Encostando-me à parede, cruzo os braços sobre o peito, olhando para sete idiotas que chamo de irmãos. Não, não somos parentes de sangue, excluindo os gêmeos, mas somos parentes pelas circunstâncias e pela merda que suportamos enquanto crescíamos.

Do outro lado da sala, Gabriel está de pé em sua posição usual perto do bar, um uísque na mão, sua expressão cuidadosa espelhando os pensamentos exatos que estão passando pela minha cabeça desde que deixamos o apartamento de Luca.

Algo que nós não sabemos está acontecendo.

Algo além de nossos jogos.

E algo que eu completamente não aprecio.

Recostados em um sofá estão Jase, Sawyer e Ezra. Em outro, Damon e Shane parecem que ainda não se recuperaram de sua briga de bar na noite passada.

Taylor se encosta à outra parede e Mason é o único cara que não está na sala, mas apenas porque pedimos a ele para impedir que as meninas entrassem aqui. Ele não se opôs ao trabalho de babá, não com Ava ainda chateada por ter sido atacada pelo intruso.

Tenho toda a intenção de descobrir quem era esse cara, por isso convoquei esta reunião de família.

— Temos a porra de um problema — anuncio, meus ombros tensos e minha voz áspera como pedra. — Alguém está fodendo com a gente, o que não pode ser permitido. Se alguém está fodendo com alguém, devemos ser nós com o mundo.

— Isso é muita foda — brinca Sawyer, meus olhos estalando para prendê-lo no lugar.

— Foda-se — eu digo, enquanto me afasto da parede e começo a andar de um lado para o outro.

Ele ri e quero esmurrar o filho da puta. Primeiro, porque ele tocou em Luca. E, em segundo lugar, porque está completamente chapado agora, o que significa que não levará esta conversa a sério.

— Meu *ponto* é que alguém está tentando matar Luca ou quer algo dela que nós também queremos. Eu não gosto disso.

Gabriel engole o resto de sua bebida, gelo tilintando no copo enquanto seus olhos encontram os meus do outro lado da sala. Não é típico dele ficar tão quieto, mas suspeito que seja porque está tão chateado quanto eu.

Quando Gabriel fica quieto, merda acontece. O que está tudo bem para mim. Isso significa que ele está na mesma página. Nós só precisamos colocar o resto desses idiotas a bordo para terminar essa porcaria com as pessoas que eu suspeito que estão estragando meu jogo.

— Acho que nossos pais estão nos ferrando — explico. — Acho que podem ter descoberto que estou atrás de qualquer porra que Luca tem sobre eles. E precisamos terminar essa merda para que possamos colocar nossas mãos nisso primeiro.

Shane gira a cabeça para olhar para mim, seus olhos vítreos e injetados de sangue, metade de seu rosto machucado, e o fedor saindo dele do álcool vazando por seus poros o suficiente para inflamar meu reflexo de vômito.

É por isso que a maioria de nós está de um lado da sala enquanto Shane e Damon estão do outro. Eu deveria jogar suas bundas no chuveiro.

— Não é nossa culpa você ter falhado com Luca e ainda não ter convencido ela a entregar os servidores. Há quanto tempo essa merda está acontecendo? Quatro anos? Está ficando chato.

Fico olhando para o idiota que falhou em fazer seu trabalho e quase matou Luca no processo.

— Quem é você para falar, caralho? Eu te dei uma porra de trabalho. Incapacite o carro dela. E sua bunda preguiçosa achou que era o suficiente descarregar a bateria dela. Então vai se foder muito por isso.

As sobrancelhas de Shane sobem o máximo que podem com o inchaço facial.

— Fiz meu trabalho. O carro dela está fora de serviço.

— Só porque um babaca tatuado sujo de graxa destruiu a porra da coisa quando estava dirigindo para uma oficina. Ainda não sei se o idiota é apenas um motorista de merda ou se alguém cortou o freio.

— Ei, babaca! Novidades — argumenta Shane. — Isso fui eu cuidando

TRAIÇÃO

do carro.

A raiva desce pela minha espinha, meus dentes batendo juntos enquanto meu corpo fica rígido.

— Você cortou a porra dos freios dela?

Ele endireita sua postura e me encara.

— Por que você nunca presta atenção no que está acontecendo na minha vida? Ultimamente, tenho a sensação de que tudo com o que você se preocupa é...

— Corta essa merda, Shane. Não tenho tempo para uma conversa franca e emocional. Se precisar falar sobre seus sentimentos e enxugar as lágrimas, ligue para Oprah. Talvez você possa obter algumas sugestões de marcas para a porra dos absorventes internos de que vai precisar, já que aparentemente cresceu uma boceta em você.

— Meu ponto — ele rosna, suas mãos em punhos como se estivesse a dois segundos de me atacar — é que você deveria ter reconhecido aquele babaca tatuado sujo de graxa, já que Priest trabalha comigo em todas as minhas construções personalizadas. Como você não sabe disso, porra? Ele esteve em todas as festas que demos nos últimos dois anos.

Paro no lugar, meus olhos se estreitando nele. Obviamente, não tenho ideia de quem é a porra do Priest, porque não presto atenção nas pessoas. Não, a menos que eu precise de algo delas.

— Então, quando você diz que cuidou do carro...

— Isso quer dizer que eu descarreguei a bateria dela, mandei Priest em sua direção, já que a loja dele fica lá, e disse para colocar o veículo completamente fora de serviço assim que o colocasse na loja onde teria acesso ao motor. Eu não esperava que ele o destruísse, mas ele fez o que pedi. O carro sumiu. Luca não pode sair do estado. Então vá se foder muito por pensar que não fiz o trabalho.

O que significa que ninguém cortou seus freios. Esse é um movimento característico da parte de nossos pais e, com isso fora da equação, estou fora do curso.

Felizmente, Gabriel retoma a linha de pensamento para mim.

— Nós ainda temos alguém que tentou atropelá-la no estacionamento e a pessoa que invadiu seu apartamento para destruir o lugar. — Olha ao redor da sala. — Antes de começarmos a percorrer esses caminhos, algum de vocês pode assumir a responsabilidade por isso?

Nenhum dos caras fala para receber o crédito.

Ainda assim, não estou totalmente convencido de que o incidente no estacionamento foi intencional. Irrita-me não ter estado lá para testemunhar o que aconteceu, mas conheço alguém que estava.

— Preciso falar com o Priest — lato, meus olhos deslizando para Shane, onde ele está sentado, parecendo um pouco chateado por eu ter duvidado dele. Não sei se é a ressaca ou outra coisa, mas ele precisa superar essa merda de garotinha porque ele está me assustando pra caralho.

— Você deveria vir comigo — digo a ele. — Depois de tomar a porra de um banho, porque você cheira como uma lixeira.

— E o que faremos com o cara que invadiu o apartamento de Luca?

Olho para Gabriel em resposta à sua pergunta, uma respiração pesada escapando lentamente dos meus pulmões.

— Vou ter que falar com Luca. Descobrir o que poderia ter estado em seu apartamento que alguém fosse querer.

Gabriel serve outra bebida, coloca a garrafa de cristal na mesa e se vira para olhar para mim.

— A vida dela está em perigo, Tanner. Nós dois sabemos disso. A coisa do carro pode ter sido um mal-entendido e ainda não temos certeza sobre o incidente no estacionamento. Mas você não pode negar que a invasão é uma ameaça direta.

Concordo com tudo isso, mas o que não sei é o ponto que ele está tentando fazer.

Levantando as sobrancelhas para que ele prossiga em qualquer coisa que queira dizer, espero impacientemente que tome um gole de sua bebida e engula.

— O que estou dizendo é que você não pode se dar ao luxo de prolongar isso. Seus jogos até agora a mantiveram sob controle, mas você não é mais o único jogador e precisamos nos apressar.

— Ok — respondo, ainda não totalmente certo de que porra ele quer.

— Você precisa deixá-la saber que sua vida está em risco. Que nossas famílias estão atrás dela.

Não.

Não vai rolar.

De jeito nenhum, porra.

— Se eu fizer isso, terei que admitir o que nossos pais têm feito. Que eu sabia o que eles estavam fazendo e que me armaram para ela em primeiro lugar.

Ele sorri.

— O que é exatamente o que você deve fazer neste momento. Talvez Luca vá estar mais disposta a ajudar se souber por que precisamos do que ela tem. É hora de você contar a verdade.

Uma gargalhada sacode meus ombros.

— A verdade? Isso é ótimo, especialmente vindo de você.

— Às vezes, uma meia verdade é a melhor mentira de todas. É o suficiente para puxá-la para o nosso lado e, ao mesmo tempo, lutar por si mesma. Diga a ela que isso não é sobre Everly...

— Talvez para vocês, filhos da puta — Jase estala.

Nós o ignoramos, Gabriel tomando outro gole antes de dizer:

— Luca não é irracional, Tanner. Ela vai ver a necessidade de salvar sua própria vida. E também vai sentir a necessidade de nos ajudar com o problema que temos com nossos pais. Ela é protetora nesse ponto, especialmente agora que nos conheceu.

Não gosto disso.

Odeio pra caralho.

Meus pés caminham novamente enquanto coloco as mãos em punhos ao lado do corpo.

Claro, Gabriel não cala a boca. Ele não é capaz. O homem pode argumentar contra a submissão de uma parede de tijolos.

— Além disso, tenho a sensação de que você precisa protegê-la tanto quanto ela vai querer protegê-lo. Dê a ela todas as informações que ela precisar para ajudar no processo.

Meus lábios se curvam.

— Luca não dá a mínima para mim.

Gabriel ri e eu olho para cima.

Balançando a cabeça, ele me encara como se eu fosse um idiota.

— Acho que é hora de vocês dois abandonarem essa merda de ódio que têm acontecendo e aceitarem o fato de que são praticamente feitos um para o outro. Nunca vi duas pessoas mais teimosas do que Luca e você.

Não posso discutir com ele. Sabendo disso, ele sorri antes de terminar sua bebida e colocar o copo de volta no bar.

— Você se preocupa com ela, Tanner. Eu sei disso, você sabe disso, cada pessoa aqui sabe disso...

Cada um deles geme e acena com a cabeça.

— E ela é a primeira mulher com quem já aconteceu. Então, seja um homem de merda e faça algo a respeito. Todos nós temos problemas fodidos de confiança porque nossos pais são idiotas, nossas mães são putas caçadoras de dinheiro e a grande maioria das mulheres que conhecemos na vida são vadias do Tinder que servem apenas para uma foda. Todo mundo quer algo de nós, o que torna difícil confiar, mas se alguém já desafiou essa descrição é a Luca.

Ele não está errado sobre isso. Mas ainda há o pequeno problema de eu forçar Clayton sobre ela, mandar em seu divórcio e tudo o mais que fiz, que só vai fazer com que ela me odeie.

Não tenho que dizer isso. Gabriel me conhece bem o suficiente para ver o que está escrito em meu rosto.

— Ela pode te perdoar. Vai ficar brava no começo? Claro. Mas ela está sempre brava. Você tem esse efeito sobre ela. Ela vai superar isso. Luca tem um coração de ouro, assim como Ava. Mas você não vai saber a menos que confesse a merda. Ela está presa aqui por enquanto, porque alguém a quer morta. Você também pode usar isso a seu favor. Apenas exponha tudo agora e deixe-a lidar com isso enquanto está ao seu alcance.

Não é uma má ideia. Mas ela vai ficar louca. Completamente lívida.

Então, novamente, eu sempre acho que ela é mais divertida quando está assim.

Isso ainda pode funcionar para mim.

Ainda não totalmente de acordo com essa ideia, decido pensar a respeito.

Por agora, preciso encontrar Priest e fazer com que ele me diga *exatamente* o que aconteceu no estacionamento com aquele SUV. Quando eu terminar de fazer isso, preciso ligar de volta para meu pai e descobrir o que William quis dizer ao ameaçar Luca. E, depois disso, preciso chutar todos esses idiotas para fora da minha casa para que eu possa me preparar para o confronto com Luca que vai acontecer assim que contar a verdade a ela.

Nada disso vai ser fácil. Muito provavelmente, ela tentará me matar e queimar meu corpo quando descobrir o que fiz.

Mas Gabriel está certo, ela não vai ser capaz de escapar, já que não tem para onde ir.

Alguém está tentando matá-la.

Luca é inteligente o suficiente para entender a gravidade da nossa situação.

Ela não é louca o suficiente para sair pelo mundo quando existem todas as possibilidades de acabar morta como resultado.

É certo que ela vai gritar comigo. Provavelmente jogar algo em mim. Eu também apostaria que exigirá que nunca fale com ela novamente.

Mas está tudo bem.

Ela já fez tudo isso antes.

E tenho toda a intenção de usar isso a meu favor.

Sou um especialista em irritar Luca.

Mas, como os anos me mostraram, também sou muito bom em acalmá-la novamente.

Preciso de um plano de jogo para garantir que isso aconteça.

Um ao qual ela não consiga resistir.

E um que ela nunca verá chegando.

Luca

Cheguei à conclusão de que existe uma maldição na minha vida.
Talvez na minha família inteira.
Quem sabe?
Tudo tinha sido maravilhoso até meu último ano de ensino médio. Minha mãe ficou doente naquele ano, seu câncer descoberto cedo e, embora o incidente tenha sido estressante, ela superou a doença e entrou em remissão quando eu estava terminando meu primeiro ano em Yale.

Até então, eu não acreditava em carma ruim, ou que um destino ferrado tinha se abatido sobre nós. Mamãe tinha sobrevivido. Ela se recuperou. Eu ainda estava no caminho para me tornar uma advogada de sucesso e os negócios de meu pai ainda estavam indo bem o suficiente para complementar a pequena bolsa de estudos que ganhei, que me levou a uma faculdade da Ivy League.

Então, o segundo ano aconteceu e tudo desmoronou.
Eu tinha vistos filmes o suficiente sobre maldições de família. Tinha lido livros de ficção sobre eles. Aprendido sobre eles ao ler contos de não ficção sobre as desgraças que se abatem sobre uma única família.

Aconteceu com a família Kennedy.
A família Getty.
Os Romanovs.
E uma tonelada de outros.
Não há nada dizendo que não poderia e não aconteceria com a minha.
Não, o que aconteceu com meus pais e comigo não durou séculos. Pelo contrário, cada geração tinha melhorado, uma linhagem de sucesso começada a partir do início pobre e humilde de imigrantes desprovidos.

Todos nós temos uma ética de trabalho saudável e uma espinha de aço. Esse traço particular da família é dominante e duradouro.

Mas talvez algo tenha acontecido em nosso passado que acabou por nos atingir só agora. Um crime secreto. Uma rivalidade amarga. Um ódio mal-intencionado que demorou a se firmar.

Eu sou a última que sobrou da minha linhagem familiar. Meu pai era filho único como seu pai e seu avô. Naquela época, primos distantes tinham sido perdidos, nossa árvore genealógica reduzida a apenas um galho fraco.

E agora minha vida está em perigo. No auge dos meus vinte e seis anos. Nem comecei a viver ainda e já estou olhando para a morte.

Não entendo como passei de uma vida abençoada vivida sob o sol e sob a brisa de ventiladores de varanda que se moviam lentamente, para essa existência fodida em uma parte ruim da cidade, em uma cidade que não suporto, onde a única coisa que me segue são pesadas nuvens de tempestade cheias da ameaça de raios incandescentes.

E, ainda por cima — porque o destino é uma prostituta cruel com um senso de humor fodido —, a única pessoa a quem devo pedir ajuda é um homem que tem tornado minha vida um inferno.

Ainda assim, não posso negar que foi bom quando Tanner me forçou naquele abraço no meu apartamento. Eu precisava do contato. Da força. Da garantia de que alguém está do meu lado.

Tanner não é uma má pessoa para se ter ao seu lado quando está trabalhando para ajudá-lo em vez de machucá-lo. Ele tem uma mente brilhante, mesmo que seja usada para perseguições traiçoeiras, e se eu tivesse que escolher qualquer pessoa para estar no meu time em uma batalha é ele.

Sua presença me ajudou a relaxar quando meu corpo estava tremendo de raiva e medo. Acalmou-me quando senti que estava desmoronando. E eu seria uma mentirosa se afirmasse que meu coração não se apertou em meu peito no minuto em que seus braços me envolveram enquanto me puxava para perto.

Por mais que eu continue lutando contra a verdade do que sinto, meu coração amoleceu para um homem que tem o espírito astuto do diabo e, ouso dizer, estou lentamente perdendo pedaços pesados das paredes defensivas que coloquei contra ele.

Não posso evitar, no entanto. Não quando eu vejo o lado mais suave dele, não quando um pouco da humanidade que ele luta para esconder atrás de seus problemas de atitude de macho alfa e comportamento cáustico e agressivo se esvai para provar que ele não é tão horrível quanto quer que as pessoas pensem.

De muitas maneiras, eu admiro Tanner e isso é perigoso de se perceber. Mas Sawyer está certo quando diz que ele cuida das pessoas que considera suas. Que protege o que é dele. E se o que Ava me disse for verdade, há uma alma maltratada dentro desse exterior duro, uma que sofreu feridas, uma após a outra, simplesmente por causa da maneira como ele foi criado.

Não posso negar que meu corpo responde a ele. Isso ficou claro desde o dia em que nos conhecemos. Mesmo agora, estou olhando para cima de vez em quando para examinar as diferentes pessoas que vagam pela casa com a esperança de ver seu rosto de relance.

Só porque ele tem um efeito sobre mim que nunca senti antes. Um que temo não sentir novamente quando ele se for e sair da minha vida.

Quão fodido é isso? Estou me apaixonando pelo meu valentão.

Meu atormentador.

A única pessoa no mundo que pode me irritar tanto quanto ele faz.

Eu deveria ter minha cabeça examinada por isso. Um estudo psicológico completo. Porque nunca fui o tipo de garota que se derrete sob o olhar de um homem arrogante.

No entanto, eu derreto por ele.

Cada vez que ele me toca.

Cada vez que aqueles olhos me prendem no lugar e sua boca se curva com um sorriso malicioso no canto.

— O que está fazendo, amor? Você parece solitária sentada sozinha.

Gabriel deixa cair seu peso no sofá ao meu lado, um tornozelo cruzado sobre o joelho enquanto seu braço se estende pelo encosto atrás de mim.

Olho de lado para ele.

— Tem certeza de que quer se sentar assim? Tanner pode ficar todo alfa de novo e vir aqui para te matar.

Sorrindo com isso, Gabriel relaxa e responde:

— Estou seguro. Conheço muitas de suas fraquezas para ele entrar em uma briga comigo.

Ha. Duvido muito que Tanner tenha alguma fraqueza.

— Onde ele está? Não o vejo por aí desde que a reunião de família de vocês terminou.

Sua boca se curva e ele ergue uma sobrancelha.

— Quase parece que você sente falta dele.

Talvez...

Não vou admitir, no entanto.

— Não. Só estou me perguntando o que ele está fazendo que vai me fazer odiá-lo nas próximas vinte e quatro horas.

Uma risada silenciosa sacode as almofadas abaixo de nós.

— Ele saiu para falar com o mecânico que bateu com o seu carro. Dado o que aconteceu no apartamento, Tanner achou estranho que alguém tentasse atropelá-la no estacionamento. Além disso, o mecânico disse algo sobre seus freios.

Meus olhos se fecham, o coração martelando enquanto respiro fundo.

— Eu teria sido morta se tivesse tentado deixar o estado. Graças a Deus minha bateria acabou. Provavelmente salvou minha vida.

Minhas mãos estão tremendo ao pensar no que poderia ter acontecido. Não faz muito tempo que meu pai morreu em um acidente de carro.

Os investigadores atribuíram a culpa ao erro do operador e às altas velocidades, o carro tão danificado quando eles o encontraram que foi difícil avaliar se houve um problema mecânico.

Meus pais foram cremados, então trouxe seus restos mortais aqui e os coloquei em um jazigo no cemitério. Sei que não é o estado natal deles, mas, na época, pensei que estaria aqui para sempre, casada com um homem de merda.

Talvez eu os mude de volta para a Geórgia quando tudo isso acabar. Nunca quis estar aqui em primeiro lugar. Eles não deveriam ter que passar seu descanso eterno aqui também.

— Ele está realmente preocupado com isso, não é?

Gabriel envolve sua mão em volta do meu ombro para me puxar de lado contra ele.

— Todos nós estamos. É por isso que você precisa ficar aqui, onde podemos ficar de olho em você.

Nada disso faz sentido.

— Por que alguém iria querer me machucar? Eu não fiz nada.

Ele fica quieto por um segundo, seu polegar esfregando lentamente para cima e para baixo no meu ombro.

— É isso que esperamos descobrir. Mas, por agora, apenas me prometa que não fará nada estúpido como sair daqui se Tanner e você entrarem em outra briga, ou o que quer que possa acontecer. Eu odiaria perder você.

Parece que estou presa, mas não posso discutir.

— Isso não é um favor, certo? Algo pelo qual pagarei no final.

— Por conta da casa. Contanto que você cumpra sua promessa.

Assentindo, eu me viro para olhar para ele, mas minha cabeça vira para frente novamente quando ouço a porta da frente se abrir e a voz de Tanner se infiltrar pela casa.

Gabriel ri e se inclina em minha direção para sussurrar em meu ouvido:

— É interessante como ele rouba sua atenção sempre que você sabe que ele está por perto.

Encolho os ombros e franzo a testa.

— Esse é apenas meu instinto de sobrevivência. Nunca sei o que ele pode fazer a seguir.

— Claro que é — ele diz, enquanto se levanta e tira as rugas das calças. — Vou sair esta noite. Não se esqueça de que prometeu se comportar.

Eu mal o ouço porque estou prestando muita atenção na pequena área onde vejo Tanner subir correndo as escadas do foyer.

Gabriel sai para segui-lo e sou deixada sozinha na sala de estar.

Taylor, Jase e Sawyer estão na cozinha. Mason partiu com Ava há mais de uma hora e os gêmeos saíram logo depois deles.

Shane entra na sala de estar, olha na direção da cozinha e depois de volta para mim. Seus lábios se curvam quando ele se senta em uma cadeira à minha frente, chuta seus pés para cima da mesa de centro e fixa meus olhos com os dele.

Levantando as mãos para descansar no topo da cabeça, ele estreita o olhar.

— Você é um pé no saco.

Rio com isso.

— Sim? Bem, pelo menos eu tenho bom senso o suficiente na minha idade para não começar brigas em um bar e ter meu rosto destruído.

Ele sorri, e percebo que uma mulher não teria chance contra este homem quando ele coloca seus olhos nela. Há pura maldade nessa expressão, uma promessa sutil de que ele pode virar o seu mundo de cabeça para baixo quando quiser.

— Valeu a pena.

Estreitando meu olhar sobre ele em retorno, penso sobre o que aconteceu em Yale, sobre as fotos e pergunto-me se Shane é realmente o responsável.

— Valeu a pena em Yale quando Tanner chutou sua bunda depois da festa que eu participei?

Seus bíceps flexionam quando ele puxa as mãos para a parte de trás da cabeça, seu físico perfeito quando vai mais para baixo e segura a nuca. Tatuagens aparecem por baixo das mangas de sua camisa.

— Aqueles eram apenas tapas de amor. E eu os merecia.

Aqui vamos nós. Talvez ele admita.

— E por que isso?

Outro sorriso, tanta desonestidade em seus olhos que estou tanto irritada quanto sorrindo. Droga. Realmente quero odiá-lo.

— Digamos que minha boca tem tendência de vagar. Embora você nunca vá pegar uma mulher reclamando.

Ele pisca para mim e se levanta para ir embora. Sento-me no lugar de boca aberta.

Onde diabos sua boca esteve?

Estou prestes a segui-lo e exigir respostas quando Tanner entra na sala.

Parando no lugar, ele está vestindo apenas um par de jeans rasgados, a cintura solta sobre os quadris. Meus olhos traçam as linhas musculosas de seus ombros e peito, indo mais para baixo, onde seu abdômen parece uma maldita tábua de lavar.

Quando olho para cima, ele tem a expressão mais estranha em seu rosto. Não é algo que posso interpretar. Mas, ao invés de dizer qualquer coisa, ele passa a mão pelo cabelo e vai em direção à cozinha onde os outros caras estão ficando barulhentos.

Sentindo-me um pouco estranha por ter sido deixada sentada aqui enquanto o resto deles está em outra parte da casa, corro escada acima para usar o banheiro. Depois de jogar um pouco de água fria no rosto, olho-me no espelho e mal me reconheço.

As olheiras parecem hematomas sob meus olhos. Estou exausta. Sei disso. E, considerando tudo o que aconteceu em menos de uma semana, é compreensível.

Inferno, os últimos seis meses foram um pesadelo ganhando vida, e eu solto um suspiro imaginando quando verei uma luz no fim deste túnel insanamente longo.

A morte do meu pai já era ruim o suficiente. O divórcio tornou tudo pior. Viver com praticamente nada apenas complicou a situação, e então, é claro, entra Tanner Caine.

Quase parece que tudo estava me empurrando de volta para ele, que não importa o que eu fizesse, sempre foi onde deveria terminar.

Obviamente, isso é loucura. Ninguém tem esse tipo de influência. Ainda assim, o sentimento está lá.

Ou, talvez, seja apenas minha exaustão falando. Estou tão abatida neste ponto que estaria disposta a acreditar que tudo é possível se isso ajudasse a explicar minha sorte de merda.

Voltando para o andar de baixo, vejo a porta da frente se fechando e noto como a casa mergulhou no silêncio.

Desço os últimos degraus, hesitante, andando descalça pelo saguão para voltar para a sala de estar.

Tanner está sentado no sofá, os braços estendidos sobre o encosto, as longas pernas esticadas à sua frente no chão.

Olhos fechados, sua cabeça está inclinada para trás, o cabelo escuro despenteado como se ele tivesse passado as mãos nele a noite toda.

— Todos eles foram embora?

Aqueles olhos intensos se abrem lentamente, a cor deles emoldurada por cílios pretos como tinta. Erguendo a cabeça, ele trava seu olhar em mim, nossos olhares dançando entre si, cada momento que passamos juntos correndo pelos meus pensamentos.

É como um rolo de filme girando para trás. As duas vezes que fizemos sexo. Todas as festas. De quando ele me perseguiu pela floresta até a memória da noite em que o conheci, fico preso no lugar.

Já estivemos assim antes. Bem assim. Sinto-me trêmula e exposta enquanto Tanner se senta como um rei em uma pose tão distintamente masculina que é difícil ignorar o que ele faz comigo.

— Venha aqui — diz, em uma voz áspera, o tenor profundo ecoando suavemente por uma grande sala que está vazia, exceto por ele e eu.

Minhas pernas tremem enquanto atravesso a sala, cada passo feito com cuidado enquanto Tanner observa, recusando-se a me libertar de seu olhar escuro.

Quando eu o alcanço, ele se lança para frente para me pegar pela parte de trás das minhas coxas, puxando-me para baixo até que estou montada em seu colo. Minhas mãos se movem para seus ombros, as pontas dos dedos deslizando sobre os músculos rígidos e pele lisa.

Sua mão desliza pelo centro do meu corpo até que prende meu queixo com os dedos.

Lentamente puxando meu rosto para o seu, ele pressiona um beijo em meus lábios, sua língua espreitando para me provocar. Tento beijá-lo de volta, mas ele me segura a uma polegada provocadora de distância, seus olhos procurando os meus, sua voz um sussurro.

— Você quer me amar ou me odiar agora?

Essa é uma pergunta um pouco carregada. Minhas sobrancelhas se juntam e ele sorri, apenas o canto de seu lábio se levantando.

— Pare de pensar demais nisso, Luca. Eu conheço você. Sei que sua mente frustrante está girando com todas aquelas pequenas ideias irritantes do que quero dizer. Pare e apenas me diga o que você quer. Bem agora. Bem neste segundo. Sem se preocupar com o passado ou com o futuro. O que você quer neste exato momento?

Nossa respiração colide enquanto ele segura meu olhar, meu coração batendo forte sob minhas costelas. Seu colo se mexe sob mim apenas o suficiente para me lembrar de onde estou sentada, seu cheiro me seduzindo tanto quanto seu olhar escuro.

O que eu quero?

Me sentir viva novamente.

Imprudente.

Recuperar a luz do sol.

Quando a mão de Tanner aperta meu quadril e me puxa para baixo com mais força contra seu colo, posso sentir o que ele quer empurrando para cima entre as minhas pernas, a linha rígida de seu pênis uma provocação que prende a respiração em meus pulmões.

Um sussurro sensual contra minha boca, áspero nas bordas e pesado com a promessa:

— Apenas me diga o que você quer.

Ele.

Isto.

Tudo que é ruim para mim.

— Amar você — respondo, sem pensar. Não posso estar pensando. Se eu estivesse, não ignoraria o aviso no fundo dos meus pensamentos.

Seus dentes pegam meu lábio inferior enquanto ele desliza a mão para cobrir minha bochecha. Nossos olhos permanecem travados em uma dança de vontades teimosas enquanto um arrepio percorre meu corpo.

Lambendo para aliviar a dor de onde seus dentes estiveram, ele continua a me provocar por não pegar o que está procurando.

Meus dedos apertam seus ombros, meu corpo balançando antes que ele aperte a mão com mais força no meu quadril para me segurar no lugar.

— Vou odiar você de novo quando isso acabar?

Ele ri baixinho.

— Acho que isso é sempre um fato quando se trata de nós.

Incapaz de evitar o sorriso que puxa meus lábios, inclino-me para beijá-lo, mas ele se afasta.

Pisco os olhos uma vez antes de perguntar:

— Você vai me enganar para que eu ame você de novo depois disso?

Puro calor em seu olhar verde. Não há outra palavra para ele a não ser hipnótico. Odeio admitir isso, mas Tanner é o único homem que acende minha chama. Seja minha raiva ou luxúria, ele é o que me desencadeia.

— Esse é o plano — responde, com a arrogância característica que sempre vou associar somente a ele.

— Então o que você está esperando? — sussurro.

Aperta meu quadril enquanto seus olhos procuram os meus.

Mas então ele me puxa para um beijo que não deixa espaço para dúvidas sobre o que esse homem quer.

Sua boca se move sobre a minha com agressão viril, sua língua deslizando lá dentro enquanto ele segura minha cabeça no lugar.

Ele pega sem pedir. Prende sem desculpas. Seduz sem esforço.

Um turbilhão.

Isso é o que Tanner é.

Seja bom ou ruim.

Ele é uma turbulência violenta que te suga.

Até que você não se importe mais com o fato de estar se afogando.

Tanner

Luca vai me odiar por isso.

Eu sei disso.

Ela não sabe.

É mais uma oportunidade roubada, outro momento em que tive a chance de fazer a coisa certa, de dizer a coisa certa, de parar de agir como o bastardo que sou e organizar as peças deste jogo na ordem certa.

Eu tinha toda a intenção de dizer a ela a verdade, de descer as escadas, expulsar todo mundo e depois confessar o que fiz, por que fiz isso e o que pretendo fazer para consertar.

Mas então eu a vi.

Eu me acovardei.

Entrei na cozinha com um peso estranho em meus ombros que nunca senti antes.

Depois de chutar os caras para fora da porta, sentei-me na sala de estar, perguntando-me para onde diabos ela tinha ido. Minha cabeça estava pesada. Meu peito apertado. Cada músculo travado em meu corpo porque não sou o tipo de cara que confessa seus jogos.

Sou do tipo que fica jogando até o amargo fim.

Arrastando-a para o meu colo, eu sabia que mentiria novamente.

Que eu roubaria isso.

Que eu a roubaria.

Mas então a verdade realmente caiu de meus lábios pela primeira vez. Ela vai me odiar novamente. Provavelmente mais do que já odeia.

Não, não foi uma confissão completa como deveria ter sido, mas foi um aviso.

Minha boca reivindicou a sua depois que ela praticamente me desafiou, minhas mãos se prendendo no corpo de Luca com a necessidade de devorar, de provar, de fazer um fodido banquete de uma mulher que me deixa louco.

Não consigo me controlar com ela.

E a verdade fodida é que nunca estive no controle quando se trata de Luca.

Isso me irrita mais do que qualquer coisa.

E me excita.

Ela rebola no meu colo tentando me apressar. Pressiono meu polegar no ponto macio ao lado de seu quadril, sorrindo quando um guincho sai de sua garganta.

Meus olhos fixam os dela.

— Fique quieta.

A confusão enruga a pele entre os olhos de Luca e luto para não sorrir.

Ela não vai me empurrar mais rápido do que eu quero que isso vá. Porque se esta é a última prova que terei dela, quero saboreá-la.

— Tire sua camisa.

— Mandão — ela brinca.

Olho para o meu peito nu e de volta para ela.

— É justo.

Ela revira os olhos, mas faz como mandado, seu corpo se esticando diante de mim enquanto a puxa para cima e para fora de seus braços, seus seios derramando sobre o bojo do sutiã quando seus olhos encontram os meus novamente.

Correndo os dedos pela linha central de seu estômago, sorrio ao vê-la tremer.

Meu olhar estala para cima para prender o dela, erguendo a sobrancelha.

— Seu sutiã?

Outro rolar de seus olhos e eu quero mordê-la por isso. Amo quando ela zomba de mim. Quando me desafia. Quando aqueles lindos lábios dela se abrem para me dizer exatamente o que pensa.

Seu peito provoca meu rosto quando ela desabotoa seu sutiã, meus dentes prendendo meu lábio inferior enquanto ela o tira e revela seu corpo para mim.

Espalhando minha mão sobre sua coluna, eu a puxo para frente, minha boca gananciosa pra caralho sugando a ponta de seu seio, a língua explorando o mamilo duro enquanto suas mãos mergulham em meu cabelo.

Choramingos saem de seus lábios e isso me faz desejá-la mais. Esses sons são meus. Seu corpo é meu. Tudo sobre ela pertence a mim.

Eu a empurro de volta e dou uma olhada lenta em seu corpo, meus dedos se arrastando pela garganta e entre os seios. Eles provocam ondas internas enquanto continuo traçando uma trilha lenta em seu estômago, minha outra mão apertando com mais força seu quadril quando ela se move.

— Tanner — reclama, o rosnado suave em sua voz tornando meu pau ainda mais duro, minha necessidade mais feroz, meu fodido desejo por ela se acendendo em uma chama ardente.

Luca estremece de novo enquanto traço uma linha para baixo do centro de seu estômago, minha mão deslizando de seu quadril até a parte inferior das costas para que eu possa inclina-la para longe de mim.

Segurando-a no lugar, meu braço travado para impedi-la de cair, arrasto a boca para beijar a linha de suas costelas, descendo mais para circundar seu umbigo, chegando para baixo ainda para que eu possa correr a ponta da língua ao longo da linha de seu jeans em sua cintura.

Soprando suavemente sobre sua pele, eu a sinto tremer, outro gemido caindo de seus lábios.

— Você tem um gosto melhor quando está assim. — Meus olhos olham para a linha de seu corpo para ver seu rosto.

— Assim, como?

— Obediente.

Ela me encara, emburrada, enquanto desabotoo sua calça jeans e abro o zíper, minha boca se curvando em um sorriso malicioso, meu polegar brincando com sua calcinha enquanto pressiono um beijo em sua pele.

Trabalho meu caminho de volta para cima, beijando e saboreando, provocando e mordiscando, sugando o pico tenso de seu seio em minha boca enquanto meu polegar desliza para baixo para circular seu clitóris.

— Oh...

Ela se inclina em minha boca, entregando-se a mim, ao que eu quero. Ao que eu completamente *preciso*.

— Levante-se.

— O que?

Luca está sem fôlego. Devassa. Confusa porque seu corpo assumiu o controle e causou um curto-circuito em seu cérebro.

Nossos olhos se encontram.

— Levante-se.

Espero que discuta, porque é isso que ela faz, mas em vez disso ela obedece. Ficando de pé, segura meus ombros para se equilibrar enquanto deslizo meus dedos por baixo do cós de sua calça jeans e calcinha para arrastá-los por seus quadris.

Saindo delas, ela fica nua para mim, e é como desembrulhar um presente. Não perco tempo, inclinando-me para frente para morder sua barriga, uma mão segurando sua bunda nua enquanto a outra luta para desabotoar minhas calças e arrancá-las das pernas.

Quando ela monta em mim novamente, move-se para colocar meu pau em seu corpo, mas agarro sua bunda com as duas mãos e a seguro quieta.

— Desacelere.

— Por quê?

Sorrio com isso e encontro seu olhar.

— Porque estou me divertindo no momento.

— Torturando-me?

— Exatamente.

Outra mentira. Estou fazendo isso porque não tenho ideia se ela vai me deixar fazer de novo. Nunca disse a verdade antes. Nunca confessei meus crimes.

Nunca me importei quando o jogo final acontecia e meu oponente descobria o que eu fiz.

Eu me importo agora.

E odeio isso.

Uma mão libera sua bunda para espalmar seu peito cheio e Luca me surpreende quando ela pressiona contra o toque, sua boca reivindicando a minha enquanto suas mãos seguram minhas bochechas, seu corpo balançando no meu colo.

Quando ela agarra meu pau e esfrega o polegar sobre a ponta, rosno em sua boca. Perco a porra da cabeça. Eu a castigo com meus dentes enquanto ela acaricia o eixo, meus olhos descendo para observá-la.

Dois podem jogar esse jogo.

Deslizando a outra mão para baixo, esfrego o polegar sobre seu clitóris, rápido e forte, mergulhando para provocar sua fenda antes de puxar novamente para deixá-la louca. Seu corpo arqueia em minha direção, gemidos subindo por sua garganta enquanto eu a empurro até a borda antes de desacelerar novamente.

Sua mão agarra com mais força e ela acaricia mais rápido. Observo com fascínio enquanto brincamos um com o outro.

Luca vence a batalha tão facilmente quando pressiona sua boca quente no meu ouvido e sussurra:

— Por favor, me fode.

Inferno do caralho...

Não posso mais esperar. Agora, depois de ela me torturar implorando.

Erguendo-a, posiciono seu corpo sobre o meu e abaixo-a lentamente, as pernas apertadas contra minhas coxas, os seios deslizando pelo meu peito. Ela me beija de novo quando começa a se mover, suas mãos agarrando meus ombros enquanto nossas línguas dançam.

Esta mulher é extraordinária.

Movendo minha boca para seu ouvido, respiro contra a concha. Ela geme e eu sorrio.

— Esta doce boceta é minha. Espero que saiba disso. Vou matar qualquer filho da puta que tocar nela.

Ela estremece contra mim, segura com mais força enquanto continuo sussurrando, minha voz áspera.

— Não importa para onde você corra, eu vou te encontrar. E vou arrastar você de volta, chutando e gritando.

Seus músculos agarram meu pau, um orgasmo rasgando por ela que trava seu corpo no lugar enquanto meus quadris assumem.

Segurando sua bunda com as duas mãos, movo seu corpo com mais força, mais rápido, até que tenho que puxar para fora para não gozar dentro dela.

Seu corpo macio colapsa contra o meu. Suado. Exausto. Saciado e dócil.

E quando ela descansa a testa no meu ombro, quando me segura como se eu não fosse destruí-la, minha cabeça cai para trás contra o sofá, e eu me odeio ainda mais.

capítulo trinta e um

Luca

— Tenho que te falar uma coisa.

Sento-me em um dos banquinhos altos perto da ilha da cozinha, observando Tanner abrir a geladeira para pegar duas garrafas de água.

Seu cabelo ainda está molhado do banho para o qual ele me arrastou, meu corpo formigando com a memória dele caindo de joelhos, separando minhas pernas e me levando a outro orgasmo com a língua enquanto a água derramava sobre nós.

Quando ele se vira para mim e meu olhar traça uma gota d'água que desce por seu peito nu, meus dentes prendem meu lábio inferior porque não consigo ficar satisfeita.

Abrindo minha garrafa para mim, ele a entrega, observando-me engolir um pouco antes de beber a dele.

— Sabe, a última vez que nos sentamos assim, você me disse que sou uma refém — brinco. — Felizmente, seja o que for que tenhamos de falar agora, não será tão ruim.

Seus olhos encontram os meus, mas o que vejo por trás deles não é o humor que eu esperava.

Odiando o silêncio entre nós, continuo falando. Tanner está me deixando nervosa.

— Gabriel me disse que você foi falar com Priest. Foram más notícias? Alguém fez alguma coisa no meu carro?

Colocando a garrafa de água no balcão, ele olha para ela, girando lentamente no lugar enquanto limpa a garganta e se recusa a olhar para mim.

— Fui perguntar ao Priest sobre a SUV que tentou atropelar você. Queria descobrir o que ele viu.

— E?

Ele respira pesadamente enquanto seus olhos se levantam.

— E ele acha que estavam tentando bater em você intencionalmente.

Meu coração estremece com uma batida dolorosa, o medo patinando pela minha espinha até que é difícil respirar uniformemente.

— Por que alguém iria querer me machucar?

Tanner apoia os antebraços sobre a ilha e olha para mim, sua boca puxada em uma linha fina e sua mandíbula travada.

— Isso é o que eu preciso te falar.

Droga. Eu esperava que isso não tivesse algo a ver com ele.

— Desembucha.

Ele hesita, passa a mão pelo cabelo molhado, suas narinas dilatam-se enquanto ele luta contra o que quer que precise dizer.

Mas então tudo começa a jorrar, cada confissão rasgando um pedaço de mim, cada palavra revelando quão pouco eu sei sobre ele.

— Nós encurralamos você em Yale de propósito. E não porque você tem algo que eu quero. Pelo menos, não que eu quisesse na época. Mas porque seu pai tem algo que meu pai quer.

Posso sentir meu coração batendo na garganta, o sangue correndo como um ruído branco em minha cabeça.

— É por isso que você fica tentando fazer um acordo comigo?

Ele concorda.

— É por isso que eu intencionalmente fiz de você um alvo. Enviei Clayton para você antes de conhecê-la naquela primeira noite. E Jase namorou Everly pela mesma razão.

Com os olhos arregalados, eu o encaro.

— O quê?

A expressão de Tanner permanece cautelosa, sua mandíbula tensa antes de abrir a boca novamente para revelar mais.

— Eu sabia quem você era antes de você me conhecer, e nós armamos tudo para te controlar.

Meus pensamentos correm de volta para aquele período de tempo, para a forma como tudo tinha se alinhado perfeitamente para me jogar em sua vida.

— Por quê?

— Porque isso é o que foi exigido de mim. Meu pai queria algo e fui designado para conseguir. Isso é o que eles sempre exigem de nós. Desde que éramos adolescentes.

— Mas por que...

— Porque nossos pais são criminosos, Luca. Eles são um bando de filhos da puta que não dão a mínima para nada além de dinheiro. Todos os nove de nós nunca fomos nada para eles além de ferramentas. Fomos criados para jogar, foder com quem quer que fique no nosso caminho e depois seguir em frente quando tivermos o que queremos para fazer isso com outra pessoa. Esta é minha vida. Esta é a vida de Gabriel. E de todos os outros em meu grupo.

É apenas outra coisa pela qual eu deveria odiá-lo, outro monte de mentiras e manipulações, mas ao mesmo tempo quero chorar por ele porque posso ver o quanto seu pai o machucou. Há ódio em seus olhos. Dor. Quero estender a mão e limpar isso de seu rosto, mas aperto minha mão em vez disso, porque sei que há mais nessa história.

— O que isso tem a ver com tudo o que está acontecendo agora?

Franzindo os lábios, ele gira a garrafa entre as mãos, seu corpo inclinado sobre a ilha, seus olhos no nível dos meus.

— Acho que meu pai está tentando matar você.

— O quê? Por quê?

— Porque eles mataram seu pai para conseguir o que quer que ele tenha sobre eles. E o que quer que ele tinha está nos servidores que você tem agora.

Não.

Eu não posso aceitar isso.

Não acredito nisso.

Recuso-me a sentar aqui, porra, e ouvir isso.

Pulando da minha cadeira, não perco como Tanner dá a volta na ilha como se para me perseguir. Sua mão agarra a borda quando começo a andar de um lado para o outro, meus pensamentos tão dispersos que começo um milhão de perguntas diferentes antes de finalmente fazer uma.

— Você sabia que eles estavam atrás do meu pai?

Meus olhos se voltam para ele. Prendendo-o no lugar. Segurando-o ali enquanto imploro silenciosamente que ele negue que sabia o que iria acontecer.

O piscar lento de seus olhos responde à minha pergunta sem ele dizer uma palavra, a forma como seus ombros ficam tensos.

Parece que uma faca está afundando em meu estômago e eu me dobro. Tanner dá um passo em minha direção, mas levanto uma mão para detê-lo no lugar.

— Não chegue perto de mim agora. Não me toque.

Ele não diz nada, apenas fica lá, observando-me desmoronar.

Endireitando minha postura, luto para continuar me movendo para que eu não caia. Quero pensar que isso é o pior de tudo, mas a julgar pela maneira como ele espera pacientemente que eu me recomponha, de alguma forma sei que há mais.

— Só desembucha — estalo, minha voz ecoando pela cozinha. — Tudo isso. Só me diga tudo.

— Você pode querer se sentar...

— Só me diga — grito.

Tanner lambe os dentes da frente e se inclina contra o balcão para cruzar os braços sobre o peito.

— Tirei você da Geórgia porque estava com medo de que você fosse morta quando foram atrás do seu pai.

Meus pés param, uma ideia piscando na minha cabeça que não pode ser possível. Nem mesmo Tanner faria isso.

Ou faria?

— Como?

Esticando a mão para esfregar a nuca, ele suspira.

— Isso não está indo tão bem quanto eu esperava que fosse.

Giro para encará-lo.

— Você acha, porra?

Fazendo uma pausa, fico olhando para ele com meus dentes trincados, dor atingindo meu queixo.

— Como você me tirou da Geórgia?

— Clayton me devia quatro favores antes de eu conhecê-la.

Não...

Ele não teria feito isso comigo.

Ninguém pode ser tão cruel.

— Ele pagou o primeiro namorando você em Yale.

Recuso-me a ouvir isso.

Porra, recuso-me absolutamente a acreditar nisso.

— Ele pagou o segundo terminando com você em Yale.

Com a voz trêmula, tento preencher a próxima lacuna.

— E o terceiro voltando comigo em Yale?

Um pequeno aceno de cabeça.

— Não, isso era coisa dele, mas acho que era porque ele não queria que eu tivesse você, já que estava puto comigo.

— O terceiro? — reivindico.

Ele faz uma pausa por alguns segundos, sua voz fria como pedra quando admite:

— Ele pagou ao se casar com você e te tirar da Geórgia.

A sala gira em torno de mim e eu tropeço para trás. Tanner dá um passo em minha direção novamente e rosno para ele, envolvendo meus braços em volta do meu corpo enquanto ando para longe.

— E o quarto?

Nem tenho certeza se quero saber ou se minha mente pode lidar com isso. Mas exijo saber de qualquer maneira, exijo ouvir o quão profundamente ele fodeu minha vida.

Sua mandíbula está tensa novamente, a cabeça inclinada para baixo enquanto as narinas dilatam.

— O quarto ele pagou ao se divorciar de você e me deixar cuidar do caso.

Filho da puta.

Sei que há mais nisso. Tem que haver, porque agora que conheço essa parte da história, percebo que todos os fios dessa teia fodida que ele teceu em torno de mim estão alinhados perfeitamente pra caralho.

— Conte-me o resto.

Olhando para mim com uma expressão preocupada, pergunta:

— Tem certeza de que quer saber disso?

— Conte-me o resto!

— Talvez você devesse se sentar.

— Merda, Tanner!

— Tudo bem. — Levanta as mãos para o topo da cabeça, andando do outro lado da cozinha, parecendo bem enquanto faz isso.

Enquanto isso, tenho certeza de que meu rosto está da cor da droga de um tomate, meus dentes rangendo com tanta força que posso ouvir o esmalte estalar.

— Elaborei o acordo pré-nupcial especificamente para prender Clayton. Ele não podia admitir que era um casamento armado sem lhe dever uma tonelada de dinheiro. Mas eu também escrevi para que, se algum de vocês traísse, os termos favorecessem a outra pessoa.

Lembro-me de tudo isso. Eu tinha ficado feliz em ver tal cláusula quando assinei. Estava tão louca naquele momento que me senti segura com o fato de que Clayton estava levando o casamento a sério o suficiente para passar pelo esforço de redigi-lo. Ele estava cuidando de nós dois desde que meu mundo estava desmoronando quando minha mãe morreu.

Mas descobrir que a porra do Tanner o elaborou?

— Vou passar mal.

Encostado na geladeira, Tanner me olha com cautela.

— Devíamos fazer uma pausa antes de eu lhe contar o resto.

Meus olhos travam nos dele.

— Tem mais?

Quieto por alguns segundos, ele acena com a cabeça depois que seus olhos procuram meu rosto.

— Eu estava protegendo você da única maneira que podia.

— Isso não soa como me proteger!

— Da única maneira que eu podia — diz novamente. — Eu sabia que você era uma pessoa boa demais para trair seu marido. E sabia que Clayton era um pedaço de merda com um pau que não fica dentro da calça. Eu disse que ele não poderia fazer sexo com você mais de uma vez enquanto estivesse casado, e apenas uma vez para fazer o casamento parecer legítimo. Não queria que ele fizesse isso com você e não conseguia lidar com a porra do pensamento de ele...

Ele para, morde o interior da bochecha e balança a cabeça, como se estivesse escondendo algo.

— Mas eu também sabia que provar que Clayton estava traindo seria uma porra de um grande problema quando chegasse a hora.

Isso não pode ficar pior. Não é possível ele ficar pior. Ele não apenas fez outro homem se casar e se divorciar de mim, como me prendeu em um casamento celibatário por três malditos anos! Para quê?

Como alguém pode fazer isso com outra pessoa?

— O que você fez, Tanner? Que outra coisa horrível você fez para arruinar minha vida?

Ele desvia o olhar, sua mandíbula apertada novamente quando ele olha para mim.

— A secretária de Clayton é uma mulher que paguei para seduzi-lo. Eu sabia que diria a ele para pedir o divórcio dentro de alguns meses e a enviei para se candidatar ao emprego, que eu sabia que ela conseguiria, e dormir com ele para que eu tivesse uma testemunha confiável para dar ao seu advogado para usar contra ele. Se você tivesse apenas aceitado o acordo, eu teria dispensado o cara que paguei para mentir sobre você e, em seguida, a enviado com as gravações que ela tem de Clayton para que você ganhasse milhões.

Ai, meu Deus. Caralho!

Isso não está acontecendo.

Isso *não pode* estar acontecendo.

— Se eu apenas tivesse aceitado o acordo — zombei, como se tudo isso fosse minha culpa do caralho.

Ele encolhe os ombros, como se fosse um fato eu ter estragado tudo.

— Não posso acreditar que você fez isso.

— Há uma razão — diz ele.

— Não dou a mínima para o seu motivo. Não há nenhuma porra de razão que você possa me dar que vai fazer com que alguma coisa disso seja aceitável.

Lágrimas estão escorrendo pelo meu rosto, quentes e salgadas, meus olhos queimando enquanto eu luto como o inferno para afastá-las.

— Não consigo nem olhar para você agora.

Ele dá um passo à frente.

— Você não pode sair daqui, Luca. Não é seguro.

Uma gargalhada explode da minha garganta, o som é louco em vez de engraçado.

— Por sua causa! Por causa da sua família fodida!

Recuando com isso, ele não diz nada enquanto olha para mim.

— Apenas me escute. Se souber por que eu fiz tudo isso, você poderia entender...

— Eu preciso ficar sozinha agora — grito. — Mas não se preocupe. Vou para a porra da prisão que você me designou quando me sequestrou outro dia. Apenas me faça a droga do favor de me deixar sozinha nessa merda enquanto estou lá em cima.

Girando no meu calcanhar, eu saio correndo, mas, antes de entrar pela porta, outro pensamento me atinge.

Aquele filho da puta...

Giro de volta para ele.

— Por que você não me disse isso antes de fazer sexo comigo esta noite?

As sobrancelhas de Tanner se levantam em seu rosto, uma centelha de culpa atrás de seus olhos.

Isso foi o que eu pensei. Ele intencionalmente pegou o que queria antes de confessar tudo o que fez.

— Eu te odeio pra caralho — cuspo. — Tudo sobre você.

Ele encontra meus olhos e diz:

— Eu disse que você odiaria.

— Sim? Obrigada pelo aviso desta vez. Sabe aquela segunda parte de me fazer amar você de novo? Pode esquecer sobre isso alguma vez acontecer. Não há nada que possa dizer ou fazer para me convencer a falar com você novamente.

Sem mais nada para dizer a ele, marchei para fora da cozinha em direção ao meu quarto. Meu corpo não para de tremer e não consigo mais segurar as lágrimas.

TRAIÇÃO

Todo esse tempo eu pensei que minha família estava amaldiçoada, que todos os meus problemas eram porque o destino me odeia pra caralho.

E talvez ainda seja isso.

Porque somente um universo que me quer destruída seria cruel o suficiente para me deixar cruzar com Tanner.

capítulo trinta e dois

Tanner

— Assumo pela expressão em seu rosto e pela dúzia de advogados atualmente tremendo em seus escritórios que não deu certo com Luca.

Com os olhos fixos na paisagem urbana além da minha janela, passo uma caneta entre os dedos e ranjo os dentes. Considerando o quanto tenho feito isso hoje, provavelmente vou precisar de dentaduras até o final da semana, quando o esmalte se desfizer sob a pressão.

Gabriel se senta confortavelmente na cadeira, em silêncio por alguns minutos para me deixar responder. Quando eu não digo nada, ele limpa a garganta e pergunta:

— Sei que você está de mau humor...

Mau humor? Quase rio disso. Não há uma palavra para definir o humor em que estou. Nada pode descrever o nível de raiva que sinto no momento pela situação que ficou fora de controle.

— Mas preciso fazer essas perguntas no caso de eu ter problemas para resolver.

Não gosto de como a voz dele é cuidadosa. Gabriel nunca pisa em ovos ao meu redor. Nunca se preocupa em me pressionar, mesmo quando estou prestes a matar alguém.

— Primeira pergunta: onde está Lacey? Procurei por ela em todo o escritório e ninguém a viu hoje.

Minha voz é um rosnado baixo quando respondo:

— Eu a mandei para casa.

— Com ou sem emprego?

A caneta se quebra ao meio na minha mão, tinta azul estourando pela minha pele, o que só me irrita mais.

Girando minha cadeira, jogo o plástico quebrado na minha mesa e encaro um par de olhos verdes preocupados.

— Mandei uma mensagem de texto dando-lhe o dia de folga porque estou tendo uma sorte de merda com as mulheres que realmente *quero* na minha vida no momento. A última coisa de que eu preciso é que Lacey peça demissão porque briguei com ela por causa de algo estúpido.

Relaxando os ombros, Gabriel se recosta em sua cadeira e apoia um tornozelo sobre o joelho.

— É bom ver que você ainda está pensando um tanto logicamente. Nós nunca encontraríamos ninguém para substituí-la.

— Não sou tão ruim assim.

Ele ergue uma sobrancelha.

— Você conseguiu assustar dezessete assistentes ao longo de seis meses quando inauguramos a empresa. Alguns deles entrando com pedidos de indenização trabalhista para as consultas de terapia que precisaram depois de trabalhar para você. Lacey foi uma dádiva de Deus.

Pegando a caixa de lenços de papel da minha mesa, tento limpar a tinta da mão, apenas conseguindo manchar mais no processo.

— Conte o que aconteceu com Luca.

— Falei tudo para ela. Bem, quase tudo. Quando terminei de explicar o que fiz com Clayton, ela não ficou por perto tempo suficiente para descobrir o porquê.

Ele coça o queixo e estica o braço sobre o encosto do assento ao lado dele.

— Mas ela ficou em casa?

Apertando a mão azul para não manchar tudo que toco, olho para ele.

— Sim, ela ficou. Ela marchou até a *prisão do quarto* dela, como ela chama, e não saiu de novo. Bati na porta uma hora depois e tentei entrar. Ela jogou algo na minha cabeça e eu decidi que ela precisava de um pouco mais de tempo para se acalmar. Tentei novamente esta manhã, oferecendo o café da manhã e ela me mandou ir para o quinto dos infernos e que eu poderia enfiar a comida na minha bunda ou me engasgar com ela e morrer. Minha escolha.

Sua mão se move sobre a boca, provavelmente para esconder um sorriso.

— Mas pelo menos ela está falando com você. Isso é um progresso.

Olho para ele.

— Então, quando você decidiu vir para o escritório, foi porque...

— Achei mais seguro estar aqui do que em casa. Pelo menos até que eu consiga consertar isso.

Gabriel ri disso, e eu resisto ao desejo de ir até lá para chutar sua bunda.

Ainda sorrindo debochado, ele tenta controlar a risada — falhando miseravelmente, devo acrescentar — e me encara de volta.

— Desculpa. Nunca vi você fugir de um oponente antes. Especialmente de uma mulher.

— Eu não disse que fugi. Vim aqui porque é mais seguro. Para *ela*. Se Luca decidir sair de seu quarto e sequer me encarar com ódio, não acho que posso confiar que não vou sacudir a merda fora dela e fazê-la ouvir a razão. Preciso me acalmar pra caralho antes de lidar com ela.

Seu sorriso de merda não desaparece. Pelo contrário, Gabriel parece que está a cerca de dez segundos de precisar de um soro antipsicótico e uma camisa de força, porque ele perdeu a porra da cabeça.

O filho da puta está tentando e *falhando* em controlar suas expressões faciais. Algo que nunca acontece com ele.

— Por que você está me encarando assim?

Ele encolhe os ombros. Solta uma gargalhada. Recupera o controle de si mesmo e então controla sua expressão.

— Não é nada. Acontece que eu acho vocês dois insanamente divertidos.

— Foda-se. Eu nem estaria nesta posição se não fosse por você e seu conselho de merda para dizer a verdade. Sabia que era uma má ideia, mas minha bunda idiota concordou com isso. Agora Luca não fala comigo, não estamos nem perto de conseguir os servidores e acabar com este problema com nossos pais.

— Você disse a ela toda a verdade?

Meus olhos estalam para os dele.

— Ela não precisa saber dessa merda, Gabriel. Ninguém precisa. Principalmente os gêmeos.

Nossos olhos se prendem por sobre a mesa, o humor em sua expressão totalmente desaparecido agora que o outro acordo que fiz três anos atrás está flutuando entre nós.

— Acho que Luca pode ser confiável para manter essa informação privada. Não, ela não vai ficar feliz em saber que foi oferecida como um cordeiro de sacrifício, mas, se ela souber por que você não teve outra escolha, pode te entender melhor. Nós dois sabemos que você fez tudo o que podia. Que estava encurralado pra caralho. As decisões que você tomou salvaram vidas, e ela precisa ter a oportunidade de ver isso.

Nego com a cabeça. Chuto meus pés para cima da mesa. Tiro-os para baixo e então salto da minha cadeira para andar pela sala.

É impossível ficar parado. Tudo está girando tão fora de controle que estou fora do meu elemento.

Revelar a verdade a Luca foi um movimento estúpido. Nós devíamos ter inventado algo de novo. Descoberto uma maneira de convencê-la a nos dar os malditos servidores para que pudéssemos salvar sua vida. Se eu tivesse deixado por isso mesmo, ela provavelmente teria.

Sim, seria outra mentira. Mas não completamente. Acabar com nossos pais acabará com a ameaça contra ela. Todas as outras besteiras são irrelevantes.

— William já quebrou os termos daquele acordo entrando em contato com Damon.

— E você o lembrou dos termos.

Girando para encará-lo, pergunto:

— Como você sabe disso?

Gabriel muda de posição na cadeira.

— Porque Warbucks me ligou quando você não atendeu a ligação de seu pai. Eles não estão felizes com o que você fez.

— Fodam-se eles. William merecia. Ele tem sorte de eu não ter feito pior.

A triste verdade é que os gêmeos só estão vivos hoje por causa de mim. Não que seu pai os teria matado pessoalmente, mas onde diabos que ele os estava levando, os estava destruindo lentamente. Só de lembrar a condição em que os encontrei na última vez que ele os levou para uma *viagem em família*, minhas mãos se fecham em punhos ao lado do corpo.

Se o lugar para onde ele os levou não os matasse, eles teriam acabado sendo mortos de outra maneira. A raiva deles estava fazendo com que fizessem coisas estúpidas sem se importar uma merda se viveriam para contar sobre isso.

Usei Luca como forma de cortar a comunicação entre os gêmeos e o pai deles, coloquei-a na coleira com a ameaça de que iria libertá-la de novo se William sequer respirasse na direção dos dois.

O fato de minha ameaça ter funcionado me surpreendeu, mas mostrei a eles que estava falando sério sobre quão longe eu fui para manter Luca sob controle.

E eu odiava tudo que fiz com ela.

Odiava o pensamento de Clayton estar em qualquer lugar perto dela.

Não conseguia de jeito nenhum suportar a única vez que permiti que ele consumasse o casamento para que ela não se perguntasse por que diabos ele nunca a tocou.

Salvei sua vida tirando-a da Geórgia e os gêmeos arruinando a vida de Luca.

Agora, aqui estamos, três anos depois, e os gêmeos estão funcionando novamente. Eles agem com sanidade na maioria das vezes. São sócios da empresa e têm liberdade financeira do fodido babaca que os criou.

Luca deveria estar financeiramente livre também e eu deveria ter esses servidores.

E a triste verdade é que eu nem sei se o que seu pai tinha sobre nossos pais é suficiente para realmente destruí-los. Tudo o que tenho neste momento é um palpite.

— Deixe-me falar com ela — Gabriel sugere, sua voz uma ilha de calma nas minhas costas.

— Não vai adiantar nada.

— Exceto que sou melhor em lidar com as pessoas do que você.

Olhando por cima do ombro para ele, levanto uma sobrancelha.

— Sou bom pra caramba em lidar com pessoas.

— Você é bom em destruí-las — diz, com naturalidade. — Em assustá-las pra valer, em criar o jogo e organizar os jogadores. Mas quando se trata de realmente lidar com as pessoas, você é uma droga.

— As pessoas são uma droga — argumento.

— É por isso que sou melhor nessa parte do jogo. Concordo que você não está com humor para lidar com Luca, e eu arriscaria chutar que você fez um trabalho de merda se explicando para ela em primeiro lugar.

Meus pés param e viro-me para encará-lo.

— Ela também pode ter ficado brava porque nós fizemos sexo *antes* de eu contar.

Gabriel pisca, seus ombros tremendo uma vez enquanto ele vira a cabeça para esconder sua expressão. Tenho a sensação de que ele está rindo de mim de novo.

— Deixe-me falar com ela — diz. — Vou para sua casa suavizar as coisas com Luca depois que terminar de consertar as coisas aqui.

Confuso com isso, coloco as mãos nos bolsos e encosto na parede.

— O que você tem que consertar aqui?

Olhando para mim como se tivesse crescido uma segunda cabeça em mim, Gabriel se levanta de sua cadeira, puxa os punhos de sua manga e encontra meu olhar.

— Há muitas coisas que se pode dizer aos advogados que você acha que estragaram tudo, Tanner. Mas ameaçar tatuar *imbecil* na testa deles na próxima vez que cometerem um erro provavelmente está fora do escopo do que é aceitável para o Recursos Humanos.

— Eu sou Recursos Humanos. Meu nome está no prédio.

A julgar por sua expressão, ele não concorda.

— Você não tem permissão para falar com ninguém pelo resto do dia. Vou garantir que ninguém entre em seu escritório, mas, quando você sair, é para ir diretamente para os elevadores e direto para casa.

Ele se vira para sair e eu corro uma mão pelo meu cabelo; lembro-me da tinta e então xingo baixinho.

Duvidando muito que Gabriel vá ser capaz de acalmar Luca, volto para a minha mesa e solto meu peso na cadeira executiva.

Meus olhos encaram a cidade e passo as próximas horas planejando como vou convencer Luca a me amar novamente.

Luca

O turbilhão atacou novamente.

Mais forte dessa vez.

Mais violentamente.

O caos absoluto agarrou meus pés enquanto eu era arrastada para baixo de águas nas quais nunca entrei voluntariamente.

E enquanto minha boca se abria para inspirar uma respiração que nunca viria e meus olhos se abriam para ver a superfície da água correr para longe até que eu estivesse enredada em um abismo escuro como breu, eu não podia mover meus braços desta vez para subir lá em cima, para nadar paralelo à costa, para fazer qualquer coisa, porque minhas mãos já tinham sido amarradas muito antes de eu saber que precisava lutar.

Tanner ganhou o jogo antes que eu soubesse que ele estava jogando. Isso não me surpreende, não agora que tive tempo para me acalmar o suficiente para ver a situação como ela é.

Por um lado, estou quase feliz de saber o que ele fez. Esclareceu muitas perguntas que estavam passando pela minha cabeça, explicou incidentes que eram coincidentes demais para serem simplesmente má sorte.

Mas, por outro lado, tenho certeza de que o que ele fez está tão além dos limites que nunca poderei perdoá-lo.

Infelizmente, se só tivesse sido o que aconteceu em Yale, se só tivesse sido o que ele fez comigo com tudo o que aconteceu com Clayton, talvez — *talvez* — eu pudesse ver além dos jogos fodidos que ele jogou e dar a ele a chance explicar. Mas a única parte que ele nunca será capaz de compensar é não me dizer que meu pai estava em perigo.

Você pode substituir muita coisa na vida. Objetos materiais não valem nada. Talvez não raros artefatos e fotos da sua juventude, mas todo o resto tem muito pouco valor quando comparado ao que realmente importa. A maioria dos itens pode ser substituída, recomprada, recriada em alguma fábrica em algum lugar por pessoas que pouco se importam com a fabricação.

O que não se pode substituir são as pessoas que se ama. Não há valor que possa ser colocado na vida do meu pai, nenhuma quantia em dinheiro, nenhuma boa ação, nenhuma pessoa que possa intervir para me fazer esquecer o que perdi.

Meus pais eram tudo para mim.

Tanner não foi responsável pela perda da minha mãe. Nem mesmo ele pode fazer com que o câncer se desenvolva e cresça, devore e destrua, que transforme uma pessoa antes vibrante em uma zombaria de quem ela era até o dia em que der seu último suspiro.

Mas meu pai? Ele poderia ter me avisado sobre isso. Poderia ter enviado algum tipo de mensagem que me desse tempo para avisar meu pai. Ele poderia ter feito a escolha de olhar além de qualquer merda que ele quer e ter me dado a chance de mudar a forma como minha vida tinha sido permanentemente alterada.

A merda com Clayton é ruim. O que Tanner fez é horrível. Mas são três anos em vez de uma vida inteira. Três fodidos anos miseráveis que me ensinaram uma lição sobre mim.

Tanner é o culpado por Clayton me enganar para me casar com ele. Mas eu sou a culpada por permitir que o casamento continuasse.

No primeiro ano, nós não passamos muito tempo juntos. Após o casamento, fomos em uma lua de mel que foi estranha como o inferno e de curta duração. Eu me culpei pela maior parte disso. Estava muito preocupada com a minha mãe, odiava ficar tão longe dela enquanto estava doente. Não estava focada no meu novo marido porque estava muito apavorada com ela.

Clayton pareceu entender. Mas então ele ficou doente durante a lua de mel e foi um alívio ter um motivo para voltar para casa mais cedo.

Depois disso, ele saiu para abrir seu negócio enquanto permaneci na Geórgia para ficar com meus pais. Vivemos separados por um longo tempo. Portanto, fez sentido que, quando minha mãe finalmente faleceu e eu me mudei para morar com ele, as coisas ficassem estranhas.

Ele já estava me traindo nessa altura. Ele não tentou esconder e eu me culpei por isso, porque estava perturbada com a morte de minha mãe e preocupada com meu pai. Sinceramente — e demorei muito para perceber isso —, não me importava que ele estivesse me traindo. Mas, então, nunca realmente o amei.

Mesmo assim, tentei consertar isso. Agarrei-me a ele porque não havia mais nada para mim. Meu pai estava lutando com a perda de minha mãe e seu negócio falido. Eu não queria pressioná-lo mais por precisar de ajuda. Então, tentei fazer meu casamento funcionar. Tentei seduzir meu marido para me querer novamente. Tentei de tudo... e falhou.

Não vou mentir e dizer que não foi um golpe para o ego não ser desejada pelo homem com quem fui casada. Isso machucou. Me derrubou no chão. Fez eu me questionar de mais maneiras do que gostaria de admitir. Mas eu estava fraca naquela época, já maltratada e machucada pelo que aconteceu com minha família.

Uma mulher mais inteligente teria ido embora. Eu *deveria* ter ido embora. Mas não fui. E isso é totalmente minha culpa.

Permiti que a fraqueza tomasse minhas decisões por mim.

Permiti que a dor me prendesse no lugar.

Pior de tudo, permiti um golpe ao meu orgulho ao aceitar um marido que não me queria.

Se isso não fosse ruim o suficiente, então meu pai morreu, e eu me agarrei a Clayton ainda mais forte porque ele era tudo que eu tinha, apenas para ser posta de lado porque ele tinha se apaixonado por sua secretária.

É quase bom saber que a mulher pela qual ele me deixou na verdade não o ama. Que ela foi paga para seduzi-lo e que ela tem toda a intenção de testemunhar contra ele para que eu possa sair com o suficiente para sobreviver.

Isso é *quase* bom.

Mas isso não significa que devo perdoar Tanner.

Pelo contrário, ele é tão culpado quanto eu.

Acima de tudo isso, no entanto, está o fato de que ele não me alertou sobre meu pai. Quando tudo está dito e feito, isso por si só é imperdoável.

Uma batida na minha porta faz minha cabeça virar na direção dela.

— Vai se foder, Tanner!

Não quero vê-lo agora. Não suporto a ideia de escutar sua voz ou ouvir tudo o que ele tem a dizer. Conhecendo-o, ele vai me dar um motivo ridículo para o que fez, o que só vai me irritar mais.

A porta se abre, independentemente do que eu gritei, os olhos verdes de Gabriel espreitando pelo lado dela como se esperasse que eu jogasse algo em sua cabeça.

Estreito meu olhar para ele e cerro os dentes.

— Bom policial não vai funcionar desta vez. Você pode se foder com o que quer que esteja aqui para me dizer.

Seus olhos se arregalam quando ele entra. Como de costume, ele parece perfeitamente arrumado em um par de calças cinza-ardósia e uma camisa de botões verde-escura que apenas destaca a cor esmeralda de seu olhar.

Sem uma gravata e paletó, Gabriel quase parece casual, os primeiros botões de sua camisa abertos para revelar a pele bronzeada por baixo.

Entrando na sala, ele fecha a porta e se inclina contra ela, cruzando os braços sobre o peito enquanto cruza um tornozelo sobre o outro.

— Não estou aqui para bancar o bom policial. Estou genuinamente preocupado com a forma como você está indo.

— Como estou indo?

Eu rio disso, o som é tudo menos engraçado.

— Como você acha que estou indo? Acabei de descobrir que os últimos três anos da minha vida têm sido uma farsa. Acabei de descobrir que minha vida está em perigo por causa de suas famílias. Acabei de descobrir que meu pai está morto quando Tanner poderia ter feito algo para salvar a vida dele. Ele poderia ter me avisado, ou pelo menos avisado meu pai.

Balanço a cabeça e olho para longe dele.

— Estou ótima, Gabriel. Obrigada por perguntar.

O quarto mergulha em silêncio por alguns minutos, minha pulsação tão fraca que parece que meu coração está murchando no peito.

— Seu pai já sabia, Luca.

Minha cabeça estala de volta para ele.

— Não minta para mim. Isso não é nem perto de engraçado.

Afastando-se da porta, ele dá passos hesitantes em minha direção, suas mãos enfiadas nos bolsos quando ele para no centro do quarto e me encara.

— Não estou mentindo. Enviei uma mensagem para o seu pai. É a razão pela qual ele ligou para você imediatamente naquela noite em Yale.

O choque me atravessa.

— O que?

Mais alguns passos e ele se senta ao lado da cama, apoiando os antebraços nos joelhos.

Com a cabeça inclinada apenas o suficiente para olhar para mim, ele explica:

— Seu pai não ligou para você e disse para voltar para casa apenas porque sua mãe estava doente. Ele fez isso para afastá-la de nós.

Minha cabeça está girando. Juro que cada vez que me viro, há mais nessa história.

— Por que você faria isso se estivesse decidido a me colocar sob controle?

Quando ele abre a boca para discutir, interrompo antes que ele tenha a chance de dizer a primeira palavra.

— E não tente mentir e me dizer que você não tem estado tão envolvido em tudo isso quanto Tanner.

Ele olha para o chão.

— Tenho meus motivos. Mas esse não é o ponto. A questão é que seu pai sabia. Infelizmente, não acho que ele sabia o que tinha de tão importante. Se o fizesse, ele o teria usado para derrubar nossas famílias.

E voltamos ao motivo pelo qual tudo isso está acontecendo.

— O que há nesses servidores?

Virando-se para me olhar, Gabriel dá de ombros.

— Não temos ideia. As únicas pessoas que sabem são nossos pais. Nós apenas sabemos que eles os querem e estão preocupados com isso.

Enterro o rosto em minhas mãos, a exaustão me dominando.

— Isso tudo é uma bagunça. Por que meu pai não me avisou?

Com a voz cuidadosa e calma, Gabriel se estica para esfregar suavemente minhas costas.

— Isso, eu não posso responder.

— Então o que você pode responder? — murmuro em minhas palmas, os olhos cerrados porque tudo isso é demais para processar.

— Posso te dizer por que Tanner colocou Clayton em você depois que voltou para a Geórgia.

Suspirando pesadamente, levanto minha cabeça para olhar para ele.

— Não tenho certeza se o que ele fez é perdoável.

Gabriel franze os lábios e tira a mão das minhas costas.

— Talvez não, mas ele fez isso por mais razões do que você entende. O momento de tudo foi infeliz, mas ele não só salvou sua vida ao tirá-la da Geórgia, como salvou os gêmeos ao prendê-la ao casamento com Clayton. Um casamento que Tanner não queria, devo acrescentar. Tomar essa decisão o matou.

— Por quê?

— Porque ele queria você para si próprio. Mesmo que ele não fosse admitir isso na época.

Juro que quando tudo isso estiver claro, vou precisar de um quadro de referência apenas para acompanhar todos os diferentes fios desta teia e como eles se unem.

Já estou mais confusa do que gostaria de admitir.

Existem tantas peças móveis, como um relógio antigo com todas as suas engrenagens e roldanas, uma peça movendo-se em uma direção específica para que outra peça entre em ação e se mova na direção oposta.

— Explique — digo, esperando como o inferno que minha cabeça não exploda em algum momento, tentando acompanhar.

Subindo mais no colchão, Gabriel se inclina para trás contra a parede, puxa-me para mais próximo dele agarrando minha mão e envolve seu braço sobre meus ombros quando estou bem perto.

— Você se lembra da noite da última festa que foi em Yale? Ou acho que devo dizer na manhã seguinte?

Acenando com a cabeça, penso no que vi.

— Tanner trouxe os gêmeos para casa e eles estavam espancados como o inferno.

— Eles não fizeram isso consigo. Pelo menos, daquela vez, eles não fizeram. O pai deles foi o responsável pelo que aconteceu, e não foi a primeira vez. Todos nós estávamos preocupados.

Triste com isso, olho para ele.

— O que o pai deles fez?

Ele franze a testa.

— Essa é a história dos gêmeos para contar. Nenhum de nós realmente sabe. Eles não vão falar sobre isso, mas o que sabíamos é isso que precisava parar. Nós estávamos preocupados que eles eventualmente morressem por causa disso. Ou que fossem mortos atuando.

— O que isso tem a ver comigo?

— É simples. Tanner precisava de vantagem contra o pai dos gêmeos e precisava de uma maneira de te livrar do perigo. Tudo o que ele fez com Clayton funcionou para resolver os dois problemas. Ele te tirou da Geórgia, mas também colocou uma coleira em você que satisfez nossos pais. Ele os forçou a um acordo em que William não poderia mais contatar os gêmeos porque, se o fizesse, Tanner destruiria qualquer chance de eles terem controle sobre você. E funcionou. Os gêmeos não têm ideia do porquê o pai deles os deixaram em paz por tanto tempo, mas eles se recuperaram por causa disso. Agora eles não precisam mais deixá-lo destruir suas vidas, já que têm dinheiro próprio. É tudo muito complicado, sei disso, mas era necessário na época.

Foi uma tempestade perfeita, se você me perguntar. Uma em que Tanner estava no centro.

— Há algo que você deve saber sobre Tanner — Gabriel admite, com uma voz cuidadosa. — Ele nem sempre concordou de boa vontade com o que nossos pais faziam conosco. Ele lutou uma vez e aprendeu uma dura lição sobre o que acontece quando se faz essa escolha.

Lembrando-me do que Ava me disse, pergunto:

— Isso é sobre o que aconteceu com ele quando tinha nove anos?

Gabriel congela ao meu lado, seus olhos espiando com surpresa por trás deles.

— Como você sabe disso?

Eu sorrio.

— Vamos apenas dizer que tenho minhas fontes.

— Você é uma mulher diabólica, mas acho que isso significa que não preciso falar a respeito.

Droga.

— Não, você deveria me dizer. Tudo que sei é que algo aconteceu. Mas não sei os detalhes.

Rindo disso, ele aperta o braço em volta de mim.

— Então suas fontes não são tão boas quanto as nossas.

Ele faz uma pausa por um segundo, seus músculos rígidos. Quando fala novamente, odeio ouvir a hesitação em sua voz.

— Quando Tanner tinha nove anos, ele tentou ir contra a corrente. Disseram-lhe para fazer algo que ele não queria fazer. Era uma merda de uma criança estúpida naquela época, mas, de certa forma, estávamos sendo treinados. Nossos pais gostavam de nos obrigar a fazer coisas horríveis. Mas isso é porque eles são pessoas horríveis. Tanner não gostava disso e ele sempre foi o mais forte de todos nós. O mais teimoso, pelo menos. Resumindo, ele se recusou.

— Então eles o machucaram? — suponho.

Balançando a cabeça, os olhos de Gabriel escurecem, o humor constante neles perdido.

— Não. Machucar Tanner não o forçaria a ceder. Ele aguentaria enquanto inventava alguma forma criativa de se vingar. Mas nossos pais sabiam disso, então descobriram outra maneira de forçá-lo a se render.

Deus, nem tenho certeza se quero saber disso.

Com um suspiro, Gabriel admite:

— Eles fizeram a única coisa que faria Tanner andar na linha. Eles machucaram seu melhor amigo na frente dele.

Meu coração se aperta no peito, a raiva se derramando por mim ao ouvir o que foi feito. Eu odeio seus pais pra caralho e quero todos eles mortos.

— Eles machucam você — digo, já sabendo a resposta.

Ele acena com a cabeça uma vez, seus olhos treinados na parede à nossa frente.

A voz de Gabriel é áspera quando admite:

— Tanner sempre foi o protetor daqueles com quem se importa. Ainda mais do que com ele mesmo. Para chegar até ele, você precisa atacar as poucas pessoas no mundo que são importantes para ele. E uma dessas pessoas agora é você.

Quero discutir com ele, alegar que ele está falando um monte de merda, mas mesmo depois de tudo que Tanner fez, não tenho certeza se Gabriel está errado.

— Você acha que é por isso que alguém está tentando me machucar? Que talvez seus pais tenham descoberto que eu significo algo para ele?

— Agora você está entendendo — responde. — Isso é exatamente o que pensamos. E é exatamente por isso que pedimos que ficasse aqui.

A respiração escapa de mim enquanto meu corpo inteiro esvazia.

— Precisamos descobrir o que está nesses servidores.

— Nós temos — ele concorda.

Odeio concordar, mas, se isso resolver tudo, eu seria estúpida de continuar recusando.

— Então, não se trata de Everly?

— Não para Tanner e eu.

Minhas sobrancelhas se franzem com isso, mas deixo passar. Estou muito cansada para continuar cavando neste ponto, a ponta da minha pá gasta de revirar o solo rochoso que compõe toda esta situação.

— Isso não significa que de repente vou fazer parte do fã-clube de Tanner. Ainda estou brava com ele.

— Você tem todo o direito de estar.

— E ainda pretendo tornar a vida dele um inferno nos próximos dias.

— Eu não esperaria nada menos de você — brinca

— Ele precisa aprender uma lição pelo que fez.

A cabeça de Gabriel se inclina para que ele possa olhar para mim.

— E se alguém pode ensiná-lo, é você.

Puta que pariu, não acredito nessa merda.

Derrotada, eu respiro.

— Esta é uma teia torcida dos infernos em que estou presa.

Gabriel ri.

— E pensar que você está apenas no anel externo dela.

capítulo trinta e quatro

Tanner

Volto para casa por volta das sete. Gabriel me ligou depois de falar com Luca e explicou que ela finalmente está a bordo no que diz respeito aos servidores.

Realmente não me importando muito com isso, pelo menos não tanto quanto deveria, dado tudo que fiz para colocar as mãos neles, perguntei sobre Luca.

Aparentemente, ela ainda me odeia.

Compreensivelmente, ela não tem nenhuma intenção de falar comigo.

Infelizmente, é provável que isso signifique que ela não fará sexo comigo novamente.

E essa parte dói.

Mais do que eu quero que doa.

Mais do que deveria.

Mas também me dá um motivo para tentar um pouco mais fazer com que ela volte para mim. Também acontece de ser muito conveniente que ela esteja presa na minha casa e ao alcance. Quero odiar nossos pais por tentarem matá-la, mas, ao mesmo tempo, tenho que estar um pouco grato pelo fato de que isso tornou minha vida um pouco mais fácil.

Aproveitar-me dessas situações sempre foi o meu forte. E não hesitarei em fazer o mesmo agora.

Luca não pode fugir por um tempo, e isso me dá oportunidade mais do que suficiente para provar a ela que não sou um cara tão ruim.

Não quando se trata dela, de qualquer maneira.

Não mais.

Não posso evitar agradecer ao destino por armar isso. Se Luca não estivesse presa em minha casa, ela teria fugido para se esconder. Isso teria me irritado, me forçado a persegui-la, e teria tornado meus esforços para convencê-la a me perdoar muito mais difíceis.

Felizmente, não foi assim que aconteceu e estou disposto a sofrer alguns dias de olhares graciosos, pequenos e apertados sendo jogados na minha direção, a inclinação de seu queixo rebelde e o que tenho certeza que serão algumas palavras desagradáveis sibiladas para mim por entre seus lindos lábios enquanto a seduzo novamente.

Estou ansioso por isso, para ser honesto. Só porque nada me excita mais do que Luca de mau humor.

Isso é fodido.

Eu sei.

Mas simplesmente há algo sobre a mulher que tem uma espinha dorsal de aço. Torna a perseguição mais agradável. A conquista é muito mais do que uma vitória. Faz olhar mais de perto o valor de uma pessoa, apenas porque você teve que lutar como o inferno para estar com ela.

Nunca tive que ir atrás de uma mulher antes. Nunca tive que fazer mais do que mover um dedo.

Mas Luca quase me deixou sem fôlego mais vezes do que consigo contar. Por essa razão, ela gravou seu nome em minha pele — tornou-se irresistível e inesquecível.

Essa mulher é minha.

Quer ela saiba ou não.

Independente da luta que ela ofereça.

Existe apenas um probleminha minúsculo de todas as coisas de merda que eu fiz. Um problema que eu gosto de pensar que está no passado agora.

Não vou machucá-la novamente, nem por nada nem por ninguém. Porque agora que a reivindiquei, vou protegê-la até o meu último suspiro. Porque ela é o tipo de mulher que merece meu amor. Só preciso fazê-la ver a verdade nisso.

O que provavelmente não será fácil. É de Luca que estamos falando. Ela nunca torna nada fácil.

Saindo do carro, caminho em um passo lento até a porta lateral da casa que leva à cozinha. Abro a porta e espio o interior, com cuidado para me certificar de que Luca não está esperando do outro lado com uma faca que ela usará para cortar minhas bolas.

Sem vê-la, entro e coloco as chaves em uma mesa perto da porta, meus olhos escaneando a sala para garantir que ela não esteja se escondendo em algum lugar com a intenção de pular em mim.

A probabilidade de ela me atacar fisicamente é quase nula. Eu sou maior do que ela. Mais forte. E isso exigiria que ela me tocasse de alguma forma, o que me daria um motivo para tocá-la.

Luca não iria por esse caminho.

Sabendo disso, sinto-me confiante o suficiente para correr escada acima e tirar minhas roupas de trabalho, tomar um banho e decidir como vou começar o processo de seduzi-la novamente.

Quando saio do quarto, estou vestindo nada além de um par de calças pretas largas que são confortáveis, a água ainda pingando das pontas do meu cabelo enquanto desço correndo e caminho de volta para a cozinha.

Paro na porta ao encontrar Luca sentada na ilha da cozinha, seus olhos azuis se arrastando em minha direção com tanto desdém que parecem lâminas cortando minha pele.

Ainda assim, recuso-me a ser um covarde perto dela. Ela pode ficar tão brava quanto quiser. É uma graça. Sempre gostei de olhar para ela do outro lado da sala, sabendo que vou torná-la minha, mesmo quando ela pensa que não me suporta.

— Você está com fome? — pergunto, enquanto passo descalço por ela em direção à geladeira.

— Não estou aqui para ser sua amiga — diz, com a voz mais calma do que na última vez em que falei com ela.

O ar frio atinge meu peito quando abro a porta da geladeira. Depois de pegar dois bifes, um saco de batatas e cogumelos frescos, viro-me para colocá-los no balcão antes de encontrar seu olhar.

— Presumo que isso significa que foder também está fora de questão?

Seus olhos se estreitam e eu sorrio, debochado. Irritá-la é muito divertido. Fodê-la com raiva é ainda melhor, mas isso vai levar tempo.

Cruzando seus braços sobre o peito, Luca me observa enquanto pego uma tábua de corte e uma faca. Não perco como o seu olhar viaja pelo meu corpo e sobe novamente, suas bochechas ficando rosadas quando eu a pego.

— Além da comida, há algo mais que você queira?

Ela bufa, revirando os olhos.

— Estou aqui para dar uma trégua.

Meus lábios se curvam com o som disso. Cada trégua que tivemos sempre terminou a meu favor... ou na minha cama.

— Não esse tipo de trégua — ela rosna.

Faço questão de não olhar para ela enquanto corto as batatas em pequenos blocos.

— Querer me foder não é uma coisa ruim, Luca. Não vou usar isso contra você.

Ela fica quieta, e eu mordo o interior da minha bochecha para não reagir. Com a voz um ronronar suave, ela diz:

— Na verdade, eu estava ansiosa para retribuir o favor do que você fez para mim no chuveiro.

A faca desliza e corta o lado do meu dedo, meu pau ganhando vida apesar da dor. Levando meu dedo à boca, chupo o corte para estancar o fluxo de sangue.

Luca sorri para mim.

Pisca.

Mas então me dá uma carranca falsa pra caralho.

— Awn, você se machucou?

Sorrio, apenas o canto da minha boca se inclinando para cima porque vou me vingar do que ela está fazendo.

Procurando em uma gaveta por um curativo, envolvo meu dedo antes de limpar a faca e voltar ao trabalho.

— Se você quiser retribuir o favor, estou sempre feliz em baixar minhas calças.

— É uma pena que você seja um pau grande demais para que eu seja capaz de lidar com isso.

Rio, meu pau inchando neste ponto.

— Ainda não ouvi você reclamar.

Largando a faca no balcão, olho para cima.

— A menos que aqueles choramingos fofos sejam sua maneira de reclamar.

Suas bochechas esquentam e ela luta para recuperar a compostura.

— Estou aqui para falar sobre os servidores.

Foi divertido enquanto durou, mas nisso ela está certa. Inclinando-me para trás contra o balcão, aperto as mãos nas bordas dos meus lados e travo meu olhar com o dela.

O olhar de Luca desce pelo meu corpo antes de levantar novamente, mais calor correndo em suas bochechas porque ela tem que ser capaz de ver a linha rígida do quanto a quero.

Endireitando a postura, ela limpa a garganta e vai direto ao assunto.

— Falei com o ex-parceiro do meu pai depois da festa que você me arrastou no sábado à noite. Ele me disse que os arquivos nos servidores são todos criptografados. E que a linguagem usada para criptografá-los foi uma que meu pai desenvolveu. Ninguém conhece. Ele desenvolveu o código sozinho.

O que explica por que Taylor nunca foi capaz de passar pelos *firewalls*. Infelizmente, essa informação não o deterá. Pelo contrário, ele ficará animado.

O idiota fica de pau duro com esse tipo de merda, e o pai de Luca era um dos ídolos de Taylor.

Eu não ficaria surpreso em encontrar um pôster do homem pendurado em algum lugar no seu quarto. Ou um santuário construído para homenagear o único outro gênio da computação neste mundo que era mais inteligente que ele.

Ela encolhe os ombros.

— Não tenho certeza se os servidores vão ajudar se ninguém puder ver o que está neles.

— Tenho certeza de que Taylor pode descobrir isso. — Meu olhar cai para o peito dela antes de rastejar lentamente de volta para encontrá-la me encarando.

— Isso não é mais para você.

Eu sorrio maliciosamente.

— Mas e se for?

O músculo acima de seu olho pulsa, e eu sorrio ao perceber o quanto senti falta de vê-lo. Luca tem muitas pistas e isso significa que estou chegando a ela.

— Não é. Nunca será. Prefiro esfregar meus seios contra um ralador de queijo do que deixar você tocá-los novamente. Isso deixa claro o suficiente para você?

Levantando uma sobrancelha, pergunto:

— Posso assistir, pelo menos? Você se esfregando nas coisas parece divertido.

Seus lábios se curvam.

— Claro que pode — diz, a doçura de seu sotaque sulista suavizando as cada palavra. — Por que você não liga para Sawyer e eu vou esfregar meu corpo todo nele enquanto você assiste.

A violência assola através de mim. Minhas mãos em punho nas laterais do balcão com tanta força que as bordas cortam minha pele.

Sawyer precisa morrer. Eu gosto do cara. Ele é um irmão, o que é uma merda. Mas apenas o pensamento de ela tocá-lo me leva a um ponto em que vou destruir o mundo ao seu redor apenas por diversão.

— De volta aos servidores — rosno, minha voz dura como um tijolo.

TRAIÇÃO 373

Ela sorri ao som disso. — Taylor deve ser capaz de quebrar a criptografia. E, depois que ele fizer isso, podemos examinar os arquivos para ver o que nossos pais podem estar procurando.

Confusa, suas sobrancelhas se juntam.

— Você realmente não sabe?

— Não faço ideia.

Odeio admitir isso, mas não há mais nada que eu possa dizer. Este processo demorará algum tempo.

Afastando-me do balcão, pego a faca novamente e termino de cortar os vegetais.

— Podemos voar para a Geórgia para obter os servidores neste fim de semana. Gabriel tem uma coisa que precisa resolver na sexta à noite, então nós três podemos partir no sábado. Vamos pegar o avião particular dele.

— Como você sabe onde estão os servidores?

Provavelmente porque chantageei Clayton para conseguir essa informação. Não digo isso a ela, no entanto. É melhor não tocar no assunto. Não quando ela finalmente está falando comigo outra vez, sem ameaças de quais partes ela planeja remover do meu corpo.

— Apenas imaginei que seria o caso, considerando que é onde estava o negócio de seu pai.

Depois de temperar os bifes, jogo-os na grelha do fogão e despejo os vegetais em uma frigideira para colocá-los no forno. Luca fica sentada em silêncio atrás de mim enquanto eu trabalho, provavelmente planejando seu próximo movimento para me deixar louco.

Estou bem com isso. Completamente feliz com isso, na verdade.

Mas então ouço a porta se abrir atrás de nós, três vozes masculinas altas enquanto eles entram. Planejo os assassinatos silenciosos de Sawyer, Jase e Shane por terem vindo sem serem convidados.

— Ah, merda. Parece que chegamos na hora certa. Tanner está cozinhando o jantar para nós.

Se Sawyer se atrever a encostar um dedo na comida, vou esfaqueá-lo com meu garfo.

— Saiam — rosno, virando-me para ver todos os três caras sorrindo como se não tivessem me interrompido.

Luca se vira para olhar para eles também, um largo sorriso esticando seus lábios.

— Obrigada por terem vindo, pessoal. Estou muito feliz por estarem aqui.

Que porra?

Jase bate os nós dos dedos com os de Luca e se vira para entrar na sala de jantar. Sawyer tenta abraçá-la, mas recua com um sorriso quando rosno para ele. E a porra do Shane completa aquele abraço com ela sem se importar que estou prestes a correr atrás dele.

Quando desaparecem pela porta, Luca se levanta para segui-los.

— Que porra está acontecendo?

Ela olha para mim, pura inocência em sua expressão.

— Eu os chamei para a noite de pôquer.

Ela está brincando comigo?

— Como você conseguiu seus números?

Os olhos de Luca vibram como se ela estivesse chocada por eu estar tão irritado.

— Liguei para Ava, que ligou para Mason, que ligou para o resto dos caras. Outros devem chegar em breve.

Fazendo uma pausa, ela inclina a cabeça.

— Isso é um problema?

— Sim, é a porra de um problema.

A pirralha roubou meus amigos. Ficou confortável com eles. Arruinou meus planos de tê-la toda só para mim, enchendo minha casa de gente.

Um sorriso diabólico estica seus lábios.

— Isso é muito ruim, mas você não deveria ficar chateado com isso.

— Por que caralhos não?

Sua risada me tira do sério, lança fogo pelos meus músculos, faz meu pau se contorcer com a necessidade de dobrá-la sobre qualquer balcão disponível e fodê-la até perder a razão.

— Porque você não iria conseguir nenhuma bunda hoje à noite de qualquer maneira, Tanner. De agora em diante, quando se trata de nós, você pode olhar o quanto quiser, mas sem tocar.

Com isso, ela se exibiu como se tivesse acabado de ganhar esta guerra.

Ok, eu penso, minha língua correndo pelo lábio inferior.

Tudo bem.

Deixe-a acreditar nisso.

É uma pena para ela, porque ainda não comecei a primeira batalha.

Mas, agora que ela traçou o limite, pretendo passar bem por cima dessa porra.

Luca

Pode ter sido estúpido de minha parte pressionar Tanner. Desafiei um jogador mestre do jogo. Preparei tudo com a esperança de que eu pudesse resistir à sua presença garantindo que nunca ficaríamos sozinhos.

E funcionou na primeira noite. A casa estava cheia, então a interação de Tanner e a minha foi limitada a olhares através da sala, alguns sorrisos debochados, algumas farpas espirituosas que tinham o intuito de cortar e algumas horas meio decentes que me permitiram relaxar.

Fui para a cama antes que a festa acabasse — intencionalmente. E acordei esta manhã acreditando que Tanner estaria no trabalho, deixando a casa para mim.

Exceto que quando saio do quarto e sinto o cheiro de comida sendo cozinhada flutuando pelos corredores, sei que não estou sozinha. É possível que Ava tenha passado a noite novamente e esteja preparando o café da manhã, mas pelo que me lembro de ela dizer ontem à noite, ela tinha trabalho esta manhã e não iria ficar até tarde.

Não tenho certeza de que horas ela saiu, já que fui para a cama cedo e, com esse pensamento em mente, volto para o quarto para colocar algo que cubra mais do que a camiseta grande que estou vestindo.

Meus passos param na porta, meus lábios franzindo com o pensamento de que seria divertido provocar Tanner por não usar muito, mas então decido contra isso, porque eu só estaria tentando a mim mesma no final.

Sim, ainda estou brava com ele. Provavelmente um pouco mais do que é saudável, mas também não posso culpá-lo de meu pai ter morrido sem um alerta.

Gabriel não teria mentido sobre isso, e ainda é uma questão sobre o porquê meu pai não me contou. Presumo que seja porque minha mãe estava doente e ele não queria adicionar isso aos meus problemas, mas, mesmo depois que ela morreu, ele poderia ter dito alguma coisa.

Deslizando em um par de shorts de dormir de algodão, penso sobre as coisas com Clayton e quero odiar Tanner por isso também. Mas o que eu teria feito na posição dele?

Do seu próprio jeito fodido, ele estava cuidando de mim. Porém, o mais importante, estava tentando ajudar os gêmeos. Isso tem que contar para alguma coisa, mesmo que tenha tornado a minha vida um inferno no processo.

Ainda assim, não é inteiramente culpa dele. Eu poderia ter desistido do casamento a qualquer momento. O que me faz pensar por que Tanner não pensou que eu faria.

Também estou me perguntando por que Clayton concordaria com algo assim. O casamento é um grande negócio. É um compromisso, mesmo que ele não conheça o significado da palavra. Não é algo tão simples como apenas namorar alguém ou terminar com ele.

Há muita coisa ligada à legalidade disso para não ser levado a sério.

Descendo as escadas, atravesso a sala de estar e ando pela de jantar para entrar na cozinha.

Tanner está no fogão fazendo o café da manhã, suas costas musculosas de frente para mim, as duas pequenas covinhas acima das bochechas de sua bunda atraindo meus olhos imediatamente. Este homem é muito bonito para ser justo e está exibindo isso vestindo um par de shorts esportivos e nada mais.

Abstenho-me de comentar sobre como é perigoso cozinhar bacon sem usar camisa. A gordura espirrando vai doer pra caramba se pegar ele.

Ele se vira quando eu entro na sala, seus olhos verdes se arrastando em um caminho lento pelo meu corpo e subindo novamente.

Há puro calor nesse olhar. Desejo.

Mas por trás disso está um desafio, um lembrete silencioso, porém ardiloso, de que ele é um oponente digno e perigoso.

— Bom dia — digo, minha voz cautelosa porque não há como dizer o que pode rolar em seus lábios em resposta. — Achei que você estava no trabalho.

— Hoje não. — Tanner sorri, apenas o canto de sua boca visível pela vista que tenho de seu perfil. — Tirei o dia de folga.

— Por quê?

O bacon estala e respinga, Tanner sibilando enquanto salta para trás quando o óleo atinge sua pele. Sufoco a risada que sobe pela minha garganta.

— Você provavelmente deveria colocar alguma roupa.

Ele estuda seu estômago para ver onde o óleo quente o queimou.

— Diz a mulher vestindo nada além de uma camiseta e shorts minúsculos.

Talvez estejamos ambos jogando o mesmo jogo. Torturando um ao outro. O que significa...

— Você está fazendo isso de propósito.

Tirando a comida do fogão, ele a coloca em um prato e deixa na ilha entre nós.

Depois de pegar uma fatia de bacon, Tanner dá uma mordida, mastigando lentamente enquanto seus olhos procuram meu rosto, o canto de sua boca torto no canto, muito como na primeira noite em que ele me arrastou até aqui.

Concentro-me em sua garganta enquanto ele engole, ainda sem saber por que assistir os movimentos da boca e garganta dele me fascina tanto.

— Não sei do que você está falando.

Coloco um pouco da comida no prato e reviro os olhos para ele.

— Você vai responder a uma pergunta que eu tenho? *Honestamente* — enfatizo.

Uma coisa com Tanner e Gabriel é que eles sempre vão te responder, mas você nunca sabe se o que eles dizem é toda a verdade ou não.

Com o garfo raspando seu prato enquanto devora seus ovos e os engole, ele pergunta:

— O que você quer saber?

Ele não prometeu que sua resposta seria a verdade, mas faço as perguntas de qualquer maneira.

— Por que Clayton estava disposto a se casar comigo como pagamento pelo que quer que ele te devia? Isso é pedir muito, mesmo para vocês. Acho que eu preferiria correr o desafio, em vez de me arriscar legalmente assim.

Os olhos de Tanner se voltam para mim por apenas um segundo antes de olhar de volta para sua comida.

— Número um, Clayton é um covarde. Ele não teria sobrevivido ao desafio, não com sua mente intacta. Mais provavelmente do que não, ele teria gritado como uma putinha e se mijado no segundo em que o mandássemos para a floresta.

— Mas isso ainda...

— Além disso — diz, interrompendo-me —, o que temos sobre ele é ruim o suficiente para forçá-lo a nos dar tudo o que queremos. Clayton fez algumas coisas ferradas no ensino médio. Merda estúpida quando estava bêbado. E nós temos o vídeo e a prova de tudo isso. Infelizmente, ele criou o hábito de fazer merdas estúpidas, então, quando começamos a faculdade de direito, ele me devia muito.

Seu olhar se eleva para o meu.

— O pai dele teria cortado sua grana se alguma dessas coisas vazasse. Ele também teria perdido sua eleição devido ao constrangimento público de seu filho. Se casar com você não foi nada comparado ao que poderia perder por não fazer o que eu pedi a ele.

Quieta por alguns minutos, cutuco a comida com o garfo, sem muita fome enquanto outra pergunta sacode meus pensamentos.

— Como você sabia que eu não o deixaria? Que eu não iria me divorciar dele assim que cheguei aqui e descobri que ele era um mentiroso e trapaceiro?

Seus olhos escurecem, aborrecimento e um toque de raiva passando por sua expressão. Surpreende-me ver isso, só porque não consigo entender por que está ali.

— Eu pensei que você iria. E fiquei irritado quando você não fez isso.

Seus olhos prendem os meus, a cor verde hipnótica, apesar da raiva que vejo.

— Você é muito melhor do que isso. Do que ele. Do que o que ele fez com você. Sentei-me por anos esperando você perceber isso e ir embora. Você não tem ideia do que me fez vê-la permitir que ele fizesse isso.

Ok, agora estou surpresa. Um pouco triste com a coisa toda, mas ainda curiosa... e louca.

— Não teria arruinado seus planos se eu o deixasse?

A expressão em seu rosto é o suficiente para me deixar no chão, uma mistura de decepção e raiva que aguça suas maçãs do rosto e deixa sua mandíbula quadrada.

— Não. Eu teria sido o advogado dele de qualquer maneira. Depois que vocês dois se casaram, eu te encurralei. E o acordo pré-nupcial encurralou Clayton. O jogo acabou no segundo que você andou para o altar.

Uma nova onda de raiva passa por mim ao ouvi-lo falar sobre isso tão casualmente. Mas pelo menos está falando. E sendo honesto no mínimo uma vez. Isso é tudo que você realmente pode pedir a um homem como Tanner.

— Diga-me por que eu não deveria odiá-lo para sempre pelo que você fez comigo.

Com isso, seus olhos se erguem e ele deixa cair o garfo no prato com um barulho alto.

Congelo no lugar quando ele dá a volta na ilha para caminhar até mim, sua cabeça inclinada apenas ligeiramente enquanto aquele sorriso arrogante que eu tanto amo e odeio estica seus lábios.

Apoiando as palmas das mãos contra o balcão de cada lado meu, ele me prende no lugar, com cuidado para não me tocar quando me viro em meu assento para olhar para ele.

— Acho que nós dois sabemos neste ponto que nenhum de nós sente ódio quando estamos perto um do outro. Aborrecimento. Raiva. Frustração. Porra, sim, nós sentimos isso. Mas ódio? Acho que já passamos disso.

— Você fez algumas coisas realmente de merda — eu o lembro, mal conseguindo lidar com quão perto ele está, quão bem ele cheira, a maneira como meu corpo queima enquanto seus olhos estudam cada centímetro da minha pele exposta.

— Eu fiz. E não posso me desculpar por isso. Não totalmente. Fiz o que tinha que ser feito no momento.

— Então, por que eu não deveria te odiar?

Ele pisca, a linha escura de seus cílios roçando sua pele antes que seus olhos verdes encontrem os meus e me mantenham no lugar.

— Porque eu não te odeio. Muito pelo contrário, na verdade. Você, de alguma forma, se infiltrou no grupo e se tornou outro membro da minha família. Eu protejo o que é meu, Luca.

— Não sou sua.

Ele sorri, sua voz tão baixa e sensual que arrepios percorrem minha pele.

— Você é minha. Mesmo que não saiba disso ainda.

Engolindo o nó na garganta, jogo meus ombros para trás e inclino o queixo.

— Ainda estou com raiva de você. Irritada pra caralho.

Tanner abaixa a cabeça para que nossas bocas fiquem a uma provocante polegada de distância.

— Isso não é nada que eu não tenha lidado antes.

Ele me beija então, uma mão soltando o balcão enquanto prende meu rosto com a palma da mão, e sua língua desliza em minha boca.

Meu coração está disparado sob minhas costelas, meu corpo lutando com minha mente, porque este homem beija como fode. Ele se move como um predador feito apenas para isso; um toque e ele explode sua mente até que você não consiga ver direito.

O calor floresce entre as minhas pernas, minhas coxas apertadas, porque tudo o que eu quero é deixá-lo pegar o que quer sem preocupação com o que isso fará comigo.

Mas eu sou mais forte do que isso.

Pelo menos, agora eu sou.

Afastando-me dele, encontro seu olhar, lutando como o inferno para ignorar o desejo por trás dos olhos da cor de uma floresta à meia-noite.

— Você terá que fazer mais do que isso para me fazer querê-lo de novo.

Odeio como minha voz soa sem fôlego.

Outro sorriso arrogante.

— Pretendo te frustrar como o inferno até que esteja implorando pelo meu pau. Não há nenhum lugar para onde você possa ir em que eu não vá chegar. Sou um provocador perverso quando preciso ser.

Eu não duvido disso.

Ele teve anos para aprimorar suas habilidades.

Mas isso não vai acontecer.

Mesmo que eu esteja tendo problemas para acreditar nisso no momento.

Sorrindo docemente, baixo a voz para um ronronar suave.

— Felizmente para mim, você tem um excelente chuveiro com aqueles jatos baixos. Uma garota pode se divertir lá se estiver do jeito certo.

Uma risada suave sacode seus ombros.

— Bem, se isso é tudo que você precisa, então pode querer lavar um pouco de roupa também. Já ouvi coisas incríveis sobre o ciclo de rotação.

Ele pisca para mim e minha respiração fica presa em meus pulmões.

— Talvez eu aceite essa oferta.

— É bom saber — sussurra.

Precisando me afastar dele o mais rápido possível, pulo da cadeira e me afasto.

Ele grita para mim quando passo pela porta.

— Eu terei você de novo, Luca Bailey. Você pode muito bem se acostumar com esse fato agora. E depois que terminar de abrir suas pernas e te devorar inteira, não tenho planos de alguma vez te deixar ir.

Isso não é um sorriso no meu rosto enquanto corro para subir as escadas.

Definitivamente não é.

E eu juro que não é uma pulsação estranha no meu coração que está batendo como um coelhinho apaixonado.

Porque só uma mulher estúpida se sentiria assim por um homem como Tanner.

E eu sou tudo menos estúpida.

Tanner

Luca é uma jogadora melhor do que eu sabia. E teimosa. De certa forma, ela me lembra de mim. Talvez não tão traiçoeira. Não tão cruel.

Enquanto eu sou do tipo que vai arrasar o mundo sem se preocupar com quem se machuca, Luca tem um coração mole e um espírito brilhante. Ela é uma santa enquanto eu sou um pecador. O oposto de mim de tantas maneiras que de alguma forma se encaixa quando estamos juntos.

Mas, mesmo assim, aquela mulher pode jogar.

E ela joga pelos próximos dois dias, deixando-me louco quando não me deixa chegar perto dela, habilmente evitando cada tentativa que faço para prendê-la no lugar.

Aprendo com ela, no entanto. Observo-a. Eu me tornei um maldito perseguidor em minha própria casa, constantemente tentando ficar à vista dela e esperar em cada esquina.

Três beijos.

Isso é tudo que ela me deu.

Olho para o outro lado da sala agora, onde ela está conversando com Ava, e decido que este jogo que ela gosta de jogar termina esta noite.

Todo mundo aqui sai em uma hora.

Gabriel tem um encontro.

Ava tem trabalho pela manhã.

Os gêmeos estão quem diabos sabe onde e Shane foi a uma exposição de motos.

Isso deixa Jase, Mason, Sawyer e Taylor para expulsar. Mas não será um problema. Não quando já os chamei de lado para lembrá-los de quem dirige este show.

— Você está me ouvindo, Tanner?

Não, porra, não estou. Estou muito ocupado correndo meu olhar pelas pernas bem torneadas de Luca, meu lábio preso em meus dentes enquanto penso em prendê-las abertas.

Gabriel dá um tapa no meu ombro e meu queixo fica tenso quando olho para ele.

— O que?

— Você poderia parar de foder Luca com os olhos por um maldito segundo para me ouvir sobre o que vai acontecer esta noite?

Como se eu me importasse com a merda dele com Ivy. Esse é o problema de nossos pais e o jogo dele. Não tem nada a ver com o que pretendo fazer com Luca assim que eu tirar todo mundo da minha casa.

— Tudo bem. Me conta — eu lato, meus olhos escorregando de volta para uma mulher do outro lado da sala que agora está rindo de algo que Sawyer tinha a dizer. Vou chutar sua bunda por isso eventualmente.

— Ivy me disse que está recusando o preço que você deu a ela. Ela não vai revelar os segredos do pai para que possamos chantageá-la e para que ele desista de fazer campanha pelas novas leis financeiras que vão afundar os empreendimentos da nossa família.

Bom. Deixe tudo queimar. Talvez a perda de dinheiro atinja nossas famílias onde dói e os idiotas que nos criaram caiam mortos com o choque.

— Nós já sabíamos disso — respondo, sem saber por que ele acha que preciso ouvir tudo isso de novo. — E decidimos começar o desafio há alguns dias.

Ah, legal. Agora Luca está sorrindo e rindo de Taylor como se eles subitamente fossem melhores amigos.

Ele também morre. Estou farto disso.

— Você não pode matar Taylor. Sem ele, não temos esperança de encontrar o que está nos servidores.

Minha cabeça estala em sua direção.

— Como você sabia que eu estava pensando isso?

— Provavelmente porque você está sempre pensando isso toda vez que alguém chega perto dela. Largue a merda alfa por um segundo e me escute.

Luca olha na minha direção, mas apenas por um segundo. Vendo a expressão em meu rosto, suas coxas se contraem e ela olha novamente.

Recuso-me a parar de olhar.

Se ela está desconfortável sendo caçada, é problema dela.

É uma graça como um rubor percorre suas bochechas. Vou perseguir essa cor pelo corpo dela em algumas horas.

— Encontro Ivy hoje à noite para jantar às sete, e depois vou voltar com ela para a sua casa para discutir como vou ajudá-la a te convencer a baixar o preço.

— Parece bom. — Não que eu me importe.

Gabriel queria tocar Ivy há mais de dez anos. A única razão pela qual ele não teve sucesso é que ela é tão astuta quanto ele. A batalha entre os dois foi divertida como o inferno no ensino médio. Tudo o que ele jogou nela, ela jogou de volta. Suas pegadinhas eram épicas.

— Enquanto estou lá — continua Gabriel —, posso discretamente procurar em sua casa por qualquer coisa que possamos usar contra ela.

Luca me olha de novo. Lanço a ela um sorriso de lobo. Sou um homem faminto esta noite, e ela está prestes a ser o jantar.

— Isso soa como o que nós normalmente fazemos — digo. — Por que você está me contando isso? — Virando minha cabeça para olhar nos olhos dele, pergunto: — Você precisa de apoio emocional? Uma conversa estimulante? Está com medo da grande e má socialite e precisa que eu segure sua mão?

Gabriel acende um baseado, algo que só faz quando está frustrado. Expira dois fios de fumaça grossos de suas narinas. Deve ser algo sobre o encontro com Ivy. Agora ele só fuma quando seus nervos estão em frangalhos.

Após mais fumaça derramada sobre seus lábios, ele se recosta em seu assento e me encara.

— Não vou mencionar que, apenas alguns dias atrás, você estava se escondendo no escritório porque uma grande nerd de livros malvada ameaçou enfiar o punho dela em sua garganta.

Meus olhos deslizam para a nerd de livros em questão.

Ela não é tão inocente agora como era em Yale. Os anos fizeram com que se tornasse uma força da natureza, pelos se arrepiando em meus braços toda vez que ela se aproxima.

— Acho que, para não trazer nada à tona, é necessário que você cale sua boca mentirosa.

Ele ri e dá outro trago.

— Além disso, eu não estava omitindo para meu benefício. Era tudo por ela. Não havia como dizer o que eu era capaz de fazer cada vez que ela ameaçava arrancar minhas bolas.

— Ela tocou nelas recentemente?

Estou prestes a enfiar aquele baseado na bunda dele.

— Qual é o problema, Gabriel? O que você precisa que eu saiba antes de embarcar neste encontro com Ivy?

— Ela vai me buscar aqui — responde, sua voz tensa enquanto prende a fumaça. — Ivy insistiu nisso, a liberdade das mulheres e toda aquela besteira, e eu disse a ela que esta era a minha casa.

Meus olhos estalam em sua direção novamente.

— Porra, por que você faria isso?

Com os lábios curvados em um sorriso, ele admite:

— Não confio nela. E, com toda certeza, não vou dar a ela o *meu* endereço apenas no caso de ela começar sua merda novamente.

Estou ficando sem paciência para essa porcaria. Tinha sido divertido enquanto crescíamos, a destruição de propriedade pessoal era tudo apenas parte do jogo que aceitávamos como uma ferida da guerra.

Naquela época, não era nosso problema. Nossas casas pertenciam aos nossos pais. Nossos carros seriam substituídos. Nada tinha muita importância porque não trabalhamos para isso nós mesmos.

Mas os tempos mudaram. Trabalhei por esta casa... mais ou menos. Matei-me de trabalhar criando uma empresa que rendeu alguns milhões no primeiro ano em que a tivemos. Agora, isso traz mais dinheiro do que podemos contar, cada um de nós subindo mais alto na escada de quem tem mais dinheiro e poder na cidade.

Não. Não estamos nem perto da influência que nossos pais acumularam. Mas vamos tirar isso deles eventualmente.

— Se ela fizer alguma coisa na minha casa, estou esfregando seu nariz nisso e obrigando-o a limpá-lo.

Uma risada suave sacode seus ombros enquanto ele apaga o baseado em um pequeno cinzeiro.

— Tenho certeza de que ela superou isso na velhice.

— Ela tem vinte e sete anos. Isso não é velha.

— É velha o suficiente. Agora tudo o que ela se importa é com sua imagem pública. Ivy não seria pega fazendo merda. Seu precioso papai não toleraria isso de novo.

Gabriel está olhando para a imagem inteira através de lentes cor de rosa, mas isso é para ele descobrir.

— Que seja! Contanto que você a mantenha sob controle, deve ser o suficiente para tirar Warbucks da sua bunda. O que fará com ela nesse meio-tempo é problema seu.

Coloco os olhos de volta em Luca. Onde eles deveriam estar. Onde

TRAIÇÃO

ficarão pelo resto da noite quando todos esses asnos decolarem.

Não costumava me importar em ter o grupo inteiro por perto o tempo todo. Eu me acostumei com o barulho constante e a correria das pessoas na época em que festejávamos na faculdade. Mas, ultimamente, eu queria desacelerar um pouco. Aprendi a desfrutar do silêncio de uma casa vazia e poder finalmente apreciar algumas horas ininterruptas com uma mulher que não consigo tirar da minha mente.

Talvez alguns dias seja o que eu preciso com ela.

Ou semanas.

Potencialmente meses, se eu não me cansar da maneira como meu nome sai de seus lábios quando meu pau está dentro dela.

É uma coisa boa pra caramba eu já ter limpado minha agenda no trabalho. Meu único foco agora está do outro lado da sala, provocando-me mesmo sem saber.

— Merda, eu nem percebi a hora — Gabriel menciona, enquanto tira o telefone do bolso. — Ivy está atrasada...

A campainha toca, um tom alto e pesado que pode ser ouvido não importa onde você esteja neste lugar.

— Ou talvez ela não esteja.

Já estava na hora, caralho. Meus olhos travam em Mason, onde ele está com Ava, e estou silenciosamente desejando que a acompanhe até a porta com Jase e os outros seguindo atrás dele.

Gabriel fica de pé ao meu lado e olho para cima.

— Divirta-se no seu encontro, filho. Certifique-se de embrulhar bem antes de enfiar.

— Obrigado, papai — resmunga.

— Ei, Gabe.

Virando-se, ele levanta uma sobrancelha em questão.

— Quando ela trouxer você de volta, certifique-se de ir diretamente para o seu carro e não para a minha porta. Minha casa está fechada pelo resto da noite.

— Mas e se...

— Fechada — digo, interrompendo-o. Não há se's, e's ou mas's sobre isso. Esses idiotas precisam ir embora.

Quando ele se afasta, viro a cabeça para trás para a multidão indesejada na minha frente para pegar Jase olhando em minha direção. Levanto uma sobrancelha para ele, minha indicação silenciosa de que se eles não marcharem atrás de Gabriel nos próximos dois segundos, eu irei pessoalmente jogá-los para fora.

O idiota sorri como se eu não fosse cumprir minha ameaça silenciosa, mas então ele cutuca Sawyer com o cotovelo. Sawyer cutuca Taylor, e Mason entende a dica quando todos começam a dar suas desculpas do porquê precisam ir embora.

Claro, Ava leva seu tempo que quer dando um abraço em Luca e todas as merdas femininas de sempre. Uma risadinha aqui. Um toque no braço ali. A conversa usual de fim de noite que dura eternamente, porra.

Felizmente, Mason a puxa para longe e todos passam por mim em direção à porta.

Meu olhar nunca deixa Luca e ela se vira, os olhos arregalados como um cervo nos faróis.

Não posso evitar o sorriso arrogante que se estende pelo meu rosto.

Ela não esperava que a festa terminasse mais cedo.

E definitivamente não se preparou para o que faria quando de repente estivesse sozinha comigo.

Luca achou que poderia se apoderar dos meus amigos, mas o feitiço acabou se virando sobre ela.

Esfregando o polegar em meu lábio inferior, eu corro os olhos lentamente por seu corpo. No momento em que olho para cima novamente, ela parece pronta para correr.

Boa.

Espero que isso seja exatamente o que ela faça.

Nada excita mais um predador do que correr atrás de seu jantar.

capítulo trinta e sete

Luca

Bem...

Merda.

Eu não esperava que isso acontecesse.

Quando desci esta noite, era com a expectativa de que houvesse gente aqui por mais algumas horas. Fiquei satisfeita por ter os "amortecedores", mesmo que Tanner estivesse me olhando sem se preocupar em se esconder desde que mostrei minha cara.

Por mais de duas horas, tem sido um arrepiar constante dos cabelos da minha nuca, a sensação de estar sendo observada, de ser rastreada, de um par de olhos em mim que podem ver tudo o que estou sentindo.

Ele está sentado do outro lado da sala agora, um sorriso malicioso inclinando seus lábios, aqueles olhos verdes focados em nada além de mim.

Isso me lembra da noite em que ele me viu pela primeira vez na festa, do jeito que olhou para mim do outro lado da sala. Sei agora que foi porque eu era um alvo. Seu mais novo jogo.

Agora, tenho quase certeza de que sou um jogo de novo, mas desta vez é um inferno de muito mais perigoso.

— Eu deveria subir para o meu quarto e ir para a cama. Já que partiremos amanhã e tudo.

Minha voz falha enquanto ele acena com a cabeça lentamente, sua expressão zombando de mim.

— Eu provavelmente deveria dormir um pouco — termino fracamente, desejando que meus pés se movam para que eu possa escapar. Eles estão presos no lugar, meu corpo inteiro congelado.

— Você pode tentar.

Suas palavras são ásperas nas bordas, um desafio que ecoa pelo espaço.

Finalmente capaz de convencer minhas pernas de que é hora de me mover, dou um passo, apenas para Tanner se levantar, seus olhos ainda presos diretamente em mim.

Quando desvio para a esquerda como se fosse correr ao redor dele, ele se move mais rápido para bloquear meu caminho.

Porcaria.

Há um nó na minha garganta que não vai embora. Uma tensão em meus ombros que dói. Desvio para a direita e ele dá um passo na mesma direção, seus lábios se inclinando nos cantos.

— Estou um pouco cansado de jogar — diz, sua voz tão profunda que posso sentir em meus ossos.

Olhando para a minha esquerda, o único lugar que eu tenho que ir onde ele não pode me parar é a cozinha. Mas não há maneira de sair daquela sala, exceto para ir para fora. Seria um pouco ridículo de minha parte me esconder na garagem.

Sua voz arrasta meu olhar arregalado de volta para ele. Meu coração batendo como um tambor.

— Acho que você está um pouco cansada de jogar também.

Só um pouco. Mas eu esperava arrastar isso um pouco mais, pelo menos para fazê-lo sofrer.

— Você não me merece agora.

Ele sorri.

— Não. — Essa admissão me faz recuar um passo. Mas o que ele diz depois é o que mais me surpreende. — Eu nunca te mereci. E já estava na hora de você descobrir isso. Você deveria saber disso desde a primeira noite em que nos conhecemos. Fiquei desapontado com você quando você fugiu. — Meus olhos se arregalam quando ele dá um passo lento na minha direção. — Mas então você me desafiou na festa do desafio. Inferno, não apenas me desafiou, você me derrubou no chão. *Aquela* foi a garota que roubou minha atenção.

Eu sorrio com isso. Tinha esquecido tudo sobre como acabamos correndo pela floresta. Aparentemente, ele não esqueceu. Lembro-me do terror que senti quando ele caiu, a adrenalina que correu por mim quando ele me disse para correr.

Sinto a mesma adrenalina agora.

— Você pode dizer tudo o que quiser sobre não me querer. Mas eu não acredito em você e, mesmo que acreditasse, isso não iria me impedir de tentar.

Outro passo.

Outro.

Como a idiota que aparentemente sou, não me afasto nem tento correr. Porque ainda estou em choque com o fato de o próprio Senhor Ego ter acabado de me colocar acima de si mesmo.

Ele está a um passo de mim quando levanto meu queixo para olhar para ele. É impossível que ele tenha aprendido sua lição. Não o Tanner. Não um homem que inventou o jogo apenas pelo prazer de jogá-lo.

— Nunca vou merecer você — ele respira, sua expressão tensa porque a verdade é um conceito estranho para ele. Mas eu vejo isso claramente. A verdade. Pela primeira vez, ele não está tentando me enganar com o que está dizendo.

Estou chocada. Não posso mentir sobre isso. Totalmente atordoada, na verdade. Tanto é assim que minha voz é um sussurro quando faço a próxima pergunta.

— O que devo fazer com isso? O que posso fazer? Depois de tudo que você fez.

Ele parece tão perdido neste momento. Tão vulnerável. Me abala profundamente ver Tanner sem a arrogância que o envolve como um manto.

Olhos verde-musgo fixam-se nos meus.

— Olhe além disso. Ou perdoe. Eu não queria fazer as coisas que fiz. Mas posso compensar. Se você deixar.

Não. Eu não acho que ele queria fazer o que fez. Não depois do que Tanner e Gabriel admitiram para mim. Entendo seus motivos. Mas tenho que me perguntar como ele pode consertar isso.

— Vai levar tempo para isso — admito. — Mas por ora...

Ele se aproxima de novo, seus olhos prendendo os meus com sinceridade. Suspiro porque ele está certo. Estou cansada de jogar.

Rindo baixinho da situação, digo:

— Por enquanto, acho que posso dar uma trégua.

Um sorriso lento estende os lábios de Tanner, alívio real em seus olhos.

Ele não hesita em estender a mão e me puxar pela frente da camisa. E quando se inclina para me beijar em uma reclamação totalmente *masculina*, suas mãos agarram minha bunda para me levantar.

É como se eu não pesasse nada, seus braços me segurando no lugar enquanto os meus se movem sobre seus ombros largos, meus dedos envolvendo seu cabelo enquanto nossas bocas se movem juntas.

Minhas pernas travam em torno de sua cintura, não que eu precise de apoio. Os braços de Tanner são como faixas de aço me segurando.

Ele pode me devorar sem nenhum esforço.

Roubar minha respiração.

Puxar-me sob suas águas turbulentas e seduzir-me para agradecê-lo quando eu me afogar.

Tanto para ir devagar. Agora que ele me tem, sei que não vai desistir.

Mas, então, torturá-lo significava apenas que eu estava torturando a mim mesma. Não há como negar que pertencemos um ao outro, mesmo que o resultado seja frequentemente explosivo.

Tanner me carrega para a sala de jantar, onde me coloca na mesa. Quase rio com a escolha.

Uma boca quente contra minha orelha, sua respiração deslizando pelo meu pescoço.

— Queria te trazer aqui desde a primeira noite em que você apareceu na minha casa.

Eu realmente rio então.

— Então foi por causa do sexo naquela noite? Eu sabia que você estava mentindo.

Ele sorri contra minha bochecha.

— Você alguma vez cala a boca?

Agarrando meus tornozelos, ele me vira de costas e prende minhas pernas sobre seus ombros, os dedos deslizam por baixo das laterais da minha calça de yoga e puxam. Enquanto ele os arrasta pelas minhas pernas, seus dedos arranham levemente minha pele, um arrepio percorre meu corpo em um ritmo lento.

Cada vez que este homem tira as roupas do meu corpo, é como se estivesse me vendo pela primeira vez. Estudando cada centímetro de pele, dedicando-o à memória.

Movo minhas pernas o suficiente para ele puxar a calça, sua grande mão se espalhando sobre minha barriga antes que ele a arraste para baixo para rasgar a calcinha do meu corpo. Um puxão e o tecido fino se rasga.

— Você parece boa o suficiente para comer.

Sua mão envolve minha perna e ele a abre, sua boca se movendo para a parte interna da minha coxa, onde ele morde a pele. Dou um gritinho enquanto meu peito arqueia, minhas pernas tremendo porque seu cabelo roça minha boceta, uma maldita provocação de sensação.

Com a língua deslizando sobre a pele, ele se vira para atormentar minha outra coxa, a boca se movendo mais perto de onde preciso dele.

— Tanner — rosno, sabendo que este homem está me torturando por diversão. Ele dá um tapa na minha bunda e agarra meu quadril para me segurar quieta.

— Pare de se mexer.

Sua mão livre agarra minha camisa para puxá-la para cima do meu corpo, mas quando levanto meus braços para deixá-lo puxar, ele os prende com a camisa em vez disso, colocando o tecido apertado sob minha cabeça para segurar meus braços no lugar.

Tudo o que recebo é um sorriso diabólico quando olho para ele, as pontas dos dedos puxando meu sutiã para baixo dos seios, a renda apertada empurrando o peso deles mais para cima.

Mesmo nisso, ele me ilude. Mas não consigo encontrar a capacidade de me importar enquanto sua mão se move para baixo em meu estômago e sobre minha boceta, seu polegar provocando meu clitóris enquanto ele desliza lentamente um dedo longo dentro de mim, os olhos fixos no meu rosto.

Porra...

Cada vez que tento mover meus quadris, sua mão agarra para me segurar quieta, a ponta de seu dedo se curvando para provocar minhas paredes internas.

Sua paciência está me destruindo.

— O que você quer de mim, Luca?

— Que você cale a boca por uma vez e me foda — reclamo.

Ele ri disso, o som é áspero e profundo. Mas sua mão se move mais rápido, pelo menos, um segundo dedo deslizando dentro de mim.

Afastando-os, ele estica o anel externo da minha boceta e se inclina para chupar um mamilo em sua boca. É um puxão de punição, meu corpo tremendo quando um choque elétrico dispara entre onde sua boca e mão me torturam.

Tanner ainda está completamente vestido enquanto estou disposta para seu proveito. E é exatamente isso que ele está fazendo. Aproveitando-se de mim. Atormentando-me. Empurrando-me para a borda onde um orgasmo está prestes a explodir, apenas para desacelerar ou se mover de outra forma para me deixar frustrada.

Com a boca liberando meu peito, ele pressiona seus lábios contra minha orelha.

— Sua boceta gananciosa está agarrando meus dedos. Acho que ela quer que eu te foda também.

Minhas pernas estão praticamente empurradas até minhas orelhas porque elas ainda estão presas sobre seus ombros e os músculos queimam com o alongamento, seu polegar punindo meu clitóris, seus dedos empurrando dentro de mim.

— Se você implorar docemente, posso te deixar gozar agora.

Ele é um bastardo.

Em tudo que ele faz.

Um beijo provocador contra meus lábios, sua boca aberta como se fosse devorar a minha, mas quando eu levanto minha cabeça para persegui-lo, ele se afasta apenas o suficiente para que eu mal possa alcançá-lo em minha posição.

— Implore — ele sussurra.

Eu vou matá-lo.

Sua mão para e pretendo me vingar.

Seus olhos pegam os meus e uma palavra sai da minha boca.

— Por favor.

A boca de Tanner pressiona a minha.

— Isso soa tão bonito em seus lábios.

Seus dedos empurram dentro de mim e isso leva meu corpo para cima da mesa, minhas costas deslizando contra a madeira com um guincho quando meu corpo se desfaz. Minhas pernas se apertam sobre seus ombros, a bunda levantando da madeira enquanto seu polegar pressiona bem no lugar certo para enviar outra onda esmagadora por mim.

Ele me observa o tempo todo e não me importo de que ele me veja quebrar, que sou outra forma de entretenimento. Porque o que eu vejo quando as estrelas param de explodir atrás dos meus olhos e eu os abro para travar meu olhar em seu rosto é um homem que tinha sido empurrado para o limite.

Tanner morde seu lábio e puxa minhas pernas de seus ombros, meu batimento cardíaco irregular enquanto ele se estica para trás para puxar sua camisa. Largando isso, ele me dá o sorriso mais arrogante possível enquanto seu polegar desabotoa o botão de sua calça jeans.

Tudo o que posso fazer é apreciar a vista. Seu corpo é todo músculo magro, seus bíceps grossos, antebraços tensos. Este homem foi esculpido na forma perfeita que me leva à destruição.

Arfo quando ele agarra meus quadris novamente para me deslizar para o final da mesa. Meus braços ainda estão presos acima da minha cabeça, minhas costas arqueando quando ele levanta minha bunda para empurrar lentamente seu pau dentro de mim.

Esticada, deixo minha cabeça rolar para trás, minhas mãos se fechando em punhos enquanto um gemido rola de meus lábios. Tanner coloca meus pés contra a borda da mesa e bate dentro de mim de novo com tanta força que as pernas da mesa arranham o piso.

Dedos cavando no músculo dos meus quadris, ele se move entre as minhas pernas com um ritmo hipnótico e eu levanto a cabeça para ver a forma como seu abdômen flexiona com cada impulso, o modo como seus bíceps se contraem com o jeito como me segura.

Estico os braços o máximo que posso, minhas mãos segurando a outra borda da mesa, meus seios saltando no lugar com cada impulso de seus quadris, um som tão puro de satisfação masculina subindo por sua garganta quando outro orgasmo rasga através de mim.

Minhas pernas estão tremendo quando ele encontra sua própria liberação, meu corpo escorregadio de suor. Mal recuperei o fôlego quando me beija novamente, sua língua quente deslizando em minha boca.

— Você tem um gosto bom assim — ofego quando ele afasta sua boca para beliscar os dentes ao longo do meu queixo.

Uma risada suave sacode seus ombros.

— Assim, como?

— Um pouco menos idiota egoísta do que quando te conheci.

Sinto-o sorrir contra meu pescoço, sua voz um sussurro provocador.

— Não terminei com você ainda. Você precisa me dar algumas horas para que eu possa mostrar o quão grande meu ego realmente é.

Ele não está mentindo.

As próximas horas são gastas usando cada superfície disponível que ele pode encontrar para levar meu corpo à loucura. Tento escapar em um ponto. Não vou mentir. Mas correr com as pernas trêmulas é quase impossível e ele me pegou para me arrastar para o próximo lugar.

É tarde da noite quando Tanner finalmente me deixa recuperar o fôlego, nossos corpos enrolados juntos no sofá.

— Não acho que vou ser capaz de subir as escadas para o avião amanhã.

Ele ri.

— Vou carregar você se for preciso.

Sorrio com isso e abro minha boca para responder, mas um barulho alto acontece na frente da casa. A cabeça de Tanner se levanta ao som da buzina de um carro e uma risada alta.

Viro-me para olhar pela janela quando as portas se fecham e os pneus cantam na calçada.

— Que porra é essa?

Nós dois pulamos para colocar algumas roupas, Tanner correndo muito mais rápido do que eu para a porta da frente.

Saindo, avistamos um grande amontoado no jardim da frente e corremos até ele. Só quando estamos mais perto podemos vê-lo se mover.

— Puta que pariu — Tanner diz, baixinho, enquanto se ajoelha para puxar a bolsa de pano da cabeça de Gabriel.

Ainda estou no lugar, o choque me rasgando ao vê-lo amarrado pelos pulsos e tornozelos. Sua boca está amordaçada e ele está completamente nu.

— Puta merda. Você está bem?

Treinando meus olhos no rosto de Gabriel, tento não notar como seu corpo é bonito. Parece errado pensar assim quando ele está amarrado dessa maneira. Mas... droga. Ele está em tão boa forma quanto Tanner.

Seus ombros tremem quando Tanner arranca a mordaça de sua boca. No início, acho que ele está chorando, mas são risadas que ouço no segundo seguinte, seus olhos se abrindo enquanto ele olha para o céu.

— Porra, vou matar essa mulher quando colocar minhas mãos nela de novo.

Confusa, fico ali parada como uma idiota, sem saber o que fazer ou o que está acontecendo.

Tanner balança a cabeça e começa a desatar as cordas em torno dos pés e mãos de Gabriel.

— Presumo que o encontro não correu bem?

Gabriel ri novamente, a parte de trás de sua cabeça rolando sobre a grama.

— Aparentemente, Ivy quer uma guerra.

— Como ela fez isso com você? A mulher não pode pesar mais de cinquenta quilos encharcada.

— Ivy? — pergunto. — Ivy Callahan? A filha do governador?

Tanner olha para mim e acena com a cabeça, sua boca um meio sorriso.

— Eu disse a você que eles têm história. Isso não é novidade para eles. É melhor ficar fora disso.

Gabriel sorri.

— Nós voltamos para a casa dela e lá tinha gente pronta para me atacar. Acho que esta é a resposta que obtivemos sobre até onde podemos empurrar nossos pedidos.

Olho para Gabriel novamente e seus olhos encontram os meus.

— Não se preocupe. É assim que ela é. Estamos acostumados com isso. E se é uma guerra que ela quer, fico feliz em lhe dar.

Essas pessoas são absolutamente lunáticas, mas ainda me pego rindo.

— Devo sentir pena de você ou dela?

— Definitivamente dela — ele geme, enquanto estica seu corpo sobre

TRAIÇÃO

o chão depois que Tanner desata a última corda.

Sem saber o que dizer sobre isso, viro-me para entrar. Parcialmente porque ainda estou em choque, mas principalmente porque é estranho que Gabriel não esteja usando roupas.

Fechando a porta atrás de mim, acho que vou gostar de Ivy depois de ver isso. Mas não posso deixar de me perguntar quão estúpida ela deve ser para desafiar um homem como Gabriel.

capítulo trinta e oito

Tanner

A luz do sol irrompe pela pista do aeroporto particular, o cimento de cor clara parecendo úmido à distância, onde o calor se mistura com os vapores de óleo e gás. Enfiado contra a porta traseira do Jaguar de Gabriel, estico as pernas sobre o assento, meu olhar fixo no perfil do rosto de Luca, onde ela se senta na frente.

Gabriel dirige o carro sobre a superfície lisa de cimento e, embora eu não esteja impressionado com a demonstração de riqueza que nos cerca com jatos particulares, Luca parece um tanto atordoada.

É outro lembrete de que ela é nova neste estilo de vida, que veio de uma vida humilde no meio da Geórgia, sua felicidade encontrada em campos gramados e sob árvores altas cheias de musgo espanhol, enquanto minha vida era vivida em mansões sem alma.

Essa é uma das coisas que amo nela, no entanto. Ela tem uma inocência quando se trata do que uma pessoa precisa na vida. Luca nunca procurou riqueza ou poder. Sabe como apreciar as coisas que importam e não dá a mínima para muito mais.

— Eles deixam você dirigir até o avião?

É fofo aquele olhar no rosto dela. Quero continuar observando-a para memorizar suas reações, mas arrasto os olhos para a tela do telefone quando ele vibra no meu colo.

O nome de Melody Korsak pisca para mim, meu polegar pairando sobre o botão verde para responder. Ela nunca me liga, não do nada, e eu cerro os dentes para enviar para o correio de voz. Não posso falar com ela na frente de Luca. Não agora, pelo menos.

O carro para lentamente e ouço os motores do avião ligando, várias pessoas andando pelo exterior fazendo verificações mecânicas antes da decolagem.

— Há quanto tempo você tem isso?
Gabriel estaciona o carro e olha para Luca.
— Foi um presente de formatura.
— De Yale?
— Do ensino médio.
Seu queixo cai, mas então ela controla sua expressão.
— Deve ser legal.
— Não realmente — ele geme. — Nós aguentamos muita merda de nossos pais para ganhar essa porcaria.
Depois de enviar um e-mail rápido que digitei para Lacey, endireito a postura e saio do carro. Contornando-o, eu venho atrás de Luca, envolvo os braços em volta do corpo dela e equilibro meu queixo no topo de sua cabeça.
— Você já voou antes?
— Apenas comercial.
Seus dedos envolvem os meus e eu a puxo com mais força contra o meu peito.
— Você está nervosa?
Luca não me responde imediatamente e inclino-me para olhar para o seu rosto. Ela olha para mim e sorri.
— Vou receber amendoim e refrigerante como nos outros voos?
Um suspiro sopra em meus lábios. Claro, isso é tudo com o que se preocupa. Você poderia jogar um bilhão de dólares em dinheiro vivo aos pés dela, que nem piscaria. É meio chato, realmente, porque significa que vou ter que trabalhar mais para garantir que ela continue por perto.
— Acho que podemos providenciar alguma coisa.
— Corram, crianças. Temos um voo para pegar — Gabriel grita, enquanto caminha à nossa frente em direção ao avião.
Pegando a mão de Luca, levo-a para o avião e subo as escadas, seus pés parando no lugar quando ela vê o couro preto e o interior cromado, os móveis lembrando uma sala de estar.
— Se você ganhou isso por se formar no ensino médio, o que ganhou por se formar em Yale?
— Uma fodida dor de cabeça — Gabriel resmunga, enquanto deixa o peso cair em uma cadeira.
Confusa com isso, Luca olha para mim, enquanto eu a levo para um conjunto de assentos em frente a ele.
— Warbucks é um pé no saco hoje em dia — explico.
— Quem é Warbucks?

— Deve se lembrar dele como o homem que você repreendeu na festa.
Os olhos de Gabriel estalam na minha direção, depois para Luca.
— Você repreendeu meu pai?
Suas bochechas esquentam.
— Eu não sabia quem ele era.
Uma risada baixa ressoa do peito de Gabriel enquanto ele se inclina para trás e cobre os olhos com o braço.
— Sabia que gostava de você por algum motivo.

É apenas um voo de duas horas para Savannah, Geórgia, e o avião aterrissando acorda Gabriel do cochilo que tirou todo o caminho.

Luca também adormeceu, o que foi minha culpa por mantê-la acordada a maior parte da noite. Eu não me importava com o silêncio, no entanto. Estava muito ocupado redigindo a papelada que destruiria Clayton na próxima vez que entrássemos em um tribunal.

Mal posso esperar para ver seu rosto quando descobrir que não vai ganhar o caso. Ele merece tudo o que está vindo. Não que eu também não mereça, mas a diferença é que pretendo compensar o que fiz, enquanto ele, pretende ir embora.

Quando o avião para, cutuco Luca para acordá-la. Ela pisca, abre seus olhos azuis e se senta para esticar os braços. Um sorriso lento estende seu rosto enquanto ela olha pela janela.

— Estou em casa — ela sussurra para si mesma, e isso me incomoda como o inferno. Enquanto redigia os documentos para seu divórcio, eu tive dificuldade em aceitar o que estava fazendo.

Essencialmente, estou libertando-a. Luca terá quase quatro milhões de dólares para fazer o que quiser. Eu seria um idiota em presumir que ela não vai querer seguir em frente com sua vida, que não vai escolher voltar para a faculdade, ou mesmo voltar para a Geórgia.

Ainda assim, digitei os documentos de qualquer maneira, esperando como o inferno que ela vá ficar comigo. Não é como se ela pudesse partir imediatamente. Nossos pais ainda estão atrás dela e, até que isso seja resolvido, ela não está segura para andar por aí sozinha.

Eu não deveria tirar vantagem desse problema, mas vou. E também não vou me sentir culpado por isso. Luca pode ter me batido até a submissão quando se trata de como me sinto por ela, mas ela nunca vai mudar quem eu sou.

— O que é toda essa merda verde?

Luca olha para Gabriel em resposta à sua pergunta.

— São chamadas de árvores. Entendo que você não vê muitas delas de onde você vem, mas elas não mordem. Prometo. Elas são realmente bonitas quando você lhes dá uma chance.

— O único verde que acho bonito é a cor do dinheiro, amor. Suas árvores podem se ferrar.

Quando estamos saindo do avião, meu celular vibra de novo. Puxo-o do bolso para ver o nome de Melody. Desliguei o telefone para a viagem, mas, quando verifico minhas mensagens de voz, ela deixou quatro no decorrer de duas horas.

Quero ligar para ela de volta, mas olho para Luca e decido contra. Ela está muito feliz por estar em casa para que eu estrague tudo com isso.

Deslizando o telefone no bolso, sigo Gabriel e Luca até a van que me espera.

Pelo que Luca nos contou, os servidores são grandes e precisaremos de muito espaço para transportá-los, bem como um carrinho de mão para retirá-los do depósito. Como diabos vamos colocá-los no avião é uma incógnita, mas vou deixar isso para a equipe de Gabriel decidir.

Estamos na estrada em menos de dez minutos, o trânsito de Savannah não é tão congestionado como onde vivemos.

Mesmo que esta seja *tecnicamente* uma cidade, parece que estou no meio do nada. Como se, a qualquer minuto, algum caipira viesse trotando com um pedaço de grama alta saindo por entre os lábios e um banjo nas mãos.

Olho para trás para Gabriel para ver que ele está pensando a mesma coisa, sua boca arriada nos cantos e seus olhos examinando os edifícios históricos que passamos.

De olho na estrada, não perco como Luca está praticamente saltando na cadeira. Ela está animada por estar aqui, absolutamente emocionada, pelo que posso ver. Deixa-me nervoso que ela queira voltar para casa e, com tudo o que tem acontecido, não haverá como eu segui-la.

— Temos tempo de fazer um desvio para que eu possa mostrar a vocês dois onde eu cresci?

— Não tenho certeza de que precisamos. Acho que me lembro de ver sua casa no filme *Amargo Pesadelo*.

Eu ri disso, só porque estava pensando a mesma coisa.

Luca se vira para encarar Gabriel.

— Eu não morava no sertão, idiota. Nem toda a Geórgia é tão ruim.

— Se você diz... Mas, se alguém me disser que tenho uma *boca bunita*, pode apostar que vou dar o fora daqui.

Cortando a conversa antes que fique pior, dou uma olhada em Luca.

— A que distância fica a sua antiga casa do depósito?

Ela atira outro olhar para Gabriel antes de virar aqueles olhos lindos para mim.

— Apenas cerca de quinze minutos pela estrada.

Percebo que o sotaque sulista que ela é muito boa em esconder está aparecendo agora que está em casa, uma cadência suave em suas palavras que é adorável pra caralho. Escolhendo não apontar isso, bato os dedos contra o volante.

— Aponte-me onde você precisa que eu vá. Mas teremos que ser rápidos.

Luca me conduz alegremente pela cidade até uma residência suburbana com grandes carvalhos que revestem as ruas, musgo pendurado nos galhos pesados que balançam preguiçosamente em frente aos postes de luz antiquados.

Há uma gentileza nessa área que eu reconheço, mas não entendo. Combina com Luca de certa forma, despretensiosa e calorosa.

Parando do lado de fora de uma casa de dois andares com uma varanda envolvente e um quintal enorme, Luca olha para ela com saudade enquanto meu queixo lateja.

Nunca poderei dar isso a ela. Não onde eu moro. Não com o estilo de vida que eu levo. De um grande carvalho, um pneu balança suavemente com a brisa, um barulho estranho de assobio enchendo o ar, enquanto suaves luzes amarelas iluminam o interior da casa.

É fácil vê-la como uma criança correndo por aquele quintal, seu cabelo provavelmente preso em maria-chiquinha enquanto seus pais assistiam da varanda.

E pensar que eu eventualmente iria entrar e destruir a inocência dela.

Isso me mata, porra.

— Então sim. Aqui é onde eu cresci. Papai vendeu a casa antes de morrer, em uma última tentativa de reconstruir o negócio. Obviamente falhou, mas tenho certeza de que a família que a possui agora a adora.

Tristeza está em sua expressão quando ela olha para mim e eu tomo a decisão idiota de pagar o que for preciso para comprar a casa. Parte da luz que está faltando em seus olhos agora é minha culpa. E embora me matasse perdê-la se ela voltasse para casa, é algo que tenho que fazer.

Na verdade, é o mínimo que posso fazer depois de tudo que a fiz passar. Porque se isso traz de volta a felicidade que sempre amei ver nela, então nada mais pode importar. Nem mesmo se sua ausência só piorasse o meu inferno de vida.

Vou comprar para ela.

Devolver este pedaço de sua vida.

Não que ela mesma não consiga pagar, porém Luca não é um tubarão para negociar a saída de uma família de sua casa.

Mas eu sou.

— É ótimo — Gabriel resmunga. — Sinto que realmente experimentei o Extremo Sul e posso contar a todos os meus amigos sobre isso. Podemos dar o fora daqui agora e fazer o que viemos fazer?

Lanço um olhar para ele, mas tenho que concordar. Luca acena com a cabeça e partimos novamente para fazer o curto trajeto até o depósito.

A instalação é um prédio quadrado de três andares, com controle de temperatura e muito pouco a oferecer além de pequenas unidades e portas de metal.

Nós entramos e passamos pelo solitário guarda de segurança adormecido na mesa, entramos no elevador e oramos como o inferno enquanto ele range e geme em sua lenta caminhada até o terceiro andar.

O lugar me lembra o apartamento de Luca e tomo outra decisão de pagar seu aluguel com a exigência de que ela fique permanentemente comigo até que resolvamos essa situação.

Ela não vai gostar, mas é o que é melhor para ela. Vou até deixá-la ficar com seu *quarto-prisão*, se isso lhe der a sensação de independência. Ela com certeza pra caralho não vai dormir nele, no entanto. Luca pertence à minha cama agora e não vou aceitar nada mais.

— Aqui está, eu acho. — Luca verifica sua chave para garantir que estamos na unidade certa, os números combinando.

Mas suas sobrancelhas se juntaram, confusas.

— Não há cadeado do lado de fora.

Você tem que estar brincando comigo, porra.

Não.

Eu me recuso a acreditar no que suspeito que esteja acontecendo.

Tanto Gabriel quanto eu levantamos a porta imediatamente, o metal tinindo alto para ecoar no corredor.

Esse eco também permeia a unidade de armazenamento, mas apenas porque o lugar inteiro está completamente *vazio*.

— Eu não entendo. — Luca olha para a chave dela novamente e para o número ao lado da porta, enquanto Gabriel e eu olhamos um para o outro, imediatamente agarrando-a pelo braço e arrastando-a de volta para o elevador.

Três minutos depois, estou batendo a palma da mão no balcão para acordar o segurança de seu sono da beleza.

Seus olhos piscam abertos, a maldita cadeira quase tombando para trás quando ele puxa os pés da mesa, endireita sua postura e finge que não estava apenas tirando uma soneca.

— Posso ajudar vocês três?

— Sim, oi — Luca diz, seu sotaque sulista tão forte agora que Gabriel e eu olhamos em sua direção. Vou precisar que ela fale assim comigo quando eu a tiver inclinada sobre uma bancada uma dessas noites. É justo. — Esperava que você pudesse me ajudar. Parece haver uma pequena confusão com minha unidade de armazenamento. Tenho a chave deste número, mas quando subi as escadas estava vazio. Tenho certeza de que é apenas um erro e que podemos resolver isso com o pé na tábua.

Com o pé na tábua? Talvez ela não devesse voltar aqui. Ela acabou de perder oitenta pontos de QI dizendo isso.

E "uma pequena confusão", meu cu. Alguém a roubou às cegas. Ela só não percebeu isso ainda.

O guarda tira a chave da mão dela, verifica o número, bate em algumas teclas do computador e ergue os olhos.

— Essa conta foi encerrada há cerca de uma semana. O dono fechou e levou o conteúdo da unidade.

Os olhos de Luca piscam uma vez antes de ela argumentar:

— Isso é impossível. O dono da unidade sou eu e o homem que abriu a conta era meu pai.

Passando a mão pela cabeça calva, o guarda volta a olhar para o computador.

— Mostro aqui um pagamento final que foi feito no domingo passado por John Bailey.

Um rosnado baixo irrompe no meu peito.

— Novamente, isso não é possível. John Bailey é meu pai e morreu há vários meses.

Pulando para lidar com isso, eu lato:

— Você tem alguma fita de segurança que nos deixe ver quem encerrou essa merda?

A cabeça do guarda balança em minha direção.

— Não estou autorizado...

TRAIÇÃO

Avanço sobre o balcão para ele, mas Gabriel me pega pelo ombro para me arrastar de volta.

Limpando a garganta, ele diz:

— Vou me arriscar aqui e presumir que você não verificou a identificação ao fechar a conta. Eu odiaria ter que ligar para o seu escritório corporativo, assim como para a polícia, para denunciá-lo como cúmplice de roubo. Mas se você não estiver autorizado...

— Espere, não. Posso encontrar a gravação.

Sorrindo, Gabriel diz:

— Isso seria tão útil.

Leva uma eternidade para o idiota encontrar a gravação certa. Quando finalmente a coloca, ele gira a tela para Luca ver e os lábios dela formam uma linha fina.

— Esse é o Jerry.

Ex-sócio de seu pai, percebo. Filho da puta.

— Você sabe onde Jerry mora?

Ela balança a cabeça.

— Não, ele se mudou quando o negócio faliu. A única coisa que tenho é o seu número de telefone.

Levanto as sobrancelhas.

— Então ligue para ele.

Luca se afasta para usar o telefone, mas depois volta para nós muito rápido.

— O número está desconectado.

Esfregando a mão pelo rosto, retiro o celular para mandar uma mensagem para Taylor.

Nós saímos das instalações alguns minutos depois e, quando já estamos na van novamente, Taylor responde dizendo que não há rastros de onde Jerry foi e que levará alguns dias para encontrá-lo.

Minha cabeça cai para trás contra o encosto de cabeça e bato novamente com a mão no volante.

Gabriel fala para quebrar o silêncio, a tensão na van é tão densa que estou me afogando nela.

— Podemos muito bem ir para casa neste momento. Assim que encontrarmos Jerry, iremos aonde precisarmos para fazer uma visita a ele.

Rangendo os dentes, concordo com ele e ligo a van. Estávamos tão perto de conseguir o que buscamos e, é claro, uma sabotagem seria lançada em nossos planos.

Para tornar a situação pior, meu telefone vibra novamente enquanto dirigimos pela estrada. Puxando-o para olhar para a tela quando chegamos a um semáforo, vejo o nome de Melody brilhando para mim.

Não estou com humor para essa merda.

Luca

Já se passou uma semana desde que descobrimos que os servidores estavam desaparecidos, e dizer que a energia na casa de Tanner está sombria é um eufemismo.

Ele deixa um rastro de energia ruim por onde passa, como algo que você sentiria ao tropeçar em uma cena de crime horrível. Os pelos de seus braços se arrepiam e o pânico percorre sua espinha.

Não culpo Tanner por estar chateado. Estou tão chateada quanto ele. Exceto que não sou eu que ando pelo lugar com as mãos em punhos, procurando por uma briga.

Ele não é assim comigo, felizmente. Tanner tem tido o cuidado de tentar esconder o que está pensando quando estou por perto. E, embora o sexo pareça acalmá-lo, é apenas um alívio temporário antes que ele fique com raiva novamente.

Embora, eu não esteja reclamando inteiramente. Tanner tem um apetite sexual voraz normalmente, mas, quando está com raiva, é muito melhor. Nos últimos dias, eu me peguei espiando em cada esquina para ter certeza de que a barra estava limpa, porque não há como pará-lo quando ele fixa seu olhar em mim. É quando puxa o maldito lábio entre os dentes que eu sei que estou fodida.

Literalmente.

Uma garota não aguenta tanto. É por isso que liguei para Ava e pedi que ela me pegasse para almoçar fora de casa. Preciso escapar do turbilhão porque aquele homem está girando muito forte e não é confortável estar perto dele às vezes.

Completamente vestida e pronta para ir, corro escada abaixo para encontrar Tanner e Gabriel na sala de estar. Estou feliz por Gabriel estar aqui, porque torna meu anúncio mais fácil.

— Vou sair.

— Não, você não vai.

Minha cabeça estala na direção de Tanner, nossos olhos se prendendo. O olhar em seu rosto é pura posse, um véu de domínio raivoso dobrado em torno dele. Podemos estar em bons termos neste ponto e, na maior parte, comprometidos, mas isso não significa que ele dará as cartas.

Ele pode estar acostumado a dizer a todos os seus amigos o que fazer, mas isso não vai acontecer comigo.

— Sim, eu vou. Ava está vindo me buscar.

Gabriel está de pé no bar no canto da sala, seu olhar dançando entre nós por cima da borda da bebida que está tomando. Colocando-o para baixo, ele muda sua postura e sorri para mim.

— Você deveria deixar Luca se divertir, Tanner...

— Deixar?

Não. Não é assim que funciona.

— Não existe me *deixar* fazer nada. Eu disse que vou almoçar. É isso aí. Fim de papo. Vocês dois podem mandar um no outro pelo resto do dia, se quiserem, mas eu não faço parte disso.

Meu olhar dispara de volta para Tanner e suas pálpebras estão pesadas, sua mandíbula cerrada. Mas não me importo.

— Colocaram um preço pela sua cabeça — diz ele, sua voz muito suave para ser confortável. — E você quer ir perambular para almoçar?

Sim. Isso é exatamente o que pretendo fazer. Duvido muito que as pessoas estejam perdendo tempo do lado de fora de sua vizinhança só esperando quando eu saia sem ele.

— As únicas duas vezes que algo aconteceu foi quando eu estava no meu apartamento. Vou evitar ir lá. Mas tenho certeza de que um restaurante à vista do público é perfeitamente seguro.

— Você está me irritando.

— Qual a novidade? — pergunto, jogando os braços para cima porque ele está sempre bravo com alguma coisa.

Tanner se senta e apoia os antebraços nos joelhos.

— Eu irei com você.

— Não, você não vai. Estou tentando escapar do seu mau humor. Isso vai ser meio difícil, se você estiver andando atrás de mim.

Gabriel limpa a garganta novamente.

— Tenho certeza de que ela ficará bem com Ava.

— Ela estava com Ava da última vez que algo aconteceu — Tanner reclama.

Presumo que Gabriel esteja acostumado com essa merda, porque ele não reage.

— Isso foi no apartamento dela, como Luca disse. Ir almoçar deve ficar bem.

Graças a Deus tem alguém do meu lado. Deixe Gabriel ser o razoável no momento.

Desde que voltamos, Tanner não foi ao escritório nem fez mais nada, exceto trabalhar para encontrar os servidores. Entendo que ele está preocupado comigo, mas não preciso de um guarda-costas.

O olhar verde-escuro de Tanner se arrasta de volta para mim. Posso dizer que ele está ponderando sobre isso em sua cabeça, provavelmente tentando pensar em qualquer argumento que possa usar para me manter aqui, onde pode me observar.

A campainha toca e isso rouba todo o tempo que ele tinha para encontrar uma maneira de me impedir.

— Tenho que ir.

Giro no calcanhar, mas ouço a marcha de passos pesados ao meu redor. Ambos os homens correm para frente, Tanner em direção à porta e Gabriel atrás dele. Revirando os olhos, mantenho um passo normal, porque não estou jogando este jogo. Se eles querem agir como crianças, isso é com eles.

Quase na porta, observo Gabriel empurrar Tanner de lado enquanto a abre, seus olhos se arregalam assim que Tanner olha para fora.

Ele avança em minha direção quando chego à porta, sua mão cobrindo minha boca enquanto seu braço me envolve.

Girando-me para longe e prendendo-me contra a parede, ele me segura com mais força quando tento me soltar, minha reclamação abafada contra sua palma.

— Clayton — diz Gabriel, sua voz muito alegre —, que surpresa.

Meus olhos se arregalam, meu corpo fica imóvel quando a voz rude de Clayton sangra pelo saguão.

— Onde diabos está Tanner?

— Estou ótimo. Obrigado por perguntar. E é bom ver você também. — Gabriel sai, suponho que para despachar Clayton, e bate a porta.

Tanner me solta imediatamente. Ele leva um dedo aos lábios para que eu fique quieta e, em seguida, sai atrás de Gabriel e Clayton.

Viro-me e deslizo as costas pela parede. Enterrando o rosto nas mãos, eu expiro, realmente de saco cheio de todas as situações complicadas em que estamos presos. Sem ser capaz de imaginar o que teria acontecido se eu tivesse atendido a porta, levanto a cabeça e olho na janela perto de mim. Tons escuros a cobrem e é uma luta não puxar uma de lado para espiar.

O risco não vale minha curiosidade, no entanto.

Apoiando a cabeça contra a parede, envolvo os braços em volta do meu corpo e decido que algo precisa ceder.

Não temos os servidores.

Alguém me quer morta.

E essa porcaria com Clayton não tem fim.

capítulo
quarenta

Tanner

Avançando, forço Clayton para longe da minha porta sem ter que tocá-lo. Ele é um covarde que não consegue lidar com a agressão, seus pés tropeçando para trás para ficar fora do meu alcance.

— Quem deixou você entrar neste condomínio e que porra está fazendo na minha casa?

Gabriel estende o braço para me impedir de me lançar para frente novamente. Odeio que ele seja tão forte quanto eu, mas, ao mesmo tempo, sou grato. No clima em que estou, Clayton teria sorte de sair da minha casa com o rosto intacto.

O que teria acontecido se Luca atendesse a porta? Só me deixa ainda mais louco pensar nisso.

Tremendo como o garotinho assustado que é, Clayton tenta esticar os ombros e me encarar, o esforço de parecer fodão completamente perdido quando sua voz falha enquanto ele fala:

— Você não esteve no escritório e não retornou minhas ligações.

Sorrindo com isso, travo os olhos nos dele, não perdendo como ele se encolhe e recua novamente, tropeçando nas escadas e quase caindo.

— Você já pensou que, talvez, não dou a mínima para a sua situação agora? Que pode ser seriamente uma péssima ideia vir à minha casa e exigir alguma coisa de mim?

Clayton parece que está prestes a mijar nas calças, com a mão puxando o colarinho, suor escorrendo por sua têmpora.

— Preciso que o divórcio avance mais rápido.

— Não dou a mínima para o que você precisa.

Seu rosto fica em um tom preocupante de vermelho, a raiva infiltrando por trás de seus olhos que ele não é corajoso o suficiente para agir.

Remexendo no lugar, Clayton cruza os braços sobre o peito.

— Meu pai quer...

— Também não dou a mínima para o seu pai. Dê o fora da minha casa, Hughes. E se você der sequer um passo além dos portões do meu bairro de novo, vou fazer da sua vida e a do seu pai um inferno. Não se esqueça que eu ainda tenho várias gravações que você não vai querer que vazem para o público.

— Paguei o preço por elas!

— E eu só mudei as regras porque você me irritou. Minha sugestão é que você volte para o seu o carro e vá embora. Se eu vir sua cara de novo, ou se você ligar para meu escritório antes que eu esteja pronto para lidar com você, vou cumprir minha ameaça.

— Mas...

— É isso ou o desafio — ofereço. — O que você diz, Hughes? — Inclino a cabeça para o lado. — Você é homem o suficiente para nos encarar em um desafio pela floresta? Paramos de fazer essa merda há alguns anos, mas vou alegremente sair da aposentadoria por você. Acontece que estou com o humor perfeito para isso.

Engolindo em seco, ele balança a cabeça.

— Está bem. Vou apenas sair e esperar você me ligar.

Meu sorriso é selvagem enquanto aceno com a cabeça.

— Boa ideia.

Gabriel e eu assistimos em silêncio enquanto Clayton tropeça em seus pés caminhando para o carro. A cada poucos segundos, ele olha para nós, terror em sua expressão, a porta batendo um pouco forte demais e os pneus cantando enquanto ele finalmente vai embora.

— Essa foi por pouco. — Gabriel suspira. — Você realmente precisa lidar com esse problema antes que isso exploda na sua cara.

Tenho pensado em lidar com isso, mas estive muito bravo na semana passada por causa do nosso problema com os servidores perdidos. Não estou apenas irado por ainda não sabermos o que há dentro deles, mas me irrita mais que Jerry Thornton tenha pensado que poderia roubar algo da minha garota.

Graças a Clayton, estou com esse problema na minha cara de novo. Só agora me lembro de todas as mensagens que Melody me deixou quando estávamos na Geórgia. Ela não me procurou desde então, mas esqueci completamente de retornar sua ligação.

— Melody tentou me ligar uma semana atrás — digo. — Ela me deixou algumas mensagens, mas estive muito irritado com os servidores para verificar ou ligar para ela.

Seus olhos encontram os meus e ele enfia as mãos nos bolsos.

— Eu não sei, Tanner. Se eu recebesse um telefonema de uma mulher que paguei para seduzir um homem que deve à mulher que eu amo quase quatro milhões de dólares, pegaria o telefone e descobriria o que ela quer.

— Você faria?

— Provavelmente — diz, honestamente.

— Eu não podia ligar de volta para ela da Geórgia. Não com Luca bem ali. Ela estava feliz pra caramba de estar em casa que eu não queria arruinar isso lembrando-a desse problema.

Ele fica quieto por um segundo, esfrega a ponta do sapato no chão antes de olhar para mim novamente.

— Então, provavelmente é uma coisa boa Luca ir almoçar com Ava. Dá bastante tempo para você mesmo fazer essa ligação.

Rosno com isso e ele ri.

— Você só está dizendo isso para me manipular e dar o que ela quer.

Gabriel encolhe os ombros.

— É isso ou você pode explicar que ela fará o que você disser quando você mandar.

Fazemos uma pausa.

Encaramos um ao outro.

— Acho que nós dois sabemos que isso não vai funcionar — respondo. — Embora fosse seriamente conveniente se isso acontecesse.

— Você não iria querê-la se isso acontecesse.

Às vezes eu odeio quando ele está certo.

— Tudo bem.

Voltando para dentro, sento-me no sofá, batendo os dedos na perna enquanto Luca espera por Ava.

Ela chega quinze minutos depois, as duas mulheres rindo e fazendo o que quer que mulheres façam enquanto caminham para o carro de Ava e vão embora. Eu as observo o tempo todo da porta da frente, não gostando do fato de Luca estar fora de alcance.

Mas isso me dá tempo para lidar com Melody.

Discando o número dela sem me preocupar em verificar as mensagens, corro escada acima para pegar o laptop e terminar os documentos que vou precisar para o tribunal.

Melody atende no terceiro toque, os habituais sons de escritório de teclados clicando, bebedouros borbulhantes e fofocas de trabalhadores atrás dela.

412 LILY WHITE

— Já estava na maldita hora de você me ligar. Ouviu alguma das mensagens que deixei?

Prendo o telefone entre o ombro e a orelha, pego a bolsa de couro de uma cadeira e procuro dentro pelo computador.

— Não. Achei que seria mais fácil ligar e descobrir o que você quer.

Melody solta um suspiro, claramente frustrada.

Nós conhecemos Melody no mesmo clube de strip que nossa recepcionista, Roxanne, exceto que ela realmente estava dançando para pagar sua faculdade, e tinha um currículo decente para uma posição inicial no escritório de Clayton. Não demorou muito para ela subir e trilhar seu caminho pelo espaço privado dele, eventualmente na superfície de sua mesa.

Felizmente, ela me poupou dos detalhes e fez o que era necessário para obter as gravações de que preciso. Acho engraçado e irônico que os problemas de Clayton conosco tenham começado com gravações que ele queria enterrar e vão terminar com gravações que vão enterrá-lo.

Você pensaria que, depois de tudo isso, o cara aprenderia a evitar as câmeras.

— Ouça — diz Melody, sua voz apressada enquanto ela se move para uma sala onde o ruído de fundo desaparece. — Você precisa terminar este divórcio. Tipo agora.

Não estou chocado com o que ela quer.

— Foder Clayton é realmente tão ruim assim?

Ela geme.

— Só fiz isso nas primeiras vezes. Disse a ele que estou me guardando para o casamento, então será especial. Ele acreditou.

— Isso foi inteligente.

— Mas não é por isso que você precisa se apressar. Ouvi uma conversa outra noite que eu não deveria ter ouvido. O pai de Clayton está seriamente irritado com o interesse no divórcio e como isso está afetando sua campanha.

Ela faz uma pausa e meus dedos apertam o laptop.

— E?

Outra respiração sua voz ainda mais baixa.

— Clayton está perdendo a cabeça porque não consegue o que quer, quando quer. A pressão do pai é demais para ele aguentar.

O que explicaria por que Clayton continua aparecendo em lugares que não foi convidado. Porém, nada disso é novidade para mim.

— E? — pergunto, apressando-a. Não é que eu esteja preocupado com aquela doninha imbecil. É mais porque tenho outros problemas para cuidar e Melody está perdendo meu tempo.

— E tenho certeza de que Clayton tentou atropelar Luca em um estacionamento...

Meu laptop bate no chão quando escorrega da minha mão.

— E acho que ele vai continuar tentando machucá-la, porque precisa calar a boca do pai dele. Além disso, ele não quer perder todo esse dinheiro e está tentando também apressar o casamento comigo. A culpa meio que é minha, por me recusar a dormir com ele novamente. Isso o está deixando louco.

Meus dentes estão rangendo novamente, uma forte pontada de dor percorrendo minha mandíbula.

— Não é sua culpa, mas eu preciso ir.

— Tanner...

Eu desligo e imediatamente disco o número de Luca. Ela atende no segundo toque, música tocando ao fundo e risos em sua voz.

— Sério, Tanner? Só estive fora dez minutos.

— Volte para casa.

Ela faz uma pausa por um segundo, depois ri.

— Você acabou de chamar seu lar de minha *casa*?

Ouço a voz de Ava ao lado dela, mas não consigo entender o que ela disse. O sangue está correndo em minha cabeça como um trovão, meu pulso uma britadeira e meus músculos travados em pânico.

— Luca, volte para casa. Agora.

— Já passamos por isso. Você não vai me dar ordens.

Ava fala novamente, mas posso ouvi-la desta vez.

— Por que aquele cara está tão grudado em mim?

— Luca, preciso que você retorne e volte para a casa agora.

— Ele acabou de bater no meu para-choque? — Ava parece zangada e Luca não me responde.

— Luca, me escute — grito. — Clayton está tentando matar...

Um barulho alto de metal range contra minha orelha, seguido por gritos agudos e vidros quebrando. A buzina de um carro toca sem parar e eu grito no telefone novamente:

— Luca! Responda!

Nada, exceto o barulho constante da buzina do carro e um motor acelerando ruidosamente ao passar.

Segurando o telefone na orelha, pego as chaves da bolsa e corro escada abaixo.

— Gabriel? — Eu rujo.

Ele vem virando a esquina da sala de estar e nossos olhos se encontram.

— As meninas disseram aonde iam almoçar?

Estou praticamente correndo, a porta da frente batendo contra a parede quando abro. Gabe está rapidamente nos meus calcanhares, fechando a porta atrás de nós enquanto me segue pela varanda e desce as escadas.

— Elas disseram que estavam indo para o centro. Por quê? Qual é o problema?

— Alguém acabou de tirá-las da estrada — estalo, com tanta raiva dentro de mim agora que estou vendo tudo vermelho.

— Caralho — Gabriel amaldiçoa, baixinho.

Pulo no banco do motorista do carro e ele mal está em seu assento quando meu pé afunda no acelerador e nós avançamos com velocidade.

É melhor elas não estarem mortas, eu penso.

E é melhor elas não estarem machucadas.

Mas a única coisa que ouço do outro lado da linha é a buzina de um carro que não para de tocar.

Clayton acabou de assinar sua própria porra de sentença de morte.

A quantidade de dor que infligirei para destruí-lo dependerá inteiramente de quanto dano ele causou a Luca.

Luca

Levanto a cabeça e pisco abrindo os olhos, confusão nublando meus pensamentos enquanto tento me sacudir para acordar. A dor atinge meus ombros e eu imediatamente me arrependo de ter me movido, uma buzina forte competindo com o som de vozes abafadas e um baque constante.

Olhando para a direita, vejo um homem batendo a palma da mão na janela do carro. Ele está dizendo algo, mas eu realmente não consigo ouvi-lo sobre a buzina.

À minha esquerda, Ava geme e leva a mão à cabeça, seus olhos encontrando os meus com a mesma confusão que estou sentindo.

O tempo está se movendo devagar, mas apenas por um momento. Apenas por alguns segundos enquanto minha mente alcança a cena ao meu redor. Mas então, como um elástico estalando, o tempo recupera sua velocidade normal, a compreensão afundando conforme os ruídos abafados se tornam mais altos e o pânico se instala.

Meu olhar dispara de volta para Ava.

— Você está bem?

Ela acena com a cabeça, mas faz uma careta.

— Sim, eu bati minha cabeça, mas, fora isso, estou bem.

As pessoas continuam batendo na minha janela e consigo destrancar a porta, que é aberta imediatamente, e o que parecem ser uma centena de vozes diferentes competem enquanto fazem suas perguntas.

— Estou bem — eu digo e tento sair do carro.

— Você deveria ficar parada até uma ambulância chegar — diz um homem.

— Não preciso de uma ambulância.

Nada mais dói, exceto meus ombros, e, quando eu examino o carro, parece que fomos empurradas contra uma barreira de metal.

A frente está mutilada e a buzina não para de tocar. Uma leve fumaça enche o interior por causa dos *airbags*.

Volto para Ava.

— Sua cabeça está ruim?

Ela sacode.

— Nenhum sangue. Acho que foi o *airbag* que me pegou.

As pessoas ao redor do carro nos ajudam a sair e nos direcionam para o acostamento, a cena completa ficando à vista. Apenas nosso carro está danificado, mas vários estão parados, seus pisca-alertas furiosamente acesos para alertar outros motoristas.

— Vocês duas têm certeza de que estão bem? Eu vi o que aconteceu. Aquele garoto quase derrubou três carros antes de você. Ele estava dirigindo como um maníaco, tentando costurar no trânsito.

— Foi uma criança que nos atingiu? — pergunto ao homem mais velho ao meu lado, seus olhos castanhos preocupados encontrando os meus.

— Algum maldito adolescente — responde, com um lábio rígido. — Eu estava o acompanhando nos últimos três quilômetros e senti o cheiro de maconha soprando de seu carro. Ele estava muito chapado e tentava contornar o congestionamento do tráfego. Estava dirigindo um carro esporte que ninguém de sua idade deveria ter. Mas você sabe como são seus papais e mamães ricos. Eles dão a essas crianças qualquer coisa que desejam, sem fazê-las trabalhar para isso. O garoto que bateu em vocês parecia estar usando um uniforme de escola particular. Provavelmente matando aula.

Rio com isso. Não que seja realmente tão engraçado, mas me faz pensar nos caras. Posso imaginá-los fazendo a mesma coisa quando estavam no ensino médio.

Porcaria.

Bato nos bolsos e lembro que estava no telefone com Tanner quando o acidente aconteceu. O celular ainda deve estar no carro, mas, se ele ouviu a batida, provavelmente está perdendo a...

— Luca!

Falando no diabo...

Virando-me na direção da voz, eu o vejo irromper em minha direção, seu passo poderoso devorando a distância.

Gabriel está atrás dele e, enquanto Tanner imediatamente caminha até mim, seus olhos e mãos procurando por qualquer ferimento óbvio em mim, Gabriel passa para verificar Ava.

— Parece que você está bem — diz, o pânico em sua voz que é estranho para ele. O homem tem um temperamento, sim, mas ele não é do tipo que se assusta facilmente.

— Obrigada pela avaliação profissional — brinco.

Julgando pela expressão no rosto de Tanner, ele está apavorado, e não tenho certeza do que fazer com isso.

— Você está bem? — pergunto, levantando a mão para espalmar sua bochecha e arrasto seu olhar escuro para o meu.

Meu toque não acalma completamente a raiva que vejo em seu rosto, mas os ombros de Tanner relaxam.

— Eu deveria estar te perguntando isso.

Ele me arrasta para si, seus braços me envolvendo com força e seu coração batendo contra meu ouvido tão rápido que percebo quão assustado ele estava.

Por vários minutos, ele se recusa a me soltar, seu calor uma parede de conforto ao meu redor, seu cheiro ajudando a aliviar a tensão que sinto depois de tudo o que aconteceu.

Sirenes podem ser ouvidas à distância e Tanner me solta quando vários carros de polícia e uma ambulância param.

— Era um maldito adolescente — grita o homem mais velho para o primeiro policial que se aproxima de nós, sua voz falando alto enquanto ele conta a história novamente antes que o policial possa fazer a primeira pergunta.

Tanner olha para o meu rosto.

— Uma criança fez isso?

— Você pode acreditar que uma maldita criança fez isso — o homem mais velho late enquanto olha entre nós e o policial. — Um desses pirralhos de pré-vestibular que têm muito dinheiro e pouco juízo. Cada um desses idiotas deveria levar uma dura e aprender uma lição. São um problema desde o minuto em que seus pais os deixam sair de casa e nunca crescem para ter um sentido na vida, além de um fardo para a sociedade.

Tanner se encolhe com isso e eu mordo o lábio para não rir.

— Diga-me como você realmente se sente — Tanner estala.

O homem não entende a dica.

— Eu vou.

Ele começa outro longo discurso sobre os problemas com crianças mimadas. Eu ignoro e Tanner agarra meu rosto para virá-lo de um lado para o outro, seus olhos estudando cuidadosamente meu rosto.

— Tem certeza de que não está ferida?

— Estou bem — prometo a ele. — Foi apenas um acidente.

Ele se afasta de mim para olhar o carro, seus olhos verdes estreitando-se com o estrago.

Quando seu olhar volta para o meu rosto, Tanner diz:

— Você não vai sair de casa de novo. Nunca. A menos que eu esteja com você. Não me importo com o quanto você grite sobre isso. De agora em diante, está de castigo.

Quem diabos ele pensa que é?

— O inferno que estou. Você não pode me castigar, Tanner. Não sou uma criança.

Sua voz cai para um nível perigoso, não o temperamento quente ou mesmo o ligeiramente divertido e arrogante, mas o tom de voz frio que ele tem quando está prestes a virar o seu mundo de cabeça para baixo e te ensinar por que é melhor não mexer com ele. É o mesmo tom que usou comigo quando estava prestes a jogar aquelas fotos no meu colo em Yale.

A única diferença é que não tenho mais medo disso.

— E vou te amarrar se for preciso. Prender você. Dobrar você sobre uma porra...

Estendendo a mão, cubro sua boca, apenas para seus olhos se arregalarem e estreitarem de novo. Mas ele para de falar, e eu gostaria de saber que era tão fácil calá-lo há muito tempo.

— Você não fará nenhuma dessas coisas. A menos que eu deixe.

Quem estou enganando? Duas das três ameaças parecem divertidas.

Quando puxo a mão, ele se inclina para mim, sua voz baixa para que ninguém possa nos ouvir.

— Clayton é a pessoa que enviou aquele carro para atropelar você em seu apartamento. E ele ainda está tentando machucá-la enquanto falamos.

O choque me atravessa.

— Como você sabe disso?

— Eu tenho minhas fontes, mas esse não é o ponto. Preciso resolver antes de você correr pela cidade como se nada pudesse alcançá-la.

Dando um passo para trás, olho para ele.

— Você está dizendo que eu tenho seus pais e Clayton tentando me matar?

Que tipo de show de terror minha vida se tornou? Isso é um pouco ridículo. O destino é uma vadia seriamente fodida.

Ele balança a cabeça.

— Não tenho mais tanta certeza sobre nossos pais. Mas, definitivamente, Clayton está, o que significa que preciso lidar com ele para acabar

TRAIÇÃO 419

com isso. E, até então, você está sob vigilância permanente. Se eu não posso estar lá, um dos outros caras vai.

Nunca imaginei que Clayton fosse um assassino, mas, dado o dinheiro que ele pode perder no divórcio, não é algo inédito. Pessoas mataram por menos.

A ideia de ter um guarda-costas constante não cai bem em mim. Isso vai contra tudo o que significa ser independente. Mas, ao mesmo tempo, Tanner não está errado em me querer protegida. Ele só precisa fazer isso de forma diferente da maneira que ele exige.

— Quão rápido você pode acabar com isso? — pergunto, nada contente com o flash de vitória nos olhos de Tanner. Ele deve acreditar que ganhou esta batalha.

— Posso arquivar a papelada esta semana. Conseguir uma audiência e jogar uma testemunha à sua advogada que ela ficará emocionada em usar contra mim.

— E você acha que isso vai pará-lo?

Tanner sorri, e não gosto da expressão em seu rosto. Há escuridão naquele olhar que causaria um arrepio na espinha de qualquer pessoa.

— Não. Mas o que eu faço depois disso vai.

Não tenho certeza se quero saber o que ele está planejando. Não posso negar que me apaixonei pelo bastardo malvado olhando para mim, mas ainda gosto de fingir que ele mudou.

Obviamente, não é esse o caso. Tanner sempre vai ser Tanner. Um turbilhão mais traiçoeiro do que qualquer pessoa que conheci. Ele não sabe como funcionar a menos que esteja manipulando o mundo ao seu redor.

— Quão ilegal é o seu plano?

Suas sobrancelhas se franzem nisso.

— Provavelmente é inapropriado em vários estados.

— Você ganhará trinta anos de cadeia por isso? Ou pior, a pena de morte?

Sua boca se curva no canto.

— Duvido muito.

Não gosto disso, mas essa porcaria precisa acabar. Estou tão exausta neste ponto que estou disposta a aceitar qualquer coisa apenas para que tudo acabe.

— Tudo bem. Faça o que tem que fazer. E, até que termine, vou permitir que você ou qualquer pessoa fique de olho em mim quando eu não estiver em casa.

Ele sorri com isso.

— Estou tão feliz que você está finalmente vendo isso do meu jeito.

Tanner pensa que ganhou. E talvez, por agora, ele tenha. Mas assim que Clayton não for mais uma ameaça, vou me certificar de estabelecer um novo conjunto de regras sozinha.

Não acho que essa batalha de vontades possa alguma vez chegar ao fim conosco. Mas, então, nós somos pessoas teimosas. Tem sido uma guerra desde o início, e eu me acostumei.

E eu seria uma mentirosa ao afirmar que não estava ansiosa para baixar a bola dele uma vez que tudo isso estivesse resolvido.

Tanner pode ganhar algumas batalhas, mas nunca vai vencer a guerra.

Tanner

Ao longo dos próximos dias, estou me sentindo eu mesmo novamente. Tenho um alvo em mente. Um único foco. Um bastardo punk que logo será esmagado sob o meu pé.

Isso ajudou a aliviar grande parte da frustração que senti desde que descobrimos que os servidores estão perdidos.

Com eles, não há muito que eu possa fazer até que Taylor faça sua mágica encontrando Jerry Thornton. O problema me encurralou, sim. E odeio ser encurralado. Mas não é o fim do mundo.

Posso fazer algo sobre Clayton, no entanto. Há um mundo de dor vindo em sua direção que estou animado para causar. Não posso culpá-lo totalmente por tratar Luca como um lixo no casamento deles.

Odiei ouvi-lo se gabar disso? Foda-se, sim. Mas fui parcialmente — ou totalmente — responsável por isso.

Eu posso culpá-lo por tentar matá-la. E eu culpo.

É por isso que convoquei esta reunião familiar.

Como de costume, os caras estão sentados ou de pé em seus lugares típicos. Gabe está perto do bar, Ezra e Damon estão se apoiando na parede. Shane, Sawyer e Taylor estão ocupando o sofá. Mason tem uma poltrona só para si. E Jase está recostado em outro sofá como uma maldita modelo da Calvin Klein.

Exceto por Gabe, nenhum deles está feliz por estar aqui, mas isso é ruim pra caralho. Luca agora faz parte da família e todos nós cuidamos do que é nosso.

Estou no modo de batalha, minha mente focada na tarefa em mãos, e estou prestes a comandar esses caras como eu faço com os advogados associados em nossa empresa.

Contundente.

Direto.

E bem ao ponto.

Não pode haver erros ou mal-entendidos quando se trata da destruição de Clayton Hughes.

— Ezra e Damon, preciso que vocês dois façam uma viagem de reconhecimento para mim. Precisamos de um local adequado para um desafio, bem estilo *old school*.

Eles se animam com isso. Nada excita mais esses dois do que o potencial para a violência. É um pouco perturbador, na verdade. Algo que espero que eles acabem superando à medida que os anos se passam sem ouvirem o pai.

Olho para eles.

— Certifiquem-se de que esteja perto o suficiente para que possamos transportar a carga sem nos preocupar em sermos notados. Toda a trilha precisa ser preparada e mapeada para que possamos montá-la.

Ambos esfregam as mãos em uma imagem espelhada. Isso é normal com eles, mas ainda é algo com o qual você precisa se acostumar. Eles são tão idênticos que seu jogo favorito é substituir um ao outro. Felizmente, sabemos como diferenciá-los. Mas muito poucas pessoas o fazem.

Terminando com eles, sigo em frente.

— Mason e Gabe, preciso que vocês dois descubram o que puderem sobre a campanha do senador Hughes. Preciso de tantos detalhes sinistros quanto possível sobre quaisquer que sejam os negócios sem saída em que o homem se envolveu. Qualquer coisa que possa afundá-lo, quero que seja analisada nos mínimos detalhes. E preciso dessas informações o mais rápido possível.

Gabe dá um gole em sua bebida e ergue uma sobrancelha.

— Tenho certeza de que nossas famílias podem ajudar com isso, mas eles vão querer saber por que precisamos das informações.

Odeio envolver nossos pais em qualquer coisa, mas ele está certo.

— Invente alguma coisa. Você é bom nisso.

O canto de sua boca se curva com isso. Gabriel é um mentiroso profissional.

Meu olhar cai para Sawyer e se arrasta para Jase. Ambos se sentam com olhos injetados de sangue e expressões preguiçosas.

— Eu preciso que vocês dois — eu digo, apontando entre eles — desenterrem o que puderem sobre os negócios de Clayton. Melody me deu uma lista de seus maiores contratos e vocês dois foram designados para queimá-los completamente. Eu não me importo como conseguirão, mas preciso que seus clientes corram como o inferno na direção oposta, todos ao mesmo tempo.

Ambos acenam com a cabeça e eu sigo em frente.

— Taylor, você continua procurando Jerry Thornton. Precisamos daqueles servidores. E eu gostaria de colocar minhas mãos sobre eles mais cedo do que mais tarde. Também gostaria de saber por que ele os roubou em primeiro lugar...

— Talvez Everly tenha fodido com ele, e ele está procurando por ela também.

— Jase, cale a boca.

Voltando ao Taylor:

— Onde estamos nisso?

Taylor levanta um braço para esfregar sua nuca.

— Ainda não encontrei Jerry, mas isso não é surpreendente. Ele era dono da empresa com o pai de Luca, então faz sentido que possa cobrir seus rastros. Mas eu cavei um pouco mais fundo e descobri que ele tem três filhas. Duas moram na Geórgia, então estão fora de alcance, mas a mais velha está estudando em Columbia.

O que a torna muito acessível.

— Graduação ou pós-graduação?

Taylor sorri.

— Pós-graduação.

O que significa que ela não é muito jovem.

— Descubra tudo que puder sobre ela. Vamos descobrir o que fazer sobre isso mais tarde.

Meus olhos pousam em Shane.

— E eu tenho uma tarefa especial para você, mas não precisamos entrar nisso no momento. Então, faça o que quer que você faz enquanto isso.

Ele se mexe em seu assento.

— Você não sabe o que eu faço? É como eu disse antes: você nunca presta atenção em mim, e eu realmente sinto...

— Sem sentimentos — estalo.

Ele sorri, e não posso dizer se ele está falando sério ou se está fazendo isso para ferrar comigo.

Olhando entre os oito, estou feliz em ver que estão prestando atenção.

— A hora certa disso será quando eu puder definir a próxima audiência no caso de Luca. Clayton não perderá nada até que seja ordenado a pagar a ela o dinheiro que deve e ele tenha depositado na conta. Qualquer coisa que ele perca enquanto ainda estão casados, ela perde. Então prepare o que vocês vão fazer, mas sem puxar o gatilho até eu dizer. Falando nisso...

Segurando um dedo para que eles me deem um segundo, puxo o telefone do bolso e bato na discagem rápida para Lacey.

— Senhor Caine — responde ao segundo toque —, estou surpresa que esteja me ligando durante o horário comercial normal. É tão diferente de você me acordar no meio da noite.

Sua boca inteligente não me afeta. Lacey é sempre rabugenta antes de almoçar.

— Você faz um ótimo trabalho às duas da manhã, mas não é por isso que estou ligando. Preciso que reinicie a audiência sobre o caso Hughes para duas semanas a partir de hoje.

Seus dedos clicam sobre o teclado dela.

— A assistente do juiz está de férias na próxima semana. Receio que não seja possível.

Inaceitável.

— Onde ela está tirando férias? — pergunto, com os dentes cerrados.

Mais alguns cliques seguidos por um suspiro pesado.

— De acordo com sua mídia social, ela está no Havaí e não está aceitando ligações.

Não é muito longe, apenas completamente do lado oposto do país e bem no Oceano Pacífico.

— Voe para o Havaí e encontre-a. Preciso da audiência marcada e não tenho tempo para esperar.

Lacey fica quieta por um segundo antes de:

— Será que vou tirar férias também com isso? Nunca estive no Havaí antes. Quer dizer, faz dois anos e meio que trabalho para você sem receber nenhuma.

Revirando os olhos, eu cedo. Mas só porque preciso de algo.

— Tudo bem. Você tem vinte e quatro horas para caçar a assistente e voltar ao escritório.

Ela bufa.

— Vinte e quatro horas? Terei que voar para lá, encontrá-la e depois voltar para o aeroporto imediatamente.

Esta conversa está acabando com a minha paciência.

— Você vai ver areia, o sol, um oceano e um guarda-chuva de papel idiota em uma bebida enquanto estiver lá?

— Bem, sim, mas...

— Então é férias — rebato. — Resolva isso.

TRAIÇÃO

Gabriel geme do outro lado da sala.

— Vou precisar dobrar o bônus dela no final do ano. Talvez triplicá-lo.

Meu polegar aperta o botão de desligar e volto para os caras novamente.

— Temos duas semanas. Nossa reunião de família acabou.

Saio da sala antes que o resto deles se disperse e subo as escadas correndo para ver se Luca já acordou. É meio da manhã, então não muito tarde no dia, mas continuei acordando-a durante a noite; meu apetite por ela é insaciável.

Empurrando a porta, espreito para dentro para ver seu lado da cama vazio, os lençóis amarrotados sobre o colchão e sua marca ainda no travesseiro. O chuveiro está ligado no banheiro e fico olhando para a porta com toda a intenção de entrar e tomá-la novamente.

Mas me contenho, percebendo que ela merece descansar e, em vez disso, sento na cama. Pegando meu laptop, tento terminar os documentos para a audiência de Luca. Incapaz de me concentrar graças à mulher nua e molhada a apenas alguns metros de mim, corro os olhos pelo meu quarto e balanço a cabeça com a mudança.

A luz do sol entra pela janela com partículas de poeira flutuando suavemente, a cor dourada destacando uma pilha caótica de roupas e bolsas, sapatos e outras porcarias. Na cômoda contra uma parede distante está um monte de merda feminina que está em nítido contraste com o tema monocromático do meu quarto.

Onde estou mais feliz cercado por preto e branco, cinza e cromado, o guarda-roupa de Luca é uma explosão de cor contra a minha vida, tons vibrantes principalmente, nada de pastel ou sem graça.

Ela queria manter suas coisas na prisão do quarto que eu uma vez designei a ela, mas, pouco a pouco, coloquei suas coisas aqui, em pilhas organizadas, e esperava que ela pegasse a dica de que eu não a deixaria dormir em outro lugar.

Levou algum tempo — esta é Luca, depois de tudo —, mas após de algumas tentativas teimosas de mover suas coisas de volta com o intuito de reivindicar sua porcaria de independência, ela finalmente desistiu quando tudo que ela levou de alguma forma encontrou seu caminho de volta para o meu quarto dentro de uma hora.

Eu a reivindiquei.

Ela é minha.

Mesmo que ainda esteja lutando comigo sobre isso.

Meus dedos tocam as teclas, meu foco ainda em uma mulher que está atualmente toda ensaboada e quente.

Perdendo o interesse pelos documentos novamente, rolo a cabeça pelo travesseiro e meus olhos pousam na mesa de cabeceira de Luca.

Ontem à noite, ela cedeu e finalmente mudou todas as suas coisas para cá e eu não perdi como ela colocou uma pequena caixa que eu me lembrava que estava escondida em seu armário em uma gaveta, que agora está ao alcance do braço.

Apenas um pequeno esticão e posso abrir a gaveta, tirar a caixa e ver o que é tão importante para Luca que ela a guardou onde ninguém seria capaz de encontrar.

Eu não deveria invadir sua privacidade.

Seria errado fazer isso.

Decido não fazer.

Meus dedos tocam as teclas novamente antes de minha cabeça girar de volta na direção da mesa lateral. Com os olhos deslizando para o banheiro onde a água ainda está correndo, lembro que realmente não me importo que seja errado.

Esta é outra peça do quebra-cabeça para ela, outra parte secreta que quero para mim mesmo.

Não posso ser culpado por empurrar meu computador de lado e deslizar para o lado dela da cama.

Esse é quem eu sou.

Ela deveria saber disso.

Abrindo a gaveta, pego a pequena caixa. Não é nada maior do que as caixas de giz de cera que me lembro de quando era criança, o papelão externo com uma tampa simples articulada.

Meus dedos tocam na lateral por um momento de hesitação e, em seguida, meus polegares abrem a parte superior.

O que eu vejo me imobiliza.

Isso é algo particular.

Algo insubstituível.

Algo tão importante para Luca que ela não consegue suportar a ideia de ficar sem.

Ela perdeu tudo quando seu apartamento foi destruído, mas encontrou alívio quando viu que ainda tinha isso.

Depois de ver, percebo que não tem valor.

Para o resto do mundo, é bonito, mas sem sentido.

Mas para Luca, é tudo.

Por quê?

Pego um dos pequenos pingentes em forma de coração e leio a inscrição gravada na prata. Linda Marie Bailey. O nome de sua mãe.

Não preciso ler o segundo para saber que tem o nome do pai dela.

— Existe uma coisa chamada *pedir permissão*.

Meus olhos saltam para ver Luca parada na porta do banheiro enrolada em nada além de uma grande toalha branca. O vapor circula para enrolar em torno de suas pernas, seus olhos azuis segurando os meus.

— De onde eu venho, é educado.

Eu sorrio.

— De onde você vem, homens estranhos perseguem turistas rio abaixo, matam-nos e depois dançam, brincando de violino.

Ela me encara.

— Eu não cresci no set de *Amargo pesadelo*.

Marchando até mim, ela se senta ao lado da cama perto do meu quadril e pega o pingente com o nome de sua mãe das minhas mãos. Seu polegar esfrega sobre a inscrição e seus olhos se erguem para encontrar os meus.

— Eu não suportava que eles ficassem sozinhos em um lugar frio. Não completamente, pelo menos.

Ainda sem entender, pergunto:

— O que você quer dizer?

Luca pega a caixa de mim e coloca o pingente com o nome de sua mãe ao lado daquele gravado com o nome de seu pai.

— Estes são pingentes memoriais. Eles são ocos por dentro e contêm um pouco das cinzas dos meus pais.

Sem nem pensar, esfrego os dedos na minha calça.

Ela percebe o movimento e revira os olhos.

— Não é como se você realmente tivesse tocado nas cinzas, idiota.

É um pouco assustador manter uma pequena quantidade das cinzas de seus pais em uma caixa em seu armário. Pior do que isso, manter aquelas cinzas ao lado da cama onde eu toquei seu corpo mais vezes do que posso contar.

Muito assustador, na verdade.

Tenho a sensação de que, mesmo com eles mortos, ela não consegue suportar a separação. Mas ainda...

— Alguma chance de movermos esta caixa de volta para o *quarto-prisão*?

A pele enruga entre os olhos.

— Por quê?

— Parece errado, nojento e um pouco estranho fazer as coisas que eu faço com você sabendo que as cinzas de seus pais estão bem ali.

Outro rolar daqueles olhos azuis.

— Que seja. Sim, posso levar de volta.

Bom.

Sei que é uma coisa babaca de se perguntar, mas... eca.

Observá-la fechar a caixa e manusear com tanto cuidado me lembra que devo a ela algo que não quero dar.

Segui em frente com a decisão que tomei fora de uma casa de dois andares na Geórgia. A papelada está guardada em uma pasta na minha bolsa, mas não consegui me forçar a dar a ela. Mais transferências precisam ser feitas, mas a casa já está vazia.

Só de saber que vou dar a ela um motivo para me deixar, só piorou meu humor desde que voltamos duas semanas atrás. Fui até o fim de qualquer maneira.

Se alguém merece receber de volta o que foi roubado pelos meus jogos, é Luca.

Ela se levanta para levar a caixa de volta para o quarto de hóspedes, mas estendo a mão para tocar seu braço antes que ela possa se afastar.

— Antes de você ir, preciso te dar algo.

Isso é uma droga.

Não vou mentir sobre isso.

Odeio fazer o que estou prestes a fazer.

Tudo dentro de mim está lutando contra isso.

Fico de pé e atravesso a sala, pego a pasta da minha bolsa e viro-me para entregá-la a ela.

— Isso é seu.

É tudo o que digo, porque é tudo o que posso dizer. Por dentro, estou implorando para ela não ir para lá. Estou exigindo que ela fique aqui mesmo na minha casa. Também a estou segurando e dizendo que ela é minha e é assim que as coisas são.

Mas Luca vai ter que fazer sua própria escolha.

Ela coloca a caixa na superfície da mesa, se senta e puxa a pasta de arquivo da minha mão.

— O que é isso?

— Nada — eu rosno, porque isso é tão diferente de mim.

Sou o tipo que pega sem se desculpar.

O homem que escolhe o jogo e decide as regras.

Não sou a porra de um covarde que sente pena de jogar aquele jogo e depois faz merdas idiotas como essa para compensar.

Depois de me dar um olhar engraçado, ela abre a pasta, seus olhos escaneando os documentos de compra e a escritura da casa. Leva um segundo para ela finalmente entender o que está vendo.

— Você comprou minha casa? — pergunta, sua voz baixa demais para a reação animada de *Tanner-é-um-herói* que eu esperava pela minha boa ação.

Confuso, respondo com um simples:

— Sim.

Olhos azuis se levantam para se estreitar em mim.

— Você está falando sério? Depois de tudo? Por que você faria isso? Havia uma família morando lá.

Surpreso com sua reação, coloco as mãos nos bolsos e a encaro.

— A família ficou feliz em me ceder o lugar, já que paguei outra casa mais abaixo na rua para eles morarem.

Não gosto de como Luca está quieta no momento. A expressão em seu rosto é a mesma que ela tinha quando a encurralei no banheiro do tribunal.

Ela não pode estar seriamente chateada com o que eu fiz. A outra família está feliz. Não é como se eu os tivesse ameaçado nem nada. Embora eu tivesse, se fosse necessário.

— Deixe-me adivinhar. Você vai me chantagear com isso também? Ameaçar queimá-la se eu não me comportar? Que diabos, Tanner? Pensei que tínhamos passado por isso.

Que porra?

— Não. Eu comprei para você. Ainda precisamos transferir a escritura para o seu nome, mas a casa é sua. Vi o quanto você a adorava e me senti parcialmente responsável por tudo, então comprei a casa para devolvê-la.

Luca fica imóvel no lugar, os olhos arregalados enquanto seus dedos apertam os papéis.

Olhando para eles e de volta para mim, ela pergunta:

— Por que você faria isso?

— Acabei de te dizer. Mas não pensei que ficaria tão chateada com isso.

Lágrimas brotam de seus olhos, e isso só me faz sentir pior.

Isso.

É exatamente por isso que eu não saio do meu caminho para fazer nada para as pessoas.

Tento ser legal pelo menos uma vez e ainda recebo porcaria por isso.

Estendendo a mão para pegar os papéis dela, resmungo:

— Vou vender para outra pessoa, se você não quiser.

Luca aperta os papéis contra o peito, uma maldita lágrima escorregando por sua bochecha que não suporto.

— Desculpa. — Ela balança a cabeça e olha para os papéis novamente. — Eu não deveria ter acusado você disso, é só...

— Algo que eu faria para colocar uma pessoa sob controle?

Luca concorda.

Ela está certa sobre isso, então não a culpo. Fiz muitas coisas horríveis com as pessoas. Queimar a casa de sua família não seria o pior de tudo.

Fico lá como um idiota sem saber o que fazer e ela silenciosamente lê os papéis novamente, as lágrimas lentamente escorrendo pelo seu rosto.

Demora alguns minutos para ela finalmente falar novamente.

— É essa a sua maneira de me dizer que quer que eu volte para a Geórgia?

— Porra, não. Eu quero que você fique aqui. Bem aqui. Nesta casa. Neste quarto. Do meu lado. Mas é sua escolha quando eu terminar o divórcio e lidar com Clayton.

Esta é a parte em que ela deveria pular para me prometer que nunca iria embora e admitir que está tão apaixonada por mim que posso queimar a casa se quiser. O "felizes para sempre" que todo mundo quer, com arco-íris de merda e gatinhos fofinhos. O final doce capaz de induzir ao vômito que faz uma pessoa normal respirar facilmente e ir embora satisfeita.

Só que ela não faz isso.

E isso me irrita.

Sua absoluta falta de resposta me preocupa.

Também me irrita.

Isso está fora do meu controle.

E é algo que não estou acostumado.

Simplesmente acenando com a cabeça, Luca enfia os papéis de volta na pasta, coloca-os em cima da caixa assustadora de pessoas mortas e se move para passar por mim.

Ficando na ponta dos pés, ela beija minha bochecha e sussurra:

— Obrigada.

Eu a vejo se vestir, pegar a caixa e a pasta novamente e sair do quarto.

Ela não me disse que iria ficar.

Não jurou que sou importante o suficiente para impedi-la de voltar para a Geórgia.

Ela não disse que me ama e que esta casa é seu lar agora.

Isso não saiu do jeito que eu queria.

Não posso deixar de pensar que acabei de dar a Luca um maldito bom motivo para me deixar.

TRAIÇÃO

capítulo quarenta e três

Luca

Nós fechamos o círculo.

Sentando em uma mesa de madeira polida que não faz nada para esconder as cicatrizes de traços rápidos de caneta, notas raivosas escritas e lembretes de pânico rabiscados com força suficiente para perfurar papel e rasgar a superfície, traço uma linha com meu dedo enquanto Marjorie salta a ponta da caneta dela na pasta de arquivo em sua frente.

Ela não está nervosa por enfrentar Tanner de novo. Não está com medo ou incomodada por encarar um homem que quebra todas as regras possíveis e nunca joga limpo.

Pelo contrário, ela está animada, seu cabelo loiro platinado escorregando por cima do ombro enquanto se vira em sua cadeira quando uma porta se abre atrás de nós.

Não preciso olhar para saber quem está passeando pelo corredor central em direção à frente do tribunal. Tenho certeza de que Clayton anda confiante com a crença de que esta audiência será sua chance de me ferrar e sei que Tanner caminha atrás dele, sua expressão vazia escondendo cuidadosamente o fato de que ele tem toda a intenção de destruir seu próprio cliente.

Tanner não me disse exatamente o que planeja fazer, apenas que, quando tiver terminado, Clayton não terá para onde se virar e nenhuma capacidade de vir atrás de mim novamente.

A energia que sai de Marjorie é elétrica. Ela me prometeu que tem um ás na manga para usar hoje, apesar de seu aborrecimento por Tanner definir esta audição sem coordená-la com ela novamente.

Não perguntei o que ela tinha — principalmente porque eu já sei. Em vez disso, estou desempenhando o papel da esposa derrotada que é acusada de trair o marido.

A meia porta se abre quando Clayton e Tanner entram na metade da frente da sala e mais alguns homens entram pelas portas duplas nos fundos para tomar seus assentos na galeria de observação.

Olho para trás e os reconheço como o gerente de RP do pai de Clayton, bem como o gerente de campanha.

Como da última vez, a audiência será fechada à mídia e ao público, o que está perfeitamente bom para mim.

Tudo que me importa é que isso acabe hoje. Tanto quanto pode, pelo menos. Não, eu não estarei oficialmente divorciada, mas isso não levará muito tempo depois que o acordo pré-nupcial for resolvido. Só quero o que é devido a mim. Clayton pode ficar com todo o resto.

Ousando espiar na direção de Clayton, vejo que ele está me olhando com um sorriso maroto no rosto. Acho difícil acreditar que concordei em me casar com aquele homem. Ele não parecia ser um cara mau em Yale, mas então, o que está na superfície nunca é um bom indicador do que se esconde por baixo.

Ao lado dele, Tanner recosta-se em sua cadeira em uma pose confiantemente masculina que me deixa com água na boca. Seu terno é impecável e seu cabelo está desgrenhado com estilo, um visual que não deixa espaço para dúvidas de que ele é tanto um profissional quanto um jogador.

Mas mesmo o que você vê na superfície com Tanner esconde o que está por baixo. Lá está ele sentado, sua mente focada em me dar tudo que eu quero, e ele nem mesmo tem o que queria em primeiro lugar.

Os servidores sumiram por enquanto. Seu jogo final foi perdido. Ele não tem nenhum motivo egoísta para levar isso adiante que o beneficie de alguma maneira.

Ele está fazendo isso apenas por mim.

Meu coração incha só de pensar nisso.

Tanner não mudou. Talvez para mim ele tenha, mas não para o resto do mundo. Quero pensar que posso entender isso sobre ele e aprender a aceitar.

De vez em quando nas últimas duas semanas, olhei para a escritura de minha casa na Geórgia. Obviamente, fiquei surpresa que Tanner a comprou, minha reação inicial foi suspeita. Você tem que se sentir assim com ele.

Mas quando ele me disse que comprou a casa para me dar, fiquei grudada no lugar pelo choque, minha capacidade de pensar direito foi roubada.

Eu também estava assustada e triste. Parecia que ele estava desistindo de mim, que presumiu que quando o divórcio terminasse eu iria embora.

Ele me pediu para ficar, no entanto, e meu coração parecia que tinha parado no peito. Parecia tão verdadeiro naquele momento, tão vulnerável em admitir como se sentia. Senti-me tão mal que tudo o que eu pude dizer foi obrigada, mas tive um curto-circuito, minha mente incapaz de dar sentido aos meus pensamentos.

Não conversamos sobre isso desde então.

Precisamos conversar sobre isso.

— Todos de pé. O Tribunal do Nono Circuito está agora em sessão. O honorável Franklin T. Mast preside.

As pernas da cadeira raspam no chão de pedra quando ficamos de pé. Marjorie joga o cabelo por cima do ombro, sua coluna reta e o queixo erguido. Embora eu odeie estar aqui, estou um pouco animada para ver a reação de Clayton quando a mulher que ele ama vier marchando.

O idiota merece.

— Sentem-se — diz o juiz, enquanto se acomoda em seu assento, seus olhos avaliadores examinando cada pessoa presente no tribunal.

— Eu acredito, conselheiros, que vocês fizeram sua lição de casa corretamente desta vez e não haverá problemas como da última vez que estivemos aqui?

Marjorie dá aquele sorriso de última potência.

— Pode haver uma pequena questão, mas tenho certeza de que o Senhor Caine vai me atender.

Ela se vira para olhar para Tanner.

— Sendo ele um profissional e tudo.

O canto dos lábios de Tanner se curva.

— Considerando todos os problemas de agendamento que tivemos devido à aparente incompetência no escritório da Senhora Stoneman...

Marjorie estremece com isso e enterro meu rosto nas mãos. Ele nunca pode ser confiável para se comportar. Tanner é um idiota.

— Acho que terei que atender qualquer uma de suas questões para garantir que este assunto seja levado adiante.

O juiz olha para os dois antes de pegar os documentos à sua frente.

— Antes de prosseguirmos, permitam-me garantir que estamos todos de acordo com o propósito desta audiência. Estou examinando a Petição do Reclamante para Fazer Cumprir o Acordo Pré-nupcial Devido a Caso Extraconjugal.

Ele ergue os olhos novamente.

— Estamos todos de acordo?

Marjorie e Tanner acenam com a cabeça enquanto Clayton olha na minha direção. Cometo o erro de encontrar seus olhos e ele me dá outro sorriso maroto.

Mal posso esperar para ver Tanner ferrar com ele.

O juiz joga os papéis em sua mesa e diz:

— Senhor Caine, vendo como é a Moção do Reclamante, vou permitir que prossiga. Iremos obter quaisquer argumentos ou contestações em nome do Reclamado depois disso.

Quando Tanner se levanta de sua cadeira e enfia a mão no bolso enquanto ele casualmente caminha para a frente da mesa, eu me perco. Não por fora, mas, por dentro, estou morrendo.

O homem domina seu espaço, isso é óbvio para quem quer que esteja perto dele. É pura confiança e muito ego, mas não do tipo falso que te desliga imediatamente.

Tanner conquistou esse ego, não simplesmente porque é bonito, mas porque por trás da máscara daquele físico perfeitamente formado, mandíbula forte e lindos olhos verde-musgo, está um nível de inteligência que poucos podem atingir. É quase uma pena que ele use seus poderes mais para o mal do que para o bem.

Ele se comporta de uma maneira tão puramente masculina que atrai a atenção, faz você notá-lo, envia um arrepio por sua espinha quando o olhar dele encontra o seu.

Depois de apresentar os fatos do caso e o argumento de Clayton de que certos termos do acordo pré-nupcial deveriam ser aplicados por eu ser uma puta traidora, Tanner chama sua falsa testemunha, o mesmo homem da primeira audiência com seu andar manco e barriga protuberante.

Quase rio porque o homem parece ainda pior hoje, o cabelo oleoso e a camisa branca que ele usa manchada por algum tipo de comida na frente.

Tanner olha para mim quando a testemunha passa por ele. Qualquer outra pessoa pensaria que ele está simplesmente olhando para o homem, mas não eu. Sei quando aqueles olhos verdes estão focados em meu rosto e derreto quando Tanner pisca.

A testemunha sobe ao estrado, faz o juramento e, quando se joga em sua cadeira, coloca as duas mãos na barriga e arrota.

Cubro a boca para não rir, mas Tanner mantém seu passo sem nenhum sinal de que isso seja uma farsa.

Em vez de perder tempo com gentilezas, vai direto ao assunto.

— Senhor Hillcox, você está aqui hoje porque me indicou que possui informações relacionadas ao Requerido neste assunto, Luca Hughes. Você pode descrever para mim agora que informação é essa?

— Eu a fodi. Fodi bem com ela, na verdade. Ela parou de pegar o controle remoto para assistir televisão durante isso depois da terceira ou quarta vez.

O tribunal fica em silêncio por um segundo, Marjorie endurece ao meu lado enquanto o juiz volta seu olhar para a testemunha.

Tanner franze os lábios e caminha lentamente na frente do banco das testemunhas, com a cabeça inclinada para baixo e apenas uma pequena quantidade de tensão no canto da boca. Sei que ele está lutando para não sorrir.

— Ok, obrigado por isso, Senhor Hillcox. Pode elaborar sem ser tão rude?

— O que você quer saber?

— Vamos começar com as datas e horários em que você teve relações com a Senhora Hughes.

— Nas noites de terça e quinta. Ela me cobrou quinze dólares por hora. Só precisei de sete minutos, porque o pequeno Hillcox não é o que costumava ser. Sabe o que eu quero dizer? — A testemunha ri, uma risada com baba que obriga meus olhos a fecharem enquanto luto para não reagir de uma forma que não deveria.

— Sim, bem, os problemas do pequeno Hillcox são lamentáveis, mas eu não sei nada sobre isso.

Enterro o rosto em minhas palmas, esperando como o inferno que as pessoas pensem que estou em pânico em vez de lutando para não gargalhar.

A voz de Tanner atrai meus olhos de volta e estou praticamente espiando por entre os dedos.

— Você pode identificar a Senhora Hughes para mim? Ela está sentada em algum lugar do tribunal?

Afastando as mãos do rosto, deixo a testemunha dar uma boa olhada em mim. Ele balança a cabeça e retorna seu olhar para Tanner.

— Ela não está aqui. Você a reconheceria pelas mechas de cabelo que estão faltando e pelo fato de que só tem um olho. Ela também tem marcas de varíola no rosto, mas acho que é por causa do vício em drogas.

Tanner fica imóvel, parecendo chocado enquanto a cabeça de Clayton se levanta, seus olhos se arregalam de surpresa.

Com voz astuta e controlada, Tanner pergunta:

— Então a mulher sentada naquela mesa ali — ele aponta para mim — não é a prostituta caolha com quem você tem relações duas vezes por semana?

— Não, senhor, aquela mulher parece uma senhora sensata.

A testemunha olha para mim e sorri.

— Embora ela pareça o tipo que discute demais e que seria melhor fazer o que lhe mandam.

Ai, meu Deus.

Tanner.

Eu vou matá-lo.

Meus olhos se voltam para ele, que cobre a boca como se estivesse pensando, mas nós dois sabemos o que ele pagou a este homem para dizer aquilo.

— Sem mais perguntas — diz Tanner, enquanto caminha de volta para a mesa de Clayton, seus olhos encontrando os meus por apenas um segundo antes de se sentar.

Ao lado dele, Clayton está fumegando, um brilho vermelho nas bochechas e a boca em uma linha severa. Ele sussurra com raiva para Tanner, um silvo que mal consigo ouvir quando o juiz passa a mão pelo rosto e se vira para Marjorie.

— Conselheira Stoneman, sente necessidade de questionar a testemunha?

— Não, Meritíssimo.

— Senhor Hillcox, pode se retirar.

Marjorie se levanta enquanto o Senhor Hillcox desce do banco das testemunhas.

— Meritíssimo, alinhado com a Moção do Reclamante, gostaria de apresentar e ter audiência da Moção do Reclamado para Fazer Cumprir os Termos do Acordo Pré-nupcial Devido a Caso Extraconjugal.

Clayton atira um olhar em minha direção e eu o ignoro. É preciso esforço para manter meus olhos treinados para frente, mas ainda posso vê-lo se mexer em sua cadeira pela minha visão periférica.

Tanner corre o polegar sobre o lábio inferior como se estivesse pensando, mas diz:

— Vou concordar com isso.

— O quê?

O juiz olha para Clayton.

— Algum problema, Senhor Hughes?

Clayton balança a cabeça antes de se inclinar para sussurrar para Tanner.

— Prossiga, Conselheira Stoneman.

Marjorie passa pelo seu discurso, mas quando chama Melody Korsak para depor, o rosto de Clayton fica pálido, toda cor desaparecendo quando sua secretária passa por ele.

Melody faz o juramento e Marjorie passa quase vinte minutos repassando os detalhes do caso que teve com Clayton. Não dói tanto quanto antes e parei de me preocupar com os detalhes. Ajuda o fato de Melody alegar que pode fornecer gravações que apoiem suas alegações.

Quando ela termina, o rosto de Clayton está um tom de vermelho raivoso, mas Tanner ignora a crise de seu cliente para se levantar e interrogar a testemunha.

— Senhora Korsak, só tenho uma pergunta a você.

Melody sorri e espera.

— O quanto você ficou entediada durante o sexo com meu cliente?

— Objeção! — As pernas da cadeira de Clayton rangem sobre o azulejo enquanto ele se levanta e grita.

Tanner se vira para olhar para ele, sua voz tão calma como sempre.

— Você não pode se opor. Sente-se.

Um martelo batendo arrasta todos os nossos olhos para o juiz.

— Acho que terminamos aqui. Senhora Korsak, por favor, retire-se do banco das testemunhas.

Esperamos enquanto Melody deixa a sala do tribunal, o juiz olhando para todos nós antes de dizer:

— Vou conceder a Moção do Reclamado. O Reclamante tem sete dias para transferir o dinheiro devido à sua esposa. Vamos marcar uma audiência final para duas semanas a partir de agora.

Clayton se levanta e sai tempestivamente do tribunal, os homens de seu pai rapidamente em seus calcanhares. Enquanto isso, respiro fundo e relaxo em meu assento enquanto Marjorie praticamente dá uma volta de vitória em sua cabeça.

Olhando para Tanner, encontro seus olhos e noto o leve sorriso em seus lábios.

Eu poderia beijá-lo agora mesmo na frente de todos, mas fico em meu lugar e espero o juiz encerrar o julgamento.

Empolgada porque o divórcio está quase acabando, fecho os olhos e sinto um peso sair de meus ombros.

Este não é o fim de tudo.

Eu sei disso.

Tanner não vai parar até que rasgue o chão debaixo de Clayton.

Mas, pela primeira vez, estou realmente grata pelo turbilhão que tenho do meu lado.

capítulo quarenta e quatro

Tanner

Eu não deveria estar gostando tanto disso. Não deveria sorrir ao ver a destruição pública de dois homens que ousaram cruzar uma linha que foi desenhada na areia para iniciar uma batalha que eles não sabiam que estavam lutando.

Mas estou sorrindo.

E eu realmente gosto disso.

Só porque destruir o mundo de Clayton e de seu pai foi fácil pra caramba, uma criança poderia ter feito isso.

Pequena dica: se você é um imbecil, nunca se aproxime de um grupo de pessoas que tornaram destruir vidas uma forma de arte.

Todos nós temos nossos talentos particulares. O meu só acontece de ser o de criador do tabuleiro e da posição dos jogadores. Sou a mente diabólica por trás do jogo, o mestre das marionetes puxando as cordas. Mas não posso fazer isso sem o resto do Inferno.

Bem, eu *poderia*, mas não seria tão divertido.

A grande maioria da destruição foi divulgada na mídia no mês passado.

Esperamos para executar o plano até que o dinheiro estivesse na conta de Luca e o divórcio fosse finalizado. A tinta do pedido final nem tinha secado quando eu disse ao grupo para agir.

O primeiro estágio envolveu mutilar os negócios de Clayton, Jase e Sawyer, fazendo trabalhos incríveis para queimar todas as pontes que ele tinha com suas maiores contas.

Infelizmente, só consegui assistir de fora. O escândalo veio a público depois que alguns de seus clientes correram para a mídia.

Aparentemente, Clayton, depois de ficar tão frustrado por perder sua esposa e Melody, decidiu buscar novos interesses amorosos.

Ao longo de vários dias, ele mandou um e-mail para as esposas de seus clientes explicando seu status agora de solteiro e anexou fotos do pau aos e-mails para mostrar a elas o que estavam perdendo.

Jase e Sawyer sentaram-se presunçosamente enquanto eu gargalhava assistindo às notícias.

Orgulhosos de seu trabalho, eles explicaram que mandaram Taylor hackear o e-mail comercial de Clayton. Assim que conseguiram isso, vasculharam a internet em busca de sites de fetiche por pênis minúsculos (sim, isso existe) e usaram uma dessas imagens para as mensagens em massa que enviaram. Felizmente, Taylor também foi inteligente o suficiente para cobrir seus rastros.

Clayton, é claro, fez uma declaração pública negando tudo. Alegou que seu e-mail foi hackeado, que aquelas não eram fotos de seu pênis e que tinha seu departamento de TI e outros investigadores averiguando o problema.

Infelizmente para ele, Melody deu uma entrevista exclusiva confirmando que essas fotos eram de seu pau nada satisfatório, enquanto, ao mesmo tempo, os investigadores voltaram com a descoberta de que os e-mails foram enviados do endereço IP da casa de Clayton.

Não tenho ideia de como Taylor faz isso, mas esse último detalhe foi crucial. O negócio de Clayton estava afundado.

Eu não esperava nada menos, no entanto.

Meus garotos são bons assim.

De todo jeito, Clayton teve a opção de correr para seu pai para pedir ajuda financeira.

Pelo menos até o início da fase dois, realizada por Gabriel e Mason.

Infelizmente, desenterrar a sujeira do pai de Clayton não foi difícil, especialmente com nossos pais. Embora não seja tão empolgante quanto a fase um, as informações fornecidas por nossas famílias sobre as negociações privilegiadas e outras negociações secundárias obscuras do senador foram trazidas à luz.

O pai de Clayton tinha um péssimo hábito de influenciar leis e testemunhas em questões do Congresso para seu benefício financeiro.

Um relatório investigativo completo foi publicado por um grande meio de comunicação. A linha do tempo e os outros documentos fornecidos eram provas suficientes para que não houvesse como negar as denúncias.

Obviamente, seu pai teve que renunciar ao cargo imediatamente. Uma investigação criminal iniciada logo depois disso, não apenas congelou as contas do senador, mas amarrou toda a família, dando a Clayton nenhum lugar para correr.

Até hoje à noite.

O pobre bastardo está tão desesperado neste momento, e tão bravo, que ao invés de se concentrar em machucar Luca, ele agora está atrás de Melody.

Nós sabíamos que isso aconteceria e ela está em um lugar seguro com muito dinheiro para atenuar seu estilo de vida antes que possa voltar à normalidade. No entanto, ela é uma maldita boa atriz.

Dez minutos atrás, Melody ligou para Clayton chorando pela perda de seu relacionamento, implorando por seu perdão e admitindo que odiava tudo o que ela fez com ele, mas que tinha sido forçada a fazer isso por ninguém menos que eu.

Dei a ela essa última fala, não apenas porque era convincente, mas também porque queria que Clayton soubesse que minha mão tinha estado em toda a bagunça que tinha se tornado sua vida.

Estamos fora de sua vizinhança agora, esperando que ele pegue a estrada principal depois que Melody deu a ele um endereço secreto onde ela pode ser encontrada.

— Quanto tempo isso vai demorar, porra? — Jase reclama, sua paciência se esgotando com sete de nós amontoados na parte de trás de uma van branca. Não somos caras pequenos, então ficar aqui por tanto tempo é uma droga.

— Ele deve sair a qualquer momento agora — respondo, um rosnado na minha voz também, porque o joelho de Shane está cavando nas minhas costas.

Gabriel está dirigindo a van e Mason ocupou o assento do passageiro ao lado dele. O resto de nós está enfiado atrás. Tiramos o palito para ver quem está sentado onde e fiquei puto quando perdi.

— Lá está ele — Gabriel diz, a van lentamente avançando quando Clayton está a uma distância suficiente para não nos ver.

O movimento apenas pressiona o joelho de Shane contra mim com mais força e eu me viro para empurrá-lo.

— Sério, Shane, por que você está na minha bunda?

— Onde diabos você quer que eu vá?

Nós dois olhamos para trás para ver os gêmeos sentados lado a lado, já com as máscaras que usamos para o desafio. Um pouco assustado com o olhar deles, chego para frente para dar a Shane mais espaço.

Depois de vinte minutos seguindo Clayton, estamos nos aproximando de uma área menos congestionada da cidade, meus dedos batendo contra a perna com impaciência.

— Quanto tempo essa merda vai durar? — Viro-me para olhar para Shane.

— Espere mais cinco a dez minutos. Desconectei seu alternador, então sua bateria não durará muito mais do que isso. Estou surpreso que ele tenha chegado tão longe.

— Juro por Deus, se você fodeu com isso como fodeu com o trabalho com o carro de Luca...

— Eu não fodi aquilo!

— Crianças! — Gabriel grita para nós. — Clayton está parando agora com suas luzes de emergência acesas. Bem, uma versão esmaecida. Não. O carro está morto agora. Sem luz nenhuma.

Perfeito pra caralho.

— Tem alguém por perto?

— Só nós — Gabriel responde.

— Você sabe o que fazer.

O desafio começa... agora.

A van para e nós abrimos a porta lateral, quatro de nós pulando um após o outro enquanto avançamos em direção a Clayton.

Ele solta um grito agudo quando o saco é arrastado sobre sua cabeça, seus braços se agitando e as pernas chutando enquanto o arrastamos de volta para a van.

Enquanto fazemos isso, Shane corre atrás de nós para abrir o capô do carro de Clayton, reconectar o alternador, colocar uma bateria nova e tocar a buzina quando ele estiver pronto para nos seguir.

Graças ao local que Melody disse para Clayton ir, estamos a apenas outros vinte minutos de onde os gêmeos prepararam para o desafio.

— Que porra está acontecendo? — Clayton grita, suas palavras abafadas pelo saco, e provavelmente porque estou com o rosto dele apertado contra o chão da van.

Jase ri.

— Parece que você irritou os caras errados, filho da puta. Diga-me o quanto você gostou daquelas fotos de pau que encontramos para você.

Clayton luta, mas eu aperto o cotovelo em suas costas.

— Continue se mexendo e vou entregá-lo para Ezra e Damon.

Seu corpo fica imóvel.

Homem esperto.

— Quem pegou o absinto? — pergunto.

Nós o batizamos com algo especial para que o desafiado já comece a tropeçar quando começar a trilha. Isso só aumenta o efeito de ser degradado, além das surpresas que criamos ao longo do caminho.

— Não vou beber — Clayton ruge, mas aperto meu cotovelo um pouco mais forte.

Inclinando-me para falar baixinho contra o saco sobre sua cabeça, explico:

— Temos provas de que você tentou atropelar sua ex-esposa em um estacionamento, seu merda.

Na verdade, nós não temos. Tudo o que temos é a palavra de Melody. Mas ele não sabe disso.

— Isso é conspiração para cometer assassinato. Uns bons vinte anos na prisão, agora que seu pai não pode mais salvar sua bunda. Então, a menos que você queira isso indo a público também, eu me tornaria um inferno de muito mais cooperativo.

Vários segundos se passam antes que ele choramingue.

— Vou beber.

Um sorriso estica meus lábios.

— Imaginei que fosse.

Eu o puxo para uma posição sentado, arranco a sacola de sua cabeça e pego a garrafa da mão estendida de Sawyer. Balançando na direção de Clayton, não posso evitar o sorriso selvagem no meu rosto.

— Você não deveria ter tentado matar Luca ou destruir o apartamento dela.

Bato a garrafa contra seu peito, mas a confusão passa pela expressão de Clayton.

— Eu não destruí o apartamento dela.

— Não minta...

— Não destruí — ele insiste. — Não estou mentindo. Sim, eu fiz a coisa do estacionamento, mas não destruí a casa dela.

Então quem diabos fez isso? Meus pensamentos voltam para nossos pais, mas agora não é hora de me preocupar com isso.

— Apenas beba absinto e cale a porra da boca.

Ele traz a garrafa aos lábios, mas hesita em beber, suas sobrancelhas se franzindo, puro ódio nivelado no meu rosto.

Afastando-a sem tomar o primeiro gole, ele estreita o olhar patético em mim.

— Por que você se importa? Você odeia Luca. Fez tudo que podia para arruinar a vida dela.

Eu não respondo, mas não preciso. Minha expressão diz tudo.

Clayton avança, quase derramando a garrafa, mas Jase a agarra enquanto Sawyer coloca Clayton em um estrangulamento por trás.

— Seu filho da puta! Você está com ela! Porra, eu sabia que você sempre a quis para si.

Suas palavras são cortadas quando Sawyer aperta seu braço, os olhos de Clayton esbugalhados enquanto o ódio vermelho tinge sua pele.

Pegando a garrafa de Jase, estendo-a para Clayton novamente.

— Estou lhe dando mais uma chance. Sugiro que você beba, ou sua vida está prestes a ficar um inferno de muito pior.

Sawyer afrouxa seu aperto e Clayton arranca a garrafa da minha mão. Ele a inclina aos lábios e bebe enquanto seus olhos estão fixos nos meus.

Eu pego dele quando o líquido diminui um terço do caminho.

— Isso deve resolver. Não gostaríamos de matar você acidentalmente neste processo.

Abaixo de nós, os pneus da van batem em terreno irregular, galhos de árvores raspando nas laterais com um som metálico doentio enquanto nos espremermos por uma estrada estreita até o local que os gêmeos encontraram.

Eventualmente, a estrada se abre para um campo maior, a van balançando até parar. Gabriel estaciona e desliga o motor. Vejo as pupilas de Clayton dilatarem enquanto o álcool faz efeito.

Sorrio para ele.

— Como você está se sentindo, Clayton? Pronto para um desafio?

Não é justo, este jogo. Nunca foi. Mas o desafio nunca teve a intenção de ser uma escolha fácil quando uma pessoa não queria pagar. Na verdade, era para ser um impedimento, mas algumas pessoas parecem pensar que são capazes de superar o terror que somos capazes de causar.

Elas não são.

— Estamos todos prontos, meninos e meninas?

Todos os sete de nós nos voltamos para olhar para Gabriel.

Jase é o primeiro a dizer algo.

— Não há nenhuma boceta nesta van, idiota.

Gabe sorri e aponta seu queixo para Clayton.

— Tem certeza disso?

Risada baixa preenche o espaço e começamos o processo de descida. Arrasto Clayton junto, percebendo o fato de que ele já está tropeçando, enquanto o resto deles recolhe os últimos adereços, como a buzina e nossas máscaras. Shane corre para se juntar a nós depois de estacionar o carro.

Quando chegamos ao início da trilha onde os gêmeos colocaram duas tochas de cada lado, Ezra corre para acendê-las e eu levo Clayton para a frente.

Ele já está apavorado. Sério, eu poderia simplesmente arrastá-lo para casa agora, colocá-lo na cama e ele se mijaria com seus sonhos. Mas isso seria muito fácil.

Estalando meus dedos em seu rosto, eu o faço se concentrar.

— Você se lembra das regras, certo?

Quando ele não responde, certifico-me de que estamos todos na mesma página.

— A primeira buzina te dá trinta minutos para correr e se esconder. A segunda é quando a primeira leva vem atrás de você. A terceira é quando a segunda leva se move. E na quarta vez que você ouvir a buzina tocar, os três últimos começam a caçada. Você tem duas horas para se esconder de nós. Mas se for encontrado...

Balanço a cabeça e deixo assim, meus olhos se levantando para olhar para Sawyer por cima do ombro de Clayton. Ele sorri e leva a buzina à boca, seu peito se expandindo pouco antes do primeiro berro soar alto.

Clayton se encolhe e eu bato em sua bochecha.

— Corra. Vamos torcer que não o encontremos.

Clayton decola com as pernas instáveis, desaparecendo na escuridão da floresta com apenas o luar para iluminar seu caminho. Ele não irá longe. Eles nunca vão. Normalmente, apenas a sombra dos galhos das árvores é o suficiente para assustá-los e fazê-los se encolher.

O que os fazemos beber funciona a nosso favor e não para eles.

Ezra, Damon e Shane tiram suas camisas e colocam as máscaras de demônio para pegarem o primeiro *round*, todos os nove de nós esperando em silêncio para ouvir e determinar que direção Clayton tomará.

Sawyer inclina a cabeça para a esquerda quando um galho se quebra ao longe, o canto de sua boca se curvando.

Quando o tempo acaba, ele toca a buzina e os três primeiros decolam em passos pesados, uma debandada alta enquanto seguem na mesma direção de Clayton.

Nós escutamos por um tempo, todos os seis parados enquanto o vento açoita o fogo das tochas.

— Maldição, já se passou uma eternidade desde que fizemos isso — diz Gabriel, enquanto caminha ao meu lado. — Devíamos começar de novo. Eu meio que sinto falta.

Eu olho para ele e rio.

— Você está dizendo que quer perseguir Ivy pela floresta?

— Não com vocês, idiotas, mas sozinho não seria tão ruim.

Rindo disso, vejo Jase, Mason e Taylor se despirem, sorrisos maliciosos em seus rostos quando ouvimos um grito agudo à distância.

— Foda-se — reclama Jase. — Odeio quando eles o encontram tão rápido.

Captando seu olhar, eu o lembro:

— Eles vão deixá-lo ir novamente. É mais divertido quando estão correndo.

— Segunda rodada, cavalheiros. Divirtam-se. — Sawyer toca a buzina e os três colocam as máscaras para decolar.

Apenas três de nós estão esperando para entrar.

Imediatamente, ouvimos gritos à distância e sabemos que Clayton foi solto para que possam prendê-lo novamente.

— Isso é realmente uma merda da nossa parte — comenta Sawyer. — Eu me sentiria mal se não fosse tão divertido.

— Você diz isso toda vez — brinco.

Ele encolhe os ombros.

— É sempre divertido.

À distância, ouvimos mais gritos e me pergunto se Clayton foi pego em alguma das armadilhas de rede que armamos.

Deixo a cabeça cair para trás enquanto estico os ombros.

Mesmo que isso termine as coisas com Clayton, não termina as coisas inteiramente. Não se outra pessoa destruiu o apartamento de Luca. A tensão se instala em meus músculos enquanto meus pensamentos perseguem esse fio em particular.

— O que está em sua mente?

Olhando para Gabriel, sorrio porque o filho da puta me conhece tão bem.

— Clayton não destruiu a casa de Luca.

— E você está preocupado que ela ainda esteja em perigo depois disso?

Eu aceno e tiro minha camisa. Felizmente, não estamos vestidos para isso como costumava ser para as festas do desafio. Correr será mais fácil.

Gabriel faz o mesmo à medida que nos aproximamos da última rodada.

— Ela deveria ficar com você até descobrirmos tudo. Será mais seguro assim.

Passo a língua nos dentes da frente e tento não pensar no quanto tudo com Luca está me incomodando.

— Se ela quiser. Dei a ela a escritura de sua casa há mais de um mês e ela não me disse que escolheu ficar. Ela pode estar segura na Geórgia.

— O pai dela estava seguro?

Nossos olhos se encontram depois que ele faz a pergunta.

Gabriel arqueia uma sobrancelha e vira seu olhar para o trecho da floresta à nossa frente.

— Estou apenas dizendo, Tanner, que até que saibamos tudo, você precisa colocar os pés no chão com Luca e lembrá-la de que isso não acabou. Não inteiramente, pelo menos. Nossos pais ainda querem aqueles servidores.

— Ela não os tem.

— Será que isso importa para eles? — ele pergunta. — Duvido muito que eles acreditaram que aqueles servidores estavam em seu apartamento, mas alguém estava procurando por algo. E nós dois sabemos que não era sua caixa de mortos assustadores que eles queriam.

Eu rio com isso.

— Ela precisa ficar — insiste. — E isso dá a você mais tempo para parar de dar para trás e, finalmente, dizer que ela não está indo para casa. Não a menos que ela queira que você a rastreie e a arraste de volta.

Olhando um para o outro novamente, sei que ele está certo. Não tenho certeza se deixaria Luca sair, mesmo se ela estivesse segura. Mas é conveniente pra caralho ter um motivo além do fato de que eu disse não.

Luca fará o que ela quiser. Isso é apenas quem ela é. Mas é meu trabalho convencê-la de que ela está melhor na minha cama do que em qualquer outro lugar do mundo.

— Hora de ir — Sawyer anuncia antes de tocar a buzina.

Colocamos nossas máscaras e saímos correndo, Sawyer indo para um lado, Gabe para outro e eu para um terceiro.

Pelo que ouvimos, os outros caras já têm Clayton encurralado perto da área de trás, então sigo naquela direção, fazendo um amplo semicírculo no caso de Clayton conseguir escapar.

Ouço Gabe assobiar à distância à minha esquerda e me viro em direção ao som.

Dentro de um minuto, Clayton sai por uma trilha, seu andar instável. Pela aparência, ele já tinha sido golpeado com força, mas tenho um ódio especial por esse filho da puta.

Lembrando-me de como ele quase matou Luca, corto por um grupo de árvores e pulo ao lado dele, meu cotovelo acertando-o com força para derrubá-lo. Ele cai no momento em que Ezra vem de outra direção para agarrar seu pé e arrastá-lo para uma clareira mais ampla, mais dois caras esperando.

Com as máscaras, parecemos demônios nas sombras e no luar escasso. A mente de Clayton deve estar girando agora.

TRAIÇÃO

O álcool e o que adicionamos são suficientes para fazê-lo desmaiar, mas o desafio bombeia seu sangue e o encharca de adrenalina que torna os efeitos piores.

Ele grita enquanto Ezra o arrasta para o centro da clareira e o deixa cair lá.

Todos nós nos dispersamos de novo, porque não é a violência que aterroriza a mente, é o medo de não saber de onde viremos a seguir.

Damon vem atrás de mim enquanto esperamos Clayton se levantar e se recompor.

— Ele já se mijou — diz ele, rindo. — Você pode sentir o cheiro nele. Foi pego em uma das armadilhas da rede e perdeu a porra da cabeça.

— Você o guiou para ela intencionalmente?

— Foda-se, sim. — Ele ri novamente. — Esse cara é muito fácil.

Clayton finalmente se levanta e cambaleia, e eu não perco tempo correndo para agarrar sua perna enquanto corro e o jogo no chão. Cada vez que ele se levanta, outro de nós corre para fazer isso de novo.

Ele está chorando quando terminamos e eu sei que o jogo acabará em breve.

Lançando um rápido olhar para Mason, inclino minha cabeça para dizer a ele para agarrar a corda que usaremos para amarrar Clayton e carregá-lo.

Deve parecer que ele entrou no inferno quando todos nós emergirmos da floresta, nossas máscaras no lugar, o luar e a sombra nos fazendo parecer os demônios que somos.

Clayton tenta rastejar para longe, mas nós o arrastamos para o círculo, amarramos suas mãos e pés e o levantamos. Ele fica mole, o cheiro de suor e urina saindo dele.

É tranquilo quando chegamos ao início da trilha, a luz do fogo bruxuleante dançando em nossas máscaras e corpos. Clayton cai no chão quando o derrubamos e eu me agacho para virá-lo de costas.

Pergunto se ele está tão louco a ponto de não entender o que estou dizendo a ele.

— Este foi um aviso. Foda com Luca de novo, ou conte a alguém sobre isso, e eu acabo com você. Entendeu?

Ele acena com a cabeça e eu aceno junto com ele.

— Vamos levá-lo para casa agora e colocá-lo na cama. E você vai acordar amanhã como se nada tivesse acontecido.

Ficando de pé, espero enquanto os caras correm novamente para juntar tudo. Saímos trinta minutos depois e dirigimos para a casa de Clayton.

Depois de levá-lo e Shane deixar seu carro, voltamos para minha casa. Os caras vão sair assim que chegarmos lá e terei de lidar com um último problema que precisa ser resolvido.

Não tenho ideia de como vou confrontar Luca sobre o que quero, mas, no final, vou dar a ela apenas uma opção.

Ela fica.

Ela é minha.

Eu a reivindiquei.

Não há outra escolha.

capítulo quarenta e cinco

Luca

Tanner tem agido estranho o dia todo. Tudo começou como normalmente, exceto por acordar às três da manhã enquanto ele se arrastava para a cama depois do banho recém-tomado. Imaginando brevemente o que ele esteve fazendo a noite toda, adormeci novamente e acordei mais tarde para me encontrar sozinha na cama.

Depois de tomar um banho e colocar algumas roupas, desci as escadas para encontrá-lo na cozinha preparando o café da manhã. Nós comemos em um silêncio desconfortável, seus olhos na minha direção de vez em quando, como se ele tivesse algo a dizer.

O dia foi passando e agora é meio da tarde. Embora eu possa sentir a tensão o envolvendo, não tenho ideia do que está causando isso.

De saco cheio de tudo, decido confrontá-lo quando ele terminar sua ligação com Gabriel lá em cima. Não há razão para ele estar temperamental. O negócio com Clayton está feito. Não estamos brigando por nada. E, exceto pelos servidores desaparecidos, Tanner deveria estar feliz com a maneira como as coisas aconteceram.

Mas talvez seja esse o problema.

Tudo isso começou por causa daqueles servidores e, embora eu tenha conseguido tudo que queria, independentemente do que passei para conseguir, Tanner ainda está de mãos vazias. Ele não tem nada a usar contra seus pais, o que eu sei que é um grande problema para ele.

Não é minha culpa, no entanto. E eu não vou aturar seu comportamento taciturno e mal-humorado.

Poucos minutos depois, ouço seus passos enquanto ele desce as escadas, meus olhos se fixando em sua arrogância típica quando ele vira uma esquina para entrar na sala de estar em seu caminho para a cozinha.

— Pare bem aí.

Tanner congela no lugar, aquele olhar deslizando em minha direção com aborrecimento cintilando por trás dele.

— Algum problema?

Suspirando, mudo minha posição no sofá para cruzar as pernas.

— Você é o problema.

Sua sobrancelha se ergue e ele se vira para me encarar totalmente.

— É sério?

Há uma veia de humor em sua voz, o canto de sua boca inclinado apenas uma fração.

Não aguento mais. Nós dois estamos pisando em ovos desde que ele jogou a escritura da casa no meu colo, nenhum de nós corajoso o suficiente para tocar no assunto. E isso é parcialmente minha culpa.

Isso precisa acabar, no entanto.

De um jeito ou de outro.

— Por que está agindo tão estranho hoje? Aconteceu alguma coisa ontem à noite que você não está me contando?

Ele pisca, enfiando as mãos nos bolsos. Mesmo que ele não tenha ido ao escritório *novamente* hoje, está vestido com um par de calças pretas e uma camisa social preta.

A cor, ou a falta dela, fica bem nele. Destaca o verde em seus olhos, o bronzeado de sua pele, combina com o cabelo e a barba sobre a mandíbula forte.

— Tivemos um desafio na noite passada — responde.

A surpresa me imobiliza.

— Pela floresta?

Dando-me um simples aceno de cabeça em resposta, ele me encara como se me desafiasse a dizer algo sobre isso.

Em vez disso, rio, porque não preciso fazer a próxima pergunta.

— Quem estava correndo?

Tanner me dá um sorriso com toda a potência.

— Clayton.

Ah, pobre homem. Clayton, em todo o tempo que o conheço, nunca tinha sido uma pessoa forte. Claro, ele era bonito, alto, tinha uma constituição decente, mas era protegido até certo ponto, mimado e frágil por causa disso.

— Será que ele vai se recuperar?

— Ele estava chorando e tinha se mijado quando o tiramos de lá.

Infelizmente, não estou surpresa.

— Então isso resolve o assunto?

Sua mandíbula se aperta, frustração inundando seus olhos.

— Acho que sim.

Isso precisa parar.

— O que diabos há de errado com você hoje? Você está andando com passos pesados por aqui como se tivesse algo a dizer, mas depois vai embora.

Tanner dá um passo em minha direção, mas para, outro tique de sua mandíbula me mostrando quão irritado ele está. Eu não fiz nada para causar isso. Ou talvez eu tenha feito. Não é como se eu tivesse falado com ele sobre a única coisa que ficou pendurada entre nós.

Alguns segundos se passam em silêncio antes que ele fixe os olhos nos meus e diga:

— Você não vai embora. Sei que te dei a casa na Geórgia e disse que a decisão é sua, mas não é. Você fica aqui. Eu decidi.

Meus lábios se contraem com isso.

— Você decidiu, hein? Porque sempre funcionou muito bem quando me dizia o que fazer.

Desta vez vai funcionar, só porque é um alívio ouvi-lo dizer isso, meu coração inchou no peito por saber que ele me quer aqui.

Mesmo assim, não posso deixá-lo pensar que pode mandar em mim. Permitir que faça isso apenas uma vez me condenará por toda a eternidade.

Ele nunca vai parar de tentar fazer de novo.

A batalha de vontades continua e, sinceramente, espero que nunca pare. Uma das coisas que gosto sobre Tanner é que ele me desafia. Eu também odeio isso, porque às vezes pode ser irritante, mas ele me mantém na ponta dos dedos. Não posso reclamar disso.

— Eu decidi — diz ele, declarando o fato. Mas há uma peculiaridade em sua boca que me diz que ele está brincando.

Tanner nunca suportaria uma mulher que fizesse o que a mandassem.

Dando de ombros, eu me inclino para trás em meu assento e o encaro.

— Você está planejando me dar um motivo para ficar? Eu poderia pensar sobre.

Seu sorriso se alarga.

— Você poderia?

— Vou levar isso em consideração.

Em resposta a isso, ele atravessa a sala para se ajoelhar no sofá, seus dedos envolvendo meu tornozelo enquanto ele me puxa para baixo. Rastejando sobre mim, ele me prende no lugar, seus olhos sérios enquanto ele encara meu rosto.

— Você não está segura lá fora. Alguém destruiu seu apartamento.

Eu já pensei nisso e estou um pouco grata, embora seja uma coisa estranha pela qual ser grata. Isso me deu uma desculpa para estar aqui... com ele. Mas não é o suficiente para eu prometer ficar para sempre.

Aceno com a cabeça como se estivesse pensando sobre isso.

— Eu sou uma milionária agora. Posso conseguir que um guarda-costas me siga pela Geórgia.

Minhas sobrancelhas se erguem.

— Ah, eu posso conseguir um gato, também. Todo grande, malvado e musculoso.

O olhar de Tanner se estreita em meu rosto.

— Será uma pena quando eu o matar e enterrar em uma cova sem identificação. Você é minha. Caso encerrado.

Meus olhos se arregalam com isso. Séria, agora que ele nos empurrou para essa linha, estico as mãos para segurar suas bochechas.

— O que eu sou para você, Tanner? Não me peça para ficar se for só por uma ou duas semanas, ou até que fique entediado de me torturar.

Abaixando seu corpo até que nossos peitos estejam pressionados, ele separa minhas pernas com o joelho, sua boca beijando a minha em uma provocação suave.

— Já te disse.

— Eu sou sua?

Ele concorda.

Com voz suave, pergunto:

— O que você é para mim?

Ele pressiona sua boca no meu ouvido e sussurra:

— Espero que a resposta para isso seja o homem que você acha que é tão inteligente e tão certo sobre tudo que você decidiu nunca mais discutir com ele.

A risada borbulha na minha garganta.

— Sem chance. Isso nunca acontecerá.

Posso sentir seu sorriso contra minha bochecha.

— Então, vou me contentar com o amor da sua vida.

Coração estremecendo com um baque forte, ele salta de volta à vida tão rápido que posso sentir meu pulso na garganta.

Tanner empurra para cima para que possa olhar para mim. Não há nada em seus olhos, exceto pura honestidade.

O valentão se foi.

TRAIÇÃO

O atormentador.

O homem que destruiu meu mundo apenas para montá-lo novamente.

Eu o vejo.

Só ele.

Tão aberto e exposto como jamais estará.

De alguma forma, sei que ele nunca mostrou esse lado de si mesmo para outra mulher antes. E me dá um pequeno nó na garganta ele me mostrar isso.

— É isso que estamos? Apaixonados?

Aquele sorriso debochado arrogante dele emerge.

— É melhor estarmos. Você sabe quanta porcaria eu aturei de você para chegar a este ponto? Pelo amor de Deus, mulher, você sempre tem que ser tão difícil?

Mais risadas, mas por dentro estou derretendo nas almofadas, sugada mais uma vez pelo turbilhão.

Só que desta vez não estou me afogando e lutando nas águas turbulentas. Estou alegremente montando o redemoinho caótico delas.

Ele me ama.

Este homem.

E apesar de tudo, eu sei que o amo também.

Não tenho certeza se isso me torna uma idiota ou simplesmente uma insaciável por punição, mas não posso evitar o que sinto.

Meu pai sempre me dizia que eu nunca seria feliz até encontrar meu igual. Alguém que é tão inteligente. Tão forte. E tão teimoso quanto eu.

Bem, eu o encontrei.

Ou, se você realmente quiser ser técnico sobre isso, ele me encontrou.

E embora tenha sido um inferno a pagar desde o momento em que ele gritou comigo pela primeira vez naquela noite na festa do Inferno, houve partes dessa perseguição que me atraíram para Tanner. Cimentou-me no lugar. Deixou claro que às vezes duas pessoas podem ser tão parecidas, mas opostas ao mesmo tempo.

Ele é astuto e traiçoeiro. Um homem com quem não se pode mexer, a menos que queira seu mundo destruído. E eu sou mais uma molenga, uma garota com o nariz enterrado em livros que daria a um estranho a camisa do corpo se ele precisasse.

Tanner e eu equilibramos um ao outro, mesmo que lutemos a cada passo do caminho enquanto o fazemos.

— Tudo bem, eu vou ficar.

Sorri, pura felicidade nessa expressão.

— Mas só porque minha vida está em perigo e tudo. Não porque você me disse para fazer isso.

Ele se inclina para morder o lado do meu pescoço, seus braços me envolvendo enquanto rosna:

— Eu juro, se você não me disser que me ama e calar a boca, vou te prender de volta no seu *quarto-prisão* e vou não te deixar sair.

Minhas bochechas doem de tanto sorrir.

— Tudo bem. Eu te amo e tal.

— E tal? — Aqueles olhos verdes encontram os meus enquanto ele ergue uma sobrancelha.

— Apenas me beije e cale a boca — provoco.

Ele faz, sua boca reivindicando a minha com tanta posse masculina que estou sem fôlego como resultado disso.

A nossa história não é perfeita.

Não é o que alguém pensaria ao imaginar um romance.

Mas é a história que corresponde a quem somos e a quem sempre fomos.

Tanner nunca teria me merecido se não tivesse me mostrado o quanto pode mudar. Talvez não para o resto do mundo. Ok, definitivamente não para o resto do mundo. Mas, para mim, ele não é mais quem era.

E, mesmo que eu odeie admitir, eu teria me tornado apenas outra fã desinteressante de Tanner se não tivesse lutado contra ele.

Nós precisávamos disso para nos unirmos.

Cada parte disso.

Não só porque nos jogou um na cara do outro, mas porque revelou quem nós somos por baixo das máscaras e da superfície polida. Isso trouxe o melhor de nós porque tivemos que lutar muito para chegar a esse ponto.

Interrompendo o beijo, ele pressiona a testa na minha.

— Então, sobre fazer o que lhe foi dito. Temos certeza de que não podemos renegociar isso melhor? Isso realmente tornaria minha vida mais fácil.

Balanço a cabeça e reviro os olhos.

— Isso, Tanner, vai ser uma luta até o amargo fim.

O canto de sua boca se curva com isso.

Movendo-se para que seus lábios deslizem nos meus, ele me beija suavemente e diz:

— Desafio aceito.

epílogo

Gabriel

Nunca na minha vida achei o sol tão desagradável como em Miami, Flórida. Não entendo o que as pessoas veem neste lugar.

Andar lá fora é como entrar em um forno, o maldito sol nos cega, apesar de quão pesada é a coloração em seus óculos de sol. Para onde quer que você olhe, há outro filho da puta maluco fazendo algo tão típico da Flórida que eu finalmente acredito em todas as notícias que saem deste lugar.

Acho que o sol frita seus cérebros e, se eu não conseguir o que vim fazer aqui e dar o fora, posso me descobrir tão louco quanto o resto dos nativos, realmente curtindo o calor, a umidade e a areia.

Inclinando-me para trás em meu assento, olho através do para-brisa do meu carro alugado, um celular pressionado no meu ouvido enquanto espero Tanner atender.

Hoje é a primeira vez que ele está de volta ao escritório desde que Luca concordou em morar com ele e já recebi cinco demissões dos advogados associados e três ligações de Lacey ameaçando se demitir.

Ainda não é nem meio-dia.

Fui capaz de suavizar as coisas com os advogados e prometi a Lacey dinheiro suficiente para fazer o pesadelo valer a pena, mas, antes de irmos à falência, preciso colocar Tanner na linha e descobrir por que ele está tornando a vida de todos um inferno.

— O que diabos está acontecendo?

Sua voz é surpreendentemente alegre.

— O que você quer dizer? Eu fui perfeitamente agradável hoje.

— Agradável, minha bunda. Você fez dois homens crescidos chorarem e outro começar a questionar suas escolhas de vida ruins. Todos advogados da Ivy League, Tanner. Fique na porra do seu escritório até eu voltar.

Uma risada baixa ressoa na linha.

— Eu disse para você fazer sua viagem rápida. Não sou confiável perto de imbecis.

— Nem todo mundo é um imbecil.

— É o que você diz. Eu tenho que ir. Resolva sua merda e volte.

A suspeita sangra através de mim.

— Você está fazendo isso para me apressar, não está?

— Como eu disse: tenho que ir. Divirta-se em Miami.

A linha fica muda e eu coloco o celular no bolso, olho para o hotel onde estou estacionado e jogo a cabeça contra o encosto.

No geral, estou feliz de como tudo acabou para Luca e Tanner. Não foi fácil vê-los passar por isso. Certamente não foi divertido.

Eu juro, o trabalho necessário para colocá-los juntos era como controlar um bando de gatos selvagens. Justo quando você tinha um na linha, o outro fugia correndo. Não havia mais nada a fazer a não ser prendê-los juntos.

Então, foi isso que eu fiz.

Tudo o que bastou foi Tanner me dar permissão para começar o desafio em Luca, o que eu fiz. E, felizmente, o idiota nunca pediu muitos detalhes porque ele estava muito envolvido no jogo para estar no estado de espírito certo para isso.

Eu disse a ele que fiz algumas mudanças, só não expliquei que essas mudanças envolviam jogar o desafio nele também.

Pelo contrário, Tanner deveria saber que fui eu quem colocou Sawyer em Luca. O flerte intencional de Sawyer era óbvio para qualquer um... exceto para Tanner, aparentemente. Eu sabia que sua merda de alfa ciumento iria se inflamar com isso, mas não foi a única coisa que eu fiz.

Outro jogo era necessário.

E foi executado perfeitamente.

Tente juntar duas forças teimosas sem ser criativo e veja como isso funciona para você.

O fato de Tanner ter caído nessa só me faz balançar a cabeça negativamente.

Depois que Tanner arrastou Luca para sua casa e definiu que era a hora para o desafio, eu sabia que aquela mulher voltaria correndo para lá assim que tivesse a primeira oportunidade. Teria sido um ciclo sem fim, então cortei essa merda antes mesmo de sequer começarmos a trilhar esse caminho.

Pegando Mason e Ava de lado, armei o esquema. Eles aceitaram sem questionar, e que trabalho incrível fizeram.

Enquanto Ava andava por aí com Luca o dia todo, mandei Mason ao apartamento para destruir o lugar. Sim, foi uma coisa de merda a se fazer, mas eu disse a ele para não destruir nada importante. Ele fez uma bagunça nas fotos de Luca, mas todas podiam ser recuperadas. Puxou todas as roupas dela dos cabides, mas não as destruiu.

O que ele destruiu foram os móveis baratos que eu sabia que ela não dava a mínima. Tornou impossível que ela voltasse para casa. E quando Ava a levou lá no momento em que ela deveria, Mason fez a coisa toda parecer legítima, fingindo atacar Ava.

Ninguém se machucou no processo.

Eu me certifiquei disso.

Mas funcionou para conseguir o que eu queria.

Luca não tinha para onde ir, exceto a casa de Tanner. Ela não podia correr. Não podia se esconder. Foi forçada a aprender como resolver as coisas com ele, assim como ele foi forçado a aprender como resolver as coisas com ela.

Sim, eu tive que mentir para os dois para continuar empurrando esse problema, mas eles não me chamam de Engano sem motivo. Mentir é o que eu faço. Distorcer a verdade para conseguir o que quero não é nenhuma novidade para mim.

E nunca me sinto culpado por isso.

É por isso que não me sinto culpado pelo que fiz a Tanner e Luca. Eles precisavam daquele empurrão e fiquei feliz em dar isso. Estou muito feliz porque os dois estão juntos agora, para que eu possa focar em coisas mais importantes.

Particularmente, na cadela irritante dormindo no hotel de luxo que estou olhando. Me faz rir ela ter pensado que poderia fugir de mim tão facilmente.

Suspirando, percebo que não há mais nada a fazer neste momento além de seguir com isso.

Abro a porta e gemo ao sentir o calor bater no meu rosto.

Flórida.

De todos os lugares fodidos que ela poderia escolher, ela veio para um país das maravilhas de cimento construído em um pântano maldito, completo com mosquitos do tamanho da sua cabeça e répteis que engolem você inteiro.

Odeio este lugar, o que me irrita mais enquanto eu saio do carro, fecho a porta e atravesso o estacionamento em passos largos, feliz pelo ar condicionado que rola quando as portas de vidro do hotel se abrem.

Música praiana toca suavemente nos alto-falantes acima da minha cabeça, belas mulheres andando por aí com biquínis, chapéus grandes e cangas de cores combinadas. Há um ar neste lugar que mistura o luxo da riqueza com a preguiça dos dias quentes de verão.

Não quero ter nada a ver com isso.

Mesmo assim, quando me aproximo da recepção, coloco um sorriso falso.

A única maneira de isso funcionar é se eu conseguir encontrar uma funcionária para falar, então quando um homem se vira para falar comigo, eu finjo que tropeço no meu próprio sapato, intencionalmente derrubando uma xícara de café quente na frente de sua camisa branca.

— Ah, droga. Sinto muito, eu não queria...

No início, ele me lança um olhar desagradável, mas depois cola um sorriso profissional.

— Isso não é um problema. Acidentes acontecem.

Por dentro, ele está me repreendendo.

Enxugando a mancha com alguns guardanapos, ele só consegue sujar mais e desiste.

Com um estalar de seus dedos, chama uma funcionária, com os olhos arregalados quando ela olha para o estado dele e depois para mim.

— Cuide de nosso convidado — o homem solta antes de ir em direção aos banheiros.

Dou a ela um sorriso trêmulo e peço desculpas profusamente.

— Lamento ter feito isso, é só... — Suspiro, deixando as palavras pairarem por um momento antes de: — Estou nervoso como o inferno, para ser honesto, e tropecei nos meus próprios pés.

Ela compra.

— Por que você está nervoso? Vai se registrar?

Balançando a cabeça, apoio os antebraços contra o balcão e sorrio.

— Na verdade, não.

Olhando em volta como se tivesse medo de que alguém pudesse nos ouvir, faço o que sempre fiz de melhor: mentir pela porra da boca.

— Minha namorada está ficando aqui e quero fazer uma surpresa para ela. Ela está no quarto 14B. O nome dela é Ivy Callahan.

A mulher me lança um olhar engraçado, mas passa os dedos pelo teclado do computador para confirmar.

— Estamos juntos há cinco anos. Na verdade, ela me ajudou a cuidar da minha mãe adoentada quando nos conhecemos e você sabe como é isso. Nós nos apaixonamos em meio a uma tragédia.

Os olhos da mulher se suavizam.

Luto para não revirar os meus.

— Ivy, ela é. — Suspiro, como se a mulher que odeio mais do que qualquer coisa neste mundo andasse sobre a água. — Ela é uma santa em todos os sentidos que pode, então quero surpreendê-la como nos vídeos que você sempre vê nas redes sociais. Ela não tem ideia de que estou no país. Acabei de voltar do Afeganistão. Sou um soldado — digo a ela.

A mão da mulher vai para o peito, seus olhos suavizando mais.

— Eu fui ferido — continuo — e Ivy tem estado muito preocupada. Ela teve um colapso mental por causa disso, na verdade, teve que passar alguns meses em um hospital. Ela veio aqui para descansar depois da experiência horrível.

Sobre isso, não estou mentindo inteiramente.

Ivy é, de fato, uma cadela louca.

— Então, eu lutei como o inferno para estar ao lado dela depois de saber como as coisas foram horríveis e agora estou de volta, mas ela não sabe. A mãe dela me disse onde posso encontrá-la e...

Paro novamente, olho em volta e puxo uma caixa do meu bolso. Abrindo a tampa, luto para não sorrir quando a mulher se engasga com o anel de noivado dentro.

É bem nesse momento que eu sei que a conquistei.

Algumas pessoas são muito fáceis de ler.

— Você vai fazer o pedido?

Eu aceno e coloco o anel de volta no meu bolso.

— Ela acha que você está ferido em outro país, e vocês se apaixonaram de uma forma tão triste, e...

Sua mão voa para a boca.

— É como um romance.

Ok.

Se ela diz isso.

Nunca li um, então não saberia.

Ela não demora para imprimir uma chave eletrônica e deslizar para mim no balcão.

— Você vai filmar isso? Eu realmente adoraria ver.

Puta merda. Ela já está chorando.

Eu dou uma piscadinha.

— Ah, definitivamente. Assim que ela disser que sim e nos beijarmos e tudo mais, com certeza vou correr para mostrar a você.

A mulher dá um gritinho e eu luto contra a vontade de me encolher.

Balançando as mãos como se estivesse me enxotando, ela diz:

— Bem, vá em frente. Não me deixe segurar você.

Eu sorrio e aceno com a cabeça em agradecimento, lutando contra um sorriso quando ela sussurra aos gritos:

— Boa sorte! — Enquanto faço meu caminho para o elevador.

Não leva muito tempo para o elevador chegar ao andar do saguão. Eu entro e me viro, e vejo a recepcionista praticamente dançando no lugar com as mãos fechadas pressionadas contra a boca.

Sorrindo e acenando enquanto as portas vão se fechando, a expressão desaparece do meu rosto assim que elas se fecham.

Dada a hora da manhã, sei que Ivy ainda vai estar na cama depois de festejar a noite toda por suas redes sociais.

Chego ao andar catorze e saio, meu passo calmo e controlado enquanto caminho para o quarto dela.

A maçaneta emite um bipe silencioso quando deslizo meu cartão pela fechadura, uma luz verde piscando assim que se abre para me deixar entrar.

Capaz de já provar a vitória desta viagem, faço meu caminho através suíte de luxo dela, eventualmente entrando em seu quarto onde ela está dormindo.

Ivy Callahan é absolutamente linda. Em tudo o que ela faz, essa mulher pode chamar a atenção, seu cabelo loiro branco sempre a fazendo se destacar na multidão e sua atitude de merda o suficiente para me atormentar desde o dia em que a conheci.

Batendo a mão contra sua porta, grito:

— Serviço de quarto.

Seus olhos azuis se abrem enquanto ela geme.

Apoiando-se em um cotovelo, ela permite que o lençol caia o suficiente para que eu dê uma espiada em sua camisola rosa gelo, a alça fina escorregando de seu ombro.

Ela me avista e congela no lugar, seu cabelo uma bagunça despenteada emoldurando o rosto.

— Gabriel?

Ela não parece tão animada em me ver quanto pensei que ela ficaria.

— Bom dia, amor. Feliz em me ver?

Seus olhos se arregalam de medo, como deveriam. Há um inferno para pagar pela última peça que ela pregou em mim.

— Como você me achou?

Sorrio.

— A equipe de limpeza da sua casa odeia você tanto quanto eu.

Sentando-se, ela zomba e puxa o lençol para cobrir seu peito. Afasto-me da parede e aproximo-me dela.

Ajoelhando-me, agarro seu queixo e sorrio quando ela tenta se afastar de mim.

— Você realmente achou que poderia escapar?

Esses olhos azuis estreitam em meu rosto.

Uma lutadora, esta mulher.

— Por que você está aqui? — pergunta, sua voz doentiamente doce. — Você não aprendeu a lição da última vez?

Meu sorriso se alarga, pura maldade rolando em meus pensamentos.

— Na verdade, do jeito que eu vejo, nós acabamos de começar.

Ela sorri de volta porque é uma cadela que aje assim.

— Você precisa sair antes que eu chame a segurança.

Abaixo a boca até roçar na dela. Há uma faísca que passa por nós dois. Podemos nos odiar, mas não há como negar a química.

— Você não faria algo tão comum e chato.

Revirando os olhos, ela se afasta do meu aperto.

— Espero que você saiba que acho que você é um bastardo. Isso não vai acontecer. Não me importo que tenha vindo até aqui. Vou deixar você para trás, como sempre fiz.

— Oh, querida, eu não esperaria nada menos de você.

— Então por que está aqui?

Eu prendo seu rosto novamente e a beijo antes que possa reclamar, sua língua deslizando sobre a minha, mesmo enquanto luta para se afastar.

Terminando, arrasto a boca para seu ouvido e sorrio com o quão sem fôlego ela parece.

— Odeio acabar com sua ilusão, Ivy, mas a vingança é uma cadela.

FIM

sobre a autora

Lily White é a autora best-seller que gosta de mexer com o lado escuro dos romances. Quando ela não escreve com esse nome, você a encontra como M.S. Willis. Lily gosta de esticar seus músculos de escrita ao se desafiar constantemente em cada livro que publica.

Acompanhe a Lily em:

www.lilywhitebooks.com
facebook.com/authorlilywhite
facebook.com/groups/324939144521960
www.goodreads.com/author/show/7792274.Lily_White
instagram.com/lilywhiteauthor
www.bookbub.com/profile/lily-white

A The Gift Box é uma editora brasileira, com publicações de autores nacionais e estrangeiros, que surgiu no mercado em janeiro de 2018. Nossos livros estão sempre entre os mais vendidos da Amazon e já receberam diversos destaques em blogs literários e na própria Amazon.

Somos uma empresa jovem, cheia de energia e paixão pela literatura de romance e queremos incentivar cada vez mais a leitura e o crescimento de nossos autores e parceiros.

Acompanhe a The Gift Box nas redes sociais para ficar por dentro de todas as novidades.

www.thegiftboxbr.com

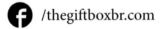
/thegiftboxbr.com

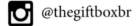
@thegiftboxbr

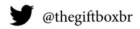
@thegiftboxbr

Impressão e acabamento